Yves Klein

L'Ere du Verseau

Chroniques d'une fin de civilisation

(Tome 1)

Éditions Dédicaces

L'ERE DU VERSEAU (TOME 1), par YVES KLEIN

ÉDITIONS DÉDICACES LLC

www.dedicaces.ca | www.dedicaces.info
Courriel : info@dedicaces.ca

Yves Klein

L'Ere du Verseau

Chroniques d'une fin de civilisation

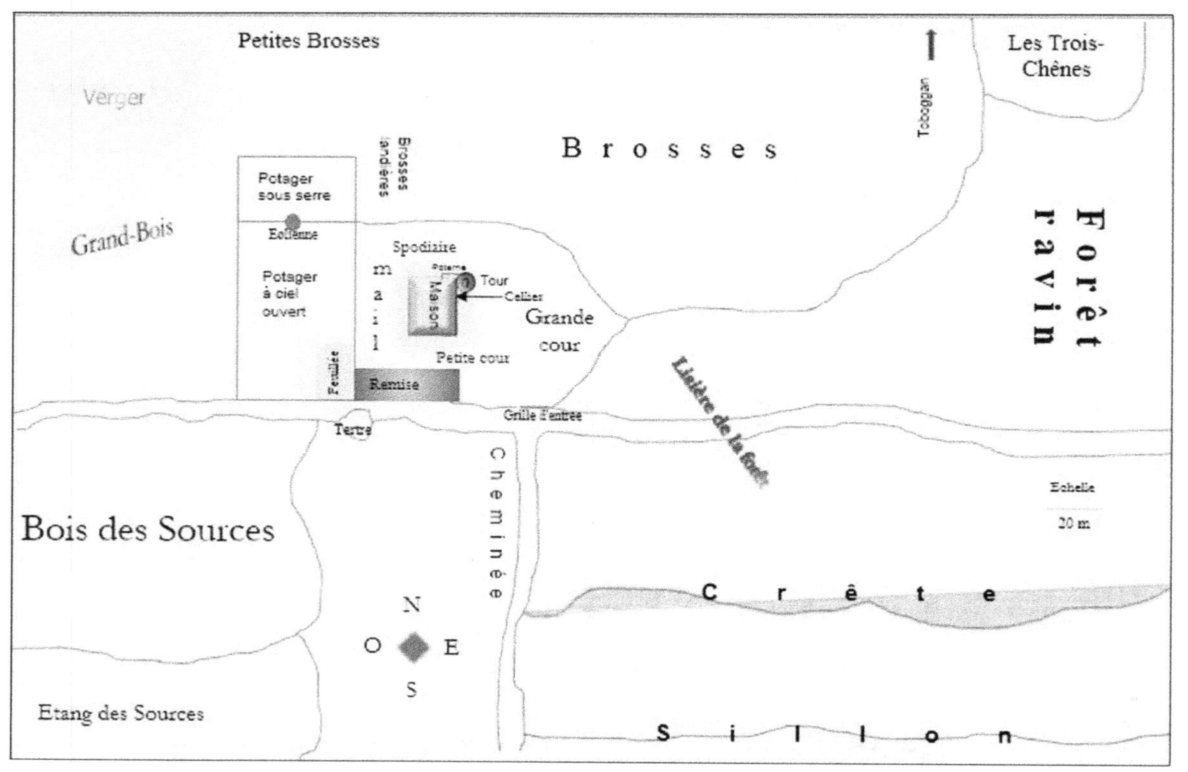

Petites Brosses
Toboggan
Les Trois-Chênes
Verger
Brosses
Brosses landières
Potager sous serre
Eolienne
Grand-Bois
Spodizire
Potager à ciel ouvert
mail
Poterne
Maison
Tour
Cellier
Grande cour
Forêt ravin
Petite cour
Feuillée
Remise
Lisière de la forêt
Grille d'entrée
Tertre
Cheminée
Echelle
20 m
Bois des Sources
N
O
E
S
Crête
Etang des Sources
Sillon

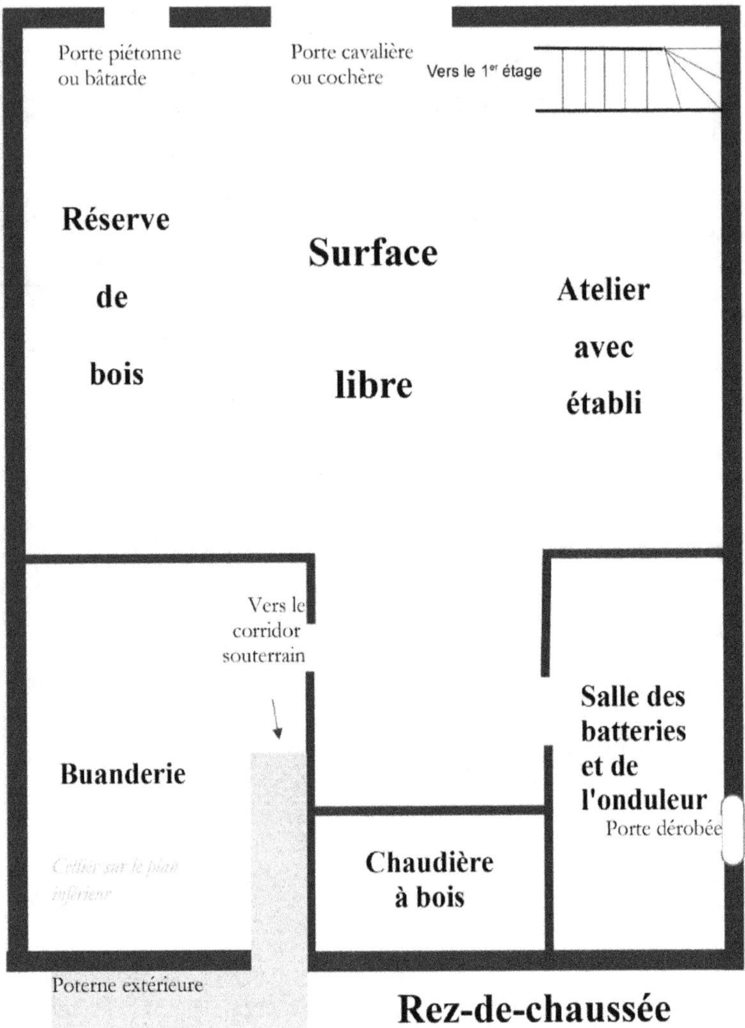
Porte piétonne
ou bâtarde
Porte cavalière
ou cochère
Vers le 1er étage
Réserve
de
bois
Surface
libre
Atelier
avec
établi
Vers le
corridor
souterrain
Salle des
batteries
et de
l'onduleur
Porte dérobée
Buanderie
Chaudière
à bois
Poterne extérieure
Rez-de-chaussée

Vers rdc
Cuisine
Salon
Bibliothèque
Séjour
Vers le
2ème étage
Bureau
Douches
SDB
WC

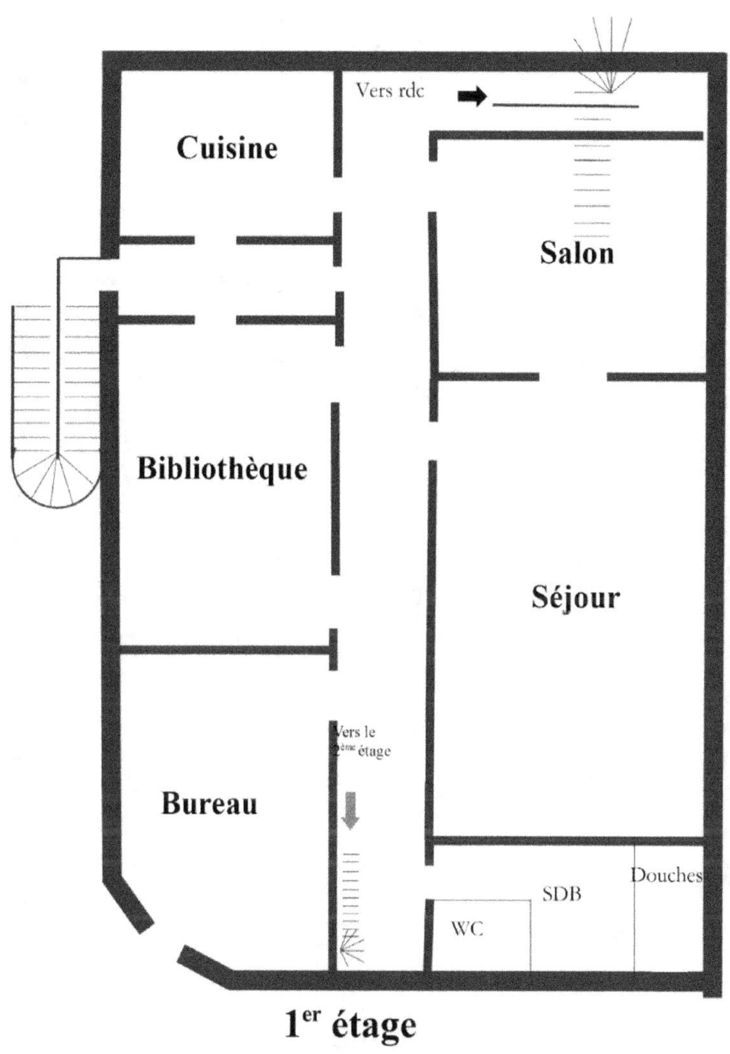

1er étage

Grande chambre
Salle de jeux
Chambre
Auditorium
Douche
Vers 3e étage
Salle de bain
Salle de gymnastique
WC
Baignoire

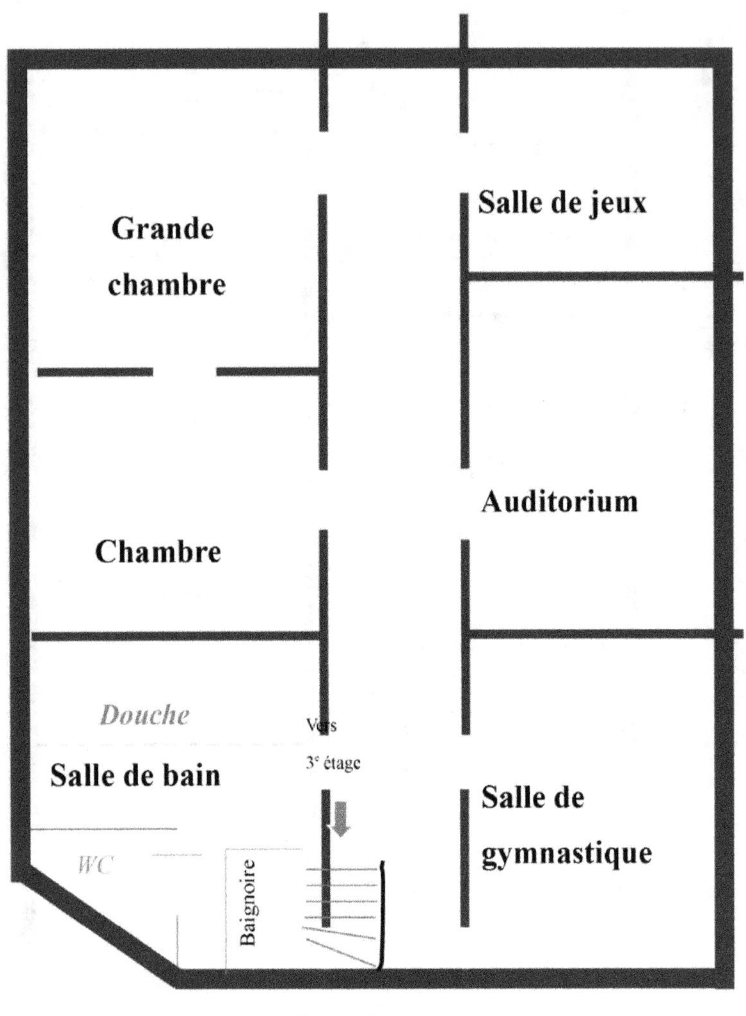

2ème étage

Mansarde bleue
Mansarde orange
Mansarde mauve
Mansarde beige
Mansarde boisée acajou
Mansarde verte
WC Salle de bain
Alcôve secrète aveugle
Vers le 2ème étage

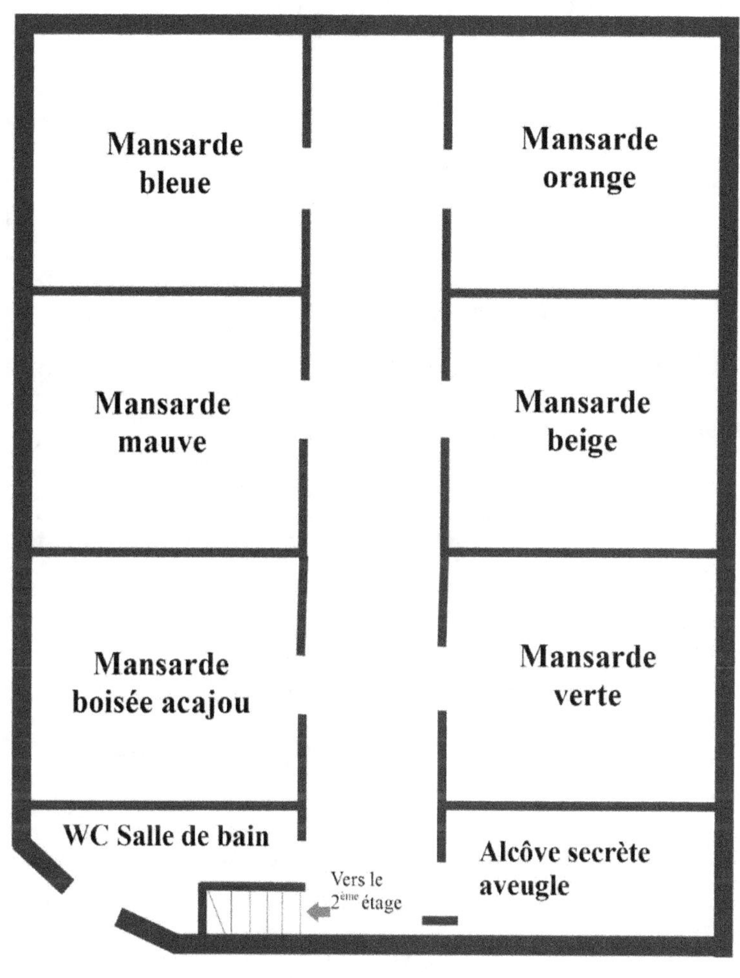

3ème étage

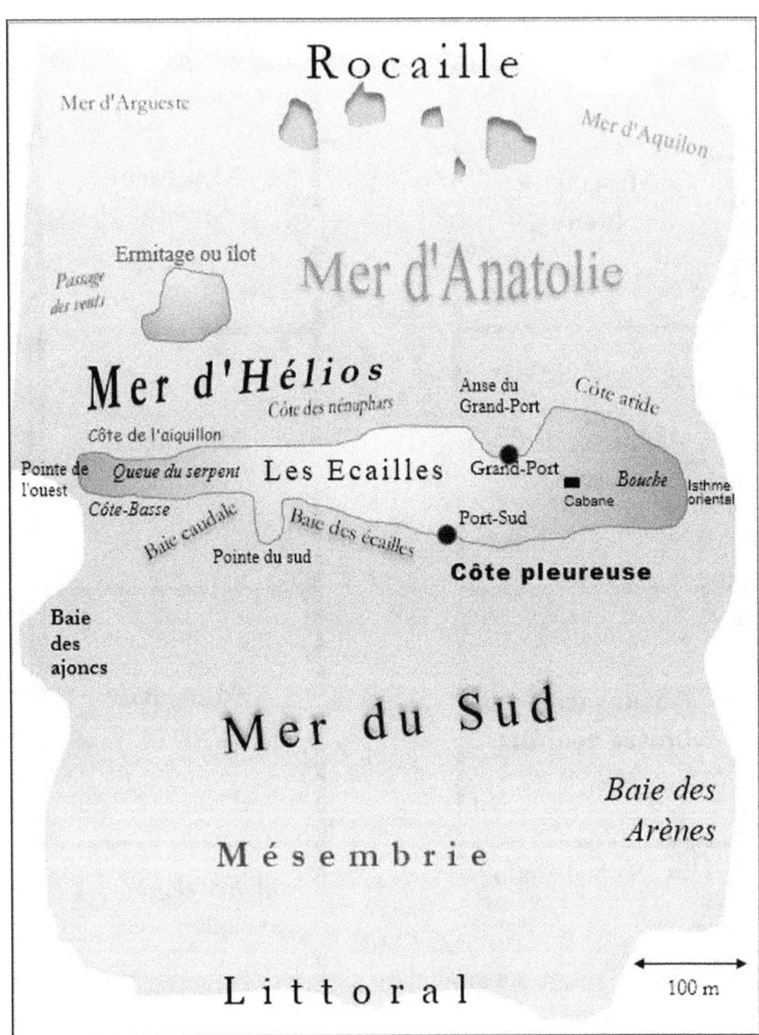
Rocaille
Mer d'Argueste
Mer d'Aquilon
Ermitage ou îlot
Passage des vents
Mer d'Anatolie
Mer d'Hélios
Côte des nénuphars
Anse du Grand-Port
Côte aride
Côte de l'aiguillon
Pointe de l'ouest
Queue du serpent
Les Ecailles
Grand-Port
Cabane
Bouche
Isthme oriental
Côte-Basse
Baie caudale
Pointe du sud
Baie des écailles
Port-Sud
Côte pleureuse
Baie des ajoncs
Mer du Sud
Baie des Arènes
Mésembrie
Littoral
100 m

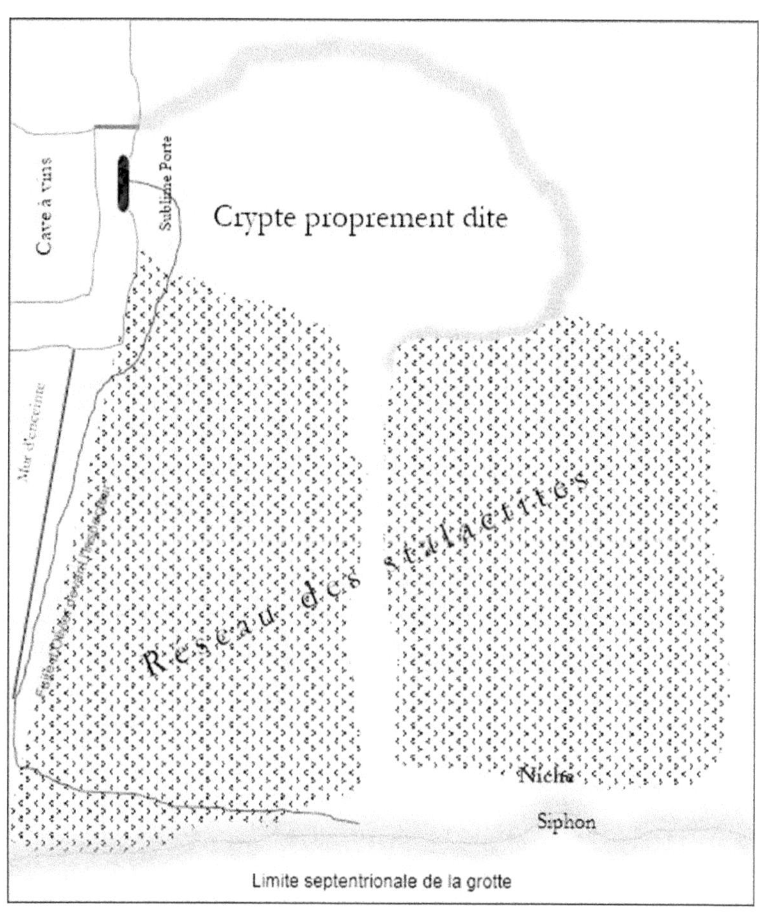
Cave à vins
Sublime Porte
Crypte proprement dite
Mur d'enceinte
Réseau des stalactites
Niche
Siphon
Limite septentrionale de la grotte

De tout le mal que tu peux imaginer, naîtra la nouvelle Jérusalem

Dialogues avec l'Ange, Entretien 29

Avant-propos

Le livre qu'on va lire est une fiction.

Il y a, dans le cheminement de toute société, de tout peuple, de toute civilisation, des termes dévolus. Quand une chose arrive à épuisement d'elle-même, on pourrait dire en fin de course, il est nécessaire que la chose s'efface. Dieu assigne son temps à chacune de ces vagues immenses de la Création que les ésotéristes nomment *cycles*. Aboutissement qui marque toujours un renouveau.

Les signes qui annoncent ces péroraisons ne trompent pas. Il suffit de regarder autour de soi. En dépit de l'obscurité dont on aime à envelopper l'histoire, il est indubitable que d'autres sociétés, d'autres peuples, d'autres civilisations ont traversé les mêmes détroits et ont fini comme nous finirons. C'est là une des fatalités de la condition humaine.

Cette fatalité, cependant, peut être vaincue. Comment ? Par l'Amour. L'Amour est à la fois germe et fleur, levain et croissance, cause profonde et but ultime ; elle possède en soi la vertu suprême, celle qui transforme le plomb en or ; alchimie qui donne au mythe de la sanctification de la matière son allégorie la plus lumineuse.

Tant que l'homme n'aura pas entendu la voix qui, du fond de sa détresse, l'appelle à de plus hautes destinées, tant que les cœurs resteront sourds aux exhortations de l'ange, tant que l'appétit, le désir, la voracité n'auront pas lié le monstre qui sommeille dans l'abîme de nos passions, de nos folies, de nos abjections, et nous font si souvent des éruptions de haine, l'implacable roue continuera son tournoiement et entraînera les êtres dans une spirale sans fin. Tant qu'il y aura, à la surface de cette planète, des mécréants pour imposer leur loi à des crédules, et des crédules pour ajouter foi aux mécréants, tant que l'idéal aura pour écueil le ventre, tant que les esprits seront des marais au lieu d'être des rivières, tant que les systèmes poseront pour principe que la vie n'est possible qu'au détriment d'autrui et que tout ce qui gagne est un vol nécessaire à ce qui perd, tant que la compétition l'emportera sur la coopération, le mensonge sur le vrai, les patenôtres sur la prière, la grimace sur le sourire, l'artifice sur l'authentique, tant que les dos seront courbés, les consciences avilies, les gourmandises insatiables, les orgueils démesurés, nous aurons beau multiplier les prouesses techniques, envoyer des vaisseaux aux confins de l'univers, irriguer la terre d'un formidable réseau de communications, nous resterons prisonniers de l'inextricable écheveau qui nous rattache à la glèbe et fait à l'âme des hommes ce que le pétrole fait aux ailes des oiseaux après qu'une marée noire s'est déversée sur les côtes.

Prologue

Quo non ascendam ? [1]

Dans la nuit du quatre au cinq janvier 2040, quelque part en Auvergne, entre les lieux-dits Col d'Eylac et Roc du Merle, une automobile gravissait avec peine la lourde pente d'une route escarpée de montagne.

Il neigeait.

L'automobile allait lentement, d'abord parce qu'elle accusait un certain âge, ensuite parce qu'il y avait peu de visibilité. Ajoutons à ces inconvénients qu'elle s'apprêtait à doubler un col particulièrement scabreux connu sous cette rubrique : *Pas de Peyrol*, le plus haut passage carrossable de la région ; altitude : 1582 m. On n'accède à ce col que par une enfilade de lacets en épingle à cheveux compliqués d'une forte déclivité. L'hiver particulièrement le rend redoutable. La chaussée y est si peu large que deux véhicules de moyenne dimension ne s'y croisent pas de front. Avec cela, balisage médiocre : s'il avait été jour, le chauffeur aurait peut-être été intimidé à sa droite par le flanc noir et humide d'un empilement de rochers hauts de plus de vingt mètres, et à sa gauche par un à-pic profond du triple.

Ce décor, d'autant plus sinistre que l'éclairage déficient des projecteurs ne déroulait qu'une perspective exiguë, concourait à créer cette atmosphère d'angoisse qui serre la gorge et noue les tripes.

Le voyageur n'avait pourtant pas l'air d'être ému de la situation. Il avançait avec une ténacité placide qui avalait

---

[1] Transcription à la première personne de la célèbre devise de Nicolas Fouquet Quo non ascendet : où ne s'élèvera-t-il pas ? On verra par la suite si la formule a mieux réussi au personnage que nous présentons ici qu'à monsieur le Surintendant des Finances de sa Majesté Louis XIV.

patiemment la distance, sans heurts et sans à-coup. Les roues, quoique dépourvues de cloutage, ne patinaient pas ; les virages étaient abordés avec souplesse ; on devinait dans son art de manœuvrer une dextérité propre aux tempéraments qui se possèdent.
Quant à la voiture elle-même, elle avait un aspect plutôt insolite.

Nonobstant les détails du type et du modèle, inutiles ici, il convient de souligner l'étrangeté de ce qu'il n'est pas interdit d'appeler son bastingage. Si une automobile a une physionomie, celle-ci faisait songer à un navire armé pour la bataille. Sa calandre était cuirassée d'une sorte d'éperon rudimentaire qui rappelait celui des anciens navires romains, *rostra*, dont César a fait une description : deux lames de métal réunies et soudées en un chevron convexe, et consolidées par une troisième, longitudinale, fixant la base des deux premières. On verra plus loin à quoi servait cette figure de proue, au demeurant parfaitement laide et n'ayant qu'un caractère de stricte utilité.

Le réseau des lacets fut franchi sans incident.

Seulement, à mesure que l'engin gagnait de l'altitude, la neige tombait plus drue ; les pneumatiques mordaient maintenant dans une couche qui ne cessait de s'épaissir, et répondaient mal.

Brusquement, le scintillement fluorescent d'un panneau se détacha de la pénombre. Son cadre jaune pâle triangulaire incorporait dans son tiers inférieur une figure géométrique également triangulaire, mais renversée, et dont l'hypoténuse s'illustrait de ce chiffre, 15%. Au-dessous, trois mots : *à 100 m,* avec cette légende : *circulation difficile par temps de neige*.

Le conducteur se trouvait à l'orée d'un plateau uni assez dégagé sur lequel la chaussée s'élargissait insensiblement. Il réfléchit qu'en l'utilisant comme piste d'élan, il se catapulterait jusqu'au faîte du raidillon annoncé par le panneau. Ce raidillon s'incurvait presque à angle brisé, à la manière des ponts mobiles dont le point déclive, qu'on appelle *cassis*, délimite la ligne de fracture des deux versants. Quoiqu'il ne distinguât rien au-delà du faible rayon des phares, c'est à dire à une trentaine de pas, il se comporta comme un chevalier qui recueille ses forces et rallie son courage avant d'entrer en lice.

Soudain, l'auto accéléra. Le chauffeur lui imprima la poussée utile, afin que la perte inévitable de vitesse qu'elle subirait supportât la longueur totale de la côte. Du reste, calcul au jugé : dans ce genre de situation critique, les équations se résolvent selon le plus ou moins d'acuité de celui qui les combine. Une erreur, dans un sens ou dans l'autre, et c'en était fini : si l'allure était trop rapide, la voiture dérapait, se fracassait contres les arêtes basses des rochers, ou dévalait le ravin. Dans le cas contraire, elle s'arrêtait avant le sommet et ne repartait plus. Elément favorable, le raidillon n'excédait pas deux cents mètres.

Alors qu'il n'était plus qu'à brève distance du cassis, le pilote se mentionna que le versant opposé était bien plus fourni en neige qu'il ne l'avait présumé. Il serra les dents. Le choc eut la brutalité d'une collision : la machine embarqua, selon le langage des marins, c'est-à-dire qu'elle essuya de plein fouet le télescopage d'un énorme paquet de neige. De violentes embardées la secouèrent comme des lames qui ébranlent le flanc d'un vaisseau ; corriger ce contrecoup, rectifier l'inévitable déviation qui en résultait, ce fut la périlleuse besogne à laquelle l'automobiliste exerça toute la capacité de son flegme et toute la palette de ses réflexes. A plusieurs reprises, il fut déporté et redressa l'alignement avec une souveraine maîtrise. Il entendait la percussion sourde de la neige à l'intérieur des roues : de gros blocs compacts s'engouffraient sous le bas de caisse et y éclataient comme une banquise disloquée par l'étrave d'un brise-glace.

Néanmoins, en dépit de l'attention sévère dont il soutenait sa conduite, il avait été impuissant à empêcher un ralentissement prématuré, l'effet de frottement se révélant plus sévère que prévu. Il y eut comme cela quelques secondes durant lesquelles le spectre de l'immobilisation irrémédiable lui inocula une bonne dose d'adrénaline.

En ce moment, les pneumatiques adhérèrent à du consistant, le véhicule s'y cramponna, la pente diminua, puis s'infléchit.

Par-delà la crête commençait la descente.

La descente, on sait cela, est infiniment plus délicate que l'escalade. Au lieu d'être freiné, on est entraîné. Le voyageur redoubla de circonspection. Pendant une demi-heure que dura le parcours d'amont en aval, il réussit à se maintenir, pour employer une image qui convient bien ici, sur les bons rails.

Il avait d'autant plus de mérite à dompter son sang-froid que la neige s'abattait avec une vigueur accrue. Aussi, quand la pente s'adoucit, quand le terrain plat lui succéda, il poussa un soupir de soulagement.

Le Pas de Peyrol était vaincu.

Soupirer, ce n'est parfois que la notation d'une césure entre les deux hémistiches d'une même action : le conducteur savait qu'il n'était pas à bout d'embarras. Dans une bataille, le plus dur n'est pas d'enlever une redoute, mais d'investir la forteresse.

A une dizaine de mètres, à droite, une autre départementale se démarquait de celle où il s'était acheminé.

Là, dilemme : devait-il emprunter ce nouvel itinéraire ou continuer sur sa lancée ?

A son hésitation, il était aisé d'attribuer à ces deux parcours une égale proportion de pour et de contre.

Disons ce que c'était que cette patte d'oie.

La première route ondulait à flanc de montagne entre deux massifs assez trapus, y multipliait les sinuosités, les ellipses, les replis, toute la panoplie des inflexions possibles à un tracé qui se complaît dans le méandre, quelque chose comme le style indirect appliqué à la géographie.

Le second itinéraire s'étirait en droiture, à quelques virages près de moindre importance, sur un haut plateau dénudé qui allait en s'affaissant vers les collines plus douces du Limousin. Mais cette rectitude se payait d'un défaut majeur, le mauvais état de son revêtement ; rien de plus mutilé que cette chaussée peu entretenue, ayant l'aspect des vieux habits rapiécés qui s'éfaufilent en haillons avec les années. Un innombrable essaim d'alvéoles la jonchait, depuis le trou de souris jusqu'au cratère en bouche de canon éclaté montrant les dents et les griffes. En outre, voie étroite et dénuée de balisage, autant dire aveugle. Or, ces fondrières, ces hiatus, ces brèches béantes, tapissez-les de neige, enveloppez-les de ténèbres, et vous voilà à la merci du pire des pièges, le piège fantôme. La route n'est plus route, mais chausse-trape, champ d'embûches qui mystifie les prunelles les mieux affûtées et rompt les essieux les plus solides.

Juste en deçà de la bifurcation, sous le surplomb en visière d'un entablement granitique, se nichait l'anfractuosité d'un abri naturel. Le chauffeur y rangea son véhicule. Puis il considéra, avec cette fixité dubitative qui trahit l'urgence des grandes décisions à délibérer, les deux artères qui se divisaient comme si elles le soumettaient à l'énigme du sphinx.

Subitement, il roula jusqu'au croisement, et s'engagea résolument à droite, sur le plateau.

Complications

Détail dont il n'a pas été parlé, l'itinéraire par le plateau, plus court de moitié que celui de la vallée, s'élevait à près de mille mètres d'altitude sur les trois quarts de son tracé. Mille mètres, au mois de janvier, quand souffle le noroît, cela équivaut, réduite au niveau de la mer, à la latitude de Bergen en Norvège.

On le voit, le chauffeur avait un peu violenté la gageure. Ayant hâte d'arriver, il avait opté pour le parti le plus bref. Probablement le succès sur le Pas de Peyrol l'avait-il déterminé à en finir avec un trop long voyage. La fatigue, la faim, la lassitude, font quelquefois brûler les étapes ; on est d'autant plus impatient de toucher au but que le but est proche.

Nonobstant, si hasardeux qu'il fût, ce choix se défendait d'un point de vue purement rationnel.

Contrairement à la première route, celle du plateau n'était pas absolument déserte. Quoique peu fréquentée, elle s'espaçait régulièrement d'un chapelet de lieux-dits. A partir de la bifurcation précédente jusqu'au terme où le conducteur comptait l'abandonner, soit un peu moins de dix-neuf kilomètres, on y énumérait dans l'ordre trois hameaux, un village, une ferme et deux autres hameaux. Le dernier de ces hameaux, Colture, pour ainsi dire levait le rideau sur le dernier acte. Le dernier acte, affirmons-le dès lors, n'était pas le moins ardu.

D'abord, le voyageur n'éprouva pas de difficultés majeures. En dépit du temps exécrable qui sévissait, il avançait ; passablement, mais enfin il avançait, en tâchant d'éviter les nids de poule que par chance trahissaient quelques ondulations de surface.

Signalons que s'il était chaudement vêtu, il ne disposait d'aucun équipement d'urgence : ni couvertures, ni vivres, tout juste une bouteille d'eau aux trois quarts vide. Son intérêt, qui coïncidait avec son salut, était donc de rejoindre au plus vite sa destination.

Malgré les éléments défavorables, il allait depuis cinq ou six minutes d'un rhythme satisfaisant ; tout de suite, il avait constaté que le plus gros des accidents du bitume se campaient de part et d'autre de la ligne médiane, sur ce qu'on appelle la bande de roulement. Par conséquent, en serrant à droite ou à gauche, il s'en garantirait à peu près.

Les trois premiers hameaux furent ainsi traversés sans accroc. Le pilote se flattait de cet optimisme qui anticipe raisonnablement un dénouement heureux. Il franchit un bourg, Le Falgoux, éponyme de la vallée avoisinante. Le Falgoux, niché à 930 mètres, était le sommet du parcours. Au-delà, la chaussée s'étirait, unie, presque rectiligne, sur un faux plat en légère déclive. Le chauffeur consulta la montre de bord et calcula qu'à une demi-heure de là, la partie était gagnée.

Tout à son volant, il n'avait pas trop fait attention que la visibilité diminuait de plus en plus. Nous l'avons dit, la neige tombait depuis quelques instants avec un surcroît de vigueur. Les phares ne perçaient plus qu'à grand'peine l'essaim des flocons qui tissaient dans la lumière un voile vivant d'une vie effrayante, se déformant et se reformant selon une étrange morphogénie. Le voile s'était ainsi épaissi en une opacité rapidement impénétrable ; le chauffeur fut bien forcé d'admettre l'évidence : il avait beau écarquiller les prunelles et plisser les paupières, il ne distinguait plus la chaussée. Cinq minutes plus tôt, il était maître de lui : *quelques secondes suffisent*, a dit un auteur, *pour passer de l'avent en carême*.

Ce phénomène de myopie par accoutumance est la bête noire des alpinistes et des marins ; quand le brouillard, la neige, s'infiltrent à doses discrètes et sournoises dans la nuit, ils empruntent leur pouvoir d'illusion aux sirènes ; le voyageur est ensorcelé par leur chant, le vent, espèce de basse continue lancinante, et se laisse bercer. Rien de pire que ce trompe-l'œil qui apprivoise la pupille et altère l'adaptation naturelle aux changements de perspective. Il se crée une interférence entre la réalité et ce somnambulisme hypnotique dont l'ivresse sécrète une douce griserie.

Brusquement, un choc secoua la voiture.

Le conducteur sursauta, étouffa un juron et bougonna :

– Qu'est-ce que...?

C'est lui resta dans la gorge.

Une deuxième secousse relaya la première, puis une troisième, puis une quatrième. Chacune d'elles déportait l'automobile avec une telle violence qu'il fut bientôt impraticable de lui conserver sa stabilité. En même temps, un sifflement strident et modulé s'introduisait dans l'habitacle par les défauts de la carrosserie : des plaques de neige fouettèrent le pare-brise et les vitres du côté droit.

Avec un indicible effroi, le pilote reconnut les symptômes du blizzard.

Ce qu'il redoutait, entre tous les fléaux susceptibles de compliquer une situation déjà épineuse, la tempête de neige, cette hydre de l'hiver, s'était invitée au concert des intempéries.

Les blizzards de montagne, c'est le chaos, un déferlement glacé, une voie de fait de la nature contre elle-même. On dirait une horde surgie d'on ne sait quel maelström aérien. Comme une armée, elle a son infanterie, sa cavalerie, son artillerie, ses cuirassiers et sa garde. La garde est le plus terrible : quand Napoléon faisait charger la garde, on était certain de la victoire. Quand le blizzard débride la sienne, on est sûr de la destruction.

Pour qui l'endure seul, sans secours, sans une lueur à l'horizon, sans un abri à proximité, le blizzard est un combat disproportionné, la lutte d'un atome contre l'immensité, le corps à corps d'un nain et d'un géant, David se colletant avec Goliath, un rien accablé sous l'encolure cyclopéenne du grand Tout exterminateur. Ces cataclysmes-là ont des dimensions d'apocalypse. Dans un blizzard, rien n'est épargné : la neige aveugle, la bise suffoque, le froid ankylose, sinistre trinité de la mort ébauchant son œuvre par l'enveloppement et la couronnant par la pétrification. De là certaines paniques mortelles ; on a exhumé des victimes à demi ployées sur les genoux, n'ayant pas même eu le temps de se coucher, et dont la posture effarée reproduisait la poignante hébétude des habitants de Pompéi. La mort a deux écoles pour enseigner la solidification du corps humain, la cendre et la glace. Ici le volcan, là le pôle. Pline témoigne de l'un, Scott de l'autre.

Le conducteur jugea qu'il n'avait plus le choix. Faire demi-tour ? Hors de question. D'ailleurs, avant de fondre sur lui, le blizzard l'avait circonvenu. Tactique d'encerclement qui est celle de la masse d'air comme de la division de cavalerie ; il était probable que la tempête occupait maintenant une vaste étendue de territoire. Seule issue, droit devant, persister, persister à tout prix, se roidir contre le déchaînement, l'attaquer de front, faire une trouée dans la muraille, se rebiffer coûte que coûte ; surtout éviter ces deux écueils, l'affolement et l'arrêt. L'affolement, c'est à dire la faute de conduite irréparable avec accident à la clef ; l'arrêt, c'est à dire l'auto bloquée dans la neige et ne repartant plus.

Subitement, les enflures du vent décuplèrent d'intensité : les volutes de neige, soulevées par des rafales d'une puissance inouïe, se ruèrent autour de la malheureuse voiture comme les pluies de flèches de Xerxès sur Léonidas, et la harcelèrent avec la frénésie qui prélude aux grands désastres. Le chauffeur était totalement désorienté. Les projecteurs n'éclairaient plus au-delà de trois pas. Toute perspective était évanouie derrière un écran ténébreux, dans un raz-de-marée d'écume. Ce monstre, car c'en était un, avait des bras qui étreignaient, des bouches qui suçaient, une haleine qui congelait. Des hurlements plaintifs déchiraient l'obscurité de ce gigantesque tourbillon. L'assaut démesuré de la bourrasque s'acharnait sur une minuscule créature qui lui résistait désespérément. La voiture, ballottée, cahotée, ne roulait plus qu'à l'estime, navire sans boussole, grinçante, ruisselante, héroïque.

Face à une éventualité aussi dramatique, l'écrasement sous le cyclone, le conducteur multipliait les prouesses. Il maintenait le cap de sa machine tiraillée en tous sens, à coups de redressements spectaculaires, la plupart effectués in extremis. Chaque embardée était rectifiée, chaque dérapage compensé ; la cécité du pilote semblait suppléée par ce sixième sens qui dans les suprêmes périls improvise les bons réflexes. Il n'y avait pas en lui la moindre peur. La peur, c'est avant, jamais pendant. Quand on est au cœur de la mêlée, la peur se dissout d'elle-même.

Vingt minutes s'égrenèrent dans un embrasement fiévreux.

Non ignari mali miseris succurere disco [2]

Embrasement, certes, mais tempéré par une excellente adaptation aux circonstances. Si bien que Colture, le dernier hameau, fut bientôt rallié. Laborieusement, mais avec un incontestable mérite. Depuis une demi-heure, le pilote essuyait la tempête. En une demi-heure, il avait accompli moins de dix kilomètres, rhythme d'un bon coureur à pied. Son véhicule n'allait plus que par bonds et par sauts. Toute espérance de conclure rapidement s'était envolée sous les formidables coups de boutoir du blizzard. Aussi, quand les dernières maisons du village furent derrière lui, une bouffée d'angoisse l'étreignit, il se murmura à lui-même : *ça va être dur*.

Cette réflexion se justifiait de ce que Colture était l'ultime port d'attache avant la solitude complète, les liens avec le monde rompus sans rémission. En deçà, il y avait encore un recours, celui de frapper à une porte, de demander asile, on n'était pas absolument livré à soi-même ; dans ces rudes régions, les hommes s'entr'aident volontiers. Une fois franchi ce *limes*[3], plus une âme à la rescousse, aucun salut en dehors de ses propres ressources, et de Dieu.

Quant à sa vigilance, elle s'était émoussée. Les tensions durables provoquent à la longue ce genre de catalepsie. Les sens sont comme anesthésiés ; d'où une attitude de plus en plus indifférente à ce qui est autour de soi. Le péril, le grand péril attaché à cet état mi-partie onirique et hypnotique, c'est l'impression que précisément l'ennemi est moins à craindre. L'écueil acquiert un aspect lointain ; le réflexe en est amoindri et par conséquent amoindrie aussi la capacité de

---

[2] C'est parce que je n'ignore pas le malheur que je viens en aide aux malheureux. Mot d'accueil de Didon à Enée.

[3] Frontière, en latin.

réaction à l'imprévu. Tout à coup, on est réveillé en sursaut. C'est trop tard : le navire a heurté l'iceberg, l'automobile a basculé dans le ravin.

Le chauffeur n'avait pas échappé à cet envoûtement, du reste parfaitement agréable et, comme tous les envoûtements, n'inspirant pas le désir de s'en extraire. Ses bonnes dispositions du début, ses préventions utiles, ses anticipations opportunes, tout s'était usé au coude et, de fil en aiguille, il s'était plus ou moins assoupi.

Une rafale de vent plus violente que les autres le tira de cette torpeur. Il esquissa le geste de quelqu'un qui est piqué par un insecte et éructa une exclamation, ce qui eut pour effet immédiat que les nuées qui encombraient son cerveau se dissipèrent.

Il faisait bien, car le blizzard atteignait son paroxysme. La neige, adhérente à toute la surface du pare-brise, ne fondait plus qu'au périmètre de deux petits trous logés à sa base, là où la soufflerie ventilait de l'air chaud. Pour discerner encore quelque chose de la route, il était obligé de se courber à hauteur du plus proche de ces minuscules hublots. Imagine-t-on la conduite d'une automobile à travers la visière d'un œil-de-bœuf requérant d'incessantes contorsions, échine ployée, membres tordus, déhanchements d'acrobate, tout cela en alternance d'intervalles de cécité complète qu'infligeaient ces perpétuels changements de posture ? Le spectacle qui s'offrait au voyageur par ce soupirail était hallucinant. L'ouragan soulevait, balayait, emportait des nuages de neige plus hauts que des arbres, pyramidait des monticules et creusait des excavations dans un monstrueux ballet dont le vent exécutait la partie musicale. La voiture perçait comme elle pouvait au plus infernal de cette calamité, opiniâtre, admirable, en mêlant la crânerie des défis invraisemblables à la grandeur épique des sacrifices consommés.

On aura peut-être gardé en mémoire le singulier harnachement dont elle était armée, cet éperon triangulaire qui lui prêtait le profil d'une trirème. L'éperon n'était autre chose qu'un chasse-neige de fortune ; rudimentaire sans doute, mais non sans efficacité. Grâce à cette étrave, l'engin se frayait cahin-caha un passage tout juste praticable, ce qui laissait pronostiquer qu'à son défaut, il aurait abdiqué depuis longtemps.

Seulement, il se fatiguait. Aux prises avec une résistance de plus en plus sévère, il peinait dangereusement ; l'indicateur de la température d'eau de refroidissement y effleurait la zone rouge.

Ce fut au plus critique de ce tohu-bohu qu'un incident survint.

A quelques coudées du capot, droit devant lui, le chauffeur fut victime d'une hallucination. L'espace d'une ou deux secondes, il aurait juré son Dieu et son diable qu'une masse sombre barrait le chemin. Réflexe conditionné, il lâcha la pédale d'accélération. La voiture enraya dans un bruit mat de neige qui paralyse les roues.

– C'est foutu ! s'exclama-t-il en frappant le tableau de bord des deux poings.

Une immobilisation, inutile de paraphraser sur ce que cela signifiait. Au demeurant, un tel dénouement était logique et ne l'étonnait que médiocrement. L'inéluctable ayant des accointances avec la fatalité, à quoi bon se lamenter ? Perdu pour perdu, autant que ce fût pour l'amour d'une vision. Car dans son esprit, ce qui lui avait dicté son geste malheureux ne ressortissait évidemment qu'à une de ces illusions d'optique qui vous brouille comme cela la cervelle quand on a le plus besoin qu'elle soit libre.

L'ennui, c'est qu'ordinairement une illusion s'évanouit d'elle-même, n'étant que la résultante d'une affection psychotique de cet assemblage de circuits non imprimés qu'est l'être humain. Or, celle-ci remuait. Le conducteur dilata sa rétine avec l'innocence stupéfaite d'un enfant qui aviserait le père fouettard. Une silhouette, vaguement éclairée à contre-jour par le halo des phares, se dressait pareille à la statue du commandeur. Il y avait quelque chose de fantastique dans cette énorme apparition qui se découpait sur le fond de ténèbres de la bourrasque, et qui lui prêtait une dimension qui aurait été féerique si elle n'avait été terrifiante. De vieilles légendes où des entités sépulcrales se recomposent de leurs cadavres les nuits de lune gibbeuse, font parfois irruption dans les existences les plus sceptiques.

La lune n'était pas au rendez-vous, et pour cause, mais l'être, lui, était bien présent et même vivant ; il l'était tant qu'il s'affala contre le capot et que le choc rendit le son d'un coup de gong assourdi.

La certitude d'avoir affaire à un personnage de chair et d'os avait achevé de ragaillardir la lucidité du pilote. Il n'avait donc pas eu la berlue, quelqu'un était là, comme lui, dans la tourmente, probablement rendu de fatigues, peut-être à l'agonie ! Le bon des péripéties brutales, c'est qu'elles suppriment les hésitations : il actionna la portière, reçut en pleine figure une lanière de flocons qui l'asphyxièrent, et sauta à pieds joints dans trente centimètres de neige et se diligenta péniblement vers le capot sur lequel gisait un corps à demi prostré.

Tout en s'approchant, il héla l'inconnu, mais n'obtint pour réponse qu'un petit branlement de la tête. Il remarqua alors que le dos du pékin était sanglé d'un sac de voyage. Il le soulagea de cet impédiment en le lui retirant, attrapa son propriétaire sous les aisselles, le traîna, c'est le mot qui convient, jusqu'à la portière du passager, envoya rouler le sac sur la banquette arrière, fit asseoir son hôte et tout à coup se dit : et pourquoi pas ?

L'idée qui venait de jaillir sous son crâne s'embranchait au grand manteau dont était vêtu l'étrange randonneur hivernal. En un tournemain, il se débarrassa de sa propre parka. Avec une hâte fébrile, il entreprit d'évacuer les amas de neige entassés devant les roues motrices. La besogne achevée, il extirpa de sa poche un couteau de scout fort effilé qu'il avait toujours sur lui, déchira la parka en deux et disposa les deux moitiés au creux des deux niches dégagées. Puis, après avoir nettoyé le pare-brise et la lunette arrière d'un ample revers de bras, il se rassit au volant et fit ronfler le moteur.

L'automobile esquissa une série de convulsions comme un cheval qui rue et qui cabre ; toute la structure sembla se disloquer dans un abominable fracas de ferraille torturée. La tôle gémissait, les charnières grinçaient, on entendait des craquements sinistres, d'effrayants hoquets traumatisaient la carrosserie, le moteur hurlait, concert de dissonances aigres ayant pour écho le roulement du cyclone.

Soudain, une trépidation projeta le véhicule en avant ; le chauffeur, hors d'haleine, joua avec l'embrayage, un chuintement aigu assorti d'affreuses vibrations résonna dans la cabine.

En cet instant, le chuintement et les vibrations cessèrent, l'automobile fit un bond, décolla de ses ornières et s'élança.

La charge héroïque

Ce qui était advenu tenait du miracle.

L'endroit où l'automobile avait calé était indubitablement le plus approprié au dénouement heureux de l'incident. Dix mètres en deçà ou au-delà, et tout redémarrage était voué à l'échec. Explication simple : en ce lieu précis la route était dépourvue des accotements naturels surélevés qui la flanquaient partout ailleurs ; ni rochers, ni talus, ni redan, ni glacis, pas le moindre obstacle. Les abords se confondaient de parfait plain-pied avec la chaussée. Le vent soufflait donc librement dans le sens latéral et la neige ne faisait pas embâcle entre deux parapets. Conséquence, moins de trente centimètres d'épaisseur contre cinquante plus loin. Ce furent ces vingt centimètres de différence qui permirent à la voiture de repartir.

Quant à l'étrave, elle joua son rôle à merveille. Dès que le véhicule attaqua les couches plus denses, elle y tailla comme un coupe-coupe dans la jungle.

L'automobile relancée, le chauffeur ne se flatta plus que d'une ambition, lui conserver une vitesse régulière. Le passager, embéguiné dans son manteau, un gros capuchon rabattu sur le visage, ne pipait mot.

En ces instants formidables où la providence venait de coudre un rebondissement imprévisible à la destinée de deux solitudes égarées en pleine tourmente, une étrange sensation perturba le pilote. Il était le foyer d'une curieuse dilatation du temps, un peu comme s'il s'était élevé au-dessus du fait brut pour en appréhender l'identité avec une mystérieuse logique. Il subodorait confusément que cette séquelle de péripéties, la tempête, la rencontre avec l'inconnu, n'étaient peut-être pas fortuite ; idée à coup sûr saugrenue, mais qui fit sur son esprit ce que font le flux et le reflux des vagues sur la plage : elles la recouvrent, puis se retirent.

L'action ne s'accorde pas longtemps avec les états d'âme. Ceux-ci s'évanouirent d'eux-mêmes sous le grill des préoccupations immédiates ; sans quitter la route des yeux, le chauffeur s'adressa au passager. Sa voix claire et modulée résonna dans la cabine avec l'accent d'un général qui a évité de justesse la déroute et qui improvise une contre-attaque :

– Ecoutez, dit-il, je ne sais pas qui vous êtes, mais l'important, c'est que vous ayez du cœur au ventre ; on en aura besoin. Voici où nous sommes et où nous en sommes : à deux kilomètres de là, à main gauche, vous apercevrez un chemin, si la neige ne l'a pas biffé. Ce chemin, trois cents mètres plus loin, se divise en une multitude d'autres chemins annexes. Si vous savez compter jusqu'à sept, ça va, en partant de la gauche le septième est le bon. Ne vous trompez pas, surtout. Ce septième chemin une fois défrayé, suivez-le jusqu'à une distance où il est coupé dans sa largeur par une barrière. Il s'agit de l'ouvrir. Pour ça, j'ai une clef ; cette clef va dans un cadenas assujetti à une grosse chaîne. Une fois la barrière franchie, ce sera plus facile, c'est la forêt, la neige y est moins drue grâce aux arbres. Tout le succès de l'opération repose sur cette gageure, passer la barrière sans que la voiture s'arrête. Je dis bien : sans que la voiture s'arrête, sinon on ne repart plus, attendu que le chemin est un faux plat. Voici mon plan : à l'orée du sentier, je ralentirai ; juste ce qu'il faut pour conserver la vitesse acquise. Vous, vous sortirez de l'habitacle et vous courrez à la barrière. Je le répète : trois cents mètres. Ne vous y fiez pas, trois cents mètres dans dix pieds de neige, c'est pas les vacances. Il faudra aller plus vite que la toto, manœuvrer le cadenas, délier la chaîne, exhausser la barrière, de façon que la voiture passe comme qui rigole ; tout ça d'un seul élan. Après quoi, vous remonterez à bord, mais comme on prend un train en marche, parce que je devrai impérativement continuer à rouler. Si vous réussissez, on ira dans la montagne sur des pneumatiques. Ça nous évitera d'y aller à pied, ce qui serait d'ailleurs pure présomption, car on ne ferait pas une demi-lieue par les temps qui courent. Huit kilomètres, c'est l'affaire d'un peu plus d'une heure. Ah oui, j'oubliais : où est-ce qu'on va ? Chez moi. Chez moi, ça signifie entre les murs et sous le toit d'une maison. La maison m'appartient. Eh oui ! On a beau avoir dix-huit ans tout mouillés, ce n'est pas un motif pour ne pas jouir du droit de propriété. Cette maison est une chartreuse du bout du monde, juchée sur une éminence, le point le plus haut de la contrée, 1173 mètres. La tranquillité a un prix : ce soir, je paie ce prix. Il est regrettable que vous ayez à faire part égale à ce marché.

Comme le passager était désespérément aphone, le chauffeur le houspilla un peu :

– Répondez-moi, s'il vous plaît : vous estimez-vous d'une trempe à honorer le programme du jour ?

– Oui, fit l'inconnu.

Ce fut la seule parole qu'il prononça. Le conducteur dut se contenter de ce laconisme. Cela tombait bien, la saison n'était pas aux palabres, on n'était plus très loin de l'embranchement dont il venait d'être parlé. Le pilote fouilla dans un vide-poches et saisit une clef qu'il tendit au passager. Le passager prit la clef sans un mot.

Subitement, ce dernier se dépouilla de son pardessus tout humide de neige fondue et l'envoya sur la banquette arrière.

– Bien, bien ! se dit l'autre, voilà un quidam qui a de l'esprit de suite ; à vaillant homme courte épée.

Quelques minutes défilèrent dans une fébrilité de bataille qui se prépare. De plus en plus attentif au bas-côté de la route, le pilote menait son véhicule comme il pouvait, c'est à dire à la diable. Les cahots se succédaient, et dans les moments où ils accablaient l'engin avec le plus d'âpreté, il se faisait des bruits désagréables de cliquetis dont sûrement un mécanicien n'aurait rien auguré de bon.

Soudain, il s'exclama :

– C'est là ! Vous voyez l'entrée du chemin ?

– Je vois, dit le passager.

Les projecteurs balayaient, tout à gauche, le seuil d'un sentier perpendiculaire à la chaussée. Parvenue à ce croisement, l'automobile y bifurqua. Le passager, toujours aussi taciturne, serra la clef dans une poche étanche qu'il avait à sa ceinture, fit glisser la vitre et, en dépit des paquets de neige qu'il encaissait de plein fouet, s'étant adossé à l'ouverture, il cramponna conjointement ses deux mains à la gouttière du pavillon, se hissa tête première, replia ses jambes sur la traverse inférieure, demeura quelques secondes dans cette station de plongeur sous-marin, puis se lâcha en imprimant à son saut une petite impulsion.

Le chauffeur avait assisté à cette voltige avec une stupeur admirative. De là à en faire grande dissertation, c'eût été aller vite en besogne, car il changea séance tenante de couleur : les tentacules de l'ouragan avaient happé le malheureux téméraire. Le trou béant où il s'était précipité semblait l'avoir absorbé, avant de l'engloutir.

– Pute vierge ! s'écria l'autre, il s'est peut-être blessé…

Hypothèse envisageable, certes, mais dans ce cas, que faire ? Ralentir ? Trop risqué. A l'inverse, continuer, c'était abandonner à son sort un pauvre diable qui n'aurait nourri l'illusion d'échapper à la glaciation que pour y être livré de nouveau, comme un condamné récidiviste. Dans cette expectative, le conducteur choisit de transiger ; il accorda à son compagnon un délai d'une minute pour se manifester. Un œil sur la piste, l'autre rivé au rétroviseur extérieur régulièrement nettoyé de la neige qui y adhérait, il s'étudia à maintenir l'allure la plus régulière possible. La minute s'écoula, le petit miroir ne reflétait que des ténèbres. On aurait dit que le passager avait été avalé par de la nuit vivante. Les nerfs à fleur de peau, le pilote se déhanchait et se trémoussait tout pour ressaisir sa trace, mais en vain.

– Tant pis ! dit-il, je stoppe tout.

Il ajouta, mi-résigné, mi-ironique :

– Quand je dis *tout*, je ne crois pas si bien dire…

Tandis qu'il monologuait ainsi, avouons-le sur un ton assez pessimiste, une tornade dépassa l'automobile en soulevant autour d'elle des émeutes de poudre blanche. Survenue extraordinaire qui bondissait dans les congères avec une vélocité opiniâtre. Le conducteur encouragea de toute ses cordes vocales dominant la tempête le valeureux athlète dont les longues enjambées entamaient la neige selon l'angle qui ménageait le plus d'aisance. Chaque foulée lui arrachait des cris d'enthousiasme ; au reste, foulées fermes qui ne faiblissaient pas. Le coureur gagnait du terrain sur la voiture avec l'autorité magistrale d'un champion sûr de ses forces.

Une cinquantaine de mètres sépara bientôt les deux acteurs de cette course-poursuite surréaliste ; la silhouette n'était plus qu'une opacité qui s'amenuisait dans le halo des projecteurs.

– Excellent ! s'exclama le chauffeur.

Il avait à peine formulé cette interjection qu'elle se profila de nouveau. Les phares la cernaient avec une inquiétante précision. Encore quelques secondes, et l'automobile la talonnait à moins de dix mètres.

L'apostrophe de Cambronne fusa des lèvres du pilote :

– Il perd de l'avance, dit-il, il se fatigue !

Hélas, affirmation aussitôt homologuée : le véhicule, inexorablement, rattrapait le retard qu'il avait concédé. Plus tendu qu'un turfiste qui voit son cheval favori se faire moucher, le conducteur ralentit, mais en pure perte : la silhouette grossissait inexorablement dans la ligne de mire des phares. Quelques coudées de plus, et c'en était fini des espoirs qu'avait fait naître un rhythme de course d'évidence trop rapide pour se soutenir longtemps.

La situation était critique : le coureur était à sec d'endurance. Sa vigoureuse détermination du début s'était émoussée, conséquence d'une mauvaise coordination des efforts. Il n'allait plus qu'à grand-peine, désuni, ayant selon l'expression du plomb dans les semelles.

– Tant pis ! rugit le chauffeur.

Il relâcha l'accélérateur, puis appuya de nouveau dessus, à la manière de quelqu'un qui veut éprouver le moteur. La voiture glissa, se déporta et heurta la base en pente douce d'une congère latérale. Dans un réflexe peut-être un peu brutal, il braqua les roues en sens inverse et chercha à relancer la machine. Mais celle-ci, au lieu de se rétablir droit, ébaucha un tête-à-queue, heureusement interrompu par la fermeté du bas-côté. Le chauffeur fit feu des quatre fers pour la réaligner dans le lit du chemin. Cinq tentatives avortèrent. A la sixième, l'avant gauche mordit dans du solide ; ce solide, c'était de la terre meuble que l'une des roues motrices, soumise à un patinage intensif, avait fini par dégager de la gangue de neige. La roue grignota le flanc d'un monticule, mais avec trop peu de fermeté pour se propulser au sommet. Le pilote répéta inlassablement la manœuvre ; dix fois la voiture esquissa la même ruade impuissante, reproduction en miniature du rocher de Sisyphe.

Brusquement, il y eut une poussée, la voiture fut catapultée sur le tertre. Profiter de cette aubaine comme d'un élan et du tertre comme d'un tremplin, le pilote comprit cela en un éclair : il tourna les roues tout en leur imprimant l'impulsion nécessaire à glisser en douceur sur le versant opposé du monticule ; un coup de volant plein d'adresse et l'automobile était enfin parallèle au sentier. Le conducteur poussa un ouf ! qui n'a pas besoin de traduction.

L'incident, délibérément provoqué, n'avait visé qu'à offrir un sursis au coureur. Sans ce contretemps, c'était le fiasco intégral. Ce gant jeté à la face de la fatalité constatait un nouveau combat remporté de haute lutte dans une guerre qui en additionnait déjà plusieurs, mais où un seul revers aurait irrémédiablement anéanti le fruit des succès précédents. Pour l'heure, victoire inestimable : le passager s'était bel et bien évaporé.

Seulement, il était douteux qu’on aurait encore longtemps le pied à l'étrier d'une réussite aussi insolente ;

cette martingale, après celle du manteau, avait peut-être excédé la mesure de la bonne fortune. Celle-ci dépendait de l'habileté du coureur à diligenter le lever de la barrière. Or, dans les conditions qui sévissaient, sa dextérité était inévitablement amoindrie, étant contraint d'opérer à tâtons avec des doigts gourds.

Comme le chauffeur mâchait à cru cette problématique, un objet rouge, cylindrique et horizontal, se découpa à quelque toises dans la bacchanale des flocons. Tout à sa droite, une forme était accroupie et maniait une pièce de métal qu'elle s'efforçait d'introduire dans une alvéole. La pièce de métal était la clef, l'alvéole la serrure du cadenas.

S'égrena alors un insupportable décompte : quinze mètres, puis dix, puis cinq ; l'automobile, c'était sûr, allait se fracasser contre la tubulure qui ne bougeait toujours pas de son support. Des perles de sueur inondaient le front du conducteur. La voiture fut bientôt à moins de dix coudées de l'obstacle ; les coudées se rétrécissaient, la poutre grandissait. Le chauffeur baissa la tête à hauteur du tableau de bord et pria.

L'impact sourd d'une collision ébranla le véhicule.

Ce n'était pas celui qu'il redoutait.

L'impact ne provenait pas de l'avant, mais de l'arrière. Le conducteur écarquilla les prunelles : la barrière avait disparu.

Il n'eut pas loisir de philosopher sur les prérogatives et sujétions de la conjoncture, qu'un spectre intercepta l'angle latéral de réverbération des projecteurs. Immédiatement, il commanda le coulissement de la vitre arrière droite. La collision, c'était celle des mains du passager sur le coffre. Sans doute ce dernier, trop exténué pour atteindre l'habitacle, avait-il voulu s'y jeter. Seulement, la serrure était gelée, et le coffre lui avait opposé une fin de non-recevoir comme s'il contenait les diamants de Bokassa ou les bijoux de la Bégum. Alors, avec l'énergie du désespoir, conscient qu'une halte de la voiture serait un désastre, il s'était fait, qu'on me passe le mot, violence de tripes. On a épuisé ses dernières cartouches, on est à ce stade au-delà duquel la confrontation avec soi-même n'est plus tolérable ; et bien, cela ne suffit pas, il faut encore se vider les entrailles, ce qu'on a fait jusqu'ici est nul et non avenu si l'on ne consent à se surpasser. Alors, on se surpasse. Par quel prodige ? Allez savoir ! Des gestes irréalisables l'instant d'avant, on les accomplit. Il y a dans les bravades que l'on commet pour mater le sort de l'entêtement en érection.

Le pilote prodiguait à ce compagnon de l'impossible de frénétiques exhortations. Ce qui avait été grand confina alors au sublime : d'un coup de rein phénoménal, le coureur arrima ses jambes à la traverse et se projeta pieds en avant dans la cabine, y faisant un atterrissage spectaculaire environné d'un éboulis de neige, comme un petit blizzard au milieu du grand. Puis, droit sur son séant, les deux poings fichés dans la banquette, il exhala un rugissement de fauve.

– Fabuleux ! s'écria le pilote.

L'autre ne rétorqua rien, et pour cause : il haletait, il râlait, le buste rigide, la tête haute, cherchant la meilleure ventilation du diaphragme pour reconquérir son haleine, tout cela en pressant d'instinct le bouton de fermeture de la vitre par où déferlait une escadrille de flocons. Ses suffocations se hérissaient de cris aigus et de râles lugubres, comme quelqu'un qui va tourner de l'œil.

Peu à peu, les soupirs sonores de ces poumons homériques diminuèrent de volume. Le conducteur abaissa le dossier du siège du passager avant, pria son hôte de lui faire l'honneur de s'asseoir à sa droite, ce qu'il fit. Puis, il lui posa la question rituelle :

– Ça va ?

Un signe de tête affirmatif le rassura un peu.

– Je m'appelle Olivier, reprit-il en lui tendant la main, Olivier Lorenz.

Il ajouta, histoire de détendre l'atmosphère :

– Vous, c'est sûrement Philippidès[4].

Chez les taciturnes qui ont quelque teinture d'histoire, une référence historique glissée dans la conversation mine de rien pique souvent la veine de la volubilité requinquée. A l'évocation de celle-ci, le passager pivota vers le pilote et lui rendit sa poignée de main en disant :

– Moi, c'est Alexandre Jung.

– Alexandre ? A merveille ! on ne quitte pas la cour des héros...

Jusque là, Olivier, nous ne le nommerons plus autrement désormais, n'avait recueilli du gosier de son hôte que deux répliques, *oui* et *je vois*. Pour la première fois, une phrase construite, avec sujet, verbe et attribut était proféré par cette bouche cousue. Il n'y manquait qu'un complément ; mais comme on dit, à débuts modestes carrière prometteuse. Ces cinq mots l'incitèrent à exfolier quelques lamelles de l'énigme qui enveloppait le personnage. Car pour Olivier, son opinion était faite : ce fringant sprinter, cet intrépide noctambule, n'était pas un adulte.

Quand on a un indice entre les doigts, on en dévide le fil, pour voir un peu où cela va. Olivier ne se priva pas d'insinuer un court commentaire, lequel, soyons francs, déguisait une question bénignement sournoise :

– Vous m'avez l'air bien jeune...

– J'ai quatorze ans et demi, répondit l'autre.

– Ah...! fit Olivier.

Le lecteur suppléera lui-même les appogiatures et les harmoniques, pour employer des termes musicaux, qui ornementaient ce *ah !*. Si l'on veut apprécier l'accent dont il avait été prononcé et la quantité d'effarement qu'il résumait, il n'est peut-être pas superflu de récapituler les événements qui se succédaient depuis deux heures.

Au volant d'une voiture fourbue menaçant panne à chaque virage, Olivier avait franchi, seul, dans l'incertitude

---

[4] Philippidès était cet athlète qui courut de la plaine de Marathon jusqu'à Athènes pour annoncer la victoire et qui en mourut d'épuisement.

d'une nuit polaire, un col particulièrement périlleux. Alors qu'il savourait la satisfaction de l'avoir mystifié, un blizzard de tous les diantres de la géhenne avait écumé la région ; ce blizzard, il l'avait affronté sans se déconcerter, avec flegme et pondération. Tout à coup, au beau milieu de la contrée la plus sauvage, sur une route qui en plein été additionnait difficilement dix allées et venues quotidiennes, la grande loterie du hasard lui infligeait le bât d'un promeneur solitaire, et cela par le climat le moins propice aux promenades. Ce voyageur, histoire d'assaisonner la monotonie de l'existence, le déterminait à s'arrêter, faute grossière dans un blizzard. Ici, contre tous les pronostics, on repartait de plus belle. Puis ce même voyageur, après avoir failli être son porte-guignon, se métamorphosait en rédempteur et probablement sa bravoure sauvait-elle deux vies. A présent, ce Tantale de l'hiver, qui n'avait pas plus discuté les modalités du calendrier proposé qu'il n'avait hésité à les exécuter tout en y endossant le rôle le plus ingrat, qu'était-il ? Un athlète confirmé ? Une force de la nature ? Un Hercule ? Quelque soldat d'un corps d'élite entraîné à faire face aux conjonctures extrêmes ? Non, un adolescent ; et encore, un adolescent de la première adolescence, quatorze ans, le rameau encore vert de l'âge des jeux, des plaisirs et de l'insouciance.

Jamais kyrielle de prouesses plus invraisemblables n'avait démenti cause plus déplorée. Pourtant, cette cause était gagnée. Par qui ? Par un jouvenceau. Ce drôle à peine pubère avait plié comme le roseau pour vaincre à un contre dix comme son prestigieux homonyme[5]. Avec cela, pas une protestation, pas une plainte ; pour arme la hardiesse, pour auxiliaire le silence, pour modestie l'indolence.

On a beau être encore tout chaud d'une aventure escalabreuse, cela n'empêche pas la matière grise de bouillir comme marmite sous le gaz. Olivier était troublé. Ce garçon

---

[5] Allusion à la victoire du Granique, où Alexandre le Grand tailla en pièces une armée dix fois plus nombreuse que la sienne.

lui en imposait. Respect intuitif que l'on décerne aux êtres pétris dans une pâte à façonner les paladins de l'abnégation et du stoïcisme.

Jusqu'ici, l'équipée des deux jeunes gens ayant eu pour décor l'obscurité, Olivier n'avait toujours pas examiné le visage de son jeune compagnon ; à peine supposait-il qu'il avait les cheveux longs. Le portrait n'allait pas plus loin que ce croquis. Quant au motif de sa villégiature dans le blizzard, ce n'était pas à l'ordre du jour. On verrait plus tard. Pour l'heure, il s'agissait d'apposer le mot *fin* aux pérégrinations, et sans tarder.

Sur ce front-là, tout allait au mieux. L'automobile avait adopté bon train de sénateur. Dans certains secteurs protégés par la forêt, le chemin était presque totalement libre de neige. On voguait en eaux connues ; le port n'était plus loin. Mais la bourrasque ne mollissait pas, ce qui augmentait le risque d'abattage accidentel d'un arbre.

Quant au passager, il s'était recroquevillé dans un mutisme imperméable à toute amorce de dialogue. Olivier, quoique plein de déférence envers une créature d'un tel calibre, se stimula à le dérider, par le truchement d'un lieu commun circonstancié :

– Le couvert forestier s'épaissit, dit-il, on ne risque plus grand-chose.

L'autre ne répondit pas.

– Décidément, pensa Olivier, c'est le sphinx.

Il n'en poursuivit pas moins :

– Ne plus risquer grand-chose ne signifie pas qu'on n'ait plus d'ouvrage sur le métier.

Un ange plana sur cette déclaration. Cette fois, Olivier plia voile noire.

Sa remontrance, nonobstant, n'avait rien que de très pertinent. Il était temps, en effet, de rallier les pénates. Le blizzard, qu'on avait estimé à son zénith, se déchaînait de plus belle, et pour réchauffer une comparaison déjà utilisée, semblait mobiliser le gros de sa réserve, comme si les proies qui lui échappaient décuplaient sa fureur. Des branches entières d'arbres ployaient sur le sentier en parodiant des bras de spectres. Des quatre horizons de la forêt mugissait de si effrayantes rafales qu'un témoin de Jéhovah y aurait interprété l'indice irréfutable d'Armageddon. Parfois un amas de gaulis arrachés au sous-bois s'engouffrait sous le bas de caisse et y explosait comme des pétards. Dans ce pandémonium amalgamant tous les enfers météorologiques possibles, la pauvre carcasse de métal tenait bon le cap, avec l'obstination d'un cuirassé qui brise la houle.

Soit dit en passant, après avoir épouvanté, l'ouragan devenait assommant. A force d'insister, une tempête, si tumultueuse soit-elle, a tôt fait de lasser. Elle rabâche. Ses férocités ne sont plus que des amplifications de rhétorique.

On navigua ainsi pendant trois bons quarts d'heure. La déclivité du sentier, que le défaut de perspective de la nuit exagérait, phénomène courant, donnait l'illusion d'une ascension vers on ne savait quels firmaments babéliques. Soudain, le conducteur égrena un chapelet de paroles parfaitement incompréhensibles à un non initié :

– On a eu Charybde, dit-il, c'était la barrière ; voici Scylla, la Roche Tarpéienne.

Le caractère sibyllin de ce soliloque eut une conséquence heureuse, il fit un pli à l'impénétrabilité du jeune garçon :

– La Roche Tarpéienne ? bredouilla-t-il ; qu'est-ce que c'est ?

Comme il articulait cette interrogation, il n'y eut plus de neige, un halo phosphorescent encercla la voiture avec la diaphanéité d'une aurore boréale. Celle-ci s'engagea sous une voûte et frôla une hideuse paroi toute suintante d'humidité. Olivier, jusque-là plutôt détendu, s'était roidi. Cette traversée de ténèbres dans les ténèbres ajoutait à l'horreur je ne sais quoi de grandiose. Elle se prolongea plusieurs minutes. Enfin, le tunnel s'effaça, la paroi s'évada du champ des projecteurs, l'automobile fut de nouveau secouée comme un détroussé, Olivier poussa un profond soupir :

– Il vaut mieux que vous le sachiez, dit-il, maintenant que le danger est derrière nous, ce qu'on vient de doubler est un promontoire du type ça passe ou ça casse. Je ne vous l'ai pas dit pour ne pas vous effrayer, mais il ne laisse qu'un mince défilé de cinq mètres entre un énorme roc à gauche et un ravin abyssal à droite. Le roc fait un surplomb de dix mètres, le ravin plonge à plus de cent. Cela dit, j'ai l'honneur de vous annoncer que nous avons triomphé du dernier adversaire de cette rude campagne, et qu'il ne nous reste plus qu'à dresser l'inventaire de nos trophées. Mais je vous dispense de sauter de joie.

Comme il débitait ce discours, avec, avouons-le, une certaine suffisance et beaucoup d'emphase, de violents soubresauts, sans aucun rapport avec la tempête, agitèrent le véhicule, un peu à la manière d'un robinet qu'on actionnerait à vide. L'un d'eux, plus irascible que les autres, le cloua sur place.

Olivier serra le frein à main, étreignit le volant de deux mains convulsives, jeta un coup d'œil au tableau de bord et déclara :

– Panne d'essence !

La roche tarpéienne n'est pas loin du capitole

Une panne d'essence, cela paraît improbable, comme une mauvaise plaisanterie ! Si près du but, subir un pied de nez du sort aussi ridicule… Et pourtant, le fait était indubitable. Olivier s'esbouffa d'un rire nerveux en s'écriant :

– Mais quel con !

Cette interjection passablement autocritique récapitulait avec pas mal de dérision la grosse bourde dont il accusait pleine et entière responsabilité : tout à son combat contre les intempéries, il avait négligé la condition sine qua non du bon fonctionnement d'un véhicule à moteur, un réservoir bien rempli.

Au demeurant, négligence pardonnable : dans les conditions où les deux acteurs de cette épopée avaient fait feu des quatre fers, il n'était pas étonnant que le niveau du carburant eût considérablement diminué sans éveiller la vigilance du pilote. Hélas, la jauge indiquait impitoyablement le niveau zéro. Cette fois, c'en était fini.

– Même si j'avais eu un bidon de secours, affirma Olivier, ça servirait à pas grand'chose, faudrait réamorcer la pompe à essence…

Essuyer un tel revers après avoir triomphé de tels détroits, ce n'est pas une raison pour égarer son flegme : on avait bien cheminé, la Roche Tarpéienne était derrière soi. Or, l'utilité de ce promontoire, c'est qu'il mesurait la distance parcourue : la Roche se situait au kilomètre 5 ½ dans le sens ascendant. L'itinéraire total du sentier additionnant un peu moins de huit kilomètres, cela signifiait qu'il s'en était fallu d'une demi-lieue que la voiture ne touchât au but.

– Il n'y a plus qu'à affûter nos grègues, déclara Olivier.

Il ajouta, comme un capitaine galvanise le moral de la troupe :

– C'est l'affaire d'une vingtaine de minutes.

Incontinent, il énonça quelques instructions :

– Bon, on rassemble nos bagages ; les miens sont dans le coffre, et il a beau geler à pierre fendre, j'aurai raison du coffre. Pendant ce temps, remets ton manteau et harnache-toi au plus serré, on n'en a pas fini avec la tornade. J'ouvrirai la marche ; ne t'écarte pas de mon sillage d'un pouce. J'ai parlé d'un ravin, j'insiste : s'il y a une chose plus traîtresse qu'un ravin, c'est un ravin invisible. C'est pourquoi il est prudent de s'encorder. Prends ce filin et fais un nœud solide à ta ceinture.

On aura remarqué dans l'apostrophe la substitution du tutoiement au voussoiement. Rien de plus normal, après une période d'observation, que d'employer le ton familier quand celui avec lequel on baroude, fût-ce contre un orage polaire, est un adolescent, et que cet adolescent n'a guère que quatre ans de moins que vous ; la jeunesse façonne spontanément les fraternités d'armes et nourrit les sympathies qui désavouent les attitudes composées. Olivier n'eut donc aucun scrupule à tutoyer son compagnon.

C'était sans consulter l'humeur de ce dernier ; visiblement, le jouvenceau ne l'entendait pas de la même oreille. Le tu parut lui faire l'effet d'un verre d'eau jeté à la figure. Il fixa sur Olivier un œil de basilic tout empesé de cette morgue qui crie au viol et qui taxe d'impertinence ce qui n'est que simplesse. Olivier fronça les sourcils.

Olivier était meublé d'un caractère qui se résumait en un mot : limpidité. C'était un être clair, direct, franc, honnête et littéral[6]. Il avait en horreur ce qu'il nommait les deux hydres des consciences moites, la réticence et le mensonge. *La réticence*, disait-il, *est un euphémisme pour lâcheté, et le mensonge lui lustre la couronne*. L'attitude d'Alexandre, qui reflétait exactement ce qu'il détestait, lui fit plisser l'un des coins de ses lèvres, notation d'ironie à cheval entre

---

[6] Dont on peut prendre la parole à la lettre.

l'agacement et l'indulgence. Il s'adressa assez rudement au jeune garçon :

– Ecoute-moi, sacré héros des neiges, dit-il, j'ai dix-huit ans, tu en as quatorze. On se tutoie, à nos âges ; c'est peut-être une familiarité qui t'offusque, mais il faudra t'y faire, elle n'offusquera que toi.

Ayant bombardé son vis-à-vis de ces belles paroles sur le mode mi-partie comminatoire et bienveillant qui convenait, comme la langue de ce dernier était apoplectique, il s'extirpa de la voiture, vola au coffre qu'il eut toutes les peines du monde à décacheter d'un sceau de gel plus hermétique qu'une soudure à l'arc, boucla sur son dos un sac de villégiature, et sonna le branle du départ d'un : *allons-y !* sonore qui eut l'impact souverain d'un ordre de chef de section en patrouille.

L'adolescent n'avait pas bronché. Il est indéniable que certains individus transpirent une autorité qui coule de source ; cela procède peut-être de leur façon particulière de chanter pouilles.[7] Olivier était de ceux qui morigènent avec cordialité. Ayant de la sollicitude dans la remontrance, on lui répliquait malaisément. Alexandre considéra-t-il qu'il était plus sage de composer avec un tempérament peu traitable aux minauderies ? Ce qui est sûr, c'est qu'il fit ce qu'on fait ordinairement dans ces cas-là, il passa carrière. L'instant d'après, les deux voyageurs, dûment reliés l'un à l'autre par un filin, se mettaient en route, Olivier battant l'estrade.

Tant qu'on avait eu pour abri la voiture, bien calfeutrés entre les cloisons de cette tour d'ivoire, la nuit n'avait pas été tout à fait de la nuit. C'est quand la lumière fait défaut qu'elle nous manque le plus cruellement ; celle des projecteurs éclairait à peu de distance, sans doute, mais enfin elle éclairait, et cette présence même humble, même

---

[7] Chanter pouilles, faire une remontrance.

artificielle d'un tout petit flambeau avait eu quelque chose de rassurant.

Tout à coup, sans transition, les deux garçons étaient plongés dans les ténèbres. Par ce singulier mimétisme de la nature qui approprie si souvent ses manifestations au symbolisme animalier, l'image de la fosse aux lions s'accorda immédiatement dans leur esprit au typhon qui rugissait.

Commença alors la dernière ligne droite. La fatigue accumulée depuis des heures, plus accablante encore pour Alexandre, les harcela tout de suite avec l'acharnement d'un créancier qui exige quittance. Ils ployaient le dos, à demi asphyxiés par le vent auquel se mêlait l'irritant tourbillon de ces insectes de l'hiver que sont les flocons. Par chance, leurs pieds ne s'enfonçaient pas dans plus de vingt centimètres de neige. Mais la pente était rude, et le cyclone qui s'engouffrait sur le sentier comme à l'intérieur d'un goulet les obligeait à se détourner fréquemment. Il s'enflait quelquefois avec une telle violence qu'on ne respirait plus face au vent sans suffoquer. Alors les deux égarés courbaient l'échine, arc-boutés comme deux roseaux contre l'inconcevable sauvagerie des éléments.

Olivier s'efforçait de guider son jeune compagnon dans un dédale dont il était le Thésée. Ce qu'ils enduraient en cette heure poignante de solitude et de souffrance, le lecteur s'en peint-il un tableau fidèle ? Ils titubaient, pareils à des hommes ivres ; par instants, le sens de l'orientation trahissait l'aîné et il devait s'appuyer à sa gauche sur une espèce de corniche. Leurs yeux brûlaient, ils avaient les membres gourds, une douleur aiguë leur perçait le tympan.

Brusquement, l'aîné perçut un cri étouffé aussitôt relayé par une brusque tension de la corde. Il fit volte face et se précipita au jugé : Alexandre vacillait, un genou à terre.

Hélas, le combattant du blizzard, l'intrépide vainqueur de la barrière, sans lequel rien de ce qui s'était accompli jusqu'ici n'aurait été possible, était brisé. L'épreuve finale l'avait terrassé. Olivier le soulagea de son sac et d'un de ses bras sous ses aisselles l'aida à se redresser debout.

– Courage, dit-il, on arrive.

Il valait mieux arriver, en effet : l'adolescent était si exténué qu'il ne parvenait plus à fournir le moindre effort ; le geste le plus anodin infligeait à ses muscles un supplice insurmontable. Un râle prolongé s'exhala de l'héroïque poitrine.

– Bon sang ! s'écria Olivier, tu ne vas pas flancher maintenant ? Après tout ce que tu as fait !

Mais le malheureux enfant n'entendait plus ; il s'affaissa dans les bras d'Olivier. Celui-ci n'eut d'autre échelle que de le hisser sur ses épaules. Olivier avait certes de la vigueur, mais enfin il n'était pas Jean Valjean. Se charger d'un triple fardeau, deux sacs et un corps humain, c'était assujettir sa volonté à son abnégation, c'était renverser conjointement tous les obstacles, l'obscurité, la bourrasque, l'aveuglement, l'étroitesse d'un sentier inégal que bordait un précipice. Quand il eut affermi son centre de gravité, quand il estima son assiette à peu près stable, il s'élança avec la rage du désespoir, les dents serrées, tous les ressorts de sa ténacité bandés dans une ultime flambée de bravoure. Etrange symétrie du hasard, chacun des deux garçons aurait porté à son tour la croix de l'autre.

En ce moment, la neige décupla, les rafales redoublèrent. Des gifles de bise acariâtres et irascibles fouettèrent la face des deux noctambules dans un chœur de longues plaintes lugubres. Devant eux se profilait une énorme muraille blanche, apparition fantastique surgie d'un abîme.

L'assaut brutal du vent avait un peu ranimé Alexandre ; il entrevit la muraille :

– On est perdus, murmura-t-il.

– On est sauvés, répondit Olivier.

La réponse du jeune homme n'était pas une fiction destinée à courir au change. Ce rempart immaculé annonçait en effet la sortie de la forêt. Là, le vent soufflant librement balayait toute la surface d'un haut plateau dégagé ; d'où l'épaisseur de la neige, au surplus favorisée par l'altitude. Résolument, le jeune homme fonça dans la mêlée, d'un pas ferme, sans se déconcerter, esquissant une courbe vers la droite qui s'incurvait davantage à mesure qu'il se rapprochait. De quoi se rapprochait-il ? Qu'est-ce que cette banquise pouvait bien dissimuler d'autre qu'un gouffre béant où il n'y avait plus qu'à s'ensevelir ? L'espace de quelques secondes, il sembla hésiter, comme quelqu'un qui cherche à se repérer, avec cet instinct qui dans les grands périls est une boussole. Tout à coup, un crissement métallique fit sursauter Alexandre, Olivier se fraya une tranchée entre deux grilles hautes comme des portes de cathédrale, jusqu'à une masse noire. Il déposa l'enfant contre ce qui était un mur, fouilla dans une de ses poches, attrapa une clef qu'il introduisit dans une serrure et poussa une porte ; un toboggan de neige croula à l'intérieur. Olivier saisit Alexandre, l'entraîna à travers l'ouverture, referma soigneusement la porte sur lui, et l'instant d'après le vent s'évanouit, le brouhaha de l'ouragan s'amortit en sourdine, le tumulte ne fut plus qu'un bruit de fond.

Ce surprenant silence, ce contraste presque absolu entre le tohu-bohu et le calme le plus paisible, avait achevé de ragaillardir l'adolescent. Il lui sembla qu'une voix lui disait :

– Nous sommes chez moi. Bienvenue aux Froides-Aigues.

Epilogue d'une journée chargée

Olivier fit quelques enjambées dans l'ombre, avec l'aplomb d'un aveugle qui sait où il va. Un bruit sec et mat claqua comme un coup de fouet, une clarté vive inonda la pièce. Les deux garçons, aveuglés par cette trop brusque substitution du jour à la nuit, se protégèrent les yeux de leurs mains.

L'endroit où ils avaient pénétré ressemblait à une cave et avait les dimensions d'un hangar : c'était une salle rectangulaire, vaste, propre, sommaire, haute, solennelle et familière. Pas le moindre ornement, à la réserve du mur d'enceinte lambrissé de lattes de pin convenablement jointoyées, mais sans art particulier.

Le temps de s'accoutumer à l'éclairage, le jeune homme se dirigea vers une étrange machine qui trônait tout au fond de la pièce.

Cette machine avait un aspect qu'on pourrait qualifier de difformité comique. C'était d'un noir anthracite, lourd, pataud, grotesque, incrusté de rides et tuméfié de boursouflures, un peu comme ces trombines débonnaires de gentils monstres qui menacent avec une grosse voix de manger tout crus les petits enfants, et qui ne réussissent qu'à les faire rire.

L'engin n'avait pourtant d'autre appétit que celui du bois ; en s'en approchant, on n'était pas long à dégrossir l'architecture rustaude d'une inoffensive et utile chaudière. Or, qui dit chaudière dit chauffage, qui plus est chauffage central. Olivier, après avoir actionné un système compliqué de tirettes et de volets, fit craquer une allumette empruntée à une boîte qui n'était peut-être pas là par hasard, et communiqua le feu à du papier qui garnissait le foyer. Le papier, étage inférieur d'une savante gradation de combustible allant de la brindille au billot, proclamait lui aussi la précaution de longue date. Olivier manipula encore quelques instruments incompréhensibles à un non-initié, rabattit le maître-volet, et déclara en se frottant les mains :

– Dans une demi-heure, il fera chaud.

Pendant qu'il vaquait à ces occupations calorifiques, l'adolescent gisait toujours le long du mur où il s'était affalé. Olivier l'épaula jusqu'à l'angle du bâtiment immédiatement à gauche de la porte d'entrée, où s'enroulaient les degrés en spirale d'un escalier tournant. A l'issue de cet escalier, il poussa une massive porte de chêne surmontée d'un linteau que décorait un lion doré irradiant des rayons dans toutes les directions. Au-dessus du lion, un tympan de fort belle facture s'enorgueillissait de cette inscription en taille-douce : hic procul umbrae.[8]

Les deux garçons, l'un soutenant l'autre, accédèrent à l'extrémité d'un vaste corridor où une distribution d'élégantes appliques murales sphériques de toutes couleurs diffusait une lumière feutrée polychrome. Juste en face était la cuisine de la maison. Olivier y fit asseoir son hôte et lui demanda s'il tiendrait le coup, le temps de quelques arrangements indispensables. Alexandre opina fiévreusement. Le jeune homme lui servit à boire et but lui aussi, ayant tous les deux grand'soif ; puis il s'éclipsa ; il revint bientôt les bras encombrés de deux épaisses robes de chambre.

– Déshabille-toi, dit-il.

Il ajouta :

– Entièrement.

Alexandre s'exécuta sans discuter.

A mesure que les vêtements s'amassaient sur le carrelage, en étalant des flaques d'eau un peu partout, le bilan des dégâts de la péripétie nocturne se montrait, pour ainsi parler, à nu. Le malheureux adolescent n'avait plus un poil de sec. Il

[8] Loin d'ici les ténèbres. Formule hermétique qui est celle de la sacristie du monastère franciscain de Cimiez, dans les Alpes-Maritimes.

claquait des dents. Olivier, non mieux loti, mais peut-être plus endurant, assignant surtout à son rôle de tuteur improvisé des raisons de ne pas trop songer à lui, s'était hâté d'imiter son compagnon, tout en l'aidant à retirer son pantalon de jean, collé à ses jambes par le rétrécissement de l'humidité. Enfin, quand tous deux eurent dépouillé leurs frusques, il emmitoufla le jeune garçon dans l'un des peignoirs. L'instant d'après, les deux souffreteux, chaussés de grosses charentaises à doublure de laine, se transportaient au deuxième étage, et Olivier introduisait Alexandre à l'intérieur d'une pièce d'où s'échappaient des nuages de vapeur, réconfort auquel on avait été à deux doigts de ne plus jamais goûter. La vapeur réalisait l'idéal du phénomène thermodynamique d'une baignoire où coulait de l'eau chaude en y gonflant une montagne de mousse blanche aux parfums suaves, autre luxe oublié.

Quant au bain, on imagine qu'il n'empruntait pas ses attraits à un raffinement de sybarites, mais qu'il revendiquait son impératif sanitaire. Car Alexandre n'était plus qu'une plaie ulcérée de toute la variété des avaries hivernales, onglées, engelures, gerçures et autres crevasses. Les extrémités de ses membres, crispées par de terribles contractures, étaient insensibles, conséquence de l'inaction forcée où il avait été réduit au cours de son transport à dos d'homme.

Il était urgent, on le voit, de remédier à un délabrement physique qui menaçait ruine. Ici, on protestera que la meilleure méthode ne consistait peut-être pas à lui faire subir le châtiment de l'ordalie, fût-elle à trente-sept degrés de température. Cela est vrai, sans doute ; mais aux situations extrêmes, mesures extrêmes. Du reste, Alexandre était si groggy qu'il s'immergea dans le liquide sans trop démêler ce qu'il faisait. Evidemment, il vociféra un cri de Walkyrie en déroute. L'espace d'une ou deux secondes, il fut persuadé d'avoir été jeté dans une cuve à bouillir vif ; quant à Olivier, c'était l'ogre local qui faisait mijoter ses victimes avant de se les servir à table, probablement. L'infortuné adolescent, hurlant comme un damné, prétendit fuir précipitamment ce creuset de l'enfer qui, s'il fournissait un échantillon de l'autre, proposait un aperçu des péchés qui s'y expient. Il fallut lui démontrer que son état exigeait des mesures prophylactiques énergiques, et que toute tergiversation compromettrait davantage sa santé. Pour le convaincre, Olivier employa une rhétorique à grandes guides composée essentiellement de syllogismes. Il y réussit, mais ce fut au prix d'une torture inhumaine que le pauvre garçon s'infligea avec, hâtons-nous de l'affirmer, beaucoup moins d'enthousiasme que les convulsionnaires ne se fouettaient le derrière au cimetière de Saint-Médard dans l'espérance de gagner un billet pour le paradis.

– Serre les dents, dit l'aîné, tu vas passer un sale quart d'heure, mais dis-toi que ce n'est rien à côté de la cuisson de Jacques de Molay en 1312, il y a de cela exactement…, attends que je calcule… 728 ans.

L'adolescent, pour l'heure peu perméable aux références historiques, jura son dieu et son diable qu'il était condamné à un martyre éternel style Ixion, et que le fer rouge qui fouillait sa chair valait bien la roue où cet imprudent rival de Zeus avait été crucifié. Olivier le regardait, navré et impuissant, se tordre comme un serpent qu'on coupe en deux, crisper ses poings, mordre ses lèvres jusqu'au sang, tout cela dans un concert de gémissements à faire peine.

Par bonheur, toutes choses ici-bas ont une fin, y compris les mauvaises ; les brûlures s'atténuèrent peu à peu, les lèvres renouèrent avec une teinte plus en conformité avec leur pourpre naturel. Alexandre se détendit et, haletant, avala d'amples bouffées d'air qui constataient l'heureux dénouement clinique de sa persécution.

Restait à peaufiner l'ouvrage par une vigoureuse friction au gant de crin censée le ressusciter définitivement : Olivier se dévoua, en bon aîné soucieux de son cadet. A l'égard de ses propres maux, dont il faut bien dire quelque chose, on saura qu'il en était quitte de quelques crampes qui lui avaient roidi les mollets et déformé deux ou trois orteils ; modeste fagot d'épines au prix du calvaire du benjamin. D'ailleurs ce dernier, avec cette suprême amnésie de l'enfance si prompte à tourner la page et accommodant tout à son insouciance, se consacrait aux agréments de la baignoire.

On n'a pas idée de ce que procure ce simple plaisir, un bon bain chaud, quand on a lutté d'arrache-pied, des heures durant, contre une bourrasque polaire. Pour ces éclopés qui avaient côtoyé leur néant, ce fut un inexprimable bien-être. Quoi de comparable à cette volupté, sentir sur ses os pétrifiés, sur sa peau frissonnante, dans tout son corps meurtri la chaleureuse caresse d'une onde tiède et délicieusement odorante ? Ils prolongèrent leurs ablutions en se délectant du petit dîner qui mitonnait, prévention judicieusement complotée par le maître des lieux.

Détail notable : pour la première fois depuis leur rencontre, Alexandre eut envers son hôte un vrai sourire franc et cordial. Olivier se dit philosophiquement qu'en sauvant un organisme de la réfrigération, il ne désespérait pas d'avoir dégelé une âme arctique.

Tout à la joie de cette renaissance, il observait le jeune garçon.

Si l'on accorde foi à une théorie, du reste fort contestable, et contestée au moins par La Fontaine, la figure d'un être reflète peu ou prou son tempérament. Même très jeune, un vaillant est pour ainsi dire imprégné des symptômes de la vaillance. Une certaine fermeté mâle ne messied pas au héros, fût-il tempéré par Chérubin.

Celui qu'Olivier dévisageait contredisait radicalement le paradigme.

Ce qui l'avait frappé tout d'abord, c'était la finesse des traits. Finesse toute particulière, modulée par cette ligne léonine que l'on prêtait jadis aux grecs d'Ionie, où la nonchalance et la vitalité, en s'équilibrant, se corrigent l'une l'autre et réunissent sous un même pinceau le Spartiate et l'Athénien. Rien n'était harmonieux comme la régularité et la délicatesse de son profil digne d'être ciselé de la main même de Phidias. Ses cheveux mouillés, dont la teinte oscillait entre le châtain foncé et le brun, flottaient sur ses épaules en longues mèches capricieuses. Il avait le nez droit exquisement retroussé à la diable, le front haut et large, les lèvres ni trop fines ni trop épaisses, c'est à dire sensuelles sans vulgarité. Quant à ses yeux, nul doute que les bas-bleus du temps de Clarisse et de Clélie[9] se seraient exclamées qu'ils *imitaient deux émeraudes serties dans un ravissant écrin.*

Un nuage altérait cette physionomie.

Tout de suite, Olivier avait flairé l'anomalie en se formulant ce rectificatif : un ange qui aurait vu l'envers du décor. Il émanait d'Alexandre on ne savait quoi de farouche et de fatal. Sans doute la fatigue accusait-elle l'empreinte de ces stigmates forcément appelés à s'amoindrir, mais il était difficile de ne pas subodorer, en arrière de l'écolier, le garçon qui a vécu ; on serait tenté de dire : qui a trop vécu. Tout, en lui, trahissait une défiance compliquée de cette superbe qui se traduit par un port de tête aristocratique obscurci d'une expression ombrageuse.

Au demeurant, ces réserves faites, le plus bel adolescent du monde. Ajoutons à cela une mine assortie à la panoplie des masques et grimaces dont on fait grande libéralité à quatorze ans selon que l'on est contrarié, nonchalant,

---

[9] Du temps de Mme de Sévigné, dans la France pédante, frivole et cruelle de Louis XIV, quelques dames de la cour, réduites à l'oisiveté indissociable de leur rang social, avaient cru se sauver d'un ennui mortel en se faisant auteurs de romans. Ces romans proposaient force histoires d'amours contrariées par des pères incompréhensifs, dans lesquelles les amants étaient des Céladons ornés de plumes, de rubans et de mauvais alexandrins. Ces bluettes faisaient invariablement pâmer les cœurs sensibles de la sensibilité qu'on avait à cette époque, c'est à dire environnée de vapeurs et d'évanouissements, genre à la mode. Pendant ce temps, le duc de Chaulnes faisait brancher des paysans sous les fenêtres de Mme de Sévigné, pour quelques lièvres pris sur ses terres.

ironique ou suspicieux. Alexandre faisait hésiter entre Hyacinthe, Gavroche et Roddy le Petit Trappeur.

Comme la conversation languissait, par la raison qu'il n'y avait pas de conversation, Olivier tailla une brèche dans le mutisme ambiant en demandant grâce pour l'irrespect passablement despotique avec lequel il avait malmené la pudeur ; il appuya ses ordonnances en invoquant le cas de force majeure.

– C'est égal, dit Alexandre, la nudité ne me gêne pas.

– Tant mieux, répondit Olivier, les éducations cache-sexe m'ont toujours induit à grande perplexité. Le zizi est souvent révélateur ; qui s'obstine à l'escamoter a bien d'autres sujets de dissimulation.

Il n'avait pas achevé sa phrase qu'Alexandre se décomposa comme s'il était la proie d'un malaise. Le malaise, c'était ce qu'on nomme communément le coup de bambou et qui se transmit en un éclair à l'aîné, par contagion. Tous deux bâillèrent à s'en décrocher la mâchoire :

– Allons ! s'écria ce dernier, il est temps de conclure une si belle journée...

Cinq minutes plus tard, lavés, séchés, exténués, mais plus encore affamés, les survivants du blizzard se restauraient sur le pouce d'un cassoulet en boîte, se désaltéraient à profusion, car la soif contractée par l'effort est comme la colère des femmes, elle a plus d'une récidive. Ni l'un ni l'autre ne se souvint clairement de ce qui advint ensuite. Il paraît que tous deux s'abîmèrent dans un de ces sommeils dont on dit que la profondeur reproduit par atavisme l'ancienne faculté d'hibernation de l'homme, aux premiers âges de la civilisation.

Comme on se couche on se lève

A peine avait-il clos les paupières qu'Olivier s'éveilla. Il avait dormi huit heures de rang, avec l'impression désagréable et frustrante qu'il ne s'était écoulé que cinq minutes.

En face de son lit s'égayait une jolie pendule bavaroise accrochée au mur. La pendule indiquait dix heures.

Le garçon soupira, grogna, fit quelques étirements, pivota sur son axe, se dressa debout comme un marin foule la terre après un long périple, c'est à dire en titubant, enfila sa robe de chambre déployée à plat sur l'édredon et la serra à la ceinture, en tâchant de ranger de côté ce qui le gênait et qui gêne à peu près tous les jeunes gens au sortir du sommeil.

Il faisait froid dans la chambre. Olivier actionna le thermostat du radiateur, se dirigea vers le corridor, marcha jusqu'à l'escalier, descendit à l'étage inférieur et arpenta le couloir jusqu'à la cuisine ; tout cela d'un pas traînant, les membres rigides, les articulations douloureuses, la tête laminée par un étau. Une fois à la cuisine, il s'affala plus qu'il ne s'assit sur une chaise et, les paumes des mains appuyées contre les tempes, délibéra s'il n'allait pas se recoucher au plus vite.

Ce défaitisme provisoire céda rapidement à deux antidotes efficaces, d'abord la volonté de se rudoyer, ensuite son estomac qui criait famine. Olivier prépara chocolat et café, décongela un énorme pain de campagne en boule, et tandis qu'un savoureux bouquet d'aromates flottait dans la pièce, il songea. La nuit, la neige, la tempête, la rencontre avec l'adolescent, l'incroyable séquelle de prouesses livrées contre un des plus terribles blizzards jamais éprouvés de mémoire d'autochtone, se nouaient et s'échevelaient sous son crâne en une brume tumultueuse et brouillonne. La perspective qui se composait et se recomposait sans cesse de ce chaos était fuyante. A l'évocation de tant d'obstacles miraculeusement vaincus, il était dubitatif. Demi-amnésie caractéristique des lendemains de bataille. Le recul manque. On n'est pas bien sûr que tout cela ait été réel. Les linéaments de la vraisemblance et de la fiction se juxtaposent, se confondent, s'empruntent leurs couleurs et leurs aspects et s'entrecroisent dans un inextricable treillis où le rêve côtoie le tangible et la stupeur le scepticisme.

Peu à peu, cependant, les vapeurs s'estompèrent, la mémoire du jeune homme s'éclaircit. Quelques trouées percèrent le magma des incertitudes et une certaine transparence se fit jour. En même temps, son regard s'était évadé par la fenêtre.

Le vent avait molli, mais la neige tapissait tout, forêt et campagne. D'après l'échelle de mesure qu'étalonnait la grille d'entrée, la couche atteignait presque deux mètres.

Par ce jeu de la contemplation poétique qui se superpose à elle-même et ouvre comme une parenthèse dans une parenthèse, la prunelle d'Olivier s'était fixée sur le paysage. La somptueuse beauté de l'hiver resplendissait à perte de vue au gré des plis harmonieusement irréguliers et des ondulations qui habillaient la nudité du moindre arbre et de la plus humble broussaille. L'intimité de la nature s'offrait un dais protecteur, à la fois pesant et léger, d'une pureté virginale où se hasardaient quelques passereaux inquiets et frissonnants.

Olivier n'était pas enchanté, il était fasciné. La fascination, c'est l'enchantement piqué au vif. Un bataillon de freux coassait en se disputant un objet, probablement une dépouille de l'ouragan ; au loin, sur un rempart abrupt qui surplombait le chemin, et qu'on nommait la Crête, d'insolites créatures pointaient et dérobaient leurs museaux avec une promptitude effarouchée. C'étaient des renards, sans doute attirés par la pitance que se chamaillaient les corbeaux.

Il y eut, au cours de ce spectacle féerique, un intervalle d'émotion forte.

Tout à coup, le jeune homme lâcha un *oh !* admiratif : à l'orée de la forêt, là où quelques heures plus tôt il avait soutenu Alexandre sur ses épaules, une majestueuse encolure avait surgi en soulevant des tourbillons de poudreuse. Un magnifique cerf, les narines frémissantes, la tête busquée que dominait la couronne enchevêtrée de sa splendide et hiératique parure de bois, scrutait la maison avec la superbe d'un seigneur qui visite ses domaines. Brusquement il fit volte face et s'enfonça en détalant sous la lourde et sombre tunique des sapins.

Ce ne fut pas sans regrets qu'Olivier s'extirpa de sa divagation ; l'épisode du cerf avait engendré une heureuse conséquence d'éparpillement de sa lassitude. Cependant, les contingences des obligations quotidiennes se rappelaient à lui ; il grelottait ; il palpa le radiateur et le jugea bien tiède. Il s'habilla, déboula au rez-de-chaussée, et après avoir enfourné quelques billots dans la chaudière, régla le tirage de façon à ranimer la chaleur. Puis il retourna à la cuisine et avala une tasse de café.

Sa mémoire se canalisa de nouveau sur les péripéties de la nuit.

Olivier les avait d'abord appréhendées globalement, on pourrait dire grosso modo, sans sonder en profondeur. Cette fois, il se concentra sur celui qui en était l'acteur essentiel, pour ainsi dire la pierre angulaire.

Qui était ce garçon ? D'où venait-il ? Quelles circonstances l'avaient jeté en pleine tourmente, sur la route la plus sauvage du canton le plus désolé ?

Une foule de conjectures lui pressait la cervelle. Alexandre était-il un délinquant, un fugueur, ou, pire, un criminel ? Dans ce cas, la police était sûrement à ses trousses. Son escapade ressemblait tant à une fuite… Car pour affronter comme il l'avait fait, seul et sans appui, le froid, l'obscurité, la bourrasque, tous les ingrédients d'un vagabondage suicidaire, il fallait qu'il y eût un puissant motif à la clef. On ne risque pas ainsi sa vie, surtout à quatorze ans, par fantaisie.

Que faire ? Alerter les gendarmes ? Olivier ne l'envisageait pas une seconde. Le garçon était son hôte et en qualité de tel, le toit de sa maison qui le protégeait le faisait inviolable. Qu'il fût convaincu ou non de forfait, cette loi était pour lui, Olivier, la plus sacrée des lois. Jadis, les brigands poursuivis par la prévôté obtenaient sauf-conduit et protection des églises, lieux d'asile. Olivier, être fraternel et bienveillant, honorait ce principe, au nom de l'élémentaire charité que se doivent entre elles les créatures de Dieu. Quiconque se présentait aux Froides-Aigues y était bienvenu sans correction de sa personne ; c'était un temple qui le soustrayait au profane. Le profane, traduisez : l'autorité.

Soit dit en passant, ce droit d'asile de nos jours n'est plus trop en odeur de sanctification. La lettre de l'évangile, qui autrefois régissait bien des actions humaines, a fait long feu. De pauvres hères démunis, sans domicile, sans papiers d'identité, épouvantés par le spectre de l'expulsion en arrière d'un arrêté officiel, c'est à dire pour les uns la prison, pour les autres la mort, ne disposent plus de ce garde-fou qui naguère rectifiait la justice des hommes par la miséricorde divine.

Nous vivons un siècle de fer. La pitié, la commisération baisent servilement l'ergot des priorités voraces. La vie compte pour néant aux yeux des maîtres de ce monde : concourir au massacre de peuples entiers par le commerce des armes, marchander à un histrion sanguinaire déguisé en maréchal d'opérette la livraison des dissidents que son despotisme avait réduits à l'exil, ces ignominies homologuées par quelques tampons et signatures ne remuent pas la moindre houle de conscience chez certains individus en complet-veston pour qui indifférence et mépris sont les deux moteurs de leur promotion politique.

Nonobstant ses préventions d'accueil, Olivier n'en était pas moins sceptique à l'égard de l'énigme Alexandre. Il fut d'abord tenté de l'entamer par le côté facile, d'ébaucher l'âme d'après la physionomie. Mais la méthode péchait par son arbitraire, et il y renonça.

Toutefois, en dépit des réserves que lui inspirait un procédé forcément discutable, il ne put empêcher des bribes de réflexions d'infléchir son appréciation et de la façonner tant soit peu sous ce burin. Et là, ce fut à l'avantage de l'adolescent. Pour l'avoir observé avec une certaine exactitude, Olivier ne se résolvait pas à lui trousser le portrait rébarbatif d'une petite gouape dévoyée. Certes, son laconisme initial l'avait desservi : qui n'a rien à cacher ne se recroqueville pas aussi farouchement dans une bastille d'insubmersible taciturnité. Mais cette prétendue dissimulation n'était-elle pas tout simplement de la timidité ? L'aventure dont il avait été ensuite le rouage si décisif avalisait cette présomption : quel garçon de quatorze printemps aurait témoigné une telle trempe de vaillance à faire pâlir d'envie un légionnaire ? On n'est pas intrépide sans un certain capital de vertu. L'héroïsme et la veulerie signent rarement protocole d'alliance. Cambronne et Buffet[10] ne couchent pas sous le même toit.

De là à induire que l'escapade de l'adolescent se prévalait d'un mobile légitime, il n'y avait qu'un fossé, et Olivier, somme toute, n'était pas fâché de l'enjamber.

A force de se distiller ainsi les méninges, la conviction que l'expédition d'Alexandre était délibérée, qu'il ne s'agissait pas d'un accident de parcours, s'y était enracinée. Ce drôle n'avait pas arpenté la montagne par goût de la villégiature. Le fait est qu'il se rendait quelque part. Où ? Une grande partie du mystère résidait dans ce *où*. Le *pourquoi* l'épaississait.

---

[10] On se rappelle peut-être qu'à Clervaux où ils purgeaient leurs peines, pour le premier à perpétuité, pour le second de vingt ans de réclusion, Claude Buffet et Bernard Bontemps s'étaient enfermés dans l'infirmerie de la prison et avaient égorgé une infirmière et un gardien.

Comme Olivier escaladait les ressauts escarpés de ces questions en suspens, une silhouette, enveloppée dans une élégante robe de chambre cramoisi, se découpa sur le seuil de la cuisine.

Entrée en scène d'un novice et paralipomènes

L'expression de l'adolescent se partageait entre l'effarement qui tombe des nues et une certaine gravité de circonstance. Ses cheveux en désordre, son air déconcerté lui prêtaient la mine de celui qui ne comprend pas bien pourquoi il est là. Il avait exactement la dégaine d'un naufragé échoué sur une île déserte après un naufrage.

– Bonjour, dit-il d'une voix timide.

– Bonjour, dit Olivier en lui tendant une chaise.

Le jeune garçon entra et s'assit.

– J'allais te réveiller, reprit Olivier, mais tu as trouvé le chemin tout seul.

Alexandre sourit :

– L'odeur m'a guidé, répondit-il.

Ici, il se passa un événement.

A compter du moment où, sur l'invitation de son hôte, Alexandre allongea une jambe à l'intérieur de la pièce, son hébétude décongela, ses prunelles s'écarquillèrent, ses narines frémirent, et probablement s'établit-il un circuit électrique à haute tension entre son troisième chakra, dit *manipura*, qui régit les organes digestifs, et le cinquième, *vishudda*, siège de l'élément gustatif. Quoique le cœur nous serre toutes les fois que nous assistons à une chute de la matière dans l'esprit, la vérité oblige à confesser que cette attraction magnétique, largement illustrée d'une lippe goulue remblayée de deux gros yeux avides, se concentrait exclusivement sur un bataillon de tranches de pain de campagne, de trois ou quatre pots de confiture, et d'une casserole de chocolat chaud qui fumait sur la plaque d'un fourneau.

Olivier étala les trésors devant le garçon et lui dit, avec une bienveillance bourrue :

– Installe-toi vite avant de t'évanouir.

Alexandre ne se fit pas prier. Il ne mangea pas, il dévora. Ce fut un engloutissement d'un style qu'on croyait révolu depuis Trimalchion. Au demeurant, son camarade, qui n'avait encore avalé que du café, le secondait avec un enthousiasme à hauteur du modèle. Par intermittence, tous deux se dévisageaient au milieu de leurs bouchées, et riaient en hochant la tête.

Une douzaine de miches dégoulinantes de confiture furent ainsi anéanties, et deux bons gros bols de chocolat ingurgités. On mit également fin à la carrière d'une pléthore de tartines grillées, après quoi la gloutonnerie culmina avec une tourte aux fruits très croquante avec beaucoup de sucre glacé dessus.

La gogaille matinale fut un véritable délire. Toute la stratégie de la faim aiguisée par la gourmandise s'y déploya avec un art consommé. Ne cachons pas que l'invité en éructa un gros rôt de satisfaction :

– Ce petit déjeuner restera dans mes annales, s'exclama-t-il, une table comme ça, c'est… c'est…

– La table d'Amphitryon, enchaîna Olivier. Pourtant, c'est tout à fait ordinaire. Mais qu'est-ce qui fait mieux apprécier l'ordinaire d'aujourd'hui, si ce n'est les privations d'hier ?

– Tu l'as dit ! Encore un peu et on était bon pour les nourritures célestes...

– Eh, eh ! fit Olivier, un peu d'adversité et voilà le sens des valeurs remis sur les bons rails. Mais à propos d'adversité, comment tu te sens ?

– Tout va bien ; juste quelques douleurs dans les membres.

– Tant mieux ! Tu étais plutôt mal en point...

– C'est que je n'avais pas mangé de la journée.

Il reprit, en détirant ses muscles :

– J'en reviens pas : il y a quelques heures, on était en plein cauchemar. Tout à coup, nous voilà ici, à nous goinfrer comme des gorets...

Olivier prodigua la moue du soldat qui récapitule la bataille de la veille :

– Je ne t'ai rien dit sur le coup, mais j'ai bien cru à un certain moment qu'on n'y arriverait pas ; c'est quand l'auto a flanché.

Le jeune garçon épancha un petit soupir :

– Par tous les castors frigorifiés, que ce chemin était long !

– Et que le sommeil fut court !

Cependant, on était rassasié, la table fut bientôt débarrassée, les couverts lavés et rangés. Olivier ayant quelques affaires domestiques à diligenter, s'excusa.

L'adolescent s'approcha de l'une de deux fenêtres et s'y accouda.

Qui l'aurait examiné l'instant d'avant, causant avec légèreté de choses quelconques, s'amusant de tout et s'extasiant, les lèvres ourlées de chocolat, sur l'art de faire mousser le lait en le délayant à toute vitesse dans du sucre, aurait difficilement saisi par quelle métamorphose cet être guilleret s'était aussi violemment assombri. La radieuse insouciance de son beau visage de jeune prince avait subi une éclipse totale.

Ce qui se lisait surtout à travers le voile terne qui allongeait sa figure, c'était une grande préoccupation. Son regard errait sur les vastes paysages, blancs en dessous, gris au-dessus, sur la forêt dont les cimes ondoyaient dans le lointain, sur les flocons qui virevoltaient comme des feuille d'automne. L'immensité liliale de la nature, figée dans cette demi-mort qu'est l'hiver, l'avait empreint d'une invincible mélancolie.

Le retour d'Olivier brisa l'enchantement. Alexandre posa ses mais à plat sur la table, puis, après avoir hésité, déclara ex-abrupto :

– Cet en-cas m'a remis sur pied ; je me sens prêt.

– Prêt à quoi ?

– A m'en aller, pardine !

On ne sait si l'aîné avait anticipé une annonce de ce genre. Toujours est-il qu'il se mit à rire :

– Parce que tu comptes partir maintenant ? fit-il. Par ce temps ?

– Il le faut bien, répondit Alexandre.

Olivier ébaucha un geste fataliste des deux bras aussitôt rectifié en un pincement des lèvres, signe de profond pragmatisme :

– Dieu m'est témoin, reprit-il, que tu ne feras pas un kilomètre. Et puis, tes vêtements sont mouillés.

Visiblement, le jeune garçon avait omis ce détail ; il singea une grimace de dépit.

Cependant, l'autre n'avait pas épuisé son moulin à argumentation :

– Il y a autre chose, dit-il, je me suis informé auprès du thermomètre : il nous marque joyeusement vingt-cinq degrés sous la ligne.

– Vingt-cinq degrés... murmura Alexandre.

– Ces raisons cousues ensemble, vêtements humides et froid sibérien, aboutissent selon moi à une conclusion fort logique, que si l'on t'attend, il est préférable qu'on t'attende encore.

Il poursuivit en levant l'index, sur le ton du philosophe qui énonce un axiome :

– L'inquiétude des uns est garante du salut des autres.

L'énergie du discours avait un peu brouillé la langue de l'adolescent, mais non son entêtement. Cela fit qu'il adopta l'attitude de celui qui n'en démord pas. C'était peu pour décourager Olivier. Déterminé avant tout à révoquer les ambitions insensées d'un étourdi, il se hâta de renchérir sur le vilain tableau qu'il avait crayonné :

– Et puis, de la neige haute de deux mètres, çà se respecte ; surtout quand elle est gelée. Ta balade, pour avoir une chance sur mille de réussir, requerrait l'usage de deux outils indispensables aux randonnées polaires, une barre à mine pour percer et un périscope pour zyeuter en surface. Or, la maison ne fournit pas ce matériel…

Il ménagea un intervalle avant de reprendre :

– Au fait, où as-tu l'intention de passer tes vacances d'hiver ?

– A... euh, pas loin d'ici, balbutia Alexandre.

– Pas loin d'ici, çà n'existe pas. Tout est loin d'ici, le bourg le plus proche est à vingt-cinq kilomètres, dont les huit de forêt que tu as eu l'honneur d'arpenter dans le sens ascendant en compagnie de ton serviteur.

Le ton, jusque là un peu sentencieux, s'était assoupli par degrés à celui du diplomate qui improvise un consensus :

– Tiens ! reprit-il, je te fais un marché : tu te doutes bien qu'il n'existe pas plus de téléphone dans cette maison qu'il n'y en aurait dans l'igloo d'un esquimau. Seulement, j'ai un avantage sur l'esquimau, je possède une radio pour les cas d'urgence. Cette radio est reliée à la gendarmerie du bourg ; tu sais ?, celui qui est à vingt-cinq kilomètres. Il ne tient qu'à toi que je l'appelle.

En prononçant le mot de gendarmerie, et en l'accentuant de cette sonorité particulière qui en faisait le centre aimanté de la phrase, il avait fixé Alexandre avec l'œil de l'inquisiteur qui guette la ride sur le front de l'hérétique possible, scrute le cillement des paupières, épie le moindre tremblement des lèvres, jusqu'aux jambes qui cherchent la pose convenable et aux doigts qui se nouent à la dérobée. Tactique à coup sûr retorse, mais en faveur de laquelle on se hâtera de réclamer l'indulgence du lecteur.

Il ne faut pas minimiser en effet l'embarrassante expectative d'Olivier. Il ignorait tout d'un mineur que lui, majeur, avait recueilli. Or, on sait que pour la loi, de l'assistance au recel, il n'y a jamais que l'estimation d'un juge, c'est à dire son humeur. Par conséquent, le garçon mâchait un dilemme quasi insurmontable : qu'Alexandre fût ou non en contravention avec la justice, son devoir formel, c'est à dire légal, à lui Olivier, lui enjoignait de s'affranchir d'une responsabilité qui appropriait ses actes à un délit. Ici, deux options : la première, parfaitement inenvisageable, quoique la plus aisée, consistait à prier Alexandre de déguerpir au plus vite. La seconde, et le commun des mortels soucieux d'abord de sa propre sécurité se serait empressé de la saisir à bras le corps, le sommait d'instruire sans délai la maréchaussée. Olivier ne s'y résignait pas davantage.

Livrer son protégé, c'était non seulement renoncer à étudier un cas d'espèce dont la singularité avait éveillé en lui beaucoup d'intérêt, mais encore se heurter aux escarpements abrupts qui réglaient une fois pour toutes sa conception de l'hospitalité.

Seul moyen d'y voir clair, ratisser large.

C'est pourquoi, la situation menaçant paralysie, son tempérament offensif avait sonné la charge. Alexandre prêta lui-même le flanc à l'observation banale sur sa destination, judicieusement glissée dans le ventre mou du dialogue, et qui était une paille jetée au vent. Il commit la faute de répliquer trop confusément pour être honnête. Gaucherie qui suscita l'allusion à la gendarmerie. Là encore, le jeune garçon trébucha. Désemparé, il essaya de rallier ses idées. Mais il était trop tard, le coup avait fait mouche ; lorsque Olivier conclut son plaidoyer par : *il ne tient qu'à toi que je l'appelle*, ce fut d'une voix mal timbrée que l'adolescent articula :

– C'est inutile, je ne resterai pas longtemps ici.

– A ton aise, répondit Olivier, mais au moins évite de partir aujourd'hui ; il y a certaine nuit douloureuse qui risque fort de se rappeler à tes os, chair, muscles et autres tendons meurtris.

Comme Alexandre était aphone, il haussa l'inflexion sur le registre dramatique :

– Sans vouloir faire le sermonneur, rôle toujours fastidieux, j'insiste : il faut être en pleine possession de ses moyens physiques pour s'allonger je ne sais combien de kilomètres dans vingt pieds de neige.

Le cadet toujours camus, Olivier enfonça le clou :

– Ce serait bien la peine d'avoir survécu à un blizzard pour offrir sa carcasse en pâture aux corbeaux et aux vautours entre deux congères.

Difficile d'être plus direct et plus suggestif. Alexandre opina, mais maladroitement, ce qui ne lui inspira rien de mieux que ce lieu commun effiloché jusqu'à la corde :

– Je suis très touché, mais j'ai horreur de déranger.

Olivier était le contraire d'une dupe. Il renifla tout de suite, à travers l'académisme de la formule, l'offre de compromis. Il riva ses pupilles dans celles de son hôte :

– Prends donc la peine de lorgner autour de toi, répliqua-t-il, crois-tu de bonne foi que cette solitude n'incite pas au plaisir d'y recevoir quelqu'un ? Ceci pour apaiser tes scrupules sur le dérangement.

La perche tendue ratifiait un protocole difficilement récusable. Ajoutons que depuis quelques minutes, la physionomie Alexandre s'était rembrunie. Quelque effort qu'il fît pour se posséder, on devinait en lui une poussée d'impatience en rapide augmentation d'adrénaline qui constatait le travail de sape d'une éloquence bien armée dénouant une à une les ligatures de ses atermoiements. Il en résultait une nervosité difficilement contenue qui, additionnée aux bévues précédentes, exhibait à claire-voie le faible de sa défense.

Tout à coup, sans avertissement, il s'adressa à Olivier :

– J'ai une faveur à te demander, dit-il.

– Accordée d'avance, répondit le jeune homme.

– C'est de ne prévenir personne.

Olivier sourit de ses plus belles dents :

– Chose promise, chose due, je serai coi comme le sphinx.

L'aîné se leva et parut embrancher l'entretien à l'une de ces mille digressions dont les jeunes gens sont familiers et qui fait dire aux gens sérieux qu'ils sont incapables de rien approfondir.

Ce n'était qu'une diversion. Mais Alexandre n'y vit que de l'azur ; il se crut hors d'atteinte, c'est à dire en sûreté des questions subsidiaires. Soudain, l'aîné décocha presque en riant, façon qu'il avait de jeter gaiement le pavé dans la mare :

– Donc, personne dans le secret ! Autant dire, surtout pas les gendarmes... Je me trompe ?

Un interrogatoire serré n'est pas sans analogie avec un phénomène volcanique. La montagne gronde, des tremblements agitent ses parois ; après quoi, c'est la déflagration. Olivier avait tout bonnement appuyé sur l'aposthume. Le jeune garçon, tête baissée, réfléchit quelques secondes. Lentement, son beau visage se releva et darda dans celui de son vis-à-vis deux prunelles acérées. Il y avait en lui un frémissement de bête piégée. D'une voix sourde, il tonna :

– Ça, c'est mes affaires !

Pour Olivier, c'en était assez. La réaction de l'adolescent finissait sa campagne de harcèlement. Il eut envers Ganymède irrité le geste magnanime du vainqueur qui reçoit sans morgue la reddition de l'adversaire :

– Ne te fâche pas, dit-il, je ne fais qu'exprimer ouvertement ce que j'ai enfin compris, après l'avoir si longtemps soupçonné. Je sais, rien n'est plus pénible que d'être décelé, mais tu avoueras qu'il est parfois utile d'en passer par-là pour dissoudre les malentendus.

– Sans doute, rétorqua Alexandre, mais c'est indiscret.

Olivier, peu enclin à exciter un courroux dont il craignait le réchauffé, se hâta de dorer la pilule :

– Tu as raison, fit-il, aussi je te fais mes excuses.

On a beau se réfugier dans l'indignation, quand le vin est tiré, il n'y a plus qu'à le boire, fût-il la dernière des piquettes. Pour Alexandre, l'avenir immédiat oscillait entre deux éventualités également fâcheuses : vider les lieux ou vider son sac. Le chausse-trape dans lequel l'avait fourvoyé la savante dialectique d'Olivier excluait toute autre alternative. Et puis, à bien peser le pour et le contre, était-il maître de ses résolutions ? S'il s'en allait, il filait sa corde,[11] indubitablement. S'il acceptait l'hospitalité d'Olivier, fût-ce pour quelque temps, comment s'opiniâtrer dans un secret à demi éventé ? Le pauvre garçon rongea pendant de longues minutes l'os maigre de la plus cruelle indécision. Par bribes, il promenait son regard sur le rempart inexpugnable de la neige du dehors. Que n'aurait-il donné pour qu'elle fondît d'un coup !

Brusquement, il appuya les deux poings sur la table et tonitrua, d'une voix où le pathétique s'alliait à l'exaltation :

– D'accord ! Je vais te dire la vérité. Mais c'est un risque, je me jette à l'eau ; parce que, tu vois, je sais pas qui tu es en réalité. Tu as une apparence honnête, mais tu m'as quand même bien berné avec tes questions, alors je me méfie. Tant pis, je me déboutonne ; quand je t'aurai tout révélé, c'est toi qui exigera mon départ. Voilà : je suis un fugueur.

– Tiens donc, dit Olivier.

– Un fugueur d'un genre particulier.

– Tant mieux ! Les fugueurs ordinaires ont je ne sais quoi de mortellement ennuyeux.

– Je veux dire : c'est pas père et mère que j'ai quittés.

– On quitte ce que l'on peut.

– D'ailleurs ça risque pas, je n'ai plus ni l'un ni l'autre.

– Tu ne pouvais mieux tomber : j'ai un faible pour les orphelins, l'étant moi-même. C'est mon côté narcisse. Du coup, bienvenu au club !

Alexandre se gardait bien de relever les commentaires de son interlocuteur. Ils ne le gênaient pas, mais ils le laissaient de marbre. Il continua :

– Jusqu'ici, j'ai vécu enfermé.

– Nous le sommes tous, de nos préjugés entre autres bastilles.

– Enfermé dans un établissement spécial pour orphelins spéciaux.

---

[11] Filer sa corde, c'est préparer soi-même son malheur, sa perte.

– Quel privilège !

– On appelle ces établissements Centres de Rééducation pour Mineurs Asociaux et Délinquants, CERMAD.

– Ah, la belle langue française !

– Est-ce que tu as la moindre idée de ce qui est interné là-dedans ?

– Toi, par exemple.

– Moi, et tous ceux dont la société ne veut plus, les crapules, les indésirables, le rebut…

– Que de gros mots !

– Des voleurs, des violeurs, des assassins…

– En rhétorique, ce que tu dis s'appelle une gradation.

– Je ne plaisante pas : ces centres contiennent les pervers de l'espèce irrécupérable. Au fait, tu sais que c'est entre dix et dix-sept ans qu'on est le plus pervers ?

– Ça va de soi.

– C'est le Ministère Public qui l'affirme.

– Et chacun sait que le Ministère Public est infaillible, comme les papes.

– Je t'ai dit ce qu'il y a là-dedans, dans les CERMAD. J'en fais partie, ne te déplaise.

– Plus maintenant.

– Quoi ?

– Je dis : plus maintenant. Tu n'en fais plus partie, puisque tu as pris la poudre.

– La poudre ?

– D'escampette.

– Ah oui, la poudre !

Olivier bâilla un grand coup, fit craquer ses articulations et, un sourire aux lèvres flamboyant d'un irrépressible enthousiasme :

– CERMAD, mon cher, dit-il, c'est le nouvel acronyme dont on décore les anciennement intitulées maisons de correction. Eh oui ! Le siècle est aux métaphores de vitrine. La condition empire, mais le titre est ronflant. Habille un abruti chez Cardin, il paraît moins abruti et peut prétendre à la célébrité, surtout s'il a gagné au quinté ou au loto. Là où l'authentique fait défaut, une couche de vernis estampillé NF, et le tour est joué. Les opportunistes aiment ces subterfuges, ça les aide à escroquer les imbéciles. Une femme de salle, une bonne à tout faire, une boniche en un mot, est bombardée *technicienne de surface*, un éboueur *agent de la voirie*, un grimaud à succès génie littéraire du moment. C'est qu'elles plaisent, ces figures de style ! Elles ont beau être tordues, on en raffole ! La vanité populaire s'en pourlèche et applaudit ; on ne gagne pas mieux sa vie, mais on a la considération, même si ce n'est qu'en peinture ; mais ça fait rien, on est tout fier, ce qui fait qu'on est aussi un peu plus con. Pinacle de la parodie sociale, du trompe l'œil, du cautère sur des consciences de bois, zénith de l'imposture érigée en patron à découper selon les pointillés ; ambitions mesquines, arrivisme effronté, misère morale, triste crescendo de l'ineptie en copulation active avec l'improbité et accouchant de rejetons frappés de crétinisme. En général, ces époques finissent par une catastrophe : je me rassure, on est sur la bonne voie.

Alexandre avait été passablement agacé des réparties précédentes d'Olivier. La diatribe qu'il encaissa de plein fouet, débitée d'un seul souffle, le désarma. Sa face de jeune pastoureau se colora de cet ébahissement qu'allume la faconde d'un plaisant sous laquelle se tapit une intelligence, qui plus est une intelligence nourrie d'indignation.

Olivier, cependant, remonté comme il l'était, ne songeait pas à s'interrompre en si bon chemin :

– Au fait, reprit-il, tu es un délinquant, pas vrai ? A la bonne heure ! Et bien, apprends qu'il y a des délinquants qui vivent en toute liberté, qui sont à l'aise comme rats en paille, qui font des bras d'honneur à l'étiquette républicaine, laquelle a pour mission de leur river la manille comme autrefois on collait l'étoile jaune aux Juifs.

– Je ne comprends pas, fit Alexandre.

– Ce que je veux dire, continua Olivier, c'est que j'en connais un, de délinquant, qui pratique la délinquance tous les jours que Dieu fait, et qui ma foi ne s'en porte pas trop mal. Petite vaillantise qu'on lui pardonnera à l'heure du Jugement.

– Eh ! qui çà ?

– Moi.

– Toi ?

– Tout juste.

– Allons, bon !

– Comme je te le dis.

– Tu es un délinquant, toi ?

– *Delinquo*, je manque, je faillis. L'étymologie est une bonne science, elle éclaire les mots par-dessous.

Olivier noua les mains derrière le dos et fit les cent pas dans la cuisine :

– Je vais t'en raconter une bien bonne : tu as devant toi quelqu'un qui est à peine sorti de l'enfance, c'est à dire qui a encore du lait dans le nez, qui ne vote pas, qui vit de son travail sans se mêler au monde du travail, parce que ce monde lui rappelle malencontreusement celui du bon vieux temps de la féodalité ; nuance, on l’appelle aujourd’hui libéralisme : furieuse antiphrase, entre nous, car ledit libéralisme fait tout ce que tu veux, sauf libérer. Ce trublion habite à l'écart de tout et de tous, refuse obstinément d'accomplir son service militaire, objection de conscience à l'appui, en dépit des papiers timbrés du régime à épaulettes actuellement en vigueur qui l'a rétabli ; il ne fréquente ni les lieux de culte, ni les boîtes de nuit, ne croyant pas plus à la pérennité des *religions proclamées vraies sous peine de mort*[12] qu'à celle de la musique techno ou disco ou crado ou tout ce que tu veux qui finit en o. Un blanc-bec sans aucun respect pour la casuistique des prolos à cervelle rabougrie, encore moins pour celle qui fait frétiller les bons bourgeois à

[12] Victor Hugo, Dieu.

résidences secondaires du côté d'Arcachon ; un chien dans le jeu de quilles de la bonne conscience nationale qui vomit de sa bouche la télévision, les journaux et la politique en général, estimant que ces tartufferies ont un peu partie liée entre elles ; un impudique impénitent qui vit nu l'été avec ses copains contre toutes les règles de la décence. Ah oui, j'oubliais : il se réclame de culture grecque, de pensée grecque, d'esprit grec, par conséquent il dégueule une fois pour toutes les écœurantes insanités du Lévitique, œil pour œil, dent pour dent, une Bible dans une main, un fusil dans l'autre, fondement des démocraties occidentales et de la pire concentration de bigots au km² que la terre ait jamais rassemblée, les Etats-Unis. Mais il y a aussi le positif, note bien ; que veux-tu, nul n'est parfait : ce positif lui fait adorer la nature, entre autres passions, au point que le grignotement des forêts par l'alliance du lucre et de la bêtise crasse, parmi tant d'autres bienfaits de la civilisation, l'empêche de dormir. Voilà : je t'ai brossé le portrait succinct d'un mauvais drôle, moi, en toute couleur, opinion, tempérament et fesses à l'air. Après ça, va, cours, vole et nous venge…

Si le premier chapitre de l'envolée oratoire d'Olivier avait sidéré Alexandre, le développement de sa philippique le cloua sur sa chaise. Il avait écouté ce timbre sonore et viril de tribun marteler ses convictions comme sur une enclume, et avait gravi tous les échelons de la curiosité à la surprise, de la surprise à l'émotion, et de l'émotion à une effervescence contiguë à l'émerveillement. Quand le Caton des Froides-Aigues eut terminé, il l'apostropha en sifflant entre ses dents :

– Tu es tout ça ? Quel programme !

– Eh oui ! je ne m'en glorifie pas plus que je ne m'en blâme.

L'atmosphère s'était radicalement modifiée. L'adolescent était loin à présent de ruminer sa rancune relative à l'épisode des gendarmes. En lui traçant un portrait sans fard d'un trait continu de pinceau , l'aîné lui remboursait accortement l'emprunt fait à l'extorsion de son énigme. Contre l'impertinente hardiesse d'avoir soulevé un pan du voile de son hôte, il arrachait le sien et se dépouillait à son tour sans superflu. Marché où le cadet gagnait largement au change.

Celui-ci était sous le charme, mais cette fois de son propre agrément. Il acceptait d'être ensorcelé. Il y était d'autant plus incité que ce qui avait suinté du monologue d'Olivier, c'était, entre autres vertus, le désaveu implicite de toute notion de hiérarchie, si frustrante quand on concède un déficit d'années de presque un lustre. Alexandre eut le sentiment tenace que ce gaillard-là n'était pas taillé dans une étoffe à se flatter des prérogatives de droit d'aînesse que lui conféraient ses dix-huit ans ; que cette âme experte à manier de petites ruses le cas échéant, était d'abord d'une indéniable clairvoyance, ensuite d'une sincérité à l'épreuve de tout démenti. Car dans toute sa harangue, il n'y avait pas goutte de cette affectation communément répandue qui plâtre ce que l'on est sous ce que l'on voudrait être. Olivier n'était pas un mystificateur qui aurait récité un discours électoral à des fins de hâblerie. Ce qu'il avait énoncé était le fruit d'un postulat sévèrement mûri qui vibrait d'un incontestable accent de probité.

Comme pour entériner la réforme de son appréciation, il se remémorait certains détails, petites puérilités que l'on néglige et qui bien souvent peignent mieux une complexion qu'aucun autre tableau. Par exemple, dans le bain, la veille, Olivier s'était amusé à lui envoyer des bulles de savon et à s'égayer des effets du froid sur le rabougrissement de certain organe si sensible aux variations thermiques. Dans le même enjouement, il s'était comporté, à table, avec la désinvolture d'un collégien expert en blagues et niches de toutes couleurs et variétés ; si bien que lui, Alexandre, avait sérieusement douté de l'âge de ce fringant compagnon, et aurait positivement juré qu'il coudoyait un galopin de sa sorte. Les quatre printemps qui les séparaient avaient été raturés par cette étonnante capacité à vibrer au même diapason que son visiteur. Mieux encore, cette attitude était si spontanément appropriée au personnage qu'on n'y entrevoyait pas l'ombre d'un procédé.

Comment, dès lors, de ne pas ratifier composition avec un pareil sujet ? C'est ce à quoi Alexandre se disposait lorsque le sujet lui faucha l'herbe sous la semelle :

– Bon, dit-il, parlons peu, c'est à dire bien ; voici le parti que je te soumets : tu séjournes ici jusqu'au dégel. Le dégel venu, tu t'escapes si tu le veux. Tu vois, je respecte ton libre-arbitre ; c'est que j'ai des mœurs, figure-toi…

Alexandre esquissa un geste évasif :

– C'est plus que de l'hospitalité, dit-il, on dirait le bon samaritain ; le bon samaritain, tu sais, celui qui donne tout à tout le monde : j'ai appris ça au catéchisme.

– C'est bien, le catéchisme… J'espère que tu as été assidu aux épîtres de Paul : dans le genre comico-tartuffesque, on fait difficilement mieux. Pour revenir à notre thème, disons qu'il ne me serait pas plaisant de te voir ressaisir ton bâton de pèlerin sans un minimum de garanties pour ta survie.

Quelque envie qu'il eût à présent de s'assouplir à quelques concessions, Alexandre cependant n'était pas convaincu par la pertinence de l'offre :

– Merci, répondit-il, mais tu cours d'énormes risques, il faut y penser ! Les flics peuvent débarquer n'importe quand, tout à l'heure, demain, dans huit jours... Si on me déniche entre tes murs, c'est fini pour toi. Ta liberté ? Peau de chagrin, et pour longtemps. Je suis jeune, tu vois, quatorze ans et demi, mais j'ai eu l'occasion d'apprendre une chose, c'est que plus les temps sont durs, plus les hommes le sont aussi. Il y a un délit qui s'appelle recel de mineur et qui te conduira directement derrière les barreaux. Quant à fantasmer parce que ta maison est grande et qu'elle le sera assez pour me planquer, laisse-moi rire ! Les flics, ça trouve une aiguille dans un champ de bottes de foin, tôt ou tard. Alors tu verras, tu verras ce dont ils sont capables, moi je les connais, j'ai eu affaire à eux, surtout ceux d'aujourd'hui, ils sont pires que les nazis que j'ai étudiés en classe. On nous a dit que les nazis étaient les méchants vilains pas beaux et nous les gentils sans peur et sans reproche, comme Bayard. Les flics, ils videront tes tiroirs, ils déchireront tes livres, ils renverseront tes meubles, ils casseront tout, et en plus ils te ricaneront au nez et ils te battront. Tu seras traité pire qu'un Juif sous Hitler, et je te garantis qu'ils y prennent du plaisir, d'ailleurs ils sont payés pour ça, et bien payés. Et puis, tiens, je me répète, j'ai quatorze ans mais je ne suis pas complétement imbécile, j'ai eu le temps d'apprendre que le régime sous lequel on vit est un régime totalitaire, c'est comme ça qu'on dit, pas vrai ? Mon pauvre, les régimes totalitaires, ça pardonne pas, ça envoie chez les gens à toute heure du jour ou de la nuit des types en cagoule avec des armes plein les bras, et ça gueule tout ce que ça peut, et ça cogne et ça cogne encore, et plus ils cognent plus ça les fait bander. J'ai toujours trouvé qu'ils faisaient concurrence à Guignol et Gnafron, en plus tragique, avec leurs tronches de sangliers contrariés par une mauvaise truffe. De pauvres types qui ont un QI d'huître avariée, mais qui se prennent pour quelque chose et qu'on encourage à se croire quelque chose. Ce que je te dis, c'est exactement ce qu'ils feront avec toi, tu peux en être sûr. Après, la taule ! Et avec qui, la taule ? Avec des crapules, dans la même cellule, et ils te tabasseront en veux-tu en voilà, et ils te violeront sous la douche, et quand tu sortiras, si tu ressors un jour, tu seras comme un vieux, brisé, cassé, foutu pour toujours. Voilà ce que j'avais à te dire. Tu vois bien qu'il vaut mieux que je m'en aille !

Olivier, durant l'épiphonème, ne s'était pas départi d'une sérénité de fakir sur sa planche à clous :

– Qu'ils viennent, dit-il, ils en seront pour leur peine.

– Tu déconnes !

– Au contraire, je n'ai jamais été aussi lucide.

– Allons, te crois pas plus fort qu'eux ! Ces gens-là ont des moyens dont tu n'as pas idée.

L'aîné joignit les deux mains, geste du prêtre qui recorde les alinéas constitutifs d'une homélie :

– Je te le déclare en bon français, fit-il, la flicaille avalera de la couleuvre, foi d'Olivier Lorenz.

– Et moi, foi d'Alexandre Jung, je te déclare que tu ne frises plus la folie, tu viens de sauter dedans à pieds joints.

– Erreur ! j'ai toute ma tête.

– Sauf que tu marches dessus.

– Alexandre, ce qui perd les hommes, c'est le manque de confiance dans leur destinée ; je persiste et signe : ces messieurs auront beau explorer, fourgonner, patrouiller, survoler, fureter, examiner, sonder, éplucher, ils mordront dans de la cendre.

– Là, tu es fiévreux, garçon, ça doit être le chaud et froid d'hier.

– Tu peux railler tant que tu veux, je te le répète : tes sbires s'en retourneront une main devant une main derrière.

– Ça dégénère en idée fixe…

– Par tous les gourous du Mandarum, je sais de quoi je cause !

– Et moi, j'affirme et je réaffirme que tu as la cafetière en ébullition.

– Tu paries ?

– Et comment !

– Un stage aux Froides-Aigues jusqu'au redoux contre la preuve clefs en main ?

– Pari tenu ; j'ai qu'une parole.

Olivier abattit une main fraternelle sur l'épaule de son camarade :

– Viens, dit-il, je vais te montrer quelque chose.

Pour vivre heureux, vivons cachés

Olivier, talonné par l'adolescent, s'engagea dans l'escalier qu'ils avaient emprunté en sens inverse quelques heures plus tôt. Tous deux déboulèrent au rez-de-chaussée, cette immense nef qui, selon qu'il faisait jour ou nuit, s'apparentait à une salle des fêtes ou à une catacombe.

Il y régnait une température agréable. La chaudière assurait là un excellent service. On se rappelle que cette chaudière occupait le fond de l'espace, c'est à dire, si l'on admet la comparaison, ce qui dans une église serait le chœur par rapport à la nef. Ce qui n'a pas été dit, c'est qu'elle s'épaulait latéralement à l'extrémité de deux pièces rectangulaires symétriques et de mêmes dimensions se faisant face. Ces deux compartiments, montés sur parpaings, étaient des ouvrages récents qui n'épargnaient rien de la froide sobriété du fonctionnel taillé sur mesure, sans un ornement, sans un agrément, utiles, efficaces, pratiques et parfaitement laids. Pour les situer au mieux, détail essentiel à la suite de cette histoire, que l'on couche par écrit un U renversé, ou, mieux encore, la lettre grecque pi en majuscule, ? ; la chaudière est la barre d'union jointive de l'un et de l'autre des deux jambages qui, eux, figurent le flanc longitudinal de chacun de ces bâtiments. Celui de gauche était la salle de l'énergie et avait deux ouvertures dont une sur l'extérieur ; celui de droite ne communiquait qu'avec le rez-de-chaussée par une petite porte logée à quatre ou cinq pieds de son angle saillant. A quoi servait-il ? A laver le linge ; éventuellement, l'hiver, à l'étendre. C'était la buanderie.

C'est vers cette buanderie qu'Olivier entraîna son hôte. Il poussa la porte, aussi quelconque que la maçonnerie qui l'encadrait, et s'introduisit dans l'espace confiné d'une cellule austère dont la cloison s'écaillait d'un briquetage sans mortier d'une vilaine couleur rouille ; pour plancher, un grossier assemblage de poutres de chêne dépolies qui combinaient fissures et crevasses à vous tordre les chevilles dans les règles de l'art. Ce plancher, inégal et raboteux, était relayé à mi-superficie par un radier de béton qui disparaissait tout au fond sous une vaste cuve où s'entortillait un réseau de tuyaux et de robinets. Près de la cuve, une vieille machine à laver, divers barils de lessive et un attirail d'ustensiles en parfaite conformité avec la spécificité des lieux. Un assez grand vasistas à verre épais fournissait un à peu près d'aération. Du reste, endroit d'une propreté exemplaire. Il y flottait une agréable odeur de savon.

Olivier alluma. Une lumière éclatante jaillit comme en un plein midi d'été.

On aura peut-être noté l'inclination du garçon pour l'éclairage. Là où d'autres se seraient contentés d'ampoules archaïques, lui avait distribué partout force lampes de grande puissance qui vous illuminaient la maison *du haut jusques en bas*. Olivier était un être diurne. Ayant de la clarté dans l'âme, il en inondait sa demeure. Les recoins nébuleux, les opacités suspectes lui répugnaient. Les demi-jours comme les demi-vérités le gênaient aux entournures. Il vivait un flambeau à la main. Il avait dans l'esprit une diaphanéité qui désavouait les crépuscules.

Le jeune homme s'arrêta sur la ligne de partage des poutres et du béton, s'accroupit près d'un panneau de bois carré à fleur de sol et tira sur une poignée de fer annelée ; la trappe coulissa sans bruit sur deux gonds bien huilés.

– Suis-moi, dit-il.

L'instant d'après, il s'engouffrait au cœur d'une gueule à l'aspect d'un puits sans fond, en se cramponnant à des échelons de métal scellés à même la paroi. A mesure qu'il descendait, l'obscurité, d'abord totale, s'atténuait de quelques rayons timides. Le temps qu'Alexandre lui emboîtât le pas, tous deux se retrouvèrent dans un endroit lugubre.

C'était une galerie humide, poisseuse et resserrée entre deux murailles aussi animées qu'un sépulcre. L'une de ses parois s'étançonnait à une maçonnerie de terre glaise étayée par un coffrage de grosses pierres disposées de dix à dix centimètres à la manière d'une mosaïque. La paroi opposée appartenait au roc même, avec toutes les aspérités d'un filon brut.

Ce boyau était à la fois sordide et fascinant. L'imagination s'y émancipait sur d'immémoriales légendes où des taupinières géantes auraient été forées par d'infernales créatures, il y a de cela des millions d'années. Ces créatures assoupies attendent, dit-on, la conjonction stellaire propice à leur réveil.

La modeste lueur qui s'infiltrait dans la galerie, comme tout ce qu'irradie le soleil, fût-ce un pâle soleil d'hiver, apaisait un peu l'angoisse qui vous avait étreint en entrant. Elle n'était pas bien gaillarde, mais cela suffisait. A cinq ou six mètres de là, l'issue du corridor débouchait sur le dehors par une petite porte bâtarde, courtaude et massive, percée d'une lucarne en losange à guichet grillagé, qu'on aurait dit avoir été construite pour un nain ou pour un enfant. Cette porte, unique accès avec l'extérieur du pignon septentrional de la maison, adhérait de plain-pied à une coursive à ciel ouvert qui s'en allait une dizaine de mètres plus loin vers une haute et pittoresque construction appelée La Tour. Nous aurons l'occasion de reparler de cette Tour.

Ce qui vient d'être décrit, Olivier l'avait sommairement indiqué à son hôte, mais sans quitter l'intérieur du boyau, à cause de l'abondance de neige qui proscrivait le maniement de la porte naine. Sa tâche de cicérone honorée, il fit halte approximativement au milieu de la galerie. Sous le regard intrigué d'Alexandre, il se mit à tâter les anfractuosités du mur, comme s'il y cherchait un objet ou un repère. Les deux garçons frissonnaient ; le froid était piquant, et au froid se superposait l'humidité, circonstance aggravante.

Soudain, l'aîné s'exclama : *ça y est, tiens-toi bien.* Deux cliquetis claquèrent coup sur coup, avec la sécheresse d'interrupteurs qu'on manipule.

En cet instant, la terre trembla, un grondement ébranla tout le boyau. Le grondement se ramifiait en longs roulis qui naissaient sous les pieds et dont les trépidations se diffusaient jusqu'à l'échine. Alexandre fut persuadé que l'écorce terrestre était en train de se lézarder. Il s'écria : *un séisme* !

Il n'avait pas digéré le séisme que ses prunelles s'écarquillèrent comme s'il avisait la caverne d'Ali Baba ou l'antre de Polyphème.

Le mur se disloquait, positivement. Tout un pan se désolidarisait de son support et pivotait sur un axe invisible, une moitié faisant saillie sur le corridor en traçant un angle de plus en plus droit avec la paroi, tandis que l'autre, par symétrie, s'insinuait au cœur d'un trou béant. Tout cela s'exécutait avec une massive et monumentale lenteur. Quand la porte de pierre fut exactement perpendiculaire à la cloison, elle s'immobilisa avec un bruit mat, l'ébranlement cessa. Une haleine insalubre se répandit dans le corridor.

Peindre le saisissement d'Alexandre à ce prodige est superflu. Hâtons-nous toutefois de préciser qu'il éprouvait tout ce que l'on veut, sauf de la peur. Il était décontenancé, éberlué, effaré, abasourdi, addition ayant pour total un enchantement. Il subodorait confusément à travers les péripéties qui se succédaient depuis douze heures la trame d'un invraisemblable scénario qui surpassait de très haut les plus extravagantes fictions que sa cervelle d'adolescent aurait échafaudées. L'évasion, le blizzard, Olivier, maintenant cette porte secrète digne des Mille et une nuits, tout cela l'exaltait à en avoir la fièvre.

Sa mine était si pantoise qu'Olivier éclata d'un bon gros rire sonore :

– Qu'est-ce que tu dis de çà ? s'exclama-t-il, c'est le grand mystère des Froides-Aigues.

– Ça me coupe la chique, répondit Alexandre.

– Il y a de quoi ! J'ignore qui est l'inventeur de ce... machin, je l'ai découvert par hasard. Personne n'en connaissait l'existence. Ma grand'mère, dont cette maison est l'héritage, ne m'en avait jamais rien dit.

– Quelle merveille ! s'écria l'adolescent.

La merveille était parfaitement hideuse, mais allez convaincre de cela une âme de quatorze ans imbibée des romans de Signe de Piste, des épopées d'Alix et d'Enak et de la patrouille des Castors.

Il fallut encore à l'adolescent quelques minutes pour absorber le trop-plein d'une commotion qui frisait le vertige, après quoi il ne se priva pas de postillonner l'artillerie de questions qui lui brûlaient la langue :

– Et là dedans ? dit-il en désignant l'ouverture, qu'est-ce qu'il y a ?

– Une grotte, dit Olivier.

– Une grotte comment ?

– Comme une grotte.

L'aîné appuya sur son camarade un regard dont celui-ci suppléa la gravité par l'intonation du verbe :

– Surtout, ne t'amuse jamais d'y fourrer tes chausses sans précautions préalables.

– Pourquoi donc ?

– Primo, tu te blesserais. Le niveau du sol y est inférieur de deux bons mètres au niveau du couloir où on est, ce qui fait qu'on n'entre dans la crypte par un goulet en forte pente. Cela dit, si ce n'était que la pente, il n'y aurait pas grand mal, mais c'est si hérissé de cailloux pointus qu'en se laissant glisser on s'arrache les fesses et le dos jusqu'au sang. Une fois écorché, il s'agit de remonter, mais attendu qu'on n'y voit goutte, c'est encore pire que le rocher de Sisyphe.

– Couillu du diable ! Et secundo ?

– Ecarte-toi, tu vas comprendre...

Alexandre s'écarta. Le même cliquetis qui avait annoncé l'ouverture du roc se reproduisit. L'épais bloc de granit glissa sur ses charnières avant de s'ajuster pesamment à ses alvéoles.

– Et tu peux y aller ! reprit Olivier, c'est indécelable ; dommage qu'on n'ait pas eu la bonne idée se munir d'une lampe, tu verrais çà, tu peux toujours chercher le défaut ! Pas un interstice, imbrication au poil. Je te parie que les pyramides ne sont pas mieux taillées.

Il ajouta :

– Je veux croire que celui qui a médité le système savait ce qu'il faisait, il n'empêche, c'est diabolique.

– Diabolique peut-être, mais je ne vois pas de danger là-dedans, à part d'être broyé si tu es occupé à ramasser des champignons dans l'embrasure.

Olivier exécuta un des ces gestes souverains qui préludent à une révélation de la plus haute importance :

– Je vais t'en raconter une bien bonne, dit-il, mais fichons le camp d'ici, le froid devient intolérable.

Les deux garçons étaient effectivement frigorifiés ; ils déguerpirent dare-dare vers les étages plus humains où un nouveau chocolat fumant les ragaillardit comme neufs.

Tandis qu'ils se récréaient, Olivier, pressé par les deux grosses prunelles braquées sur lui dans l'attente d'un récit à tous les coups palpitant, ne fit pas languir son hôte :

– Il y a de cela six mois, dit-il, en août dernier, quelques copains de l'internat étaient venus me rendre une petite visite courtoise, ainsi que ça se pratique entre copains d'internat. Notre réunion, prévue de longue date, devait culminer par une villégiature à Gymnésie. Je te reparlerai de Gymnésie.

Là, Alexandre fit une interruption. Le nom de Gymnésie[13] lui avait arraché un sourire :

– Ça promet, dit-il.

– C'est rien de le dire. En attendant, il était trop tard pour se mettre en route, vu qu'il faut trois heures pour atteindre ce

---

[13] Nom qui signifie île où l'on va nu, étant composé de gumnos, nu et de nêsos, île.

lieu de délices – ici, nouveau sourire d'Alexandre – ; de ce fait, on était convenus de s'égayer d'une partie de cryptie. Tu ignores peut-être ce que c'est qu'une cryptie, et…

– Pas du tout ; c'est comme Gymnésie, je sais ce que ça veut dire ; je te l'ai dit, j'ai fait mes lettres.

– Tant mieux ! Donc, cryptie. Le sort m'avait désigné irène et comme je suspectais mes camarades de vouer une tendresse particulière à quelqu'un qu'ils n'avaient pas vu depuis trois mois, ce qui présumait toutes sortes de douceurs à mon égard, comme par conséquent j'augurais mal du gage qui me serait infligé si j'étais pris, je résolus, assez lâchement il est vrai, de mettre à profit ma connaissance du dédale de la maison afin de me soustraire, durant le délai imparti d'un quart d'heure, à mes poursuivants forcément plus ignorants que moi sur cette matière. Je sais, c'est très malhonnête, et j'expierai sans doute au cours d'une prochaine vie, par exemple en devenant patron du FMI ou *trader*, mais que veux-tu, on a le karma qu'on peut.

– Continue, dit Alexandre.

– Je continue, dit Olivier. Donc, habillé dans le besoin d'une cryptie, c'est à dire à la mode estivale spartiate, mode extrêmement somptuaire,[14] je complote de gruger mes adversaires en les fourvoyant du côté de la Tour. Il faut savoir que cette Tour a un passage confidentiel (encore un !) avec la salle de bains du troisième étage. Une fois dans la place, j'épie depuis les fenêtres, j'écoute, je patiente, et au bout de cinq minutes, j'aperçois deux petits malins qui se dirigent vers la Feuillée tandis que trois autres exploraient le Mail.[15] Inévitablement, le parcours de ces derniers les menait tout droit à mon refuge, ce que j'avais compris dans

---

[14] Somptuaire, souvent confondu avec somptueux, signifie tout le contraire, qui vise à restreindre la dépense. Voir les lois somptuaires d'Auguste.

[15] Pour les détails relatifs à la géographie des Froides-Aigues, il est vivement conseillé de se reporter au plan que l'on trouvera dans les planches de cet ouvrage.

un éclair de génie. Je me sauve donc par où j'étais venu, et je déboule les trois étages à toute course. Une fois au rez-de-chaussée, j'entre dans la buanderie, je lève la trappe, je me coule là où nous nous sommes coulés tout à l'heure, escomptant que si un des drôles se pointait d'un côté, j'aurais toujours la ressource de me barrer de l'autre. Je devais être vraiment bien caché, car personne ne m'avait flairé.

« C'est là que l'intérêt commence. Tu penses bien qu'à peine vêtu d'un maillot de bain, je me les gelais sévère en vertu de cette loi thermodynamique qui stipule que l'été n'entre jamais dans les souterrains. Pour me réchauffer, je me furète les alentours, où je n'avais guère fureté auparavant. En palpant la paroi, je me fais cette réflexion que les nombreuses niches dont elle est percée improvisaient peut-être d'excellentes cachettes.

« A force de triturer les pierres, voilà t'y pas que l'une d'elles s'enfonce sous mes doigts, avant de revenir dans son logement, comme si elle était actionnée par un ressort. Tu imagines ma surprise : intrigué, je recommence l'opération plusieurs fois de suite, en me demandant pourquoi cette pierre s'enfonçait ainsi à la manière d'un bouton-pressoir. Seulement, elle avait beau s'enfoncer, je n'en étais pas plus avancé. Je me suggère alors qu'il y en avait peut-être d'autres qui se comporteraient selon le modèle. Tu connais la suite : la porte de granit qui se met à remuer dans un vacarme de fin du monde, ma stupeur égale à celle d'un président de la cour des comptes n'ayant aucun rapport à publier. J'étais pétrifié, parbleu ! Un passage secret dans ma maison, quel événement !

« J'ai appris ce jour-là qu'on a tort de se griser ; la péripétie m'avait excité à un point que, dans mon étourdissement, je n'ai rien inventé de plus inspiré que de m'introduire seul dans la gueule du monstre. Me voilà entraîné sur une pente plus raide qu'un toboggan, mais infiniment moins lisse. Première déconvenue, j'étais couvert d'ecchymoses, lacéré, coupé, tailladé, et pour faire bonne mesure à demi évanoui par la violence de la dégringolade. Je n'avais pas la moindre idée de l'endroit où j'étais, mais le plus beau, c'est que pas un instant, l'idée ne m'a effleuré que la porte était programmée pour se refermer d'elle-même. Or, je me suis aperçu plus tard qu'il n'existe qu'un seul et unique mécanisme d'ouverture et qu'on peut toujours chercher son pareil à l'intérieur, on en est pour sa peine ; qu'une fois dans l'antre, inutile de hurler, de vociférer, pas la moindre chance d'être entendu. Il y a de quoi se pisser dessus, je t'assure ! Mes camarades seraient passés et repassés cent fois dans le corridor sans se douter du tombeau qui l'avoisinait à deux coudées de roc, que ce tombeau était le mien, qu'il m'avait avalé et, selon une phrase célèbre des témoins de Jéhovah, *retiré du nombre des vivants.* J'ai assimilé ce léger détail lorsqu'il nous a pris l'envie d'ausculter la grotte. Ne fais pas cette tête : l'un d'entre nous s'était fermement campé à l'extérieur, avec mission de veiller à notre salut.

Alexandre, la bouche en cul de bouteille, les yeux exorbités, buvait les paroles de son compagnon :

– Et alors ? bredouilla-t-il.

– Quand la pierre s'est ébranlée, j'ai flairé l'odeur sinistre de ma sottise. Cette pierre met exactement quinze secondes pour s'ouvrir ou se refermer.

– Pas croyable !

– Là, je dois t'avouer que si je suis ici à te raconter les paralipomènes de l'aventure, c'est miracle mieux qu'à Lourdes. J'ignore encore ce qui m'a hissé dehors, une force surhumaine, l'instinct de conservation poussé au noir, toujours est-il que j'ai bondi comme un puma et que je me suis jeté en travers du panneau de granit dont la rotation avait déjà considérablement rétréci l'angle de passage. A une seconde près, j'avais les jambes écrasées comme grain sous meule.

– Ouf !

– Tu penses bien que ces émotions fortes ont mis fin au jeu avant l'heure ; j'étais plus blanc que le suaire de Turin, lequel n'est qu'un attrape-dévot. Je te fais grâce de la suite, l'effroi de mes camarades, mille questions à bâtons rompus, ma frousse ralliant autour de moi les sollicitudes, etc. Ce que tu dois te graver au burin dans le crâne, c'est ceci : outre les quinze secondes de mise en place, la porte reste ouverte trois minutes, montre en main.

– Mille cornues alambiquées, tu l'as échappé belle !

– Rien que d'y penser, j'en ai la chair de poule...

– Donc, cette grotte, pas moyen d'en sortir ?…

– Aucun. On l'a inspectée sous toutes les coutures. C'est une vaste caverne, ronde, basse, un vrai repaire de goules, qui se divise en deux compartiments bien distincts : le premier, celui où l'on s'affale en entrant, est une cave nue au plafond en arcade, plutôt spacieuse, espèce d'arène où l'on devait avoir l'habitude de venir jadis car le mur est éperonné, de cinq à cinq mètres, de colliers scellés dans lesquels sont fichées des torches à funin et à goudron.

– Magie noire ! tu paries ?

– Possible. A droite, le mur d'enceinte se perd en arrière d'un entrelacement de stalactites au travers desquels perce un sillon étroit. Ce sillon se heurte, cinquante ou soixante mètres plus loin, à une rocaille rectiligne sans un interstice, plus abrupte qu'un arrêt de justice. Cul-de-sac complet. La crypte, c’est un cénotaphe tout prêt à l’emploi, condamnation à mort certifiée. Seul avantage, c'est gratuit, tu ne paies pas les frais des pompes funèbres.

Alexandre soupira. L'intérêt qu'avait suscité en lui la relation d'Olivier commençait à s’éroder à ce qu'on pourrait nommer la puissance abrasive du scepticisme. Scepticisme, mot poli pour inquiétude. Brusquement, il dit, avec pas mal de réticence :

– Si je pige bien, c'est là-dedans que tu me conseilles de me réfugier, au cas où … ?

– Pour sûr, répondit Olivier. Ce ne serait pas très plaisant, je l'avoue, mais la grandeur de la difficulté ne fait-elle pas la valeur du brave ?

– Tu en parles à ton aise !

– Dis plutôt en connaissance de risques ! Et ceux-là sont nuls puisque je serai dehors. Quant à la fiabilité du système, si tu as des doutes, sache qu'il en existe, au Tibet, dans les Andes, en Egypte, qui ont cinq mille ans d'âge et qui fonctionnent pilepoil.

– C'est çà ! Qui me dit que celui-là est de la même facture ?

– Désolé, j'attends toujours le certificat de garantie.

– C'est bien ce qui me tracasse.

Pressentant une humeur de plus en plus rétive à la crypte, Olivier tenta un renversement complet d'appréciation :

– Ecoute, dit-il, admettons le scénario suivant, la police qui décide de faire une incursion ici. Un beau matin on aperçoit, depuis notre studieuse quiétude, une escouade de schtroumfs armés brandissant un mandat de perquisition. Aussitôt, notre plan de sauvegarde s'active incontinent.

– *Ton* plan, rectifia Alexandre, en insistant sur le *ton*.

– Si tu veux. Je disais *notre* par pure modestie, une de mes nombreuses qualités. Donc, en quelques secondes tu dois être en mesure de sauter sur tes affaires de survie, lesquelles garniront un sac prêt à l'enlèvement ; après quoi tu dévales l'escalier jusqu'au rez-de-chaussée, tu files à la buanderie, tu tires la trappe, tu te volatilises dans le corridor. Il ne te reste plus qu'à tripatouiller le mécanisme et à disparaître corps et âme. Quand je dis corps et âme, c'est une image, ça va sans dire.

– Un peu osée, l'image...

– A peine ; maintenant, comptons ric à ric : une minute pour ce préambule, plus trois autres avant que la porte se referme, ça fait quatre minutes. J'ai donc besoin de quatre minutes pour retenir nos visiteurs, le temps que cesse le bruit du pivotement.

– Parce que ça s'entend ? C'est le bouquet !

– Il y a quelques défauts dans l'isolation de cette maison. Deux siècles, ça laisse des rides.

– Les rides, c'est moi qui risque de les avoir, et avant longtemps.

– N'exagérons rien ; étudions plutôt le moyen d'escamoter ces quatre minutes : d'abord, la grille sera fermée au cadenas ; j'aurai oublié la clef. Deux minutes au moins pour réparer l'oubli. Ce délai accompli, je fais monter Javert et sa suite non par l'entrée des artistes, trop proche du souterrain, mais par le perron, ce qui d'ailleurs est plus civil. Il y aura de la musique, histoire de couvrir les dernières trépidations. J'arrêterai la musique par politesse, mais non l'aspirateur dans le salon. Les quatre minutes seront écoulées sans éveiller l'ombre d'un soupçon supplémentaire. Je dis supplémentaire, car il va de soi que si ces limiers viennent ici, c'est que, des soupçons, ils en auront conçu quelques-uns au préalable, ce qui est la moindre des choses quand on est limier. Cela posé, tandis qu'ils s'ingénient à fouiller partout, je déguste un excellent café en faisant des phrases sur les vaines agitations du monde. Une fois partis, parce qu'ils devront bien se rendre à l'évidence, et pour cause, que s'il n'y a pas de fumée sans feu, il n'y a pas de coupable sans enveloppe corporelle tangible du coupable, je les piste à distance pour prévenir un volte-face inopiné, puis je reviens dare-dare à la maison, je vole à ton secours et on écrit ensemble un bel opéra, *Alexandre délivré*, toi le livret, moi la musique. Qu'est-ce que t'en dis ?

– De quoi ? De l'opéra ?

– De ma stratégie, bougre de mauvaise tête !

– Rien. Je n'en dis rien. Je prie pour qu'on n'ait pas à faire un opéra.

– Alexandre, ton manque d'enthousiasme me chagrine.

– Moi, ce qui me chagrine, ce sont les cryptes souterraines murées par une porte de pierre qui ne s'ouvre que de l'extérieur.

– Lorsque le Christ est descendu aux enfers, c'était pour préparer son ascension. Les grands exemples sont pour nous instruire.

– Ta comparaison sent le fagot.[16]

– Et la prison le moisi, songes-y.

– Je ne songe qu'à çà, entre autres réjouissances futures.

– La liberté est un privilège qui se mérite.

– Je sais, je sais, c'est comme le génie, une longue patience…

– De toute façon, on n'a pas le choix.

– Si ! je peux me taillader les veines.

– C'est dégueulasse, ça tache les moquettes...

– Misère de moi !

– Tu sortiras grandi de ta probation.

– Ou squelette.

– Ne sois pas si maussade...

– D'accord, d'accord, je me fais violence, vive la grotte ! D'ailleurs, j'ai une telle envie d'y planter ma tente que j'y suis déjà, en esprit.

– Tu es désespérant de défaitisme.

– Je suis seulement claustrophobe.

– Soigner le mal par le mal est un vieux principe d'où on a extrait l'inoculation.

– Et aussi la charia.

Olivier plissa les paupières d'un air de suprême indulgence, et reprit :

– Dernier détail : si d'aventure ce que nous conjecturons se produisait...

– Là, tu insistes lourdement !

– …tu penses bien qu'il ne faut pas que quoi que ce soit de toi subsiste dans la maison.

– C'est ce qui convient à un condamné à mort, l'oubli.

– Vêtements, objets divers, tout ce qui t'appartient doit disparaître.

– C'est le temps des soldes…

---

[16] Sentir le fagot : par allégorie de la fumée des bûchers où l'on brûlait les incroyants, exhaler des relents d'hérésie.

– Ces considérations m'induisent à conclure qu'on serait bien inspiré de pieuter dans la même chambre.

– J'y vois pas d'inconvénients.

– Ni moi non plus : donc, c'est dit, alcôve à deux ; entre anciens pensionnaires, ces privautés se pratiquent.

– Entre autres, mais passons !

– Il y a pourtant autre chose…

– Quoi encore ?

– Tous les matins, on fera nos lits sans déroger, et on changera les draps. Sais-tu pourquoi ?

– Je redoute le pire.

– A cause des traces.

– J'avais raison de redouter le pire.

– Il y a deux sortes de traces que déposent les garçons et qui déposent contre eux : celles de leur pilosité et celles de leur virilité. Tu saisis la nuance ?

– Pas le moins du monde.

– Je détaille : d'une part les cheveux et autres poils, de l'autre le résultat des *nuits fiévreuses*.

– Ce que c'est que l'érudition. Ma vertu ne s'effarouche pas moins de tes insinuations.

– La belle affaire ! Un interne parlant de vertu me fait l'effet de Tartufe ceignant la haire avec la discipline.

– Bon ! j'y consens, pas de trémoussements nocturnes.

– Au contraire, tu as les coudées franches, si je puis dire, puisqu'on remplacera les draps. Décidément, tu as décidé de ne rien comprendre...

– Excuse-moi, mais j'ai la tête envahie de légions de farfadets qui habitent dans des culs de basses-fosses humides.

– Allons plus loin ; d'autres traces...

– Encore ! C'est une obsession !

– Je dis, d'autres traces, moins suaves, mais plus compromettantes, pourraient nous perdre.

– Tiens donc, lesquelles ?

– Tes empreintes digitales.

– Mille putois réfrigérés ! J'avais pas pensé à çà.

– Heureusement, je pense pour deux.

– C'est toi le cerveau.

– C'est bien ainsi que je l'entends. Chaque jour, il faudra essuyer soigneusement les objets que tu auras touchés.

– Précaution à double tranchant.

– Explique…

– S'ils relèvent les empreintes, ils n'y verront pas plus les tiennes que les miennes. Donc ils concluront qu'en les gommant, tu avais des motifs spécieux.

– Excellente déduction ; tu vois, quand tu veux, tu es brillant.

– Il y a un moyen de ruser.

– Parle sans crainte.

– C'est que j'enfile des gants.

– J'y avais songé, mais finalement, à tout bien penser, c'est inutile : on ne déplace pas un laboratoire scientifique chargé de collecter des empreintes pour une simple fugue d'adolescent.

– Tu crois ?

– Comme je te le dis, après mûre réflexion.

– Donc, pas de gants : tant mieux ! Ça m'aurait gêné pour…

– Ne dis rien de plus, ou je rougis.

– Il n'empêche, gants ou pas gants, tout ça c'est beaucoup de contraintes, n'est-il pas ?

– Il est. Mais Hercule a eu les siennes et il s'en est tiré.

– Comparaison malheureuse, si on se remet la fin de l'histoire.

– On s'arrangera pour la modifier à ton avantage.

– Que Zeus t'entende !

– Soyons sur nos gardes et tout ira pour le mieux.

– Pourvu que ce mieux-là ne soit pas l'ennemi du bien…

– Alexandre, tu as un esprit de collégien, mais tu parles comme un érudit. A ton âge, c'est inquiétant.

– La maison de correction offre deux voies diamétralement opposées, l'abrutissement sous le joug ou l'éveil. J'ai choisi l'éveil.

– A quelque chose malheur est bon.

– L'éveil m'a conduit à plein de choses intéressantes, notamment les langues mortes, latin en tête.

– Quoi ? Du latin ? Mais c'est l'anachronisme par excellence, c'est comme si on professait les tourbillons de Descartes dans une école de physique !

– Tu le sais bien, toi, le latin…

– Moi, c'est différent : ma grand'mère m'a envoyé faire mon rudiment dans le seul établissement de France qui prodigue encore cet enseignement suranné…

– Et bien, sache que j'avais un éducateur qui m'aimait bien (ça changeait des autres…), et qui m'a dit un jour : *garçon, ça n'a l'air de rien, mais ça dégrossit le ciboulot.*

– Il avait tort : le latin n'est bon que pour les collectionneurs, rayon antiquités.

– Antiquité ou pas, j'ai été soufflé par l'énergie de cette langue, son harmonie, sa mesure, la richesse de sa poésie.

– Tu finiras mal.

– Du coup, j'ai fait le rapport que du bon latin au bon français, il n'y avait qu'un pas.

– Un pas de clerc, tu peux me croire…

Olivier aspira une ample bouffée d'air, jeta une œillade à travers la fenêtre et proféra :

– Laissons un peu Virgile et sa clique de côté : donc, sauf contre-ordre, te voilà domicilié ici…

– Provisoirement.

– C'est déjà çà ! Au fait, tu sais qu'il y a du provisoire qui ne demande qu'à durer.

– *Fata viam invenient*26.[17]

---

[17] Les destins trouveront bien leur route. Citation appropriée au contexte, mais qui pêche par cette manie qu'a le moindre écolier d'étaler son latin à tout bout de champ.

– J'aimerais un peu moins de citations de potache et un peu plus d'ardeur.

– J'y veillerai.

L'aîné attrapa gentiment son compagnon aux épaules et s'exclama, le visage radieux :

– Alexandre Jung, pour la seconde fois, bienvenue aux Froides-Aigues.

Ubi bene, ibi patria [18]

Pendant les jours qui suivirent, les garçons s'appliquèrent aux préparatifs d'un véritable état de siège. Le plan d'Olivier fut exécuté à la lettre. En prélude à ces dispositions, on inaugura les quartiers nocturnes au troisième étage ; il fut statué que les six chambres seraient occupées à tour de rôle, histoire de leur insuffler cette vie que l'homme communique à tout ce qu'il habite et qui, sans lui, dépérit. Car c'est une chose triste que dans une grande maison l'âme quitte les pièces où l'homme ne va pas.

Les mansardes étaient le domaine de l'attique de la demeure et offraient toutes un agencement similaire : une porte centrale faisant face à une croisée ronde à triple vitrage, deux grands lits à deux places dans les angles supérieur gauche et inférieur droit, un petit poêle d'appoint à l'un des angles libres. Ce poêle n'était pas de trop : dans les grands froids, ses vertus calorifiques permettaient d'atteindre la température idéale de dix-huit degrés en dessous de laquelle les frileux trouvent furieusement à redire. Peu de meubles, hors un casier pour le rangement du bois, une desserte et deux tables de chevet, une par lit. Une moquette épaisse, assortie à la teinte dominante de l'alcôve, habillait le plancher. Les murs étaient tapissés de velours de laine d'une nuance de ton plus claire que la moquette. Des rideaux de brocard moiré, accrochés à de gros anneaux de bois courant dans une tringle à l'avenant, masquaient la croisée avec une sorte d'élégance rustique.

La mansarde bleue, première de la série, était pourvue d'une épaisse et confortable literie digne d'un hôtel perché à douze cents mètres d'altitude, avec des draps de coton fin à

---

[18] Où l'on est bien, là est la patrie.

motifs spatiaux et des édredons à vous faire hiberner jusqu'à la fonte des neiges.

La question du couchage résolue, Olivier et Alexandre se livrèrent à ce qu'en langage militaire on appelle un exercice d'alerte, avec tout le réalisme requis. Olivier endossa la capeline de l'argousin qui surgit inopinément de son estafette. Compte tenu de ce qui a été dit sur les délais impartis à la fuite rapide et silencieuse d'Alexandre, ce ne fut qu'après quatre minutes franches qu'il fit irruption sur le perron. La chaîne haute fidélité jouait à plein régime le troisième mouvement, *allegro molto vivace*, de la sixième symphonie de Tchaïkovski, dite *pathétique*, lequel mouvement n'est pas avare de décibels avec ses nombreux *fortissimi*. Olivier arrêta la musique ; il arrêta aussi l'aspirateur qu'il avait branché dans une pièce voisine, après avoir raisonné que l'association de Tchaïkovski et de la basse continue ménagère était propre à aiguiser les soupçons d'un nez sagace : car je vous le demande, n'est-il pas ridicule d'avoir de la musique chez soi en même temps que l'on passe l'aspirateur ? Cette réflexion cogitée, il prêta attentivement l'oreille aux vibrations que la rotation de la porte de pierre, baptisée Sublime Porte, était censée propager. Sur cet article, aucun sujet de crainte : soit que le jeune garçon eût fait diligence, soit que l'écho sonore de l'ébranlement ne se diffusât pas jusqu'aux appartements, pas un bruit, même lointain, rien qui fût susceptible de trahir le secret impénétrable par excellence des Froides-Aigues.

Insistons-y : de la célérité avec laquelle Alexandre volerait jusqu'à la crypte dépendait le salut des deux locataires. Cette crypte, c'était le bâton dans les roues de la perquisition, le grain de sable qui gripperait le mécanisme de l'investigation policière.

Quand enfin il alla délivrer le reclus, Olivier ne put échapper à ce petit pincement d'angoisse qui appréhende la mauvaise surprise possible. La porte de granit roula sur ses gonds, cependant, mais celui qui s'en extirpa avait la physionomie d'un évadé des entrailles de Chtulhu :

– Quel abominable endroit ! s'écria-t-il en s'évertuant à faire bonne figure à mauvais jeu.

Il ajouta :

– Lorsqu'on recommencera l'exercice, j'avalerai d'abord une boîte de tranquillisants.

On remarquera qu'Alexandre dit *lorsque* et non *si*. Ce choix d'une conjonction pour une autre détruisait le mauvais esprit, on l'aura deviné purement formel, dont il s'était remparé au cours de la discussion précédente. Olivier fut heureux de constater que sous force broussailles d'humeurs maussades subsistait, intact, l'adolescent intrépide, vaillant, plus décidé que jamais à affronter les détroits de sa condition de réfugié clandestin en rupture de ban. Bougon, mais valeureux. Ce trait le résumait ; mieux, il le récapitulait : la nature l'avait pétri dans une argile, qu'on nous passe l'expression, à aller au casse-pipe en rechignant, ce qui est une manière d'y aller avec courage. Olivier se réjouit fort de cette facette qui prouvait qu'on peut n'avoir que quatorze printemps, on n'en est pas moins équipé d'un caractère bien trempé.

Insensiblement, par ces subtils degrés qu'emprunte la gestation des sympathies vraies, l'aîné s'affectionnait à son hôte. Sa spontanéité, son intelligence, l'enjouement dont il égayait tout ce qu'il faisait, sa désinvolture ayant toujours un corridor dérobé sur le sérieux, son tempérament alerte et pimpant, quoique ombrageux dans l'occasion, ne laissaient pas de le séduire. Dans ce commerce tacite d'examens mutuels par lesquels se divulguent deux êtres fraîchement réunis, il serait logique de présumer que le plus âgé croquait la part léonine. Il n'en était rien. Alexandre fournissait à l'escarcelle commune son contingent d'exact compte à demi. D'où de ces accointances déjà fortement ébauchées dont la jeunesse est le ciment. Il suffisait de les voir ensemble à causer de choses et d'autres, à jouer comme des enfants, à se poursuivre dans les couloirs, à écouter quelque musique particulièrement émouvante, il n'y avait qu'à observer leurs attitudes où se logeait déjà tout un luxe de gentillesses bienveillantes, leurs regards assaisonnés de connivences, pour deviner qu'un germe couvait et que la première opportunité l'épanouirait comme fleur au printemps. Avec cela, parler franc et dru, sourires honnêtes, c'est à dire dépouillés d'artifice. Leurs yeux, ces soupiraux de l'âme, irradiaient une belle et claire lumière. Ces deux complexions foncièrement droites n'avaient peut-être pas eu le temps de subir l'influence de l'éducation telle qu'on en consacre aujourd'hui l'idole sur l'autel de la société à simagrées.

Un soir qu'ils sirotaient une Vodka – car ces messieurs y allaient parfois d'un bon coup de coude – Alexandre interrogea son camarade ex abrupto :

– Au fait, dit-il, depuis quand tu habites ici ?

– Depuis avril de l'année dernière.

L'adolescent rehaussa ses cils en chevron avec la mine d'un marmiton qui aurait manqué une sauce :

– Mais tu m'as dit avoir eu dix-huit ans seulement au trois décembre…

– C'est exact : je suis, du moins j'étais ce qu'on appelle un mineur émancipé.

La nouvelle valait son pesant de surprise. Alexandre y alla d'une interjection qui fusa avec toute l'ardeur volubile de son âge :

– Par tous les putois du Nebraska ! Tu avais déjà pas mal d'originalités, mais celle-là me laisse sur le flanc.

Il va sans dire que dans la bouche d'un jeune garçon rompu aux tours de style déliés de la maison de correction, le mot *flanc* doit être remplacé par un substantif plus énergique que nous ne publierons pas par respect du lecteur.

– Eh oui ! repartit Olivier, étant orphelin, ma grand'mère, qui n'avait pas eu d'autres enfants que feu mon père, m'a fait son légataire universel. Elle était riche et j'ai hérité de tout.

Seulement, pour administrer mes biens, il me fallait une dispense ; d'où l'émancipation.

– Quel destin ! Mais une maison comme celle-là, c'est le rêve, c'est le pied, tout ce que tu veux, mais ça ne nourrit pas son homme. De quoi tu vis ?

– J'ai un pactole, complément de l'héritage ; à son défaut, je crois que je ne mourrais pas d'inanition : figure-toi que je compose de la musique.

– De la musique, vraiment ? De la musique ! D'abord du latin, puis du grec, maintenant de la musique ! Quel artiste mourra avec toi ![19] Par les poils pubiens d'Apollon, je fais l'effaré, mais j'ai tort, j'aurais dû m'en douter.

– Ne t'emballe pas ; mon talent se borne à quelques pages de musique chorale. Ça plaît aux dames à chapelet. Enfin, ça plaisait...

Les points de suspension, parfaitement lisibles dans la phrase d'Olivier, ainsi que l'inflexion désabusée qui avait modulé les trois derniers mots, soufflèrent un vent de curiosité sur le cadet ; ses orbites dilatées brillèrent comme deux diamants :

– Oh, oh ! fit-il avec gourmandise, tu en as dit trop ou trop peu : la suite, ou bien je fais pipi et caca par terre et je me ventrouille dedans.

– Si tu y tiens, je te raconterai tout, y a pas de secret. Mais je t'avertis, la matière est fournie, et outre quelques pages à faire frémir un néophyte – ici, le visage d'Alexandre s'auréola d'un nimbe d'indulgence – et d'autres nettement moins amusantes, on en a pour quelques heures.

– Tant mieux, on est en plein hiver, les longues soirées sont de saison.

– Et bien, aux plumards, le premier chapitre est pour ce soir.

---

[19] On se rappelle que Néron, au moment de rendre l'âme, avait proféré quelque chose dans ce goût.

Les deux garçons se hâtèrent à la chambre désignée par roulement, comme nous l'avons précisé plus haut, et qui était la bleue, se glissèrent douillettement sous les couvertures, décachetèrent d'excellents cigares, ce qui après la Vodka, leur élargissait béant le chemin d'impénitence finale. Une fois bien emmitouflés, Olivier attaqua son récit.

Faisons comme lui. Rétrogradons quelques mois en arrière, précisément à l'époque où les Froides-Aigues s'abattirent sur les épaules d'un adolescent que rien n'avait préparé à un tel événement.

Cette longue digression, du reste, n'en est pas une, non plus qu'une simple parenthèse. On fera bien de l'estimer à son prix, celle d'une histoire qui jouirait d'une certaine autonomie, si la filiation qui la rattache à l'épopée future de son héros et du jeune compagnon que la Providence lui avait octroyé, ne conférait aux graves péripéties qu'elle annonce une dimension encore inappréciable.

Première partie : les Froides-Aigues

Livre 1 : Olivier Lorenz

Section 1 : L'héritage

Entrée dans la vie active

L'année 2038 fut pour Olivier une année climatérique. Sa grand'mère, qui l'élevait depuis son plus jeune âge, mourut brutalement. Elle avait soixante-trois ans et paraissait devoir vivre centenaire.

Sans préjudice de la douleur qui afflige tous les deuils du monde, un tel événement n'aurait pas été extraordinaire en soi, si un détail ne lui avait conféré une ampleur particulière.

Ce détail, le voici : Madame Lorenz, née Beaumont de Savignac, était fort riche et sans descendance directe. Olivier devenait donc son successeur légitime au deuxième degré. Or, l'héritage qu'elle léguait n'était pas peu de choses : une maison bourgeoise de trois cent vingt mètres carrés sur trois étages, soit neuf cent soixante mètres carrés habitables, environnée d'un terrain de mille hectares. La maison était ornée en outre d'un volumineux mobilier de style, de tableaux de maîtres, de tapisseries rares, de tentures luxueuses, dont la valeur se montait à près d'un demi-million d'euros. Ajoutons à cela un attirail de bijoux, parements et autres colifichets dans le précis desquels nous ne nous attarderons pas, de peur d'être ennuyeux.

En sus de ces biens immeubles et meubles, Olivier jouissait du même alleu de cent vingt mille euros en comptes divers, disponibles à sa majorité. Le pactole se complétait d'une poignée de titres boursiers évalués à trente mille euros, lesquels entraient de plain-pied dans la succession au décès de leur ancienne détentrice.

Tous frais faits, c'est à dire impôts et taxes acquittés, la fortune d'Olivier additionnait plus de six cent mille euros. Opulence qui ferait tourner plus d'une tête de seize ans.

Pour le garçon, la disparition de sa seule et unique parente fut un ébranlement profond.

On raconte qu'il apprit la nouvelle alors qu'il travaillait à une version de Columelle qui commençait ainsi : *si voto fortuna subscripserit, agrum habebimus, salubri caelo...*[20] Il est permis de douter que le destin ait jamais eu pareille ironie, d'un mauvais goût évident. On l'attribuera plutôt à quelque potache épris de merveilleux et décidé à créer de toutes pièces une anecdote susceptible de nimber l'accession à la richesse de son camarade de cette aura qui contribue à façonner les légendes et en imprime le souvenir à la postérité.

Cependant, vraie ou fausse, l'histoire n'en circula pas moins au sein de la communauté et inspira à ses membres de vastes réflexions sur le caractère ambulatoire de la fatalité humaine.

A l'égard d'Olivier, le choc, redisons-le, fut rude. Il eut la sensation d'un homme lâché dans le vide dont le parachute est en torche. Orphelin depuis sa plus tendre enfance, sa grand'mère était sa mère. Il l'aimait comme telle et en était aimé comme un fils. Nous ne dresserons pas ici l'inventaire de ces souvenirs attendrissants, de ces petits riens dont on mesure tout à coup combien ils participaient à notre bonheur, de ces joies apparemment anodines qui imposent à la mémoire leurs récapitulations et font du visage de celui qu'on ne reverra plus un arrière-plan tragique.

Le soir, au dortoir, l'adolescent pleura. Il pleura comme pleurent les cœurs sincères, avec la poignante affliction des souffrances muettes.

Ses camarades vinrent en nombre lui prodiguer réconfort. Ce fut une chose touchante que la gentillesse et la discrétion dont ils secondèrent sa détresse. Dans ces moments-là, on n'a souvent qu'une envie, être seul. Olivier n'éprouva pas ce besoin. Il ne rebuta pas ceux qui se présentèrent à son chevet. Quand il sentit

---

[20] Si la Providence répond à nos vœux, nous aurons un champ sous un ciel serein.

se déployer sur lui cette amitié qui remplissait si spontanément ses devoirs fraternels, il sut gré à son lycée, à ses professeurs, d'avoir taillé leur enseignement dans une étoffe radicalement hostile à la mentalité du siècle. Plusieurs lui parlèrent de la mort en des termes si élevés, si nobles, si au-dessus des lieux communs habituels, que cet aparté collectif imprégna le cœur du pauvre garçon d'un baume de vraie consolation.

Malheureusement, parmi ces abeilles s'était immiscé un frelon, une espèce de petit pédant au crâne oblong, aux cheveux plats, à la mine arrogante, tout bouffi d'orgueil et de suffisance, qui lui demanda d'un air capable si sa grand'mère avait bien respecté les lois de Moïse et les exhortations de saint Paul, à défaut de quoi *son sang lui retomberait sur la tête*. Ce mauvais plaisant était membre d'une obscure congrégation qui prétend avoir été mandatée par Dieu en personne pour ramener l'humanité pécheresse sur les sentiers de la vertu. Le lecteur ignore peut-être que cette vertu fut perdue précisément parce que l'homme n'eut pas le bon esprit de se faire témoin de Jéhovah à temps. Ce même aréopage, expert en casuistique, vous soutient sans rire que c'est Satan déguisé en étoile qui a guidé les rois mages, que l'astrologie est d'obédience démoniaque ainsi que la croix, la musique moderne et la récréation d'Anaphlyste,[21] contre laquelle le meilleur remède est, parait-il, la prière.

Olivier embrassa ses camarades avec gratitude et haussa les épaules au cuistre, non parce qu'il n'avait jamais partagé les privautés de bonne compagnie qui ont cours entre pensionnaires, mais parce qu'il était un sot. Cet énergumène pontifiait du chef de la Tour de Garde,[22] que la moindre

[21] Cette récréation, fort goûtée et recherchée des adolescents, et appelée plus prosaïquement jeu de cinq contre un, constituait, à ce qu'on dit, un chapitre de l'enseignement officieux de messieurs les pères jésuites. Mais les mauvaises langues sont si libérales de médisances que nous n'en croyons évidemment pas un mot.

[22] La Tour de Garde est le périodique officiel des Témoins de Jéhovah. Ce périodique, auquel fait chorus une autre feuille intitulée Réveillez-

pensée obliquée vers les démangeaisons du prurit garçonnier conduit en droit fil aux enfers de la Géhenne, où il y a *des pleurs et des grincements de dents*, et que les coupables y cuisent à la broche pour les siècles des siècles. C'était un fort impertinent butor, tout barbouillé des cinq livres du Pentateuque et des quatre épîtres aux Corinthiens. Aussi rongeait-il son frein depuis la puberté, ce qui avait occasionné une occlusion de sang responsable d'une tapisserie de gros boutons rouges dégoûtants sur sa vilaine figure.

Quant à Olivier, en dépit de son chagrin, il eut l'aplomb de faire face. Ayant réfléchi que sa minorité entravait les prérogatives liées à son nouveau statut, il en appela à monsieur le Proviseur : celui-ci, aidé de quelques professeurs compétents en matière juridique, conclut de concert avec l'adolescent à engager une procédure d'émancipation, afin qu'il fût fondé devant la loi à recueillir son préciput. Une demi-année s'écoula en tracasseries administratives. Enfin, un beau jour, on lui remit un document officiel qui l'instituait mineur émancipé, avec droits afférents, à la date de son dix-septième anniversaire, lequel se fêtait un troisième de décembre. Comme il était excellent élève, il fut admis par anticipation au baccalauréat ; il y obtint la mention très-bien. Deux mois plus tard, en avril 2039, il faisait ses adieux à son lycée sous les mémorables et émouvantes effusions de ceux avec qui il avait, pendant plus de six années, *fourbi les bancs de chênes*.[23]

---

vous, est pensé, écrit, imprimé, réalisé par de bonnes têtes accablées des fulminations du Lévitique et de la menace de damnation éternelle qui pèse sur ceux qui n'obtempèrent pas aux apostrophes comminatoires que contient ce dépôt de la sagesse humaine.

[23] Baudelaire

Non licet omnibus adire Corinthum [24]

Quand on emprunte la route qui va de M... au Pas de Peyrol, on arrive, après avoir quitté la départementale 678, sur une petite voie escarpée qui court à flanc de montagne, ayant à sa gauche les contreforts d'un haut plateau couronné de sommets arrondis, et à sa droite une profonde vallée au creux de laquelle déambule une jolie rivière, selon la saison tranquille ou impétueuse.

Après quelques lieues sur l'étroit ruban de bitume, fort rabroué par les gels d'hiver et les éboulements, on croise deux anciens hameaux ébouriffés d'un implacable tumulte de ronces mêlées d'orties, enchevêtrés de broussailles, et figés dans un inexorable abandon. Hier, ces hameaux vivaient. Leurs habitants les ont fuis. Rien ne serre le cœur comme cette décrépitude de pierres noircies par les pluies, ces murs qui s'effondrent, ces vastes cours autrefois pleines de clameurs, à présent vides et nues. Sur les toits d'ardoise croît par dépit le sinistre sédiment d'une méchante mousse verte, pareille à la décomposition d'un cadavre. Une indicible torpeur plane au-dessus des écuries, des étables, de la basse-cour, de tous ces lieux familiers où se jouait la symphonie pastorale des animaux domestiques. Aujourd'hui tout cela n'est plus. Une irrémédiable léthargie s'est déposée là où autrefois circulait la sève vivifiante de l'activité humaine.

La route, à ce point, ne serpente plus qu'à quelques toises au-dessus de la vallée. Un semis de peupliers, de hêtres, de châtaigniers, d'ormes et de saules, éparpille à toute venue

---

[24] Il n'est pas permis à tout le monde d'aller à Corinthe. Traduction latine d'un proverbe grec qui mettait en garde contre la cherté de la vie à Corinthe, réservée aux seuls riches. Evidemment, le contexte ici dépouille l'allégorie et doit s'entendre au premier degré.

l'éventail de ses gracieux bouquets. A main droite, entre deux tertres échevelés de fougères et de chèvrefeuilles, un sentier coupe la rivière à brève distance et s'insinue, à cinquante mètres de là, sous le berceau d'une vaste et profonde forêt.

Cette forêt est une ligne de démarcation nette, on pourrait dire une fracture. En deçà, tout n'est que prairie égayée d'arbres et de taillis, joyeuse, claire, grand parc à qui la nature prête les charmes des paysages à large horizon. Au-delà, l'obscur fourré d'une haute futaie sans âge. Ce domaine a un nom, les Froides-Aigues.

Les Froides-Aigues envahissent le promeneur d'une espèce de respect sacré. Ce qui s'exhale de ces épaisseurs obscures, de ces sous-bois exubérants, des parfums âcres des liserons et du chèvrefeuille, des champignons, des mousses et de l'humus, réalise l'idéal d'une certaine virginité farouche. On est physiquement infiltré du sentiment tenace que ce territoire se refuse au profane, comme si une âme tutélaire y flottait et veillait à sa préservation. Les Froides-Aigues répandent une étrange atmosphère hiératique propre aux sanctuaires. Quant à la complexité de sa topographie, c'est la bouteille à l'encre, un rébus indéchiffrable au non initié. Celui-ci doit pour exorde à sa quête résoudre l'énigme d'un entrelacement inextricable de sentiers qui rayonnent dans toutes les directions, comme un rapporteur sur lequel les graduations se développeraient à la diable. On les a comptés, il y en a dix-sept. Un seul conduit au bon port. Qu'est-ce que le bon port ? Le plus simple est de s'y rendre.

Dix-sept sentiers, c'est un jeu de devinettes. La septième branche de l'éventail est celle qui nous intéresse. Les autres sont sans solution de continuité. On s'y enfourne et on est vite en butte à une seconde tablature, une nouvelle ramification de dédales divergents qui requièrent pour unique boussole une mémoire géographique sans faille. Et puis, supposé que l'on ait enjambé sur le bon segment, n'est-il pas lui aussi subdivisé en un troisième réseau de faux-fuyants, de piste sans but, de tronçons aveugles qui ne vont nulle part ?

Lorsque enfin le bon fil est saisi, ce qui n'est pas une mince prouesse, on avise, tout au loin, une procession de collines étagées à perte d'horizon, dont les ondulations, d'abord modérées, s'aggravent à mesure qu'elles s'élèvent. Le chemin perce cet ombrageux fouillis, s'y estompe puis disparaît, absorbé par le premier virage.

Sur le seuil même de cette voie royale enfin élucidée se profile bientôt un bizarre objet tubulaire. Cet objet est posé en travers du chemin sur deux montants de métal à entendements. Deux étroits pertuis lui ménagent de part et d'autre des passages praticables à un piéton. A l'un des montants est reliée une grosse chaîne armée d'un cadenas qui n'aurait pas déparé le bagne de Cayenne. La tubulure est une barrière. L'attirail complet, chaîne, chevron, montants, cadenas, devrait être monstrueux et n'est que banal. Banal, mais somme toute discret ; le responsable de l'ouvrage s'est de toute évidence asservi à ne pas insulter l'environnement en se contentant de marquer son territoire sans trop l'enlaidir.

La barrière franchie, les accotements de la piste ont abandonné leur homogénéité et se distinguent radicalement : à gauche, un bourrelet de rochers qui fait songer à l'épine dorsale d'un de ces reptiles de la préhistoire qui ont l'air de lézards géants, s'est substitué à la prairie, avec quelque art dans la transition. A droite, la forêt, mixte, déjà resserrée, mais encore pénétrable. Rochers et forêt sont de niveau sur un plan à peu près égal.

Cependant, la proclivité du sentier ne tarde pas à dénoncer cette belle harmonie : cent mètres après la barrière, celui-ci accuse une pente assez soutenue, et les rochers avoisinent deux pieds de hauteur. De l'autre côté, un thalweg s'est creusé, au fond duquel coule la rivière que l'on a intersectée auparavant et qui, après avoir longé le chemin à une cinquantaine de mètres de distance, s'en éloigne lentement comme ces routes qui marchent de compagnie avant de s'écarter l'une de l'autre.

Dès lors, ces trois éléments du tableau, rochers, chemin, ravine, ne cessent de souligner entre eux une opposition de plus en plus franche. Au km 1, pour employer le langage et les abréviations des géographes, on est à 712 m d'altitude, soit 120 de plus qu'à la barrière, les rochers ont gagné 2 mètres au-dessus du sentier, la dénivellation avec la rivière est de 6 mètres ; à 3 km, altitude 850, 5 mètres de rochers, 30 de précipice. Au km 5, 962 mètres, 10 de granit, à droite 100 mètres de dépression. Quant au chemin même, il arpente un relief dont la sévérité se complique de courbes, de saillies et autres ressauts qui multiplient les brisures, les arêtes, quelques-unes décrivant une boucle presque complète autour d'un morne ou d'une colline. Pendant ce temps, les rochers lancent vers le ciel des aiguilles de plus en plus opiniâtres. Si l'on a entrepris cette escapade en fin d'après-midi, et sachant que la piste s'étire d'est en ouest, on est tout étonné que le soleil se dérobe derrière un formidable écran de rocaille. Conséquence immédiate, accrue par l'altitude, il fait plus froid.

Durant l'ascension, la forêt s'est étoffée. Les espèces feuillues, ormes, tilleuls, châtaigniers, bouleaux, trembles, charmes, frênes, chênes, jouxtent à présent la variété des résineux qui peuplent indifféremment la taïga et la montagne et avec qui les hêtres, dernière essence à feuilles caduques, font bon ménage : d'abord les épicéas, pionniers des contrées rudes, puis les pins sylvestres, enfin les mélèzes aux aiguilles décidues, dont le type de Sibérie orientale, *larix decidua*, supporte des températures inférieures à – 70°. De par l'éloignement de la rivière, le précipice s'est colonisé d'un sous-bois de sapins argentés, dits sapins des Vosges ou pectinés.

Entre le cinquième et le sixième kilomètre, après une interminable enfilade de lacets, émerge comme un spectre une apparition extraordinaire.

Jusqu'ici, l'impressionnante dentelure de rochers, nommée la Crête, avait grossièrement épousé les sinuosités du chemin, quoique avec des retraits, des avancées, toutes sortes de ressauts indissociables de la fantaisie dont la nature est libérale ; fantaisie, soit dit en passant, qui déplaisait à Voltaire, lequel rêvait d'un globe où les cours d'eau iraient en droit fil et où les routes se croiseraient à angles réguliers, comme des allées de Lenôtre. Voltaire était un poète rectiligne.

Brusquement, le roc fait sur le sentier une offensive querelleuse et y empiète avec une véhémence sauvage et imprévue. Qu'on se figure un énorme gibet à l'aspect d'un gamma majuscule, ?, tout d'une pièce, haut de dix mètres, noir, visqueux, coiffant presque toute la largeur du sentier comme le toit d'un dolmen. De loin, cette énorme exostose granitique éveille l'idée d'une casquette qu'aurait pu chausser Micromégas. Là où se situerait la nuque, s'amoncelle un éboulis de grosses pierres échouées dans un désordre qui évoque le solde d'un tremblement de terre. Le toit de ce bloc s'abaisse de la Crête proprement dite jusqu' la rive du chemin, et apparente l'ensemble à celui d'un colossal appentis.

Le rocher se nomme la Roche Tarpéienne. C'est, sans contredit, de tous les obstacles qui jalonnent le chemin le plus redoutable. Sous ce tunnel, le sol est pavé de larges dalles de granit plus glissantes que le damage d'une piste de ski. Bon nombre de ces dalles sont inclinées dans le mauvais sens et entraîneraient sans rémission au bord du précipice un marcheur maladroit.

A force de contempler ce monument cyclopéen, on est certes écrasé par sa majesté digne d'un roman d'anticipation, mais on acquiert aussi rapidement la conviction qu'il fait butoir, qu'il signifie une fin de non-recevoir au randonneur, que cette impasse n'a aucune promotion d'avenir et qu'on n'a plus qu'à faire demi-tour. La curiosité étant ce qu'elle est, on n'en furète pas moins sous sa voûte, et tout de suite on se formule que si la lumière y expire rapidement, elle renaît après une vingtaine de mètres à l'issue d'une ténébreuse et suintante galerie. La Roche Tarpéienne n'est donc pas un cul-de-sac ; et le fait est qu'on rattrape bientôt la piste à ciel ouvert qui s'étire de plus belle en louvoyant au détour d'un énième méandre.

Seulement, la physionomie de la forêt s'est insensiblement transformée : la Crête s'élance maintenant vers des hauteurs vertigineuses et couvre tout d'un gigantesque dais de pénombre. Le décor est sinistre, sans doute, mais non dénué de cette poésie crépusculaire qui prête à certains sites une dimension féerique. On ne serait même que médiocrement stupéfait de voir surgir des lutins, des elfes et des dryades, tant l'ambiance qui règne ici féconde l'imagination de ces vieilles légendes où les enchanteurs, les magiciens, les thaumaturges et les sorciers réglaient l'existence de créatures qui sculptaient leurs maisons dans des troncs de hêtres géants ou érigeaient des cabanes lacustres sur des marais.

Tout à coup, l'étroit goulet du chemin s'évase, le firmament jusqu'ici dérobé par les frondaisons l'inonde d'une clarté drue, un radieux faisceau d'or troue la demi-nuit livide, le vent fouette le visage, la lumière fait partout une joyeuse et tonitruante irruption. La Crête s'est esquivée au méridien, le ravin a obliqué vers le nord-ouest, ce qui était ténèbres s'égaie des couleurs chatoyantes du soleil.

La forêt évanouie fait place à un enchantement.

Les Froides-Aigues

Le site où nous nous sommes transportés est répertorié sous une rubrique a priori peu engageante, les Froides-Aigues. Pourquoi les Froides-Aigues ? La toponymie d'un lieu s'expliquant par son originalité, il n'est pas hors d'apparence que celui-ci tire son appellation des nombreux points d'eau qui le colonisent ; en langage archaïque, ces points d'eau sont des *aiguades*, mot qui, contracté, devient aigues.

Faire une aiguade est une expression propre aux anciens marins qui signifiait *aller à la provision d'eau.* Par une extension naturelle de sens, l'aiguade a désigné ensuite l'endroit même où s'accomplissait cette provision. Toute une famille étroite de termes ayant un rapport avec l'élément liquide, aujourd'hui tombés en désuétude, dérive du vocable *aigues* : ainsi *aigage*, le droit d'aqueduc sur les terres d'autrui ; *aiguadier*, celui qui préside à la distribution des eaux ; *aiguail*, la rosée qui perle sur les feuilles ; *aiguayer*, baigner, rafraîchir, etc...

Les Froides-Aigues se baptisaient donc ainsi parce qu'elles abritaient une multitude de sources, aussi bien vives que souterraines. Or, rien ne démontre le climat d'une région comme la présence ou l'absence de réserves d'eau régulièrement alimentées. Ce coin de terre isolé de tout jouissait d'une pluviométrie exceptionnelle ; on n'y craignait pas la sécheresse, et en dépit du relief et de la géologie peu propices à la constitution de nappes phréatiques, les étés brûlants étaient sans conséquence sur l'irrigation naturelle : de mémoire d'autochtone, on ne signalait pas le moindre ru à sec depuis plus de cent ans.

Ces indications un peu rêches, proposées ici par pur intérêt didactique, ne retranchaient évidemment pas un iota de l'émerveillement qui saisissait le promeneur au débouché de la forêt. Après les sombres escarpements du sentier, après la Crête, après la Roche Tarpéienne, après le ravin, passés les mille dangers visibles et invisibles d'une ascension oppressante, contempler l'horizon subitement élargi à perte de vue, le ciel qui emplissait tout au-dessus de soi, offrir son visage à la fouettée du vent et sa peau à la douceur chaleureuse du soleil, c'était s'évader du purgatoire pour conquérir le paradis.

En se rendant aux Froides-Aigues par le chemin, unique voie d'accès praticable, on marchait face au couchant, c'est à dire dans un alignement d'est en ouest. Si le lecteur n'a pas oublié ce qui a été dit plus haut, il se rappellera que la Crête, grossièrement solidaire des sinuosités du sentier, s'était déjetée vers le sud en s'affaissant. De même le ravin, connexe à la rivière, avait opéré un fléchissement nord-ouest.

Nous l'avons dit, nous sommes ici sur un sommet : altitude 1173 m. Quelque point cardinal que l'on balaie du regard, pas une croupe, pas un morne ne surpasserait ce dôme, si l'on ne distinguait, loin à l'orient, derrière l'échancrure d'une profonde vallée, la procession penchée d'une chaîne de volcans. Ce sont les puys du Cantal.

La propriété est exactement dans leur ligne de mire, sur une croupe nue qui est comme qui dirait sa mouvance. A gauche, deux potagers, l'un de plein air, l'autre sous serre. Entre les deux, le tournesol géant d'une éolienne juchée à cent pieds de haut, dans le coin inférieur droit du potager de plein air une tonnelle appelée la Feuillée. Plus loin, au nord, à l'est, au nord-est, divers cours et mails, une lande sauvage, les Brosses, tout cela sur une superficie approximative de trois hectares en sentinelle de laquelle trône une superbe maison à pignons pointus et à toit d'ardoises.

Le style de cet édifice hésite entre la demeure seigneuriale de petite noblesse et la maison dite de grande bourgeoisie. Ce que j'entends par grande bourgeoisie désigne une certaine classe d'individus que les aristocrates, avec une nuance de dédain, qualifient *parvenus*, les envieux *rupins* et les misanthropes *pourceaux satisfaits*. *Pourceaux d'Epicure* étant réservé au vocabulaire philosophique.

Trois étages, le troisième en léger retrait des deux précédents, concentrent la surface habitable. Dix-huit pièces, cinq au premier étage, cinq au deuxième, sept dans l'attique, ce dernier pourvu, en sus de ses six chambres ordinaires, d'une pièce aveugle servant de débarras.

En tout, plus de neuf cent mètres au carré.

Ce qui est beaucoup d'espace pour un seul homme est beaucoup de solitude pour une seule âme.

Les Froides-Aigues (suite)

Les Froides-Aigues étaient un site ignoré.

Les aigrefins du bétonnage n'y avaient pas jeté leur dévolu et probablement ne s'y hasarderaient-ils pas de sitôt. On était là hors d'influence de la sphère à dividendes des promoteurs immobiliers et de ce que la meute de leurs thuriféraires appellent le progrès. Le progrès, entendez le profit.

Soit dit en passant, ce mot, *progrès*, rend un peu le son d'une cloche fêlée. Le moindre politique, savourant ses bonifications de carrière, s'en déclare friand et l'exhibe volontiers en soulevant, l'espace d'une campagne électorale, le couvercle du bon pot qui mijote dessous. Technique destinée à blanchir les basses œuvres d'une petite coterie d'affairistes sous la bannière desquels marchent en rangs serrés le lucre et l'ambition.

Le peuple français, pour sa part, est fermement convaincu de vivre en démocratie. On trouve comme cela, à la devanture des sociétés à CAC 40 et à Dow Jones, un éventail de termes quasi sacrés dont il serait blasphématoire de chicaner l'acception officielle : famille, travail, emploi, humanitaire, cette intarissable logorrhée burine sur le pavois des institutions républicaines une effigie devant laquelle se prosternent les partisans de la grande gabegie nationale. Les masses aiment ces enseignes qui vantent les mérites du cabaret. Elles se sentent rassurées par les titres et les formules toutes faites qui en consacrent la légitimité ; les épeler actionne le mécanisme d'ouverture des soupapes par où s'échappe la pression des angoisses latentes et des illusions déçues. Qu'importe que la démocratie soit rongée des termites et qu'elle ressemble à peu près autant au modèle original qu'un galetas à un palais, l'essentiel est d'y croire ; au pire, de feindre d'y croire.

Un totalitarisme d'un genre nouveau est à nos portes. Il en a déjà poussé quelques-unes. Seulement, et c'est là son génie, il n'a pas ce visage abrupt qui instaure les couvre-feu et fait un trop grand bruit de bottes. Il ne défonce pas les chambranles à coup de crosse ; il fait mieux, il entre par la chatière, il va et vient sans se faire remarquer, patelin, souriant, discret, onctueux, ayant l'air de ne pas y toucher, pommadé des meilleures intentions du monde. Son dogme, il l'impose sous prétexte de nécessité. Personne ne connaît sa vraie figure ; ce Protée est passé maître dans l'art du déguisement. Bien mal lui prendrait d'effrayer, ce n'est pas là son prospectus. Pas de vagues, tout en douceur, *en douce* devrions-nous dire. S'impatroniser dans la vie de chacun, s'y proposer comme une aubaine à ne pas manquer, étouffer les volontés sous les palliatifs, exténuer le corps social à coup de divisions, au besoin, si ce corps résiste, y aller d'une petite dose de poison afin que le patient lui ait l'obligation des remèdes qu'il lui vendra fort cher, telle est sa stratégie à laquelle il assigne pour but suprême ce couronnement, la réhabilitation de la féodalité, nouvelle mouture.

Les techniques d'asservissement de ces régimes ont l'avantage de la finesse : quand on ne peut aller à claire-voie dans le césarisme, on emprunte les faux-fuyants. L'intoxication publicitaire, la désinformation, le trucage des idées, la démagogie servant d'insonorisateur aux coups de bélier de la ploutocratie dans la forteresse liberté, l'ankylose entretenue des peuples, l'encouragement à la réussite par la promotion des égoïsmes, tout cela vaut bien l'univers carcéral des dictatures. Du style direct au style indirect, il n'y a jamais qu'une nuance de rhétorique.

Cela ne durera pas.

Un penseur, un esprit supérieur, que l'on n'étudie plus guère dans les écoles précisément parce qu'il incite trop à penser, un de ces vastes cœurs qui ont pleuré sur la misère humaine, dont toute l'existence a été un étendard de justice et de fraternité brandie contre les absolutismes de droit divin et les prérogatives du bon plaisir, Victor Hugo, a écrit ceci : *quand Dieu veut détruire une chose, il en charge la chose elle-même ; toute institution mauvaise finit par le suicide.*

Olivier, dont le jugement épousait de fort près ce qui vient d'être énoncé, disait volontiers que l'homme actuel périrait avant longtemps, étant à sec d'idéal. Or, continuait-il, l'idéal est à l'homme ce que la sève est à l'arbre, son suc vivant, la preuve de son âme. Otez l'idéal, il n y a plus qu'enveloppe décharnée, cœur flétri, désolation, aridité, mort. De ce point de vue, et en amplifiant la cause à travers l'effet, il avait conclu que si les peuples ont les maîtres qu'ils méritent, les maîtres n'en sont pas quittes avec les peuples, étant leurs justiciables.

Ce constat établi, il était passé à autre chose.

Cette autre chose, c'étaient mille hectares d'un territoire vierge. Mille hectares ! Plus d'un spéculateur aurait frémi d'aise à ce chiffre mirobolant. Il jaillit de mille hectares un éblouissement de prospérité comptable. Certaines personnes, lorsqu'elles se promènent dans une forêt, n'ont aucune peine à imaginer une floraison de billets de banque au bout des branches des arbres ; affection de la rétine qui a fait le monde tel qu'il est. Olivier, pour sa part, affirmait ingénument que les Froides-Aigues n'étaient pas une source de revenus mais un asile de paix. Il persistait dans la candeur en s'intitulant non le propriétaire d'une exploitation mais l'hiérophante d'un sanctuaire.

Une connivence spontanée était née du mariage du garçon et des Froides-Aigues. Quelques jours avaient suffi à ce coin de terre pour l'ensorceler avec la puissance de Juliette subjuguant Roméo. Coup de foudre instantané, absolu et magnifique. Au reste, rien de plus paradoxal, à priori, que cette passion subite. Pendant sept ans, Olivier n'avait respiré d'autre air que celui de l'internat. Tout à coup, la Providence expulsait l'écolier hors du giron douillet des salles d'étude et des dortoirs ; il y avait de quoi s'épouvanter. Olivier fut conquis. Illumination dont la période d'incubation n'excéda pas une semaine. Un sentiment tenace de prédestination le convainquit qu'il n'était pas là par hasard ; il avait cru posséder un fief, c'était le fief qui le possédait. Une bouture presque physique l'avait greffé aux Froides-Aigues. L'extraordinaire fascination à laquelle ce domaine avait préparé un jeune homme de dix-sept printemps était de celles qui consacrent un amour indissoluble. Comment se manifestait cet amour ? Par d'inexprimables extases. Si jamais les mots flamme, passion, ont un sens, c'est à travers le sublime de cet accouplement qu'il convient de leur décerner leur acception définitive. Olivier adhéra aux Froides-Aigues, s'y fondit en ravissement, et cette étreinte ayant la fureur d'un viol, il consentit au viol. Tout ce qui surnageait en lui de futile, de superficiel, tout ce qui le reliait au confort de son ancien statut de collégien, fut dissout par le premier baiser que lui arracha cette contrée envoûtante. Il se mentionna qu'il était le dépositaire et le gardien d'un inconnu splendide, qu'il rompait le nœud gordien et faisait l'oblation de sa jeunesse triomphante à la prodigieuse maîtresse qui l'avait choisi pour amant. Il s'imprégna des Froides-Aigues avec l'étourdissante délectation des voluptés consommées. Cette exubérance d'un cœur confondu de béatitude se traduisait par d'ineffables transports. Une fois, aux aurores, il ouvrit en grand les volets de sa chambre, considéra le somptueux paysage qui se déroulait à perte de vue, et cria à la face de l'immensité, de toute la sonorité de sa voix claire et pétulante : *je suis libre !*

Le soir, à l'heure mélancolique où les angles s'estompent, où le ciel s'assombrit, où les feuillages se troublent d'ombres incertaines, il contemplait l'horizon, assis sur le parapet de la Tour, une jambe dans le vide. Les âcres odeurs de l'humus, l'essaim des myriades d'insectes voletant d'une herbe à un pétale, d'un pétale à une feuille, d'une feuille à une branche, l'insolent ramage des nuées d'oiseaux qui pillaient les taillis et les buissons, tout lui était source d'ivresse, et alors il fixait sur les verts espaces cet œil qui, en arrière des choses palpables, entrevoit de mystérieux linéaments dont la flottaison semble indiquer aux âmes altérées d'absolu la brèche par où ce qui est fini s'amalgame à ce qui est éternel.

Il ne se lassait pas d'admirer les vallées noyées de brumes qui ondulaient sur les paresseux sommets en accrochant leurs longs doigts filandreux aux casaques de velours ; il écoutait la brise caresser les cimes, il s'emplissait du parfum des sous-bois, des fleurs naissantes, de l'écorce mouillée, de la résine, ébahi de tant d'harmonie, étourdi d'une telle perfection, les narines dilatés aux haleines qui le pénétraient avec le rhythme d'un souffle céleste.

Lui eût-on offert sur un plateau la notoriété la plus éclatante, une richesse plus considérable encore que celle dont il avait héritée, le siècle dût-il porter son nom, il aurait rejeté tout cela avec le sourire tranquille de celui qui, à peine éclos à la vie, en a déjà deviné, par delà les apparences, le sens profond.

Parfois, la nuit, lorsque ses prunelles sondaient l'immensité, lorsque les étoiles incrustaient de leurs piqûres d'argent l'inaccessible abîme d'en haut, il était le réceptacle d'étranges absorptions où la rêverie fluctuait et oscillait aux confins d'une réalité à la fois proche et dérobée. Alors sa pensée se faisait atome, et il discernait, à travers le prisme grossissant des perspectives lointaines, un inconcevable réseau irradié d'une infinité de phosphorescences. Des filaments s'y nouaient et s'y dénouaient selon une loi souveraine et incompréhensible ; stupéfiant ballet d'univers les uns commençants les autres finissants, ici canevas, là épure, là encore métamorphose de mondes auxquels il s'incorporait malgré lui ; et cette chorégraphie, et ces voix lui chuchotant des paroles au-delà de la parole, le gonflaient d'une irrésistible félicité.

L'espace d'une fraction de seconde, l'ordre inébranlable qui résultait de cet équilibre se précipitait en un éclair dans son esprit, l'assaillait, puis refluait aussitôt, et alors Olivier saisissait avec une formidable acuité que son destin était de s'agréger à ce miracle, de gravir cette échelle énigmatique qui conduit à l'innommable ; que sa présence sur terre ne se justifiait que par cette fin ultime, que tout ce qui respirait ici-bas avait été enfanté à dessein, et que c'était là la cause et le but, le principe et le corollaire, l'alpha et l'oméga, la parole à accomplir, la quintessence du verbe, le logos, Dieu.

Ces révélations (quel autre terme employer ici ?) le transcendaient à la limite du supportable : chaque fois qu'elles lui transfusaient leur substance, il en était ébranlé jusqu'à l'égarement. Mais il y avait encore des paroxysmes au sein même de ce paroxysme, et lorsque ces scintillements d'un éther inexploré atteignaient une ampleur particulièrement intense, quelque chose l'avertissait que le peu qu'il lui était permis d'assimiler mesurait sa capacité extrême de perception, qu'au-delà toute curiosité serait fatale, que ses pupilles n'étaient pas faites pour affronter certains resplendissements, qu'il devait se contenter d'adorer et d'unir à la foi en l'incommensurable, l'attente confiante de l'ultime et glorieuse apothéose, sanctuaire où l'homme, dépouillé de sa chrysalide, bâtira le pont entre le monde créé et le monde créateur.

Premiers pas dans la nouvelle demeure

Quand Olivier s'installa aux Froides-Aigues, le quinze avril 2039, il n'avait pas dix-huit ans.

Comme la maison était dotée de ce que nous appellerons une infrastructure complète, mot laid mais efficace, comme de son côté Olivier n'avait pour tout bien que son bagage de pensionnaire, l'emménagement fut l'affaire d'une matinée. Petite difficulté, néanmoins : véhiculé chez lui par le frère aîné d'un camarade de classe, il ne disposait d'aucun moyen de locomotion. Il fallut donc avant toute chose le mener chez un marchand de cycles, où il se procura un vélomoteur, en attendant mieux.

C'est ainsi que chargé de son vieux et fidèle sac de nuit qui ne le quittait pas depuis sept ans, et traînant derrière lui une carriole bâchée remplie à ras bord de victuailles et d'un bric-à-brac d'ustensiles de première nécessité, il fit dans sa nouvelle demeure une entrée discrète mais qui ne manquait pas d'une certaine pompe.

Restait à se familiariser avec le détail d'un logis dont l'autonomie subordonnait son locataire au catalogue de ses compétences pratiques. Olivier s'attela sans tarder à la tâche. Il s'instruisit et se perfectionna dans les subtilités du fonctionnement de l'éolienne et de la chaudière, balaya, nettoya, épousseta, briqua, frotta, aéra, répara, redonna vie à tout, depuis les marches d'escaliers encombrées de poussière jusqu'aux plafonds colonisés par les araignées. Il se dépensa sans plaindre sa peine, levé bien avant l’aube et couché au crépuscule, avec une invincible bonne humeur et un indomptable enthousiasme.

Tout cela ne se fit cependant pas sans quelques accrocs. Citons pour exemple les interminables navettes entre les Froides-Aigues et S…, le bourg le plus proche, distant de vingt-cinq kilomètres, afin de combler les petites lacunes domestiques auxquelles on ne pense jamais et qui sont autant de bâtons dans les roues.

Enfin, à force de sueurs, d'oublis réparés, de patience, de travail et d'un inébranlable optimisme, le jeune homme pendit enfin la crémaillère. Il était temps ; l'agitation des ces deux premières semaines l'avait recru de fatigues.

Comme il savourait enfin un repos bien mérité, le temps, qui jusqu'ici avait été incertain, vira au beau. Un radieux soleil de printemps éconduisit la grisaille. La vigueur du garçon se ranima à l'ombre d'une quiétude apprivoisée de haute lutte. Il goûta la sérénité des longs jours de paix où le labeur est un loisir et les obligations quotidiennes une charmante routine. Pendant plusieurs nuits, il dormit d'un sommeil abyssal.

Dès qu'il s'estima de meilleur aplomb, il sauta sur sa plus belle plume et fit à ses camarades du lycée une lettre affectueuse qui, nous le verrons par la suite, devait en toucher plus d'un. La voici telle qu'elle fut écrite de la main même de son auteur :

« Les Froides-Aigues, ce 18 avril 2039.

Mes chers camarades,

voilà déjà plus de deux semaines que je suis en place dans mon pot à moineau de tous les diables, et vous n'avez cessé de me manquer. Que voulez-vous, on ne se refait pas et les sentimentaux ont toujours la mauvaise part des séparations.

Je vous dois évidemment les plus plates excuses pour le retard épistolaire dont je me suis rendu coupable, mais à ma décharge, essayez un peu d'imaginer ce que c'est que la mise en train d'un blanc-bec aussi démuni que votre serviteur dans une baraque de trois étages, inhabitée depuis des lustres : j'ai cru que je ne débrouillerai jamais l'enchevêtrement des complications qui ont dangereusement écorné ma patience. Enfin, ces avaries ne sont plus qu'un souvenir, et me voilà sain et sauf, et passablement soulagé.

Je crains cependant de m'ennuyer ferme dans cette maison bien trop vaste pour un pauvre pensionnaire habitué aux douces promiscuités du dortoir. Quel contraste avec notre auguste et vénéré établissement si rempli des joyeux tumultes d'alcôves ! Ici, le silence est partout. Le moindre arbre est un sphinx impénétrable. C'est assurément la demeure de Pharamane, royaume sans sujets ayant pour potentat un exilé. Luxe et isolement. Je me soucie peu du luxe, mais je déplore l'isolement. Cette rupture sans nuances avec ma vie de naguère est venue un peu vite. Cela fait l'effet d'une douche écossaise. Je me flatte que le temps réparera cette disgrâce, car que ne répare pas le temps !

N'hésitez pas, vous qui vous sentez une vive curiosité et un attrait invincible pour les chartreuses et accessoirement un peu d'amitié à l'égard d'un ascète qui vous a si assidûment pratiqués : la maison aligne en double rangée symétrique six chambres à coucher parfaitement confortables, avec deux lits par chambre. Vous êtes donc tous conviés, pour autant que le cœur vous en dit ; vous ne serez pas déçus, on ne peut rêver endroit plus tranquille, sauf peut-être le désert de Sing-Kiang ou l'île d'Akpatok.

Ces Froides-Aigues consacrent une façon d'idéal de la villégiature. Hélas, je n'ai pu obtenir les renseignements historiques et climatiques qui m'intéressent, lesquels sont en principe consignés à la mairie du bourg dont dépend le domaine : croirez-vous que j'y aie été reçu comme chien dans un jeu de quilles par une gorgone à cheveux huileux, à l'œil torve et à l'encolure d'un hippopotame, dont toute la physionomie trahissait l'aigreur d'une euménide ménopausée ? Voilà bien encore des surprises ; du coup, au défaut de la mégère, je me suis rabattu sur l'observation empirique et j'ai présumé qu'il devait sévir dans les parages des hivers à neige abondante et des étés caniculaires. Avec cela, rivières et sources partout, une profusion de forêts, de la montagne à perte de vue, des étangs fort propres pour se baigner en tenue de Ganymède, quantité d'excursions à faire pâmer un scout : je vous le demande, que désirer de mieux ? Toutefois, n'est pas digne qui veut de fréquenter ces farouches étendues visiblement instituées en faveur des seuls téméraires. C'est comme le temple d'Apollon : pour y être admis, il est impératif de dépouiller le vieil homme à souliers en croco, à pantalons bien repassés et à dévotion étroite. Ceux qui me feront l'honneur de voiturer leur personne ici comprendront à leur corps défendant à quel point la nature se rit des ajustements in fiocchi et du Pentateuque. Vous êtes cordialement invités à modifier vos projets estivaux

(dont je sais à quel maussaderie ils exposent plus d'un d'entre vous), pour le salut de vos corps cacochymes et de vos esprits pervertis par les futilités de la vie mondaine.
Je vous salue le plus fraternellement du monde, et bien davantage.

Olivier. »

P.S. Je vous envoie un plan des lieux, avec le code d'accès aux bons sentiers à partir des trois croisements de chemins qui risqueraient de vous égarer : 732, en partant de la gauche. Songez à Charles Martel pour vous rappeler.

L'adolescent envoya sa lettre de S… où il avait loué une boîte postale. Puis il s'offrit le plaisir d'un petit furetage parmi l'innombrable fatras de vieilleries et d'antiquailles dont les recoins de sa maison séculaire devaient à coup sûr regorger.

Olivier Lorenz

Il est temps de brosser le portrait d'un garçon qui est pour ainsi dire l'artère fémorale de l'histoire racontée dans ce livre. Désormais, nous l'y côtoierons presque à chaque ligne. Il a noué sans le savoir la première maille de ce mystérieux ouvrage qui ne se rompt qu'à la mort et qu'on appelle la destinée. Ces mailles, il les assemblera toutes une à une, jusqu'à l'achèvement complet du canevas.

Son nom, Lorenz, trahissait d'évidentes origines germaniques. La famille paternelle d'Olivier était native de cette région du nord-est de la France, le Hardt, contiguë aux Vosges par le pas de Bitche ; province jointive de l'Alsace au sud à la Lorraine à l'ouest, tenant à l'une par son dialecte chatoyant et à l'autre par sa rigoureuse mentalité. Tant de germanité aurait peut-être façonné un personnage abrupt si elle n'avait été métissée d'une puissante influence occitane du côté de sa mère, née Beaumont de Savignac. Il avait conservé de cette ascendance sudiste un accent assez prononcé, vestige d'un accent plus lourd qu'il s'était astreint à biffer et qu'il n'avait fait qu'arrondir.

Cette double extraction n'était sans doute pas étrangère à ce que nous nommerons, avec une pointe d'impudence, la réussite du produit fini.

Olivier était un éphèbe dans l'acception la plus plastique du terme. Il n'aurait pas déparé la galerie de ces jeunes héros mythiques dont l'aspect à la fois juvénile et souverain réalise l'idéal de la noblesse. Car noble, Olivier l'était, non seulement par le sang, mais par la beauté qu'avait engendré cette hérédité. Beauté, du reste, qui lui était propre et qui ne s'ajustait à aucun archétype. Comme tout ce qui procède d'un génie unique, elle résistait à l'analyse. Tout ce que nous nous aventurerons à suggérer, car dans ce genre de peinture, nous en sommes réduits aux suggestions, c'est qu'elle émanait peut-être de cette source qui est plus ou moins profondément enfouie à l'intérieur et nous reflète non tels que nous paraissons, mais tels que nous sommes.

Son visage dolichocéphale, où les angles et les rondeurs s'équilibraient à la perfection, était un chef-d'œuvre d'harmonie. Ses yeux d'émeraude, malicieusement effilés, lui prêtaient un regard qui oscillait entre l'insouciance, la rêverie et la réflexion. Ses cheveux drus luisaient d'une belle teinte châtain où le soleil moirait d'étranges reflets ocre. Je dis cheveux, il vaudrait mieux dire broussaille : car oncques ne vit tignasse plus coiffée à la diable que celle-ci, et que hérissait plus farouchement une plantation d'épis aussi indociles. Cette négligence, tout à fait plaisante d'ailleurs, lui avait valu au lycée le sobriquet de moineau.

Nonobstant sa crinière, il avait le front large, légèrement bombé, attribut de ceux qui pensent beaucoup. Il en transpirait un rayon à multiples incidences, tour à tour débonnaire, sévère, doux, altier, et par-dessus tout immensément humain. Son nez était retroussé, petit, droit et d'une ligne exquise, plutôt ciselé pour l'ornement qu'institué pour la respiration. Son oreille, délicatement sculptée, ressemblait à une pièce d'orfèvrerie. Ajoutons à cette panoplie des lèvres ourlées avec art, sensuelles et rieuses, et un menton d'une régularité irréprochable. Tout cela encadrait une paire de joues incrustées de fossettes qui se creusaient quand il riait, mais qui depuis quelque temps avaient tendance à se combler, effet de l'âge.

La taille d'Olivier était légèrement supérieure à un mètre quatre-vingt, ce qui le rangeait dans la classe des moyens grands. De prime abord, on était tenté de conclure à l'adolescent qui a poussé trop vite et à qui, pour le coup, on compterait les côtes. Apparence trompeuse : nu, c'était un athlète. Il avait gagné ses galons en faisant ses classes sur les pistes et les pelouses des stades. Quand il n'étudiait pas, il courait ou consumait ses journées à d'interminables parties de football avec ses camarades. Le fait est que six années d'un tel régime lui avait buriné une physionomie enviable : de longues jambes nerveuses et robustes, des mollets découpés dans du bronze, mais déplacés sur le côté, estampille des pratiquants du ballon rond, des cuisses charnues et sveltes, des abdominaux tablettes de chocolat, une poitrine magnifiquement découplée. Au demeurant, répétons-le, stature rien moins[25] qu'ostentatoire : une couche de vêtements ne le distinguait pas du premier freluquet venu. Une fois déshabillé, la vigueur qui était dessous soulignait l'authentique sportif.

Dernier détail qui, autant que ses cheveux, avait fort égayé ses camarades, Olivier était plus glabre qu'un enfant. Pas un poil sur son épiderme lisse comme une pêche. Le seul endroit qui démentait cette généralité se situait là où les pulsations périodiques de certain pendentif lui assurent son éphémère et glorieuse promotion en étendard. Mais ici encore, l'humilité de la parure d'Olivier aurait enchanté Praxitèle, par son élégance à rendre hommage aux canons de la statuaire antique.

De là à supputer que le jeune homme souffrait d'un retard physiologique, il n'y a qu'un pas qu'il serait malencontreux de hasarder : car non seulement Olivier était en règle avec les commotions de ses dix-sept printemps, mais il trépignait même d'une effervescence bouillonnante. Puisque nous en sommes aux confidences, autant peindre les choses comme elles sont et avouer que cet être solaire, bienveillant, méditatif, épris d'art et de grands espaces, avait reçu du ciel, conjointement avec ces précieuses qualités, une sensibilité à fleur de peau qui désavouait les macérations, mortifications et austérités, triste brouet dévolu à ceux qui croient comme

---

[25] Rappelons que la locution rien moins que introduit une opposition, au contraire de rien de moins que, qui confirme la valeur du mot suivant. Ainsi, rien moins qu'habile veut dire maladroit, tandis que rien de moins qu'habile insiste sur les qualités de dextérité.

un article de foi qu'on gagne sa place au paradis en mettant Priape à la diète.

Ce chapitre entendu, et pour insister sur la modestie de ses apparats, tout autre que lui en aurait conçu un soupçon d'amertume. Olivier s'en moquait éperdument. Le vieil adage du flacon et de l'ivresse lui fournissait la riposte adéquate aux petites moqueries qui s'étaient gentiment espacées sur cette originalité.

De loin, il avait l'allure, la grâce et la nonchalance d'un berger à vocation aristocratique. Tout à coup, on lui parlait, et on élucidait que ce pastoureau, grec par la forme, était armé d'une alacrité voltairienne ; mélange à la fois homogène et détonnant.

Car de même que son corps s'épanouissait et que son âme exultait, son cerveau pétillait : cette intelligence prodiguait la vivacité ferme des tempéraments qui se maîtrisent et qui ne s'en font pas plus accroire à eux-mêmes qu'ils ne sont dupes d'autrui ; qui ont une acuité malaisée à circonvenir ; qui observent, scrutent et sondent longtemps avant d'arrêter un jugement ; dont les mœurs ne font pas bon ménage avec les complaisances et qui, confrontés à l'escobarderie, à la mystification et à l'hypocrisie, enfoncent volontiers le clou là où ça fait mal tout en se délectant du voluptueux privilège de la repartie cinglante. Olivier, avec un esprit constamment hors du fourreau, ne faisait jamais rien en délit de sa conscience, et ses sentiments étaient exempts de tout alliage.

Il professait qu'un peu de pyrrhonisme entretenu comme garde-fou ne messied pas à l'élasticité de la pensée, et que posséder en soi juste ce qu'il convient de perplexité pour tenir en respect ses deux écueils contraires, la jobardise et le scepticisme, est une tactique fort censée. Conséquence de cette pondération savamment dosée, une aptitude égale à objecter et à admettre. Ne réfutant rien a priori, il se ménageait toute latitude d'examiner une proposition avant de la soumettre au tamis de son discernement : ni gobe-mouche, ni saint Thomas. Les toquades des faiseurs de prophéties le faisaient sourire ; les dénégations doctrinaires de la zététique lui inspiraient le plus franc dédain. Il dénotait surtout une horreur viscérale de la bêtise, particulièrement de la bêtise qui a bouche en cour.

Une pareille sagacité ne pouvait aboutir qu'à une expression redoutable. Olivier avait une façon de dévisager autrui qui dénudait le mensonge drapé dans les éblouissantes simarres de la rhétorique captieuse. Ce travail de sape agissait sur son interlocuteur à la manière d'une vrille. Dans cet entendement limpide, souvent inflexible, le mariage de l'idée claire et du mot juste accouchait de ceci : l'exécration du faux. Olivier détestait l'imposture, l'usurpation, la parodie à simagrées, la capucinade lucrative, et par-dessus tout l'obscurantisme qui préside aux manifestations de l'étroitesse mentale. Il avait, pour dégager le vrai du sophisme, une méthode qui désarçonnait les duplicités les mieux en selle. D'où quelques animosités, parfois même quelques haines fort tenaces à son endroit. Beaucoup le craignaient. Les turlupinades des boniments officiels, les opinions flasques délayées dans les expédients commodes, les tournures à double compartiment, les évasions de couleuvre des opinions frileuses, tout cela aiguisait le couperet d'une éloquence avec laquelle il ne se privait pas de décapiter ce qu'il nommait *la grande tartufferie de la civilisation des culs-bénis*.

Avec cela, le plus affectueux des camarades : cet adolescent à la probité sans faille était un ami chaleureux et fraternel, ne balançant jamais à s'exposer en première ligne d'une cause à défendre, d'une injustice à réparer ou d'une ineptie à tailler en pièces.

Rien de surprenant, dès lors, que le verbe se ressentît d’une complexion aussi rectiligne : peu de discours, c’est souvent beaucoup de persuasion. Cette économie de moyens avait pour corollaire une concision d'autant plus efficace qu'elle allait droit au but.

A l'égard de ses inclinations, sept années d'internat avaient exercé sur le collégien une influence décisive ; le germe qui fomentait en lui et qu'il avait arrosé dans ce milieu favorable, y avait mûri comme fruit au soleil. Excellent élève, premier dans plus d'une discipline, il s'était particulièrement singularisé en musique, en sciences, dans les langues, en histoire, en géographie et dans les Belles-Lettres. Son ardeur à l'ouvrage était proverbiale : dès la sixième, Olivier avait attesté un acharnement au labeur à bourrer de frustrations un bénédictin. Cette vertu l'avait désigné comme une pierre d'émulation où chacun venait se frotter à l'envi.

D'autres frottements, moins louables mais tout aussi prolifiques, lui avaient révélé incidemment dans quelle argile il était pétri. Sa curiosité n'ayant d'égale que son éclectisme, il s'était bien gardé de faire sa mauvaise bouche des sollicitudes de ceux de ses camarades qui brûlaient de lui démontrer leur haute compétence sur cette matière. Aussi avait-il rallié leur coupable étendard avec un zèle de prosélyte. Zèle peccamineux, il va sans dire.

Ce genre d'institution était en grande déférence au sein d'une élite de contestataires frondeurs de la politique à agnus dei et à génuflexions. Leur programme s'était attelé à modifier de quelques codicilles un règlement qui s'évertuait à habiller d'une robe de bure des novices infiniment plus à l'aise dans une chlamyde ou même sans chlamyde du tout. Le bilan de cette dissidence s'était traduit chez beaucoup d'élèves par une rupture avec le dogme qui prétendait leur sangler le cilice. Les pauvres révérends pères, qui assistaient tout effarés à cette prolifération de satanisme au cœur même du temple, avaient bien tenté de limer les griffes au diable, mais comme la croisade aurait réclamé pratique assidue du terrain, il s'en serait ensuivi un voisinage extrêmement dangereux pour la sainteté de leur ministère. Ils s'étaient donc assouplis au sage parti de fermer les yeux.

Ce fut donc dans cette ambiance qu'Olivier se partagea entre les laborieuses mais exaltantes études et les distractions d'alcôve. Hâtons-nous de sucrer la moutarde : l'adolescent, pour qui dévergondage ne se confondait pas avec débauche, s'était toujours asservi, et ceci avec la dernière sévérité, à mitiger scrupuleusement la fréquence de ses gaillardises. Son exemple avait fait tache d'huile, si l'on ose dire, et rarement abus fut à déplorer dans le creuset du plus licencieux foyer de scandale d'une confrérie qui se flattait de jurer obédience à la célèbre devise : *faute de grives, on mange des merles*. Contrecoup d'une telle intransigeance, les récréations ne s'annonçaient que plus conviviales, et si les soirées des jours de semaine étaient chômées de noceurs, celles du samedi, se profilant après un long carême, jetaient tant d'effroi parmi les surveillants de dortoirs qu'ils s'étaient accoutumés, ce jour de sabbat, à se réunir entre eux, loin de la turpitude, et à prier pour le salut des âmes dont la damnation éternelle paraissait irrémissible.

On conçoit qu'à l'issue d'un parcours initiatique de cet acabit, Olivier aurait été en état permanent de péché mortel et qu'il ne tînt qu'à lui d'obtenir absolution, en *serrant sa haire avec sa discipline*.

C'est ce qu'il fit. Toutefois, les moralistes n'en croqueront que d'une dent s'ils présument que la raison de ce brusque repli au giron de l'ascétisme est à concéder au reniement d'un catéchumène ayant emprunté son chemin de Damas. Olivier se fit violence parce qu'il avait du pain sur la planche ; entendez qu'une besogne punique réclamait l'intégralité de ses ressources, et que pour mener à bien le projet qu'il nourrissait, il lui était indispensable de se dételer du char de Smyndiride et de s'attacher à celui d'Euterpe.[26]

---

[26] Smyndiride étant le plus voluptueux des Sybarites, on comprendra aisément la métaphore. Quant à Euterpe, muse de la musique, nous verrons d'ici peu de quoi il est question.

Olivier Lorenz (suite)

Certains êtres ici-bas naissent pour accomplir une destinée hors du commun. Ces êtres-là sont marqués ; la Providence a barre sur eux. Ils sont les élus qui entrent en probation. Chacun de nous peut débrouiller, à trop d'improbables coïncidences dans sa vie, ce qu'il lui est dévolu de tâche à y assumer. La plupart des hommes, lorsqu'ils sont confrontés à ces fils mystérieux, détournent la tête et prétendent se tirer d'affaire en invoquant le hasard. Pour ceux qui sondent au-delà des couches superficielles, le hasard est une impossibilité ; pire, un non-sens. La grande loi divine éprouve et conduit les hommes. Ajouter foi au hasard revient à nier la Création. Le hasard est le chien d'aveugle de l'ignorance. Il y a dans le mot hasard un vieux relent de paresse intellectuelle qui admet la coïncidence à titre de philosophie, alors qu'elle n'est qu'une voie de garage. *A quoi bon ?* est un des pires couronnements tragiques de la cécité entretenue par le scepticisme.

Pourtant, nous gagnerions à nous dessiller les paupières : nous nous formulerions par exemple que la seule certitude que nous ayons d'une existence soumise à tant de virtualités, est son terme, inéluctable. Certaines civilisations, celles qui savaient beaucoup de choses et que les forts en gueule, les matamores intellectuels s'escriment à chamarrer de ridicules toutes les fois qu'ils sentent devoir leur être débiteurs d'une vérité dérangeante, avaient pour la mort une réflexion à hauteur du sujet. Nous autres matérialistes, nous ne lui accordons de considération qu'à travers l'effroi qu'elle nous inspire. Uniquement occupés de l'instant présent, nous nous entêtons à réduire le tout à la partie, c'est à dire l'essence à la manifestation. Notre monde, imbibé d'une dictature nouvelle, celle de la pensée rentable, de l'acte rentable, du travail et des loisirs rentables, commet une inappréciable imposture ; de là un obscurantisme spirituel qui dénature une civilisation imperméable à toute conception métaphysique de la vocation humaine.

Cet effort de lucidité intérieure, cependant, nous serait un appui utile et salutaire. Il nous enseignerait que sous les apparences si souvent trompeuses, en arrière des injustices du sort, des deuils, des chagrins, jusqu'aux désespoirs les plus accablants, se profile l'écueil à surmonter et que cet écueil, loin d'être une punition, est au contraire une confiance. Il nous apprendrait aussi que le crime atteint autant le criminel que la victime, plus peut-être, et que le triomphe par le vice n'est qu'un leurre en même temps qu'un chausse-trape. Quand on a atteint, comme nous, à une si vaste connaissance technologique, quand on a résolu l'essentiel des équations qui étaient l'angoisse quotidienne de nos aïeux, quand on a apprivoisé la technique de subvenir aux besoins de dizaines de millions de personnes, de n'être plus tributaires d'une mauvaise récolte, de disposer de nourriture en toute saison et de quelque caprice dont se compliquent les climats, un devoir sacré s'impose de lui-même, propager le bien-être, avoir pour nos frères souffrants des larmes qui constatent leur désarroi et de la sueur qui le combat, pied à pied.

Il n'est plus temps de dévorer les rentes qui suintent de la misère que nous entretenons pour épargner un liard à notre bourse ; il n'est plus temps de jouir, de profiter, de se pavaner, de lustrer les chaussures qui sont à nos pieds et les carrosseries qui sont à nos voitures, de nous griser de l'illusion commode qu'un Soudanais, un Ethiopien, est une fatalité, qu'un petit Cambodgien mutilé par une mine anti-personnelle est une fatalité, qu'un peuple rançonné par un cartel de maffieux est une fatalité. Il n'est plus temps de détourner le regard de la catastrophe qui est le lot de tant d'êtres ici-bas.

Il y a sur la Terre de saintes croisades à faire. Ce sont là des impayés qui restent en souffrance. Croyons-le ou non, ces bilans nous seront réclamés. L'heure sonne, inévitable, où l’œil de la conscience interroge et pose la terrible question : *qu'as-tu fait ?*

Les Parques sont et seront toujours trois. Inlassablement l'une dévide, l'autre file, la troisième coupe. Aucun être à la surface de cette planète n'échappe à cette triple carrière.

En ce mois d'avril 2039, aux Froides-Aigues, l'ébauche de la première était déjà perceptible à certains détails.

Olivier, nous l'avons murmuré du bout des lèvres, était musicien. Le garçon réunissait deux aptitudes enviables, celle d'interprète et celle d'auteur : l'interprète jouait agréablement du piano, non comme un virtuose, mais comme un élève doué, avec pas mal de maestria. Ce pis-aller l'ayant médiocrement satisfait, il s'était essayé à la composition. Que composait-il ? De préférence de la musique sacrée. Comme tout ce qui sera dit dans ce livre doit être frappé du sceau de l'exactitude la plus rigoureuse, autant affirmer tout de suite que ce qu'avait enfanté le cerveau de l'adolescent n'aurait pas déparé en son temps le cercle des meilleurs musiciens de second rang, arbres plus modestes sans doute, mais qui n'en font pas moins honneur à la forêt où trônent les géants. Car à côté de Monteverdi, de Purcell, de Bach, de Rameau, de Mozart, de Beethoven, de Schubert, à côté de Wagner, de Verdi, de Moussorsky, de Berlioz, de Bizet, de Ravel, de Debussy, de Mahler, de Bruckner, de Schönberg, de Berg, de Webern, de Messiaen, il y a une foule de talents plus humbles, qui n'y paraissent pas, qui ont l'air d'être là un peu par superflu, et dont on s’aperçoit finalement qu'en peuplant l'abrupt voisinage de leurs aînés, ils aident à les rendre accessibles. Olivier aurait tenu son rang parmi ces moindres cimes dont l'histoire a immortalisé les noms : Puccini, Strauss, Schumann, Mendelssohn, Weber, Saint-Saëns, Gounod, liste non plus exhaustive que la précédente.

Ses *productions*, mot à la mode, n'étaient donc pas sans quelque mérite. Il possédait notamment une science de l'harmonie, du contre-point et de la fugue qui en remontrait aux plus fieffés magisters. Cela dit, un tel savoir théorique, quelque parfait qu'il fût dans la forme, aurait été lettre morte si l'esprit ne l'avait fécondé. Chez le jeune homme, l'esprit soufflait ; il soufflait même avec une qualité d'inspiration propre à le laisser croupir dans l'anonymat le plus obscur. Car notre époque, avare en génies authentiques, taille volontiers ses brillants dans du verre pilé, histoire de garnir à peu de frais les plateaux de télévision où se distribue la pitance culturelle quotidienne du citoyen déculturé. Les Romains avaient un mot pour désigner ce brouet clair, ils l'appelaient le *vulgus*. Olivier écrivait indifféremment à trois, quatre ou cinq voix. Sa veine la plus fertile s'épanouissait dans le double chœur mixte. La musique non plus que la science n'est exempte de spécialités : Chopin faisant un opéra est aussi inimaginable que Puccini troussant un concerto.

De si louables dispositions avaient comme de raison tinté aux oreilles de ses professeurs, et en premier lieu de son professeur de musique. Or, ce brave homme résidait à U…, à une quarantaine de kilomètres de S…, principal bourg attenant aux Froides-Aigues, et chef-lieu de canton. Aussi lorsqu'il eut vent que son ancien élève habitait les parages, il adressa une longue épître fort circonstanciée à une dame de sa connaissance. Cette dame n'était autre chose que la Présidente de la chorale de S... La fonction d'une chorale de bon aloi consistant accessoirement à débusquer l'oiseau rare qui lui fourbira son écusson et embellira ses armoiries en renouvelant son répertoire, la lettre du professeur excita tout de suite l'intérêt de la digne vestale. Comment ! Il y avait là, tout près, un jeune homme qui, en sus de son don d'artiste, avait l'élégance et l'originalité de loger dans une vaste maison au milieu des bois et des ravins ! Rien de plus appétissant, quand on est une prude, que ce genre d'extravagance ; car on saura que madame la Présidente était prude, et qu'elle s'en applaudissait.

Olivier reçut donc une lettre dans laquelle on l'instruisait et de l'ambassade qui avait abouti à lui, et du bonheur qu'on aurait de pourvoir à la réclame d'un talent qui était forcément recommandable, vu que c'était monsieur R... qui l'avait vanté, que monsieur R… était l'oracle du conservatoire, etc. Tirade parfaitement indigeste et d'une raideur à faire bâiller même un académicien, mais dans laquelle l'adolescent vit, selon la locution, les cieux ouverts. Comme il avait déjà à son catalogue deux cantates, une dizaine de motets, cinq ou six antiennes et une messe en cours d'achèvement, le tout orchestré, il fut tenté d'accorder réponse favorable.

Il décida de surseoir.

Olivier était une tête à ne pas brusquer les événements. Il cultivait ce précepte, qui n'est jamais qu'un correctif aux débordements de l'autre : *remets à demain ce que tu crois ne pas devoir faire le jour même*. Certes, la perspective de faire florès au sein d'un cénacle musical le séduisait, mais on ne démêle pas toujours pourquoi, dans certaines conjonctures apparemment prometteuses, on est soudain en humeur de méfiance. Etait-ce le ton de la lettre qui le gênait ? Il n'en savait rien, au juste ; il n'en résolut pas moins d'ajourner et de s'épauler à son intuition afin d'éclaircir un horizon dont il ne discernait pas grand'chose, sinon qu'il se nichait dans le giron d'une petite commune, au cœur d'une province obscure.

C'était peut-être cela qui l'embarrassait.

En attendant, il avait peaufiné son installation, et il comptait bien explorer ses pénates. Explorer ses pénates, entendez se livrer à une fouille systématique de la maison.

Investigations

Un après-midi, Olivier fourgonnait dans un amas informe et poussiéreux de vieux cartons qui traînaient quelque part au rez-de-chaussée, entre l'atelier et la salle d'énergie, lorsqu'il fit une découverte.

Toutes les vieilles maisons ont leurs archives. Il s'y entasse les souvenirs des péripéties plus ou moins cocasses, des chroniques amusantes ou dramatiques, des anecdotes qui ont jalonné un lieu à diverses époques ; la plupart du temps, ces antiquailles sont là pêle-mêle et prennent furieusement la poussière dans un coin. Qui s'y intéressera ? Les descendants, si le cœur leur dit de s'attendrir à ce bric-à-brac un peu désuet. De quoi s'illustre cette mémoire domestique ? De lettres, de photographies, d'une multitude d'objets hétéroclites faisant naïvement revivre des temps révolus ; il flotte sur cet amoncellement de choses surannées un peu de la nostalgie dont l'homme imprègne ce qu'il abandonne derrière lui. Si la matière est fournie, si le passé est assez riche, on renoue son propre fil à celui des générations antécédentes. Travail obscur et utile qui, étendu à une province fait les Pagnols, et amplifié à une nation fait les Michelets.

Donc, comme Olivier s'amusait à tripoter dans un de ces exubérants fouillis, sans autre but que de piquer sa curiosité, il exhuma un gros carton de cuir vert bouteille gercé et grenelé par le temps, où se lisait cette suscription : FROIDES-AIGUES. Le jeune homme, intrigué, attrapa le paquet, vola à son bureau, le décacheta avec soin, et voici ce qu'il mit au jour.

Le carton était un dossier. A l'intérieur, des planches séparées les unes des autres par des intercalaires et classées dans un ordre chronologique. D'abord des plans en ébauche, puis des plans plus élaborés, puis des plans finis. Plus loin, des croquis d'une grande et spacieuse demeure, depuis les fondations jusqu'à la dernière pierre posée. Le tout se complétait d'une série de photographies, les premières passablement usées et jaunies, mais d'une qualité de plus en plus récente à mesure qu'on tournait les pages ; quelques-unes, à la fin, étaient en couleur .

Croquis, dessins, photographies, tout avait rapport à la maison. En examinant la suite logique dans laquelle ces pièces étaient ordonnées, il n'était pas difficile, de l'esquisse de tête, datée de novembre 1792, au cliché qui bouclait le dossier en juin 1972, de reconstituer les étapes successives de la construction de l'édifice ainsi qu'une grande partie de son histoire.

Ce n'était pas tout : à cette biographie était jointe une fiche technique où certaines particularités soit des Froides-Aigues proprement dites, soit du seul bâtiment, étaient traitées en détail et approfondies : matériaux utilisés, descriptif de l'éolienne, des canalisations, tracé de la forêt, des sentiers, des sources, avec les isohypses. Les isohypses sont les points d'égale altitude. Tout y était, y compris un répertoire de la flore et de la faune. Couronnement de cette étude, une monographie intitulée : *Climat des Froides-Aigues et originalités de ce climat.* Au bas de la brochure, une date, 19 juillet 1990, et une signature, illisible.

La lecture de ce document réveilla en Olivier une flamme en sommeil : depuis longtemps, il pétillait d'ériger une petite station météorologique à usage personnel. Entre autres disciplines annexes à son cursus scolaire, il avait toujours voué un vif intérêt à la climatologie, dont il raffolait. Son goût de la nature s'était entrelacé à ce qui est, en quelque sorte, son aspect mathématique, quoique non dénué de poésie. L'occasion était belle de concilier ces deux versants d'une même passion. Il ne lui fallut que quelques jours pour collecter le matériel approprié : baromètres électroniques étalonnés selon deux niveaux, la pression réelle et la pression réduite au niveau de la mer, thermomètre à mercure, hygromètre, anémomètre, bac à recueillir les quantités de pluie ; tout cet attirail fut solidement ancré sur un échafaudage de trois pieds de hauteur, à l'abri du vent, exception faite de l'anémomètre ; restait à le transporter dans un endroit dégagé. L'adolescent opta pour une aire qu'il aménagea quelque part entre les Brosses Landières et les Grandes Brosses.

Une fois la station en place, il se carra devant son ordinateur et vous concocta de quoi faire pâlir de jalousie un météorologiste de Météo France, un bon gros classeur illustré de savants graphiques où figureraient les relevés quotidiens. Car outre la musique, les climats et autres friandises, Olivier tâtait aussi de l'informatique.

Si l'on est sensible à ce qu'il y a parfois de solennel dans le pittoresque, on adoptera la légende selon laquelle le nouveau propriétaire des Froides-Aigues ne se déclara en possession effective de son domaine qu'à l'heure exacte où il enfonça le dernier piquet de l'édicule. Nous étions au vingt avril, sept heures du soir. Le crépuscule était avancé, il pleuvait. Olivier rentra, se doucha, dîna d'excellent appétit en écoutant le premier acte de Carmen dans l'interprétation de Sir Thomas Beecham, puis se coucha, la tête remplie de l'essaim des songes dont on est forcément libéral quand on a dix-sept ans.

Quatre jours plus tard, il troussa à la Présidente de la chorale la lettre que voici :

Madame,

J'ai réfléchi à votre proposition. Le programme que vous avez arrêté, où il m'est loisible d'inscrire une de mes œuvres, me convient. Je vous présenterai donc les six cantates de la Saint-Jean en audition privée, avant de les livrer au public lors du concert qui aura lieu à la fin de juin. Dès la semaine prochaine, je signerai avec vous le contrat qui nous liera jusqu'à cette date.

Veuillez agréer, etc.

Souvent l'enfer est pavé de bonnes intentions. En ratifiant l'offre de la dame, Olivier ignorait qu'il venait d'actionner un mécanisme infernal, celui qui ouvre la boîte de Pandore.

Section 2 : les Bordiers

Les après-midi d'Olivier

Olivier n'avait pas tardé à recoudre à sa nouvelle vie le fil d'hygiène et de discipline hérité de l'internat : lever dès l'aube, coucher au crépuscule ; le matin travail, l'après-midi activités de plein air. On présume peut-être qu'une fois rendus à la liberté, les anciens tributaires de ce genre d'étiquette n'ont plus qu'une ambition, rompre leur gourme, faire le diable à quatre, dormir jusqu'à midi après avoir ripaillé la franche nuit dans les fumées de tabac et les vapeurs d'alcool. Ce serait minimiser l'empire qu'exerce un usage consacré : plus il est acquis de longue date, plus il est tenace. Essayez un peu de dissuader le Vatican de spéculer en bourse sous le prétexte que Jésus-Christ était pauvre et qu'il montait un âne...

Cette habitude de s'éveiller avec le soleil avait façonné en Olivier, comme du reste en tous ses camarades, une horreur viscérale de la paresse. De même, nous croyons l'avoir dit, les distractions familières d'une certaine jeunesse, boîtes de nuit, voitures, etc., le réfrigéraient. Ce garçon jovial et sémillant possédait un viatique d'austérité qui n'aurait pas déshonoré le chapitre d'un couvent de trappistes.

Vers midi, il déjeunait puis s'octroyait le bénéfice d'une petite sieste réparatrice, soit au salon, à même le divan, soit, si le temps le permettait, dans un hamac qu'il avait arrimé sous la Feuillée à deux jeunes érables. Après quoi, il laçait de solides chaussures de randonnée, s'habillait en conformité avec la température du jour, et s'en allait courir les bois. Pour ce garçon éminemment sportif, l'activité physique quotidienne confinait au sacerdoce ; c'était sa source de jouvence. Dévaler les collines, percer les futaies, sauter les ruisseaux, s'écorcher aux arêtes des rochers, grimper, escalader, perdre l'haleine et le nord aux multiples embranchements d'un sentier, aller au hasard, se forlonger[27] histoire de relever le voluptueux défi de revenir à la voie, suer, haleter, remplir ses poumons de l'ineffable puissance que distribuent les embruns du printemps, retourner enfin au logis crotté jusqu'à l'échine et heureux, ce délassement lui était une bénédiction.

Le mois de mai, particulièrement, grâce aux premières chaleurs, était propice aux excursions. Olivier en profita ; en dépit de ses obligations musicales, il refusa de déroger au principe des après-midi dans la verte. Il brûlait d'explorer un domaine qui lui était une passionnante énigme, et on l'aurait bien fâché en lui argumentant que des cantates devaient avoir la préséance sur le plaisir de battre l'estrade d'un terroir à coup sûr foisonnant d'imprévus.

Il commença par assigner ses courses aux bornes de la propriété même : puis, quand il eut bien usé ses semelles à l'intérieur de ce périmètre, il poussa sa pointe un peu plus loin. Il se transporta d'abord au sud, qui est la région des montagnes les plus élevées, avant d'infléchir vers les flancs d'une somptueuse dépression qu'on appelle *cluse* dans le Jura. Le coup suivant, il remonta jusqu'à un plateau parsemé de prairies qui alternaient avec de fort jolis bosquets, et réussit la prouesse de s'en retourner chez lui par on ne sait quel défilé tortueux où il y a fort à parier qu'aucun autre pied que le sien ne s'était jamais aventuré.

Un jour, le caprice le mena à quelques toises d'un hameau minuscule nommé Pailhès, à une demi-douzaine de kilomètres des Froides-Aigues, dont il était la limite orientale. C'était un de ces aimables pâturages des régions d'altitude où s'égaient des régiments de brebis et de vaches de la variété dite Salers, fort prisée des éleveurs. Décor

---

[27] Se forlonger est un terme de chasse qui signifie, en parlant d'une bête : s'écarter de ses parages.

bucolique propre à inspirer le Virgile local qu'il était et qu'il résuma ainsi en une enthousiaste bouffée lyrique : *avec un semis d'oliviers, une poignée de pins d'Alep et un parterre de lauriers-roses, on se croirait en Phocide du temps d'Anaxagore*.

Olivier s'était habillé d'un survêtement gris clair passementé de liserés rouges. Sur son dos bringuebalait un petit sac où il avait serré quelques provisions de bouche. Une gourde remplie pendait à sa ceinture. Il avait tout à fait l'air d'un écolier en goguettes. Ses cheveux brandillaient au vent et découvraient par intervalles son large front. Il avait aussi emporté son arc : joyeuse vanité de l'enfance persistante qui s'identifie à quelque antique héros défenseur du bon droit des petites gens contre la tyrannie cruelle de l'impitoyable seigneur félon. Olivier, rappelons-le, se rattachait par plus d'un aspect à l'âge où l'on a pour mise en scène la nature et pour lever et tomber de rideau l'aube et le crépuscule. Ceci sera sans doute jugé le comble du ridicule par les petits godelureaux modernes à qui une éducation en trompe-l'œil s'acharne à démontrer que le renoncement aux futilités marche de conserve avec la floraison des premiers poils, et qu'à dix-sept ans il est bon d'avoir à son actif les deux attributs majeurs du futur citoyen bien comme il faut, une copine pour prouver qu'on n'est pas un *pédé*, et un diplôme pour se convaincre qu'on a de l'avenir. N'accablons pas ces pauvres enfants : le conformisme les a enfermés dans des prisons froides et dures qui ne sont pas seulement celles des enceintes d'immeubles. Le béton, il faut le chercher aussi dans les mœurs. Les nôtres ont fait de la plupart des adolescents d'aujourd'hui des sacrifiés sur l'autel de la pensée correcte. Correcte, c'est à dire soumise.

Parvenu à Pailhès, qui n'était qu'une ferme divisée en deux ailes de part et d'autre d'un chemin en cul-de-sac, Olivier bifurqua vers le nord où il entendait couper le ravin dont on a peut-être gardé quelques détails en mémoire.[28] Son dessein était de le franchir, par conséquent de franchir aussi la rivière qui marquait son point déclive. Cette étape expédiée, il n'y aurait plus qu'à gravir le versant opposé et à opérer sa jonction avec le sentier des Froides-Aigues, à peu près au deuxième kilomètre.

Une heure plus tard, il était au creux du thalweg, non sans s'être gaillardement écorché les fesses. A l'est, c'est à dire à sa droite, là où le relief s'aggravait en escarpements de plus en plus abrupts, se profilait le lourd assemblage des premiers résineux encore mêlés de feuillus ; mixité qui, ainsi que nous l'avons signalé, trahissait la mitoyenneté subtile des climats de vallée et d'altitude.

Olivier faisait face à présent à l'obstacle de la rivière. Ce que nous nommons rivière ferait sûrement sourire un habitant de Memphis qui a pour spectacle quotidien les amples ondulations du Mississippi. Mais le français manque d'un terme exact à désigner ces cours d'eau trop larges pour être ruisseaux, trop exigus pour être rivières, tour à tour mornes et agités, presque à sec dans la belle saison, torrents à la moindre pluie d'orage comme à la fonte des neiges. Le mot de *gave*, emprunté aux régions pyrénéennes, est celui qui convient le mieux.

A l'époque de l'année où nous nous situons, début mai, les crues de mars et d'avril n'étaient plus qu'un souvenir. Le niveau était donc celui d'un honnête ruisseau de montagne, un peu plus turbulent qu'un ruisseau ordinaire. Cependant, le débit accusait tout de même quelques gonflements, intumescences et dilatations suspectes. Olivier observa notamment qu'aucunes des pierres qui hérissaient le fond du lit n'étaient visibles ; indication précieuse, en ce qu'elle avertissait que l'étiage excédait légèrement la moyenne. Or, depuis une demi-heure le ciel se couvrait de méchants nuages.

---

[28] Voir section 1, l'héritage, chapitre 2 : non licet omnibus adire Corinthum.

Pour se véhiculer de l'autre bord, le garçon avait recours à une technique expérimentée chez les scouts, assez risquée sans doute mais d'une indéniable efficacité. Cette technique consistait à se guinder au plus haut d'un jeune arbre rivulaire de taille supérieure à la largeur du cours d'eau, de façon qu'une fois hissé à une certaine hauteur, le poids du corps fît plier l'arbre dans le sens qu'on lui imprimait. Les ormes, les saules, grâce à leur flexibilité, se prêtaient plus que tout autre à l'exercice. Inutile d'insister sur le péril attaché à pareille gymnastique : si l'arbre cassait, si la main était mal assurée, l'imprudent se brisait cinq ou six mètres en contrebas.

Olivier se moquait éperdument de ce danger. Sa complexion l'avait meublé d'une intrépidité de casse-cou, laquelle ne va jamais sans une bonne dose d'étourderie. Cela fit qu'après avoir jeté son dévolu sur un saule du plus beau style, il vous attrape le tronc comme qui rigole, atteint en dix secondes le point où la branche est censée fléchir, puis, avec l'aisance élastique d'un babouin, libère ses jambes ; celles-ci pendouillent dans le vide ; Olivier, fermement accroché à la ramure, tâchant de maîtriser une courbe qui s'accentue à chaque seconde, se déplace vers l'extrémité de la branche par la seule force des biceps. La branche s'incurve, l'arbre s'affale, le voltigeur est irrésistiblement entraîné vers le bas ; quand l'inclinaison devient irréversible, il ramasse ses jambes ainsi qu'un parachutiste qui prépare sa réception au sol. L'instant d'après, le voilà qui atterrit en douceur sur la berge en s'offrant le luxe d'un lâcher de main impeccablement calculé et d'un *youpi !* proféré avec allégresse.

Olivier adressa au saule qui l'avait si bien épaulé un salut de gratitude, puis, sans souffler, ne fit qu'un bond sur le redan en forte pente au terme duquel il ralliait le chemin des Froides-Aigues. Il s'y catapulta au prix d'une bonne suée et les cuisses plus dures que des blocs d'airain. La journée étant avancée, il conclut qu'il était temps de se hâter vers ses chères pénates, éloignées à cet endroit de plus de six kilomètres.

Il avait à peine cogité cette sage réflexion qu'il avisa, à une centaine de pas de distance, quatre silhouettes qui le précédaient dans la même direction. En un éclair, il se recroquevilla derrière un buisson.

Les imprévus d'une filature

On aurait tort de supposer que ce réflexe fût inspiré par la crainte. Olivier, répétons-le, aimait à la fureur les jeux de piste, et s'il avait eu sous la main une volée de garnements de sa trempe, il aurait consumé avec eux des journées entières à d'interminables poursuites à travers les bois. Toute son enfance avait baigné dans cette atmosphère de va-nu-pieds où une bande de galopins s'escrime à en talonner une autre, laquelle possède un trésor inestimable qu'il s'agit de lui subtiliser, de gré ou de force.

Or, voilà que le hasard lui assemblait les premiers fragments constitutifs de son divertissement préféré : sa fibre d'adolescent frémit d'aise. Il entama les préliminaires de l'action en se posant la question rituelle : qui étaient ces paroissiens ? A leur taille et leur déhanchement un peu chaloupé, ce n'étaient certes pas des adultes. Olivier n'en fut pas mécontent ; car on n'étonnera plus personne, maintenant que nous connaissons un peu mieux le luron, en révélant le dessein machiavélique qu'il venait d'ourdir, celui de fondre sur le quatuor de drôles à coup sûr échappés d'un village alentours, et de leur infliger la plus belle frousse de leur vie. On se fait des camarades comme on peut et cette méthode en vaut bien une autre. En un saut de lynx, il s'extirpa de sa cachette, gagna l'autre revers du sentier et s'évanouit dans un fouillis de végétation ; quelques enjambées de plus, et il arpentait le Sillon.

Nous n'avons encore rien dit du Sillon. Retenons bien ce nom, il est primordial pour toute l'histoire relatée ici, et pas seulement celle qui illustre ce chapitre. C'était une piste étroite, praticable uniquement en file indienne et relayée au sud, c'est à dire à la gauche de celui qui l'enfilait dans le sens ascendant, par un haut plateau en déclive. Ce plateau, vaste lande semée d'arbustes et de buissons, se jetait six ou sept kilomètres plus loin dans la vallée du Falgoux. Le Sillon en lui-même était une voie occulte, parfaitement indécelable, qui assurait le rôle de duplicata du chemin principal. Il en restituait approximativement les inflexions, mais en épousant l'altitude de la Crête, à quelques mètres près, comme une corniche de montagne. Il naissait incognito quelques toises après la barrière, parmi un bouquet de rhododendrons sauvages, et se prolongeait jusqu'à la maison, où il intersectait à angle droit un raidillon nommé la *cheminée* qui aboutissait en face de la grille d'entrée. Un promeneur ne se doutait pas une seconde qu'au-dessus de lui s'étirait un doublon parallèle reproduisant presque pli pour pli l'itinéraire *officiel*. Or, si les rochers dégringolaient à pic sur le sentier, ils ondulaient en pente douce vers le Sillon et s'étageaient de telle façon qu'il était aisé à un individu souple, silencieux et hardi de se faufiler sur l'arête de la Crête pour s'intéresser à ce qui se passait en contrebas. Pas de meilleur poste de guet : on était là en sentinelle du chemin.

C'est précisément ce que fit Olivier : dès qu'il eut abordé l'étroit layon, il y courut à petites foulées. Quand il jugea son avance suffisante, il s'élança sur la Crête, avec l'agilité d'un Sioux qui va épier une colonne de tuniques bleues. Une fois en place, il hasarda un coup d'œil sous lui.

Il avait calculé juste.

Sa position était telle que les quatre silhouettes se découpaient dans sa ligne de mire, à moins de trente pas en aval. Un premier examen avalisa son hypothèse : c'étaient bien des adolescents, quoiqu'un peu plus jeunes que lui. L'un d'eux, un petit blond aux cheveux frisés, avait la tournure fluette d'un enfant qui aurait mal grandi. Deux autres oscillaient autour de seize ans ; quant au dernier, il exhibait le gabarit d'un gros bonhomme court et laborieux qui se traînait cahin-caha et que ses camarades rudoyaient.

Ceci déplut à Olivier. Il eut le froncement de sourcils qui dissout dans une constatation désagréable les agréments d'un jeu improvisé. Il n'en persista pas moins à suivre le cortège, ce qui revenait à le précéder, multipliant les factions d'espionnage de cinquante à cinquante mètres, sur des rochers en constante élévation.

A l'issue d'un quart d'heure, une conviction s'était forgée en lui : ces adolescents n'étaient pas en baguenaude. Leur dégaine ne concédait pas grand'chose à la nonchalance d'une flânerie récréative. En même temps, ses motifs d'affliction s'étaient affermis : les deux de seize ans accablaient à présent le gros lourdaud de horions et de gourmades que l'autre encaissait avec une pitoyable docilité. Quant au blondinet, sa brutalité, sa violence sèche qui, quand elle se manifestait, faisait rentrer ses camarades en eux-mêmes, proclamait sans risque d'erreur le chef de la bande.

Détail sordide, tous étaient vêtus de guenilles. Cette indigence frappa Olivier dès qu'il fut à portée de les étudier sous un angle plus favorable. Mais ce qui le consterna encore davantage, ce fut leurs figures blafardes, hâves, leur teint terreux, rongé d'on ne savait quels miasmes de santé déficiente. Même de loin, ces empreintes étaient nettement visibles. Lisibles serait le mot exact.

Un autre élément ne tarda pas à se greffer sur ces mauvaises impressions, leur langage. S'il est un symbole social terrible, c'est le verbe. Un idiome est un baromètre de civilisation. Ces jeunes gens ne parlaient pas, ils éructaient. Certaines dégénérescences humaines accouchent de patois informes où chaque mot est une mutilation d'un mot vaguement originel et estropié par une corruption persistante. Celui qui se pratiquait au sein de la troupe était farouchement hérissé d'accents raboteux et acérés comme des déploiements de griffes.

Tout à coup, sur un signe du petit blond, le cartel vira à gauche et entreprit d'escalader la Crête. Olivier, embusqué à une dizaine de mètres en surplomb, les vit disparaître un à un sous un large entablement. Sans s'émouvoir, ayant supputé un délai d'au moins deux minutes nécessaires à leur ascension, il débrida une prompte reculade, traversa latéralement le Sillon et s'insinua derrière un gros bouquet d'ajoncs et de genévriers. Les hiatus entre les branches lui procuraient l'œil de bœuf dont il avait besoin.

Une tête, puis une autre, se détacha de l'arête grise de la Crête, tous descendirent en empruntant les innombrables ressauts et saillies du granit. L'instant d'après, ils déboulaient à deux pas du buisson où Olivier ne bronchait pas plus qu'une antilope ayant avisé un léopard. Là, surprise : au lieu d'obliquer vers l'amont, ils se dirigèrent en aval. Il y eut un bref intervalle où chacun tour à tour défila à moins de deux toises de lui. Cette proximité lui confirma ce qu'il s'était déjà mentionné, que leur habit, s'il est permis de nommer ainsi les hardes qui les couvraient, n'était un rapetassage hideux, un dépenaillement de frusques disparates cousues à l'emporte-pièce, terme particulièrement significatif ici. La plupart de ces morceaux de tissus, trop lâches, tenaient comme ils pouvaient grâce à un réseau de ficelles et de lanières nouées à la diable. Le petit blond surtout, pas plus épais qu'un moineau, nageait dans un à peu près de manteau qui lui allait avec autant de proportion que la tunique d'Hercule à Gavroche. Quant à leurs chaussures, espèces de savates éculées, elles bâillaient par autant de trous qu'il y a de doigts à un pied.

A mesure que s'éloignait la cohorte de ces déshérités, Olivier s'était dérangé de son excavation et, à plat ventre, surveillait leurs évolutions. Ceux-ci enjambèrent un échalier d'arbrisseaux et disparurent.

Le jeune homme mâcha quelques secondes d'indécision. Que faire ? Continuer la filature ? C'était jouer gros jeu. La prudence lui murmurait bien de tirer ses grègues et de renoncer à satisfaire une inutile et dangereuse curiosité. Cependant, un péril est une gageure, et l'intrépidité son assaisonnement. Cette aventure était insolite, mais encore plus grisante. Et puis, Olivier suait sur une équation : qu'est-ce que quatre godelureaux dépenaillés manigançaient dans un recoin aussi solitaire ? L'hypothèse de la villégiature champêtre invalidée, s'ils avaient fait le voyage jusque-là délibérément, c'était pour une raison. L'absence d'hésitation dans le choix de leur trajet plaidait de surcroît en faveur d'une évidente intimité avec le voisinage.

Il s'agissait d'ajuster une résolution. Apparemment, le groupuscule n'avait rien de très recommandable, et la circonspection s'imposait. Mais, redisons-le, la circonspection, dans un caractère audacieux, résiste rarement à la soif de débrouiller un mystère ; or, celui qui enveloppait le quatuor était entier et Olivier trépignait de l'élucider.

Subitement, il se débarrassa de son carquois et de son arc, détacha les sangles du sac à dos, décrocha la gourde de sa ceinture, dissimula le tout au creux d'une broussaille et fit une reptation de couleuvre sur la piste. Un bruit lointain de voix lui le renseigna sur la distance qui le séparait des ses prédécesseurs. Il trottina le long du Sillon, puis, à pas de loup, échine courbée, l'oreille aux aguets, observant des interruptions de dix à dix mètres, se véhicula tout auprès d'une petite dépression herbeuse palissadée d'une circonvallation de ronciers. Deux appréciations coup sur coup homologuèrent l'excellence de son expertise : d'abord les garçons avaient fait halte ; ensuite ils ne devaient pas stationner à plus de cinquante ou soixante mètres. Olivier rampa au creux de la niche en pestant contre les épines, rabroua deux ou trois branches, écarta une haie d'aubépines fort pointues et soudain ses prunelles s'écarquillèrent de stupeur.

Les activités du désœuvrement

Son abri lui garantissait une invisibilité quasi parfaite : écran végétal dense, sol en inclinaison favorable, conditions idéales pour un espionnage dans les règles. Jadis, lors de certains procès de justice, il n'était pas rare qu'on plaçât une personne, par privilège de rang social ou de fonction, dans de petites gloriettes dérobées attenant aux salles d'audience. Ce spectateur anonyme assistait de là au déroulement des débats. Il voyait tout sans être vu. Ces cachettes s'appelaient des *lanternes*. De là la locution *être dans la lanterne,* qui par extension figurée a signifié *être dans le secret des affaires, des confidences de quelqu'un*.

Ce qu'Olivier distinguait, avec l'appréciation globale du premier coup d'œil, avait l'aspect d'une grosse baudruche toute ronde ; il ne saisit pas tout de suite ce que c'était que cette chose qui ressemblait à une montgolfière crevée ; par degrés, les contours s'affinèrent, une géométrie plus nette se précisa et il identifia une hutte.

Je dis hutte pour ne pas dire cabane. Une cabane, si grossière soit-elle, implique une certaine finition. Il y a, dans l'ordre croissant des logis de fortune, la hutte, la cabane et la bicoque. La bicoque est le dernier stade avant la maison, la transition de la misère avancée à une misère qui a troqué ses oripeaux contre un habit moins chétif. La hutte est imprégnée de profonde indigence. Un cordon ombilical la relie au monde animal ; elle est ce qui vient juste après la grotte, un à peu près de progrès domestique de l'homme primitif.

Celle-ci participait de la détresse dans son expression la plus tragique : sept ou huit perches de bois attachées en faisceau à la manière des tepees d'indiens d'Amérique, coiffées de branchages, le tout bâché d'un prélart jaunâtre qui retombait en larges ondulations et que d'énormes cailloux arrimaient au sol. Cet assemblage hétéroclite ménageait un espace assez vaste pour contenir cinq ou six personnes. On y pénétrait par une large fente découpée à même le prélart. Au centre de la pièce était fichée une pierre plate rectangulaire dont les deux extrémités reposaient sur deux socles de même hauteur, le tout figurant assez correctement un cromlech en réduction. C'était la table du logis. Au fond, quatre paillasses de rotin, dont deux côte à côte, sur lesquelles traînaient des couvertures. Vraisemblablement les lits des locataires. Partout, aux piquets, aux fascines censées renforcer la toile de protection, mais qui la perçaient tant par endroits que toute notion d'étanchéité était illusoire, s'accrochait un bric-à-brac d'ustensiles qui allait du marteau à la pelle en passant par un lot de batterie de cuisine. Certains de ces objets accusaient une rouille fort ancienne ; d'autres étaient flambants neufs.

Quant à l'extérieur, on aurait dit le bivouac d'une armée en déroute. On remarquait notamment un cercle de briques au-dessus duquel pendait une grosse marmite. De vieux cartons éventrés, des bouteilles de verre ou de plastique jonchaient le parterre. Quelques frusques maculées de taches suspectes fringuaient au vent sur une corde à linge improvisée. Du reste, tout dans ce lieu insalubre respirait l'improvisation.

Les quatre garçons s'étaient assis autour de leur table et mangeaient quelque chose de gras, sans doute du lard. Une grosse miche de pain accompagnait cette charcuterie. Aucun ne parlait. On ne percevait de cette réunion épulaire que le bruit salivé des mastications.

Il transpirait du quatuor une atmosphère morne aggravée par le relent de violence contenue que nous avons déjà observée sur le chemin. Les deux garçons bruns, assez semblables par la taille et la teinte foncée de leurs cheveux, peut-être des frères, s'étaient dévêtus jusqu'à la ceinture. Rien ne divulgue la nécessité comme la nudité des nécessiteux. Celle-ci publiait avec une terrible éloquence ses deux stigmates les plus poignants, la maigreur et la plaie : la maigreur efflanquait leurs côtes, la plaie estampillait leurs poitrines tatouées d'un hideux guillochis de meurtrissures. Par instants, l'un des convives grognait et manifestait vis-à-vis de l'autre un accès d'agressivité, traduction d'un désaccord sur le partage de la pitance.

Le plus jeune, du moins supposé tel, ne disait rien et ne s'occupait pas de ce qui se passait autour de lui. Les deux frères présomptifs se chamaillaient, quoique sans acrimonie, lui cultivait une indifférence qui contrastait avec l'expansivité de ses comparses. Détail symptomatique, nul ne touchait à sa ration de victuailles ; les faux ou vrais frères se les disputaient entre eux et les contestaient au quatrième personnage, le gros balourd, mais celles du petit blond étaient chasse gardée. Quelque chose, respect ou crainte, empêchait la chicane de s'étendre à son territoire.

Cependant le repas, frugal et exigu, en était à son terme. L'un des deux bruns lâcha un rôt bien épais qui fit rire aux éclats son alter ego, et alla se coucher sur une des paillasses jumelles du fond avec des étirements de faune rassasié. Son compagnon s'allongea aussitôt à ses côtés. Ce copinage trop étroit inspira au petit blond un haussement d'épaules.

A force d'examiner le groupe, Olivier avait éclairci quelques attributs qui en ébauchaient le caractère dominant : il était constant, par exemple, que le binôme que nous avons qualifié fraternel entretenait commerce exclusif. Leurs lits mitoyens, leurs disputes trop ostensiblement virulentes pour être sincères, suggéraient une complicité où se logeait peut-être une certaine perméabilité à quelques intimités solidaires. Ces accointances avalisaient un protocole plus ou moins tacite, où l'ostracisme irrémédiable à l'égard du gros se doublait d'une peur bleue du blond. Celui-ci était sans cesse rudoyé, celui-là faisait l'objet d'une sorte de considération. A distance.

Soudain, le brun qui avait éructé dégrafa son pantalon, y enfouit une main leste et se palpa sans vergogne, sous les yeux amusés de son voisin. L'opération, aussi peu discrète que les hoquets précédents, n'avait pas échappé au petit blond, qui décocha au duo un regard de basilic envenimé d'un inexprimable mépris. Sa voix résonna, acide et cassante :

– Vous allez pas encore vous branler, bande de pédés !

La réflexion enraya illico la velléité de licence qui se convertit en une chamaillerie feinte et comiquement puérile, entrecoupée de longs bâillements sonores. Quant au détracteur de leurs privautés, il s'était absorbé dans une rêverie maussade. Un méchant rictus enlaidissait sa physionomie. Le rictus, c'est la grimace sinistre.

C'était un enfant d'une quinzaine d'années, qui en paraissait treize, blond comme les blés, dont la figure réalisait l'idéal du parfait chérubin à qui selon la formule on donnerait le bon Dieu sans confession. Seulement ici, la candeur s'était éclipsée. Il n'en subsistait qu'une caricature. Ce visage, qui effectivement avait pu être angélique, du moins jusqu'à une certaine période, s'était retourné et montrait l'envers du décor. Une ténébreuse métamorphose du mal avait corrompu cette âme à peine née en y dissolvant la pureté, probablement par corrosion. Quand on apercevait de loin cette silhouette gracile et légère, ébouriffée de ravissants cheveux en accroche-cœur, on se disait : *voilà un bon petit diable*. C'était un diable en effet, mais nullement bon. Chose triste, il avait dû s'émerveiller, comme tous les enfants, des sublimes utopies de l'innocence. Aujourd'hui, l'émerveillement avait fait peau neuve, et le résultat de cette mue était effroyable.

Il se prénommait Alexis. D'où venait-il ? Nous l'apprendrons plus tard. Disons sans empiéter sur le développement du portrait qu'issu d'une de ces familles disloquées par les ravages de la récession économique, la société lui avait signifié son congé et en avait fait un être farouche et haineux. Aucune éducation ; il ne savait seulement pas lire. A douze ans, il s'était déniaisé entre les bras d'une créature mi-fille mi-bête sauvage qui s'était révélée être sa sœur. Ce noviciat de la chair lui avait forgé des talents de violeur qu'il exerçait à qui mieux-mieux. De violeur il avait glissé voleur. Indiquons que ces deux emplois ne s'éliminaient pas l'un l'autre, car une fois en appétit, Alexis était devenu insatiable jusqu'à la boulimie ; cela l'enhardit à déflorer les moindres gamines aventurées dans la zone attractive de sa gravitation. Seulement, il allait dans cette carrière avec tant de bestialité que les jouvencelles, édifiées par la célébrité de ses prouesses, l'évitaient comme la peste, d'où une raréfaction de consommable. Conséquence, faute de grives, il renifla du merle. Un jour, un garçon de dix ou onze ans, se défendit trop âprement. Alexis le rossa, l'enfant mourut. Il y a des gouffres tout prêts à l'emploi pour la déchéance ; Alexis s'y précipita avec une voluptueuse fascination : ce crime eut la même vertu prolifique que son premier viol, il lui mit l'eau à la bouche. De là trois ou quatre autres exploits d'un tonneau équivalent. La police le traqua, il se réfugia dans la forêt avec une demi-douzaine de gredins de son acabit. Au cours d'une battue, la bande fut débusquée. Alexis réussit à s'esquiver. Il erra de longues semaines, pillant les fermes et assassinant quelques fermiers, l'un notamment en l'empalant d'une fourche. Ce nomadisme aurait dû l'affaiblir, il le fortifia. Il aiguisa en lui un luxe de ressources qui ajoutèrent fleuron sur fleuron à ses atrocités. Personne ne l'égalait dans l'art de briser une vertèbre cervicale ou de sectionner une veine jugulaire. On relatait sur son compte des détails particulièrement épouvantables. Le fait est que plusieurs cadavres furent exhumés, dont la mort avait été un modèle de raffinement. Une de ses spécialités était d'uriner dans le conduit anal des filles et des garçons qu'il violentait. On murmurait aussi qu'il torturait ses victimes en leur introduisant dans ce même conduit des broches de fer. Quant aux remords, cet émétique de la conscience lui était étranger. Comme il n'avait pas plus égard à sa vie qu'à celle d'autrui, cette impassibilité le faisait d'autant plus redoutable.

Revenons à la hutte.

Tout à coup, Alexis se dressa sur ses mollets et déclara avec irritation :

– Putain, on est comme des cloportes, et y a même pas une gonzesse pour la baise !

L'un des deux bruns, qui dormait à moitié, lui répondit :

– Eh ! t'as qu'à niquer Hippolyte, il est gonzesse quand tu veux.

Alexis tressaillit, se dirigea vers l'intéressé, considéra son embonpoint et son mufle de phacochère, et lui sangla dans le ventre un formidable coup de pied en résumant toute l'animosité que traduisait son geste par cet épiphonème :

– Ce gros tas de merde ! j'en ai ma claque de l'enculer !

L'interjection en accoucha d'une autre, fulminée sur le même ton :

– Vous m'faites chier, j'vais faire un tour…

Olivier n'avait pas remué d'un poil. La silhouette d'Alexis se détacha de la hutte et s'évanouit derrière un bosquet.

A l'intérieur de la cabane, cette désertion avait distillé une torpeur contagieuse sur les deux bruns qui s'assoupissaient.

Hippolyte, assis en tailleur à même le sol, se massait les côtes en pleurant. Mais comme un charançon avait surgi d'un monticule et vadrouillait devant lui, les pleurs se tarirent incontinent et il joua avec l'insecte.

Pour Olivier, c'en était assez. Une trop longue immobilité l'avait ankylosé, il ne songeait plus qu'à déguerpir séance tenante. Il profita de la somnolence des siesteurs pour débrider prompte retraite.

Il allait s'exécuter lorsque Hippolyte, pourchassant à quatre pattes son charançon, se transporta à genoux tout près de son repaire, et cela au moment précis où il manœuvrait pour se protéger des ronces. Une toute petite claire-voie adjacente au feuillage l'aligna, l'espace d'une seconde, en plein dans le champ visuel du gros personnage. Les deux prunelles d'Hippolyte se figèrent de stupeur, il pointa le doigt vers le buisson en vociférant un contre-ut de prima donna qui retentit dans le campement comme une sirène de pompier. Une apostrophe gronda du fond de la hutte :

– Ta gueule, le gros !

Le seul rechange susceptible de dédramatiser l'alarme qui venait d'être trompetée, mais, et ce fut sa chance, dont personne ne faisait cas, c'était de profiter de la frayeur du ventripotent marmouset et de s'arranger pour l'accroître en panique. Olivier avait présumé que dans cet esprit frustre, la frontière entre l'apparition surnaturelle et la réalité souffrait d'une certaine opacité, que les deux phénomènes devaient pas mal se confondre, et que lui, Olivier, ferait à son vis-à-vis un effet de croque-mitaine vomi des entrailles de l'enfer. Cependant, comment galvaniser davantage sa frousse sans mobiliser ses compères ? Se sauver toutes jambes à son cou ? C'était risqué : le délai imparti à la collecte de son bagage annulerait l'avantage de la vitesse. Il se retrancha sur le dérivatif le mieux adapté à la situation, il grimaça une affreuse mimique de Quasimodo, en écartant les lèvres à leurs commissures et en tirant la langue d'une aune. La réaction fut instantanée : Hippolyte glapit de plus belle et s'enfuit sans réclamer son solde.

Toutefois, ses braillements avaient perturbé la méridienne[29] des deux ados dont le branle-bas n'augurait rien de bon pour Olivier. D'un solide coup de rein, celui-ci s'apprêta à décamper, quand un juron mourut sur ses lèvres : un de ses pieds, coincé sous une racine affleurante, refusait de bouger. Une sueur froide lui ruissela le long des omoplates. Forcer le piège, c'était se déceler, immanquablement. La conjoncture se compliquait d'autant plus qu'Alexis, irrité par les beuglements d'Hippolyte, était allé à sa rencontre et semblait accorder plus d'attention à ce qu'il baragouinait. Le pauvre magot, éperdu, désignait le taillis d'un doigt tremblant en bredouillant quelque chose comme : *y a là ! y a là !* Toute l'insuffisance de

[29] Autre mot pour "sieste".

son cerveau rudimentaire se condensait dans cette onomatopée.

Un second coup de pouce de la fortune épaula d'Olivier. Alexis n'était pas doué de longanimité ; au lieu de vérifier le bien-fondé d'une terreur qui, si hystérique qu'elle fût, aurait dû éveiller en lui la suspicion qu'il n'y a pas de fumée sans feu, l'intervention d'Hippolyte l'avait ulcéré d'une colère noire. Il avait été dérangé indûment, et par qui ? Par celui qui n'avait peut-être même pas le droit de le regarder sans permission. Aussi lui décocha-t-il une nouvelle bottée assortie de cette invective :

– Gros connard qui chie toujours dans son froc !

C'était la seconde fois qu'Olivier était témoin de ses agressions contre Hippolyte. Il en était navré, mais il le fut encore davantage lorsque Alexis flaira du museau les buissons que lui avait désignés son souffre-douleur et s'y insinua avec circonspection. Heureusement, Olivier avait exploité le bruyant entr'acte de la gourmade, s'était enfin dépêtré de la racine et replié sous un fourré d'ajoncs. Les ajoncs, ce sont des porcs-épics végétaux. L'adolescent dévora l'insigne délectation d'être transpercé de dizaines de piqûres, depuis les mollets jusqu'à la nuque. La douleur était telle qu'il fut à deux doigts de bondir sur l'ignoble freluquet, histoire de lui faire payer ce qu'il endurait et ce qu'endurait Hippolyte.

Quelques secondes flottèrent entre le chasseur qui renifle sa proie et la proie qui se ramasse pour sauter à la gorge du chasseur. Il va sans dire qu'Olivier n'aurait fait qu'une bouchée de l'Alexis, tant il y avait de disproportion entre ce blanc-bec maigrelet et sa jeunesse à lui, vigoureuse.

Un clapotis suspendit toute expectative à un événement totalement fortuit, celui d'une ondée qui lui dégoulina dessus sans préambule. Olivier essuya en cascade les giclées d'une copieuse arrosée, fruit des fantaisies urinaires d'Alexis. L'immonde marmot, son émonctoire soulagé, vida les lieux.

Quoique mouillé, Olivier avait eu chaud. Il rampa jusqu'à son bagage en maudissant tous les pisseux de la création.

En cet instant, une apostrophe d'une violence inouïe le glaça et le figea immobile : Olivier entendit nettement ces mots condensés dans un aboiement de roquet dont le timbre acidulé dénonçait le sadisme : *baisse ton froc et ouvre ton cul*, et auquel succéda un long sanglot suraigu.

S'il avait été animé d'une curiosité malsaine, il aurait peut-être tourné casaque afin de se confirmer une scène dont la facture n'était que trop évidente. Il s'en abstint. Il ne cultivait pas ce genre de vice qui se pourlèche des spectacles libidineux d'autrui. Son sentiment envers ces garçons mitigeant un certain dégoût et une grande pitié, il prohibait la dégustation de leurs malheurs.

Il se harnacha et allait décamper, lorsqu'un nouveau cri le fit sursauter.

Ce cri était différent du premier. On eût dit un vagissement, mais un vagissement qui culminait en un râle aussitôt brisé, comme si la voix n'avait eu ni le temps ni la force d'atteindre sa plus haute tessiture. On était au mois de mai, des essaims d'oiseaux babillaient dans les fourrés et voletaient de l'un à l'autre, il faisait un splendide soleil, les nuages qui avaient menacé une ou deux heures plus tôt se dissipaient dans l'azur, toute la nature resplendissait d'un scintillement printanier, les fleurs exhalaient des parfums exquis, la sève s'épanchait avec une opulence de paradis ; tout à coup un hurlement inhumain bousculait cette sérénité. Olivier patienta encore quelques secondes. Le hurlement ne se renouvela pas :

– Bah ! se dit-il, encore un coup de pompe au derche…

Résolutions

Cette nuit-là, il dormit mal.

Le hurlement l'obsédait.

L'interprétation qu'il s'en était fabriqué, avec, avouons-le, une bonne dose de cette complaisance qui édulcore le fait pour lui dérober de trop redoutables arrière-plans, avait brûlé long feu. Un tourbillon de questions se pressaient sous son crâne et convergeaient vers le même épicentre, la hutte et ses locataires.

Qu'était-ce que cette hutte ? Qu'étaient-ce surtout que ces garçons ? Vivaient-ils là à temps plein, ou y avaient-ils établi relais provisoire ? Ce logis était-il leur domicile fixe ou un *en attendant* ? Qui ou quoi les avaient réduits à cette terrifiante adversité ? N'avaient-ils pas de famille ? Etaient-ils de ces adolescents rebelles qui se seraient délibérément affranchis de toute autorité pour proclamer leur indépendance ? Paradoxe peu conciliable avec leurs mœurs. Sans préjudice du dénuement dont elle est si souvent la rançon, l'indépendance, même désargentée, surtout désargentée, implique une ressource de force morale, un épanchement de vertu au cœur même de l'infortune. Où se logeait cette vertu ici ? Le fond de trivialité qui caractérisait ce groupe en haillons s'aggravait, doublure assortie, d'un prosaïsme étanche à toute sociabilité. Dans leur seule façon de traiter un plus faible qu'eux, ils dénotaient une incurable dépravation.

Sous cette optique, le petit blond occupait sans contredit le plus haut rang de la hiérarchie du vice. Les deux bruns étaient obscènes, rustiques, frustres, mais non sans un soupçon d'humanité qui surnageait. Matériau brut qu'avec beaucoup de travail et de patience il n'était pas inenvisageable de polir. L'autre, Alexis, transpirait une froide et implacable férocité. Certaines natures semblent irrémédiablement vouées à capitaliser toutes les corruptions. Ce mirliflore démoniaque s'entrelaçait à un égoïsme intégral qui s'irritait de ne pas jouir plus souvent de ses turpitudes. Sa physionomie louche et torve couvait une sauvagerie immergée dans un océan d'ignominie. Ses lèvres pincées, l'éclair tragique de ses petits yeux cruels, l'expression butée de sa face arrogante et sournoise façonnaient l'archétype de la petite gouape sans foi ni loi, prête au pire, pourvu que le pire lui fût agréable.

Le remue-ménage intérieur qui agitait Olivier, est-il besoin de le préciser, faisait la part stricte, forcément restreinte à l'observation ponctuelle, à un événement limité dans le temps et dans l'espace, c'est-à-dire sans aucun recul correctif. De ce point de vue, les manières d'Alexis, l'attitude de ses comparses à son égard, l'avaient conforté dans la certitude que si la tribu avait un chef, c'était sous la bannière de cette complexion haineuse et hargneuse qu'il s'incarnait. Mais le moins étonnant n'était pas que ce frêle godelureau, qu'un coup de vent aurait renversé comme fétu, subjuguât son entourage par un ascendant totalement hors de proportion avec la chétivité de sa corpulence : ses moindres gestes, paroles, intentions, en imposaient. On devinait chez les deux bruns un dévouement, on pourrait dire une dévotion, de vassaux à suzerain ; une inflexion du regard d'Alexis les fléchissait à la plus rigoureuse obédience. Quant à Hippolyte, sa carrière n'était que trop annoncée.

Hippolyte assumait au sein du quatuor une fonction exutoire. D'obscurs fantasmes s'exorcisaient sur sa personne et s'y vengeaient avec usure de l'essaim des frustrations de l'adolescence livrée à ses instincts. Ce gros garçon laid, imbécile, peureux et résigné, n'existait que par le cordon ombilical qui le reliait à ses maîtres et qui l'assujettissait entièrement à leurs caprices. Coupez le cordon, vous coupez la raison de vivre qui en dépend. L'abrutissement servant de rallonge à l'inféodation, tel était le ballot de ce pauvre hère qui ne respirait que par permission expresse, ne protestait pas, ne discutait pas, et déférait aux ordres avec le zèle empressé d'un domestique. Le rôle qu'il endossait n'était pas sans quelque analogie avec l'ancien statut de fou du roi, à cette nuance qu'ici on ne lui tolérait pas le persiflage du monarque. D'ailleurs, pour persifler, un zeste d'intelligence lui aurait été nécessaire : Hippolyte prononçait à peine quelques mots courants, et encore, uniquement dans son jargon.

Il remplissait divers offices, celui de bête de trait, d'homme à toutes mains, esclave silencieux dévolu au gros œuvre des corvées les plus serviles, depuis le nettoyage de la hutte et des vêtements jusqu'au récurage des casseroles.

Accessoirement, il revêtait la tunique de Giton ; entendez qu'il s'offrait en holocauste au délassement de ses condisciples. Son contrat d'hilotisme stipulait cet emploi. Dans la déchéance d'un individu, le cloaque est la dernière sape ; Hippolyte croupissait au fond d'une sentine où s'amoncelaient les ordures de ses compagnons. On a vu, même de manière lointaine, Alexis assouvir sur lui les pulsions de son bon plaisir. Les deux autres n'étaient pas en reste. Quand l'envie leur démangeait, et le mot envie est ici à sa place, Hippolyte se transformait en tapin et contribuait, de gré ou de force, au rassasiement de la libido collective.

Olivier s'était couché, mais demeurait invinciblement brouillé avec le chevet.[30] Chaque fois que la fatigue alourdissait ses paupières, chaque fois qu'il était sur le point de sombrer dans cette torpeur qui nous aliène pour quelque temps les rudes réalités du dehors, le braillement d'Hippolyte retentissait dans le silence de sa chambre et le réveillait en sursaut comme un condamné au matin de son exécution.

Dans la foule d'inquiétudes dont notre vie est jonchée, et qui sont autant d'épreuves plus ou moins ardues à surmonter, il y a la phase passive et la phase active ; on est d'abord jouet,

---

[30] C'est-à-dire insomniaque.

on subit malgré soi ; ce n'est qu'ensuite que l'on fait front. Les remous qui cahotaient Olivier excédèrent bientôt son seuil de longanimité. Lui qui s'était toujours endormi sans trouble, voilà qu'il tâtait de l'insomnie. Il bondit hors du lit et ouvrit la fenêtre. Quelques gouttes lui fouettèrent le visage :

– Tiens ! se dit-il, il pleut.

Deux heures sonnèrent. Olivier se traîna à la cuisine, la tête pesante, les muscles gourds. Il se versa un bol de chocolat, et tout à coup, en avisant cette collation, s'exclama :

– Les malheureux, ils n'ont rien de tout ça, ils doivent avoir bien froid…

Tout le caractère du garçon se résumait dans cette apostrophe. Olivier était de ces créatures en qui la conscience parle haut et qui obtempèrent sans rechigner à ses exhortations. Il se serait apitoyé sur Bachar el-Assad et Kadhafi repentants. Pour lui, le malheur excusait bien des faiblesses, et s'il ne requérait pas toujours absolution complète, du moins réclamait-il de l'indulgence. L'indulgence, c'est la compréhension sévère. Il n'admettait pas qu'un homme, même le pire des hommes, fût condamné sans rémission. *Le mal*, disait-il, *est le bien en transformation : inutile d'arracher la racine, il suffit d'amender le terreau.*

Les huttiers, ainsi qu'il les appelait, l'accablaient. Ce qu'ils lui inspiraient est difficile à peindre ; c'était à la fois de l'aversion et de ce sentiment qui ayant approfondi l'aversion, sonde peu à peu la cause à travers l'effet et se métamorphose en quelque chose de sublime. Ce quelque chose, disons le mot, c'était de l'amour.

A l'intérieur d'un être noble, il suffit bien souvent d'une étincelle, et le processus est en marche, le rouage s'actionne de lui-même. La défalcation qui s'opérait en Olivier mettait dans une lumineuse comparaison sa prospérité avec le sort calamiteux de ces quatre adolescents. Au fronton de cette méditation douloureuse se dressait l'énigme impénétrable qui contient toute notre destinée et que nous nommons hasard faute d'un mot plus approprié.

Et si ce hasard, justement, n'en était pas un ? Et si une apparence d'enchaînements fortuits dégageait la logique d'un engrenage ? Et si en filigrane d'une coïncidence se manifestait l'émanation de la grande âme tutélaire qui nous conjure d'abdiquer notre libre arbitre, lequel n'est bien souvent qu'un raffinement d'égocentrisme, aux exigences d'une prescription supérieure ? Olivier songeait qu'on était peut-être en train de lui confier le sauvetage de naufragés, et qu'il lui incombait de leur jeter la bouée salutaire. L'auguste loi de la fraternité s'incarnant dans la conjonction de l'abondance et de la détresse, n'était-ce pas là le plus exaltant des sacerdoces ?

Au surplus, la péripétie des huttiers l'éclairait sur un autre aspect de lui-même. Il se formula qu'en s'habituant à la solitude et à la richesse, il risquait de s'acheminer vers cette dureté d'âme qui, pavée des meilleures intentions, refuse l'aumône au mendiant avec un demi-sourire gêné. Glissement d'autant plus pernicieux que ces amoindrissements ne se remarquent que quand la carie a infecté la dent saine, c'est à dire quand le ver est dans le fruit.

N'oublions pas qu'Olivier, sans ignorer tout à fait la misère, y avait toujours été en marge, qu'il ne s'y était jamais frotté, qu'il n'avait eu avec elle que des rapports indirects, purement intellectuels, par conséquent stériles. Il n’avait jamais reniflé de près l'odeur de la fiente qui suinte des déguenillés. Brusquement, cette fiente éclaboussait ses bottes, ses narines en humaient la pestilence, sa situation de jeune garçon élu par l'aisance matérielle, par les talents, par la beauté, par tous les avatars possibles de la grâce et de l'opulence, se compliquait de la contiguïté imprévue d'un désastre. Coudre les mailles d'or de sa gloire aux haillons et en faire des habits neufs, voilà quelle était sa tâche. Etre l'artisan d'une transfiguration, quoi de plus utile et en même temps de plus magnifique ? Ainsi, il inaugurerait son séjour aux Froides-Aigues par un apostolat ! Tout ce qu'il y avait de bon en lui, il en ferait l'oblation, au prix de la méfiance, de la suspicion et sans doute aussi de l'hostilité. Et bien, il apprivoiserait la méfiance, il dompterait la suspicion, il étoufferait l'hostilité. Il honorerait son mandat, parce qu'il y avait là bien plus qu'un mandat, un devoir sacré, et que quoi qu'il advînt, ce qu'il accomplirait le grandirait d'avoir œuvré au grandissement de ses frères.

Olivier se rallongea dans son lit, en paix avec lui-même : demain, autant dire tout à l'heure, il irait chez les huttiers, il leur dirait : *voici votre maison, c'était la mienne, c'est aussi la vôtre*. Il apposerait le mot fin à leurs pérégrinations, il travaillerait à leur rendre ce qui leur était dû, la dignité, l'instruction, une jeunesse décente, et par-dessus tout l'espoir sans lequel l'existence n'est qu'un gouffre. Il leur révélerait une autre face de l'humanité, insoupçonnée et consolante, et en dépit des rebuffades qu'il aurait à essuyer, il ne lâcherait rien. Par la persévérance et la douceur, il dompterait les animosités ; il déposerait au fond de ces garçons dévoyés la petite flamme qui n'a besoin que d'un peu de combustible pour s'embraser. Il leur démontrerait que les rancunes qu'ensemence la société dans ceux qu'elle proscrit au nom de la loi du compte en banque, ces rancunes-là sont superflues ; que l'inanité de tout grief va de pair avec la puissance détergente du pardon et que ce cataplasme appliqué à leurs meurtrissures les cautériserait une à une. Ils s'épanouiraient ici, dans cette chartreuse si prédestinée aux résurrections. Ils y auraient nourriture, bien-être, mieux encore, bienveillance et amitié.

Vers les sept heures, en dépit d'une somnolence étriquée et fiévreuse, Olivier déjeuna rapidement, bourra un sac de victuailles, chaussa de grosses bottes d'hiver, sortit et s'écria :

– Quelle intuition !

L'exclamation illustrait une surprise de taille relative aux grosses bottes : les Froides-Aigues étaient tapissées de neige.

En mai, fais ce qu'il te plaît

De la neige au mois de mai, il n'y avait là rien d'exceptionnel.

Ce refroidissement au cœur du printemps, le maïalisme, est au seuil de la saison chaude ce que l'été de la Saint-Martin, son pendant symétrique, est à l'orée de la saison froide, une incursion de saison contraire. Les trois saints qui l'annoncent, Mamert, Pancrace et Servais, ont prêté leurs attributs à la période qui court du onzième au treizième de mai. Encore ne s'agit-il ici que du calendrier profane, différent du calendrier romain où seul Servais subsiste et où, soit dit en passant, il n'est pas fait mention de vertus météorologiques associées aux vertus canoniques.

Le phénomène se reproduisant bon an mal an, il a paru intéressant de creuser la matière. Cependant, la prime cause ayant vocation d'échapper pour longtemps encore à la raison raisonnante, laquelle ne s'aventure guère au-delà des choses démontrables par A+B, on s'est avisé, à partir de l'observation empirique, de formuler quelques principes généraux. Ces principes attestent d'abord que le maïalisme ne sévit pas systématiquement toutes les années à la même époque ; il se décale parfois de plusieurs semaines, et il n'est pas rare que des mois de juin calamiteux succèdent à des mois de mai quasi estivaux. Ensuite, son aire d'extension se limite plutôt aux régions de la zone dite tempérée, entre le 35ème et le 60ème parallèle. Enfin, il concerne davantage les contrées à caractère continental, où les influences adoucissantes sont moindres.

Aux Froides-Aigues, juchées rappelons-le, à près de 1200 mètres, les anomalies climatiques étaient fréquentes, particulièrement celle-ci. Du 2 au 9 mai, la moyenne de température diurne avait été de 19°, avec un maximum de 25° le 7. Du 11 au 17, elle n'était que de 10, maximum 14°. Les nuits, d'abord fraîches, avaient rapidement accusé froid vif et il avait gelé. Au cours de celle où Olivier fut en proie à l'insomnie, la température, qui avait avoisiné les 6 ou 7 degrés, dégringola brutalement à -2. Comme une perturbation balayait le pays, il commença par pleuvoir, puis la pluie vira à la neige.

Au demeurant, neige peu tenace : le beau temps, interrompu l'espace d'une demi-semaine, était dans l'air. Preuve, le vent, jusque là au nord, oscillait vers l'est.

Pour l'heure, il faisait plutôt frisquet ; aussi Olivier s'habilla-t-il dans le besoin, avant de s'élancer résolument sur le sentier principal.

Sa stratégie d'abordage des huttiers était simple : il se parachutait au milieu des quatre cartels, les saluait cordialement et étouffait dans l'œuf toute velléité d'attitude malveillante en faisant marché, ex-abrupto, du gîte et du couvert. Après, on verrait.

Se rendre à la hutte nécessitait une petite demi-heure de marche à bon rhythme. Tout de suite, Olivier vérifia la véracité de son pronostic sur le peu de ténacité de la neige ; plus il dévalait le chemin, plus la couche s'amincissait, effet de la perte d'altitude. A mi-distance, elle avait totalement fondu.

Il se transporta ainsi jusqu'à la passe où le quatuor avait escaladé la Crête. Le cœur lui battait. Quel accueil lui ferait-on ? Il pressentait avec une acuité particulièrement aiguë combien la réussite de l'entreprise dépendait de son aptitude à inspirer confiance. Inspirer confiance, c'est à dire combiner éloquence et persuasion ; par-dessus tout, éviter ces deux écueils, la timidité et la précipitation.

Toutefois, précaution oblige, au cas où son ambassade virerait à la chicane, voire au pugilat, il s'était ménagé une échappatoire dont le succès se prévalait de deux avantages non négligeables, ses qualités sportives et sa parfaite érudition de la géographie locale. Son plan avait la rectitude de la ligne droite : parvenu à une dizaine de mètres de la tente, il hélait les huttiers, se présentait et articulait ses propositions. Si on le menaçait, s'il subodorait une intention suspecte, il déguerpissait par la Crête, mais au lieu de regagner les Froides-Aigues, faute grossière qui révélait l'existence de la maison, il fonçait bride sur le cou vers la barrière, histoire de fourvoyer ses éventuels poursuivants. En terme de chasse, cette tactique s'appelle *forpaiser*. Puis il franchissait la rivière en réitérant la technique utilisée la veille ; une fois sur l'autre berge, il hasardait une dernière conciliation en démontrant que traiter en ennemi quelqu'un qui vous tend la main n'est peut-être pas la meilleure méthode pour s'attirer ses bonnes grâces. Là, deux options : ou le quatuor acceptait de transiger, ou bien il campait sur ses positions. Dans le premier cas, Olivier battait la chamade,[31] avec tous les risques ; dans l'autre, il tirait sa révérence.

Quand il eut gravi la Crête, il bondit sur le Sillon. Il s'y accroupit immobile, l'oreille aux aguets et en scrutant tous azimuts. Dans sa façon de humer l'air aux quatre points cardinaux, il y avait du flairement. Sa poitrine se dilatait et se déprimait à intervalles réguliers ; il avait les joues rouges, la narine frémissante, le geste sûr, dans la cuisse l'élastique fermeté du félin, dans la prunelle un flamboiement.

Quelques secondes s'égrenèrent, Olivier murmura : *bon, on y va,* et ouvrit la bouche pour apostropher les quatre ados. Tout à coup, il hésita et finalement se ravisa. L'idée l'avait effleuré, comme cela, qu'avant de courir franche lice, il ne lui était pas interdit de se filouter un dernier aperçu du bivouac. En quelques secondes, il se coula au creux de la dépression où il s'était embusqué quelques heures auparavant et rampa jusqu'au buisson à travers lequel Hippolyte avait jeté des cris d'orfraie. Comme aucun bruit ne se manifestait, il présuma que les garçons dormaient encore. Il écarta une branche du taillis. La hutte se profila devant lui.

---

[31] Battre la chamade, c'est en ancien langage militaire, avertir l'ennemi qu'on veut traiter avec lui.

Elle était vide.

Olivier, intrigué, promena les yeux latéralement autant que son champ visuel le lui permettait. Personne. Tout était désert.

Il quitta sa cachette et plongea une œillade à l'intérieur de l'abri. Des objets qui l'avaient équipé, il ne subsistait que la pierre tabulaire.

Le camp était indubitablement chômé de ses locataires. Les paillasses, la marmite, les ustensiles domestiques, tout avait été enlevé. Il nota aussi que les élingues de la toile cirée étaient sectionnées et que la toiture ne s'arrimait plus qu'à l'armature des piquets. Le premier vent un peu vigoureux l'emporterait comme châssis de théâtre.

Une telle défection avait de quoi étonner : rien dans l'attitude des adolescents ne l'avait présagé. Pas un mot sur leurs lèvres n'avait eu rapport à un déménagement imminent. Pourtant, cette échappée n'avait rien d'une fuite : ne s'était-on pas encombré d'accessoires aussi embarrassants qu'une marmite ? Assurément, les huttiers avaient agi avec méthode.

Olivier était désappointé. Chacune des présomptions qu'il échafaudait lui opposait un franc démenti ; ainsi celle d'une descente inopinée de gendarmerie ne résistait pas plus au transport d'instruments volumineux qu'un calendrier de changement de résidence ne corroborait le silence des garçons sur ce sujet. Alors ? Seule explication, à peu près : un incident était survenu, mais sans revêtir de caractère d'urgence. D'où le repli en bon ordre. Un incident, à la bonne heure ! Mais lequel ?

Ce qui, en revanche, ne souffrait pas équivoque, c'était que sa mission, à lui Olivier, avortait là. Faute de noceurs, la fête était annulée. Il n'avait plus qu'à plier bagage. Par acquit de conscience, il se promit d'y faire une visite de routine d'ici à quelques jours, afin de vérifier si l'abandon était ou non définitif.

Avant de s'en aller, Olivier considéra cet obscur et poignant tableau de l'infortune. Une immense pitié l'étreignait. Jamais la misère de ces enfants ne l'avait touché comme à travers les vestiges d'un séjour qui avait été farouche, sans doute, mais vivant, et qui, dépeuplé, retournait à ce néant auquel il semble que soit vouée toute action humaine.

Un tronc d'arbre mort était étendu non loin ; Olivier s'y assit et se recueillit dans une méditation mélancolique. Ses pensées s'envolèrent sur les ailes des souvenirs encore tout frais. Une nuit presque blanche en avait émoussé les aspérités, et il considérait à présent les choses avec plus de recul, par conséquent avec plus d'objectivité.

Il se dit que la haine et la violence au sein du petit groupe n'était finalement que l'image d'une société elle-même haineuse et violente ; qu'elle reproduisait l'éternelle dualité qui pèse sur l'homme et le soumet depuis toujours et sans relâche à la même distribution discrétionnaire des rôles, le bien-être pour ceux-ci, la pénurie pour ceux-là. Ici l'abondance, la prospérité, la satisfaction, les jours tranquilles, les nuits sereines, les ventres repus, bourses bien garnies, demain souriant à aujourd'hui et aujourd'hui palpant les bénéfices d'hier ; là les privations, l'avenir sans avenir, l'implacable engloutissement dans les sables mouvants du vice et du deuil, l'inexorable chute dans la spirale de cet enfer de la civilisation qu'on appelle le quart-monde. Quelle fatalité que telle créature, née avec toutes les espérances, croise la route de telle autre marquée au fer rouge de la ruine ! De quelle justice apparemment arbitraire procèdent ces verdicts ? Quelle loi suprême et omnipotente institue ces barèmes, et à quelle fin ? Si épreuve il y a dans l'incarnation terrestre, comment ne pas frémir de l'ignorance de ceux qui en subissent les plus terrifiantes, et qui, de désespoir, n'ont parfois d'autre pourvoi en cassation que les expédients qui achèvent de les dépraver ? Comment ne pas frissonner d'angoisse à la condition de malheureux adolescents à peine éclos à la vie et qui, déjà, en avaient avalé les pires couleuvres ? Comment ne pas conclure à la partialité d'un hasard irresponsable, d'une roulette russe que par le goût que les hommes ont pour les thèses confortables, ils nomment providence, ou karma ?

Ces idées qui assiégeaient Olivier recevaient sans débat son entière et pleine approbation. Tout à coup, il réfléchit qu'elles ne reflétaient qu'une facette de la vérité et qu'il convenait d'éclairer celles qui lui étaient encore dans l'ombre. Il modifia aussitôt l'angle de réfraction de son jugement et envisagea les choses sous une perspective plus large.

Admettre le hasard ? Mais n'était-ce pas nier Dieu ? N'était-ce pas avérer cet ahurissant non-sens, la perfection faussée par vice de forme ? Comment ! Avaliser la théorie que l'espérance, pierre d'attente de tout ce qui respire ici-bas, soit réduite à ce triste viatique, une loterie ? Assigner pour but ultime de la création un axiome qui en serait la négation ? Poser pour hypothèse l'incarnation terrestre truquée par un immense jeu de probabilités mathématiques ? Se rallier au postulat que tout est fortuit ici-bas, depuis la pluie qui tombe jusqu'aux guerres qui éclatent ? Adopter pour clef de voûte de notre séjour sur cette planète toutes les incrédulités aveugles, tous les prosaïsmes opiniâtres confluant vers ce maelstrom, le nihilisme ?

D'un autre côté, où attraper le fil d'Ariane de l'indémêlable écheveau dans les mailles duquel s'ébauchent, s'affirment et se dénouent les méandres de la destinée ? Comment concilier, par-delà les apparences, les paradoxes, les artefacts et les illusions, la validité d'un principe inaltérable, juste, et aspirant immuablement au bien ? Ces notions à double compartiment ennemis, sagesse et folie, charité et égoïsme, antagonisme et concorde, humilité et orgueil, compassion et cruauté, ne seraient-ils qu'un vaste réservoir de coïncidences fâcheuses ou heureuses qu'une divinité versatile distribue à la diable à ses créatures, comme autrefois les rois jetaient de la monnaie à la populace ?

Les arguments contradictoires qu'Olivier tentait de coudre à un raisonnement cohérent l'avaient ramené sous le versant négatif qu'il s'astreignait à désavouer avec tant de peine. Chaque fois qu'il se cramponnait à une démonstration, elle était immédiatement piloriée par une démonstration contraire.

Quelle tablature que cet inconnu où se dissolvent les abstractions inaccessibles et les systèmes vertigineux, où le mystère côtoie l'impossible, où l'énigme, l'insondable énigme, figée depuis l'aube des temps dans un mutisme imperturbable, s'épelle en bégaiements incompréhensifs ! Quel tourbillon que cette gravitation d'ignorance autour de notre intelligence si bornée ! Et quelle effrayante éclipse que ces linéaments du *quid divinum* qui se dérobent à la seconde même où, après en avoir saisi une bribe, on estime avoir traduit tout le texte !

Olivier, les poings sur les joues, le regard vitreux, avait l'impression d'être au pied d'un immense mur hérissé d'équations indéchiffrables.

Tout à coup, il secoua un frisson. L'immobilité l'avait refroidi. Il remua ses jambes engourdies et les détira sous un buisson qui jouxtait le tronc d'arbre où il était assis.

Ses bottes heurtèrent un objet insolite.

Miserere nobis

Il s'accroupit, écarta une branche du fourré et s'enfouit à l'intérieur.

Il ne réalisa pas tout de suite. Ce qu'il distinguait, entrelacé à des ramures, avait le double contour oblong d'une paire de chaussures. Il se mit à rire nerveusement, en se faisant la question que se serait faite n'importe qui : pourquoi une paire de chaussures dans un buisson ? Puis il se mentionna que la position des chaussures était bizarre, avec la pointe fichée dans le sol, talons vers le haut.

Deux considérations s'ajustèrent à ce premier constat, d'abord que les chaussures étaient éculées, ensuite qu'elles se prolongeaient d'une espèce de fuseau bleu passé. Le fuseau lui parut propre à être un pantalon. Tout à coup, Olivier eut la sensation d'une décharge électrique, la sueur lui gicla de toutes les pores. Il y a de ces chocs qui nous foudroient devant l'imminence d'une révélation sinistre.

L'adolescent recula instinctivement. Une onde glacée lui dégoulina le long de l'échine. Puis, il tailla de nouveau à travers l'écran végétal. Ses yeux s'écarquillèrent de stupeur.

A deux ou trois coudées, à demi enseveli sous un enchevêtrement d'abatis et de terre, un corps était allongé à plat ventre, pantalon baissé au-dessous des genoux, ce qui découvrait à nu cuisses, fesses et le bas du dos. La tête, presque entièrement dissimulée par un sédiment de feuilles, reposait de trois quarts profil. Olivier avala une bouffée d'air. Le paroxysme de l'effarement, c'est une paralysie réfractaire à tout mouvement coordonné. Des insectes couraient en travers de la nuque, le long des reins, et il se demandait pourquoi cela ne dérangeait pas l'individu.

Combien de temps demeura-t-il ainsi, dans cette confusion effarée qui nie l'évidence ? On ne sait, et probablement ne le sut-il pas lui-même. Ce qui est certain, c'est qu'une phrase adhéra à son cerveau et qu'elle le terrifia. Ses lèvres tremblèrent, il murmura : *c'est un cadavre*.

Alors la réalité le fouetta avec une brutalité inouïe, une indescriptible terreur lui broya les entrailles, il se rassit prestement pour enrayer un étourdissement.

Brusquement, ayant affermi le peu d'aplomb dont il disposait encore, il pénétra dans le fourré et secoua le corps.

Le corps ne bougea pas. Olivier, fébrilement, dégagea la face ; les yeux étaient révulsés jusqu'au blanc. Le jeune homme chancela et s'affala sur le flanc.

Ce fut alors qu'il avisa une longue aiguille d'acier qui était là tout auprès, semblable à celles que l'on utilise pour enfiler des brochettes de viande. L'extrémité pointue de cette lame était maculée d'une matière visqueuse brunâtre et de sang séché. Sous l'empire d'une de ces prémonitions qui font jaillir les prunelles de leurs orbites, Olivier examinait alternativement l'aiguille et le bas du dos du mort, avec cette expression horrifiée qui déchiffre par dévoilements successifs le rapport entre une cause et sa filiation directe : il éructa un sanglot convulsif, un vent de panique l'enveloppa, il se précipita hors du taillis, éperdu, l'estomac lui remontant dans la gorge.

Là aussi, on ignore combien de temps dura cette prostration. Il hochait la tête, en aspirant l'oxygène qui lui faisait défaut. Ses tempes pilonnaient dans son crâne la battue rhythmique de ses artères. Par instants, il nasillait d'une voix de fausset : *allez ! c'est pas vrai, y a rien là-dessous, j'ai tout rêvé !* Il n'est pas invraisemblable qu'à force de rabâcher dix fois la même antienne, il en arrivait à s'auto persuader. Soudainement il bondit sous le buisson et s'agenouilla aux pieds de la dépouille. Chose invraisemblable peut-être à imaginer, plus invraisemblable encore à accomplir, il sauta de plain-pied dans l'immonde. Comment se prêta-t-il à cette opération cette fois sans le moindre haut-le-cœur, ainsi qu'un médecin ausculte un patient ? Sans doute parce qu'il ne s'appartenait plus. D'un geste sûr, il écarta les fesses. La nécessité de savoir pompait d'elle-même son énergie dans cette impassibilité que l'on n'apprivoise qu'au prix d'une énorme contention sur soi. Gwymplaine en usait ainsi lorsqu'il se domptait à biffer son rire éternel.[32] Quand il eut sa satiété du macabre diagnostic, le ressort se détendit d'un coup, la vérité le cingla, sa figure se décomposa, sa vue se brouilla, il se catapulta le plus loin possible de cette obscénité, et alors une immense pluie de larmes ruissela de ce cœur malade de dégoût, un raz-de-marée de douleur l'écrasa, et il pleura comme il n'avait jamais pleuré de sa vie.

Disons ce que le garçon avait élucidé, et que nous aurons compris.

De l'entre-fesses du pauvre hère suintait un filet rouge et ocre, le même dont était souillé la broche. Cette traînée sillonnait les cuisses et, par ce cynisme auquel la nature mêle parfois les choses tragiques, y reproduisait des dessins semblables aux peintures de guerre dont les enfants se bariolent quand ils jouent aux indiens. Seulement ici, le jeu avait été funeste ; la mémoire d'Olivier lui assenait avec une formidable puissance d'évocation le hurlement de la veille sur lequel il avait élaboré de si fuyantes conjectures. Cette longue plainte inhumaine s'achevant en un râle d'ultime souffrance, celle qui n'a plus qu'une issue, c'était l'émanation sonore de l'abominable torture infligée à Hippolyte. Car le cadavre, nous l'aurons identifié, était bien celui du gros garçon. Il gisait là, l'arrière-train transpercé. Quelqu'un, l'un des trois autres huttiers, lui avait introduit la lame dans l'anus et l'avait ensuite retirée sanglante.

Les grands traumatismes émotionnels font parfois rejaillir d'étranges souvenirs. Olivier songea que ce supplice était celui qui avait été infligé à Edouard II d'Angleterre. Il ne s'expliqua pas pourquoi il bredouilla ce commentaire,

---

[32] Allusion à L'homme qui rit, de Victor Hugo.

stupide sans doute : *mais l'un était blâmable, et l'autre ne l'était pas…*

Quant à la signature de ce massacre, comment ses soupçons n'auraient-ils pas convergé vers cet Alexis, dont tout le comportement dénonçait la barbarie ? Ne l'avait-il pas entendu ordonner à sa victime de *baisser son froc* avant que lui parvînt le cri suraigu dont l'écho résonnait à présent avec une dramatique amplitude ?

Ce n'était donc pas assez de lui avoir fait subir mépris, humiliations, avanies, ce n'était pas assez de l'avoir battu, violé, le sadisme n'avait pas été quitte, il avait encore réclamé son apothéose ! A l'accumulation de tant de scélératesses il manquait une péroraison digne d'ouvrage ! Il avait fallu, pour comble d'ignominie, l'exécuter comme cela, de fantaisie, avec le même air qu'autrefois les seigneurs branchaient les manants. Et de quelle manière s'y était-on pris ! Quel bourreau aurait jamais conçu châtiment plus raffiné ? Hélas, cette monstruosité, de qui était-elle le fait ? D'un tortionnaire de métier ? De quelque exécuteur à gages ayant à son palmarès de carrière des années de pratique ? Non, d'un enfant de quinze ans.

Olivier se détendit debout sur ses jambes flageolantes ; un vertige l'obligea de se rasseoir presque aussitôt. Sa cervelle était perforée par une vrille qui y bannissait tout épanchement de pensée cohérente. Le grossissement de l'épouvante à travers lequel il revivait une scène dont il n'avait pas été spectateur mais dont il assemblait tous les détails, comblait sa mesure de répulsion humainement supportable ; sur ce consternant tableau se profilait la silhouette maudite d'Alexis.

De quel enfer avait été vomi cet ignoble assassin ? Ce qu'il avait fait n'était pas seulement crapuleux, c'était la pire des lâchetés. Qui avait-il occis ? Un coupable ? Un ennemi ? Non, un innocent, un de ses compagnons, son frère en affliction, son alter ego dans l'adversité. Ainsi le malheur ne se contentait pas de dévorer son pain noir, il creusait encore des sapes pour y comploter ses vengeances intestines ! Il en était à ce degré de défiance et de mépris de soi-même qu'il prononçait des peines auxiliaires, comme pour se fustiger d'être ce qu'il était ! Cette atrocité bête et veule d'un être éliminant un autre être semblable à lui, pétri dans la même pâte de calamité, vêtu des mêmes loques, obéissait-elle à une suprême logique tribale du suicide ? Le meurtre entre gens de condition identique ratifiait-il le mot d'ordre d'une prescription chicanant aux déshérités le droit d'adoucir leur indigence d'un peu de fraternité ? A un certain espace de contiguïté avec le mal, la misère était-elle condamnée à faire collusion avec le mal ? Le pauvre, de par sa condition de pauvre, nourrissait-il en lui le germe de sa propre perte ? Cessait-il d'appartenir à Dieu dès lors qu'il ingurgitait un trop-plein de catastrophe ? N'y avait-il pour la déchéance aucun débouché sur la compassion ? Le laissé pour compte n'avait-il pour unique ressource que de s'engloutir dans le charnier de l'avilissement ? En un mot, le dénuement, une fois consommé, était-il irrémédiable ?

Olivier s'adressait ces réflexions machinalement, et ces réflexion en induisaient d'autres qui se greffaient aux premières et les orientaient vers des horizons plus larges mais tout aussi crépusculaires.

Il se demanda si la ruine de ces garçons était inévitable ; hélas, répondre par oui ou par non aboutissait à la même impasse qui avalisait un échec retentissant, celui d'une société saturée jusqu'à la gueule d'un impitoyable égoïsme. Car on avait beau invoquer la fatalité, l'accident, le cas d'espèce exceptionnel contestant la règle du tout est pour le mieux dans le meilleur des mondes, il suffisait de gratter ce vernis de sophismes pour en démystifier le mensonge et prouver par mille exemples analogues à celui des huttiers qu'au sein de l'abondance sévissaient d'énormes coupes claires de deuils, que cette infamie était tolérée, voire entretenue, et que la prospérité s'épanouissait sur cette lèpre comme une fleur sur un tas de fumier ; qu'en plein vingt-et-unième siècle, dans le giron d'un des pays les plus opulents du monde, il y avait des recoins fétides où se vautrait l'hilotisme, que cet hilotisme croissait comme un gale sur le bien-être, sur l'aisance, sur le confort, et qu'en cent ans de progrès, la richesse s'était enracinée dans les dépouilles des damnés que chaque civilisation immole au triomphe de son avancement et à la gloire de sa réussite.

Olivier avait trop bu au calice. Une goutte de plus, et il sombrait dans cette dépression sur laquelle plane le spectre de la folie. Il s'enfuit du campement. Il rentra chez lui par le Sillon, enivré à en avoir des nausées par le cauchemar qui le harcelait. Une fois à la maison, il croqua dans un quignon de pain qu'il recracha aussitôt, jeta au sale ses vêtements imprégnés de l'odeur du cadavre et se rua sous la douche. Une demi-heure plus tard, dans un état semi comateux, il enfourcha son vélomoteur et fonça à S...

Des désagréments d'être témoin principal

L'enquête, diligentée par la gendarmerie, conclut comme de raison au meurtre. En tant qu'unique témoin, Olivier eut à soutenir un interrogatoire dans les règles. Celui qui officiait était un brigadier-chef, homme affable exhibant d'un même air de souveraineté débonnaire de grosses moustaches, un embonpoint respectable et un fort accent du Gers. Le garçon relata son aventure, sans ajouter ni retrancher un iota à la stricte vérité. Le recollement de ses déclarations prouva sa bonne foi et le dégagea de toute responsabilité.

Ce fut à cette occasion qu'il eut vent, le plus incidemment du monde, d'un épisode relatif à S..., dont évidemment il ignorait le premier mot. D'ordinaire, les anecdotes locales, plus ou moins étendues de cette tisane de commérages qu'on appelle potins, lui inspiraient la plus froide indifférence. Olivier n'était pas outillé d'une langue à fournir son contingent au remplissage des gazettes. Cependant, le débit du brigadier, véritable écluse lâchée, avait un peu dévié de sa ligne droite vers deux ou trois incursions latérales au contexte, qui, la locution est de Régnier, lui firent chauvir des oreilles. Un mot, surtout, avait été répété à plusieurs reprises et prononcé du bout des lèvres avec une espèce de crainte fourrée d'un soupçon d'embarras. Olivier avait immédiatement flairé la réticence qui redoute l'exhumation d'une chronique à ne pas trop publier dans les chaumières, encore moins à pérorer sur les toits. Ce mot, parfaitement neuf pour lui, correspondait phonétiquement à cette écriture : Bordier.

Le jeune homme calcula que s'embarquer sur une chasse probablement gardée n'était pas la meilleure stratégie pour en apprendre davantage. Ajoutons qu'il n'aurait accordé à ce genre de divulgation que le peu de poids qu'elles revêtent à peu près toutes dans les petits pays où le moindre mystère se tuméfie en rumeur et acquiert des proportions extravagantes, si le malaise qui transpirait de celle-ci ne lui avait paru de nature à dérober bien des replis troubles. Les bribes qu'il en avait saisi au vol lui faisaient l'effet d'une archive scellée sur un aspect prédominant des huttiers. A travers ce tout petit hiatus d'indiscrétion se profilait la présomption de leur filiation directe à ce mot, Bordier.

Comment, cependant, tâter le gras et le maigre de l'histoire ? A qui tirer les vers du nez ? Olivier nageait dans cette expectative, lorsque l'occasion, qui n'est jamais qu'un coup de pouce de la Providence, se présenta à quelques temps de là.

Il n'est pas inutile, avant d'aller plus loin, de rappeler que ses tribulations étaient survenues en pleine période d'activité musicale, entre deux répétitions des cantates. Ces répétitions avaient lieu trois fois par semaine. C'est donc tout naturellement que le jeune homme se rendit, ce samedi vingt mai, trois jours après sa macabre découverte, à S... Comme il était en avance, il s'offrit un café à la guinguette du coin, intitulée *Aux puys sans fond.* Il eut la surprise d'y être accosté par le comte de Pompignac.

Le comte de Pompignac était le trublion anticonformiste de la psallette. Son franc-parler tintait aux oreilles des dévotes à rosaire avec le même scandale que l'archer de Schuppanzigh résonna à celles des auditeurs des Quatuors Razoumovski, lors de la première.[33] Il inspirait une défiance tempérée par ce respect instinctif qu'ont les gens du peuple pour l'aristocratie ; privilège dont il s'égayait fort aux dépens de ce qu'il nommait les *ouailles bénites.* Olivier avait remarqué, dès son

---

[33] Pour entendre ce passage, il faut savoir que lorsque Beethoven présenta le premier des trois quatuors de l'opus 59 à ses interprètes, dont Schuppanzigh était le premier violon, celui-ci s'écria : "mais, maître, il est impossible de jouer cette musique !", à quoi Beethoven répliqua : "croyez-vous que je me soucie de vos misérables violons lorsque l'esprit me parle ?". Un musicien, un artiste qui ferait aujourd'hui une réflexion de cet acabit passerait immanquablement pour un élitiste.

agrégation à la manécanterie, l'espèce de dysharmonie, si l'on peut dire, qui distinguait cet homme raffiné du gros de la troupe, et qui se résolvait presque exclusivement à son avantage. Il prodiguait une façon de s'adresser aux notables qui maniait avec une égale effronterie l'arrogance et le dédain, le tout affublé d'une grande simarre de familiarité goguenarde. De là, peu d'aménité à son égard. Pourquoi, me direz-vous, l'agréait-on ? Pour sa voix, sans doute, une des plus belles dans le registre de baryton, mais surtout pour son titre. Avoir dans ses rangs un noble, cela rejaillit sur le commun comme un embrun de poussière précieuse ; ces éclaboussures flattent. La fange que vous recevez de la roue d'un carrosse armorié cartayant dans une ornière n'est pas de la fange mais un honneur que vous seriez bien ingrat de ne pas apprécier à son prix. C'est le roi qui toise l'obscur anonyme de province et arrache aux courtisans ce murmure : *sa majesté a daigné le regarder !* Pour les habitants de S..., prolétaires de la plus basse espèce, ce qui est déjà quelque chose, mais ayant des prétentions à la bourgeoisie, ce qui est pire, cet usage particulier d'une savonnette à vilain[34] excitait en eux le besoin prophylactique de récurer la crasse qui suintait de leur condition. Le comte de Pompignac leur était une espèce de deus ex machina. Beaucoup auraient consenti aux pires humiliations pour le seul plaisir de placer dans un aparté cette délicieuse confidence : *figurez-vous que j'ai un comte parmi mes amis…*

Donc, monsieur de Pompignac était au *Puys sans fond.* Quand il avisa Olivier, son visage s'émerillonna, il vint à lui et le salua avec cordialité. Tous deux s'assirent, sous la prunelle oblique des habitués de cette heure-là, fort matinale.

Le comte cultivait une technique abrupte et incisive d'entrée en matière sur les sujets même les plus délicats, qui en effarouchait plus d'un ; il ne se comporta pas autrement

---

[34] Une savonnette à vilain était autrefois une charge qu'on achetait pour s'anoblir.

avec l'adolescent, persuadé d'ailleurs que celui-ci avait assez d'élégance et de tact pour ne pas en prendre ombrage :

– Je sais ce qui vous est arrivé, dit-il, et je suis bien aise de vous causer en tête-à-tête ; il y a longtemps que j'avais l'intention de vous prier à dîner un de ces soirs. L'occasion est belle, pourquoi pas ce soir, précisément ?

Olivier remercia mais en exposant sa difficulté se déplacer avec une simple mobylette. L'argument n'était qu'un pétard mouillé ; le comte avait la parade toute prête :

– Mettez donc votre engin dans mon fourgon, dit-il, je vous emmènerai chez moi et demain je vous reconduirai. Ça me procurera l'occasion de visiter votre chartreuse.

Il ajouta, d'un air entendu :

– Entre aristocrates, on peut bien se faire des politesses.

Au chapitre des attitudes que le jeune homme détestait, les compliments gratuits et mal fondées occupaient le haut rang. A celle-ci, qui affectait de le coiffer d'un tortil postiche, il répondit :

– J'accepte volontiers. Moi aussi j'ai une furieuse envie de voir votre thébaïde. Elle doit être encore plus modeste que la mienne. On en dit beaucoup de mal et beaucoup de bien ; ces opinions extrêmes en sens inverse me plaisent. Cela dit, permettez-moi de protester contre un abus de langage : je ne suis pas aristocrate.

Visiblement, l'homme avait anticipé les deux périodes de la réplique, le consentement relayé par l'objection. Il les agréa en grand seigneur, avec tout l'esprit dont il ne se piquait pas :

– Je respecte fort ce que vous êtes, reprit-il, mais il me semble que vous éludez un détail, que votre grand'mère était une Beaumont de Savignac ; or, les Beaumont de Savignac sont vicomtes depuis des siècles. Vous avez donc du sang bleu dans les veines, mon jeune ami, ne vous déplaise.

Ayant décoché ce trait, il avala une gorgée de café, sous le sourire narquois d'Olivier, peu sensible à la mémoire réhabilitée de son blason. Puis il enchaîna, avec flegme :

– Mais brisons-là ! J'ai à vous entretenir de choses plus importantes que les questions de généalogie.

– Tant mieux, fit Olivier, je dédaigne un peu les futilités. Cela dit, continuez, je vous prie, quelles sont donc ces... choses importantes ?

– Vous avez tort d'ironiser, répondit le comte. Savez-vous que la nouvelle de cette affaire s'est répandue dans le canton comme traînée de poudre ? Elle en a fait le tour en moins de temps qu'il n'en faut à une augmentation du prix de l'essence pour s'afficher à la pompe. Par conséquent, elle a fait aussi le tour de la chorale.

– Qui peut le plus peut le moins.

– Tout à l'heure, quand vous franchirez le cercle des thuriféraires de la calotte, on vous reluquera avec de gros yeux avides des commentaires qu'on espère bien que vous jetterez en pâture à la cantonade.

– Alors on sera déçu, car je n'aurai rien à dire.

– C'était précisément le conseil que je m'apprêtais à vous donner, sans vous offenser.

– Vous ne m'offensez pas, je suis de ceux qui écoutent les avis pertinents.

Monsieur de Pompignac consulta sa montre et dit :

– Il nous reste trop peu de temps pour développer ; sachez seulement que si j'ai tenu à vous recevoir chez moi, c'est que j'ai décidé de vous offrir la primeur de la partie immergée de l'iceberg.

– L'avenir est à la fonte des glaces : c'est normal, il paraît que le climat de la planète se réchauffe.

La réflexion, digne d'un collégien, aurait dû amuser le comte. Ce fut tout le contraire :

– Je ne plaisante pas, monsieur Lorenz, fit-il.

Un rictus pensif aggravait sa physionomie d'une nuance de profonde amertume. Il proféra, sur un ton sourd :

– Vous ignorez où vous avez mis les pieds.

– Où j'ai mis les pieds, je peux à tout moment les retirer.

– Dans ce cas, vous devez savoir ce que c'est que cette chorale, et quels vers grouillent derrière ses lambris de respectabilité artistique.

– Vous m'intriguez : y aurait-il des anguilles sous la roche d'Euterpe ?

– Les anguilles sont inoffensives ; ce qui est venimeux, ce sont les serpents.

– Voilà bien des gros mots, monsieur le comte…

Ce dernier jeta un second coup d'œil à sa montre et déclara :

– C'est l'heure, allons-y ; le reste à ce soir.

Olivier se leva et sourit de toutes ses dents :

– Je suppose, dit-il, que le reste est le meilleur...

En cet instant, Pompignac fixa l'adolescent avec une expression si tragique que celui-ci en frissonna imperceptiblement :

– Pas le meilleur, monsieur Lorenz, pas le meilleur, le pire.

Abrégeons le compte-rendu des minuties forcément agaçantes de la répétition, qui reflétèrent en tous points ce qu'avait annoncé le comte. Olivier déploya des trésors de diplomatie et de finesse afin de couper broche aux curiosités qui quémandaient leur pitance. Jamais on ne fut plus intraitable avec plus d'amabilité. La Présidente tenta à plusieurs reprises de lui arracher quelques détails subsidiaires : en vain, Olivier demeura ferme sur ses arçons. Conséquence de ce mutisme, une frustration générale délayée en petits chuchotements désappointés. A la frustration se superposa bientôt l'aigreur, lorsqu'il le bruit circula que le comte, le soir même, faisait au maestro les honneurs d'une invitation à dîner.

Ce que monsieur Pompignac retraça pendant cette soirée devait se graver en lettres ineffaçables dans l'âme du jeune homme. Certaines révélations minent les natures les plus résolument optimistes, comme une pioche qui attaque de la roche trop tendre. Travail de sape dont on ne sait trop ce qu'il fera fructifier en nous de rancune, de commisération ou tout simplement d'indifférence. Cela dépend de la qualité de l'argile qui nous façonne.

Un mot encore.

Le récit qu'on va lire est la copie conforme de ce qu'Olivier, le lendemain même, consigna sur son ordinateur. Le scrupule d'une vérité sans tache ne lui autorisa pas la moindre omission ni sa conscience la plus petite retouche à des faits trop graves pour souffrir quelque altération que ce fût. Seul le souci de la clarté du récit a décidé en faveur d'une mouture plus littéraire de cette narration, que la trop grande dispersion de style d'un garçon de dix-sept ans aurait peut-être alanguie. C'est là un choix arbitraire, comme tous les choix.

Histoire des Bordes et des Bordiers

Vers le milieu des années 2020, la petite agglomération de S..., cinq mille âmes, fut le théâtre d'un événement considérable : une troupe d'une centaine de voyageurs sollicita droit de résidence. D'où venaient ces gens ? Mystère. Probablement avaient-ils été ballottés au hasard du vagabondage qui frappe d'autant plus les nécessiteux que l'imagination populaire les chamarrent volontiers de toute la panoplie des vices qu'ils ont ou qu'ils n'ont pas. Ce qui était surtout terrible, c'était leur extrême désarroi : visages hâves, corps faméliques, yeux hagards, l'ombre de la résignation peignant sur leurs physionomies cet accablement qui a épuisé ses dernières illusions. Avec cela, d'une saleté repoussante : la plupart étaient vêtus d'un dépenaillement d'informes guenilles ; les hommes étaient barbus et hirsutes, les enfants maigres et morveux, les femmes livides, tous dépenaillés à tirer des larmes même à un spéculateur en bourse. Cette cohorte bringuebalante, c'était l'allégorie de la misère dans son incarnation la plus lamentable.

Du fait qu'ils traînaient de vieilles charrettes à bras dont les roues grinçaient affreusement, ils n'avaient pas fait survenue discrète. La prime crainte de l'étranger, si instinctive chez tous les peuples, le céda d'abord à ce sursaut de pitié qui naît du spectacle du dénuement. Ce fut du moins le sentiment qui pénétra les riverains présents ce jour-là au débouché du marmiteux cortège.

A cette époque, le maire de S… était un homme débonnaire, un de ces rares et larges cœurs qui font leur pain quotidien de la prière du Christ *aimez-vous les uns les autres*, et qui, vertu plus rare encore, ne manquent pas une occasion d'appliquer sur le terrain les théories de leur ministère. Il accueillit donc les nomades ainsi que le lui dictait sa conscience. Il ne fut pas longtemps à constater que la majorité d'entre eux souffrait des inévitables maladies qui collent aux basques de l'indigence. Aussi remua-t-il ciel et terre afin de limer les griffes à une détresse telle qu'il n'en avait vu de sa vie.

L'intention était louable, mais comment s'y prendre ? La commune n'était pas puissamment riche et passé le feu follet de la première compassion, les indigènes s'étaient rapidement désintéressés d'une tribu de claque-dents qui perturbaient leur sérénité de campagnards, peu accoutumée à être dérangée par de la gueusaille itinérante.

Cette tiédeur ne désarma pas le maire, pétri d'une candeur confiante en la bonté de l'homme, surtout de l'homme chrétien. Il se convainquit qu'il suffisait d'exciter la flamme sous la marmite de la miséricorde pour la réchauffer. Son idée était d'une rectitude mathématique élémentaire : si chaque foyer aisé hébergeait une famille, le premier pas était fait. Lui-même prêcha d'exemple ; il fournit gîte et couvert à huit personnes. Après quoi, il fit placarder une liste d'entraide où les citoyens désireux de tendre la main à leurs frères en Jésus-Christ auraient latitude d'exercer de plein saut la charité qui leur était prêchée tous les dimanches au prône du père Paulimane, curé de la paroisse.

Il récolta, de compte exact, trois souscriptions : celle de madame Beaumont de Savignac, de monsieur de Pompignac, tous deux grandes figures aristocratiques du pays, et d'un certain Joël Duvitrail, lequel, vivotant des modiques émoluments de quelques petits boulots alimentaires, déboursa le denier de la veuve.[35] Pour le reste, froideur complète, sans un accroc dans l'unanimité.

De peindre la déception de l'édile, on le laisse à deviner. Le choc était rude, mais l'urgence de sa mission désavouait les états d'âme. On avait casé une quinzaine de personnes ;

---

[35] Le denier de la veuve, c'est l'aide qu'apporte un nécessiteux à un autre nécessiteux, c'est la main tendue qui n'a pas grand'chose à offrir et qui l'offre à celui qui n'a rien.

les autres étaient sur le pavé. Seulement, qui solliciter, maintenant ? De qui espérer une initiative salutaire quand la quasi-totalité de la population en avait réprouvé le principe ? Après avoir réuni un conseil des trois seuls justes de la bourgade, monsieur le maire opta pour un expédient fort mince : il octroya aux nouveaux venus un terrain vague situé en bordure d'une rivière. De là son nom, *les Bordes*.

Là, nouvelle difficulté : l'attribution des Bordes requérait l'assentiment du Conseil Municipal. Or, celui-ci, composé de l'élite des philanthropes qui s'étaient déjugés avec tant de promptitude, ratifia la décision majoritaire en votant d'une seule voix contre ce qui n'était pourtant qu'un pis-aller.

Au chapitre des techniques de louvoiement de la duplicité fanfaronne, il en est une qui consiste à plâtrer ses mauvaises raisons d'un grand luxe de prétextes fourbes délayés dans une ratatouille de motifs spécieux. Cette mayonnaise prend d'autant mieux qu'on se la fait mousser entre individus de même acabit. Il n'y a plus dès lors qu'à brocher sur l'ouvrage, en ralliant l'adhésion de ses congénères par de graves hochements de tête. Ce fut exactement ce que fit le porte-parole du Conseil : il invoqua le risque attaché à secourir des ingrats qui, nous le citons, *n'ayant que des poux et des lentes dans leurs cheveux, devaient en avoir autant dans leur âme*. Sempiternelle dialectique de l'égoïsme suspect à lui-même : à quoi bon se coiffer du voile de Mère Térésa puisque aussi bien on ne sera jamais payé de retour ? Car pour certains hommes, le mot offrande est synonyme de prêt sur gages. L'aumône ? Sans doute, mais avec remboursement indicé au marché de l'usure. Boursicoter sur l'obole du dimanche matin, cette pratique est plus en vogue qu'on ne le pense. L'état, du reste, y encourage. Preuve : il vous est loisible de défalquer vos dons de vos impôts.

Celui qui enseignait cette philosophie était un gros homme replet à dix mille euros de pension mensuelle, qui avait en son temps spéculé avec bonheur sur les vivres destinés aux pays du tiers-monde, et qui se vantait de palper une des fortunes les plus dodues du canton.[36]

– Que voulez-vous ? pérora-t-il, ces métèques viennent aujourd'hui tête baissée, en jurant leur dieu et leur diable que la sainte Vierge nous bénira ; et bien moi je vous le dis, demain ils nous voleront. Les pauvres, c'est comme çà, vous les aidez, ils vous sucent la moelle, et de fil en aiguille ils vous dévorent le cœur. Je les connais, ceux-là, ce sont des gitans, des tziganes, des mendigots, ça ne vaut pas la corde pour les pendre, ça vit de rapines et de magouilles ; si on n'était pas à une époque de récession, ils rouleraient en Mercedes et ils vous rouleraient dans la farine.

Sa face couperosée s'épata du sourire heureux de celui qui a réussi un tour de style :

– Et puis, reprit-il, nos femmes et nos enfants qui devraient les côtoyer ! Plus moyen d'aller et venir sans risquer de se faire agresser à tous les coins de rue. Je ne vous parle pas du bruit, avec leurs radios qui gueulent à fond la caisse, et leurs orgies jusqu'à des heures indues. Non, on se transige pas avec la sécurité ! Il faut se débarrasser au plus vite de ces... de ces... rastaquouères ! Qu'ils aillent quémander ailleurs !

Devant ces hautes futaies d'hostilité acariâtre, monsieur le maire, qui avait parfois des saintes colères, sentit la moutarde lui chatouiller les narines. Dans une *Lettre ouverte à ses concitoyens*, il vous en bâilla d'une bonne vessie par le nez de la populace de S... avec menace non déguisée d'enfler l'affaire en la diffusant aux medias, journaux, radios, télévisions et Internet. L'ultimatum était sec, cassant, sans un euphémisme ni un bémol. Le Conseil Municipal, le couteau sur la gorge, fut dans la douloureuse obligation de rajuster

[36] Pour faciliter les choses, nous parlons ici en valeur monétaire de 2015, date de la finition de ce roman, afin de s'éviter la peine inutile et fastidieuse d'une anticipation des cours des monnaies qui auraient eu lieu jusqu'à l'époque de 2020 où se situe le premier volet de ce chapitre.

son bonnet, de peur de susciter l'indignation de l'opinion, au cas où l'aventure viendrait à se divulguer en échos sonores trop retentissants.

Le lendemain, les Bordes étaient assignées à ceux que l'on appelait déjà les Bordiers.

Il est facile de prophétiser, après ce coup d'éclat, si le maire n'avait pas paraphé son arrêt de mort politique. Il avait toutefois encore une année de mandat à honorer ; il la consacra à parer au plus pressé. Pour bien pilonner sa ténacité, il fit voter une augmentation de la taxe d'habitation afin que les fonds collectés fussent dévolus à la construction d'une vingtaine de baraquements de fortune.

Le calcul était enfantin : vingt baraques coûtaient trente mille euros ; cette somme divisée par les onze cent soixante-trois foyers fiscaux de la cité, majorait la surtaxe à vingt-six euros par foyer, soit une hausse de vingt-cinq pour cent. On ne vit pas les vingt-six euros, qui n'étaient rien, mais on vit les vingt-cinq pour cent. La diatribe se déchaîna en braillements acidulés, dont voici un échantillon, comme qui dirait un micro-trottoir :

– Je vous l'avais bien dit qu'il nous pillerait ! C'est un démago...

– Il y a de la manigance politique là-dessous.

– Manigance politique ? Ma pauvre dame, vous connaissez bien peu les hommes, celui-là s'en met plein les fouilles, voilà tout.

– Il ne lui manque plus que le badge sur la poitrine, vous savez celui où c'est écrit *touche pas à mon pote*...

– Et la grosse bagnole qu'il se sera payée avec notre fric !

– Vous vous rendez compte pour qui il nous taxe ? Pour des moins que rien ; dans peu de temps ces crotteux feront la loi chez nous, à nous donner des ordres sur nos paliers.

– Ça fera comme dans les grandes villes, on sera pollué par cette racaille et on n'aura plus qu'à se cloîtrer chez soi !

– Le pire, c'est que s'ils vous dévalisent et que vous vous défendez, c'est vous qui allez en prison et eux ils s'en sortent les pieds propres !

Au reste, les gens de S... patientaient bonne aubaine pour cimenter au mieux les tympans, voussures, architraves et archivoltes de leur temple d'anathème ; monsieur le maire leur avait tout bonnement offert les têtes des Bordiers sur un plateau. Son offensive détermina ceux qui jusqu'ici s'étaient contentés à son égard d'une simple réprobation. Ils se liguèrent en masse sous les étendards des partisans de l'expulsion.

Malgré la fureur du cyclone, l'édile tint bon la barre. Il essuya l'aigreur, la scélératesse, tout ce que la hargne mal digérée fomentait de machineries sournoises et de calomnies contre un homme qui ne faisait jamais qu'accomplir son devoir. Dans l'impuissance d'invalider une décision administrative, on emprunta les faux-fuyants : les commandes s'égaraient, les fournisseurs subissaient des pressions occultes, la marchandise arrivait détériorée ou incomplète et il fallait la renvoyer, les prix différaient de ceux du catalogue, etc.

Trois mois s'écoulèrent entre la signature de l'arrêté et la construction des baraquements. Trois mois ! Pendant ce temps, les Bordiers enduraient d'effroyables souffrances. Comment se nourrir ? Comment se soigner ? Aidé des quelques rares samaritains échappés au naufrage moral de la localité, le maire se stimulait désespérément à colmater les lézardes béantes par lesquelles s'était infiltré une pénurie qui faisait chaque jour des ravages plus poignants. Labeur de Sisyphe qui lui montrait l'avenir avec horreur et le genre humain comme une succursale de l'enfer.

Ce dont les quidams de S… se targuaient, c'était que le maire passerait carrière concession après concession pour jeter l'éponge et capituler de lassitude. Sur ce tapis-là, ils distillaient leurs pions avec dextérité : la déficience des Bordiers s'était aggravée dans de telles proportions que lorsque enfin les baraquements remplacèrent les toiles rapiécées sous lesquelles ils croupissaient, dix d'entre eux étaient morts et une vingtaine d'autres ne valaient guère mieux.

Néanmoins, quoique à la Pyrrhus, la victoire de l'édile n'en était pas moins patente : les Bordiers avaient un toit, certains mêmes proposaient leurs bras pour les travaux agricoles contre quelques victuailles et médicaments qui soufflaient un peu d'air frais sur leur communauté. Pour les opposants, situation intolérable : ce maire n'était décidément qu'un marxiste qui fulminait son aversion des honnêtes gens en faisant la litière de la crapule. Ils aiguisèrent par représailles une parade bien tranchante, une de ces perfidies qui ruinent en un instant le fruit de longs et pénibles efforts.

Un détail, sinon anodin, en tous cas auquel personne n'avait songé, fut le détonateur de la contre-attaque. Ce détail, c'était celui-ci : les Bordiers étaient-ils de nationalité française ? Si oui, le chemin s'aplanissait devant l'officier et consacrait son succès en justifiant ses démarches.

Ils étaient roumains, hongrois et bulgares. Avec une rage décuplée, la réaction serra les rangs et, comme disent les anglais, fit le forcing.

Il est bon d'apprendre que l'on naviguait, dans ces années-là, au plus trouble des eaux politiques qui, pour avoir ratifié certaines lois draconiennes sur l'immigration, balançaient tout de même à enfoncer trop ostensiblement le clou de la rigueur planté par les diadoques[37] et les épigones de monsieur Pasqua et de monsieur Sarkozy. Chasser des intrus, soit, mais chasser des mourants, il y avait là le porte-à-faux d'une simple fermeté soumise aux impératifs économiques, à quelque chose qui retraçait fâcheusement les symboles de régimes de sinistre mémoire. On était d'autant plus incité à biaiser que les élections communales

---

[37] Les diadoques sont les successeurs directs, les épigones les successeurs des générations postérieures.

approchaient. On sait cela, rien ne fait fonctionner les usines à fabriquer les masques comme le voisinage d'un scrutin. Pour l'observateur attentif, ces montages de tréteaux de foire où grimaceront et gesticuleront les arlequins la grande pitrerie politicarde font hésiter entre la colère, le fou rire et la tentation de se cloîtrer dans un monastère jusqu'à la fin de ses jours. Car devant le navrant spectacle des fois jurées aussitôt trahies, des sourires d'épiciers vantant la fraîcheur de la salaison du jour, des lendemains mirifiques garantis par contrat à l'encre sympathique, des déclarations tonitruantes accouchant d'avortons mort-nés, des serments puniques postillonnés sans vergogne, on est tout à coup galvanisé par une irrésistible envie de prêter aux tirades d'Alceste[38] l'application misanthropique où elles invitent.

Pour l'heure, c'est-à-dire jusqu'au verdict des urnes, le dossier des Bordiers était classé aux archives temporaires, *in statu quo*. Comme la crapule ne recule devant rien, elle s'offrit le rafraîchissement d'une délégation ONG afin de prouver que les pékins de S... n'étaient pas des monstres, que diable, qu'ils se trémoussaient à cautériser les blessures des Bordiers de quelques onguents et vulnéraires, mais que si cela n'était pas plus efficace qu'un cautère sur une jambe de bois, ma foi c'était qu'il y allait un peu de la providence et qu'on n'y pouvait pas grand'chose.

Dix années s'écoulèrent.

Un nouveau maire avait été élu ; il s'appelait Hound, de ses prénoms Aloïs Victor Amédée. C'était un ancien colonel des transmissions qui avait vingt ans durant décoré de son incompétence et de sa pédanterie les bureaux d'une demi-douzaine de casernes de l'Hexagone. Ce Hound, confessons-le à son avantage, avait au moins la franchise de ne pas escamoter une virgule des thèses qu'il ânonnait du chef de l'école politique à laquelle il était affilié. Toute sa campagne

---

[38] Alceste est le personnage principal du Misanthrope, de Molière, qui voulait fuir dans un désert l'approche des humains.

s'était étançonnée à ce thème : *les immigrés, dehors !* Une fois bien carré dans son fauteuil bleu blanc rouge, son premier monitoire promulgua l'exil des Bordiers.

Il se heurta à plus d'obstacles qu'il n'en avait prévu.

L'affaire des nomades de S... avait fait tache d'huile, d'abord à cause de la persévérance de son prédécesseur, mais aussi grâce aux appuis qu'il s'était ménagé dans la presse de gauche ; celle-ci, épaulée par quelques leaders politiques, du reste plus opportunistes que sincères, s'était astreinte à tailler le plus de croupières possible aux extrémistes de la mouvance Hound. Ce n'était pas tout : une poignée de personnalités de renom entretenaient le ressentiment général contre le maire et sa clique en publiant ses exactions. Force fut donc à ce dernier de composer ; à contrecœur, cela va sans dire, mais enfin il s'exécuta et les Bordiers s'en trouvèrent soulagés de quelques amendements censés attester que leur sort était supportable.

Ce n'était qu'un leurre, une piperie à la perversité difficilement égalable : chaque fois qu'une visite était planifiée, Hound ordonnait le nettoyage des Bordes de fond en comble, distribuait de l'eau, soignait les malades, garnissait les tables, faisait la mouche du coche avec un empressement de commandant d'unité ayant à soutenir une inspection de ses supérieurs. Le procédé a été fort cautionné pendant la seconde guerre mondiale : rien ne brillait comme les camps de prisonniers lorsque déboulait une commission chargée de veiller au respect des conventions de Genève. La visite finie, la nuit enveloppait les détenus.

Il n'en alla pas autrement à S... : monsieur Hound s'arrangeait pour astiquer la devanture et tout le monde n'y voyait que de l'azur. Hound était un ambitieux, nous ne le verrons que trop, qui avait admirablement apprivoisé tous les avatars de l'improbité.

Comment, dans ces conditions, les Bordiers se seraient-ils soustraits au délabrement légiféré, avalisé, et orchestré de main de maître par cet homme qui combinait dans son verbe la suffisance démonstrative et la hâblerie volubile ? Trois ou quatre contrôles ayant délivré satisfecit, l'intérêt faiblit et le maire et ses acolytes se firent plus gaillardement que jamais une pâture de ces malheureux. Dans cette guerre tactique, Hound eut la finesse d'édulcorer la morgue incisive de ses déclarations discriminatoires sous une affabilité souriante du meilleur théâtre. Les Bordiers rétrogradèrent successivement de la première à la deuxième, puis à la troisième page des quotidiens, pour en être finalement biffés. La voie de leur agonie était défrayée.

Elle fut instrumentée avec un professionnalisme hors pair : on leur confisqua tout, eau, électricité, voirie, jusqu'aux fascines qui permettaient d'aller d'une baraque à l'autre sans avoir de la boue jusqu'aux chevilles. Quand on veut se débarrasser d'importuns, soit on va à la brèche, métaphore pour rentrer dans le tas, soit on va à la sape, c'est-à-dire qu'on adopte la solution du pourrissement. Hound choisit pour protocole de l'épuration de S... le seconde option qu'il bariola de cet épiphonème : *les laisser macérer dans leur jus*. Ce qu'il ne lui était pas praticable d'extorquer manu militari, le substitut de la rouerie y suppléa comme qui rigole.

Brusquement, au printemps de l'année 2032, une bombe éclata dans le beau pays de France.

Il n'est pas inutile d'instruire le lecteur de ce que les deux dernières élections, d'abord les présidentielles, puis les législatives, avaient été remportées par les partis traditionnels, mais à chaque fois d'un fétu, et avec les corollaires économiques et sociaux prévisibles que leurs détracteurs résumaient par cette sentence : échec cuisant de A à Z. Exaspéré par la désagrégation d'une conjoncture de plus en plus calamiteuse, l'électorat vira résolument à droite et hissa sur le pavois le Front National.

On ne le répétera jamais assez : l'émergence d'un parti comme le Front National est une sanction, on pourrait dire une désespérade. Ce monstre, que personne ne souhaite vraiment, ne découche de sa caverne que par défection des gardiens. Or, ces gardiens, qui sont-ils ? Ceux qui, ayant à gouverner les affaires pour le bien de tous, ont prêté serment d'allégeance à l'hydre de la mondialisation et lui ont inféodé les états. Ecœurés par les mensonges éhontés, les taxes abusives, le chômage galopant, les réformes superflues et somptueuses, les délocalisations des entreprises, les restructurations réduisant à la paille des milliers de sans emploi, démoralisé par les boniments et les surenchères de la rhétorique fallacieuse, les sophismes masquant les réalités, les prévarications impunies, les tiroirs-caisses forcés par décret, les gabegies légitimées par l'article 49, les incuries douillettement appointées, la fiscalité tyrannique, les iniquités, affligé par le laxisme, ce triste rechange de la veulerie n'ayant le courage ni de ses opinions ni de ses actes, le citoyen, désemparé, voyant ruisseler goutte à goutte de l'imposture en surplomb les prémices d'un avenir toujours plus sombre, se rabattit sur le Lépide du triumvirat politique dominant et l'investit du pouvoir comme autrefois les bourgeois de Calais avaient remis les clés de leur ville au roi Edouard.

Le raz-de-marée balaya tout au prorata de trois contre deux. Républicains, socialistes, écologistes, communistes furent submergés par la gigantesque houle qui écuma le pays. Le Front National, avec plus de 65% des voix, obtenait le triomphe le plus prestigieux de la Vème République. Un certain Le Chevalier, fils d'une ancienne cadre du parti, fut nommé Premier Ministre. Il réclama à grands cris la dissolution de l'Assemblée et la démission du Président de la République, laquelle fut entérinée après une empoignade digne d'une querelle de chiffonniers. Quelques semaines plus tard, la figure charismatique de l'extrême droite, successeur de Marine Le Pen, ceignait la couronne de premier personnage de l'Etat.

Parmi les promoteurs de cet avènement, combien pressentaient le désastreux chaos où allait s'abîmer la nation ? On avait réveillé Polyphème, on avait ressuscité les vieux démons expirants, on avait ragaillardi le tigre sénile par transfusion sanguine, ses feulements grondaient dans les amphithéâtres et sur les plateaux de télévisions, il affûtait ses griffes et ses assesseurs fourbissaient la lame de la guillotine réhabilitée ; de tous les horizons bruissait une clameur féroce de vendetta avec pour contre-point le martèlement des bottes renouvelant les défilés de Nuremberg et scandant au pas de l'oie les cadences martiales du Horst Wessel Lied.[39]

A S..., l'événement, salué comme l'aube d'un jour nouveau, sonnait, cela va sans dire, le glas des Bordiers. Ayant désormais les coudées franches, Hound décerna contre eux une loi ségrégationniste artistement jointoyée de cette allégation : *raisons économiques majeures*. Quant à peaufiner l'ouvrage, la malveillance n'eut aucune peine à y pourvoir ; voici comment il manœuvra.

Dans la bourgade sévissait un attirail de fils de bonnes familles un peu trop gâtés par l'oisiveté et l'argent facile, qui avaient échaudé la longanimité des tribunaux correctionnels en dégénérant de la vertu civique et civile par quelques menues fredaines. Ces jeunes gens, qu'une certaine ductilité de caractère exposait aux influences néfastes, de préférence les premières venues, étanchaient leur soif de frasques sous la houlette de deux ou trois forts en gueule industrieux à suborner ces oisifs damoiseaux un peu flexibles du ciboulot. Rien n'est plus usuel entre turlupins mal dégrossis que la fascination à se monter le bourrichon : de là une série de délits perpétrés par pur désœuvrement, histoire d'égayer la monotonie de la routine quotidienne et au besoin de se payer d'un peu de gloriole. Les aptitudes cérébrales de ces greluchons mesurant l'étiage qui en climatologie définit les zones arides, ils s'étaient fait pincer la main dans le sac dès le début de leurs toquades. On les morigéna, on leur fit la morale, en vain. Il fallut se roidir à un peu plus de sévérité. C'est là qu'intervint une sommité que nous avons déjà

[39] Chant des S.A. sous le régime hitlérien.

croisée, et qui n'est autre que la présidente de la Chorale de S... La pieuse béguine, toujours en curée d'une munificence, pourvu qu'elle s'ajustât au calibre de sa juridiction évangélique, fit son trophée de fleurdeliser la passementerie de son altruisme de dame catéchisme dont elle se pavanait et qu'elle brandissait comme un missel. Elle résolut de réintégrer les brebis égarées dans le doux giron du bercail accrédité par le curé Paulimane.

C'est une chose triste que les pays civilisés aient institué, sur le seul critère de la condition sociale, deux délinquances, l'une rachetable, l'autre irrémissible. La première traîne la savate dans des pavillons ou des appartements de 300 m², roule en voiture ou en tout-terrain, vitres ouvertes et musique techno à pleins décibels, va l'hiver à Avoriaz, l'été à Arcachon ou à Saint-Tropez, est calamistrée, pomponnée, peignée, coiffée, costumée du dernier chic, fréquente les boîtes de nuit à la mode, se lève à midi, dépense deux cents euros par jour, fume du cannabis, accessoirement sniffe un peu de coke, chausse des lunettes Chanel et des souliers Kicker's ou Clarks, enlumine d'un zeste de préciosité le jargon dont elle bredouille ce qu'elle appelle ses idées, consume des heures à s'abrutir sur des jeux vidéos de luxe, ne lit jamais un livre, hors Arlequin pour les filles et Auto-Moto pour les garçons, s'enivre au whisky à cinquante euros la bouteille, se dépucelle dans les règles à quinze ans, vitupère les *pédés*, snobe les pauvres, c'est à dire les moins riches qu'eux, teinte sa logorrhée de touches discrètes de xénophobie, entreprend de vagues études aussitôt délaissées par excès de bâillements, et fait par-ci par-là le coup de main, estimant entre autres originalités que c'est une excellente distraction que d'incendier les forêts.

L'autre délinquance a pour cellules des galetas, pour décor le béton, pour avenir au pire la prison, au mieux la mort par surdose de crack ou d'ecstasy, ronge son frein, rumine sa déchéance entre un estomac perpétuellement creux et une inexpiable boulimie de vindicte, mâche et remâche les humiliations des nantis, la rogue et la morgue des fats, la raillerie des imbéciles, les brutalités de la police, et superpose lentement mais sûrement en elle les épaisses strates de colère et de rancœur qui confectionnent ce produit fini, la haine.

La présidente, donc, soucieuse de chaperonner ses petits chenapans, suggéra à leur parentèle, sous le plastron du juge pour mineurs, de les confier à l'Association des Familles Catholiques Républicaines, l'AFCR.

L'AFCR, comme toute organisation qui se ramifie dans les étages inférieurs de la politique à galons, avait son temple, interdit au profane, où se célébrait un culte spécifique. Ce culte intronisait pour grands prêtres les hiérophantes de la déesse Nation. On y révérait Jeanne d'Arc, Napoléon et le maréchal Pétain. On y apprenait aux nouvelles recrues à abhorrer viscéralement tout ce qui ne ployait pas sous la férule du caporalisme hérité du Second Empire. L'Église y était fort vénérée et adulée, ainsi qu'une poignée d'institutions séculaires comme le service militaire de dix-huit mois et la communion solennelle, tous deux trébuchés de leur superbe d'abord à cause de mai 68, ensuite à cause des jacobins. Les jacobins, c'est le vieux mot pour socialistes. L'armée et ses antiques valeurs d'héroïsme pur et dur y faisaient l'objet d'un fanatisme qui culminait au cours d'immenses manifestations où la solennité des parades le disputait à la grandiloquence des discours. Tous les récipiendaires étaient conviés à rendre hommage-lige à la triple idole, Travail, Famille, Patrie. On s'y gargarisait pompeusement la glotte aux harmonies du *Veni Creator* et aux rhythmes à quatre temps de Sambre et Meuse, copinage traditionnel du froc et du shako. Toutefois, l'étude fondamentale de l'AFCR planchait sur le mécanisme d'embrigadement de la jeunesse au Nouvel Ordre. Le Nouvel Ordre, qu'est-ce que cela, me direz-vous ? En voici l'essentiel de la doctrine : une fois que les communistes, les socialistes, les écologistes, les conspirateurs, les prévaricateurs, les concussionnaires, les homosexuels, les philosophes, les intellectuels, les poètes, les artistes, les philanthropes, les antiracistes, les drogués, les juifs, les arabes, les tziganes et autres bâtards à face brune, une fois que toute cette lèpre qui ronge le corps sain de la planète aurait été éliminée d'une manière ou d'une autre, il n'y aurait plus qu'à parfaire le redressement du pays au son de la Diane et à étouffer dans l'œuf, c'est à dire dans les camps de réinsertion, la réaction contre-révolutionnaire. D'où l'urgence à habiller des plis sacrés du drapeau tricolore, comme de vivantes allégories, une élite de preux paladins pétillants de partir pour cette sainte croisade, sous la bannière du Christ tutélaire, vieille coutume dont Godefroy de Bouillon fut l'initiateur. L'AFCR section éducative, contribuait à façonner les *forces dynamiques de demain*, autre air connu. Son enseignement roulait sur des disciplines aussi variées et enrichissantes que le combat de défense personnelle, le maniement des armes et des explosifs, le prosélytisme politique, autrement nommé propagande, et par-dessus tout l'exécration viscérale de la liberté, cet auxiliaire incompressible de l'anarchie, comme chacun sait.

La demi-douzaine de rénitents mutins fut donc agrégée à une section de l'AFCR, l'AJC : *Action pour la Jeunesse Combattante*. Evidemment, l'AJC se prévalait de son égérie le Front National, lequel Front concoctait, cela tombait bien, un vaste programme purgatif du statut de naturalité. Il est vrai que les sillons gaulois, malencontreusement infectés de sang impur depuis plus d'un siècle, réclamaient une drastique besogne de curage. Les Bordiers, en première ligne de cette campagne cathartique, fournissaient la pierre de touche idéale des postulats réformateurs. Comme il est aisé de le présumer, il n'y avait pas un bigot parmi la meute des redresseurs de torts ethniques à qui pareille entreprise n'eût traduit la volonté de Dieu, lui aussi grand épurateur de races ainsi qu'il est écrit noir sur blanc dans le livre du Lévitique.

Une nuit de l'année 2032, c'était à la fin du mois de janvier, deux heures venaient juste de sonner, il faisait un froid glacial, le temps était sec de trois semaines. Miguelito, seize ans, dormait dans un des baraquements du fond des Bordes, en un endroit où le terrain s'adossait à de hautes clôtures clayonnées tout exprès afin d'empêcher les résidents d'avoir un accès, par ailleurs assez lointain, aux rues adjacentes. Ouvrage de terrassement dissuasif voté par le Conseil Municipal, afin, ce sont les paroles de l'un d'eux, *de préserver S... de la contagion.*

Le garçon qui avait le sommeil léger fut réveillé par un bruit extérieur. Ce bruit reproduisait celui de pas que l'on que l'on chercherait à amortir. Il se dressa sur son séant, allongea l'oreille et comme le bruit avait cessé, haussa les épaules et se recoucha. A ses côtés, sur le même grabat miteux, reposait son cousin Ramon, dix-sept ans, et une certaine Fiora, compagne partagée des deux jeunes gens : car dans la déréliction où moisissaient les Bordiers, il y avait belle lurette que la pudeur n'était plus qu'une abstraction et que l'amour, dernière arbre de joie auquel s'embranchaient l'indigence et la maladie, avait fait son deuil des notions de fidélité, de décence, et de cet assortiment d'usages qui règle les mœurs d'une collectivité civilisée. Pour les Bordiers, le sexe était l'unique palliatif à leur tragédie, et si l'on excepte six ou sept couples rebelles à ce libertinage, copulait qui voulait, dans un relâchement toléré de tous et approuvé par beaucoup.

Miguelito, néanmoins, ne se rendormit pas. Une sourde crainte l'oppressait ; tous ceux qui courent la fortune du pot savent à quel point l'instinct de défense s'affine au fil du temps. Miguelito avait acquis ce flair qui subodore l'anomalie là où elle fait patte-pelue.

Son inquiétude s'accroissait encore du rapport de deux anciens qui, la veille, avaient repéré, sur l'autre berge de la rivière, des hommes en uniforme qui lorgnaient le campement à la jumelle. Ce mauvais présage l'incita à s'embusquer en sentinelle. Comme le baraquement perçait ce que nous aurions volontiers appelé la place centrale, si cette dénomination eût désigné autre chose qu'un amas de boue fétide, il avait toute latitude de l'embrasser in extenso.

Miguelito sauta à bas du lit, écarta un vieux rideau troué et plongea son œil à travers une vitre fêlée. Rien d'insolite, a priori. Cependant il n'était pas du genre à se tenir quitte d'une apparence. Aussi prolongea-t-il son guet pendant quelques minutes. Soudain, alors qu'il s'acclimatait à l'obscurité et discernait à peu près les angles des autres baraques, il eut la sensation d'une présence derrière lui ; au même instant, une paire de bras l'entoura aux hanches. Miguelito sourit ; c'était Fiora.

– Qu'est-ce qu'il y a ? dit la fille, t'as la berlue ?

– Il y a quelqu'un dehors ! J'en suis sûr...

– C'est peut-être les gadjos...

– Pourquoi ils seraient là ? Pour quoi faire ?

– Une saloperie, comme d'habitude ; ils font que ça, avec nous.

– C'est des sales mecs, je vais me les faire !

– Calme-toi, calme-toi, ils sont dangereux, et puis tu vas t'empêcher de dormir.

– Je n'ai plus envie de dormir.

– Ah non ? Tu as peut-être envie d'autre chose ?

En prononçant ces paroles sur un ton langoureux, la fille avait enlacé de ses deux mains la taille de son compagnon ; les mains caressèrent un moment l'abdomen puis descendirent vers le slip ; une convulsion nerveuse lui certifia le bien-fondé de son initiative. Les doigts peaufinèrent leur œuvre bienfaisante sur une gibbosité en impétueuse tuméfaction. Quand elle fut au zénith de son apothéose, Fiora ôta le slip avec délicatesse. Miguelito fit face à sa camarade, le pénis plus dur qu'un obélisque et vibrant des palpitations d'un désir fiévreux. Lentement, il étreignit Fiora, introduisit ses cuisses entre les siennes, les desserra par un mouvement d'étau et, ses mains rivées sur les fesses, amalgama à lui le pubis aussi impatient que le sien ; la verge s'aboucha presque tout de suite à l'humide conduit, avant d'y coulisser dans un concert de halètements ; une suave démangeaison agaça sa virilité d'une onde de plus en plus intense. Il voulut hisser sa compagne sur le lit, mais la fougue de son adolescence était trop ardente : un spasme contractile libéra le flux qui jaillit en cinq ou six hoquets, tandis que deux plaintes de félicité ponctuaient la plénitude de leur extase.

Etourdis de plaisir, savourant cet instants inexprimables où les séquelles de la volupté assouvie s'exaltent dans un vertige qui en décuple le prix, ni l'un ni l'autre ne fit attention à une lueur orangée et irrégulière qui scintillait à travers la vitre. Quand à la faveur de ce reflet ils entrevirent leur nudité jusqu'ici voilée, l'enchantement s'évanouit. Au même moment, une odeur âcre envahissait la cahute. Miguelito se retira du vase où il venait de consigner le dernier volet heureux de son existence de malheur :

– Putain ! s'écria-t-il, ça schlingue l'essence !

Il poussa prestement la porte et se rua dehors. Il n'eut pas le temps de se rendre compte qu'un brasier dévorait tout le campement : une détonation claqua, le garçon s'affala dans la fange, le torse broyé. Une seconde plus tard, un objet rond roula sur le plancher de la cabane. Une formidable explosion la pulvérisa et pulvérisa les deux locataires.

Le lendemain, la gazette locale, dont le directeur exhibait la croix de Lorraine dans les grandes cérémonies, imprima sans rire qu'une rixe entre Bordiers avait dégénéré en tuerie. Aucune enquête ne fut diligentée. Un arrêté stipula que les Bordiers ayant usé de violence et provoqué mort d'homme, ils étaient jugés indésirables, *persona non grata*, et bannis de S….

Quelques jours plus tard, les derniers des Bordiers quittaient le champ de martyre où, treize ans plus tôt, ils avaient été fraternellement accueillis par ce second monseigneur Bienvenu qu'avait été, sans rochet ni chasuble, l'ancien maire de S...

Encore un mot, avant d'en finir avec les Bordiers.

Il faut confesser, à leur détriment, qu'en presque trois lustres, ils n'avaient pas fait grand'chose pour inspirer la sympathie ; qu'ils avaient érigé le vol en véritable institution ; qu'ayant été presque adoptés à titre de résidents définitifs, ils n'avaient eu de cesse de convertir le droit d'asile en droit de préemption. Ajoutez qu'une fois campés dans les baraquements, ils s'étaient conduits avec ce sans-gêne et cette insolence qui est le sceau des nomades à peu près partout où ils s'impatronisent et qui, quelque bénignité qu'on s'efforce de leur vouer, cultivent l'art de se rendre exécrables sous beaucoup d'aspects. Cette attitude ne contribua pas peu à exciter le ferment d'ostracisme dont ils eurent à souffrir ensuite. Dans les petites villes, le pérégrin n'est guère en bonne odeur, et la méfiance, qui ne demande qu'un renfort de combustible, se consume aisément en franche hostilité. Les Bordiers, d'abord victimes, s'étaient par degrés métamorphosés en importuns, et d'une espèce particulièrement détestable, celle qui ne prescrit de bornes à aucune prétention. Il n'en avait pas fallu davantage pour envenimer une certaine bienveillance du début. La xénophobie qui sommeille en chaque homme n'eut plus qu'à prospérer sur un champ fécond.

Durant ces treize années, la plupart avaient subi sans rechigner. Il n'en allait pas de même des plus jeunes. Ceux-là jugeaient d'un œil sévère l'apathie des adultes et s'étaient rassasiés de cette rancune dont tout esclave stimule à la longue le pouvoir corrosif. De là une impitoyable opiniâtreté à racketter S.... Ces Bordiers en rébellion agissaient la nuit. Virtuoses de l'évasion de couleuvre, ayant perfectionné la hardiesse silencieuse du chouan, insaisissables, vifs, capables de se dissimuler des jours entiers à l'abri d'une futaie, de disparaître au creux d'une caverne ou de se tapir dans les anfractuosités de la montagne, ils avaient fait chèrement payer leur infortune à leurs tortionnaires. Tout ce qu'ils chapardaient était soigneusement enfoui dans des recoins de forêt dont ils étaient plus familiers que Stofflet[40] ne le fut du bocage vendéen. Aucune piste de la gendarmerie n'aboutit à leur responsabilité dans les dommages infligés au bourg.

40 Stofflet était un des chefs de la Vendée, le vainqueur de Cholet, célèbre pour sa pugnacité indomptable et sa capacité à tirer parti des moindres accidents de terrain.

Celui-ci, d'année en année, se ressentait toujours davantage de l'insécurité qu'y faisaient régner ces invisibles pillards.

Les Bordiers expulsés, tous ne décampèrent pas pour autant. Il y eut des récalcitrants : six adolescents firent scission avec leurs aînés et rejoignirent le maquis en se promettant bien de rançonner le pays comme ils le faisaient depuis quelques mois. Sur ces six sécessionnistes, deux furent tués au cours d'un accrochage avec les gendarmes. Les quatre survivants s'enfuirent, et en dépit d'innombrables battues auxquelles participèrent une armada de compagnies de CRS, ils s'esquivèrent. Le hasard les mena sur le chemin occulte des Froides-Aigues, le Sillon, déniché on ne sait trop comment. Là, à l'écart des hommes, pour eux désormais irréconciliables, ils se firent un camp retranché d'où ils rayonnaient la nuit, et où ils revenaient au petit matin, épuisés et la plupart du temps bredouilles.

Quant aux autres, ils se volatilisèrent, engloutis par les ténèbres qui ensevelissent tous les déshérités de ce monde. On murmurait qu'ils avaient été internés dans des bagnes. Car le Front National avait exhumé les bagnes, un des deux piliers de soutènement de la politique répressive, le second étant la peine capitale. Certaines langues affirmaient qu'ils s'étaient glissés entre les mailles du filet et qu'ils avaient été quémander asile quelque part en Europe de l'est.

Le fait est qu'en avril 2038, S..., qui croyait enfin respirer, venait d'actionner les rouages de ce cycle infernal qui, selon la loi universelle du choc en retour, sanctionne infailliblement les méfaits commis aux dépens de ces êtres dont on oublie trop souvent que pour être défavorisés sur cette terre, ils sont, aux yeux de Dieu, nos égaux, c'est à dire nos frères.

Les écailles tombent des yeux

Olivier avait écouté le récit sans une interruption. Quand il fut achevé, il se murmura ce commentaire laconique : *je sais maintenant à quoi m'en tenir*.

– Je n'ajouterai pas un mot de plus, repartit monsieur de Pompignac ; vous êtes assez intelligent pour en tirer les conclusions adéquates.

Comme Olivier, absorbé par une profonde méditation, ne rétorquait rien, il enchaîna :

– Changeons de sujet : je vais vous donner quelque chose. Ne le négligez pas, c'est utile et ce pourrait même être indispensable.

– Qu'est-ce que c'est ? demanda Olivier.

Pompignac déposa sur la table une grande valise de cuir noir :

– Il y a là-dedans une trousse complète de pharmacie. Je l'ai eue de Tarvoine, l'apothicaire, qui m'a quelques obligations : seringues, sérums, médicaments divers, et le reste, le tout avec des notes afférentes à l'emploi des produits. Ça se conserve longtemps si vous le congelez, ce que je vous conseille de faire dès demain. Consacrez quelques heures à vous familiariser avec ce dispensaire et surtout avec son usage. Quand on vit retiré, ce genre de précaution n'est pas superflu.

Olivier remercia, monta dans la chambre d'amis qui lui était allouée, se planta face à la fenêtre, écarta les rideaux, considéra au loin le halo jaune de l'éclairage public, secoua le chef amèrement, se coucha et dormit mal. Le lendemain, en dépit des insistances de son hôte, il rentra seul chez lui.

Ce cœur tendre altéré de justice et de fraternité, essuyait un cataclysme. Côtoyer la mort, et quelle mort ! c'était déjà quelque chose. Apprendre ce qu'il avait appris comblait son écroulement intérieur. Pourtant, ce qui dominait dans ce chaos, c'était moins la colère que la tristesse. La tristesse vient après l'indignation, elle en est la face résignée. Elle constate et pleure ; c'est sans doute pour cela qu'elle est sublime. Les larmes du Christ auront toujours juridiction sur l'anathème de Luther. Chose étonnante, le garçon n'éprouvait ni véritable haine contre S… ni franche révolte contre la société. Il lui semblait qu'il aurait péché par excès, qu'il n'aurait peut-être pas vraiment su qui haïr, et que son jugement eût été faussé d'avance. Il allait à tâtons dans une brume épaisse derrière laquelle s'estompaient des approximations. Ainsi donc, depuis presque un mois, ce qu'il fréquentait était un nid de vipères où les duplicités se lambrissaient de sourires ouatés censés absoudre la complicité solidaire d'une ignoble crapulerie ! Mais le moins effarant n'était pas que la révélation du comte replaçait sur une égale balance les bourreaux et les victimes. D'un côté l'aversion née de l'humiliation du déshérité salivant l'aisance du riche ; de l'autre l'aversion du nanti ayant pour tableau continuel un paradigme social dérangeant et s'en détournant avec horreur. Ici, l'envie avec son corollaire, la convoitise, la jalousie, tous les griefs entretenus par l'avilissement d'une condition servile ; là, le dédain et sa séquelle, l'indifférence, l'égoïsme, la sécheresse de cœur ; entre les deux, l'éternel tombe que l'homme creuse pour l'homme et où se joue la bacchanale de tous les vices en copulation accouchant d'un monstre.

Le monstre avait rugi. Les Bordiers et les bourgeois de S... en partageaient la difformité. Car pour Olivier, les Bordiers ne valaient guère mieux que ceux qui les avaient aussi impitoyablement traités. Certes, leur tranchée de misère dont on avait fait, en quelque sorte, une ligne de démarcation, induisait à indulgence, et si la méditation qui déconcertait le jeune homme ne s'était arrêtée qu'à cet aspect, tout se résumait en un scénario manichéen sans nuances, le mal s'incarnant dans S… et le bien dans les Bordiers.

Ce n'était pas si simple.

Les Bordiers, persécutés, n'avaient-ils pas été persécuteurs à leur tour ? Détestés, honnis, martyrisés, ne s'étaient-ils pas rendus coupables à peu près des mêmes perversités que leurs tortionnaires ? Pendant la brève période de leur relative quiétude sous le ministère du premier maire, n'avaient-ils pas remboursé ses bienfaits de l'ingratitude la plus noire ? Ils avaient oublié la sainteté de leur sauveur et au lieu de susciter l'estime, chose naturelle quand on est foncièrement honnête, ils s'étaient plastronnés de son égide pour s'adonner à leurs malversations et s'en applaudir. Leur progéniture avait terrorisé le bourg, les délits s'étaient multipliés, leurs baraquements débordaient du fruit de leurs larcins, et cela dans une impunité d'autant plus grave et plus irresponsable que chacun savait pertinemment qui faisait quoi. Mais c'était l'époque du socialisme abêtissant, démagogue, flagorneur des masses, plus occupé de bouillir du lait à l'électorat que d'exercer l'équité, seule garante de la paix civile et qui plus est, le meilleur remède, le seul peut-être, contre le racisme et la délinquance. Le socialisme évincé, qui avait investi la place ? Le Front National. Extrême faisant la pige à un autre. L'étau s'était resserré sur les Bordiers. Ils acquittèrent au prix fort le solde de leurs brigandages.

Olivier fut de longues heures en proie aux cinglantes objurgations de sa conscience et aux redoutables perspectives qu'elles profilaient à son horizon. La chorale n'était qu'une pétaudière de cafards, sa présidente une hégérie de Hound, S... une sorte de république de *Saló* incarnée dans la toute-puissance d'un homme qui régnait en potentat et faisait tout plier sous lui.

Le garçon était désorienté. Lui qui ne nourrissait qu'une ambition, cultiver son jardin à bonne distance de la vaine agitation des antagonismes et des querelles de clochers, voilà qu'il défrayait la chronique, et cela sous deux optiques radicalement opposées, par le talent et par un fait divers. Le talent lui aurait peut-être été compté pour quelque chose, mais le fait divers l'entachait d'une flétrissure qu'il prévoyait indélébile.

L'éventualité d'une démission lui trotta dans la cervelle. Il y renonça, par probité, un contrat le liant jusqu'au concert de clôture de la saison. Olivier, garçon littéral s'il en était, se dompta à en respecter scrupuleusement les termes. Cette fidélité à sa parole le réintroduisit donc malgré lui au sein du pandémonium, mais, allez concilier les contradictions de ce monde, où s'épanouissait une pure merveille, la musique, comme on dit que jadis les harpies chantaient les vers d'Eschyle.

Rétrogradons une fois encore, une quinzaine de jours avant l'épisode du meurtre d'Hippolyte.

Section 3 : une brève carrière

Une dévote revêche

Madame Artémise Touchapire – ces prénoms et patronymes-là ne s'inventent guère… – était une créature sèche, rêche, oblongue, rigide, dont la physionomie oscillait entre le monolithe et la momie. Ses joues de papier mâché se recrutaient d'un quadrillage de sillons qui l'assimilait à ces vieux palimpsestes où les anfractuosités, les alvéoles et les fissures témoignent la puissance du principe d'érosion. Certains êtres ressemblent à une étude géologique. Madame Touchapire était imprégnée de ces attributs de grimoire. Mieux qu'imprégnée, imprimée. Elle avait ce qu'on nomme la vieillesse précoce, sans doute par excès de pudibonderie. Trop de génuflexions compliquées de trop de marmottages avaient à la longue enluminé son portrait des stigmates par excellence de la dévote, le raidissement de l'échine et le pincement des lèvres.

Dans le genre cagot, madame Touchapire cumulait les emplois de vestale promue grenouille de bénitier par inspiration mystique. Elle pratiquait de l'une les vapeurs et de l'autre les pâmoisons. Ces aptitudes n'ayant pas satisfait sa soif d'idéal, elle y greffait celle de dame de catéchisme de la paroisse. Il est vrai que les catéchumènes ne se pressaient pas trop au tabernacle, sans doute à cause du front de la prêtresse, sévère, et de ses yeux, chassieux ; symptômes qui attestent généralement l'hypocondrie de la conscience. C'était une femme qui, paraît-il, avait eu une jeunesse. Elle avait profité de cette jeunesse pour épouser monsieur Touchapire, directeur d'une grande banque régionale. Du reste, riche elle-même par ses parents dont elle était fille unique. On murmurait que ses biens se montaient à quelque chose comme deux millions d'euros, mais il est vrai qu'on murmure beaucoup dans les petites bourgades et il faut être minutieux avec les commérages.

Madame Touchapire confinait son existence entre ses deux sanctuaires favoris, l'AFCR et la sacristie. Elle était en odeur de rosière auprès du curé Paulimane, qui lui susurrait toute l'année des patenôtres avec l'effusion sucrée d'un directeur moral sûr de son affaire. On ne sait trop ce qui transpirait du baragouin d'un apôtre accoutumé aux inhalations du Splendor Veritatis et des épîtres de Paul ; toujours est-il que madame Touchapire sortait de ces chrêmes pour courir à confesse dont elle avait fixé elle-même les séances à une par semaine ; *délai nécessaire au péché*, disait-elle, *pour endommager une âme comme la mienne*. On le voit, nullement présomptueuse et avouant avec une touchante humilité qu'on a beau avoir été catapultée par la main divine dans le cercle des élus, on n'en est pas moins imparfaite ici-bas.

Madame Touchapire avait écrit un livre ; aussi s'était-elle bombardée femme de lettres. Ce livre était sa gloire et elle rougissait quand on le lui rappelait. Il appartenait à une espèce rare aujourd'hui disparue, la glose sociale. Monsieur Hound, le maire, quoique peu curieux de nouveautés littéraires, en avait imposé l'étude à l'école communale. Son titre, *Considérations sur le péché lié à la tentation*, annonçait la matière. C'était une façon d'essai philosophique tout ébouriffé de sainte révolte contre les perversions du siècle, où la plume de madame Touchapire vous les clouait au pilori comme nous ne doutons pas qu'elles le méritent. Le père Paulimane, qui avait lu sans bâiller ces trois cents pages, en avait troussé l'éloge au cours d'un fort beau sermon conclu par ce remarquable épiphonème : *recueil qui en dit plus long qu'on ne croit*. Une édition à cent exemplaires avait vu le jour, dont quatre-vingts se morfondaient, rongés des vers dans les cartons. Nous ne résistons pas au plaisir de citer un extrait, d'autant plus éloquent qu'il donne le ton du reste. Cette anthologie illustrait le chapitre quatrième, intitulé : *La tentation des enfants est-elle liée à leur environnement ?*

« On dit que l'enfant impubère n'a pas les tentations de la chair. C'est faux ; de jeunes garçons de douze ans ont été vus dernièrement déshabiller une de leur camarade et un adulte qui passait leur a dit que c'était mal, sinon Dieu sait, dans son infini bonté, ce qui serait arrivé. Cependant, il vaut mieux être coule[41] *que sévère. Le vice dort en chacun d'entre nous, et il faut faire attention, surtout les parents qui ne le font pas toujours. Par bonheur, nous n'en sommes pas là. Le Seigneur nous a gratifiés, nous habitants de S..., d'une certaine innocence ; c'est de la pureté, mais il ne faut pas croire qu'on l'a comme cela, automatiquement. C'est au contraire un effort permanent qu'il faut faire pour elle, et toujours être prudent, parce que si on n'y fait pas attention, elle vient en nous comme un voleur. Regardez les Bordiers, ils ont du vice afin que nous n'en ayons pas. Leurs enfants sont sales et peccamineux, il est certain que Satan court parmi eux. Leurs garçons se montrent à tout le monde, leurs filles de perdition vont sans sous-vêtements et excitent les garçons en s'asseyant sur des rochers et en ayant les jambes écartées. Il y a même du pire mais je ne peux le dire ici parce que ce serait choquant, c'est les garçons qui font avec les garçons comme avec les filles. (...) »*

Accessoirement, madame Touchapire organisait des collations où elle conviait la progéniture des citoyens affiliés à l'AFCR. Nous avons longuement évoqué l'AFCR, c'était la ligue puritaine du cru ; cette coterie empruntait ses articles au dogme de l'Immaculée Conception, création de Pie IX réactualisée par les caudataires de la Congrégation de la Sainte-Ampoule, sous la présidence de monseigneur

---

[41] Sic

Fideficta, prélat bien connu. Madame Touchapire y assumait le rôle enviable de dame de vertu en instruisant les parents des chers petits à la surveillance assidue de leurs prières avant coucher et à la position de leurs mains pendant le sommeil. En guise d'allégorie à cette édifiante liturgie, elle recommandait d'accrocher au-dessus de la tête du lit de chacun de ces bougres de garnements, une façon de tableau, fruit des élucubrations évangéliques de quelque rapin obsédé par le péché, qui représentait un gentil garçon à sa maman sagement couché, les deux bras bien à plat sur l'édredon, avec cette légende en anglais : *a good boy always sleeps with his hands above the covers*.[42]

Madame Touchapire était épaulée dans son apostolat par le père Paulimane et un certain René, membre de l'AJR, section militante de l'AFCR. Nous aurons l'occasion de reparler de ce René. Disons pour ébaucher le personnage qu'il arborait l'inquiétante silhouette d'un échalas de dix-neuf ou vingt ans, dont la face boutonneuse et les petits yeux cruels se distribuaient entre le spadassin à gages et le sacristain de *Tosca*.[43] Madame Touchapire chaperonnait le René sous le mobile d'une résipiscence de fraîche date, le drôle ayant un moment rompu sa gourme en compagnie de quelques dévoyés de sa trempe ; afin de fignoler son absolution, on l'avait commis aux tâches de maintien de l'ordre, exercice dont il se tirait avec brio. Précisons qu'il vouait aux Bordiers une haine féroce. On racontait qu'il s'était distingué dans les rangs des héros de la *nuit de l'épuration finale* où trois baraquements avaient volé en éclats. On chuchotait aussi qu'il avait profité de cette récréation pour joindre l'utile à l'agréable et s'offrir la fantaisie de quelques viols.

---

[42] Un bon garçon dort toujours les mains sur les couvertures.

[43] Tosca, opéra de Giacomo Puccini, livret de Luigi Illica et Guiseppe Giacosa, d'après la pièce de Victorien Sardou.

Le fait est que Madame Touchapire aimait René *ainsi qu'un fils spirituel.* Les prudes ont souvent de ces élans envers les jeunes hommes, surtout s'ils portent des pantalons moulants, ce qui était le cas du René.

Quand Olivier s'agrégea à la chorale, il ignorait évidemment tout ce qui vient d'être dit. Par conséquent, il ne se doutait pas de ce qui l'y attendait.

Dignus est intrare [44]

Pendant que l'enquête sur le meurtre d'Hippolyte piétinait, les trois huttiers suspects s'étant volatilisés dans la nature, Olivier rongeait son frein : car en dépit de son premier témoignage, censé décisoire, d'autres convocations lui avaient été signifiées. Outre qu'elles l'astreignaient à d'incessants allers et retours à S…, ces interrogatoires *pour compléments d'information* contrariaient le bon déroulement des répétitions. Inutile de préciser qu'à la chorale, ainsi que l'avait prévu le comte de Pompignac, les chuchotements, les palabres de couloir, jacasseries et autres bavardages tourbillonnaient autour de l'adolescent en une nuée de tapage confus et importun où sa patience était à rude épreuve.

Que l'affaire d'Hippolyte se fût ébruitée à grandes hyperboles, cela n'étonnera personne : les mentalités campagnardes ne sont jamais longtemps sans renifler le bon scandale à cancaner. Seulement, comme ce nom, Bordiers, exhalait tout de même quelques relents nauséabonds, étant lié à un fait d'armes peu flatteur pour la mémoire collective, l'inévitable schisme qui mijotait ne tarda pas à éclater : d'un côté, les cervelles démangées de ce prurit de la conscience qu'on nomme remords, adoptaient la posture du chien couchant, rasaient les murs et s'ingéniaient à causer d'autre chose. De l'autre le noyau dur des extrémistes pure souche clabaudait à qui voulait l'entendre que le réchauffé d'une péripétie anachronique, par conséquent susceptible de prescription, homologuait de lui-même la modalité d'absolution définitive d'un sentiment de culpabilité bon pour les faibles. Entre les deux tendances, la balance avait

[44] Il est digne d'entrer, formule empruntée à la cérémonie burlesque du Malade imaginaire de Molière, et qui s'emploie à l'occasion d'une admission dans une corporation ou une société.

d'abord été en équilibre instable, avant de surcharger massivement le second plateau. Une fois confortée, cette majorité, par l'ambassade de son représentant légitime monsieur le maire, se hâta de trompeter la légitimité de ses actes comme service rendu à la communauté. Il en va toujours à peu près de même : ayez de la faconde et de la morgue, assaisonnez l'importance dont vous vous coiffez de vociférations tonitruantes, vous êtes sûrs de rallier les suffrages. La crainte et l'imbécillité sont les plus fidèles auxiliaires de l'ambition. Le jour où les meetings politiques seront chômés d'auditoire, l'humanité aura fait un pas de géant.

La légende circula bientôt que le responsable de ce fâcheux réveil des éphémérides locales était une espèce de demeuré qui vivait dans une bicoque croulante et crasseuse, qui ne fréquentait personne, et qui, comble de l'insolence, était riche. L'imagination populaire enjolive volontiers ses affabulations d'un luxe de broderies : ainsi Olivier avait-il cinquante ans, était hirsute, malpropre, parlait par onomatopées et traînait à ses basques une meute de chiens féroces qui ne le quittaient jamais. La fiction courut pendant une bonne semaine, enrubannée de cent détails pittoresques. Quand le portrait du vieux bourru se rectifia de lui-même en un tout jeune homme, l'embarras d'avoir à faire amende honorable inspira aux bonnes gens de se rabattre sur la mentalité à coup sûr peu louable d'un méchant drôle acoquiné aux Bordiers dont il avait épousé les vices.

Ces fluctuations de l'opinion publique eurent au moins un effet favorable, elles permirent à celui qui en était la cible de passer, comme on dit, entre les gouttes. La discrétion naturelle d'Olivier cautionnant cet incognito, l'adolescent eut toute latitude de vaquer à ses activités musicales sans rameuter les curieux.

Quelques jours avant son aventure avec les quatre ex Bordiers, il entra donc à la chorale sous l'égide de Madame Touchapire. Je dis *il entra*, et non *il fut reçu*. J'aurais pu ajouter :

de plein saut. Il y eut dans ce franchissement d'un seuil périlleux la froide témérité de César violant le Rubicon.

La bonne dame le glorifiait déjà à l'égal d'un demi-dieu descendu tout exprès du ciel empyrée, sorte d'ange aux ailes armoriées de portées dans les trois clefs et étreignant amoureusement la harpe céleste. Son œuvre, il est vrai, impressionnait les plus pointilleux mélomanes : les six cantates de la Saint-Jean, qu'il venait de proposer en lecture privée, rassemblaient de retentissants éloges et contribuaient à grouper autour de sa personne une pléiade d'admirateurs inconditionnels dont la Présidente entretenait la ferveur avec une allégresse de nymphe sur le retour.

Une des conséquences de la renommée d'un maître aussi précoce, c'est que la déférence qu'on lui vouait se départissait entre la sollicitude et la familiarité ; la sollicitude allait au musicien, la familiarité au jouvenceau. Beaucoup parmi ses adulateurs étaient persuadés que ce soleil levant allait tout éblouir et que S… figurerait à jamais au zénith mondial des cités artistiques. Madame Touchapire, mentor du prodige, veillait à la mise en page de sa carte de visite et lui brûlait de l'encens à qui mieux-mieux, histoire de ratifier officiellement sa dévotion.

En constatant le ridicule, Olivier démasqua l'artifice, ce qui fit qu'il flaira aussi le piège. Il se convainquit bientôt que la chorale n'était rien de moins qu'une annexe de l'AFCR, avec toutes les sauces. Quelque flagorneries et caresses dont on l'abreuvait, il recueillit preuve sur preuve que la vénérable duègne, sous ses airs avenants, cherchait à lui défrayer une voie de traverse passablement scabreuse. Dès lors, il redoubla de vigilance. Il faut peu d'art aux nez sagaces pour humer le vent dominant. Olivier suppléa nettement les points de suspension qui terminaient les phrases, les perspectives en estompe que résumaient les sourires affectés, les empressements obséquieux, l'attirail de protestations de service et de zèle dont il était le foyer névralgique. Quant au décor, tout à l'avenant : trop de bleu blanc rouge sur les costumes, trop de maximes nationalistes en exergue aux frontons des salles, trop de portraits de maréchaux dans les cadres. Cette surabondance de passementerie patriotique fit sur le récipiendaire un désagréable effet de salon réactionnaire au petit pied.

Le jeune homme ajusta donc la seule résolution qui lui garantissait une certaine indépendance avec ce milieu louche, il se limita au strict objet de son mandat, la musique, en faisant bien comprendre qu'il ne serait jamais un membre de l'AFCR, pas même un sympathisant.

Cependant, les répétitions se succédaient dans une ambiance passionnée, et la fièvre, un moment détournée de son objet par la parenthèse que l'on sait, ne cessait de croître avec l'imminence de la date du concert. Celui-ci obtint un triomphe étincelant. Nous ne nous éterniserons pas sur les minuties de ce qu'il faut bien appeler la consécration d'Olivier, ce serait un chapitre trop volumineux. Disons pour résumer que l'ovation du public confina au délire, que les six cantates soulevèrent de fastueux dithyrambes et que l'auteur interprète fut plébiscité comme il n'était pas advenu depuis la première d'Otello à la Scala, le cinq février 1887. Madame Touchapire trépignait et frémissait de toutes les molécules de sa fibre catholique. Un quart d'heure d'applaudissements et de rappels gratifiés de quelques *bis* et *ter* immortalisèrent un spectacle dont la gazette locale relata l'enthousiasme qu'il avait suscité, dans son style de gazette, et dont nous extrayons ici quelques lignes :

Le concert de la Saint-Jean était, cette année, spécialement attendu, puisque le grand orchestre régional, habituellement sous la direction de monsieur F..., avait été confié à un nouveau chef, invité pour la circonstance, et qui rappelait les heures glorieuses de Roberto Benzi, à quelques années près. Tout le monde a entendu parler de ce jeune talent de dix-sept ans, Olivier Lorenz. Il est vrai que notre maestro n'a pas défrayé la chronique qu'à travers la musique. Le malheureux fait divers qui l'a placé au centre d'un débat auquel notre belle ville n'est pas habituée y fait une tache dont tout le monde se serait passé. Consolons-nous en nous rappelant que Gesualdo[45] *a eu lui aussi des comptes à rendre à la justice ; cela n'enlève rien à son génie. Mais peut-on parler de génie avec Olivier Lorenz ? La question se pose, évidemment, parce que l'époque en est avare, surtout dans l'art, où les colifichets prennent si souvent le pas sur l'authentique. Comme disait un grand homme, "le succès ne prouve pas toujours le mérite" ; alors, si notre héros a connu le succès, il reste à définir la part de mérite qui lui revient.*

Il faut bien reconnaître que les six cantates que nous avons entendues ont de quoi séduire même l'oreille la plus exigeante, Je ne dirai pas, comme monsieur Frédéric Lodéon, l'éminent violoncelliste et animateur de plusieurs émissions, tant sur France Musiques que sur France Inter, et qui nous faisait l'honneur d'assister au concert, que c'est une "splendeur nouvelle", mais force est de confesser que venant d'un tout jeune homme, il y a de quoi être séduit. Mais laissons la parole à Frédéric Lodéon lui-même :

« Le style délicieusement modal dans lequel sont écrites ces pièces, les innombrables et discrètes allusions au genre espagnol de l'époque de Victoria, les petites percées vers un atonalisme sans heurts, et cette façon d'accommoder aux rigueurs du classicisme une veine que l'on sent résolument romantique, font de ces morceaux un magnifique raccourci de cinq siècles de musique religieuse. La cinquième, principalement, m'a paru la plus forte, celle dont l'expression va résolument à travers les courbes du temps en glanant çà et là la moisson de richesses qui y ont été déposées. La première est une suave introduction à l'amour.

---

[45] Carlo Gesualdo, prince de Venosa (v. 1566 – v. 1614), auteurs de madrigaux d'un style très recherché, avait entaché sa vie musicale de crimes, notamment celui de son premier fils.

La deuxième est une rêverie bucolique qui n'est pas sans évoquer Jacques Ibert ; la troisième, plus agitée, a quelque chose d'inquiétant, sous des dehors mahlériens ; on se rassure avec la quatrième, dont le thème central, très belle paraphrase sur la vie éternelle, est d'une somptueuse ligne mélodique ; j'ai évoqué la cinquième, à mon avis la plus audacieuse ; la sixième, enfin, clôt la série en exploitant un langage extrêmement original, qui semble emprunter à la psalmodie modale l'espèce de dépouillement métaphysique où il atteint. De ce point de vue Olivier Lorenz est un novateur, mais un novateur qu'on pourrait intituler résumeur. Comme Mozart, il n'invente rien mais réinvente tout. Nous attendons avec impatience sa Messe Solennelle à quatre voix que nous devrions découvrir cet hiver. »
Si ce grand critique parle ainsi, alors Olivier Lorenz est un grand musicien, et il faut s'en tenir là. On regrettera néanmoins que la lyre se soit dévoyée, heureusement de manière provisoire. Hélas, solitude et jeunesse ne font pas bon ménage. Nous espérons tous que madame Touchapire, qui l'a si bien guidé jusqu'ici, saura corriger les erreurs de jeunesse auxquelles notre virtuose a eu la faiblesse, bien pardonnable à son âge, d'être impliqué. Et comme je citais cette excellente muse de tous ceux qui ont besoin d'aide morale, madame Artémise Touchapire, qu'il me soit permis, en lui rendant hommage, de m'adresser à son jeune protégé : si vraiment il est animé du désir de faire aussi bien en morale qu'il dépose de grâce et de beauté sur une partition, qu'il se range donc sous la tutelle de sa protectrice, qu'il s'en remette à sa piété et qu'avec contrition, grâce au talent que lui a donné Notre Seigneur, il quitte les sentiers poussiéreux de l'errance pour une rédemption complète à l'abri du sanctuaire où il lui a été donné de trouver refuge, comme le berger au milieu de la tempête. Ô Providence, toi qui sais te dévoiler à ceux des pécheurs à qui tu donnes l'alternative d'entre la vertu et la perdition, prends pitié de cette âme et qu'une foule de mérites puisse y racheter un

seul manquement. Et puis, n'est-ce pas l'enfant prodigue qui fut loué ? Oui, Olivier Lorenz sera cet enfant prodigue après avoir été l'enfant prodige, car il serait inconcevable que Dieu ait mis dans une âme si charmante un cœur corrompu.

Adhémar Mitheux

Du jour au lendemain, grâce à Olivier, le petit bourg de S... fut hissé sur le pavois de la notoriété internationale. Pendant quatre soirées, le canton vécut dans cette excitation des premières qui, au dix-neuvième siècle, faisait dire à un critique italien : *on ne vit plus, on ne respire plus, le moindre ouvrier attend l'événement : ce soir, on joue le nouvel opéra du signor Verdi.*

A la cinquième soirée, le cycle de ce qu'on appelait *les musicales de S...* s'acheva en véritable péroraison avec la neuvième symphonie d'Anton Bruckner. Olivier professait pour cette œuvre un culte quasi hiératique. Soit dit en passant, Bruckner a été longtemps relégué au second plan dans la hiérarchie des compositeurs. D'éminents critiques, dont le savoureux et intransigeant Antoine Golea, lui ont décerné la médaille en chocolat d'un croque-note vide, lourd, pataud et foncièrement désuet. Le temps, qui décante toute chose, a fait justice de cette injustice. La musique de Bruckner est une énigme. Ses deux dernières symphonies sont une passerelle bâtie vers un ailleurs qu'il pressentait autant que Beethoven dans ses ultimes quatuors à cordes. Dieu se manifeste aux hommes là où leur âme est la plus réceptive. La musique, langage universel, est un de ces canaux par lesquels l'haleine du monde d'en haut souffle sur le monde d'en bas afin qu'en le sanctifiant il l'élève jusqu'à lui.

Il va sans dire que la dernière prestation de la série devait couronner son apothéose avec le traditionnel dîner de clôture.

C'est ici que l'intérêt commence.

Le repas de Damoclès

Le dîner rassemblait, en plus d'une trentaine de choristes, la fine fleur de S… dont voici ce que les Américains appelleraient le *casting* : outre madame Touchapire et monsieur, ainsi que leur fille Clarisse, monsieur le maire Hound flanqué de son épouse ; monsieur le comte Louis-Honoré de Pompignac, président d'honneur, quelques notables du cru, dont le pharmacien Tarvoine et le médecin généraliste Fourdiais ; une paire de beaux esprits de la nuance pyrrhoniste, un prêtre non réfractaire, le père Paulimane, curé de la paroisse et rejeton de l'ordre des Camaldules qui était celui de Grégoire XVI, lequel, c'est Victor Hugo qui le rapporte, qualifiait ainsi la presse : *gula ignea, caliga, impetus immanis cum strepidu horrendo*[46] ; trois béguines accourues spécialement d'Arcachon où elles avaient résidence d'été, et qui cartayaient depuis des lustres dans l'ornière de Paulimane ; enfin, madame Eusèbe, vieille affidée de madame Touchapire, et un certain Canulle, président de l'Association de Chasse Agréée de S..., garde-chasse communal, propriétaire d'un domaine viticole de deux cents hectares et Président Directeur Général d'une entreprise de transports, la société Canulle.

Olivier, comme de raison, était le confluent des louanges, l'épicentre de l'adulation générale qui lui charriait un flot ininterrompu de compliments. Les dévotes, particulièrement, rivalisaient de superlatifs à son égard. Il est de coutume, avant d'ouvrir le ban des agapes, de solenniser l'avènement d'un prodige par une allocution ; aussi monsieur le comte improvisa-t-il un panégyrique de fort bonne facture. Les pyrrhonistes mêmes, ordinairement avares d'applaudissements,

---

[46] Bouche de feu, ténèbres, mouvement violent et monstrueux qui fait un bruit horrible.

car doutant que la musique existât, voguaient au gré du courant dominant et acquiesçaient dignement. Madame Touchapire, sur qui rejaillissait les embruns de la gloire de son protégé, récapitula à son tour ses mérites dans un *vibrant hommage*, locution à la mode. Le père Paulimane assura que tout talent était d'essence divine, ce que nous ne lui contesterons pas. Madame Eusèbe ne trouvait rien à dire, quoiqu'elle eût arrondi la bouche en cul de poule. Tarvoine et Fourdiais affirmèrent qu'on ne pouvait vivre sans musique, autre vérité rare. Canulle soutint mordicus qu'il avait failli être un grand musicien, ayant pendant sa jeunesse couiné de l'accordéon dans les gargotes. Seul le couple Hound n'adhérait pas à la liesse. La femme surtout, masque de laideur à concurrencer Méduse, lorgnait Olivier à peu près comme un Kossovar lorgnerait un Serbe. Cette femme ne nous est pas tout à fait indifférente ; nous l'avons entr'aperçue fugitivement sous la plume d'Olivier dans sa lettre à ses camarades de l'internat.

Ces préliminaires consommés, l'ambiance avait rapidement glissé du ton cérémonieux à celui de bon enfant. Les gloses épulaires allaient bon train, la gouaille des uns pétillait aussi clair que la verve des autres. Il est vrai que quelques œsophages en étaient au troisième apéritif et je vous le demande, qu'est-ce qui dégourdit mieux une atmosphère qu'une bonne rasade ?

Madame Touchapire ayant fait vœu de sobriété, une de ses vertus cardinales, il advint qu'elle se déhancha vers le comte, le regard voilé de mélancolie, physionomie commune aux jeunes filles amoureuses et aux femmes cinquantenaires qui ont de nostalgiques vapeurs. Comme le comte s'émouvait par procédé de cette sollicitude, la bonne dévote lui minauda, sur un ton à faire pleurer un couvent de madelonnettes : *ah, monsieur de Pompignac, quand j'étais jeune, savez-vous, j'étais une si belle femme !* Et de témoigner la véracité de ce petit péché d'orgueil à l'appui d'une photographie qu'elle tira de son portefeuille. Le comte examina la photo, ébaucha une révérence, ce qui empourpra la prêtresse du Syllabus, et la montra à Olivier. Celui-ci sourit bénignement et lui psalmodia sotto voce cet aphorisme épicé de haut discernement : *il n'est point de si belle rose qui ne devienne gratte-cul.*

Tout à coup, au milieu des plaisanteries qui fusaient çà et là, Canulle, dont le fort n'était pas la délicatesse, fit à l'adolescent, entre deux lampées de pastis, cette réflexion ex-abrupto, de toute la sonorité de son accent landais :

– Hé bé ! On peut dire que vous aurez tout fait dans votre vie, le chef d'orchestre et le témoin juridique ! Pardine, çà c'est de l'occupation, au moins vous devez pas vous embêter !

Il y a de ces mots malheureux qui vous réfrigèrent une compagnie pire qu'une advection de bise polaire en pleine canicule. Un silence d'autel profané, ponctué par deux ou trois toussotements, brisa net le brouhaha des palabres ; la gêne, l'embarras imprimèrent les rictus sur les visages, une haleine aigre coulissa entre les tables et les chaises comme on dit que celle de Dieu souffle sur les pécheurs impénitents. Monsieur Canulle, qui avait autant de finesse que d'humour, ne démêla pas trop pourquoi tout le monde se taisait ainsi après avoir tant babillé.

Canulle était de ces maroufles qui jabotent à tort et à travers avec une intarissable faconde ; qui, où qu'ils se fourrent, la plupart du temps en écornifleurs parasites, sont et seront toujours des intrus, et dont la seule compétence se borne à savourer d'un même claquement de bec les sauces au vin rouge et les saillies de corps de garde. Dans ce contexte, il est singulier, me direz-vous, qu'un tel personnage eût été prié d'une fête où sa rusticité contrastait avec le tout-venant de la manécanterie. C'est que Canulle, comme on disait jadis, *avait du quibus*,[47] et cette autorité-là force les serrures sociales les mieux verrouillées. Il s'était introduit à l'AFCR *par le gros jeu*, la locution est de Saint-Simon, avec l'aplomb et l'épaisseur des croquants. Ayez les mœurs d'un

[47] Avoir du quibus, c'est être fortuné.

portefaix, une bourse pleine suffit à vous travestir en homme du monde.

Il faut avouer, à la décharge du Canulle, que ce réchauffé de la tragédie des Bordiers, certes saugrenu, mais dénué de malice, cornait haut et fort ce que plus d'un ruminait tout bas ; qu'il ne faisait ni plus ni moins que la litière des deux ou trois préméditations tordues qui patientaient bonne aubaine, en leur offrant de convertir une balourdise en prétexte à exhumer un feuilleton à multiples rebondissements. Du coup, une haie de prunelles scrutèrent l'adolescent avec l'onctuosité pateline d'une congrégation de dominicains salivant le mea culpa d'un hérétique.

Olivier n'était pas assez baroque pour avoir enterré la réminiscence encore fraîche de ces fâcheuses annales. Il savait que la péripétie des Bordiers démangeait pas mal d'encéphales avides de potins, et qu'en dépit des conclusions officielles, il flottait autour de son témoin exclusif un relent de suspicions mal digérées.

Quoique le jeune homme détestât ces conjonctures où le non-dit fait ses choux gras des duplicités en embuscade, il comprit tout de suite qu'éluder revenait à ravitailler le moulin de la chicane. Soudain, un silence pythagorique cloua les langues : Olivier s'était levé et réclamait l'attention. Comme sa physionomie transpirait un soupçon de contrariété, de là à subodorer un esclandre, il n'y avait qu'un fossé que quelques-uns enjambèrent avec une vraie volupté.

Ils en furent pour leurs espérances : Olivier déclara qu'il allait s'expliquer *une fois pour toutes*. Aussitôt une rumeur de réprobation de gronder d'un bout à l'autre de la tablée, des gosiers de protester que ce n'était pas la peine, que l'aventure était classée, qu'il n'y avait pas à s'y appesantir, etc. La réplique du garçon fut sans ambiguïté :

– Je n'en aurai pas pour longtemps, dit-il. Mais comme il subsiste parmi vous quelques lacunes d'information, et que ces lacunes me nuisent, je vais vous brosser l'historique fidèle et véridique de ce drame. Après cela, je souhaite n'avoir plus à m'y étendre ; je n'ai que trop ingurgité les sottises qu'on en a débité, à commencer par les variations hors de saison du commentaire journalistique de monsieur Mitheux.

Olivier narra rigoureusement la part qu'il avait eue à la découverte du cadavre du jeune Hippolyte. Il biffa d'une solide éloquence les interprétations malencontreuses, les broderies absurdes, les élucubrations téméraires qu'avaient dictées l'appétit d'esbroufe et de médisance. Il fut convaincant et pathétique. Il pria ses concitoyens de ne plus lui resservir à l'avenir le potage indigeste d'une chronique qu'il lui importait de rayer pour toujours de ses papiers. Il termina en statuant que pour lui désormais, l'incident était clos.

Il ne l'était pas pour tout le monde. Quoique la fermeté de l'orateur ne défrayât aucune voie praticable aux questions subsidiaires, son récit n'en avait pas moins semé un hâle d'aridité dans la noce. On a beau faire, le ton n'est jamais le même après ; c'est le vicomte de Valmont qui le dit.[48] Beaucoup mâchaient à vide la frustration de confidences mort-nées. La femme Hound, par exemple, était bouffie d'animosité envers Olivier. Du reste, dès le début, elle s'était aiguillonnée à d'exercer sa malveillance par de persistants brocards qui allaient à contre-sens de la gaieté générale. Dans cette carrière, elle s'était adjoint l'appui d'un personnage aussi antipathique qu'effrayant. Nous avons déjà survolé cet escogriffe dont la dégaine dénonçait le voyou sous toutes les coutures. Rien en lui qui ne suggérât la fausseté, qu'on me passe la crudité de l'expression, excitée à son dernier orgasme. Car pour certains êtres, le mal est une jouissance. Ce René avait l'œil torve et le geste courbe, alliage typique des âmes d'où dégouline une perpétuelle sanie, sans un remède hémostatique pour offusquer l'épanchement. Ses petits yeux féroces accusaient les angles

[48] Voir les liaisons dangereuses, de Choderlos de Laclos.

aigus d'un de ces faciès où la hyène et le vautour se combinent et se confirment l'un l'autre. Son profil, depuis le crâne, oblong, jusqu'aux doigts décharnés, était corrodé par un fiel à fleur de peau qui déguisait maladroitement le carnassier sous une palette de mimiques censées grimacer des dehors amiables. Au sein de l'AFCR, il s'était replâtré chef adjoint de l'AJC après avoir été le factotum de Hound, responsabilité qui lui délivrait mandat d'assouvir sur les novices son goût de la brimade, mais en l'indexant à un barème d'assouplissement dont le plus ou moins de docilité sensuelle du néophyte fixait les modalités. Nous avons mentionné son rôle dans l'attentat contre les Bordiers ; ce que nous ne savons pas, c'est qu'il s'en applaudissait, le soir dans les bars, où il consumait de longues heures à boire et à faire le fanfaron. On le disait sadique et licencieux à choquer même le divin marquis. Il était d'autant plus dangereux que sa brillante intelligence galvanisait une non moins éminente sagacité. Comme les harpies, il gâtait tout ce qu'il touchait et comme la canaille, il s'appliquait à déchoir les climats les plus sains en ferments de discorde. Comment s'y prenait-il ? Par de petites allusions empoisonnées qu'il plantait une à une dans un discours innocent. Placer autrui sous perfusion de sa fourberie, telle était la méthode qu'il avait apprivoisée, soit pour son compte, soit pour celui de ses commanditaires.

René, que la désignation du hasard avait distribué entre la Hound et le père Paulimane, n'avait eu de cesse d'éperonner le prêtre, homme influençable, ce qui depuis le concile de Trente est le chausse-trape des prêtres, du scepticisme que lui inspirait la prétendue moralité d'Olivier, litanie favorite de madame Touchapire. Ce travail d'usure avait peu à peu désorienté le bon apôtre : celui-ci, d'abord réticent, s'était surpris par degrés à nimber le héros de la fête d'une nuée trouble dont il n'était pas invraisemblable, maintenant qu'il y songeait, qu'il dédorât tout ou partie de son blason. Il n'en faut pas davantage aux benêts pour ajouter foi aux crapules. Secret de la réussite en politique. Le René, du reste, mentait comme une oraison funèbre. Il lui lamentait en veux-tu en voilà un brouet d'anecdotes ordurières dans un style i où les circonvolutions de l'euphémisme cuisinaient à feu doux de quoi discréditer définitivement Olivier dans l'estime de ceux qu'il mystifiait. Il préconisa néanmoins la discrétion, afin d'éviter tout désordre, *par politesse pour madame Touchapire et les autres invités.* Le père, parfait gobe-mouche, but jusqu'à la lie ce vin de Suresnes classé piquette et dès lors toisa Olivier avec la suspicion ombrageuse d'un agent du fisc qui éplucherait la déclaration de revenus d'un agioteur.

Toutefois la bêtise, comme le génie, a ses lacunes, et les plus incurables jobards ne sont pas à l'abri d'éclairs de lucidité : l'instant d'après, Paulimane fronçait le sourcil, mais cette fois à l'intention de René. Comment ? Olivier ! Un garçon si sincère, si franc du collier ! Le pauvre vicaire ploya alors sous une violente bordée de scrupules, le doute l'assaillit en sens inverse, il se reprocha amèrement d'avoir accordé créance aux allégations d'un sycophante. Puis, passant du coq à l'âne, il s'objecta que si René vidait ainsi son sac, c'était forcément qu'il avait de bons motifs, selon l'adage qu'il n'y a pas de soleil sans tache. Cette alternance de froid et de chaud l'enhardit à sommer l'accusateur de jouer carte sur table : celui-ci en avait dit trop ou pas assez. Il l'enjoignit donc d'être plus explicite sur les griefs dont il accablait un ancien élève d'un lycée religieux, référence irréprochable pour un prêtre. C'était précisément sur ce terrain que René avait échelonné son artillerie : se tortillant vers lui comme Tartuffe vers Elmire, il lui susurra, d'une voix douceâtre :

– Cet Olivier, on ne lui connaît pas de compagnie, n'est-ce pas ? Je veux dire, de compagnie... normale ? Normale, pour un garçon...

Le père avait un peu pâli :

– Qu'est-ce que vous insinuez ? maugréa-t-il.

René rectifia une pose, pour tout le monde verticale, en réalité plus reptile que jamais :

– L'histoire des Bordiers, continua-t-il, pourrait nous révéler des choses…, par exemple les mobiles qui ont conduit notre ange du jour à leur refuge.

– Ah oui ? fit Paulimane.

– Le jeune Hippolyte, renchérit René en égrenant chaque mot, il est avéré que ses compagnons… enfin, se défoulaient sur lui.

Chez un pharisien, les pitons d'amarre où une diatribe fonde son authenticité, c'est sans contredit l'article des mœurs. A ce tableau d'un péché qui condensait toutes les abominations du genre humain, le père se signa :

– Oui, c'est affreux…, dit-il.

Quand l'araignée a attrapé la mouche, elle resserre les mailles de sa toile. René enchaîna :

– Cela ne vous gêne pas aux entournures que l'artiste se soit trouvé sur le théâtre exactement au jour et à l'heure opportuns ? Il nous a bafouillé je ne sais quoi dans sa plaidoirie, qu'il s'amusait à pister ces garçons pour se faire des copains, et tout et tout… je veux bien. Mais les coïncidences arrangent bien des affaires ici-bas…

Là, le bon pasteur regimba : jamais Olivier n'aurait été capable d'une telle turpitude. Il lui concédait à la rigueur quelques opacités, quoique rien ne les corroborât, mais en aucun cas il n'était un dissolu. Au surplus, son éducation avait trempé dans l'eau bénite de l'internat et cette mamelle-là est caution bourgeoise. Quant à son célibat, à dix-sept ans on a peut-être d'autres préoccupations que la quête forcenée de l'âme sœur.

Devant une défense aussi véhémente, le René n'insista pas. Il feignit l'homme de composition qui refuse de semer des noises et qui, après tout, s'est peut-être fourvoyé ; il n'alla pas jusqu'à faire des excuses, ce n'était pas dans son caractère, mais il eut le génie de singer une de ces moues mi-figue mi-raisin qui émargent de pointillés l'acceptation d'une défaite.

Si le prêtre avait été doué d'un peu plus de perspicacité, il n'aurait pas baissé sa garde. Il aurait surtout réfléchi que les êtres tels que René ne sont jamais en panne d'expédients. Ils semblent battus et prêts à transiger avec autant de facilité qu'ils étaient inflexibles auparavant. Cette reculade n'est qu'un leurre, c'est le lever de camp des Grecs devant Troie. La perfidie qui est enracinée en eux leur est un vivier inépuisable de ressources. De là la supériorité du pervers sur le juste : pendant que celui-ci s'endort, celui-là a déjà actionné des rouages huilés avec soin. Brutalement, il contre-attaque.

Au moment où le prêtre se félicitait d'avoir fait pencher la balance, René pivota sur son séant et lui nasilla, d'un air matois :

– Parbleu, mon père, si j'étais vous, avec votre science et votre intuition, je l'interrogerais un peu sur la religion, histoire de le disséquer de l'intérieur. Après tout, s'il est aussi blanc comme neige qu'on le carillonne, il abondera dans le sens du dogme, n'est-ce pas ?

Paulimane leva les yeux au ciel, ce qu'il avait du faire dix fois depuis l'entame de son dialogue avec René, et prodigua cette divagation des deux bras où s'exacerbent tous les atermoiements compliqués de toutes les lassitudes. Cependant, pour embrayer sur la religion, encore convenait-il de l'introduire par une transition qui ne fût pas factice. Il promit de saisir la balle au premier bond ; mais il ne promit pas de la lancer.

Dans l'assistance, l'insouciance avait dissipé les remugles de l'intermède Canulle : on en était au dessert, une poignée de lurons en humeur de dive bouteille entonnaient a cappella deux ou trois morceaux du concert. Hélas, aux harmonies éthérées et diaphanes des cantates se juxtaposèrent bientôt les strophes bien moins lyriques des couplets de garnison, et le *Veni Creator* fut impitoyablement rudoyé par la *p'tite*

Hughette, *Viens boire un p'tit coup à la maison* et *Chef, un p'tit verre on a soif*, au grand récri de madame Touchapire et des dévotes, plus écarlates que des nonnes troussées, et toutes trépidantes de confusion.

Quant à Olivier, il était avec le comte de Pompignac dans le vif d'une de ces conversations qui, entre gens bien nés, font les délices des bonnes compagnies et le désespoir des sots. Celle-ci roulait sur le paradoxe qu'un jeune homme, par définition incliné aux distractions de son âge, s'accommodât d'une solitude telle que les Froides-Aigues.

Ni l'un ni l'autre ne s'était avisé que leur colloque se propageait au proche voisinage et que, d'abord noyé dans le flux des bavarderies mitoyennes, il suscitait bien des circonspections. Parmi ces oreilles tendues, le père Paulimane et René, ce dernier sans y paraître. Olivier était justement en train de disserter sur les prérogatives et les inconvénients de son ermitage :

– Je n'ai guère eu le choix, disait-il, la Providence a peut-être son mot à dire dans le sort qui nous échoit.

Une pareille métaphysique empestait à plein nez le fagot des relaps. Cela réjouit fort le comte qui ayant une prédilection pour les livres apocryphes, traitait les canoniques un peu par-dessus la jambe. Il décocha au père Paulimane, du haut de cette superbe qu'ont les aristocrates quand ils frondent la calotte :

– Alors, curé, rasséréné ? Notre maestro n'est pas tout à fait impie, il a des atomes crochus avec Dieu le Père, même si c'est un peu par la porte de service…

Dans sa jeunesse, Paulimane s'était distillé les neurones à décortiquer les épîtres aux Corinthiens, les épîtres aux Ephésiens, les épîtres aux Galates, les épîtres aux Philippiens, les épîtres aux Colossiens, les épîtres aux Thessaloniciens, les épîtres à Timothée, à Tite, à Philémon et aux Hébreux. Aussi passait-il pour un grand savant. Cette qualité, et la prestigieuse simarre apostolique qu'elle lui taillait, confortèrent sa contenance d'homme sûr de son fait. S'adressant non au comte, mais à Olivier :

– Vous croyez donc à la prédestination ? dit-il.

– Pourquoi n'y croirais-je pas ? répondit le jeune homme, ce système me va, dès lors que l'on réfute le hasard. D'ailleurs, c'est dans Ephésiens, I, 11.

Depuis vingt ans qu'il présidait au salut des Touchapire dont il était l'oracle, le prélat entretenait méticuleusement une sapience que nul ne lui disputait et dont il ne s'était jamais purgé. Or, voici qu'un béjaune l'affrontait sur la spécialité qui faisait le fond de commerce de son orthodoxie militante en justifiant les émoluments de son saint ministère. Il y avait de quoi être mortifié. C'est pourquoi il se rengorgea de plus belle et réitéra à Olivier sa question sur la prédestination :

– Ma foi, dit l'adolescent, je suis un peu jeune pour plancher sur cette discipline. Sans doute y a-t-il là dedans un grand mystère, mais il m'échappe. Il faudrait avoir lu tous les textes de toutes les religions, et je n'ai lu que la Bible, et encore, pas tout : il y a des passages soporifiques…

Le pasteur épanouit en un bon gros double menton toute la miséricorde que lui suggérait ce qui n'était ni plus ni moins qu'une impertinence de sacramentaire.[49] Le fait est qu'Olivier venait de lui tendre la perche, et c'était bien ce qu'il escomptait. Assignant à témoin son entourage, il poursuivit :

– Mais, jeune homme, la Bible doit nous suffire, à nous autres. N'a-t-elle pas été expressément écrite pour nous ? Pourquoi chercher midi à quatorze heures ?

– Sauf votre respect et celui de la Bible, répliqua Olivier, je suis un peu partisan de l'œcuménisme en religion. Car de même que le judéo-christianisme me fait l'effet d'être la partie d'un Tout, de même la Bible pourrait bien n'être que le rameau d'un grand arbre. Chaque culte détient une parcelle

---

[49] Synonyme d'hérétique.

de ce Tout et je ne déteste pas l'idée que c'est la recension de ces divers éléments du puzzle qui nous mettra sur la voie de la religion universelle.

– Comment ! fit le prêtre, vous contestez la prééminence de la Bible sur le Coran, sur le Popol-Vuh, sur les Védas, sur le Talmud ?

– Excusez-moi, mais il m'est difficile d'avaler que la Terre se soit mise à tourner comme cela autour d'un coin caillouteux du Proche-Orient d'où un petit peuple prétendait régenter le globe, tout cela parce qu'un de leurs leaders avait vu des anges violets.

Le Paulimane avait viré à la même teinte que les anges cités par Olivier. Les autres commensaux, du moins ceux qui débrouillaient quelque chose à ce qui se disait, écoutaient avec une curiosité d'autant plus pétillante que l'empoignade promettait bien des trésors d'éristique.

Cependant, le saint homme, de plus en plus piqué, et plus encore de ce que son vis-à-vis ne l'eût pas appelé mon père une seule fois, grimpa furieusement sur ses échasses :

– Notre jeune ami s'imagine sans doute pouvoir aller dans la foi sans appui, sans lisières, à sa convenance, rejetant ce qui le rebute et daignant s'occuper du reste pendant sa digestion. Apprenez que ce funambulisme finit souvent par une chute.

Il sourit de ses plus belles dents et, les mains croisées sur sa bedaine, promenant un regard condescendant autour de lui :

– Vous êtes sans doute, dit-il, une variété... d'hérétique.

C'était pour Olivier, le mot à ne pas prononcer. L'adolescent sentit vibrer en lui la fibre encyclopédique et philosophique :

– Monsieur, dit-il, vous avez manqué votre cible ; vous croyez m'offenser, et vous me rendez le plus bel hommage. Les notations du dogme sont comme les monnaies, elles n'ont de valeur que là où leur cours est officiellement reconnu. Or, ne trafiquant pas de cette devise dans mon tabernacle, rien ne saurait m'être plus doux que ce mot, hérésie. Voulez-vous savoir pourquoi ?

Comme le Paulimane était aphone, Olivier s'engouffra dans la brèche :

– Parce que les vôtres l'on tant alléguée, cette hérésie, pour légitimer leurs crimes, au nom de Dieu il va sans dire, qu'elle est devenue l'étendard de ralliement des justes. Parbleu, affecteriez- vous d'ignorer ce que signifie hérésie ? Cela veut dire opinion, choix. Quelle plus grande affirmation de son indépendance y a-t-il pour l'homme que de fuir les sentiers battus ? N'est-ce pas Jésus lui-même qui nous y incite ? *Il y a plusieurs chemins qui mènent à la demeure de mon Père...*

– Ça, fit le Paulimane, c'est de l'interprétation.

– L'embêtant, c'est que la vôtre ait garrotté les autres.

– Cela nous a au moins sauvé de l'athéisme cher aux gens de votre lignage.

La physionomie d'Olivier se blinda de celle du canonnier qui arme sa batterie :

– Il y a quelques secondes, reprit-il, je vous signalais que vous aviez manqué votre cible ; à présent, je vous certifie que vous faites fausse route. Convenez-en ou non, j'ai l'honneur de vous confesser que je crois en Dieu. Seulement, ce Dieu-là n'a pas grande parenté avec celui du Lévitique à qui est agréable l'odeur de frichti que répandent les rognons, la graisse qui couvre les entrailles, et celle qui tapisse les flancs et le grand lobe du foie. Je ne verse pas non plus dans l'idolâtrie d'un démiurge qui décrète peine de mort contre ceux qui font tourner les tables, contre les adultères, contre les incestueux, les homosexuels, liste non exhaustive... Ce Dieu de mort et de sang aurait mieux fait de méditer sur le Traité sur la Tolérance et l'ouvrage de Beccaria, des Délits et des peines. Je vous fais grâce aussi de ce que je pense de ce potentat outré qui exclut d'office de son sérail les estropiés, et nous énonce sans rire que les barbecues sacrificatoires constituent l'aliment quotidien dont il se pourlèche.[50] Non, monsieur, cette divinité ne m'est d'aucune sympathie, en dépit du concile de Nicée et de ses ratiocinations sur la consubstantialité, du sixième concile de Constantinople et de ses arguties sur les volontés, du concile de Latran en 1139 où l'on condamna ceux qui condamnaient les richesses de l'Eglise, comme si Jésus-Christ sur son âne n'opposait pas le plus cinglant démenti au luxe dont se bariolent évêques et archevêques ! Et le concile de Constance en 1414, qu'en dites-vous, où un attirail de cardinaux a fait rôtir Jean Huss et Jérôme de Prague pour avoir été *opiniâtres*, tandis que ces messieurs n'étaient opiniâtres qu'à tripoter des jeunes filles et des jeunes garçons spécialement affrétés pour égayer leurs soirées récréatives ? Non, je ne crois pas dans un Dieu qui, par l'ambassade de son envoyé spécial mitré sur Terre, a fulminé la bulle *Unam Sanctam* et la bulle *Unigenitus*, et je me voudrais mal de mort qu'on m'impose sa jurisprudence sans éprouver l'irrésistible envie de prendre le maquis ; vaudois,[51] par exemple.

Olivier avait bombardé ce réquisitoire d'une seule mitraille, sans une hésitation, avec la froide détermination d'un apostat qui exfolie une à une les pages d'un missel. Dans la salle, on aurait entendu un moustique voler. Le prêtre, plus livide que Lazare au sortir du tombeau, se trémoussa pour étendre aux auditeurs concernés la contagion du cuir qu'il essuyait, en leur vociférant :

– Voilà ! s'écria-t-il, voilà ce qu'il en coûte de la séparation de l'Eglise et de l'Etat ! Vraiment, monsieur le réformateur en culottes courtes, vous couriez merveilleusement au change sur

---

[50] Tous les détails de la diatribe d'Olivier sont contenus dans le livre du Lévitique, qu'il faut avoir lu pour savoir à quel titre certains cultes légitiment leurs discriminations.

[51] Allusion au massacre des hérétiques Vaudois, ordonné par le parlement de Provence et soutenu par François Ier, au cours duquel les villages de Mérindol et de Cabrières furent rasés et leurs habitants égorgés.

votre proverbiale ingénuité. Mais comme on dit, chassez le naturel... On voit clair maintenant à travers votre dialectique !

– Pardon, monsieur, rétorqua Olivier du tac au tac, je suis assez supérieur à moi-même pour ne pas avoir à me maquiller. J'ai peu de vertus, sans doute, mais je tiens à celles-ci, la rectitude morale et la probité intellectuelle. D'ailleurs, vous avoir parlé comme je l'ai fait en est la preuve, et il m'aurait été facile de berner tout le monde en assortissant la couleur de mes convictions à celle de votre chasuble.

– Vous êtes un insolent ! tonitrua Paulimane ; mesurez-vous au moins le ridicule qu'il y a à saper une doctrine séculaire qui est la clef de voûte de l'Eglise, de soupçonner de bâtardise ou de je ne sais quelle corruption des lois aussi sacrées que celles de Moïse, alors qu'elles furent instruites spécialement pour civiliser un peuple séduit par toutes les turpitudes ?

– Turpitudes dans lesquelles, soit dit en passant, le bon peuple dudit Moïse a donné tête baissée, ce qui me chagrine pour lui. Mais passons, nul n'est parfait, même les élus de Dieu. Ce qui me chagrine davantage, c'est que si ces lois sont circonstancielles, pourquoi les enseigne-t-on aujourd'hui ?

– Pour édifier, monsieur le redresseur de torts bibliques, pour édifier ! Que serions-nous sans ce frein ?

– Il faut croire que le frein n'a pas été bien efficace, à considérer la société actuelle. Quant à l'Eglise, dont vous nous exaltez les mérites, elle illustre admirablement l'adage *faites ce que je vous dis, mais ne faites pas ce que je fais* : les Cathares, l'Inquisition, Wassy en 1562, la Saint-Barthélemy dans la nuit du 24 au 25 août 1572, Alexandre VI souillé d'immondices, le servile Bossuet maître à sanctifier l'infâme le Tellier, initiateur des dragonnades, il ne fallait pas être grand clerc pour augurer la déferlante d'athéisme qui devait sanctionner ces ignominies, par antidote. Voyez-vous, monsieur, il en est des choses en grand comme des choses en petit : le meilleur moyen de les rendre crédibles, c'est encore de les prêcher par l'exemple. C'est ce qu'a fait le Christ. Malheureusement, le Christ est un peu isolé sur sa mule, il n'est pas assez… *médiatique*, et les synodes tout affolés du Pentateuque seraient bien fâchées de lui décerner le Nobel de la paix.

– Ah, ah! s'exclama le Paulimane, ainsi vous imputez à quelques erreurs une responsabilité globale ! En vérité, on ne peut être plus subjectif... Je suppose que ce genre d'attitude arrange les individus de votre acabit : insulter, cela permet de mépriser.

Jusqu'ici, Olivier avait été débonnaire, ferme certes, mais de cette fermeté métissée de la courtoisie et de la déférence dont on est redevable à autrui, surtout à un aîné ; à la capucinade du prélat, car c'en était une, la moutarde lui chatouilla les narines. Il se détendit sur ses jarrets en fixant le prêtre dans le blanc des orbites :

– Quelques erreurs ? Quelques erreurs, dites-vous ? Je connais des gens, et pas plus loin qu'ici, à S…, qui soutiennent, à propos de la Shoah, qu'il s'agit d'une erreur de l'Histoire. Ah, vraiment, quelques erreurs ! Torquemada, une erreur ! La sainte Hermandad, une erreur ! L'estrapade, les bûchers, les in-pace, les san-benito sur la tête avec flammes droites ou renversées, douze mille victimes entre 1700 et 1750 cuites en grande pompe, cinquante millions en dix siècles, une erreur ? Cortez massacrant l'Amérique centrale, Pizarro massacrant l'Amérique du Sud, des erreurs là aussi, probablement ? Dans ce cas, allons dans l'erreur jusqu' au bout : j'ai vu dans une de vos salles – je crois que c'est la sacristie, n'est-ce pas ? – j'ai vu un portrait de Pie IX, béatifié en 2000 par Jean-Paul II. Oui, béatifié, et sous les hourras de la foule, cet homme qui faisait des jeux de mots à ses évêques et qui réprimait dans le sang la jeune république romaine, qui avait érigé une guillotine place du Vatican pour couper le cou des patriotes italiens au nom de la collusion entre la monarchie toute puissante et l'église toute bien pensante, qui a proclamé le dogme de l'Immaculée

Conception, cette idiotie par-dessus les idioties, puis le dogme de l'infaillibilité des papes dans le huitième chapitre de son chef d'œuvre, la constitution *Pastor Aeternus*, autrement dit *le pape est le berger de tous pour toujours, et on ne discute pas*, ben voyons ! – faut bien se faire mousser la tiare, pas vrai ? – Ce pape qui était antisémite, tendance fort répandue à cette époque, qui a réintroduit la hiérarchie dans les églises catholiques d'Angleterre et de Hollande, au grand dam des anglicans, et qui était autant contre son siècle que peut l'être un imam fanatique ou un rabbin crétin – ça existe, les imams fanatiques et les rabbins crétins, rassurez-vous, ils cumulent même souvent les deux emplois… – et qui, comble de l'imposture, a régné trente-deux ans, c'est à dire dix fois plus que ce qu'il a fallu au Christ pour prêcher l'amour du prochain, ce dont Mastai Ferretti, puisque c'est son nom, se foutait bien pas mal !

De l'effarement à l'indignation, il y a la même proportion que de l'indignation au scandale. Le père Paulimane avait doublé d'un seul cabotage et en quelques minutes l'un et l'autre de ces deux isthmes. Un ouragan de colère, l'un des sept péchés capitaux, lui parcourut l'échine depuis le col jusqu'au croupion. Madame Touchapire, une main sur la bouche, avait l'allure d'une vierge qui verrait de la décomposition de Chérubin naître la formation organique de Sardanapale. Monsieur le Comte tirait avec délectation sur un gros cigare, ravi de l'écourgée qu'un écolier flanquait à une camarilla de papimanes.[52] Les beaux esprits ricanaient niaisement, faute d'avoir rien pipé de la joute théologique, pour eux plus sibylline que les manuscrits de la Mer morte. Le gros Canulle, rouge comme une écrevisse échaudée, en était à son sixième verre de vin et somnolait en postillonnant de sa lèvre inférieure proéminente et lippue. La fille Touchapire tentait de dompter les contractions de ses zygomatiques pour ne pas éclater de rire. Le Hound s'épatait

---

[52] Un papimane, mot forgé par Rabelais, est un homme soumis au pape.

d'une mine de restaurateur frauduleux qui aurait repéré un contrôleur sanitaire parmi sa clientèle. Sa femme s'était campée sur sa chaise qu'elle faisait craquer de toute la proéminence tapageuse de son arrière-train de Thénardière. Le René jubilait, ce qui se remarquait au pli sardonique qui incrustait sa face de prédateur. Madame Eusèbe, pressentant en Olivier un suppôt de Satan, puisque c'était le père Paulimane qui le disait, effeuillait son chapelet qu'elle avait toujours avec elle comme d'autres ont leur portable. Quant aux dévotes, la brièveté de leurs méninges ayant échoué à toute connexion avec le litige entre Paulimane et Olivier, monsieur le comte les remit en selle :

– Il s'agit du Lévitique, madame Crispin, du Lévitique, par opposition à Saint-Jean.[53]

– Ah, sainte Vierge ! s'écria la susnommée Crispin, je m'en doutais... Mais pourquoi diable ne nous dit-on pas tout ?

On a beau être dévote, on ponctue parfois ses phrases avec le diable. C'est une façon de l'amadouer.

– Moi, dit une autre aïeule, du nom de Rongemaille, je regretterai l'ancienne gare, j'y étais habituée. Mais que voulez-vous, c'est sûrement le progrès...

La troisième paroissienne du brelan des dévoreuses de crucifix, vexée de n'être pas conviée à cet échange culturel, jugea politique de hasarder une incursion, histoire d'attester qu'elle avait elle aussi de la sémantique à débagouler :

– Tenez ! dit-elle, pas plus tard qu'hier, il m'est arrivé une aventure à faire frémir...

– Pas possible, mame Virjaune, s'écria la Crispin.

– Mon Dieu, j'en frissonne encore...

– Dame ! Dites-nous...

– Et bien, monsieur Croquemitre et moi, nous sortions de vêpres..., n'est-ce pas, monsieur Croquemitre ?

---

[53] Pour entendre ce passage, il faut savoir que Saint-Jean est le nom de la gare de Bordeaux, familière à la dame puisqu'elle habite Arcachon.

– Si fait, madame, dit l'intéressé, l'un des trois beaux esprits.

– … quand un individu, mais sale, mais repoussant, se présente pour quémander l'aumône.

– Qui était-ce ?

– Vous ne le croirez pas : un Bordier.

– Un… quoi ?

– Un Bordier, vous savez, un de ces va-nu-pieds sans foi ni loi dont nous avons eu tant à pâtir, que Dieu nous garde...

– Ainsi soit-il ! Mais n'ont-ils pas été chassés ?

– Pour sûr ! il faut croire que ça ne les empêche pas de mendigoter.

– Continuez, mame Virjaune.

– Je continue, mame Rongemaille. Donc, ce... , ce... , enfin cette créature...

– De Dieu, interrompit le comte de Pompignac.

– Plaît-il ?

– Je dis : créature de Dieu, comme vous et moi.

La Virjaune haussa les épaules et caqueta :

– Je dirais plutôt de Belzébuth ; figurez-vous qu'il me reluquait avec une effronterie, mais une effronterie ! Brusquement, il me tend la main, crasseuse si vous aviez vu, en me disant : *dix euros, s'il vous plaît, j'ai faim !*

– Rien que çà ! fit la Rongemaille, les lèvres pincées, dix euros ! Ah, ils ne se mouchent pas du pied, ces tire-gousset !

– Vous pensez si j'ai fait la sévère ! Mais le butor me collait comme une sangsue et j'ai cru qu'il allait me voler.

– A une lettre près, c'eût été un exploit, dit Pompignac.

Heureusement, l'ancêtre était un peu raide du tympan :

– Que disiez-vous, monsieur le comte ? couina-t-elle.

– Je disais que la jeunesse n'est plus ce qu'elle était.

– C'est rien de le dire, j'en étais toute retournée...

– Par bonheur, reprit le comte, ça n'a pas dû vous arriver souvent, n'est-ce pas madame Virjaune ?

– Grand Dieu, non ! s'exclama l'auguste mamie.

Depuis quelques instants, la fille Touchapire, Clarisse, enveloppait Olivier du vaste azur de deux yeux débordant de tendresse. On aurait dit qu'elle le remerciait en lui manifestant à distance de la gratitude. Dans l'aréopage des goutteux du rosaire, elle n'était évidemment autorisée à formuler un avis que sous clause de sujétion in extenso aux règles conventuelles qui lui étaient prescrites. Hors de question de participer aux séminaires, congrès et autres réunions autrement qu'à titre de papier peint, neutre, approbatrice à la rigueur mais uniquement par hochements de tête, et soumise sans restriction à la substance des vérités que lui débitaient ses aînés, lesquels étaient aussi ses pédagogues. On lui avait inculqué les deux garde-fou de la station assise, le parallélisme symétrique des genoux et la rigidité du buste, afin de draper son maintien *d'une modestie*, nous citons son père, *convenable à toute fille désireuse de contenir les hommes qui l'entourent.* Axiome, soit dit en passant, qui n'est qu'un plagiat.

Subitement, un événement imprévisible bouscula ce beau décorum : Clarisse Touchapire réclama la parole. D'abord, sa mère crut qu'elle était indisposée et qu'elle sollicitait permission de se retirer. Quand elle se rendit compte que c'était pour intervenir dans la polémique, elle gloussa un hoquet de pintade. Non loin de là, monsieur Touchapire perçait l'adolescente de deux prunelles d'acier, manière de lui rappeler qu'il désavouait toute intrusion des enfants dans la conversation des adultes. Il allait lui clouer le bec, mais celle-ci l'avait devancé :

– Pourquoi, mon père, dit-elle au Paulimane sur un ton tout à fait obligeant, pourquoi harceler ainsi ce jeune homme ? Vous cause-t-il un si grand chagrin ? Ses propos font tant de dégâts à vos certitudes…

Madame Touchapire, consternée, feignit un malaise, mais Clarisse ignora et poursuivit, avec une tranquillité impavide :

– Et puis, finalement, est-ce donc si important de ne pas s'atteler aux instructions de Moïse ? Je ne partage pas votre jugement : ce qui est trop ancien doit être réformé. Il faut plier au temps et s'assouplir à l'évolution de la société. La nôtre est un peu en retard, et même arriérée à bien des égards. Monsieur Lorenz n'est pas un mécréant, c'est un garçon éveillé qui cherche sa voie de lui-même. Ce n'est pas parce que ses croyances divergent de celles de l'Eglise qu'il n'est pas chrétien. Je suis même bien persuadée qu'il l'est plus que nous tous ici…

Pour madame Touchapire, ce ralliement de sa fille à la cabale démoniaque, c'était l'huître gâtée qui reste sur l'estomac ; une fluxion de fureur anima ses deux quinquets aussi expressifs que ceux d'un goujon de la Maronne, rivière avoisinante :

– Taisez-vous ! ma fille, grinça-t-elle.

– Pardon, ma mère, protesta la belle jouvencelle, mais j'ai eu dix-huit ans avant-hier et cela me donne le droit de…

– Cela ne vous donne aucun droit ! interrompit vertement quelqu'un.

Le quelqu'un, c'était monsieur Touchapire, sanglé dans la superbe d'un procureur qui statue sur un cas de haute trahison :

– Taisez-vous, répéta-t-il, et sortez !

Clarisse, impressionnée par cet homme à qui, selon toute vraisemblance, on ne répliquait pas, obtempéra sans un murmure.

Ce n'était pourtant pas assez de cette humiliation : madame en rajouta une couche, en glapissant de son timbre criard juché sur la tessiture des vertus aigries :

– Vous ferez votre confession demain, ma petite, et devant tout le monde ; demain, et les jours suivants. Dieu vous pardonnera peut-être votre incartade, mais moi non. En attendant, dans votre chambre, que vous ne quitterez de quinze jours ! Ceci pour vous apprendre vos devoirs de fille obéissante. Mon père, continua-t-elle après s'être dodelinée vers le prêtre, je vous confie le salut de cette… de cette…

– …victime, suppléa le curé en agitant l'index : victime de celui dont la phraséologie pernicieuse corrompt jusqu'aux jeunes filles les mieux éduquées. Dieu sait jusqu'où cela aurait été sans votre arbitrage !

Cependant, les deux digressions précédentes n'avaient pas fait fondre l'arête que le pastophore[54] avait en travers de la gorge. Remblayé par l'incident de la fille Touchapire, il fit charger son infanterie :

– Vous voyez, monsieur Lorenz, vous voyez à quelles extrémités peut mener l'anticléricalisme ! Une créature toute modelée dans les saints préceptes, fourvoyée par vos théories de brigand !

Olivier n'était plus agacé, mais hors de lui. La piteuse comédie que lui infligeait ce margouillis de culs-bénis sombrait, avec l'avanie faite à Clarisse, dans la farce grotesque ; ce fut d'une voix de stentor qu'il apostropha le Paulimane :

– Par tous les chaudrons de l'enfer, votre homélie dégouline de marmelade à en avoir la nausée ! Je n'ai pas le sentiment que mademoiselle Clarisse ait renié quoi de ce soit : elle n'a fait que défendre le droit de tout être humain de s'exprimer selon son vœu, ce qui est le libre arbitre.

– Libre arbitre, dites-vous ? Quelle fiction ! Y a-t-il le moindre libre arbitre en ce monde ? Tout n'y est-il pas codifié par Dieu ? Qu'essayez-vous de démontrer ? Qu'en se conduisant anarchiquement on s'achète sa liberté avec ristourne sur les tarifs ? Si cela était, Napoléon serait un saint.

– Ah, ah, causons un peu de saints, puisque vous me mettez ça sur le tapis ! Cette bourgade en a compté un dans ses rangs, monsieur le maire prédécesseur de celui qui sévit aujourd'hui ! Il est regrettable que sa mémoire ait été éclipsée par décret subreptice !

---

[54] Mot que Voltaire inventa par dénigrement pour désigner un prêtre.

Le Hound, sous ce qui n'était rien de moins qu'une flétrissure personnelle, avait blêmi. Mais Paulimane, plus subtil, ou plus fourbe, ce qui revient souvent au même, éluda et cancana avec emphase :

– Vous réfutez tout, depuis la Genèse jusqu'à l'Apocalypse ! Et pour vous, Moïse n'est qu'un figurant de théâtre !

– Permettez, monsieur le curé ; j'exècre le Pentateuque, mais je m'incline devant les livres authentiques, au nombre desquels les Evangiles. Mais vous mentez, monsieur, au moins par omission : le Christ lui casse allègrement la baraque, à votre Moïse. Que faites-vous de l'épisode relatif au pain du ciel ? Si ce n'est pas là un démenti, je veux être damné à tous les diantres.

– Vous l'êtes déjà, soyez sans crainte, rétorqua le père.

– Parbleu, j'aime mieux roussir ad vitam aeternam à cette broche que de faire mon déjeuner quotidien des hosties de votre église !

Il était patent que le Paulimane avait aiguillé sa rhétorique sur une voie de garage, et que la douleur d'être pilorié par un jeunot le titillait à l'endroit de l'orgueil, autre péché mortel.

Tous les mauvais perdants acculés à la déroute ont le même réflexe, l'évasion de reptile. C'est ce que fit le prêtre ; à sec de d'arguments, il se rabattit sur l'une des références d'Olivier :

– Au fait, fit-il en pompant l'air autour de lui, vous parliez d'un bouquin sur la tolérance, n'est-ce pas ? Quel est l'auteur de ce chef-d'œuvre ? Un philosophe athée, je présume ?

Il renchérit, plus fat que jamais :

– Ou bien, un… communiste ?

– Ni l'un ni l'autre, monsieur : de Voltaire.

D'abord, il n'y eut pas de réaction. Seulement, le prêtre fut le foyer d'une trémulation spasmodique. Madame Touchapire s'était pétrifiée pire que la femme de Loth, et les grosses billes du Hound gravitaient dans leurs orbites, un peu comme une otarie qu'on aurait privée de son tour de baballe. Le René, pour lui, se frottait les mains. Quant à monsieur le Comte, il déglutit une lichée de Bordeaux et s'écria : *gagné ! voilà le cyclone !*

Prononcer ce nom, Voltaire, dans un milieu ultramontain tel que celui de la chorale, c'était comme si vous faisiez l'éloge de Karl Marx à Bill Gates. A l'AFCR, la malédiction qui pesait sur Voltaire était unanime et irréversible. Voltaire était le point d'intersection de l'aversion la plus implacable soudée aux plus irréductibles anathèmes. Pour les thuriféraires de l'anneau pascal, à plus de deux siècles et demi de là, Voltaire détenait toujours, au hit-parade des épouvantails, le haut du pavé de l'exécration. D'abominables exhalaisons stagnaient sur ce cloaque. Il y a Judas, Luther et Voltaire. Judas trahit Jésus, Luther désacralise le pape, Voltaire achève la besogne en démolissant l'église pierre à pierre. Les espaces sont peuplés de trous noirs dont ne jaillit aucune lumière. Voltaire est l'un d'eux. Voltaire était vilipendé, conspué, honni, sans une discordance dans l'unisson. A S… spécialement, il incarnait la Bête Immonde que prophétise saint Jean, avec ses dix cornes et ses sept têtes, une par blasphème. Citer Voltaire dans le petit monde de l'AFCR équivalait à lire la Torah dans une mosquée.

En ce moment, monsieur Touchapire se dressa debout presque au garde-à-vous avec une violence fracassante. Jusqu'ici, si l'on excepte son ultimatum envers sa fille, il ne s'était guère immiscé dans les palabres. Sa nature austère et taciturne l'avait enrobé d'une coque imperméable aux controverses. C'était un homme aride, d'une maigreur de trappiste, avec un front continuellement soucieux sous une broussaille d'épais sourcils. Il avait été commis de l'Etat et adhérait à un mouvement plus ou moins allié du pouvoir en place, *Combat pour la France*, présidé par un ci-devant du nom de Philippe de Lisiers, un des plus fieffés pédants de la classe politique française, laquelle en additionne pourtant une bonne flopée.

Outre une papelardise incompressible, monsieur Touchapire chérissait les antiques valeurs monarchiques, selon lui seules fondées à dégauchir la colonne vertébrale du pays trop longtemps courbée sous les fourches caudines de la laïcité et de la mixité raciale. Il avait pour devise : *rex supra homines*, ce qui peut se traduire par : *touche pas à mon roi*, et multipliait les neuvaines afin d'impétrer de Dieu lui-même le sacre de Henri V ou de Charles XI ou de Philippe VII, à la rigueur de François III. Il abhorrait cordialement la République et le suffrage universel, *ces noyaux de combinazione*. Il vouait au Saint-Siège un fétichisme viscéral. Il rêvait tout haut de restaurer la bannière de saint Dominique[55] et d'être l'artisan de l'amalgame reconstitué de l'Eglise et de l'Etat. Il savait par cœur tout Chateaubriand et chantait chaque matin, en guise de diane : *ô Richard, ô mon roi*.[56]

Notons qu'il existe, en France, à l'heure où sont écrites ces lignes, malgré Voltaire, malgré Victor Hugo, malgré Zola, des nostalgiques de ces régimes éminemment louables. Un prince, n'importe lequel, exerçant de droit divin les caprices de son bon plaisir, ravageant en une journée de chasse et par distraction une saison de récoltes, s'octroyant sur ses sujets droit de regard, droit de permission, droit de sanction, droit de ratification, droit de sauf-conduit, droit de label, droit de cachet, droit de prélibation et droit de préemption, charmant les ennuis de son oisiveté d'une petite pendaison de manants, cette école fait palpiter d'aise plus d'une fressure monarchique frustrée de l'anonymat des institutions démocratiques. Un parti, un peu ridicule à la vérité, et dont la figure de proue écussonnerait plutôt un

---

55 C'est-à-dire l'inquisition.

56 L'un des refrains des monarchistes pendant la Révolution, particulièrement des exilés.

stand de farces et attrapes, s'est trompeté plastron de ces valeurs du bon vieux temps jadis. Ce parti se recrute d'honnêtes fidèles qui vont dévotement à la messe, fréquentent avec une touchante assiduité les presbytères et les défilés militaires, et se mijotent l'ambition, après celle de filouter le pouvoir, d'aiguiller les aptitudes de leur progéniture à sang bleu sur l'une des deux voies royales qu'ils leur défraient à grandes coupes claires, la prêtraille ou la culotte de peau ; ici, le goupillon, là le stick. Ces hommes baragouinent un français ampoulé plein d'hyperboles et farci de fautes de syntaxe qu'ils camouflent en néologismes, concourent à l'impeccabilité des autels, dépoussièrent les stalles, astiquent les lutrins, débarbouillent la mémoire des héros, depuis Clovis jusqu'à Weygand, lustrent les galons des maréchaux, y compris ceux de Pétain, soutiennent de poses de torse busquées la grandeur de leur génie visionnaire, sont affables avec dédain, fustigent les vices du siècle, vocalisent indifféremment des Agnus Dei et des Sambre et Meuse, et marchent au pas cadencé la tête basse, ce qui est une façon de mitonner sous le même bonnet le ragoût du prélat et la ratatouille de l'officier de carrière.

Monsieur Touchapire donc fusilla Olivier d'une œillade qui oscillait entre le mépris désolé et le chagrin déconfit :

– On peut être pétri de talent, dit-il d'une voix frémissante, et exhiber la plus déplorable mentalité. L'un justifie l'autre, à moins qu'elle ne l'excuse. Pour moi, je n'ai que faire des libertins qui font leur pitance des remous qu'ils ont provoqués, pour injurier ceux qui les honorent de leur amitié. Vous m'accorderez donc le droit de quitter ce cercle où le côtoiement de l'esprit de faction et de l'irrévérence pour les choses sacrées rend l'air irrespirable.

Ayant martelé cet épiphonème, il repoussa sa chaise en arrière et allait tout bonnement déguerpir, lorsque Olivier riposta instantanément :

– Attendez, dit-il avec un flegme assez stupéfiant, vous vous méprenez, ne partez pas, c'est moi qui dois m'en aller.

Je n'ai que trop supporté la foi punique des uns et les accusations gratuites des autres, en l'occurrence les vôtres, monsieur Touchapire, et j'ai horreur de ça. J'ai horreur, par exemple, qu'on m'impute à tort des injures que je n'ai jamais proférées : c'est de la calomnie et du mensonge, deux gros péchés pour lesquels vous devriez courir à confesse ventre à terre ; d'autre part, il ne me semble pas avoir attaché de grelot à mon chapeau en entrant dans la chorale, ce qui aurait dû dispenser les inconditionnels ici présents de la *sacro-sainte*, terme cher à Voltaire, de m'en affubler un à leur effigie. De ce fait, vous avez tort de déserter la place, c'est une erreur de distribution des rôles que je me fais fort de corriger. En tant que musicien, j'en suis navré ; comme *libertin*, puisqu'on me décerne ce brevet, vous me voyez soulagé d'un poids qui, à présent que les masques sont arrachés, aurait peut-être fini par m'étouffer. Pour ce seul service, monsieur, je vous sais, à vous et à madame votre épouse, un gré infini.

Olivier salua le comte, fit une courbette fort gracieuse à madame Touchapire, et planta la compagnie sans plus de procès. Quelques secondes plus tard, il était dans la rue, en pleine nuit, n'ayant sur le dos qu'une veste d'été et pour avenir immédiat vingt-cinq kilomètres à s'allonger à motocyclette.

Nous étions au dernier jour de juin de l'année 2039. En rompant avec la chorale, Olivier s'était fait des ennemis irréconciliables de la présidente, de son mari, du maire et, plus inquiétant, de l'âme damnée de ce dernier, le René.

Lequel d'entre nous possède assez de froide lucidité pour anticiper au loin et en toute circonstance les conséquences de ses résolutions ? Si Olivier avait présagé du suicide de sa brève carrière musicale l'engrenage dont il actionnerait les ressorts, aurait-il agi ainsi ? Affirmons-le tout net et sans ambages. L'adolescent était d'une veine à ne pas succomber aux caresses secrètes que l'on fait à la lâcheté pour la convertir en compromis diplomatique. Dût-il rembourser jusqu'au dernier liard l'intransigeance de son tempérament foncièrement intègre et la sévérité des principes qui le gouvernaient, jamais il ne capitulerait. Fléchir sous le glaive, abdiquer sa conscience, c'eût été pour lui la plus honteuse, la plus avilissante, la plus abjecte des palinodies. Quitte à endurer les noirceurs, les vilénies, toute la panoplie des scélératesses que fomente la vengeance, il irait devant lui sans dévier, guidé par cette étoile qui, sur cette terre sombre, console en les éclairant les cœurs épris d'idéal et altérés de justice. .

Une semaine plus tard, madame Touchapire lui fit une lettre qui l'adjurait de reconsidérer sa démission. Olivier la lui confirma.

Dans cet intervalle survint un grave événement.

Conséquences d'un éclat

Le divorce avec la chorale entériné, Olivier jugea raisonnable de se bannir de S.... Il faisait bien, car il y était devenu l'épouvantail, une espèce d'anarchiste qui se vautrait dans la boue des philosophies faciles, c'est à dire irréligieuses, ce qui est le tort de beaucoup de philosophies.

Comme la calomnie est toujours en quête de combustible, l'occasion qui fait si opportunément le larron lui fournit de quoi pétiller encore davantage : on venait d'apprendre en effet qu'une célèbre maison de disques avait conçu un vif intérêt pour la psallette, et qu'elle était à la veille de proposer un contrat d'enregistrement en studio des cantates. Seulement, rien ne pouvait se conclure sans l'agrément de l'auteur. L'agrément, autrement dit sa signature. Le fait est que la société en question eut quelque temps après le concert un contact avec madame Touchapire ; celle-ci, éperdue, conjura Olivier de rajuster sa décision. Le garçon lui opposa une fin de non-recevoir catégorique. La rage au cœur, la présidente fut au regret de décliner une offre d'autant plus mirifique qu'elle défrayait large la voie d'une retransmission sur les ondes de France-Musique.

Du jour au lendemain, Olivier renifla sur sa peau l'odeur de brûlé du fer rouge dont on roussit les renégats. Sanction de ceux qui non contents d'éreinter l'institution en place, couronnent leur triste besogne en lui déclarant la guerre. Après avoir été postulé, acclamé, loué à grandes guides, après avoir allumé lui-même les feux de la rampe par un talent plébiscité de tous, après avoir gravi la pleine ascension d'une notoriété qui ne demandait qu'à se chamarrer de toutes les splendeurs, il foulait aux pieds le tapis d'or, sans vergogne, sans considération du mal qu'il faisait, avec l'arrogante fatuité d'une star à caprices. Cette astre qui courait vers son zénith avait prononcé l'extinction de tout ce qui brillait avec lui. On l'avait fêté, on l'avait célébré, on ne l'avait pas encore jalousé, attendu que la jalousie est comme les taupes, elle fore ses galeries avant de pointer le museau dehors ; en guise de gratitude, il dépouillait l'épitoge,[57] il tirait sa révérence et abandonnait dans son sillage un champ de ruines fumantes. Que méritait-il ? Pas même la corde pour le pendre.

La feuille locale fit ses choux gras du scandale, s'abattit rudement sur son initiateur et ne lui épargna aucun grief. Il y eut consternation générale, stupeur, colère, tous sentiments montés en mayonnaise dans de bruyantes délibérations de comptoir et de pas de portes. Le règne avorté d'Olivier émargea sa propre disgrâce, et celui qui avait été encensé comme un soleil nouveau fut cuit sur le bûcher des apostats.

Le pire, cependant, était à venir. La démission d'Olivier avait engendré une réaction cinétique à l'ampleur imprévisible. En se cassant lui-même aux gages, il avait ravivé des cendres qui devaient couver depuis longtemps, car elles s'enflammèrent comme garrigue en sécheresse. Les scories dégringolèrent sur S…, plus précisément du côté de la mairie. Seulement, du côté de la mairie, il y avait l'AFCR. L'AFCR, entre autres utilités, servait de pompier aux embrasements provoqués par les contestataires du régime. Or, le moindre foyer de sinistre menaçait brasier inextinguible. Expliquons-nous.

Contrairement aux vœux des Hound et des Touchapire, les membres de la manécanterie ne communiaient pas tous étroitement avec l'anathème fulminé contre Olivier. Si la plupart stigmatisaient son attitude, une minorité non négligeable applaudissait à la fermeté de caractère et au courage d'un petit jeune qui ne s'en était pas laissé conter par une coterie fascisante et avait dépiqué les mailles de ses machinations. D'où une dissidence annexe à une plus ancienne déjà existante, quoique larvée, chaque mouvance

[57] Dépouiller l'épitoge, c'est renoncer à une situation avantageuse.

travaillant à rassembler ses disciples sous ses propres couleurs. La querelle, d'abord plus ou moins embryonnaire, s'amplifia bientôt en sédition pure et dure. Une personnalité de renom, monsieur de Pompignac, s'y taillait la toge du tribun. Son éloquence, le respect qu'imposaient son nom, sa culture, la franchise de sa parole, l'ironie mordante avec laquelle il réexpédiait à leurs auteurs les diffamations que ceux-ci faisaient pleuvoir sur Olivier, le désignait tout naturellement chef de file de la faction réfractaire. Ce titre officieux acquis, son premier soin fut d'exténuer une à une les imputations des Hound et de l'AFCR en les neutralisant, preuves à l'appui, par de cinglantes réfutations. Celles-ci, étayées de témoignages irrécusables, détruisaient notamment la thèse – le comte disait plaisamment la *fouthèse* – selon laquelle l'adolescent avait insulté plusieurs citoyens vendus à Hound, péroré des propos orduriers et participé aux ébats récréatifs des Bordiers avant d'exhorter l'un d'eux à trucider le jeune Hippolyte. Une semaine après le démembrement de la chorale, un bon tiers de S..., convaincu qu'il y avait anguille sous roche et probablement collusion sous sacristie, exigea débat public et confrontation de l'accusé avec ses accusateurs. La mairie fit la sourde oreille. Monsieur Pompignac intenta un procès. De procès, point, les tribunaux firent la sourde oreille. Il insista. Mutisme. Il consolida sa plainte en citant des articles fort gênants de la constitution, réclama la dissolution de l'AFCR, et poussa le bouchon jusqu'à requérir un complément d'information relatif à l'attentat contre les Bordiers, dans lequel, précisa-t-il, il soupçonnait l'éminence grise de la calotte d'être le commanditaire du forfait. L'éminence grise, entendez Hound.

C'était aller trop loin. Imaginez Hitler à qui on eût exigé rapport circonstancié de l'assassinat des S.A. Le Hound n'avait pas l'encolure d'Hitler, mais il en avait le profil lugubre. Il convoqua secrètement son conseil.

Sous un gouvernement totalitaire, quelque chose est plus effrayant que le bruit des bottes, c'est le silence. Un tigre se dompte, à la rigueur ; mais l'hydre qui rampe dans la vase est invisible. Rien ne doit inspirer la méfiance comme de brusques accalmies en pleine époque de trouble. Lorsqu'une société est en ébullition, les intervalles trop paisibles sont des anomalies. Cette inertie apparente masque le piège qui se trame, là, sous vos pieds. La petite ride qui plisse la surface du marais et dont vous ne faites pas trop de cas, c'est l'onde de ce glissement sournois. Subitement, le monstre rue, la gueule vous happe et vous entraîne au fond.

Un soir, après une journée fort tendue qui avait réuni plus de cinq cents adversaires de l'AFCR, monsieur de Pompignac regagnait son domicile, fort excité du rôle de meneur dont on l'avait coiffé et qui l'affermissait dans sa position de rival de Hound pour les prochaines élections. Perspective qui en d'autres circonstances ne l'aurait guère réjoui, ayant peu d'atomes crochus avec les agitations de la vie sociale, mais qu'il assumait pour l'heure au nom du principe de liberté et de démocratie.

La maison qu'il habitait était une somptueuse gentilhommière héritée de plus de dix générations de Pompignac, et située à la lisière du bourg, dans un endroit assez solitaire.

Comme il descendait de voiture pour ouvrir un gros portail ouvragé à deux battants, il se figea immobile et fronça les sourcils. Il était sûr d'avoir discerné un remuement furtif quelque part à l'angle le plus éloigné du mur de façade. Il se rassit au volant, franchit l'entrée, mais sans refermer derrière lui. Parvenu au pied du perron, le même remuement mobilisa son instinct, cette fois confirmé par l'éclairage automatique qui illuminait la propriété d'une lueur assez vive. Monsieur Pompignac n'était pas homme à s'émouvoir d'un cambrioleur, ni à redouter d'avoir à se défendre manu militari contre ce genre de filous. C'est pourquoi il marcha d'un pas ferme jusqu'à l'arête où se départageaient la façade et le pignon, en hélant l'intrus d'une voix sonore. Ce faisant, il tournait le dos à une haie vive solidaire de la murette d'enceinte qui séparait le vaste jardin de l'extérieur. Une cavalcade sourde de course amortie déboula derrière lui. Il n'eut pas loisir de faire volte face qu'une masse noire le déséquilibrait et l'envoyait s'affaler par terre. Deux bras brandirent au-dessus de lui un objet à long manche sommé d'une lame triangulaire. La hache lui trancha le crâne d'une seule percussion. Le préposé de la poste découvrit le lendemain sa tête sanglante fendue en deux tronçons.

Le maire diligenta une enquête qui conclut à un crime crapuleux. Responsable, avec ou sans "s", les Bordiers, évidemment. Etrange coïncidence, l'un des cadres de l'AJC, René, se volatilisa la nuit même du meurtre. Evanouissement total. On murmurait qu'ayant déniché un emploi on ne savait trop dans quel département voisin, il avait quitté S... à la hâte, sans fanfare ni trompettes. Personne n'osa soumettre à la logique arithmétique de cette équation pourtant fort simple, premièrement que sa fonction à l'AFCR lui assurait un confortable salaire, en second lieu que ses adieux suivaient de près le cadavre encore chaud de monsieur de Pompignac. Cela dit, ce dernier eut droit à un bel enterrement enluminé d'un discours fort solennel au cours duquel Hound, attifé des attributs républicains, enrubanna son éloge dans un luxe d'allégories édifiantes et vitupéra les *méprisables individus qui avaient commis ce meurtre inqualifiable sur une des figures les plus fameuses de S... et à une âme riche de tant de vertus*, etc.

Madame Touchapire, pour sa part, ayant épuisé tous ses recours, se résigna enfin à dissoudre la chorale. Avant de clore ce chapitre mortifiant, elle tenta un ultime raccommodement avec Olivier. L'adolescent, qui comme nous le verrons ne devait être instruit que plus tard de la mort de son ancien collègue, lui fit la seule réponse que lui dictait sa conscience, c'est à dire aucune.

Alors son admiration se changea en acrimonie. L'âme de cette dévote suppura la pire des haines, celle qui fracasse l’idole d’hier et creuse déjà la fosse dans laquelle elle l’ensevelira. Elle jura la perte d'Olivier.

Elle n'était pourtant pas au bout de ses surprises ni de ses chagrins.

Ne nous induis pas en tentation

Olivier ne nourrissait plus qu'une ambition, oublier la chorale, oublier Touchapire, Paulimane, les Bordiers, les gendarmes, *et ejusdem farinae homines*,[58] biffer de sa mémoire cette sordide aventure, apposer le mot FIN au bas de la page et archiver à l'index le livre maudit de ses pérégrinations musicales.

Sa résolution était souveraine. Il la symbolisa en cadenassant la barrière. Il se retrancha du monde. Puis il s'abîma dans une douloureuse méditation.

Depuis combien de temps habitait-il aux Froides-Aigues ? Depuis deux mois. Depuis deux mois, quel repos avait-il eu ? Presque rien, une ou deux plages d'embellie tout au plus dans un perpétuel ouragan. Cependant cet ermitage était un oasis de paix, un nid d'étude, un havre de recueillement que rien ne devait troubler. Et puis, dans une dizaine de jours ses copains de l'internat allaient débarquer. Que désirer de plus ?

Et bien, tout cela lui était contesté ! Au lieu de l'étude, le chaos ; pour prix du recueillement, des cris d'agonie ; à la place de la quiétude, les conspirations délétères de l'AFCR.

Quant à son incognito, qu'il affectionnait non par timidité mais par discrétion, il avait fait long feu : l'adolescent le plus anonyme, puis en quelques semaines le plus célèbre du canton, n'en était plus que le mascaron. Le compositeur de cantates se raturait sous le factieux. Ce n'était pas assez d'avoir défrayé une chronique criminelle, il fallait qu'on lui imputât la plus inqualifiable des ingratitudes, celle qui appointe la confiance et le prestige avec de la monnaie de singe. Autant de vices qui définissaient le prototype du parfait renégat : car à travers les jugements que les hommes

---

[58] Et tous les individus de cette espèce.

prononcent envers leurs semblables, il est rare qu'un grief ne se surcharge pas d'un autre.

Le garçon exhalait sa bile avec parfois de véritables paroxysmes de fureur. Lorsque les contrecoups du fait lui sont trop limitrophes, quand le recul fait défaut, on a de ces fougues impulsives, surtout chez un être aussi jeune. Lui qui n'avait écouté que sa conscience, c'était pour sa conscience qu'on le condamnait ! Lui qui s'était fait un devoir fraternel d'extirper la misère de son puits de calamités, on l'incriminait d'une complicité d'assassinat, et même de quelque chose de pis ! Pour avoir stigmatisé les horreurs du fascisme catholicisant, il essuyait la hargne des réactionnaires, et une horde de fanatiques beuglait ses exhortations à une vengeance expiatoire ! Il avait pour ennemis un maire, une présidente, un prêtre, cent personnes qui hier l'ovationnaient et qui aujourd'hui le suppliciaient sur la claie de la moralité bafouée !

Par ce cercle vicieux où l'amertume et le chagrin s'alimentent l'un l'autre, il se dit qu'il pourrait bien en être du séjour de ses camarades comme de sa brève carrière à la manécanterie, un avortement dans l’œuf ; tout ce qu'il avait entrepris ayant lamentablement échoué, pourquoi pas ses vacances ? Il était si découragé que ces idées noires se coagulaient en idées fixes.

A force d'être malade, le corps fabrique l'antidote ; à force d'être préoccupé, le cerveau secrète le contrepoison. Un jour, Olivier en eut assez et sonna le tocsin de l'émeute contre lui-même. Cette indignation qu'il ruminait sur tous les tons et dans tous les modes menaçait de le faire tourner en bourrique, en obsédant sa cervelle d'un leitmotiv de récriminations préjudiciable à sa santé mentale. Il s'infligea donc une vigoureuse et détergente lessive intérieure. Une fois plus calme, il disséqua les événements sous un angle plus objectif.

Il réfléchit d'abord que la fracture avec la chorale le sauvait. Dieu sait si, habilement capté par les aigrefins de l'AFCR, il n'aurait pas mordu à l'hameçon, la crédulité faisant si souvent le lit des complaisances. Là, il devait bien s'avouer qu'il s'était surestimé. Il alla jusqu'à se taxer de jobardise pour avoir courtisé la chimère d'une collaboration en commandite avec une coterie qui excluait tout électron libre de son champ d'attraction. Mais ce qui l'écœurait par-dessus tout, c'était que l'art, l'art sacré eût été le support des intrigues et des cabales, et que tandis que lui, Olivier, ne se souciait que de musique, d'infâmes rabatteurs tentaient sous chape de l'embabouiner. Sa démission était par-là un acte de légitime défense.

Et puis, ce détestable bilan rectifiait une autre réalité, celle des Bordiers. Il les voyait à présent non tels que les citoyens de S... s'ingéniaient à les peindre, mais tels que l'ostracisme les avait proportionnés aux outrances qu'il leur faisait subir. Car enfin, s'ils avaient des torts, de combien de plus terrifiants la communauté n'était-elle pas débitrice à leur égard ? Ces Bordiers, acculés à l'hostilité la plus intégralement votée par la vindicte, avaient été les cobayes du champ d'expérimentation de la méthode répressive chère aux adeptes des régimes à galons. La xénophobie avait eu là excellente chaussure à son pied pour inaugurer le programme de ses grandes manœuvres discriminatoires.

Peu à peu, la chorale et ses membres arboraient leurs vrais visages, et ces visages étaient des faciès, et ces faciès étaient hideux. Ces hommes, ces femmes qu'il avait côtoyés presque deux mois durant, ces pères et ces mères de famille dont il avait réglé les vocalises, qui s'étaient pliés à la dure discipline des répétitions et de la sévère exigence de leur jeune maestro, qu'étaient-ils ? Un ramassis de fripouilles ayant calculé, planifié sans la moindre vergogne la ruine de déshérités. Et ces gens allaient à la messe ! Et ils donnaient leur obole à monsieur le curé ! Et combien d'entre eux éculaient leurs genoux au confessionnal en s'accusant dévotement de leurs petites fautes quotidiennes ! Avant la révélation du comte, jamais Olivier n'aurait osé concevoir qu'il appartînt à des êtres humains de dérober un tel gouffre de scélératesse sous une telle fleur de civilité. Jamais il n'aurait parié un liard sur cette gageure qu'une cité, comme cela, presque d'un seul bras, plébisciterait un acte collectif de racisme ayant pour péroraison une liquidation pure et simple. Et dire qu'il s'était incorporé à ces tortionnaires ! Et non seulement il s'était agrégé à eux, mais il avait travaillé pour eux, mais il s'était réjoui de fréquenter ce carnaval d'estropiats dont les sourires dégoulinants d'eau bénite travestissaient des âmes vendues à la plus féroce ignominie. Touchapire, Hound, Paulimane, exécrable assortiment de la canaille ayant une main pour agiter le goupillon et une autre pour affûter le poignard ! Olivier en avait des nausées.

Il s'asservit donc à rayer cette navrante péripétie de ses éphémérides. Il multiplia les courses en forêt, peaufina son répertoire pianistique, lut beaucoup, meubla ses journées de toutes les saines occupations qui enrayent l'escalade des pensées maussades. Hélas, enrayer n'est pas supprimer : malgré cette prophylaxie, il rongeait son mors. Le matin, il s'éveillait miné par un cafard qui résistait aux palliatifs les plus énergiques. Il dévorait souvent de longues heures de mélancolie. La solitude n'arrangeait rien ; Olivier souffrait d'un manque cruel de compagnie. Parler à quelqu'un, se confier à un ami, s'épancher dans un cœur fraternel, il y songeait comme un naufragé songe au navire qu'il guette à l'horizon. Seulement, qui irait s'enterrer avec lui dans sa chartreuse ? Il s'était récité cent fois et sans succès son album de collège : aucun de ses camarades n'irait se clôturer fût-ce dans le plus confortable et le plus douillet des cloîtres. D'ailleurs, la plupart avaient une famille et cette tutelle-là fait autorité.

Il n'en déférait pas moins à une discipline draconienne : jamais, par exemple, il ne céda à la facilité d'une grasse matinée ou d'une soirée trop tardive. Son intransigeance sur ce chapitre était quasi monacale. L'après-midi, il s'octroyait le bénéfice d'une sieste. Le temps ayant viré au chaud, il avait adopté le costume le plus sobre, c'est à dire pas de costume du tout.

Vers le milieu du mois de juillet, peu après le déjeuner, il s'était précisément allongé sous la Feuillée et succombait à cette bienfaisante torpeur qui, en s'insinuant dans les moindres fibres du corps, favorise de si brefs et roboratifs sommeils. Il était dans son hamac, plus nu qu'Endymion, et se balançait au suroît qui promettait un bel été bien caniculaire. Il avait déjeuné avec appétit, symptôme que sa convalescence morale allait bon train. Un doux appesantissement alourdissait ses paupières sur lesquelles flottaient les agréables nuées du marchand de sable.

Tout à coup, quelque part derrière la remise, un bruit insolite dérangea cette belle sérénité. Olivier, qui distinguait parfaitement les son naturels, fronça les sourcils à celui-ci qui ne l'était pas. Aucun doute, quelqu'un foulait le gravier de la petite cour ; au demeurant, et c'est ce qui atténua une petite pointe initiale d'anxiété, sans trop de discrétion. Il sauta branle bas avec la souplesse silencieuse d'un chat. Puis il s'accroupit en sentinelle à travers les pampres qui enguirlandaient la Feuillée. L'hypothèse de l'intrusion facétieuse d'un de ses camarades en avance sur la date lui convenait en ce qu'elle dédramatisait sa nudité.

La silhouette lui était bien familière, mais elle ne s'ajustait pas exactement aux contours d'un godelureau. Il ne la reconnut pas moins. C'était celle de Clarisse Touchapire.

De peindre la stupeur du garçon, il y avait de quoi mourir de rire. Sa situation était d'autant plus épineuse qu'il n'avait pas le moindre vêtement à proximité et que sa position stratégique lui interdisait toute retraite en bon ordre vers la maison. Que faire ? S'évader par la salle des batteries était l'unique voie de décrochage. Il s'y déterminait lorsque la fille marcha droit à lui, avec l'assurance d'un voyageur de commerce qui débusque un client.

Ici, il faut souligner une facette du caractère d'Olivier. Quand il acquit la certitude qu'il n'échapperait pas à la petite humiliation d'être contemplé *in naturalibus*, il homologua cette inévitable sanction, mais en intervertissant la hiérarchie des rôles, c'est-à-dire en se faisant fort d'échafauder une bonne farce ; le moins plaisant n'était pas la joie, extrêmement indécente, mais ô combien savoureuse, de choquer une fille de prude, probablement prude elle-même par préciput. C'est pourquoi il se recoucha nonchalamment dans son hamac. Puis il patienta, disons-le avec une certaine rouerie, la péripétie magistrale de ce théâtre bucolique digne du Décaméron.

Il n'eut pas longtemps à patienter. Clarisse avait atteint la lisière de la Feuillée, pilotée par la boussole que lui improvisait le froissement d'herbe du guet d'Olivier. Elle appela d'une voix timide : *il y a quelqu'un ?* En même temps, elle écarta les branches : Adonis lui apparut dans sa splendeur fastueuse de jeune faune.

A ce stade d'une scène plutôt comique par l'enchaînement des séquences et l'arroi pittoresque d'un des acteurs, il serait facile de pronostiquer chez celle qui en était l'instigatrice sinon un effarouchement scandé de cris d'orfraie, du moins une grosse gêne avec plates excuses, rougeur au front, *saisissement mortel*, ainsi qu'on causait du temps de Molière, le tout ponctué de balbutiements et pourquoi pas, d'un torrent de prières marmottées en grande imploration d'absolution afflictive.

C'était mal augurer de l'aplomb de la belle demoiselle. Il n'y eut ni scandale ni orémus. Clarisse ne manifesta pas la plus infime confusion. Elle eut même le culot d'articuler, d'une voix exquisement goguenarde :

– Tu fais du bronzage intégral ?

Olivier, qui s'était persuadé d'avoir jeté l'indiscrète dans un irrémédiable embarras, était mouché comme un novice. Ce fut pire encore quand elle s'adossa à un arbre et le reluqua avec une insolence déroutante. Qu'est-ce qui remua dans le for intérieur du garçon ? Remâcha-t-il le crève-cœur du *tel est pris qui croyait prendre* ? Le flegme avec lequel

Clarisse le bornoyait avait-il chatouillé son orgueil de mâle ? Toujours est-il qu'une pincée d'agacement assombrit son humeur, mais qu'il avait beau se battre les flancs pour se sortir du guêpier, le constat était mortifiant : la belle catéchumène l'avait mystifié. Il se rabattit alors sur une banalité et bredouilla :

– Comme vous voyez.

Olivier, tempérament offensif, ne macérait jamais longtemps dans le jus vinaigré d'un déboire. Il tâchait toujours de s'en avantager en inversant les polarités des rapports de force. Aussi entama-t-il le préambule de l'étape suivante par un postulat de consensus avec l'émissaire de l'AFCR.

Jusqu'ici, il n'avait été confronté qu'à un être du sexe féminin qui se divertissait d'une taquinerie. Ce sigle, AFCR, rameuta d'autres appréhensions que celles de sa pudeur en détresse.

Qu'est ce que cette fille venait faire ici ? Etait-elle mandatée ? Obéissait-elle à un monitoire de sa chère mère ? Avait-elle mission de rabibocher réconciliation ? Certes, de tous les livides personnages auxquels il ne s'était que trop acoquiné, Clarisse était un des rares qui méritât quelque indulgence ; n'avait-elle pas intercédé en sa faveur ? N'avait-elle pas remboursé cette audace d'une réprimande publique particulièrement outrageante ? Tout cela, sans doute, tamponnait son passeport de quelques visas recommandables, mais enfin, généreuse ou non, elle n'en était pas moins une Touchapire et Olivier s'en méfiait d'autant plus qu'après son incartade, elle devait avoir écopé de l'inévitable séance de contrition que toute congrégation à chapelets administre à ses ouailles en rupture de patenôtres. Par conséquent, il n'était pas exclu que son excursion aux Froides-Aigues instrumentalisât le protocole d'un contrat de résipiscence ayant pour option de rachat la reconquête de l'âme d'un dévoyé.

Seulement, ce dévoyé était nu ; mauvais présage.

Olivier décida de saisir le taureau par les cornes en courant sus aux visées diplomatiques de la péronnelle. Pour exorde, et parce qu'il était d'avis que le plus élémentaire savoir-vivre eût été de s'annoncer au loin, il temporisa en différant son rhabillage avant de gratifier la pèlerine d'un comme vous voyez qui réactualisait à la baisse la cotation de leurs affinités.

Cette substitution d'un voussoiement à un tutoiement attrista sincèrement Clarisse. Ne cachons pas que quels que fussent ses efforts pour se distraire du peccamineux spectacle d'Apollon en faillite de braverie, les œillades qu'elle obliquait sur ce péché vivant n'en étaient pas moins tout émues de la tendresse à laquelle les prudes ne sont pas moins perméables que les autres. Il faut dire que les *appâts* d'Olivier avaient de quoi affrioler même une vestale.

Nonobstant, ladite vestale ne reflétait pas spécialement le portrait de l'ingénuité dont l'hagiographie officielle orne ses estampes : c'était une fille d'une beauté éclatante, à la hanche étroite et à la taille élancée, avec un visage de rêve à fronder les vocations trappistes : de beaux yeux noisette, des jambes fuselées, des lèvres sensuelles, des oreilles de nacre et un cou dont Cléopâtre eût été jalouse. Car on parle toujours du nez de Cléopâtre, et jamais de son cou, qu'elle avait fort aimable. Le croquis se complétait d'une superbe chevelure châtain clair bouclée ; tant de précieuses qualités concouraient à modeler le galbe d'une jouvencelle plutôt sportive que jeune fille du monde. Elle était vêtue d'un polo beige élégant et d'un large short bleu ciel.

Cependant, les préliminaires épuisées, il était temps d'aborder le vif du sujet. Avec un zeste d'ironie, le garçon lui dit :

– Que me vaut votre visite ?

Il ajouta aussitôt :

– Remarquez, je dis visite, mais je devrais peut-être dire ambassade…

Clarisse encaissa sans sourciller :

– Je suis venue pour avoir une conversation avec vous, dit-elle.

– Une conversation ? Ou des pourparlers ?

Quelques jours plus tôt, au dîner du concert, la file avait sondé à son aune l'éloquence ravageuse d'Olivier. S'aventurer sur ce terrain était, elle le savait, illusoire. C'est pourquoi, au lieu d'engager un combat inutile, elle esquiva :

– J'ai tant de choses à vous dire, fit-elle.

– D'accord, répliqua Olivier ; mais avant d'aller plus loin, laissez-moi vous relever de votre punition.

– Je ne comprends pas, fit Clarisse.

– Depuis deux minutes, vous êtes en grand péril d'exposition prolongée aux irradiations diaboliques d'un suppôt de Belzébuth. Faites-moi donc l'honneur de prendre un verre au salon. J'en profiterai pour enfiler au moins un caleçon.

Ayant proféré cette invitation, Olivier bondit au premier étage en suppléant à la politesse de la précession des dames, urgence vestimentaire oblige. Le temps de se sommer de sa parole sur le caleçon, il tendit une chaise à Clarisse et lui servit quelques rafraîchissements, qu'elle avala sans se faire prier, ayant grand'soif. Puis, il détendit l'atmosphère :

– Vous vous êtes farci les huit kilomètres de sentier à vélo ? Chapeau bas !

– C'est bien le seul loisir qu'on m'autorise, le vélo, aussi mes mollets et mes poumons sont au top…

– Et bien, fit Olivier, nous avons un dénominateur commun. Mais trêve d'exploits cyclistes, à présent jouons franc jeu.

La fille s'épongea le front et, après avoir longuement soupiré :

– Vous avez raison à propos des pourparlers, dit-elle, officiellement, je suis ici pour vous adjurer de réintégrer la chorale.

– Je m'en doutais un peu, répondit Olivier. Et officieusement ?

Clarisse se mordilla les lèvres :

– Officieusement, je sollicite votre aide.

Olivier lui marqua sa surprise :

– Mon aide ? dit-il, mais certainement ; seulement, attention ! l'aide d'un garçon de mon acabit est risquée, elle pourrait bien vous communiquer la damnation par contagion. Il y a des virus informatiques, moi je suis un virus animique. Tout ce que je dis attaque en profondeur le système vital du logiciel Vertu et personne à ce jour n'y a encore trouvé de remède. Je suis le hacker des âmes.

Clarisse sourit de ses dents plus blanches que l'ivoire, tout en empruntant ce maintien qui résume l'ennui d'avoir à énoncer quelque chose de malaisé :

– C'est difficile, fit-elle, comment dire ? Enfin, je ne voudrais pas…

Olivier interrompit son bégaiement de toute l'affabilité dont il était coutumier et qu'il faisait volontiers alterner avec le persiflage :

– Ne vous cassez donc pas la tête, allez-y à votre rhythme ; car je suppose qu'étant venue ici à bicyclette, vous n'êtes pas si pressée de repartir.

– D'autant que la barrière était verrouillée et que ça a été une sacrée galère pour faire passer mon VTC. Et puis même, avant ça, il a fallu la gonioter, votre chaumière : quel labyrinthe avec tous ces chemins qui vont dans tous les sens ! Je me suis gourée dix fois avant de trouver le bon, trop heureuse de l'avoir trouvée, d'ailleurs, ce qui tient du miracle.

Sa figure se décora d'une subtile nuance narquoise :

– Peut-être est-ce que j'ai été guidée par mon bon ange…

Le mot plut beaucoup à Olivier qui s'esclaffa avec une cordiale spontanéité :

– L'ange qui vous guide vers le temple de Baal, fit-il, ça doit être un ange déchu. Néanmoins, géhenne ou non, vous êtes ici chez moi, ce qui fait que je vous dois gîte et couvert. C'est un des commandements du chrétien que je prétends être et que je ne suis plus aux yeux de votre maman, depuis que j'ai blasphémé la logorrhée de saint Paul et profané les rognons du Pentateuque. Et pour vous démontrer que je conforme mes actes à mes paroles, vous êtes en nage, la douche est à votre disposition. Allez-y sans vous alarmer, je ne vous violerai pas. Et puis, franchement, comment s'alarmer d'un bougre ? Car on ne l'aura peut-être pas ébruité jusqu'à vos tympans, les Froides-Aigues c'est l'antre de la Bête, celle qui est toute maculée de ce vice contre lequel le même Pentateuque fricote et rissole les châtiments éternels au feu de l'enfer rôtissant.

– Je me fiche de tout ça, répondit Clarisse en haussant les épaules.

Elle renchérit :

– La preuve, c'est que j'accepte.

Elle hésita quelques secondes, puis :

– J'ai pourtant un sac plein de nouvelles à déballer. Soit ! Je vais sous la douche ; à mon retour, on discutera ferme.

– J'aime ce *ferme*, dit Olivier, il me fait toujours augurer positivement d'un débat ; mais je vous prends au mot, et je vous préviens qu'au moindre artifice, je vous serre le bouton…

– Pari tenu, fit Clarisse.

Comme Olivier l'accompagnait jusqu'à la salle d'eaux, elle murmura :

– Faites-moi une grâce.

– Concomitante ou suffisante ?

La fille apprécia et reprit :

– Tutoyons-nous, s'il vous plaît ; vous ne l'avez pas voulu tout à l'heure, et j'en suis peinée : à quelques mois près nous avons le même âge.

Elle enchaîna aussitôt, finement railleuse :

– La pruderie s'accommode parfois des familiarités ; que voulez-vous, la société évolue, même à S…

– D'accord, fit Olivier, je range au vestiaire mon smoking de cérémonie : tu peux compter sur le *tu*.

Contrairement à la légende, toutes les demoiselles ne font pas des salles de bain un séjour de Capoue où elles s'attardent plus que de raison en chantant l'air du saule ou le dernier tube à la mode. Clarisse rejoignit le salon moins de cinq minutes après, vêtue d'un léger chemisier d'été. Le chemisier perturba un peu Olivier, en ce qu'il ne voilait que fragmentairement ce qu'il ne montrait pas. Il se dit que ce n'était pas là une parure de dévote.

Pour achever de relaxer son hôtesse, le garçon avait imaginé ce qu'il aurait imaginé avec ses camarades du lycée, une trempette à l'étang des Sources. Il faisait chaud et sans doute n'avait-elle guère l'occasion de s'adonner à des récréations aquatiques, hors celles que l'on pratique du bout des doigts à l'entrée des églises dans ces petits récipients qui, selon la définition d'une grande érudite, sont les *piscines de l'âme*. Clarisse opina avec enthousiasme. Le temps de se munir de deux serviettes individuelles et d'un tapis de plage, les deux jeunes gens s'élançaient sur le minuscule layon qui serpentait vers l'aiguade entre une profuse variété d'arbustes et de taillis fort odorants.

Depuis un long moment déjà, Olivier avait mitigé la sévérité dont il s'était cuirassé au début. La rosière incombustible, revêche, guindée, toute ankylosée de cette minéralisation de l'épine dorsale des béguines qui anticipe si malencontreusement leur caducité, n'était qu'une façade derrière laquelle prospérait une aguichante créature parée des deux attributs qui font défaut au puritanisme, la simplicité et l'humour. L'adolescent n'était pas mécontent de se pourvoir en cassation d'un verdict un peu hâtif au profit d'une jolie écolière dont la sympathie corrigeait son extraction sociale. Quant à sa démarche officielle, il était clair qu'elle lui avait déjà greffé un codicille, voire une clause déhortatoire.[59]

---

[59] En diplomatie, une lettre déhortatoire est une lettre qui incite à ne pas faire une chose.

Une fois à l'étang, Olivier étendit le tapis de plage sur l'herbe, s'assit et tira d'un étui un de ces cigares dont il raffolait. Le cigare arracha une exclamation à sa camarade :

– Oh, oh ! Si ma mère te voyait, elle frémirait d'horreur. Tu sais pas que la fumée est d'obédience satanique ?

– Sache que je pratique le satanisme avec assiduité ; celui-ci m'a été inculqué à l'internat où il est de bonne tradition de se sataniser les uns les autres.

Il n'avait pas plus tôt débité son épigramme qu'il écarquilla les prunelles : Clarisse fourgonnait dans son sac ; que pensez-vous qu'elle en extirpa, et avec une désinvolture de grisette ? Un paquet de cigarettes.

– A satanisme, satanisme et demi, dit-elle ; considère ça comme mon côté réfractaire au régime.

Là, Olivier faillit s'étrangler :

– Et bien ! fit-il, tu m'en bouches un coin ! Comment, toi, la professe de l'Immaculée Conception new style, le porte-chasuble du culte de dulie et de latrie, toi l'emblème de la perpétuité du chapelet à gros grains, tu te livres à la débauche en catimini ? C'est le bouquet !

Les paupières mi-close, Clarisse expira de sa poitrine un long souffle indolent avec une délectation presque provocatrice. Ce souffle, c'était le soulagement du détenu qui a brisé son écrou et qui une fois sa liberté apprivoisée s'en repaît jusqu'à la satiété. Subrepticement, elle dévisagea son hôte d'un air madré :

– J'ai bien d'autres cordes de débauche à mon arc, roucoula-t-elle en modulant sa tessiture d'une terrible ambiguïté.

La phrase, trop ou trop peu sibylline, fit frissonner Olivier. Un commencement de remue-ménage le désarçonna, qui n'abusa peut-être pas celle qui en était à l'origine, mais qu'il se dompta à dérober sous une grande draperie de postures de raccroc.

Cependant, Clarisse s'était accoudée face à lui et vissait sa rétine dans la sienne :

– Venons-en au fait, dit-elle, j'ai un secret à te confesser et je t'ai choisi pour confident.

– C'est trop d'honneur, dit l'adolescent.

Clarisse inhala une bouffée de sa cigarette et siffla entre ses dents :

– Demain matin, je serai partie.

– Tant mieux ou tant pis, fit Olivier.

– Que veux-tu dire ?

– Tant mieux parce, que ça veut dire que tu dormiras chez moi cette nuit ; je me trompe ?

– J'avais l'intention de te demander ton hospitalité, en effet.

– Accordée. Tant pis, parce que j'aurais espéré un séjour plus long.

– Impossible.

– Je le crois bien, ta maman se ferait des cheveux. Déjà que tu découches une nuit, alors…

– Elle n'a pas fini de s'en faire, des cheveux, et des plus gris.

– Pardon ?

– Je dis : ma mère n'en est pas quitte avec le blanchissement prématuré de son système capillaire…

Olivier subodora dans la volontaire réticence du discours une amorce d'exclusivité en suspens. Les oreilles lui en dressèrent comme des antennes mobiles :

– Qu'est ce que tu mijotes ?

– Quand j'ai dit : *je serai partie*, c'est bien autre chose que d'ici à S… : demain matin, ma copine Mélanie m'attendra sur la route du Pas de Peyrol, au croisement du sentier qui va chez toi. Elle sera au volant d'une voiture. Je monterai dans la voiture ; dix ou douze heures plus tard, j'en descendrai, quelque part dans Paris. C'est là que je vais vivre désormais, loin de l'AFCR, loin des vieilles biques de quartier, loin du Paulimane et des coups d'œil louches qu'il biaise sur mes guiboles comme Tartufe : *mon Dieu ! que de ce point l'ouvrage est merveilleux*…. J'ai eu dix-huit ans il y a dix jours. Je veux respirer selon ma fantaisie, je veux connaître des garçons, faire l'amour, boire, rire et chanter. Je veux me cramer aux flammes de cet enfer que je crois foutrement désirable. Surtout plus de prières, plus de sermons, plus de bénédictions, de rémissions, de crucifixions ! Je veux jeter tous ces *-ons* aux orties, troquer la jupe en dessous des genoux contre la nuisette, et tant pis si je cuis à petit feu sur le grill d'Astaroth ou à gros bouillons dans la soupière de Léviathan.

Prétendre qu'Olivier avait extrapolé ce credo, ce serait aller un peu vite en besogne. Le garçon, cependant, s'était rapidement convaincu d'une chose, que si la belle apostate s'était allongée vingt-cinq kilomètres à vélo pour l'instruire de ses projets immédiats, c'est que les projets étaient d'une envergure à justifier les vingt-cinq kilomètres. En revanche, là où il trébuchait, c'était sur son rôle à lui, simple adolescent qui lui était un peu moins étranger que le premier venu, certes, mais peu apte à être promu au rang de dépositaire d'un dessein aussi radical que celui de planter sa famille sans crier gare.

– Depuis que je suis aux Froides-Aigues, répliqua-t-il, je vais de surprises en surprises. Mais celle-ci, c'est le pompon. Bravo, si tu es sûre de toi ; cela dit, méfie-toi quand même, n'oublie pas que c'est par inexpérience je me suis mis à dos tout un canton. Tu risques d'y laisser des plumes. Au fait, qu'est-ce tu feras à Paris ? Il te faut des ressources, un boulot : il ne s'agit pas d'être réduit aux restos du cœur l'hiver et à la manche l'été…

– Tout est prévu, répondit la fille ; Mélanie est propriétaire d'un magasin d'habillement. J'y ferai mes classes de vendeuse. Le salaire est correct et je dispose d'un logement au-dessus.

Elle ajouta, entre cuir et chair :

– Ce n'est pas la carrière idéale, mais enfin il y a urgence. Et puis, j'ai une grosse boulimie d'études, et plus spécialement d'études supérieures dans la gestion des entreprises. Figure-toi que la parentèle s'y est toujours refusée. Pour ces gens-là, une nana n'est bonne qu'à épousseter les bancs de l'église et à imprimer les cartons d'invitation pour les kermesses pieuses, et encore, même pas sur un ordinateur, car les ordinateurs sont la vitrine de l'Antéchrist. C'était là tout l'avenir qu'ils me concoctaient. Je le leur donne à digérer, désormais.

– Ma pauvre Clarisse, fit Olivier en épinglant une appogiature de désolation sur *pauvre*, nous vivons dans une société de cafards pire qu'au dix-neuvième siècle. Le passé est de retour, on exhume les vieilles châsses des fourre-tout où la séparation de l'Eglise et de l'Etat les avait reléguées. Les bulles papales crèvent de nouveau dans cette nuit que l'on prend pour une aurore. Jamais époque n'a plus rivalisé d'imposture et de bêtise, jamais l'homme n'a plus été un rapace pour l'homme, référence l'ignoble expulsion des Bordiers ; jamais la barbarie en complet veston et en surplis ne s'est indemnisée de raisons plus fallacieuses ni n'a brandi avec plus de morgue les banderoles de la piété. On se croirait revenu aux temps des dragonnades.

Il poursuivit, avec un crescendo pathétique :

– Ecoute, Clarisse, grand bien te fasse de ton séjour à Paris ; mais si les choses n'allaient pas comme tu le souhaites, et bien dans ma chartreuse, il y a de la place à revendre. Et puis, pour les études, c'est l'idéal. Tu vois, cette solitude m'est si chère aujourd'hui, que je n'ai pas peur de m'y claquemurer, même au risque d'y laisser un peu de ma jeunesse. Déficit, soit dit en passant, qui n'est pas pour demain : d'ici à une douzaine de jours, une demi-douzaine de mes copains du lycée vont se pointer. Deux mois de vacances ! Après, on verra ; *carpe diem*.[60]

Clarisse avait écouté le garçon avec une expression de poignante gratitude. Son appui inconditionnel était une consécration ; elle avait été soucieuse, la gaîté refleurit à

[60] Profite du jour présent.

l'ombre des nuées dispersées par cette conscience noble et ce verbe si étanche à toute dissimulation. Restait à éconduire un sérieux qui n'avait plus lieu de s'éterniser : elle s'écria, toute fringante :

– Faut fêter ça !

– On va fêter, t'inquiète, je te promets un régal de mes talents de cuisinier. Pour l'heure, si on piquait une tête ?

Il se déjugea incontinent pour se confondre en excuses :

– Pardon, c'est vrai que tu es sans maillot. Mais ça ne fait rien, j'en ai un, il est un peu…

Il n'avait pas bouclé sa phrase que Clarisse délaçait ses chaussures. Soudain, avec une hardiesse à congeler une statue de cire sous la canicule, d'un geste prompt elle dégrafa son chemisier et fit glisser son short. Or, le short était un short dit *slippé*, c'est-à-dire pourvu en dedans d'une doublure solidaire à mailles ajourées.

Olivier, plus stupide qu'un bœuf devant une locomotive à vapeur, avala sa salive. Cependant, la fille renchérissait, radieuse :

– Et alors ? Je t'ai vu nu, non ? Je me rachète : un prêté pour un rendu.

Sans trop démêler ce qu'il faisait, le garçon tituba vers la berge où sa camarade avait déjà mouillé ses chevilles en piaillant de petits gloussements, à cause de la fraîcheur de l'eau. Il eut tout loisir de se brouiller la pupille du tableau élégiaque d'une naïade dont les linéaments le consumaient molécule à molécule. Jamais jusqu'ici Olivier n'avait contemplé d'autre nudité que celle d'un voisin de dortoir. Pour lui, la féminité était une énigme scellée. Il ne se rappelait pas avoir jamais convoité une fille, ni en rêve, ni à plus forte raison en chair. Or, voilà que celle-ci lui inoculait une telle fièvre, et si incontrôlable que si elle avait fait volte face, l'illustration par l'exemple du choc émotionnel dont elle était l'artisan lui eût été brandie en guise de certificat de garantie.

Brusquement, la gibbosité qui tuméfiait son caleçon dénonça au garçon le dynamisme qui s'émoustillait dessous, une tornade de sauve-qui-peut tempêta sur son amour-propre en péril. Il profita de ce que la baigneuse tâtait la température de l'onde pour s'affranchir du caleçon ni vu ni connu et diligenter un plongeon à bonne distance. Quand ce qu'il lui importait d'escamoter fut à l'abri du champ visuel de la sirène, il se dit qu'il l'avait échappé belle. Quelques brasses contribuèrent à mater les sommations d'une vigueur toute pareille aux volcans d'Auvergne dont les sommets arrondis se découpaient à l'orient, assoupie mais susceptible d'éruption au moindre ravitaillement par capillarité de l'entrepôt de lave sous-jacent.

L'instant d'après, la présomption que l'initiative de Clarisse était peut-être délibérée, que ce n'était pas un caprice, mais une préméditation, galvanisait à nouveau ce qu'il avait eu tant de mal à engourdir. Un vertige d'une puissance phénoménale l'électrocuta, des orteils jusqu'au crâne.

Il est aisé d'imputer à la spéculation qui détraquait le cerveau du jeune homme la griserie d'une pulsion factice, par conséquent fabriquée pour la circonstance : ce serait faire abstraction, nous l'avons dit plus haut, de l'incurie notoire d'Olivier dans le domaine des relations avec le sexe opposé. Jamais, au grand jamais, les agréments de Vénus ne s'étaient propagés jusqu'à sa réceptivité pleinement exaucée par les fredaines du pensionnat. Ses lacunes là-dessus étaient abyssales et ne se contrebalançaient même de la mitoyenneté d'une sœur ou d'une mère, tout juste d'une vénérable grand'mère. Seulement, ce parfait plénipotentiaire des mœurs arcadiennes batifolait, dans un étang isolé du bout du monde en compagnie d'une nymphe dont les sortilèges, bouteille à l'encre de son immaturité affective, faisaient fermenter en lui de gros bouillons de concupiscence et le dotaient d'un attirail de séduction en chômage d'emploi effectif.

Ce qui l'effrayait surtout, c'était de renouer tout à l'heure avec une promiscuité torride. Tant qu'on est dans l'eau, passe encore, la nage prescrit un bon remède aux effusions sous cloche du truculent pédoncule ; avec une bonne dose de contention sur soi, il n'est pas impraticable de se voir sans se regarder, et si par malheur on se regarde, on essaie du moins de faire honnête contenance. Mais que les déhanchements de la sylphide s'accrussent des envoûtantes variations d'angle qui épellent l'abécédaire de l'érotisme, alors il y avait tout à craindre.

Le contexte était d'autant plus préoccupant qu'Olivier s'astreignait depuis deux mois à une chasteté de janséniste, ce qui, sur cet organisme impétueux, était une véritable pénitence.

Cependant, la belle Clarisse, hors d'haleine, s'était pendouillée à une branche de saule pleureur dont la foisonnante chevelure nappait l'étang avec la grâce de Mélisande[61] au puits. Elle était ravie de la baignade et l'attestait à Olivier par de petites trilles de soprano, non dénuées de beauté pour le dire par parenthèse. L'adolescent aurait bien croqué à part égale dans cet engouement, sans les restrictions que nous avons indiquées et qui comportaient une batterie de sages et utiles préventions.
Soudain, la fille lui lança cette interjection :

– Alors ! On fait bande à part ?

En l'apostrophant ainsi, sa physionomie s'était épicée d'une inexprimable espièglerie. Cette fois, Olivier renonça à endiguer la rude effraction de ce qui n'était ni plus ni moins qu'un ultimatum. Priape, si laborieusement anesthésié, débrida nouvelle offensive. L'adolescent exécuta une

---

[61] Mélisande est le personnage principal de Pelléas et Mélisande, opéra de Debussy. L'image d'Epinal associée à cette Mélisande est celle d'une jeune fille coiffant son immensément longue chevelure tout auprès d'un puits, en égayant sa coiffure d'une complainte, évidemment amoureuse.

immersion, le dieu ithyphallique au garde-à-vous et n'en démordant plus.

Il n'avait pas pronostiqué que, l'espace d'une demi-seconde, sa cabriole avait exhibé le fougueux triomphe toute rigidité dégainée. C'était se divulguer à une rusée qui n'avait pas les yeux dans sa poche. Celle-ci plongea à son tour et comme l'eau était d'une limpidité de cristal, elle eut toute latitude d'approfondir furtivement et en apnée une enquête qui corroborait la culpabilité du suspect.

On ne leurrera personne en affirmant que Clarisse n'était pas plus au parfum des garçons qu'Olivier n'était en intimité des filles. A dix-huit ans, sa vertu, définie et imposée par procuration, la désignait pour archétype de la blanche colombe sans une tache sur le plumage. Spectre qui hantait ses nuits. Une fois déterminée à déserter le couvent, elle ne s'était plus fixé qu'un but, friper sa guimpe de nonne, dégriffer croix et scapulaires et remiser ce triste trousseau dans le coffre aux antiquailles. Il y a de ces éducations qui s'acharnent à vous façonner une créature foncièrement charmante, rieuse, pleine de vie et d'entrain, en une oie future compliquée de mijaurée. Clarisse en était à cet échelon de traumatisme entre ses vœux de jeune fille et sa saumâtre condition de recluse où, épouvantée par les presbytères en construction que l'on maçonnait autour d'elle, elle s'était transfusée le péché comme une drogue. Le péché, c'est à dire d'abord les lectures interdites, car il faut un début à tout. Son escapade chez Olivier, c'était l'irrévocable abrogation de son allégeance au despotisme puritain de ses géniteurs, du curé et de l'encens dont ils l'aspergeaient tous trois parallèlement sous menaces de représailles divines. La juvénile robustesse d'Olivier, en brassant au plus profond de ses frustrations d'immenses alluvions de passion inassouvie, balaya ses derniers scrupules. Sa féminité, garrottée par les carcans de la prière et le tutorat de la casuistique, explosa au spectacle de l'exaltante beauté qu'incarnait un jeune garçon libre, trublion d'une basse-cour qui l'avait catalogué en vilain petit canard, et qui s'était métamorphosé en cygne, le temps de lui proclamer son mépris à la face. Ce corps svelte et glabre d'adolescent, ce regard lumineux, ce verbe impitoyable, dur parfois jusqu'à la gourmade, qu'était-ce donc sinon l'allégorie d'une âme altérée de vérité, d'équité et de cet amour inconditionnel qui ne rudoie autrui que sous bénéfice que cette bousculade sera salvatrice ?

En taillant au fort des broussailles des Froides-Aigues, en choisissant pour berceau de sa rédemption le repaire de l'anathème, elle faisait son dix-huit Brumaire. En ratifiant sa mue par un dénouement irréversible, elle s'interdisait toute reculade. D'où son plan de faire d'une pierre deux coups en enflammant un garçon qui l'enflammait. L'assigner au rôle d'historien de l'abolition de son esclavage, c'était sectionner pour jamais le cordon ombilical qui la rattachait à S… Il y avait dans cette intrépidité la violence d'une prise de maquis.

Lorsque Clarisse élucida l'intérêt que lui témoignait cet Adonis, elle sut que ce jour du seize juillet introniserait sa seconde majorité, celle qui fait d'une fille une femme. Même au plus téméraire de ses fantasmes, elle n'avait jamais soupçonné qu'un jeune mâle fût en possession de bouleverser ses sens avec un tel empire. A quelques toises d'elle, le formidable Ephèbe palpitait du même désir qui la poussait vers lui.

Depuis quelques secondes, elle ondulait autour des jambes d'Olivier et frôlait le sexe arqué comme une hampe ; le sexe se durcit à son extrême tension, la peau céda, le fruit dépiauté se décapsula de sa gangue.

En ce moment, deux bras l'enlacèrent, l'entraînèrent vers la berge et la déposèrent sur la serviette. Olivier s'agenouilla entre ses jambes, baisa les cuisses en progressant par petits saccades vers la poitrine qui se dilatait et se déprimait comme un soufflet de forge. Lentement, les lèvres rétrocédèrent vers le nid où s'échancrait la feuille pourpre toute humide. Clarisse n'était plus qu'une urne de délices tendue vers son bienfaiteur : tandis que l'adolescent se gorgeait de l'ambroisie que distillait la rose si longtemps cachetée, à présent prête à s'épanouir, elle était le siège de convulsions qui lui infligeaient la plus suave torture de sa vie. Parfois, les lèvres prospectaient si en dedans du calice que sa raison chavirait. Mais ce fut encore plus délectable lorsque la fouille s'interrompit et que le ventre glissa sur le ventre. Une houle de bien-être submergea les deux chairs à l'unisson. Eperdu, Olivier picorait les seins fermes et frissonnants, tandis que l'ardillon effleurait la toison en secrétant et en faisant secréter le film sirupeux si propice à l'incubation de la volupté. Le jeune homme se maîtrisait comme il pouvait, mais la jeunesse et le stoïcisme ne font pas bon ménage : une insupportable démangeaison lui labourait les entrailles. Brusquement, il coulissa dans quelque chose de si enivrant qu'il lamenta une longue plainte aiguë.

Où puisa-t-il le sang-froid de ne pas négliger la délicatesse des soins que requérait la virginité encore intacte qu'il déflorait ? Quand son pénis rebroussa sur l'obstacle de l'hymen, il redoubla de précautions. Clarisse, qui avait un peu appréhendé cet isthme, le remercia par-devers elle de la circonspection avec laquelle il le lui fit franchir sans heurt. Non seulement la douleur fut insignifiante, mais encore elle décupla l'ivresse qui en lui succédant, la noya sous le raz-de-marée d'un ineffable bonheur.

L'étincelle s'embrasa, un cri déchira le silence de l'étang, un râle lui fit écho, la déflagration catapulta un torrent d'allégresse, une intarissable pluie de rosée s'épancha au creux du nid hospitalier. Longtemps après le dernier spasme, tous deux, hébétés, savourèrent, dans la demi-conscience des grands bouleversements, ce qu'ils venaient d'accomplir.

Ils recommencèrent. Ils s'aimèrent tout l'après-midi, ils explorèrent cette jungle qui leur livrait un à un ses arcanes. Ils n'étaient pas peu effarés de leur béatitude. Ajoutons qu'ils rabrouèrent d'un même élan l'hypocrisie par laquelle, en couvrant d'une pudibonderie postiche ce qui n'a plus lieu de l'être, les sens comblés gâtent l'agrément de ces petites coquineries accessoires, de ces menues fredaines qui souvent préludent à de plus capiteux amalgames ; ce faisant, un autre plaisir se superposa aux émois sensuels, celui d'être ensemble, tout simplement. A la nuit close, un dîner de derrière les fagots, arrosé d'excellent vin de Bordeaux, couronna cette mémorable journée. Vers les minuit, couchés flanc à flanc dans le grand lit d'Olivier, ils commentèrent à grande rhétorique leur campagne victorieuse contre le cilice.[62] Clarisse était sidérée de ce qu'après la profusion de vitalité dépensée sans lésine et au cours de trois épisodes aussi intenses les uns que les autres, l'instrument qui en avait tant et tant soutenu et avec virtuosité les tempos les plus effrénés affichât une graduation barométrique à la plus haute pression.

– Ne te fie pas aux apparences, dit Olivier, il n'y a plus d'encre au cornet ; ce que tu vois ressemble à la charité des dévots : tout dans la forme, rien dans le fond.

– Il n'empêche, répondit la fille, pour un puceau, le coup d'essai est un coup de maître…

– J'ai fait de mon mieux, avec beaucoup de défiance envers mes aptitudes techniques. Mais je te renvoie le compliment : pour une néophyte du barreau, tu argumentes le mieux du monde…

– Il était temps ! J'en pouvais plus. Je viens de me démontrer comme une proposition d'Euclide qu'une vie de continence, c'est pire que la diète d'un malade chronique : pas de sel, pas de vin, pas de sucre, pas de saveur, l'insipide brouet dans toute son horreur. Affreux !

– Et dire, fit Olivier en pouffant de rire, que jusqu'au dîner de la chorale, je te croyais enfarinée de ta mère comme d'un chien de la gale.

– Je l'étais, figure-toi, et de la pire des gales, la gale religieuse.

---

[62] Métaphore pour chasteté, le cilice étant la ceinture dont les ascètes entourent leurs reins pour dompter la luxure.

– Te voilà vaccinée à vie ; ah, la bonne chose que les progrès de la médecine !

– C'est que j'ai consulté le bon docteur.

– Le docteur en question vient d'ouvrir son cabinet et tu es sa première patiente.

– Je suis pleinement satisfaite du traitement.

– Et il est sans effets secondaires, s'il te plait ! Car en plus, tu as assuré les garde-fou…

– Parlons-en : pour avoir la pilule, il m'a fallu avaler celle d'une mise en scène qui m'a transportée en douce à Aurillac chez un toubib de mes relations. Tout ça dans la confidentialité la plus stricte.

Les deux tourtereaux s'espacèrent ainsi pendant quelques minutes à grandes broderies de métaphores médicales, puis Clarisse se fit plus sérieuse :

– Tu sais, dit-elle, contrairement à ce que tu pourrais penser, je n'avais rien manigancé, surtout pas de t'emberlificoter. Car on m'avait clabaudé en long et en large que tu n'aimais pas les filles.

– On a dit ça ?

– Entre autres gracieusetés !

– Et si c'était vrai ?

– Quoi donc ?

– Que je n'aime pas les filles…

– Après ce que tu viens de prouver !

– Je n'ai rien prouvé, interrompit Olivier ; j'ai fait l'amour avec toi, voilà tout. C'est pas pour ça que j'aime les filles.

– Et bien ! s'esclaffa Clarisse, si tu ne les aimes pas, qu'est-ce que ce serait si tu les aimais !

– Décidément, répondit Olivier, tu es déroutante : voilà que j'entrebâille un vasistas sur un des pires vices fulminés par l'intelligentsia des croque-missel, et tu réponds par une boutade de collégien.

– C'est peut-être parce que j'ai été collégienne, fit Clarisse avec une telle diablerie que l'adolescent en fut médusé.

Elle s'étira et reprit :

– Je plains ma mère à présent encore plus qu'hier. Je la plains non parce qu'elle est une prude, mais parce que je suis sûre que quand elle apprendra ce qui s'est passé, et tu peux être sûr que je ne vais pas me gêner pour le lui écrire, elle me détestera. Mais là, j'ai encore requête à te présenter.

– Je devine ce que c'est, dit Olivier ; tu voudrais enfoncer le clou en publiant l'identité de ton premier galopin d'amant en herbe, n'est-ce pas ? A ton aise, même si ça doit me valoir un surcroît d'animosité. Seulement, songe que c'est une vengeance. Tu vois, je me suis moqué de la religion ; et bien maintenant, je l'invoque. Non, Clarisse, ne te venge pas. La vengeance est la carie sèche de la haine. Tout l'enseignement du Christ vise à dissoudre ces maux qui gravitent autour de notre orgueil et que nous déguisons en justice, droit, légitimité, etc., pour nous tirer d'affaire. Or, que tu le veuilles ou non, le Christ est mon appui, je pourrais dire l'onguent de mon âme. Sa parole, je m'évertue à l'assortir à mes pensées comme à mes actes ; je ne prétends pas y arriver toujours et dans tous les cas, mais j'essaie. C'est le suc de cette parole, sa quintessence, qui m'a insurgé contre Hound et sa rocambole, c'est cette parole qui me met en quarantaine de la société et me laisse, moi petit adolescent à peine pubère, avec ma richesse et mes prétendus talents, abhorré de tous, n'ayant plus d'autre issue que l'exil. Je ne m'en plains pas, mais je ne peux m'empêcher de frémir, le soir, quand la nuit descend et que tout autour de moi, la forêt, les collines, le ciel, me parle avec l'éloquence d'une récapitulation. Quant à remuer le couteau dans la plaie, tu n'y gagnerais rien, au contraire ; à quoi bon ? J'irai même plus loin : aime-les, aime-les comme tu ne les a jamais aimés. Ils ont besoin de cet amour, parce qu'ils sont dans l'erreur. Aime-les, éclaire-les, écris une lettre, non d'injures, mais de pardon. Explique-leur pourquoi tu t'en vas, et fais-leur l'oblation de ce qu'il y a de plus pur dans ton cœur ; tu as vécu jusqu'ici dans un cloaque ; et bien, s'il doit y éclore une fleur, qu'elle ne soit pas vénéneuse et qu'elle agisse en toi comme un cataplasme. Qui sait ce qui adviendra ensuite ? Qui sait si quelques lignes sur une page ne toucheront pas plus tes parents que le vain discours dont je les ai tympanisés l'autre soir ? Rien n'est impossible à Dieu, surtout pas un miracle.

On ignore si Clarisse fit fonds de la plaidoirie de son camarade. Le lendemain, elle partit. Elle quitta sa famille, S…, la chorale, l'AFCR. Elle renia tout, sans regrets, sans remords. Le papillon avait dépouillé la chrysalide, il s'envola. Olivier l'accompagna jusqu'à la route où stationnait la voiture de sa copine Mélanie. Puis il s'en revint, tout ébaubi que sa destinée l'eût dédommagé de tant de cruelles désillusions en faisant de lui, l'espace de quelques heures, un garçon heureux.

– Allez, les copains ! s'écria-t-il, vous avez le champ libre, ne me faites pas faux bond.

Association de malfaiteurs

Le surlendemain de ce qui vient d'être raconté, Olivier enfourcha son vélomoteur et se rendit à la mairie de S... pour une chicanerie administrative relative à la propriété des Froides-Aigues. La démarche ne le réjouissait guère, comme il y a lieu de le penser. Cependant, pas moyen d'y surseoir, le courrier qu'il avait reçu ayant le ton sec et comminatoire des convocations officielles. Pour raffermir son courage, l'adolescent se persuada que ce déplacement lui offrait une excellente occasion, si d'aventure on lui cherchait noise, de ratifier sa sécession toute fraîche avec la chorale.

Il arriva au bourg vers les dix heures. Il y avait peu de monde dans les rues. Aussi le garçon se faufila-t-il jusqu'à la mairie en rasant les murs et gara sa machine dans un box attenant, aménagée pour les deux roues.

La mairie était un bâtiment de trois étages précédé d'un large escalier en éventail à rampes torsadées. De hautes et étroites fenêtres en corniches, séparées les unes des autres par des pilastres corinthiens, prêtaient à l'ensemble un air de viduité arrogante et empesée qui était celui du Second Empire ; cette solennité creuse s'épatait d'un fronton triangulaire où des motifs en volutes enrubannaient les sempiternelles allégories de la République, fraternité, égalité, etc., devises qui plaisent à tous les régimes ; s'y appuyer, c'est se ménager un arrière-plan respectable. Rien ne rassérène le pouvoir comme l'étalage de la devise nationale. Exhiber les vertus de Marianne, cela permet de draper d'une pelisse honorable les politiques les plus crapuleuses.

Olivier franchit un haut portail de bois battu d'armures en fer noir et gravé de figures de bergères brandissant à bout de bras des flammes et des lampions. Ce portail accédait à un corridor froid et sonore où se distribuait un alignement de colonnades à enroulements et à feuilles d'acanthe, d'un mauvais goût évident, car, je vous le demande, quel architecte un peu censé ferait cohabiter le style néo-corinthien et le style rococo ?

A quelque distance, dans le renfoncement d'un mur qui, à en juger par sa nudité, n'était qu'une simple cloison, se logeait une autre porte, de facture moderne. Cette porte aggravait l'aspect hétéroclite des édifices qui ont dégénéré de leur unité originelle en tombant des mains des artistes dans les pattes des faiseurs de fonctionnel. Au-dessus, une inscription : *accès au public*. Olivier entra.

La salle où il venait de pénétrer le surprit tout de suite par sa petitesse et son agencement qui évoquaient plutôt un prétoire qu'un hôtel de ville. Tout y était ratatiné, exigu, mesquin, comme si chaque objet avait subi une mutilation. Un dallage de carreaux alternatifs bruns et noirs délimitait l'espace alloué aux visiteurs et aboutissait à un comptoir rectiligne de bois sombre. Les murs, jaunis à la détrempe jusqu'à un mètre de hauteur, se continuaient, après la rupture sans transition d'une plinthe de bois vermoulu, par un badigeon couleur chocolat, lequel enveloppait tout le plafond dans un même souci d'esthétique. Quant au guichet, il était massif et sentait la paperasse autant que la mauvaise cire dont on avait abusé, probablement.

Olivier s'appuya au comptoir, proféra un bonjour énergique, et extirpa de son portefeuille un document.

Depuis sa survenue, une employée, assise à l'abri d'un paravent qui dérobait à demi un petit bureau, n'avait cessé de le lorgner de biais. Cette employée n'avait pas répondu à son salut et se campait résolument dans un fauteuil à roulettes au dossier si colossal qu'il aurait pu servir de trône au grand Khan. Tout en épiant l'adolescent d'un œil oblique, elle écrivait quelque chose sur une page d'un volumineux registre. Devant elle, l'écran d'un ordinateur montrait un jeu de cartes sur un fond de tapis vert. Olivier réitéra son bonjour, en considérant la femme avec ce malaise que nous inspirent malgré nous les incongruités de la science anthropologique.

Car tout respirait l'anomalie dans cet être à la fois fascinant et morbide. Le fascinant dérivait de son encolure d'ogresse, le morbide procédait de l'accoutrement dont elle était harnachée. C'était une espèce de matrone hommasse qui n'aurait pas déparé une section de kapos de Ravensbrück. Imaginez une face contuse, rougeaude, boursouflée, aux joues, disons mieux, aux bajoues flasques et, raffinement épouvantable, carrées, piquetées de taches qui faisaient hésiter entre la petite vérole récurrente et l'acné tardive. Figurez-vous cette hure sommée d'un humus de cheveux noirs, gras, luisants et plats ; ajoutez à ce masque de Gorgone un nez épaté percé de mille crevasses qui l'assimilaient à une pomme de terre, deux petits yeux méchants et une bouche à avaler le nez ; complétez par une paire d'oreilles porcines d'où pendaient de bruyantes breloques, un cou d'hippopotame, c'est à dire presque pas de cou, un menton de boxeur, un corps compact d'une seule masse, puissant, rustaud, ayant des bras et des jambes disproportionnées à la manière des pingouins, et vous aurez peut-être reconnu dans ce Polyphème femelle quelqu'un que nous avons déjà entrevu quelque part, quoique succinctement. Avec cela, fagotée comme une porchère : pull crasseux, jean troué, et chaussant de grosses bottes de l'armée, qu'on appelle rangers, mais délacées. Le jean avait sans doute une ceinture, mais celle-ci disparaissait sous l'énorme pli graisseux du ventre qui y faisait une furieuse intumescence.

Il transpirait de cette créature d'une autre planète un relent de poissarde reconvertie homme à toutes mains : épaules granitiques, buste saillant modelé par cette variété de seins qui sont un hommage à la prééminence des pectoraux, cuisses brèves et épaisses, mains boudinées. Rien n'évoquait plus la dégénérescence féminine que ce monstrueux amas de chair accroché à son siège comme un polype à son rocher. Sur un ring, elle eût fait concurrence à n'importe quelle catcheuse, catégorie poids lourds ; avec une chope entre les doigts, on l'aurait intronisée reine de la confrérie des buveuses de bière de Munich.

Cependant, la bobonne ne manifestait pas l'intention de se déranger. Olivier hasarda un *s'il vous plaît*, qui eut ce résultat qu'elle le fusilla d'un regard de basilic. Une voix rauque glapit : *c'est pourquoi ?* Car une voix rauque peut glapir, témoin Le Pen.

L'adolescent déposa ses documents sur le guichet.

Tout à coup, une vibration ébranla le parquet et se propagea aux quatre angles de la salle, tout trembla comme à l'approche d'une cavalcade de bisons. La femme venait de se dresser sur ses jarrets. Ses prunelles chafouines se plissèrent, son front étroit fut le siège d'un spasme contractile où se géométrisa un guillochis de vilaines fissures. Puis elle chuinta ces paroles historiques :

– Ah, c'est vous !

– C'est moi, répondit Olivier sans se déconcerter.

– J'ai pas le temps, grommela la maritorne, faudra revenir.

Le garçon sourit avec cette fausse bonhomie qui, chez lui, trahissait une augmentation exponentielle d'adrénaline :

– J'y suis, j'y reste, dit-il placidement.

La virago le toisa de toute la puissance de sa difformité et postillonna : *si ça vous chante*, avant de caler de nouveau son postérieur devant son gros registre, lequel lui ressemblait un peu. Olivier réfléchit quelques secondes, puis lança :

– Bien ! Je m'en vais.

Il remisa le document dans son portefeuille et tourna les talons vers la sortie. Avant d'empoigner la clenche de la porte, il articula :

– Au fait, j'étais venu pour le cadastre. Apparemment, ça ne vous intéresse pas. Cela intéressera mon avocat ; mon avocat est maître Berthier, de Limoges.

Il n'avait pas allongé deux pas de plus qu'une nouvelle trépidation roula en avalanche, ponctuée par cette exclamation :

– Qu'est ce qu'il y a ?

Couché par écrit, ce baragouin s'orthographierait phonétiquement ainsi : *keskiya.*

– Il y a, répondit Olivier, que la mairie me fait des difficultés au sujet de quelques mètres au carré qui ne m'appartiendraient pas. Je suis venu vous rendre ces arpents, en bon citoyen que je suis.

Le ton de l'adolescent avait cette tranquillité propre aux tempéraments flegmatiques qui en imposent. La femme, du coup, se radoucit :

– Donnez, dit-elle.

Olivier s'avança de nouveau jusqu'au guichet et lui soumit le document qu'elle parcourut avec un faux intérêt mal joué.

En ce moment, un claquement de serrure retentit quelque part à droite du secrétariat, une silhouette se détacha de la pénombre d'un petit couloir adjacent.

La complémentarité de certains individus ici-bas est presque un axiome. Leur imbrication s'induit d'une logique qui, quand on assiste en direct au phénomène, et passées les quelques secondes nécessaires à encaisser le choc, se résout par cette interjection hébétée : *bah oui, forcément !* Pour l'observateur impartial, tel tenon ne saurait s'emboîter que dans telle mortaise, et uniquement dans celle-ci. On est effaré de ces similitudes fatales et incompressibles taillant sur un unique patron d'origine une double confection parfaitement réciproque. Ce cordon ombilical ne les relie pas tant par l'identité physique qu'à travers je ne sais quel nimbe mystérieux qui les agrège viscéralement l'un à l'autre. Quelle loi, si loi il y a, préside à ces adhérences, dont le modèle va du plus sublime, Tristan et Yseut, au plus abject, les Thénardiers ? Toujours est-il que l'homme qui avait surgi des coulisses, car c'était un homme, résumait dans un formidable raccourci le mystérieux principe fixant les modalités d'attraction des particules de même structure atomique. L'indéniable parenté moléculaire qui le jumelait à la femme se déchiffrait immédiatement sur leur expression, je ne dirais pas d'entente, ni même de connivence, mais de collusion. Leur amalgame irradiait une irrémédiable indivisibilité de matière brute vouée à graviter autour d'un système dont le noyau était la nuisance.

Le lecteur aura depuis longtemps débroussaillé ces deux portraits ; c'était le maire et son épouse. Nous avons dit de quel ciment était façonnée la femme, il est temps de tâter l'étoffe qui habillait l'homme.

La première chose qui frappait, c'était sa stature de portefaix, et le collier de barbe qui prolongeait par le bas un faciès d'une rondeur passablement balourde, avec un menton en galoche. La seconde établissait un rapport non moins connexe entre ses yeux et ceux de sa compagne. Il convient néanmoins de nuancer : mêmes yeux, ce n'est pas même regard. L'éclairage dépend, si l'on peut dire, des circuits internes. La femme secrétait la malveillance, l'homme suintait la vanité. Il flottait autour du maire une vapeur trouble de gloriole consacrant l'archétype du matamore. Le costume noir de gala dans lequel il était sanglé comme un torero exacerbait encore cette impression d'incurable inanité. Quoi de plus consternant et de plus ridicule qu'une carrure de bûcheron amoindrie par une superposition de soldat d'opérette ? Une épée au flanc l'aurait désigné pour un rôle de figurant dans la *Grande Duchesse de Gerolstein*.[63] Une croix sur la poitrine, et on le bombardait illico révérend de paroisse. Car cet être qui, sous ses dehors présentait le croquis d'un homme, suait abondamment tout ce qui s'y oppose. C'était un Hercule au petit pied replâtré vieux beau. Dans sa seule façon de marcher, plus cambré qu'une femmelette, de tendre le cou en avant, d'arrondir la bouche

[63] Opéra-bouffe de Jacques Offenbach.

en cul de poule, se résumaient toutes les options du grand guignol. Un ruffian peaufiné en dameret, tel était monsieur Hound, maire de S...

Probablement avait-il eu des échos de la scène précédente, car il se plastronna d'une inimitable superbe dans le goût exact de ces officiers dont la morgue s'enfle à proportion directe de leur incompétence :

– On fait du foin ici ? dit-il en gonflant le corsage.

Olivier, que sa fraîche altercation avec la mégère avait un peu échaudé, oscillait entre la colère et la lassitude. De même qu'il avait savonné la femme, il piloria le mari :

– Je ne fais pas de foin, dit-il, je rappelais seulement ses devoirs à votre… *commis*.

Ce terme, *commis*, prononcé à effet, outra positivement les deux magots. Le maire répliqua, d'une voix aigrelette :

– Ah oui ? Vous nous rappelez nos devoirs ? Vous donnez des leçons, maintenant ?

– Je ne donne aucune leçon, fit Olivier, je n'ai qu'une hâte, que vous signiez ce papier et que je m'en aille d'ici.

Il ajouta vertement :

– Faites votre travail et finissons-en.

Hound scruta sa femme comme pour étançonner son indignation à la sienne, tout en nasillant un ricanement typique du crétinisme qui s'applaudit :

– Je vais vous dire, reprit-il, quand on est ce que vous êtes, on n'exige rien, on fait le mort.

Olivier avait prévu un sarcasme à peu près de cet acabit. Il rétorqua à contre-cœur, n'ayant aucune envie d'engager une querelle fatigante et surtout stérile :

– Dites-moi tout, monsieur le maire, car il y a plein de choses que j'ignore : qu'est-ce donc que je suis au juste ?

Un froncement de sourcils combiné à une rotation des pupilles dans leurs orbites, accoucha de cette repartie :

– Vous avez le culot de poser la question ?

– J'ai quelques culots en effet, et même solidement ancrés.

L'officier municipal, le teint plus écarlate qu'une écrevisse qu'on ébouillante, brailla, les prunelles exorbitées :

– Votre impertinence est en proportion exacte de votre réputation ! Si encore vous vous contentiez d'insulter ! Mais vous êtes pire que cela, pire que tout !

– Pardon, monsieur, insista l'adolescent, mais pire que tout est un abus de langage, étant une erreur sur la personne. Le pire que tout, je l'ai vu l'autre jour, et je le vois encore ici, en plein dans ma ligne de mire ; mais puisque nous en sommes à déballer notre sac à invectives, puisque c'est l'heure des règlements de compte, et bien j'imite l'élégance des Français à Fontenoy, je vous laisse tirer le premier.

Le Hound, cramoisi, soufflait comme un cachalot. Il abattit ses deux poings sur le comptoir et hurla, de sa voix de fausset :

– Espèce de... je ne sais pas comment vous qualifier, tant vous me faites horreur. Vous voulez savoir ce qu'on pense de vous ? Que vous êtes un… un… un inverti, voilà ce qu'on pense !

A ce stade de ce qu'il n'est peut-être pas interdit d'appeler la controverse, Olivier avait présumé une grossièreté, un outrage, n'importe quelle avanie, sauf ceci, inverti. L'aigreur dédaigneuse avec laquelle ce mot lui avait été craché aurait dû le mortifier ; il éclata d'un rire homérique :

– Et bien, fit-il en se tenant les côtes, dommage qu'il n'y ait pas de spectateurs à cette arlequinade de haut vol, ils se marreraient autant que moi ! Inverti, vraiment ? Il faut des parenthèses comme celle-ci à l'existence pour l'égayer de temps en temps. Parbleu, récapitulons : j'ai été menteur, violeur, assassin, renégat, me voilà bougre. Tenez, monsieur, vous devriez ordonner une enquête, des fois qu'à toutes ces vertus j'ajouterais celle d'être juif, ou socialiste, ou syndicaliste, ou noir, *nègrelet* comme vous causez dans votre sabir local. Sous le régime qui caracole en ce moment et auquel vous et votre commune fournissez votre contingent, ce serait une belle timbale à faire tinter.

Il s'apaisa et reprit :

– Au fait, qu'espériez-vous en me harnachant de cet attribut ? Que je m'agenouille en implorant votre clémence, celle de madame Touchapire ou bien l'absolution du père Paulimane ?

Un imbécile, quand il canonne quelqu'un d'une imputation censée le flétrir, espère de ce quelqu'un qu'il se récrie en protestant de sa bonne foi. Devant la réaction d'Olivier, devant ce fait, incroyable pour lui, son insulte glissant sur le garçon comme goutte de pluie sur une vitre, il fit ce que font les sots pris à leur propre piège, il haussa les épaules.

Pour Olivier, c'en était assez. Les deux béotiens avaient cessé de le distraire. Il enjoignit au *commis* de traiter sur-le-champ son dossier, faute de quoi maître Berthier y suppléerait par les voies légales. La grosse femme grogna, grimaça une mimique qui accentua encore son profil de pachyderme et consulta son mari, lequel opina d'un hochement de tête.

Depuis une ou deux minute, l'attention d'Olivier s'était bifurquée vers un coin du guichet où était un exemplaire du quotidien régional, ouvert en grand à la première page dont la manchette affichait un encart illustré d'une photographie. La photographie, entrevue à peine l'espace d'une demi-seconde, ne s'était pas assez imprimée sur sa rétine pour susciter autre chose qu'un embryon de curiosité, mais suffisamment pour l'intriguer.

En cet instant, le maire déplia un avant-bras sur le journal et le subtilisa subrepticement. Geste courbe que la métaphore populaire nomme *compas gitan*. Tout de suite, Olivier subodora que cet escamotage n'était pas anodin. Mais l'autre, peut-être pour enchaîner sur une diversion, avait saisi son document qu'il tamponna, signa et qu'il rendit au garçon avec autant d'aménité que monsieur Pasqua aurait délivré sa carte de séjour à un immigré à l'époque où il faisait les délices de l'humanité républicaine.

– Votre propriété n'est plus contestée, minauda-t-il, vous voilà satisfait. Allez au diable !

– Au diable, monsieur, j'y depuis que j'ai pénétré dans cette mairie.

– Il n'en est pas moins avéré que vous vous êtes fait des ennemis irréconciliables, et que n'était la mémoire de votre grand'mère...

Il n'eut pas loisir d'enjoliver sa rhétorique : Olivier, pâle, les nerfs à fleur d'épiderme, l'interrompit avec la sécheresse d'un tranchant de hache sur une nuque :

– Monsieur, dit-il, en dépit des lustres qui nous séparent et qui, de théorie, prescrivent à un jeunot le respect de son aîné, officier municipal de surcroît, je vais vous donner un conseil, et je ne le répéterai pas : ne prononcez jamais, vous entendez bien, ne prononcez jamais devant moi le nom de ma grand'mère. Ma grand'mère était une sainte femme qui a œuvré toute sa vie pour animer de ses actes quotidiens les préceptes de la religion qu'elle pratiquait, ayant à ses basques la meute des hyènes de bénitier et des chacals à agnus dei qui vous baisent l'ergot, à vous et à vos courtisans. Pendant que vous conspiriez l'expulsion des Bordiers, pendant que vous commanditiez ce crime collectif, ma grand'mère aidait, soignait, nourrissait, consolait, qui ? Des condamnés à mort. Condamnés par les gens de votre espèce, par la clique des consciences veules, des âmes blafardes, des bons cathos rassasiés d'hosties et de prônes édifiants sur la vertu, en un mot tout l'échantillonnage de la rapacité souillée de sang pour qui un liard consenti à celui qui a faim est un manque à gagner. Alors, taisez-vous ! Allez plutôt demander pardon à Dieu de vos actes, main dans la main avec le Paulimane et son aréopage de sinistres crapules à rochets et à chasubles ; peut-être cela vous aidera-t-il à vous former une idée de la souffrance que vous avez fait endurer aux malheureux que vous avez trucidés. Mais sachez encore ceci, que quand vous vous acquitteriez de ce devoir, ce dont je doute, vous n'en seriez pas plus fondé à reprocher à un gamin de dix-sept ans de s'être démarqué d'une société de bigots qui avait comploté de le faire marcher au pas, botte à botte avec les sbires de l'AJC.[64] Sur ce, j'ai l'honneur de vous saluer.

Olivier planta là les deux myrmidons, quitta la pièce sans autre formule de courtoisie, dévala les degrés du perron extérieur et soudain s'arrêta court en avisant le box où il avait stationné son vélomoteur.

Le vélomoteur n'y était plus.

[64] L'AJC, rappelons-le, était la section armée de l'AFCR, où se recrutaient les éléments actifs chargés d'assurer l'ordre et, éventuellement, de neutraliser par la force les opposants au régime. Voir pour plus de détails le chapitre de la section 2 "Histoire des Bordes et des Bordiers".

Portrait de deux figures hideuses

Il n'est pas inutile de compléter ici ce qui a été esquissé du maire et de son épouse.

Ce qui caractérisait la femme, c'était la méchanceté ; ce qui distinguait l'homme, c'était la vanité. Vanité fourbe, hâtons-nous de le préciser. De quoi procédait la méchanceté ? De la laideur, envenimée par la jalousie. A quoi l'homme devait-il sa vanité ? On ne sait. Autant questionner Quasimodo sur l'origine de sa bosse.

Une chose remarquable, dans le sens strict du terme, c'était l'incroyable cristallisation de scélératesse qui résultait de l'alliage de ce couple. A eux deux, ils réalisaient l'idéal de la nuisance érigée en système, presque en philosophie. Ici, mal profond et tragique, enraciné dans la perversité la plus noire et imbibé de toutes les corruptions de la bassesse ; là, crapulerie à coup sûr plus superficielle, mais si bigarrée d'ineptie creuse, d'impudence et d'inanité qu'elle avait cousu autour du personnage une enveloppe hermétique.

La femme, c'était la concrétion de la vipère et de la hyène, l'homme une espèce de compromis entre le paon et le veau : du paon il prodiguait ramage et plumage. Il évoquait le veau par son faciès de mufle.

Toute leur carrière avait été un concours d'opportunités lucratives friponnées avec un flair infaillible. Avant de se faire mari et femme, ils avaient été collègues dans l'armée, lui officier, elle sous-officier. On est confondu par la facilité avec laquelle un matamore imbécile se hisse presque sans encombres aux grades les plus élevés de la hiérarchie. C'est là le vice fondamental du système d'avancement à l'ancienneté : la valeur n'est plus qu'un contreseing honorifique subordonné à l'opiniâtreté avec laquelle on usera ses bottes tant d'années dans une caserne et ses fonds de culotte sur tant de fauteuils de bureaux. Aubaine pour les médiocres et les incapables. Toujours est-il que Hound mâle avait fini lieutenant-colonel et Hound femelle adjudant-chef. Quand l'heure de la retraite sonna, comme ils couronnaient leurs vertus d'une forteresse de pingrerie sans une brèche à la muraille, l'embarras d'un joli pactole à faire fructifier occupa leurs longues soirées d'hiver. Propriétaires d'une demi-douzaine de maisons disséminées un peu partout en France et qu'ils louaient fort cher, ils avaient vendu ce patrimoine et s'étaient installés à S... où ils *connaissaient du monde*. Monsieur entreprit de se ménager la confiance des indigènes par de menues libéralités, sacrifice nécessaire à ses ambitions, ce qu'il appelait *investissement sur les ressources humaines*. Il se catapulta défenseur des artisans et des petits commerçants, et poussa la comédie jusqu'à ébaucher un syndicat. Il se fourra ainsi dans la même poche les paysans et les ouvriers en brandissant l'étendard du prolétariat honteusement exploité, chanson rebattue mais qui plaît toujours. Il n'oublia pas de fréquenter assidûment les tournois de football, les défilés de majorettes auxquelles il ressemblait un peu par son corsage busqué, et autres festivités qui font le charme de nos beaux terroirs. Chaque fois qu'il se pavanait en public, il avait soin d'accrocher la crédulité des bonnes gens à l'exercice d'une rhétorique de tabarin spécialement menuisée pour ces en-cas de racolage à prise rapide. Il excellait dans l'art d'accommoder les lieux communs, c'est à dire de caresser la populace dans le sens du poil, quitte à se nettoyer les mains ensuite : car ce démagogue, comme tous les imposteurs de son espèce, détestait cordialement ceux qu'il flattait.

Nous l'avons traité d'imbécile, c’est un tort : monsieur Hound avait eu au moins l'intelligence de gruger plus benêts que lui. Assortir ses intérêts aux circonstances, ce talent ne s'improvise pas. Hound avait, de ce point de vue, supérieurement utilisé la méthode politique chère à tous les candidats de cette vaste pitrerie qu'est une campagne électorale, et dont le verbiage traduit et résume invariablement l'aptitude du tabarin à marchander sa poudre de perlimpinpin.

Quand éclata l'affaire des Bordiers, il avait déjà pas mal labouré ; il n'eut plus qu'à semer. On a vu quelle moisson il récolta. Le Front National élu, les Bordiers expulsés, il s'arrogea les pleins pouvoirs, et alors le parvenu perça sous le flagorneur, le forban arracha le masque, et tout à coup on s'aperçut que monsieur le maire, naguère si onctueux, si bourrelé de scrupules, si charitable d'égards et de bonnes intentions, avait deux visages, un pour les boniments de sa réclame personnelle, un autre pour le maniement de ses prérogatives. La création de l'AFCR fut le premier véritable jalon de son règne. Solidement étançonné à cette milice, il s'octroya quelques droits exclusifs, comme celui de nommer secrétaire de mairie sa femme, parfaite bonne à rien et de plus fainéante comme un moine, ou de délivrer des permis de construire à des promoteurs immobiliers dans des zones non constructibles. Sa dernière fraude en date consacrait une série d'expropriations sous prétexte de la construction prochaine d'une voie ferrée. De la voie ferrée on ne boulonna jamais la moindre traverse ; quant aux propriétaires, comme par hasard répertoriés sur la liste rouge des opposants, ils n'eurent d'autre alternative que le baluchon ou la sébile *à vot' bon cœur m'sieurs dame*, en attendant d'hypothétiques indemnités dont il va de soi qu'ils ne touchèrent pas un centime vaillant.

Là-dessus se greffa la péripétie de la chorale. A cette époque, distraction faite de la rébellion du comte de Pompignac, avec le dénouement que l'on sait, la contestation, à S…, était inexistante, les adeptes de l'autoritarisme l'ayant bâillonnée et muselée style Mussolini. Les excès de Hound lui étaient comptés pour passe-droit, d'abord parce qu'il les commettait sur les Bordiers, quantité négligeable, ensuite parce qu'il avait eu l'habileté de les présenter de façon que chacun fût à même de s'en croire et l'artisan et le bénéficiaire. Il gouvernait donc ses ouailles d'une poigne ferme, ayant à ses ordres l'AFCR et son service d'action l'AJC, autrement dit sa petite gestapo à lui, et veillant à entretenir son train de monarque absolu dans une atmosphère respectueuse de soumission corps et âme à ses désirs.

Or, voilà qu'un blanc-bec chicanait l'empire du potentat, qu'une petite gouape dédorait son tortil, qu'un greluchon taillait des croupières à sa majesté en se payant le luxe d'un scandale. Car Hound s'était fait une application directe des virulentes attaques d'Olivier contre l'église pendant le repas de clôture du concert : stigmatiser le curé, sabrer la religion, c'était miner la pierre angulaire de son omnipotence, c'était fronder ouvertement les institutions approuvées de tous, et objecter glaive en main les privilèges du régime. Dès lors, il cogita la stratégie la plus imparable pour clouer le bec à ce béjaune qui caquetait trop haut et trop dru et à qui, tout comme à Pompignac, le ciboulot démangeait peut-être déjà d'allumer le flambeau d'une dissidence à grande échelle.

Comment opérer, cependant ? Attaquer de front ? Rien de plus aisé à cet héritier d'une fortune dodue que de rameuter une légion d'avocats exigeant enquêtes et commissions rogatoires susceptibles de déceler tout ou partie du brigandage municipal. Or, le maire était plutôt tiède à se dilater au-delà d'un certain périmètre. Quand on postule la longévité de son sceptre, il s'agit de l'affermir par paliers successifs sans brûler les étapes. La persévérance et la patience pourvoiront par la suite à l'accroissement du territoire, mais pour l'heure soyons sages : à débuts modestes dynastie prometteuse. Rien n'est plus malencontreux que l'écho d'une dictature qui s'ébruite trop au loin. Hound était de ces tyranneaux qui ont de gros appétits en petit, quelque chose comme le roi d'Ys rabibochant la pourpre de César. Le moins de vagues possible, c'est le plus de coudées franches probables. L'amplification d'un tumulte, les remous d'un esclandre, ces débordements mobilisent un peu trop les médias, défraient la chronique, et sont préjudiciables aux stratagèmes que l'on manigance et aux coteries que l'on complote. Donc, pas de tempête ; abattre l'ennemi, certes, mais en douce, de telle sorte qu'une fois le forfait accompli rien ne mentionne ni ne ravive jamais plus la mémoire du cher défunt.

Cette idée fixe rongeait l'édile jusqu'à l'obsession. Une semaine environ avant ce qui a été relaté au chapitre précédent, la grosse Hound sirotait un cognac au pied du lit conjugal, lorsqu'elle s'écria sourdement :

– Convoque-le…

– Le convoquer ? Pour quel motif ?

– N'importe lequel…, l'important, c'est qu'il soit ici assez longtemps, une petite demi-heure suffira.

– Qu'est-ce que tu mijotes ?

– Un truc dont il ne devrait pas se remettre.

Elle ajouta :

– Si ça échoue, on rappellera le René. Lui n'échouera pas.

La traque

En constatant la disparition de son vélomoteur, Olivier flaira immédiatement le coup fourré. Un vol, à S... était un fait divers invraisemblable ; la discipline intégralement répressive instituée à l'avènement du parti d'extrême droite ne faisait grâce à aucune délinquance, fût-ce la plus vénielle. Depuis le simple larcin, puni de prison, jusqu'au meurtre, puni de mort, chaque délit subissait la férule d'une impitoyable pénalité.

L'adolescent ne fit ni une ni deux : la mairie étant bâtie en plein cœur du bourg, plusieurs itinéraires s'offraient à lui. Il choisit le plus bref.

Olivier avait le nez du stratège ; il humait, qu'on me passe l'expression, au premier reniflement l'arborescence d'une situation critique. Il possédait cette sagacité pénétrante, cette intuition entrelacée à l'instinct, presque impossible à tromper, qui avertit du piège. Le vol de sa machine, de ce point de vue, était une balourdise. En perpétrant cette filouterie d'autant plus risquée que sa sanction était implacable, on lui peignait la manigance sur la muraille. Le jeune homme s'enfourna dans une rue étroite, attrapa plusieurs ruelles adjacentes en direction d'un petit pont cintré à la japonaise, frontière nette entre le centre ville et les faubourgs. Ce pont surplombait perpendiculairement un canal attenant à un fort joli jardin public d'où rayonnait un faisceau de sentiers ombragés d'une somptueuse plantation d'arbres feuillus et épineux. L'un de ces sentiers rejoignait une route qui, après avoir enjambé la Maronne, reliait S… au village de Saint-P…-de-S… L'objectif du garçon était de se transporter jusqu'au pont, de longer le canal puis de foncer droit sur le village, enfin d'obliquer vers une cascade dite *Cascade de la Maronne*. Le reliquat de ces pérégrinations était un jeu d'enfant : une fois sur le versant sud du plateau des Froides-Aigues, il n'y avait plus qu'à intersecter la route du col de Neronne à hauteur de la source de l'Auze, avant de rejoindre ses pénates par les prairies d'alpage qui tapissaient le plateau au nord-est. Tout cela devait s'exécuter en moins de deux heures.

Olivier s'était insinué dans le dédale des ruelles de la cité historique. Il y croisa quelques riverains qui vaquaient à leurs besognes matinales. Comme il doublait un cap de maisons mitoyennes, il eut une désagréable surprise : à un balcon, une silhouette de haute taille, les bras appuyés au balustre, le scrutait avec cette fixité qui est celle tout à la fois du tigre et du snipper ; Olivier eut le pressentiment que le quidam n'était pas là fortuitement, tant sa dégaine puait l'espion en mission de surveillance. Soupçons confirmé illico, car la silhouette s'évanouit prestement derrière une tenture. Quoique la scène n'eût pas excédé cinq secondes, le garçon identifia l'un des membres de la défunte chorale. Il allongea le pas.

L'homme, un certain Michel Guglieux, était l'un des cadres de cette section de l'AFCR, l'AJC, perfectionnée dans l'éducation à la baguette et au pas cadencé des futurs citoyens bien comme il faut. Ces citoyens étaient triés parmi la *nouvelle jeunesse*, en accentuant bien l'épithète afin de bien la distinguer de l'ancienne, manifestement corrompue. Ce Guglieux, qui avait un frère jumeau de même acabit que lui, avait été parachutiste dans un régiment d'Ariège. Vingt-cinq ans et en paraissant quarante, taillé dans une seule étoffe d'idiotie incurable, tout en muscles et en jactance, riant aux éclats d'un rien, aimant le combat, le sang, la poussière, la sueur et les larmes, et ne rêvant que d'une chose, une bonne guerre propre à prouver qu'il était un homme, un vrai. Il détestait d'un même élan d'altruisme les arabes, c'est à dire les ratons, les noirs, c'est à dire les négros, les gitans, c'est à dire les gitanos, les juifs, c'est à dire les youpins ou youdis, et bien sûr les *pédés*. Il avait été, avec le René, l'un des mercenaires de l'incendie des Bordes. Il clamait à qui voulait l'entendre que personne n'avait plus que lui le doigt sur la détente de la mitrailleuse *pour faire leur fête aux anars, aux fiottes et aux bronzés*. Son frère Christian, après lui avoir emboîté la semelle chez les paras, s'était refardé policier municipal et vaquait à son office avec un zèle de gestapiste.

Le Michel, donc, descendit en hâte dans la rue, et tout en s'évertuant à ressaisir la trace du garçon, composa un numéro sur son téléphone portable.

Pour Olivier, la saison n'était pas aux atermoiements. Cette fâcheuse rencontre d'un individu qui ne lui avait jamais été sympathique, même à l'époque des répétitions musicales, était de mauvais présage. On ne sait trop quelles rancunes farouches, quelles aversions persistantes comme le chiendent accouchent des jalousies accumulées par le côtoiement d'une personne supérieure à soi, laquelle réussit alors que vous végétez. L'étoile de l'adolescent, quoique éclipsée, avait-elle été trop lumineuse au point qu'elle aveuglait encore les Guglieux ? Ces archétypes d'une des espèces de crétinisme particulièrement redoutable, celle qui se superpose à un fond violent, enviaient-ils un talent qui pour avoir été cassé aux gages, n'en était pas moins avéré, et qu'ils savaient pertinemment ne jamais égaler ? Plus simplement, l'occasion de se défouler sur un trublion excitait-elle ces complexions frustes au nom de la vindicte ? Je parle ici au pluriel, et je le fais sciemment : c'est que celui qui à présent débridait ouvertement sa filature avait instruit son frère et que ce dernier s'était accordé à son diapason sans se faire prier. Les deux butors convinrent rapidement d'un point de jonction censé couper la trajectoire de leur gibier et requirent la mobilisation de deux autres complices, afin d'interdire tout volte face vers le centre ville. Ledit gibier enfermé dans une souricière, il n'y avait plus qu'à resserrer le filet. Le dénouement de l'aventure, comme chez beaucoup d'artistes, était livrée aux délices de l'improvisation.

Tandis qu'il s'ingéniait à brouiller sa voie, Olivier confrontait les deux incidents subséquents à la péripétie de la mairie, le chapardage du vélomoteur et le sycophante sur son balcon. Trop de coïncidences désavouent la coïncidence. En se remémorant l'altercation avec les Hound, plusieurs détails, avec le recul, lui faisaient l'effet de s'imbriquer élément pour élément dans un jeu de construction morbide : la viduité du bâtiment, généralement fréquenté à cette heure ; l'attitude équivoque de la grosse bonne femme le congédiant mais pliant incontinent à un ultimatum sans doute provoqué, de façon à ne pas falsifier le naturel de la pièce qu'on lui échafaudait ; enfin, la singulière survenue de l'homme, trop théâtrale pour ne pas avoir été concertée en coulisses, l'insistance artificielle de ses reproches, manœuvre dilatoire qui chronométrait au plus large le délai imparti à un factotum pour procéder au larcin programmé et planifié de la motocyclette. Il n'y avait pas jusqu'à la convocation officielle et son prétexte improbable de cadastre qui ne trahissent la mystification. Tout avait été savamment huilé : les tergiversations de la femme Hound, l'arrivée du mari ayant au préalable agencé ses pions sur l'échiquier par quelques coups de téléphone, la querelle verbale réchauffée dès qu'elle refroidissait, tout cela sans qu'un seul pékin eût franchi le seuil de l'édifice public. Privé de son moyen de locomotion, Olivier n'irait certes pas emprunter les faubourgs, trop éloignés, mais le raccourci des quartiers de la vieille ville. Or, sur ce trajet, l'un des Guglieux était comme par hasard en sentinelle.

Le jeune garçon se hâta avec une circonspection concentrée sur l'évolution du canevas qui se tramait dans son dos. Sa prudence, qui ne négligeait aucune conjecture, l'avait déterminé à envisager la plus épineuse. Il ne commit pas l'erreur de sous-estimer l'adversaire. Quand il eut atteint le parc, loin de relâcher sa garde, il agit comme si le péril s'aggravait.

Il faisait bien ; son poursuiteur, qui le talonnait à moins de trois cents mètres, décrivait une courbe enveloppante censée condamner l'issue extérieure, celle où la pleine campagne succédait au bourg. Son frère, pour lui, se diligentait à l'opposé, la sortie urbaine. Quant aux deux recrues, elles s'étaient échelonnées aux deux autres points cardinaux. Quadrillage qui, balayé d'incessantes rondes, chacune d'elle dans un périmètre bien défini, emprisonnait la proie à l'intérieur d'une nasse.

Néanmoins, ces divers mouvements se compliquaient de la géographie des lieux. Le jardin public n'était pas bien vaste, cinq hectares au plus, mais si touffu, si peuplé de végétation, si accidenté de taillis, de buissons, de niches et d'excroissances rocheuses, qu'un chouan y aurait désorienté un bataillon républicain. Pour prospecter ce fouillis avec minutie, une compagnie de gendarmerie n'aurait pas suffi. Or, les pisteurs n'étaient que quatre. Olivier galopa vers un mail au-delà duquel s'égayait une magnifique chênaie, villégiature des badauds du dimanche. Il vérifia que personne ne le remarquait et jeta son dévolu sur un arbre apparemment inexpugnable, ses basses branches n'allant pas à moins de cinq mètres de hauteur. Un dernier coup d'œil alentour et voilà qu'il se cramponne à même le tronc comme une sangsue sur une peau, et pareil à ces acrobates qui dans les foires grimpent le long des murs les plus lisses, par la seule force statique des genoux et des coudes, se catapulte jusqu'au premier rameau et s'évanouit en un tournemain au plus épais de la frondaison : on était au début de l'été, la densité du feuillage le faisait plus invisible qu'un rose-croix. Impossible d'y repérer une cigogne sur son nid. Impossible surtout de soutenir la gageure que quelqu'un fût doué de mollets assez agiles pour se coltiner une paroi aussi dépourvue de prises. Olivier se pelotonna sur la petite console d'un encorbellement. Cette conjoncture lui rappelait le poignant dilemme de Jean Valjean se soustrayant à Javert près du couvent du Petit Picpus.

Dix fois les quatre cartels explorèrent le parc, dix fois ils firent chou blanc. Les frères Guglieux, dont la science de la traque s'enorgueillissait de quelques astuces expérimentées dans l'armée, émirent bien l'hypothèse d'une cachette *intra frontes*,[65] mais comme ils ne concevaient la chose praticable qu'aux arbres les plus accessibles, ils eurent beau fourgonner, buisson creux sur toute la ligne. D'ailleurs, pour menuiser leurs investigations, il aurait été nécessaire d'étendre la perquisition à tous les chênes de la futaie, plus d'un millier. Quant à supposer qu'Olivier se perchait sur l'un des plus abrupts d'entre eux, pareille équation n'adhérait pas à la flaccidité de leurs cervelles.

Leur défaite était d'autant plus cuisante qu'ils venaient de donner à plein collier dans la bourde judicieusement évitée par l'adolescent, celle qui dévalue les aptitudes de l'adversaire. Pour les Guglieux, les trois mamelles de l'homme consacrant l'apothéose de sa virilité se déclinaient en proportion directe de sa faculté, premièrement à dicter sa loi aux autres hommes, secundo à dicter sa loi aux femmes, enfin à dicter sa loi à la nature. Briser une nuque, cocufier une épouse, brûler une forêt, ces mâles apanages attestaient la domination sans partage du fort sur le faible. Or, rien n'était moins susceptible de cette vertu qu'un greluchon qui n'avait pour brevet que du babil et quelques chansons, deux attributs de l'avorton par excellence.

L'ennui, c'est que l'avorton les avait bel et bien surclassés. Humiliation mortifiante pour la superbe. Imaginez un écolier qui pigeonnerait une section de barbouzes. Les quatre énergumènes eurent beau éplucher cent fois les mêmes recoins, rien n'y fit, Olivier les avaient bernés, leurrés, embabouinés comme ce n'était pas permis.

Il était midi quand le garçon enfila une toute petite route en lacets qui s'exhaussait progressivement vers la montagne. Quelques kilomètres plus loin, il était à Saint-P…-de-S…

Il y débarqua en toute quiétude. Là, peu de risques d'être reconnu. Tout de même, on n'est jamais trop prudent, aussi adopta-t-il le ton et la désinvolture d'un touriste quelconque, en contrefaisant un accent plus ou moins germanique. Ce n'était pas bien exotique, le village ayant un camping où en été se

---

[65] Dans les frondaisons, à l'intérieur même des feuillages.

prélassait une profusion de vacanciers. Comme il mourait de faim et de soif, il s'assit à la terrasse d'un café-restaurant, se désaltéra et déjeuna d'un volumineux casse-croûte.

Tout en croquant dans le sandwich, son regard flânait sur un journal abandonné à une table voisine. Olivier plissa les paupières. C'était un exemplaire du quotidien que Hound, on s'en souvient, avait si subrepticement distrait du comptoir le matin même. A la lueur rétrospective de cet escamotage se profilait un arrière-plan qui, hors du contexte d'un contentieux peu propice aux parenthèses, renaissait sur un terrain plus solide. Il se murmura : *ce type voulait me cacher quelque chose, et ce quelque chose est dans le canard.* Discrètement, il s'empara du journal.

Parfois, l'esprit réfute ce que les yeux voient. Olivier parcourait alternativement les lignes et une photo dans un encadré, et ne faisait aucune corrélation entre les deux. Son cerveau était étanche à ce que ses organes visuels lui transmettaient, un peu comme si le journal était écrit dans une langue altaïque. Ses prunelles oscillaient entre l'article et un visage, celui du comte de Pompignac. Au-dessus, ce titre, en gros caractères : UN MEURTRE INEXPLIQUÉ.

Tout à coup, ses joues s'embrasèrent, l'haleine lui manqua, son cœur s'emballa. Malgré lui, sa gorge éructa un râle aspiré. Au prix d'un gigantesque effort sur soi, tâchant de lutter contre une nuée de vertiges, il fourra la gazette dans sa chemise, régla son addition et s'en alla en titubant. Il ne se fit pas la réflexion qu'un étranger lisant la presse française éveillerait peut-être la suspicion. Il était si bouleversé que cette bévue ne l'absorba seulement pas une seconde.

Deux heures plus tard, il était aux Froides-Aigues, harassé de fatigue, ivre de stupeur, et s'affalait sur le divan du salon. Alors son âme s'engloutit dans les spirales de ces abîmes où la conscience humaine sonde si profondément les choses et des êtres qu'elle ne s'en évade que transfigurée par la suprême sainteté ou à jamais minée par la haine.

Ainsi, ils avaient tué le comte ! Ainsi, ce capharnaüm de brigands travestis en apôtres, ce ramassis d'assassins baiseurs de camails, cette abjecte panoplie de fanfarons homicides avaient liquidé un homme parce que cet homme les défiait ! Ainsi ils avaient exécuté celui qui rectifiait la pseudo notoriété de S... par le sourire ironique de Voltaire et la pugnacité de Spartacus ! Ainsi, à la face de tous, usant d'un artifice si grossier que personne n'en était dupe probablement, un pandémonium de gredins à écharpe bleu blanc rouge avait escaladé un nouveau palier dans la turpitude. Après le crime collectif raciste, le crime individuel politique ! Et où avaient lieu ces ignominies ? En Ossétie ? Au Rwanda ? En Birmanie ? Au Sierra Leone ? Non, en France, pays des droits de l'homme, patrie de Molière, de Victor Hugo, de Condorcet, de Jules Ferry, berceau des lettres et des arts, refuge des opprimés de la terre, avocat de la souffrance des déshérités et écueil supposé des dictatures !

Tandis qu'Olivier se rongeait les poings de douleur, un voile se déchirait et lui déroulait d'effrayantes perspectives. Hélas, comment ne pas délibérer que si l'on n'avait pas balancé à trucider le comte, on ne se gênerait guère pour éradiquer le dernier pion récalcitrant sur l'échiquier de la grande épuration en trois actes, Bordiers, Pompignac, Lorenz ? C'en était fait des deux premiers, il n'y avait plus qu'à parachever la trilogie. Le hourvari des frères Guglieux ne le désignait-il pas pour prochaine victime ? Certes, aujourd'hui ils avaient échoué, mais qu'en serait-il demain ? Les Froides-Aigues étaient un coupe-gorge idéal. Dans ces parages solitaires, ce n'était pas scénario bien sorcier que de distiller un bon petit guet-apens en apostant quelques sicaires au bon endroit.

Olivier était brisé. Cette journée était la plus calamiteuse de sa vie, et sa vie ne totalisait pas dix-huit années.

Tout à coup, il bondit sur ses pieds en rugissant, vola à son bureau et se carra devant son ordinateur. En dépit de sa lassitude, il ne dévissa pas du siège toute la soirée. Il rédigea un long texte d'une dizaine de pages dont il imprima deux copies. Le lendemain, à la première heure, il libella soigneusement l'adresse de la mairie de S… sur la première d'une paire d'enveloppes administratives.

Il s'attabla et relut son travail.

La lettre à la mairie était précédée de cette exorde : *ceci est la copie conforme d'un original confié à des gens de loi dont vous seriez bien imprudents de penser qu'ils seront sensibles à quelque forme que ce soit de pression de votre part. Supposé qu'il m'arrivât quelque fâcheux accident, l'engrenage qui vous serait fatal n'aurait besoin que d'une primitive impulsion pour vous abattre, vous et vos courtisans, en braquant les feux de la rampe sur les crimes dont vous êtes l'ordonnateur. A bon entendeur, salut !*

Quant à l'autre copie, Olivier la glissa dans la deuxième enveloppe à l'intention d'un certain maître Berthier, nom que nous lui avons déjà entendu prononcer. On aura deviné que le garçon, s'il est permis d'employer des termes aussi légers sur une matière aussi sérieuse, souscrivait ni plus ni moins qu'à une assurance vie ; qu'en relatant à son avocat tout ce qui était advenu depuis l'attentat contre les Bordiers jusqu'à sa propre traque, il dénonçait clairement l'instigateur de son éventuel assassinat, Hound. Quant à ce dernier, il était instruit de la démarche par une ampliation du document autographe. Cela l'inciterait peut-être à mitiger ses ambitions homicides.

Est-il superflu de préciser qu'Olivier ne posta pas ce courrier à S…, où des consignes pour intercepter tout paquet portant son nom d'expéditeur avait peut-être été notifiées. Il partit en début d'après-midi pour U…, distant d'un peu plus de trente kilomètres par la route, mais de moins de vingt par la campagne. En d'autres circonstances, la balade l'aurait enchanté. Mais on n'était pas en d'autres circonstances. Le vent malsain qui soufflait de S... charriait des relents de charnier. Il envoya les deux enveloppes en recommandé avec accusé de réception et regagna les Froides-Aigues à rhythme de marathonien. Il était dix heures du soir quand il poussa la grille de la maison. Cela ne l'empêcha pas de se revigorer d'une bonne douche et de dîner de bon appétit. Puis il se coucha, persuadé qu'il s'endormirait aux premiers battements de paupières.

Le sommeil a des humeurs versatiles. Olivier était si oppressé, si à l'étroit dans sa grande demeure par les dangers qu'il subodorait partout, que cette torture morale l'asphyxiait, positivement. Brusquement, il sauta hors de son lit, dévala au rez-de-chaussée, fourgonna dans l'atelier dont il extirpa une énorme chaîne armée d'un cadenas non moins cyclopéen, se rua dehors et barricada la grille d'entrée. Puis il assujettit porte cochère et porte cavalière d'un même énorme madrier bien calé sur ses entendements. Enfin, il condamna les deux autres accès, celui du perron et celui de la salle d'énergie. Cette besogne de fortification accomplie, il s'écria :

– Pointez-vous, les malfrats : si vous croyez que je vais me laisser assassiner comme ça, je vous promets bien du plaisir…

Il ne retourna pas dans sa chambre. Il s'allongea sur le canapé du salon.

Cette fois, le divorce avec S… était irrévocable. Ses tribulations de la veille, corollaire de l'élimination du comte, avaient comblé à ras bord son aversion de tout ce qui, de près ou de loin, évoquait le bourg. Désormais, tout lien était rompu entre lui et ce nid de crotales. Il s'endormit enfin, dans une espèce de fièvre cotonneuse et fit pas mal de cauchemar.

Une demi semaine s'égrena. Olivier l'employa à épier le chemin des Froides-Aigues, du haut de la Crête, jusqu'à la route du Pas de Peyrol, afin de parer à toute éventualité. Pas d'autre présence que celle du facteur, jeune homme de vingt-cinq ans qui lui avait toujours été un allié sans toutefois le proclamer explicitement, précaution oblige :

– Ma littérature aurait-elle dégonflé les baudruches ? se dit-il.

Et puis, à force d'être sur le grill, on s'y habitue, ce qui fait qu'on se détache tout doucement : la commune lui avait été odieuse, elle lui fut bientôt indifférente. Il l'effaça de ses soucis comme on raye un lieu sur un atlas. Il n'éprouva même pas le regret d'avoir perdu son temps ; car ce qu'il avait appris des hommes lui remboursait en expérience ce que les hommes lui avaient fait endurer. La leçon était rude, mais salutaire. Il eut l'impression d'avoir vécu dix ans en soixante jours, et le lycée et sa vie insouciante de dater d'un autre siècle.

Le vingt-quatre juillet au matin, sous une canicule qui s'éternisait depuis un mois, il inspecta de nouveau le chemin de la propriété, mais cette fois avec un aplomb qui lui traduisait peut-être combien ses préventions épistolaires avaient réformé les desseins mortifères de la crapaudaille de l'AJR. La route n'était plus qu'à une centaine de mètres, il y avisa une voiture jaune qui, s'étant arrêtée, reprenait de la vitesse.

– Tiens, fit-il, c'est Benoît, le facteur, il y quelque chose dans ma boîte aux lettres.

Le *quelque chose* était une carte postale, affranchie à cru sans enveloppe, où l'on avait calligraphié ceci en gros caractères ostentatoires et comiques : *petit moineau, sache deux choses : primo, on est tous couronnés de lauriers immortels ; secundo, le vingt-cinq juillet, c'est le début de tes malheurs. Tu nous as voulus, tu nous auras. On arrive...*

Au bas du texte, sept signatures.

Olivier s'exclama, presque les larmes aux yeux :

– Ces sacrés drôles, ils seront là demain !

Section 4 : Les belles vacances

Retrouvailles

Celui qui inaugura l'événement débarqua bruyamment par le coche, c'est à dire sans armes ni bagages, au vingt-cinquième jour de juillet.

– Je compte sur toi pour me fournir le nécessaire, pérora-t-il d'un air capable.

Olivier avait tant peuplé ses songes de ses chers copains que cette intrusion d'un mauvais bougre qui était leur antithèse le réfrigéra. L'attirail des jouvenceaux inscrits sur son agenda offrait un choix si large que pas un instant parmi ces cygnes il n'avait envisagé le canard. Les semaines précédentes, distraction qui l'avait un peu soustrait à ses tracas, il s'était amusé à dresser l'inventaire des joyeux drilles candidats à la villégiature, une bonne demi-douzaine de lascars de bon arroi connus pour le déluré de leurs caractères et répertoriés sous cette rubrique, *les heptètes*. Ces heptètes – traduction : sept années – réunissaient les élèves qui avaient entamé leur cursus scolaire en classe de sixième pour le clore à l'issue du cycle, en terminale. Parcours complet rarement accompli sans interruption. Olivier appartenait à cette confrérie-là, fort prisée et respectée. C'était précisément ce cercle qui s'était annoncé par la carte postale de la veille. A un élément près.

Une réflexion n'est pas superflue.

Olivier n'avait pas invité les heptètes au détriment de ses autres camarades. Son tempérament altruiste lui interdisait de ne jurer par le bataillon restreint des potaches au long cours. Il ne mesurait pas à l'ancienneté la valeur de l'amitié. Il avait convié aux Froides-Aigues tous ceux qui se réjouissaient d'un petit mois de divertissement, sans acception d'identité ; sa lettre le prouvait. Que les heptètes eussent répondu les plus nombreux à l'appel, c'était là une coïncidence qu'il serait malséant de lui reprocher.

Cela dit, si fraternel qu'il fût, il ne s'était pas endiablé de sa classe tout entière. Comme n'importe qui il avait ses préférences, et sous cet éclairage on lui pardonnera la finesse qu'en requérant ceux qui lui étaient les plus proches, il concédât aux autres la délicatesse de s'exclure d'eux-mêmes.

Puisque nous croiserons à nouveau, dans des circonstances hélas moins favorables, certains des garçons qui vont bientôt occuper la scène de notre histoire, qu'il nous soit permis de brosser une brève peinture de leurs physionomies, attachantes à plus d'un titre.

Le premier d'entre eux, ce mot, premier, ne définissant aucune hiérarchie protocolaire, se prénommait Christophe. Depuis la plus tendre enfance, Christophe était l'ami intime d'Olivier ; aussi n'était-ce pas merveilles s'ils avaient noué des liens réputés indéfectibles.

Christophe était un fort gaillard qui avait bien monté en graine : taille moyenne, peau mate, sourcils fins, cuisses puissantes d'avant-centre de football, une broussaille de chevelure de jais plus crépue que les soies d'un sanglier et plus épaisse que les forêts de sapins de Lacaune ; doué d'un calme olympien, insubmersible aux débordements de l'agitation stérile, il cultivait deux passions, Olivier et la nature. Il idolâtrait l'un et vénérait l'autre. Pour Olivier, il aurait décroché la lune. Pour un arbre menacé d'abattage, il aurait obéré sa fortune. Ses grands yeux sombres lui prêtaient l'aspect d'un poète dramatique. Il était bourru, trapu, poilu, ardu, infatigable à la besogne, persévérant, opiniâtre, sensible d'une sensibilité longtemps refoulée et qu'Olivier, par son affection, avait déliée comme quenouille. Avec cela, paré à toutes les facéties, le meilleur camarade pour tous, pour Olivier le compagnon le plus fidèle.

Romuald aurait été l'antithèse de Christophe, sans le dénominateur commun qui fédérait tous ces chenapans sous un inamovible étendard d'insouciance : joueur, espiègle, toujours partant pour faire le diable à quatre, le visage enluminé d'un plissement malicieux à comploter on ne savait quelle bonne blague, aussi glabre et frais que Christophe était velu et mûr, les pommettes roses, le teint d'une fille, une corpulence fluette de garnement facétieux. Pour cet ennemi des complications existentielles, la vie se résumait en un perpétuel délassement dont il s'agissait d'extraire la substantifique moelle. Sa compagnie propageait une gaieté contagieuse à dérider même un énarque. Il partageait avec Olivier une particularité physique : quand il riait, ce qui lui arrivait souvent, ses joues s'incrustaient de deux ravissantes fossettes de bébé.

Romuald était l'alter ego de Victor.

Un cas d'espèce, c'était Victor et sa dégaine emblématique d'anarchiste contestataire ; vertu presque introuvable aujourd'hui qu'il arborait comme un trophée, et qui se dénonçait sur sa face de gavroche mâtiné de troubadour où sévissait une crinière d'épis indociles qui pactisaient alliance avec un reliquat d'acné fleurissant comme une protestation contre la fausse candeur des joues lisses. Il avait le verbe plein d'épithètes incendiaires, l'éloquence d'un tribun, la cervelle farcie de chansons à dresser des barricades. Il vouait une admiration sans bornes aux *combattants* de mai 68 et se piquait de prophétiser *l'ultime révolution*, laquelle selon lui devait sonner le tocsin de l'émeute planétaire qui descellerait pour jamais l'ignoble statue du libéralisme agioteur et proxénète des masses laborieuses. Programme qu'il déclinait ainsi : *nettoyage de la planète de l'hydre tricéphale qui la corrompt, le bigotisme, le communisme et le capitalisme sauvage*. En attendant l'avènement de ces saisons d'ambroisie, il crossait la prêtraille, le bourgeois et les institutions à coups de pamphlets qui faisaient florès auprès d'un cercle chaud bouillant de prosélytes adhérents à son postulat. Cet anachronique, ce séditieux d'un autre âge, détestait cordialement son époque. Au reste, après s'être engoué pour la cause des peuples, la triste évidence le rattrapait assez vite. Sa lucidité tempérait ses ardeurs révolutionnaires d'un fort scepticisme à l'égard de la volonté des masses à secouer le joug d'abrutissement sous lequel plus d'un demi-siècle de propagande pécuniaire les avaient asservies :

– Le temps des idéaux est révolu, s'exclamait-il, voici venu celui de l'ambition des ventres, des appétits à contenter immédiatement et sans délai, voici le temps de la grande génuflexion devant son Altesse le Lucre et Son Excellence l'Hypocrisie, voici l'ère ténébreuse des âmes habiles à toutes les compromissions, dociles à tous les déshonneurs, pourvu qu'on leur serve du picotin dans les râteliers.

Il avait pour talismans Che Guevara, Joan Baez, Beethoven et André Chénier. A propos de ce dernier, il disait : *c'est une monstrueuse barbarie que d'avoir coupé une telle tête ; un poète est toujours un rebelle*. Il s'était entiché de Romuald par cette aimantation quasi magnétique qui excite deux polarités foncièrement opposées à s'équilibrer selon le principe des vases communicants. Toutefois, les rapports humains étant presque toujours des plaques tectoniques en perpétuelle friction, leur amitié, fort agitée, s'alimentait de tonitruantes querelles, celui-ci tentant d'inculquer à celui-là les bases de l'indignation philosophique et n'obtenant pour réponse que des rébus, des charades et des plans de jeu de piste.

Dans cette galerie de portraits pittoresques, il serait bien baroque de ne pas accoupler deux d'entre eux, Loïc et Arnold, tout simplement parce qu'on n'évoque pas Nisus sans Euryale. Une raison similaire nous incitera plus loin à apparier les frères Cooper.

Loïc et Arnold manifestaient une inclination prononcée à l'hédonisme. Ils n'avaient consenti à se barbouiller sérieusement de grec, de latin, de maths et autres géographie et sciences, liste non exhaustive, qu'à la condition expresse que ce calvaire serait à étapes fixes jalonné d'oasis de volupté. Partisans de l'effort, certes, et même de l'effort punique, mais sous compensation d'intermèdes réguliers qui mitigeaient de quelques licences et autres polissonneries de haute volée la dure pénitence des versions, des thèmes, des équations et des dissertations.

Arnold était un adonis au flegme imperturbable, hardi, indolent, spirituel, doux et affable comme un Arménien, avec un minois de jeune premier serti de deux prunelles de chat. D'ailleurs, tout était félin en lui, à commencer par une souplesse musculaire qui l'avait rendu fameux sur les stades pour sa phénoménale détente verticale. A treize ans, il avait rompu sa première lance entre les bras d'une sienne cousine de cinq printemps son aînée, laquelle s'était émoustillée à lui enseigner les rudiments dont un novice pétille d'enrichir son érudition. Seulement, sa complexion le prédestinant à la pluralité des goûts et des couleurs, le hasard des distributions de lits au bahut avait eu tôt fait de l'initier au culte de Ganymède. Cet exercice, salaire inévitable des fureteurs d'alcôve, ne le surprit pas peu. Il y acquit la conviction qu'il n'était jamais qu'une variation sur un thème et qu'en fait de loi des contraires, l'exception ménageant d'excellents accommodements avec la règle, on gagnerait à les réconcilier. La contiguïté clinique de Loïc le conforta dans toute son étendue du bien-fondé de cette belle théorie.

De tous les heptètes, ce dernier était avec Olivier celui qui possédait la personnalité la plus saillante. Rien de plus séduisant et de plus agaçant que Loïc. Son profil inquisiteur vous inspectait *du haut jusques en bas*, recruté d'un regard insolent qui évaluait avec truculence votre aplomb à le soutenir. C'était son répertoire à lui de convivialité, passablement original, et qui avait suggéré à Olivier le gribouillage d'un petit essai sur les mœurs intitulé : *l'art de captiver par la provocation*, avec ce délicieux sous-titre : *le seul garçon au monde qui vous déslipe en vous matant*. Son large sourire à la Callas découvrait une dentition d'ivoire sans rivale dont il n'était pas peu fier et qu'il soignait à grand renfort de dentifrices exotiques.

Loïc et Arnold avaient complété, chacun de son côté et comme un appendice aux amours conventionnelles, leur instruction arcadisante façonnée au dortoir ; d'où une propension à l'éclectisme sentimental, en grande vogue parmi une bonne ribambelle de lurons de leur acabit. Cependant, la difficulté d'avoir à se produire sur deux théâtres, dont on sait si l'un est traqué par le pharisianisme pleurnichard, leur avait d'abord inspiré la petite duplicité d'afficher des relations de bonne frappe, histoire de miroiter vitrine respectable au froncement de sourcils des moralistes et des dévotes à missel. La comédie, néanmoins, avait brûlé bois humide : soit lassitude, soit plus vraisemblablement horreur de la cafardise, ils y avaient renoncé d'un commun accord. On imagine si dès lors ils ne furent pas catalogués au rayon des satyres vomis des enfers de la concupiscence et inscrits au tableau d'avancement de la Géhenne. On murmurait même, comble de l'abomination, qu'ayant introduit à leur tabernacle des gourgandines de leur sorte, les rassemblements des quatre dévoyés stipulaient la communauté de biens et une mixité sans ambages.

A propos de William et de Jonathan, il y aurait peu à dire s'ils n'avaient été anglais et jumeaux, label assurément de la plus haute distinction. Du coup, ils exhibaient ce double pavillon avec une superbe redoublée de la prérogative qu'elle leur conférait : grands, châtain de cette nuance tirant sur le roux que traduit l'adjectif auburn, c'étaient deux belles plantes, plus sosies que deux portions de cake, britanniques jusqu'au bout des orteils, farouchement pourvus d'un menton volontaire, le sourire palissadé d'une section de dents resplendissantes au garde-à-vous, et leurs anatomies sculptées dans ce marbre qui a confondu en son temps par un heureux métissage le saxon et le viking. Avec cela, gentlemen hérités de la vieille école, loquaces avec retenue, et unis par cette singulière et étroite ligature qui est le mystère de la gémellité. Ils prodiguaient de cet humour spécifiquement *british* qui ne s'applaudit jamais tant que quand il roussit et étrille la faconde des petits-maîtres gaulois. Se douterait-on qu'au lycée on leur avait infligé les sobriquets de Castor et Pollux ? En imitant l'accent des sujets de Sa Gracieuse Majesté, cela se modulait à peu près ainsi : *kèstor et polliouxe.*

En bons godelureaux d'outre-Manche qu'ils étaient, sept années d'internat ne les avaient pas moins dessalés que leurs complices de ce côté-ci du continent. Cela faisait dire aux mauvaises langues, toujours à l'affût d'un sarcasme, que c'était à l'importation des traditions collégiennes *made in GB* que l'on devait le libertinage dont le digne établissement s'était si rudement ressenti.

Tels étaient ces garçons qui avaient gravi année après année les ressauts escarpés des études classiques, fourbissant les mêmes bancs, suant sur les mêmes pages blanches, galvanisés et éperonnées par cet invincible optimisme dont la jeunesse est tout à la fois l'avocat, le ménétrier et le paladin.

Or, pour ambassadeur de ces soleils levants, qui est-ce qui se présentait ? Un survenant de paille, Wilfried.

Olivier ne put faire autrement que de l'embrasser, mais comme on embrasse un vague cousin, avec cette roideur mécanique qui expédie une formalité.

Un béotien en Attique

Wilfried était de ces individus que l'on côtoie par la force des choses, et qui ne nous sont ni ne nous seront jamais sympathiques. On a vécu en leur compagnie, parce que c'est comme ça, parce qu'il faut bien vivre avec ceux que le hasard nous assigne pour voisins de lit ; je dis voisins de lit comme je dirais voisins de palier.

Ces êtres, qu'est-ce qui nous les rend incommodes ? On ne sait. Peut-être leur propension à se contempler le nombril ; peut-être la platitude de leur conversation, leur façon hautaine de ricaner, de se pavaner en bombant le torse. Il ne faut pas plus que cette somme d'appréciations négatives pour étiqueter quelqu'un : désormais c'en est fait, tel quidam est catalogué, il ne sera jamais qu'une connaissance, dans la stricte acception du mot.

Il arrive qu'on se trompe ; que celui qui nous a inspiré de la tiédeur se révèle à la longue le meilleur des amis. Olivier avait-il péché par cette faiblesse à l'égard de Wilfried ? Sur quel critère appuyait-il sa répugnance à lui vouer la cordialité dans laquelle il enveloppait les autres ? Il l'ignorait. Quelque chose chez ce garçon le dérangeait, voilà tout.

D'ailleurs, il ne le jugeait pas. Il se contentait d'observer le recul qu'implique l'absence d'atomes crochus entre deux collègues qui ne résonnent pas sur la même fréquence. Wilfried avait été pour lui une silhouette à fond perdu que l'on croise tous les jours avec indifférence.

Certaines personnes paraissent ainsi désespérément affligées de l'incapacité de brûler, comme si elles étaient composées de matière incombustible. Non qu'elles n'aient des colères, des emportements, et même des passions, qui n'en a pas ?, mais elles ont beau se battre les flancs, tout en elles sonne creux. Leurs insultes mêmes sont des pétards mouillés, leurs opinions sentent la leçon apprise, la récitation épelée syllabe à syllabe ; aucune racine en profondeur, elles font songer à ces plantes lacustres qui nagent à la surface des étangs et qu'on arrache d'un doigt. D'où une expression banale, dénuée de relief, n'ayant pour se dédommager de leur incurable médiocrité que l'exaltation d'un narcissisme exutoire. Wilfried éveillait le sentiment d'un marchand de tapis racolant de la clientèle au coin des rues. Il était haut de corsage, blond de cette blondeur de lin qui hésite entre le jaune et le blanc, tout en courbes, méandres, replis et sinuosités. Avec de l'indulgence, il aurait assez convenablement reproduit la tournure d'un ancien chevalier saxon, sans une épaisseur de vulgarité qui, en détruisant la noblesse du profil, l'assimilait plutôt à un chef de clique. A l'internat, tout coiffé de son panache qu'il calamistrait d'un air de perpétuelle satisfaction de soi, il s'était fait de sa superbe un prétexte à transpirer charisme auprès d'un sérail de mirliflores de même registre. Sa contenance oscillait entre la viduité qui s'aime et la forfanterie qui s'applaudit. Il suintait de sa physionomie un de ces disparates propres aux arlequins de foire, dont les pièces du costume se départiraient ainsi : un tiers de paltoquet, un tiers de goujat, un tiers de cuistre, le tout se soldant par une outrecuidance tapageuse. Il parlait d'abondance de choses quelconques, ce qui s'appelle jaboter ; de là une verbosité dégoulinante dans laquelle il s'évertuait à clouer un à peu près de gouaille qui n'amusait que lui. Son voisinage propageait une invincible monotonie où de trop brefs silences accouchaient de quintes de rires mécaniques à ulcérer les Sept Sages. A peine débarqué au pensionnat dans toute la pompe de sa gloriole, il avait prétendu braquer sur lui les feux de la rampe, pantomime sanctionnée illico par quelques mortifiants horions. Cependant, deux ou trois séides de basse mine, éternels ganaches à qui toute gesticulation tient lieu de talent supérieur, s'étaient complaisamment encordés à ce nouveau maître issu de Gribouille et avaient fondé sous sa houlette une confrérie perfectionnée dans l'art de parler sans s'entendre et de rudoyer ceux qui tentaient d'échapper à la force gravitationnelle de leur ineptie.

Ajoutons qu'il avait été un élève moyen. Son intelligence s'écartait difficilement de la démonstration purement mathématique et du syllogisme brut. Pour le reste, imperméable aux nuances de l'abstraction : la poésie, la musique, les énigmes de la métaphysique, les grands problèmes de civilisation, les questions douloureuses de la misère, de l'exploitation de l'homme par l'homme, glissaient sur lui avec la même aisance qu'une pluie dans un caniveau.

Comme pas mal de gens approximatifs, il cultivait volontiers la gasconnade. Il avait même poussé ce génie jusqu'à un certain paroxysme, brodant sur son relief extérieur tous les ourlets de l'imbécile et toutes les passementeries du butor. Son cheval de bataille favori, qu'il confondait avec un coursier et qui n'était qu'un canasson, galopait lourdement entre les ornières de la prépondérance du muscle et des rodomontades de Casanova dont il abreuvait ses zélateurs. Son palmarès sur ce chapitre était, à ce qu'il disait, élogieux. Il en aplanissait toutefois les outrances par une feinte modestie, histoire de leur donner plus de poids. Petite subtilité, soit dit en passant, qui attestait qu'il n'était pas entièrement sot.

Avec le temps, sa figure s'était modelée aux déficiences de sa complexion ; ces remuements de vase finissent toujours par affleurer à la surface, phénomène de capillarité. Il en était résulté une mollesse fadasse qui le désignait pour spécimen parfait du greluchon insignifiant sous toutes les coutures.

Quant au sybaritisme garçonnier, Wilfried entretenait avec cette discipline des rapports d'une fourberie exemplaire. Sa duplicité avait culminé par la fureur avec laquelle il s'était fasciné à lustrer le prestige de sa mâle vertu en se bombardant chef de la croisade contre ceux qu'il nommait les *tafioles*. C'était, de sa part, aller à toutes broussailles dans l'idiotie : car quelques limiers du genre sagace et tenace, dont Olivier, n'avaient pas eu grande enquête à mener afin de prouver papiers sur table que pour un homme à femmes, il affectait bien d'étranges manières ; que par exemple ses slips étaient souvent du dernier chic, très courts, avec des empiècements à mailles ajourées exactement dans le ton de quelqu'un à qui il passerait par la tête d'affriander ses congénères. Lorsqu'on le lui faisait remarquer, il bredouillait invariablement que cela *pâmait les filles*, citation textuelle. L'ennui, c'est que sa rhétorique n'élucidait pas la pertinence d'une telle réclame dans un cloître où précisément les filles faisaient le plus défaut.

Après ce qui vient d'être énoncé, on ne s'étonnera pas de la mauvaise humeur d'Olivier à inaugurer les vacances en imposant à ses camarades un mandarin de cet acabit. Wilfried précédant le gros de l'équipe de quelques heures, quand celle-ci déboula à grandes pétarades de vélomoteurs, quel ne fut pas leur dépit d'aviser le trouble-fête ! Il y a fort à parier que sans leur amitié pour leur hôte, la plupart auraient décampé dare-dare. Ils n'en firent rien, mais Wilfried avait soufflé au milieu de la joie des retrouvailles une bise glacée à peu près comparable à celle que causerait l'intrusion de Trissottin dans une réunion de gens d'esprit.

Suite des retrouvailles

En l'honneur de ses hôtes, Olivier avait mitonné des *bitokes à la russe*, recette héritée de sa grand'mère dont il conservait jalousement le secret. Les bitokes soulevèrent des applaudissements nourris et consacrèrent la gloire du maître-queue, avec forces superlatifs, empressons-nous de l'affirmer, parfaitement mérités. Après quoi la fiesta confina au délire. On chanta à tue-tête, on but comme des outres, on dévora comme des chancres, les souvenirs de l'internat se débordèrent en grosses plaisanteries bien salaces à faire pâlir d'épouvante madame Touchapire et sa séquelle, et personne ne hasarda à tempérer les excès de cette bonne bringue, pas même le Wilfried.

Celui-ci, justement, avait l'air d'être là sans y être avec la même consistance qu'un ectoplasme. Puisqu'il s'était invité, à la bonne heure, on n'allait pas lui signifier son congé, ce n'était pas dans les us et coutumes de la maison ; seulement, à charge pour lui sinon de s'intégrer au groupe, du moins de ne pas y endosser le rôle de gâte-sauce qui était sa marque déposée. De ce point de vue, Loïc, qui l'avait dans le nez, s'était arrogé mandat de le lui moucher dès qu'il lui pressentirait la fantaisie d'exercer ce talent. Wilfried dut estimer la menace à son aune, car il ne broncha pas.

Comme la soirée se prolongeait, Olivier réitéra son projet, évoqué dans sa lettre, de se transporter pour une semaine à Gymnésie. Là, les yeux s'allumèrent, il y eut des *oh, oh !*, des *ah, ah !*, un sourire collectif empourpra les faces qui convergèrent d'une seule rétine sur l'instigateur de ces réjouissances :

– Gymnésie, expliqua Olivier, est un séjour paradisiaque comme il n'en subsiste plus guère sur cette malheureuse planète, institué exprès pour les intrépides que nous sommes. D'abord, c'est isolé, plus encore que les Froides-Aigues.

Ensuite, ça ne se conquiert pas comme ça. C'est niché dans une cuvette à décourager Indiana Jones, avec plein de collines abruptes tout autour, impénétrable aux promeneurs du dimanche et rigoureusement indécelable. De là une virginité préservée.

– Pas comme la tienne, fit Victor.

Olivier ignora et poursuivit :

– Il faut trois heures de marche pour rallier cette merveille. Trois heures, à condition d'avoir les mollets endurcis, le souffle long, et le cœur dans les tripes. Je vous énumère ces modalités afin de dissuader les petits chéris qui n'ont jamais couru l'aventure que sur DVD depuis leur piaule bordélique d'ado, et qui s'imaginent qu'il suffit de tripoter une manette de jeu pour changer un freluquet en superman : à la moindre piqûre de moustique, on les voit regretter leurs pantoufles en pleurnichant et en appelant maman.

– Tes insinuations seraient révoltantes, dit Arnold, si on ne savait qu'elles s'adressent aux mièvres. Or, nous sommes tout le contraire de mièvres, n'est-ce pas, vous autres ?

Vous autres opina avec une approbation unanime.

– Enfin, je n'oblige personne, reprit Olivier, on peut toujours consacrer ces vacances à picoler, à se bâfrer et à vomir partout, mais ce serait un peu contraire à nos mœurs.

– Lesquelles mœurs, interrompit William, ont quelque chose de si en dehors du courant ordinaire qu'après sept ans de pratique, j'en suis encore tout ébaubi.

– Ebaubi, et surtout imbibé, dit Romuald.

– Je reviens à notre escapade, enchaîna Olivier. Aux trois quarts du parcours, sur un étroit sentier noyé dans une forêt digne de Dodone,[66] on arpente bientôt une dénivellation abrupte qui illustre l'aphorisme familier à nos cervelles à latin, *non procedes amplius*.[67] Impasse intégrale, pas moyen

[66] Sanctuaire de la Grèce antique où se rendaient des oracles.

[67] Tu n'iras pas plus loin.

de continuer. Le sentier étriqué n'est plus qu'une étroite langue de terre surélevée flanquée de deux ravines plus profondes que les gorges de la Truyère, que le monde entier nous envie.

Là, déception, aucune réaction aux gorges de la Truyère. Olivier embraya :

– Donc, plus de sentier : on a devant soi le vide, à droite le vide, à gauche le vide ; seule issue, tourner casaque. Pourquoi, me direz-vous, avoir sué et ahané tant d'efforts pour aboutir à un cul-de-sac, mot cher à Voltaire ?[68]

– Pourquoi, en effet ? dit William, qui distribuait nonchalamment des cigares à la ronde.

– Eh, eh ! C'est que la nature a plus d'un tour dans ledit sac, fût-il terminé en cul : figurez-vous que ce vide n'est pas vide et que l'impasse n'en est pas une, car elle offre une branche de salut, mais seulement à ceux qui ont des yeux non chassieux pour voir, un encéphale pas trop pourri pour faire un rapide calcul de proportions, et de la bravoure à revendre pour défier les lois de la gravitation ; vous noterez que le mot branche est ici à sa place puisque précisément, du fond de l'impressionnante ravine qui borde notre sentier, un chêne, un magnifique chêne, notre symbole national après le coq, lequel s'est un peu déplumé ces derniers temps, étend ses bras fraternels un bon mètre au-dessus de nos graciles silhouettes. Un mètre, plus les quatre du ravin, ça fait cinq. Vous protesterez encore, je vous vois venir : un chêne, la belle affaire, à quoi ça sert si on ne peut pas l'atteindre ? Et bien, justement, on l'atteint. On l'atteint même très bien attendu qu'une de ses hautes ramures jouxte latéralement la piste à moins de cinquante centimètres, tandis qu'une autre, parallèle et plus basse de cinq pieds, a poussé là à dessein pour assurer l'équilibre d'un funambule. La technique est donc toute simple : on attrape la branche haute, on se

---

[68] Le piquant, c'est que Voltaire détestait cordialement tous les mots composés avec cul, comme cul-de-sac, cul-de-lampe, etc.

ramasse sur soi, on avance par quelques tractions, on déploie ses pieds que l'on affermit délicatement sur la branche inférieure. Puis on se dirige vers le tronc ; après cela, descendre est un jeu d'enfant. Ce coin s'appelle le Promontoire. Quelqu'un d'inspiré l'a immortalisé en lui attribuant ce nom. Je ne vous cache pas, quoiqu'en rougissant, qu'il s'agit de moi.

– On en doutait, fit Christophe. Et pour remonter ?

– C'est un peu plus compliqué, mais aussi plus pittoresque : il s'agit de grimper toujours sur le même arbre, mais en surplombant l'altitude du sentier d'un bon mètre. On se cramponne pieds et mains à une autre branche qui s'incurve vers la terre ferme en se hissant jusqu'à ce que la branche ploie. Quand le poids du corps est suffisant, la branche vous dépose sur le Promontoire comme qui rigole.

William poussa un *ouf !*, se renversa en arrière et s'écria, horrifié :

– Tu es fou, Olivier, tu es fou à lier ! Notre sort est scellé, on vit nos derniers instants. On te connaissait latiniste, helléniste, grammairien, musicien, sybarite, faiseurs de vers blancs ou rimés, on ne savait pas que tu étais aussi casse-cou. J'ignore si c'est la suite naturelle de la promotion qu'offre ta chartreuse, mais entre nous, je te crois le timbre un peu fêlé, si je puis me permettre...

Victor, qui lampait un coup de vodka, se découvrit lui aussi une pointe de pyrrhonisme à l'égard d'une péripétie totalement hors de ses inclinations *idiosyncrasiques* :

– J'ai entendu dire, fit-il, qu'un astéroïde allait bientôt s'écraser sur notre globe terraqué. Ce n'est peut-être pas une raison pour anticiper par un suicide collectif ce nouveau feuilleton de l'anecdote du Crétacé.

– Quel Crétacé ? demanda Loïc en se grattant une narine, c'est quoi ça ?

– Et voilà ! répliqua Victor, t'aurais mieux fait de tripoter un peu moins Arnold pendant les cours de paléontologie, tu saurais que voici cent trente six millions d'années, un caillou assez volumineux qui passait par là a malencontreusement heurté notre jolie planète, et que les dinosaures qui y régnaient alors candidement en ont fait les frais : terminé, les dinosaures, envolés, cramés ! Or, de notables savants soutiennent mordicus que le gros bordel va se reproduire dans quatre ou cinq ans, à cette différence toutefois que le rôle des dinosaures sera confié aux hominidés…

– Ton astéroïde, dit Olivier, c'est encore un truc de *calamitologues* ; mais si ça doit se produire, alors raison de plus pour s'éclater. Quand vous aurez goûté aux acrobaties que je soumets à votre adhésion, vous en raffolerez. Dans le genre progrès physiologique, c'est de la même pâte que quand on troque le cinq contre un solitaire contre le cinq contre un à deux, et plus si affinités.

– Que tu dis ! s'exclama Loïc ; moi, je vois surtout des fémurs brisés, des côtes cassées, des bras tordus, du sang partout, bref une vraie aubaine pour la chirurgie, laquelle traverse une crise.

Une tessiture s'éleva au-dessus de ce concert de réprobations, délicatement ornée d'appogiatures liquides et veloutées de harpe céleste. C'était Jonathan :

– Vous n'êtes vraiment qu'un tas de froussards, pérora-t-il. On vous traite en preux, et vous faites les femmelettes ! On vous propose de vous épanouir dans le sein de la nature, notre mère nourricière, et vous gémissez la complainte du petit dandy qui a peur des bébêtes, parce que ça fait bobo. Qu'est-ce que vous croyez ? Qu'il vous suffit d'une paire d'espadrilles et d'un parasol pour vous proclamer hommes des bois ? Le lycée vous a avachis depuis le col jusqu'au croupion, que vous ne vous sentez même plus de cran à affronter quelques menus périls ? Et bien, on va réformer tout ça, on va métamorphoser les figurants d'opérettes en athlètes : demain, lever pas trop tard et en avant. Gymnésie sera notre Eldorado, ou bien je repasse le Channel illico avec mon frérot.

La harangue, fort lyrique et solennelle, était d'une énergie à oxygéner les orgueils souffreteux : du coup, les couardises psalmodièrent mea culpa, les témérités se ragaillardirent, les vaillances reprirent couleur et il ne manqua pas grand'chose à cette juvénile assemblée pour nous refaire le serment des chevaliers de la table ronde.

Un postillon ne partageait pas, mais alors pas du tout la spontanéité de cet engouement.

Depuis le début de la soirée, Wilfried n'avait pipé mot. Il s'était contenté d'écouter sans conviction les palabres de ses camarades. Deux ou trois bourrades amicales n'avaient pas secoué d'un pouce son apathie. Tout en lui accusait je ne sais quel accablement qui ne vibre d'aucune passion. Son faciès, déjà fort rabrouée par cette morosité qui l'assimilait à un masque de carême, s'était aggravée d'une couche supplémentaire de maussaderie. Il était constant que quelque chose le chagrinait dans les résolutions qui venaient d'être votées, mais qu'il n'osait ramener son grain de sel, de peur d'essuyer une rebuffade ; il faisait bien, du reste, Loïc n'attendant que l'occasion de lui river son clou.

Cependant, des bâillements de plus en plus caverneux, des étirements de plus en plus sonores pressaient le voyage de tout ce petit monde-là au pays du gros dodo. Il devait être près de minuit, et pour ces garçons qui n'avaient pas trop l'habitude de veiller, l'heure n'était plus aux joutes verbales, mais à une autre compétition, celle qui rivalise de promptitude à tutoyer Morphée :

– Les copains, déclara Olivier en les conviant à lui emboîter le pas, j'ai agencé au deuxième étage un alignement de matelas à même le sol. Attention, ces matelas ont beau être contigus, cela ne vous dispense pas d'être vigilants avec les contiguïtés.

– Tiens donc ! fit Jonathan, celle-là c'est la meilleure : monsieur s'arrange pour nous faire cohabiter façon scouts sous toile, et il se dépêche ensuite de se dédouaner de ses intentions. Ça me fait penser aux vendeurs de voitures de sport qui recommandent à leurs clients de respecter les limitations de vitesse. A la vérité, on ne peut être plus perfide !

– Je ne fais que stimuler le fraternel, répondit l'intéressé. Il est humainement praticable, j'irai jusqu'à dire édifiant, de pieuter côte à côte en toute décence, c'est une question d'éducation.

– Parlons-en, de ton éducation édifiante, railla Romuald, on en a eu un échantillon pendant sept ans…

– Dis donc, intervint Loïc, en s'adressant au même Romuald, il me semble que, pour ce qui est de l'échantillon, t'as pas craché dessus…

– Le passé est le passé : j'ai rhabillé les désordres de ma prime jeunesse en achetant une conduite, ça date d'il y a quinze jours, exactement depuis que je fréquente une jolie brunette. Or, on ne courtise pas une brunette pour se vautrer dans des débauches de potaches.

– C'est ça ! dit Victor, cause toujours ! pour un amoureux transi, tu t'es bien empressé de la planter, ta brunette ; ta fibre galante n'a pas résisté longtemps à l'appel du large. Tu me rappelles ces marins qui ont une maîtresse dans chaque port mais qui se satisfont fort bien du petit mousse.

– Bon, c'est sûr, reprit Romuald, je le confesse, j'ai abandonné Dulcinée. Mais c'est pour mieux éprouver son amour. Je suis comme un seigneur qui s'en va guerroyer le cœur tout chaviré par la constance de sa promise.

– Par tous les diables ! insista Victor, ta sérénade est une vraie tisane. Le vrai, c'est que tu t'es barré, lâchement barré pour aller courir le guilledou avec des lascars de ta trempe.

Et apostrophant la cantonade :

– Vous avez devant vous l'exemple type du fripon qui se drape dans un grand manteau de respectabilité pour mieux lorgner ses copains en leur constatant des analogies avec les brunettes.

Christophe, quoique peu loquace, n'en était pas moins démangé du gosier dès qu'il assistait en direct à la floraison sans vergogne d'un cas outré de duplicité :

– Il est pas le seul, dit-il en fixant Victor au fond des orbites, j'en connais qui feignent le détachement des choses de ce monde, le mépris des *nœuds de la matière* et de la *guenille*,[69] qui nous tartinent leur philosophie de janséniste en veux-tu en voilà, et qui trament en sourdine des canevas peu philosophiques en épinglant le passant qui passe, viens-là, toi ! J'appelle ça du prosélytisme de politique : faites ce que je dis, mais ne faites pas ce que je fais…

– Tu dis ça pour moi ? fit Victor.

– Pardine !

– Et qu'est-ce qui te permet de telles insinuations ?

Christophe renchérit délicieusement sur l'ironie de son exorde et articula :

– Tu te rappelles pas certain samedi soir où nos chemins se sont croisés quelque part du côté des douches ?

Il écarta les bras et, dilatant la conversation particulière en conversation générale :

– Pourtant, que Lucifer m'embroche si je mens, j'allais aux commodités par pur besoin de remédier aux borborygmes qui faisaient glouglouter mon côlon et mon cæcum, conjointement. J'avais quinze ans, j'étais la naïveté même, l'innocence dans sa candeur angélique, à peine deux branlettes par jour. Une demi-heure plus tard, adieu l'innocence. Satan m'avait mis le grappin dessus et réglé la pathologie des borborygmes à sa manière !

– Je précise, rectifia Victor, que la candeur angélique s'est rebiffée contre la tentation avec autant d'abnégation qu'un gouliaf devant un tournedos Rossini, sans mauvais jeu de mots.

– La chair est faible, dit Arnold.

---

[69] Allusion aux Femmes Savantes de Molière.

– C'est la faute de nos maîtres, intervint Olivier ; rappelez-vous comment ils nous parlaient du péché : ils le peignaient sous un tel voile d'horreur et d'abomination qu'il aurait fallu être un sot pour ne pas avoir la curiosité d'y renifler de plus près.

Tandis qu'on devisait de la sorte, Olivier avait entraîné la troupe à l'étage. Les lits, ordonnancés symétriquement sur deux rangées, lui valurent certes un torrent de félicitations, mais non sans quelques post-scriptum pimentés :

– Quelle organisation ! dit Victor, et quelle élégance ! Ces draps tout colorés, tout décorés de jolis motifs ! Et ces couvertures dans le dernier chic ! Vraiment, Olivier, tu sais recevoir…

– Trêve de compliments ! Absorbe-toi plutôt à ne pas trop t'y émoustiller, dans les draps. Ma machine à laver est aussi antique que ta vertu.

– Remarquez, intervint Jonathan, remarquez l'extrême raffinement de notre aubergiste ; il ne conseille pas de ne pas s'émoustiller, mais de ne pas *trop* s'émoustiller. C'est un subtil, ce garçon…

– Que veux-tu, répondit Romuald, il a beau remâcher ses scrupules de conscience, il est trop perméable aux alléchantes proximités pour ne pas les congédier un jour ou l'autre, les scrupules. Toute sa personne est tiraillée entre l'effroi et l'attrait du peccamineux. Olivier est un dilemme vivant, un vrai sujet de dissertation pour le bac.

– Au fait, ce bac, dit Christophe au dilemme vivant, tu sais pas ? On l'a tous eu.

– Oui, je sais, j'ai reçu votre carte. Bravo ! Je n'ai jamais douté de votre succès, ça ne me surprend pas.

– Dis donc, fit Romuald, moi, ce qui m'a surpris, c'est la mentalité des indigènes de ton terroir…

– Ah, tiens… fit Olivier, dont le visage s'était rembruni ; leur mentalité, je l'ai bouffée à en avoir une gastrite…

– Ah, oui… tes ennuis avec la chorale ?

– Entre autres…

– Ce qu'a cru comprendre Romuald, fit Loïc, et ce qu'on a tous compris, c'est que t'es pas en odeur de sainteté, dans le bled…

– C'est rien de le dire…

– En y arrivant, à ce bled, exposa Arnold, on demande le chemin des Froides-Aigues à un type, il hausse les épaules, nous tire une gueule de poisson avarié et nous plante là sans plus de commentaire. On avait bien ton plan, mais comme il avait stagné au fond d'une poche, il était un peu froissé. On va à la mairie, une grosse matrone nous toise en baragouinant : *ah ouais, c'est la baraque du petit merdeux que vous cherchez ? J'en sais rien, personne sait où c'est, cet endroit, démerdez-vous.* Fabuleuse, l'hospitalité ! Résultat : il a fallu s'improviser explorateurs de terres nouvelles.

– J'en suis là, mes pauvres amis, fit Olivier. D'ailleurs, je vous raconterai tout. Mais si vous voulez, pas aujourd'hui, ça gâcherait la soirée.

La frivolité du propos, fâcheusement troublée par cette parenthèse, se raviva d'elle-même à la faveur du chahut coutumier du coucher, où il y eut bataille pour l'attribution des lits, chacun convoitant celui du voisin, uniquement parce que le voisin voulait celui-ci et non celui-là. Cris d'orfraies, échauffourées toutes fesses à l'air, batailles rangées héroïques et épiques. Enfin, au bout d'un quart d'heure de luttes d'influence, l'agitation mollit, on se déshabilla, car l'expression employée à la deuxième ligne supérieure, *toutes fesses à l'air* n'est qu'une avance sur consommation. Ni minauderies ni timidité : tout le monde fut nu en un tournemain, comme au bon vieux temps.

Tous, sauf devinez qui ?

On était étonné qu'avec tant de minauderies et la *tronche de sanglier*, mot de Loïc, dont il gratifiait la compagnie, Wilfried n'eût pas insulté par des plaisanteries oiseuses, par des réflexions amères aux libertés qui se débridaient. Il avait même eu la décence de ne pas faire son œil noir à la chambrée collective. Mais il n'alla pas jusqu'à la nudité, non plus qu'il ne s'ingéra de la querelle des lits ; il se glissa dans celui qui avait été hâtivement expédié pour lui, et affecta une espèce de préoccupation théâtrale assez mal interprétée qui échauffa fort la bile de Loïc. L'ambiance n'en était pas attiédie, encore moins gâtée, mais on n'en déplorait pas moins l'anomalie foncière de cette présence saumâtre dans un cercle de joyeux drilles. Wilfried gênait par la vocation qu'ont les rabat-joie d'amoindrir l'allégresse d'une société où ils se sont impatronisés, où ils sont malvenus, mais dont on répugne à les chasser, peut-être par altruisme, plus vraisemblablement par faiblesse.

Alors que quelques indices présumaient de petits apartés impertinents, une longue basse continue rhythma bientôt le silence feutré du dortoir. Olivier, qui côtoyait Christophe, se déhancha vers lui et lui murmura :

– Regarde-moi ça !

Juste en face d'eux, Loïc et Arnold ronflaient à qui mieux-mieux comme des pochetrons qui cuveraient leur abus de whisky. Le ronflement se propagea par conduction de proche en proche sur le modèle des instruments d’un orchestre qui s’accordent au diapason du premier violon. Quelques minutes plus tard, un paisible ostinato cadencé par le marchand de sable écrivait les premières mesures de la grande symphonie des roupilleurs.

La sereine quiétude qui flottait sur cet attirail de jeunes gens était attendrissante. Des fronts se touchaient, des souffles se mêlaient, parfois un bras effleurait un autre bras, puis se retirait avec une brusquerie effarouchée. Des corps s'étaient recroquevillés, des touffes de cheveux fringuaient au vent du soir sur les oreillers. La fraîcheur tiède de l'été répandait par les fenêtres d'exquis parfums de résine et d'humus. Il n'y avait pas de lune, tout était imprégné de cette quiétude que distillent les nuits de juillet, brèves éclipses du jour. Le chuintement d'une chouette au vol oblique faisait contre-chant à la virtuosité de quelque passereau insomniaque. L'haleine de la brise nocturne caressait les feuillages comme une peau à l'approche de la volupté ; au loin, d'étranges conciliabules se chuchotaient sous l'épaisseur des futaies. Les grillons et les cigales s'obstinaient, opiniâtres et tranquilles, à interpréter leur mélancolique récital.

Jonathan, aux trois quarts assoupi, émergea brusquement de sa torpeur, prêta l'oreille et réprima une indéfinissable angoisse :

– Des cigales ! se dit-il intérieurement, comment est-ce possible ?

Il ajouta :

– C'est bizarre… bizarre, mais surtout incongru.

Il renchérit immédiatement :

– Aussi incongru que ce Wilfried…

Les questions trop compliquées ne s'éternisent pas à l'âge de l'insouciance. Jonathan se rendormit. Une minute après, neuf adolescents voguaient au gré des rêves dont on est libéral quand on a dix-sept ans.

Neuf, c'est un de trop. Pour les kabbalistes, ce nombre est néfaste. Il incarne les gestations malsaines. Il est le soleil noir qui dévore ses propres rayons.

La Sublime Porte

Une expédition de l'envergure de celle qu'on avait planifiée ne s'improvise pas. Il faut des préparatifs méticuleux, c'est-à-dire la certitude qu'on ne va pas être obligé de faire volte face à mi-chemin parce qu'on a oublié ceci ou cela, qui bien souvent est indispensable. Or, les garçons avaient sous-estimé l'ampleur de l'intendance dont l'énumération exigeait la plus rigoureuse minutie. Aussi, après mûre réflexion, le départ fut différé de vingt-quatre heures, ce qui fit que la journée du lendemain fut déclarée franche.

On en profita pour visiter la propriété, depuis la Feuillée jusqu'au ravin, en s'attardant à la Tour et aux Trois-Chênes, l'une à cause de son originalité architecturale, les autres parce qu'Olivier avait finement suggéré que cette alcôve champêtre semblait avoir été spécialement instituée pour les ébats bucoliques, tous genres confondus.

– Ben voilà ! s'exclama Arnold, encore une invitation à la débauche…

Olivier expliqua ensuite le fonctionnement de l'éolienne, avant de convier la galerie à une baignade à l'Etang des Sources. En avisant le carré d'herbes encore froissées où dix jours plus tôt deux aspirants à la liberté avaient paraphé ensemble l'acte de sécession qui les affranchissait de l'odieuse tutelle de S…, il eut une pensée émue pour celle qu'il ne reverrait probablement jamais, et qui *avait passé comme le lys en ne laissant qu'un parfum* :

– C'est là, dit-il en aparté à Christophe, c'est là que les espérances de madame Touchapire, sa mère, se sont véritablement et doublement effondrées.

– Doublement ? s'étonna son camarade.

– D'abord la rupture avec la chorale, autant dire mon désengagement de toute activité au sein du panier à crabes de l'AFCR et de sa triste rocambole de charlatans ; ensuite, sa chère fille sacrifiant sa virginité à celui qui avait déjà porté un coup fatal à maman en lui infligeant l'affront cinglant d'un désaveu public… Ça fait beaucoup en peu de temps : la pauvre a dû en faire une maladie.

– Mais Clarisse, qu'est-ce qu'elle est devenue ?

– Elle s'est barrée de S… : le lendemain, une copine l'attendait sur la route, direction Paris.

Olivier soupira et glissa à son camarade :

– Ne le répète pas : je suis le seul à le savoir.

Il insista, comme s'il entrevoyait les lourdes menaces qui pesaient sur une indiscrétion :

– Surtout, pas un mot, même aux autres : moins on sera dans le secret, mieux ça vaudra.

Christophe opina sans mot dire, mais avec cette gravité qui chez lui plombait sa langue d'un sceau inviolable. Car en matière de bouche cousue, Christophe était un sphinx.

La baignade se serait éternisée si Olivier n'avait rappelé qu'il était temps de pourvoir aux apprêts de l'escapade à Gymnésie. Comme il avait cogité la matière, tout fut réglé en deux heures. Au déjeuner de midi, Romuald, qui ne s'était pas gêné pour inspecter sous ses moindres coutures une chartreuse que tous regardaient comme le palais des Mille et une nuits, s'écria, pimpant et rose comme un bébé :

– On pourrait faire de ces jeux ici, avec la place qu'il y a !

Le mot roula en écho d'une cervelle à l'autre, et particulièrement à celle de William :

– Puisqu'on trépigne d'explorer la maison et ses environs, dit-il, si on faisait une partie de cache-cache ? Je sais, je sais, ça vous semble puéril, cache-cache, c'est bon pour les marmots et on n'est plus des marmots. Mais c'est une bonne façon d'aller à la maraude des recoins qui excitent l'imagination. Car ne me dites pas que vous n'avez pas envie de fourrer votre groin là où il vous chuchote qu'il y a quelque chose à flairer.

La petite envolée verbale emporta l'adhésion. Les garçons convinrent d'une partie *d'attend que je t'attrape*, prétexte, ainsi que l'avait suggéré le bon jumeau, à se délecter de l'insigne plaisir de fureter dans l'alpha et l'oméga de la propriété.

Le temps étant au beau et au chaud, de là à ce que des créatures d'une telle impudeur ne fissent aucune façon d'ajuster leur costume, déjà inauguré le matin à l'étang, à cette libéralité météorologique, il n'y avait qu'un pas, attendu qu'on était venu aussi pour cela. On, rectifions : à l'exception de Wilfried. Croirait-on que ce dernier s'était retranché derrière l'allégation d'une sensibilité épidermique trop vive pour faire son pot à part ? La locution, d'une invraisemblable balourdise, aurait du exciter les sarcasmes ; elle n'engendra que des haussements d'épaule. Quelques railleries fusèrent tout de même, du genre qui égratigne pas mal la superbe, et le Wilfried dut les avaler. Cependant, la plupart ne déguisaient plus leur humeur. Loïc, notamment, commençait à se lasser des minauderies du philistin, et sans l'ambiance folâtre qui prévalait et qui incitait à la conciliation, il lui aurait volontiers serré la vis. Arnold et Victor, plus directs, étaient d'avis de lui administrer un bizutage dans les règles. Olivier s'y opposa radicalement :

– Toute contrainte est pernicieuse, dit-il, et se retourne contre celui qui la commet. Le Wilfried serait à poil sans qu'on en soit plus avancé avec lui.

– Excuse-moi, fit Romuald, mais ça pourrait le décoincer. Dans son cas, c’est aider à la nature.

– Tu perdrais ta peine, répondit Olivier, la sienne, de nature, est un enchevêtrement de mensonges et d'artifices accouchant d'un indébrouillable méli-mélo de contradictions. Notre pauvre Wilfried souffre d'un mal répandu chez beaucoup de mecs ambivalents : il macère dans le cloaque d'une libido coagulée par un puritanisme de façade, et il se ferait trancher la tête plutôt que d'en convenir. Vous avez remarqué le caleçon dont il couvre sa *sensibilité épidermique* ? Tout est prévu à l'intérieur pour ne rien laisser transparaître des émotions de l'artiste. Ni vu ni connu : je me rince l'œil gratis, tout en conservant la devanture honorable ; le pire, c'est qu'il est persuadé de nous gruger. Seulement, ses fantasmes lui affolent tellement le ciboulot que monsieur se réveille en pleine nuit pour en secréter le trop-plein. Le lendemain matin, son premier discours est pour nous tympaniser de ses rêves érotiques, tout ce qu'il y a de plus normal, ça va sans dire …

– Bon ! fit Jonathan, c'est à peine le début des vacances, on ne va pas tout foutre en l'air pour un histrion, un cockney comme on dit par chez nous ; tiens ! le mieux, c'est encore de faire comme s'il n'était pas là...

C'en était assez de Wilfried, on avait de plus agréables tapis à battre. Sur une initiative fort judicieuse, tout le monde se transporta de nouveau à l'étang pour une petite trempette accessoire, où les modalités du jeu furent avalisées. Indiquons ici que *cache-cache* étant décidément en piètre odeur lexicale, on lui substitua *cryptie*. Comme Olivier était le régional de l'étape, on lui attribua le rôle d'*irène*, c'est à dire du fugitif. Il eut un quart d'heure pour se planquer. S'il était pris, malheur à lui.

C'est ici, on se le rappelle peut-être, que se place l'épisode de la *Sublime Porte*. Rappelons succinctement les faits.

Olivier s'était replié dans la Tour. Guet idéal pour observer les mouvements de l'ennemi, ce qu'il fit avec une sagacité de stratège, en se ménageant une refuite, comme on parlait du temps de la guerre de Sept Ans, par un boyau qui menait à la salle de bain du deuxième étage. Au bout de quelques minutes, deux anomalies lui compliquèrent l'équation : primo, les poursuiteurs n'avaient pas respecté le délai d'attente ; secundo : ils s'étaient divisés en deux groupes. L'un faisait battue entre le Mail et les Brosses, l'autre avait investi la Feuillée. Le garçon s'arrogea donc sans scrupule un passe-droit qui le remboursait d'une tricherie : il s'engagea dans le boyau, referma soigneusement sur lui et atterrit dans la salle d'eau. Là, il fila prestement au rez-de-chaussée, s'introduisit dans la buanderie, leva la trappe, s'engouffra dans le couloir souterrain et attendit. On connaît la suite : la trouvaille du mécanisme, la curiosité malheureuse du garçon, celui-ci échappant d'extrême justesse à une réclusion à perpétuité, option gîte sans couvert ; puis l'interruption de la cryptie, la stupéfaction générale, la fouille subséquente de la grotte, et l'affreuse perspective à rebours que sans un coup de pouce de la providence, Olivier aurait disparu de la circulation qu'aucun de ses camarades eût jamais envisagé cette absurde et inconcevable extravagance, une caverne clandestine mue par un mécanisme tel qu'il n'en existe que dans les films d'heroic fantasy.

On n'eut pas trop de la fin de l'après-midi pour digérer ses émotions. Néanmoins, comme l'insouciance et la jeunesse ne font qu'un nez et qu'un mouchoir, ce qui avait suscité tant d'effroi s'accorda bientôt à un diapason plus désinvolte pour culminer en franche rigolade. La gaieté atteignit son paroxysme lorsque quelqu'un baptisa la porte de pierre *Sublime Porte*. Nom qui devait demeurer à la postérité, étant consacré par un événement sensationnel.

Une autre anecdote, moins dramatique mais infiniment plus insidieuse, et antérieure à celle de la Sublime Porte, avait eu pour acteur Wilfried. Pendant la cryptie, fidèle à sa vocation, il s'était comporté avec la mollesse boudeuse et arrogante dont il gratifiait inlassablement son entourage. Le hasard l'ayant apparié à Romuald durant un bref intervalle, comme ce dernier le précédait, Wilfried avait fixé sur lui des prunelles d'abord neutres, puis par degrés de plus en plus troubles. Romuald était nu, ce qui d'ailleurs l'embarrassait dès qu'il côtoyait de près le pèlerin, celui-ci ayant tendance à le reluquer outrément. Wilfried, on l'a vu, n'avait pas consenti à se dépouiller de son maillot. Un maillot, ce n'est pas un paravent très efficace aux manifestations de la luxure, mais enfin c'est mieux que rien. Aussi Wilfried s'adonna-t-il à une délectation morose qui flattait sa duplicité tout en tuméfiant une furieuse protubérance sous le mince tissu. Seulement, Romuald allait forcément se retourner à un moment ou à un autre, il s'agissait de lui dérober l'étendue de ses appétits charnels. Il se rabattit sur un brusque mal de ventre, ce qui justifiait l'enlacement de ses bras joints autour du foyer de concupiscence. Prétextant son malaise, il déguerpit dare-dare vers la maison, mais au lieu d'aller aux commodités, dont il n'avait que faire, il s'enferma dans la salle de bain du premier étage. Là, il fit couler la douche et, hors de lui, se soulagea copieusement en réinventant sur le carrelage mural l'art de Lascaux au titre de l'école onanique. Son aspersion épanchée à grands geignements lascifs, il allait quitter la douche quand un des tiroirs du meuble sanitaire qui bâillait mobilisa son attention. Wilfried fut intrigué par un objet qui y était rangé. Cet objet, totalement disparate et incongru dans le nécessaire de toilette d'un être de sexe mâle, décupla sa perplexité. Il l'examina et bredouilla :

– Qu'est-ce que ça fout ici, ce truc ?

Subitement, une violente commotion l'électrocuta, un hideux sourire de victoire décora ses lèvres, il murmura :

– C'était donc vrai…

Il ajouta aussitôt, à la manière d'un inspecteur de police dont l'enquête vient d'aboutir grâce à une pièce à conviction indubitable :

– J'ai la preuve…

L'éclair qui illuminait sa physionomie était effrayant. C'était la méchanceté en copulation avec le vice, et le vice se rassasiant de toutes les jouissances d'une action perverse.

Il vola au dortoir, délaça son sac de voyage et y fourra l'objet bien au fond. Puis il rejoignit ses camarades et se confondit en excuses pour l'incident qui l'avait distrait du jeu. Ce à quoi Arnold rétorqua :

– C'est chiant, hein, les dérangements intestinaux !…

Là-dessus, l'épisode de la porte mystérieuse canalisa les sollicitudes autour d'Olivier. Mais Arnold nota que la figure de Wilfried s'était singulièrement décomposée. Il le confia à Olivier. Celui-ci lui rétorqua du tac au tac :

– Je l'ai dans le collimateur, t'inquiète…

La cryptie censée se poursuivre par un jeu de piste à l'extérieur, c'est à dire en dehors de l'emprise de la maison, ce fut sans trop de formalités que les garçons y renoncèrent. Olivier en éprouva un étrange soulagement. Tandis que tous commentaient la rocambolesque péripétie de la Sublime Porte, il avait enveloppé Wilfried d'un regard pénétrant. Son intuition jetait la sonde à l'intérieur de cette âme amphibie comme on lance une pierre dans une mare en analysant les ondes concentriques. L'une de ces vagues le relia immédiatement au Sillon. Pourquoi le Sillon ? L'écheveau de cette filiation était trop brumeux pour être élucidé, mais une espèce de rapport morbide s'était tissé en lui entre Wilfried et le petit randon occulte. Quelque chose lui recommandait d'en éluder l'existence, d'abord à ses camarades, ensuite et surtout à Wilfried.

Ad augusta per angusta [70]

Le lendemain aux aurores, par un soleil radieux, les garçons partirent, les échines ployant sous le poids d'un gros sac à dos bourré à ras bord d'une semaine d'intendance. On n'a peut-être pas idée de ce que représentent quatre repas quotidiens pour neuf personnes d'excellent appétit, le tout multiplié par sept jours. Si l'on s'en tient à la nourriture courante, il faut compter cinq kilos de pâtes, autant de riz, trois kilos de chocolat en poudre, un poids équivalent de chocolat en tablettes, cinq cents grammes de barres de céréales, cinq kilos de sucre, trois kilos de lait en poudre, une boîte de sel, au moins quatre litres d'huile, etc. Complétez ces impédiments avec le couchage, le vêtement, la trousse sanitaire, les affaires de toilette particulières, sans préjudice des ustensiles de cuisine : le viatique, réduit à sa plus simple expression, assignait à chaque membre de l'équipe un bagage de dix kilos à se trimbaler trois heures durant sur un itinéraire tout juste praticable à un sportif en petite tenue. Ce léger inconvénient n'attiédit pas l'entrain des vacanciers, *qui en avaient vu d'autres*, dirent-ils.

Première étape, le chemin principal en amont sur deux kilomètres. Au bout de ces deux kilomètres, Olivier fit halte et écarta, à sa droite, un écran de buissons et de taillis arborescents. Cet écran dissimulait une piste étroite, absolument indécelable à un non initié.

Une fois sur cette piste, baptisée *Gymnode* par Olivier, grand titrier devant l'Eternel, obligation d'aller en file indienne et d'accepter de bonne ou de mauvaise grâce les gifles, griffures, meurtrissures, coupures et autres lésions que les branches basses, les ajoncs, les ronces de mûriers exigeaient pour cotisation des prestataires de service de la

---

[70] [On arrive] aux sommets par les voies étroites.

forêt qu'ils sont. Les neuf cartels accablèrent d'anathèmes une création si mal agencée qui récompensait ses amoureux en les blessant cruellement ; on alla jusqu'à trousser quelques bourrues diatribes en vers de collégiens. Cependant, malgré ces écueils, on avançait, et même plutôt gaillardement.

Après quelques centaines de toises, les rives du sentier se rétrécirent en s'escarpant, les randonneurs attaquèrent la déclivité d'un raidillon plutôt sévère sur une langue de terre dont l'étroitesse augmentait à chaque pas. Tout à coup, le chemin se brisa net comme à l'extrémité d'une falaise :

– On est au Promontoire, dit Olivier.

L'avant-veille, il avait ébauché de ce Promontoire une description fort impressionnante : ses camarades lui rendirent justice qu'il n'avait pas exagéré d'une virgule.

A priori, le cap était infranchissable. Olivier se diligenta à prouver empiriquement le contraire. Il se débarrassa de son sac à dos, puis, ayant évalué la distance au grand chêne dont il avait si pompeusement vanté les vertus de funiculaire, il vous empoigne la branche latérale idoine, affermit ses pieds sur celle qui était dessous, se déhanche latéralement jusqu'au tronc et s'affale avec grâce et souplesse cinq mètres plus bas par un réseau de ramifications qui improvisaient autant de points d'appui. Après quoi, il n'eut plus qu'à regagner l'éperon en utilisant la technique dont nous avons été spectateurs en une autre circonstance[71] et qui avait tant fait pousser les hauts cris à ses camarades.

– A présent, dit-il, les sacs.

L'adolescent dessangla l'un d'eux, en extirpa une corde soigneusement enroulée, la dévida et pria l'un de ses compagnons de se saisir d'une de ses extrémités :

– Quand je serai au pied de l'arbre, dit-il, je fixerai la corde à cet autre arbre, là, juste en retrait du premier. C'est le plan incliné de notre ascenseur. Pendant ce temps, vous

---

[71] Section 2 "Les Bordiers", Chapitre I "Les après-midi d'Olivier".

attacherez les sacs par leur boucle la plus solide pour que ça fasse comme un téléphérique.

– Ah, ah ! fit Jonathan, je pige, il ne faut pas que la pente sur laquelle glisseront les sacs soit trop rude, sinon on risque de tout casser ce qu'il y a dedans...

– Quelle sagacité ! répondit Olivier, pour un Grand Breton, tu ne raisonnes pas trop mal.

S'ensuivit une petite bataille franco-britannique qui ranima les souvenirs héroïques, d'un côté de Crécy, d'Azincourt et de Poitiers, de l'autre de Cocherel, de Patay, de Formigny et de Castillon. Palmarès qui infirme la légende de la supériorité anglaise dans les combats de la guerre de Cent Ans. Encore avons-nous passé sous silence Orléans et la guérilla de Du Guesclin. Il est vrai que nous avons omis aussi l'Ecluse, mais il s'agit là d'un combat naval et les Français n'ont jamais trop eu le pied marin avant que Duguay-Trouin, Jean Bart et plus tard Suffren eussent mis à la voile.

Tout fut exécuté dans les moindres détails et avec tête et valeur : Olivier arrima la corde à l'arbre secondaire, ses camarades expédièrent les sacs un à un, lesquels coulissèrent comme qui rigole le long du filin jusqu'à réception.

Restait à en faire autant des personnes physiques, dont certaines commençaient à cogiter grave le doux délire qui les avait incités à rallier le panache d'un risque-tout frappé de folie, avec la quasi-certitude de finir brisés par morceaux dans un coin obscur de la forêt la plus inconnue de l'Hexagone. Il fallut souffler le chaud sur le courage en syncope de ces âmes pusillanimes. Olivier rappela que la grandeur de l'obstacle fait la noblesse de l'athlète. Là-dessus, Christophe ouvrit la carrière et y réussit fort bien ; ce que voyant, les autres n'eurent de cesse d'imiter un si vaillant exemple. Chacun alors pérora bien fort que finalement ce n'était pas si dur que cela, qu'on avait surestimé le danger, que tout bien pesé Olivier avait peu de mérite, etc.

L'intéressé n'eut cure de ces médisances à rebours ; il fit mieux, il les pardonna.

Le site où ces bonnes gens s'étaient véhiculés avait de quoi impressionner les plus hardis explorateurs. C'était le versant oriental du plateau au sommet duquel nichaient les Froides-Aigues. Grâce à la structure spécifique du Massif Central, vieille montagne dont les aspérités, les ressauts et les ravinements se sont considérablement arrondis au cours des âges, il était praticable de s'y mouvoir sans s'exposer à une chute verticale vertigineuse. L'érosion ayant adouci les escarpement d'un relief jadis bien plus abrupt, elle y avait tracé un dénivelé assez régulier qui déclinait par degrés successifs jusqu'à Gymnésie en multipliant les lacets à cent quatre-vingts degrés. Les neuf excursionnistes, une fois vaincu l'écueil de l'arbre, unique trait d'union avec Gymnode, se trouvaient donc exactement en surplomb de leur objectif et avaient toute latitude de s'en rassasier la rétine, si l'on peut dire.

Spectacle grandiose qui les cloua de stupeur.

Imaginez une cuvette grossièrement circulaire, circonscrite aux trois quarts de sa périphérie par une enceinte continue en amphithéâtre d'un chaos de roches ruiniformes entrecoupés d'orgues basaltiques. Au milieu de la cuvette, un étang à peu près sphérique, long d'un quart de lieue et demie, large d'un kilomètre, et raturé en son centre par une langue de terre. Cette langue s'étirait longitudinalement à ses deux extrémités jusqu'à deux minces pertuis d'une cinquantaine de mètres qui la séparaient du continent. Depuis la perspective qu'embrassaient les vacanciers, elle faisait penser au rictus comique d'un visage de clown qu'aurait dessiné un enfant. La langue, appelée tout simplement l'île, était peuplée d'une infinie variété d'espèces hydrophiles, saules, ormes, bouleaux, aulnes, mais aussi de chênes, de hêtres, de noyers, de châtaigniers, de quelques platanes, d'une poignée d'érables, en un mot de toute la profusion des feuillus qui se développent aux basses altitudes. Sa géométrie n'était pas sans analogie avec celle de la Nouvelle-Irlande, au nord de la Nouvelle-Bretagne : même corps effilé se terminant par une tête à l'aspect d'une salamandre ; *d'un spermatozoïde*, dit William.

Il n'y avait plus qu'à marcher en file indienne sur l'espèce de corniche naturelle qui circonscrivait les sommets en s'affaissant vers la dépression de Gymnésie. Car si les Froides-Aigues culminaient à presque douze cents mètres, Gymnésie se terrait dans un trou quatre fois moins haut, soit trois cents mètres d'altitude. Une bonne heure fut nécessaire à cette dégringolade, laquelle vérifia tout de suite et avec force suées subséquentes la règle thermique qui stipule un gain ou une perte, selon que l'on descend ou que l'on monte, de six dixièmes de degrés centigrades par hectomètre. Or, si au Promontoire, on avait relevé vingt-sept degrés, calculez vous-même, sur les bord de l'étang la température grimpait à plus de trente-deux.

Afin de se promener en toute aisance et précision aux quatre points cardinaux de cette magnifique villégiature qu'était Gymnésie, il est recommandé de recourir au plan graphique, bien plus explicite que de fastidieuses descriptions littéraires. Ainsi aurons-nous toute latitude de déambuler côte à côte avec des garçons qui, pour certains d'entre eux, venaient de pénétrer au sein de cette spirale où s'assemblent, se combinent et se nouent les énigmatiques arrangements de la destinée.

A Gymnésie, tout est permis

En abordant à Gymnésie, les compagnons d'Olivier avaient épanché d'une seule voix une rumeur d'émerveillement.

– Quel site non classé ! s'exclama Jonathan, un vrai décor de conte de fées, les fées en moins.

– Voilà nos peines récompensées, roucoula Arnold sur un ton pindarique, ô nature, tes desseins sont parfois insondables, mais combien surprenants, et...

Son élégie, forcément d'une inspiration homérique, subit brutalement la censure du Zoïle de service, en l'occurrence Loïc. Ce dernier, qui était derrière lui, l'enlaçait d'un bras à la taille, et de l'autre lui fermait la bouche en sifflant du bout des dents :

– Je connais des bardes qu'on assommait pour moins que çà…

Christophe, plus impatient qu'un bambin devant un nouveau jouet, tonitrua à la cantonade un énergique : *allez, à la baille !*

L'apostrophe galvanisa tous ces organismes fourbus, fondus de sueurs et impatients de se rafraîchir après une si éprouvante randonnée : une nuée de passereaux piaillant à tue tête se rua dans l'étang. Cependant, une fois près de la berge, comme ils cavalaient comme des dératés, une bonne moitié d'entre eux n'avaient[72] pu contenir leur élan et sans un freinage in extremis sur les talons, leur bagage était irrémédiablement noyé. Cela fit rire, mais il y a tout à parier que la perte de la précieuse cargaison n'aurait réjoui personne.

Tout à coup Loïc, son large sourire étiré d'une oreille à l'autre, pinça l'oreille d'Olivier :

---

[72] Forme de syllepse : moitié, au singulier, sous-entend plusieurs personnes, au pluriel.

– Au fait, petit moineau, dit-il, on y va comment, à ton île ?

Il renchérit, goguenard :

– Ne me dis pas à la nage, parce que là…

Comme la question était d'une indubitable pertinence, une brume de perplexité en troubla plus d'un. C'était exactement là où Olivier comptait produire son effet de grand thaumaturge extrayant de sa manche le remède miracle aux angoisses existentielles :

– Vous croyez peut-être, dit-il, que je vous ai menés jusqu'ici, hommes de peu de foi, avec l'intention de rogner sur la qualité du tour operator ? Mais puisque vous avez osé douter de mes talents de gentil organisateur, vous n'aurez la clef de l'énigme qu'une fois que vous aurez désapé vos enveloppes corporelles, répondant ainsi au vœu stipulé par l'intitulé des lieux, Gymnésie.

Ses désirs étant des ordres, tandis que la joyeuse bande répudiait toute décence, à un figurant près, il continua, sur le ton d'un adjudant fourrier qui énonce un inventaire :

– Une fois à poil, faites un paquet de vos haillons et nouez soigneusement le paquet ; je réclame trois bras vaillants, les autres rassembleront les sacs pour l'embarquement.

– Ah, ça y est ! s'écria Romuald, j'ai compris, il y a une barque planquée quelque part…

Tandis que Romuald réaffirmait sa conclusion avec beaucoup de louange envers lui-même, Olivier, Christophe, William et Victor se déhanchèrent vers ce qui, sur la carte, correspond à l'extrémité est du *littoral*, s'engagèrent derrière un berceau d'acacias tapissé de hautes herbes, et y disparurent corps et biens. Cinq minutes s'écoulèrent dans une excitation croissante.

Soudain, un clapotement lointain, ponctué de cris de bateliers à la manœuvre, se superposa aux petites palabres ambiantes qui commentaient l'insoutenable suspens ; une lourde silhouette se détacha progressivement de la berge et se profila devant les spectateurs époustouflés, avec toute la pompe d'une machinerie qu'on ferait rouler sur la scène d'un théâtre. Cette silhouette était massive, pataude, burlesque, et affublée d'une solennité comique qui empruntait sa caricature aux monstres des albums d'enfants qui sont débonnaires avec un gros ventre. C'était carré, géométrique, pesant, balourd, pompeux, et poussé en cadence par quatre solides moussaillons tout haletants, tout riants, dont les fières nudités scintillaient au soleil.

– Un radeau ! s'exclama Jonathan, ça alors...

C'en était un, en effet. Quatre tonneaux à fioul arrimés en flotteurs aux quatre angles, un plancher de rondins de bois solidaires ligaturés de corde tressée, un jointoiement de lattes de sapin clouées aux rondins et faisant office de plancher, voilà sous quel aspect se présentait le radeau, lequel avait été l'objet d'une finition soignée, car on y avait planté un mat. Au mat était carguée un à peu près de voile rudimentaire.

L'esquif drossa bientôt à quelques encablures d'une petite aire sablonneuse à claire-voie. Les passagers s'y ruèrent dans une bousculade débridée en multipliant les cabrioles ; ce fut à qui plongerait le plus vélocement sous la structure pour ressortir de l'autre côté en recrachant des gerbes d'eau. La malheureuse embarcation, vingt fois assaillie, molestée et furieusement soumise à un régime infernal de tangages et de roulis, fut le siège pendant un franc quart d'heure d'une vraie foire d'empoigne.

Quand la fièvre se fut un peu apaisée, Olivier claironna qu'on allait appareiller, *car*, dégoisa-t-il d'un air capable, *le vent fraîchit*[73] *et souffle du sud, c'est le moment de mettre à la voile*.

Les lecteurs qui ont quelque teinture de l'art de la navigation auront eux-mêmes suppléé l'inconvénient majeur

---

[73] En terme météorologique, un vent qui fraîchit n'est pas un vent qui refroidit, mais qui se renforce.

de cette voile ; c'était une voile aurique quadrangulaire toute simple, assujettie par deux bômes horizontaux qui ne tournaient au vent qu'à trente ou quarante degrés, par conséquent impropres à lofer[74] autrement que vent debout, à la rigueur de léger travers. Pour le reste, gréement solide. Les flotteurs, imperméabilisés, remplissaient leur rôle à la perfection, ce qu'attestait la stabilité de la ligne de flottaison.

Qui était le concepteur initial de ce radeau ? Bouteille à l'encre. Olivier l'avait découvert au cours d'une de ses pérégrinations du tout début de son installation aux Froides-Aigues, plutôt mal en point, ce qui lui présumait un certain âge. La gageure de le retaper avait piqué son goût du bricolage en prévision du séjour à Gymnésie. Il avait remplacé des planches, goudronné les tonneaux, resserré les liens lâches, reverni les rondins, troqué l'ancienne voile contre une toute neuve et corrigé l'élasticité des bômes afin d'augmenter leur jeu. Son œuvre achevée, il l'avait baptisée le *Radeau qui méduse*.

Les garçons, enchantés du *Radeau qui méduse*, lequel pour l'heure allait à vau l'eau avec une tranquillité placide et débonnaire, n'étaient pourtant pas au bout de leurs peines.

On venait de démarrer,[75] cap sur la pointe de l'ouest. Or, nous l'avons dit, la pointe était un isthme, qu'il s'agissait de percer, chose toujours malaisée.[76] La profondeur y était en effet si faible que l'hypothèse d'un échouement précoce turlupinait plus d'un des matelots ; par bonheur, et grâce à l'excellente perspicacité des frères Cooper, lesquels, en bons Anglais, se déclarèrent supérieurs aux frenchies dans le cabotage en ce qu'ils eurent l'idée d'abattre la voile, le radeau

[74] Venir au vent, se rapprocher du lit du vent.

[75] C'est le sens premier de ce mot, qui appartient au vocabulaire marin : démarrer signifie en effet "rompre les amarres'.

[76] Percer l'isthme, en effet, signifie au figuré tenter de faire quelque chose de difficile. On reconnaît là le goût des calembours du malheureux auteur de ce roman, qui se bat les flancs et la cervelle pour prouver qu'il a de l'esprit. Mais le lecteur ne sera pas dupe.

décapa sans encombres et l'on barbota sur ce qu'Olivier avait nommé la Mer d'Hélios. Une petite île, au nord-est, l'ermitage ou l'îlot, épanouissait en gracieux faisceaux un charmant bouquet d'arbres isolé au milieu du moire argenté des eaux calmes et silencieuses.

Précisons-le par parenthèse, les dénominations que l'adolescent avait décernées aux divers parages de Gymnésie n'étaient pas fortuites, elles traduisaient toutes une spécificité distincte. La mer d'argueste était au nord-ouest, ce qui est le sens du mot latin argestès, prononcez arguestesse ; celle d'Aquilon se situait au nord-est, comme c'est sa signification ; Anatolie voulant dire orient, logeait effectivement à l'est. Mésembrie se campait étymologiquement au sud, la baie des arènes s'illustrait par une jolie plage de sable fin, la Rocaille, au nord, annonçait un étagement de rochers pareils à ceux qui hérissent les côtes escarpées de Grèce, etc..

Cependant, le Radeau qui méduse tentait de virer à tribord pour ranger la côte nord de l'île, laquelle se départageait entre la côte de l'aiguillon et la côte des nénuphars. Il y avait, aux trois quarts chemin de son extrémité orientale, une espèce de petite crique assez bien protégée et répertoriée sous cette rubrique, l'anse du Grand Port. L'épithète Grand s'inférait de ce que le port accueillait un embarcadère, fort correctement ouvragé et ayant quelques aspects de robustesse rassurants. C'est à cet embarcadère, ou estacade, *long corridor planchéié, porté par une claire-voie de madriers sur pilotis*, la définition est de Victor Hugo, qu'on accosta. La manœuvre réussit, en dépit de l'incurie notoire des apprentis marins ; quelques-uns passèrent par-dessus bord, mais il est permis de les soupçonner d'avoir bigarré leurs galipettes d'autant de complaisance que d'ostentation. Le débarquement opéré, Olivier déclara à ses camarades :

– On attrape les bagages, vous me filez le train, et je vous réserve la primeur d'un autre chef-d'œuvre.

Comme presque tout le rivage de l'île, à l'exception de la côte aride, le copieux boisement du Grand-Port bornait toute perspective. Olivier, talonné par ses compagnons, de plus en plus émoustillés par l'accent avec lequel celui-ci avait guillemeté le mot *chef-d'œuvre*, s'enfonça sous un dais d'arbousiers, de noisetiers sauvages et de chênes rouvres plus charnus que des baobabs. Il rabroua quelques fougères, contourna des taillis, décrivit une bonne dizaine de méandres avec la sûreté d'un guide de safari. Mémoire topographique qu'il avait affinée pendant sa période d'investigation des Froides-Aigues et de sa mouvance, dont Gymnésie était l'apanage le plus éloigné.

Subitement, il s'écarta latéralement et proféra, en désignant du bras vers quelque chose que tous ne distinguaient pas encore :

– Voici notre hôtel particulier ! C'est là qu'on méditera chaque nuit sur les vanités de ce monde, entre deux gaudrioles.

Les garçons firent cortège autour d'un étrange édifice, avec un murmure admiratif. Olivier leur avait promis de l'exceptionnel, il n'avait pas menti.

En quoi consistait l'exceptionnel ?

En ceci : une cabane.

C'était un ouvrage remarquablement échafaudé : quatre piliers supportant, à dix pieds de hauteur, un parallélépipède de quatre mètres sur trois, haut de deux et façonné, matériau commun à l'ensemble de la production artisanale de l'île, de gros rondins de mélèze artistement liés. On s'y hissait par une ouverture à panneau mobile flanquée d'une échelle de corde escamotable. Trois fenestrons avaient été menuisés dans les deux façades et dans le pignon opposé. Pour plancher, un revêtement de dosses polies et vernies reposant sur une demi-douzaine de gros chevrons croisés. Au centre du plafond, un crochet où pendait une lampe à huile. Quant au toit, en appentis, son étanchéité était garantie par un épais prélart d'une seule pièce enduit d'une peinture élastique.

Les aménagements dispensés à la cabane, dont l'origine était aussi mystérieuse que le radeau, se soldaient par un logis spartiate digne d'une villégiature d'adolescents, compromis entre le cabanon et le petit bungalow. A cela près de l'inévitable exubérance de poussière redevable à une longue période d'inoccupation, il y régnait une exquise propreté.

Après avoir invité ses hôtes à étrenner leur nouvelle résidence, Olivier proposa d'y agencer les couchages, besogne toujours utile à expédier avant l'heure. Ces couchages se résumaient en deux larges tapis de mousse et de simples couvertures. Là encore, ce fut, comme l'avant-veille, l'occasion d'une petite bataille à qui s'emparerait de tel coin et non de tel autre. Il y eut des cris, des pleurs et des grincements de dents, mais pas autant qu'il y en aura dans la Géhenne pour les pécheurs impénitents au jour du Grand Jugement, lequel ne saurait tarder, car ce sont les Témoins de Jéhovah qui le certifient.

Loin d'ici les ténèbres

Les Froides-Aigues avaient stupéfié les garçons, Gymnésie les subjugua. Sans doute avaient-ils envisagé une originalité de haut parage, et chacun sait si l'originalité est un puissant aiguillon à l'enthousiasme. Mais quand ils furent pour ainsi dire au pied du mur, il s'opéra en eux une étrange métamorphose. La prodigieuse beauté de cet écrin de paysage serti au cœur d'une nature souveraine et vierge de toute souillure, les combla d'un sentiment de paix profonde qui transpirait des éléments mêmes, jusqu'à la brise du soir qui modulait des harmonies d'on ne savait quel *ailleurs* enchanté. Dès lors, une fois dépêchées les formalités domestiques, ils n'eurent plus qu'une hâte, s'enivrer du silence, des couleurs, des parfums, du vent dans les feuillages, s'imbiber goutte à goutte de l'ambroisie qui s'infiltrait en eux comme une liqueur coule dans la gorge ; surtout briser leurs fers, fouler aux pieds les proscriptions, tirer à boulets rouges sur toute servitude, s'arroger le luxe d'insulter, volupté incomparable, la grande harpie décorum, trancher bride et mors à la censure, balayer les scories de l'obédience morale, ôter les éteignoirs de dessus les chandelles, raviver les flammes des aspirations légitimes, dépouiller la chrysalide, et de larves se muer en papillons. D'où leur nudité, symbole de la liberté reconquise.

Première étape, le perfectionnement de leur instruction navale. Leur but était de cingler droit sur l'îlot. Ils hissèrent donc la voile cap nord-ouest ; Arnold tenait la barre. Il n'était pas très rassuré, ce qui s'exprimait par un sourire confit, la langue de travers et le cou rentré. Poussé par un bon suroît, le radeau fila rapidement trois nœuds, ce qui est quelque chose pour un radeau. Tout à coup, la vigie, Victor, signala terre en vue émargé de cette paraphrase :

– Il n'y a pas moyen d'aborder directement : trop d'arbres et pas assez de côte, l'atterrage ça sera pas du gâteau.

– Il faut doubler le cap par le sud, dit Christophe, et chercher un mouillage à l'ouest. Arnold, notre salut repose sur ta compétence !

Aussitôt dit, aussitôt fait : le pilote se disposa à virer plein ouest ; malheureusement, la bôme, coincée par une élingue, refusa tout concours. Les grandes tragédies humaines n'ont souvent d'autre genèse qu'un tout petit événement qu'avec un peu de sagacité il aurait été facile d'éviter : au moment où la complication de la bôme réclamait un surcroît d'attention, le timonier lâcha le timon pour se gratter le dos. L'esquif, réduit à ses propres lumières, rallia au vent pour courir des bordées et ne réussit qu'à foncer droit sur les accores de l'îlot, appelé aussi l'Ermitage. Olivier essaya bien de dégager l'élingue, mais le mât la bloquait et il n'y eut pas moyen. On vit se rapprocher le rivage comme probablement la vigie du Titanic vit se profiler l'iceberg fatal. Olivier, pressentant l'imminence d'une catastrophe, ordonna désespérément de carguer ; hélas, un coup de vent bref mais violent, qu'on nomme *risée* ou *survente*, non seulement brida la manœuvre, mais encore augmenta la vitesse du radeau. Celui-ci, après avoir culé, c'est-à-dire touché le fond, heurta de plein fouet un récif à la fois coupant et contondant, recette idéale pour vous estropier n'importe quelle coque, a fortiori des flotteurs de métal léger. Quelqu'un cria : *sauve qui peut !* en se jetant courageusement à l'eau. Les autres beuglèrent des hurlements de damnés et, contre toutes les règles de la déontologie des gens de mer, abandonnèrent le navire en perdition. Les neuf marins d'eau douce assistèrent, déconfits, au fracassement de la pauvre embarcation contre la grosse racine affleurante d'un arbre rivulaire qui, aurait dit le docteur Pangloss dans Candide,[77] *ne pouvait être que là et non ailleurs, car tout est nécessairement enchaîné dans le meilleur des mondes possibles.*

---

[77] Voir Candide, de Voltaire.

Jeter le gant à l'adversité est le rechange des âmes bien trempées. Quoique dépités, les moussaillons s'armèrent de vaillance et entreprirent de réparer. Le tonneau avant gauche avait percuté les hauts fonds et brisé ses attaches. On l'aperçut qui flottait lamentablement à quelques brasses, tandis que le radeau cabanait[78] en gîtant du même air que son presque éponyme de triste mémoire.[79] Les garçons rajustèrent le tonneau et en profitèrent pour consolider les trois autres, *de façon*, dit Romuald, *à faire tout plein d'accidents autant qu'on voudra*.

Mine de rien, la péripétie navale était à mourir de rire, et chacun se tordait les côtes de ce prélude idéal à un séjour qui promettait bien des rigolades. Le radeau une fois rabiboché et rapatrié à bon port, on dîna sur le *tillac*, c'est-à-dire le pont. Excellente aubaine pour une poignée de téméraires d'entonner des chansons salaces à épouvanter Sir Francis Drake en personne. Le solde de la soirée s'enrichit de l'apprentissage de la navigation paralique,[80] dont les frères Cooper s'étaient bombardés moniteurs avec tout l'ascendant de leur hérédité. C'était un tableau émouvant que ces corps déjà bronzés qui batifolaient, trépignaient, se poursuivaient, se tiraient par les pieds, se chamaillaient en apnée, éperdus de cette félicité qui n'a besoin que des âcres bouquets des bois et de l'azur des cieux, débordants d'allégresse et se grisant de leur jeunesse comme d'un don du ciel.

Le jour s'estompait, la fraîcheur de la montagne épancha une petite brise qui caressait l'étang et faisait frissonner les feuilles. Les adolescents, épuisés de leur journée, charmèrent l'après-dîner d'une courte veillée et ne tardèrent pas à se déclarer hors service. Il y eut peu de conciliabules, ce soir-là, dans la cabane ; la tyrannie du sommeil ne

---

[78] Cabaner, c'est chavirer.

[79] Il s'agit évidemment du radeau de la Méduse.

[80] Paralique signifie qui appartient aux rivages de la mer. Evidemment, le mot est ici abusif.

consulta personne et assomma les neuf cartels avec la soudaineté d'une anesthésie générale.

Le lendemain, dès l'aube, lever au premier bond, dans le triomphe collectif, à un héros près, de l'incompressible gloire qui couronne indifféremment Chérubin et Ganymède et arrache tant de soupirs aux mamans, navrées de l'effronterie de la statuaire que burine la puberté au fronton de leur postérité mâle. Le phénomène n'alla pas sans susciter quelques gloses plus ou moins de bon goût sur la pertinence du procédé à employer si les symptômes persistaient. Après quoi, on pointa le nez dehors.

L'étang, enseveli de brume, ressemblait à un de ces lacs d'Ecosse dont il sort des mains brandissant des épées. Il faisait frisquet, aussi les garçons s'emmitouflèrent dans les couvertures reconverties peignoirs pour la circonstance, et s'attablèrent autour d'un bon petit déjeuner bien fumant qui les revigora vite fait.

Tout à coup, l'astre perça, les nuées s'effilochèrent, ce fut un second lever du jour. Une douce chaleur enlaça Gymnésie. Je dis enlaça, car il y avait de l'étreinte dans cette irruption du soleil. Le firmament rutilait à travers les cheveux d'ange des dernières vapeurs qui se désagrégeaient en imperceptibles colonnes verticales. Des myriades d'oiseaux babillaient sur les arbres et dans les taillis. L'éveil de la nature est un reflet de la Création. Ces rayons qui embrasent, cette vie qui se frotte les yeux, ces odeurs qui s'exhalent de la terre en cassolettes d'encens, ne s'offrent-ils pas pour nous rappeler quelque grande loi souveraine dont nous sommes tous solidaires ? La poésie de ces cycles miraculeux qui se succèdent inlassablement depuis l'aube des temps, est-elle faite uniquement pour être l'objet d'une contemplation passive ? N'y a-t-il pas, au-delà de son apparence, une dimension que nous refusons d'admettre comme si ce qu'elle cherche à nous révéler risquait de bouleverser nos préjugés et de bousculer notre conformisme ? Est-il bien sûr que la terre ne soit pas à l'image d'un monde dont nous ne soupçonnons l'existence qu'à travers le prisme déformant de quelques dogmes puérils ? Et quand bien même ce monde se divulguerait à nous, n'en n'attribuerions-nous pas la manifestation à je ne sais quelles utopies de songe-creux, histoire d'arrimer dans notre bien-être intellectuel la conviction du scepticisme ? Pourtant, n'est-il pas étrange de constater, et cette vérité ne souffre pas le moindre démenti, que rien d'essentiel n'a jamais été expliqué, que la cause première échappe toujours, que le principe originel, l'alpha, aucun savant ne l'a démontré et ne le démontrera probablement jamais ? Que l'infiniment petit n'est pas plus mesurable que l'infiniment grand ? Que d'associer ces épithètes humaines, grand et petit, à cette épithète plus qu'humaine, infini, est non seulement un paradoxe, mais un paradoxe inconciliable ? Que ces deux notions sont inhérentes à un seul et même principe, et que relativiser l'absolu revient à le nier ?

Mais alors, pourquoi sommes-nous donc limités ? Pourquoi ne comprenons-nous pas ce qui nous est incompréhensible ? Y a-t-il une volonté immanente de borner notre intelligence aux choses tangibles ? L'incessante dérobade des horizons fuyant devant nos calculs savants n'est-elle pas pour nous enseigner que nous faisons fausse route avec notre matière grise et qu'ayant épuisé notre sueur à plancher sur la grande équation jamais résolue : qui sommes-nous ? il est peut-être temps de lui substituer d'autres instruments, les mêmes peut-être qui inspirent au musicien ses symphonies, au peintres ses toiles et au prophète ses visions ? En un mot, n'est-il pas temps, en ce début de vingt-et-unième siècle, où tant d'iniquités, tant de haines, tant de fanatismes et d'égoïsmes de plus en plus tenaces menacent de faire régresser la civilisation comme peut-être nous ne l'imaginons pas, d'ouvrir notre troisième œil, celui qui métamorphosera l'homme voué à la mort en l'homme qui l'aura vaincue ?

D'étranges silhouettes, à la lisière de la forêt, observaient la troupe d'importuns qui avaient usurpé leur territoire : c'étaient des lynx, des chevreuils, des sangliers, des huppes au cri rauque, des écureuils au pelage roux grimpant à toute vitesse le long des troncs moussus. Une escadrille de vautours fauves tournoyaient majestueusement à bonne altitude en traçant de larges cercles concentriques. Les geais et les pies, ces cousins, les uns en couleurs, les autres en noir et blanc, jacassaient à l'envi ; un cerf lointain mugissait son brame solennel et mélancolique. Dans les marécages, tout aux confins de la mer d'Aquilon, confluent de la rivière, des hérons, fiers et immobiles sur une patte, rivalisaient d'équilibre. Une flottille de canards sarcelle, en file indienne, déambulait en nasillant des cancans dignes d'une réunion Tupperware. Tout autour de l'Ermitage, des loutres, des martres, un régiment de ragondins nageaient placidement, le museau retroussé. Brusquement, Victor s'écria :

– Regardez ! Quels drôles d'oiseaux !

Ce qu'il désignait était le vol cérémonieux d'une demi-douzaine de cigognes qui se posèrent gracieusement sur les cimes des plus hauts châtaigniers sommés de grosses boules noires, leurs nids.

Les garçons étaient éberlués : tant de faste leur coupait le souffle. Ce paradis les comblait de l'inexprimable sensation d'une osmose intégrale avec ce qui était autour d'eux. A cause de la chaleur, ils s'étaient allégés de leurs vêtements et leurs cheveux ébouriffés, leurs yeux encore ébaubis, la sérénité qui auréolait leur front leur prêtaient l'aspect d'une tribu de faunes issus de quelque civilisation immémoriale. Ils étaient dans cet état de plénitude, d'agrégation à une autre sphère, que les plus chanceux d'entre nous éprouvent peut-être une fois au cours de notre vie, et encore…

Certaines de nos joies ici-bas, les joies fortuites et inattendues, et qui sont pour cela les plus authentiques, enfantent parfois de déconcertantes perceptions. A quel univers à la fois lointain et proche, et dont nous sommes les héritiers, nous relie ce cordon ombilical ? Sommes-nous, êtres humains de passage sur ce globe, les aspirants à la métamorphose qui accomplit un grand'œuvre alchimique, et qui rêvent de l'immixtion d'un nouvel âge d'or ? Cet âge d'or n'est-il pas la mémoire oubliée, et notre tâche de le reconquérir ?

Ce matin-là, les neuf camarades explorèrent leur domaine. Les uns firent le tour de l'étang par la terre, d'autres battirent l'estrade de l'île, de l'îlot et du cours d'eau qui alimentait le plan d'eau par la côte de la mer d'Aquilon, avant de s'évader quelque part entre l'isthme ouest et la baie des ajoncs.

Au déjeuner, chacun y alla de son superlatif pour peindre ce qui résumait le sentiment de tous. Les visages étincelaient. Wilfried même était envoûté et, détail réconfortant, ne semblait plus en humeur de bouderie saumâtre. Arnold, le poète lyrique de la bande, avait des accents dignes de Tityre :

– Vraiment, dit-il, si ne je me pinçais pas, je croirais qu'on barbote en plein rêve ; j'ai l'impression d'avoir enjambé sur la planète Euphorie, où tout n'est que luxe et volupté.

En cet instant, Loïc lui tapota l'épaule et murmura d'une voix sourde :

– *Timeo Danaos*,[81] mon pote…

[81] Timeo Danaos et dona ferentes : je crains les grecs même quand ils font des présents. Allusion à l'épisode du cheval de Troie, symbole par excellence du cadeau empoisonné.

Jeux innocents

Au catalogue des divertissements les plus plébiscités, l'un d'eux ralliait unanimement les suffrages, le jeu des envahisseurs. Il s'agissait pour une poignée de barbares incultes, et à cause de cela en perpétuel errance, de convoiter la cité, symbole de l'atticisme, centre du goût et des arts, et de l'investir par tous les moyens. Scénario qui doit rappeler quelque chose aux amateurs d'histoire. Les *Velches*, ou *Allobroges*, ou *Croquants*, ou *Béotiens*, large palette de vocabulaire pour barbares, possédaient le radeau et résidaient sous de ténébreuses latitudes obscurcies de brouillards glauques où l'on parlait un affreux jargon hérissé de consonnes. Les *régnicoles* ou *attiques*, fleuron de la civilisation, possédaient le beau royaume de l'île, d'où rayonnait l'harmonie sans un bémol à la clef. On jouait à quatre contre cinq, les attiques devant toujours avoir l'avantage, sans quoi l'ordre moral serait bouleversé. Pour armes, des frondes qui catapultaient des boules de caoutchouc. Ces boules avaient une particularité, elles crevaient en touchant leur cible. Défaut de fabrication ? Pas le moins du monde. Car on saura que de cet attribut découlait, et le mot découler est impitoyablement approprié au contexte, l'incomparable agrément d'un immonde liquide contenu à l'intérieur. Rien n'égalait, dans le domaine émétique, l'odeur que propageait cette substance. Imaginez si vous le pouvez une synthèse de l'œuf pourri, de la déjection corporelle, métaphore pour *merde*, et de quelque chose d'indéfinissable agglutinant en une abominable unité olfactive les effluves du vomissement, de l'urine de chat et de la corruption avancée d'un cadavre. Telles étaient les *stinking balls* dont Victor avait donné la traduction française un rien poétique, les *pustules ludiques*.

On devait cette excentricité aux jumeaux Cooper, dont les parents étaient propriétaires d'un magasin de farces et attrapes à Burton-on-Trent. Tout individu empuanti par une pustule ludique était déclaré hors de combat et se livrait à l'ennemi, lequel en disposait à sa guise, quoiqu'en se pinçant le nez. Les combats à mains nues prescrivaient le chapardage d'un maillot de bain obligatoire et promu par-là en trophée de guerre. En multipliant les cachettes, l'abondance de la végétation épiçait pas mal la récréation et privilégiait le clan attique, les manœuvres navales s'effectuant à découvert. La partie durait ce qu'elle durait, jusqu'à l'anéantissement sans pitié de l'un ou de l'autre camp. Comme les prisonniers se morfondaient dans une inaction forcée, il y avait fureur à éviter ce triste sort et le théâtre y gagnait en authenticité. Il va de soi que, dûment encordés et liés, ces mêmes prisonniers ne nourrissaient qu'une ambition, faire faux bond à leurs gardiens. Un article du règlement stipulait qu'il ne leur était permis de songer à leur salut qu'après une demi-heure de camisole, montre en main. Blessures volontaires, coups douloureux et autres gourmades étaient prohibés, hors quelques écourgées d'orties sur les fesses, genre de pensum bénéfique à la circulation du sang et propice à quelques autres heureux effets que l'honnêteté nous interdit de développer ici. En cas d'incident, on sollicitait les talents médicaux d'Olivier, grand infirmier devant l'Eternel, et officiellement homologué pour cette fonction.

Le surlendemain de leur arrivée à Gymnésie, les garçons, qui avaient élaboré les modalités du jeu au cours du dîner de la veille, en inaugurèrent le premier épisode. Les équipes furent donc tirées au sort. Loïc, Victor, Olivier et Arnold endossèrent la peau de bête des assaillants. Du coup, Romuald et Wilfried arboraient les mêmes armoiries. Côtoiement regrettable.

Il existait entre ces deux-là une vieille animosité que même l'ambiance de Gymnésie n'avait pas assouplie.

Romuald surtout vouait à Wilfried une tiédeur, pour ne pas dire une aversion, qui datait de l'époque du lycée où ce dernier s'était escrimé à lui acheter sa complaisance, tout en abreuvant le public de l'impeccabilité de ses mœurs. Dans la cabane, Romuald s'était ménagé avec lui un intervalle prudemment diplomatique. Cette inimitié, du reste parfaitement passive et, chose bizarre, non relayée par l'autre, n'en avait pas moins mobilisé circonspection chez certains qui en concevaient piètre augure et avaient l'œil sur les braises. Seulement, comme Wilfried surprenait tout le monde par une attitude plutôt conciliante, de là à présumer que la cendre refroidissait il n'y avait que la marge d'une confirmation. C'était vrai, sans doute ; ce qui l'était davantage, c'est que ce consensus était l'œuvre d'Olivier. Peu avant le début des réjouissances, il avait eu un aparté avec Romuald :

– Mon vieux, lui dit-il, fais un effort, le Wilfried se présente depuis peu sous son meilleur jour et avec un visage tout neuf. Tu ne vas pas tout gâter pour...

– Justement, interrompit Romuald, c'est ce qui m'inquiète : il n'est pire eau...

Ce fut à son tour d'être interrompu :

– Tu exagères ! n'usurpe pas le rôle du trublion !

Romuald respira un grand coup et rétorqua, passablement irrité :

– D'accord, d'accord, je ferai mon possible...

– Sois tranquille, reprit Olivier, s'il nous prend le chou, on aura soin de ses abattis.

– Je l'espère, répondit Romuald.

Durant ce court dialogue, Olivier avait été frappé par l'air absorbé de son camarade. Romuald était un de ses plus anciens compagnons d'internat, et si l'on peut s'autoriser une expression un peu frustre, nous dirions que ces deux copains se connaissaient par cœur. Or, il était indéniable que le comportement de Romuald contrastait totalement avec sa physionomie habituelle : le garnement insouciant et facétieux, toujours prêt à rire de tout et à faire des bonnes blagues, s'était appesanti sous une chape de morosité ombrageuse où flottait une défiance tenace cautionnaire du bien-fondé de la suspicion qui la motivait. Olivier le pressa de lui confier ce qu'il avait sur le cœur. L'autre se tritura le menton et dit sur un ton embarrassé :

– Ecoute, tu vas juger ça stupide...

– On verra bien…

Romuald reprit, après une hésitation :

– Wilfried me met mal à l'aise… Comment te dire ?… Il y a des trucs, chez lui, des allures, tu vois ? qui sont pas nettes, comme s'il mijotait quelque chose. Par exemple, sa façon de me zyeuter, ça ressemble à de la concupiscence, mais de la concupiscence décidée à employer les grands moyens. Avant-hier déjà, pendant la cryptie, je l'ai senti derrière moi, prêt à me sauter dessus, je le précédais et quand j'ai fait volte-face il s'est dépêché mettre ses main devant son maillot parce qu'il triquait comme un âne ! Et puis, quand même, tu trouves pas louche qu'il nous fasse la gueule pendant deux jours et que tout à coup monsieur change de thèse, comme ça, de but en blanc ?

Comme son vis-à-vis était camus, il ajouta :

– Olivier, je ne veux jurer de rien, mais ce type me déplaît, il est le grain de sable dans le rouage ; tu es libre de me taxer d'excès de langage, mais je t'assure que dans ce que je te dis là, il n'y a rien d'outrancier.

Olivier sourit, lui tapota l'épaule et :

– Mon vieux, fit-il, tu n'es pas le seul à avoir le Wilfried dans les basques. Seulement, les autres le tiennent en respect, toi tu lui prêtes le flanc ; rien d'étonnant qu'il essaie d'y percer.

– Qu'est-ce que tu me racontes avec ton flanc ?

Olivier s'esbouffa d'un bon rire bien cordial :

– Ceci, repartit-il : il est tout affolé de ta personne, comme il l'était au bahut. Il a son langage à lui pour t'en instruire, par petites reptations successives qui lui frayent une voie de raccroc entre ses préjugés fatals à ses pulsions. Tu le connais...

– Merde ! enchaîna Romuald avec un accent entre le pathétique et la colère, nos fariboles sont ce qu'elles sont, des amusements, l'occasion de prouver qu'on n'est pas des imbéciles englués dans une moralité à la con. Ça, tous ici l'admettent et je parie ma tête sur le billot qu'ils s'en donneront à cœur joie avant longtemps ; tous, sauf Wilfried. Tu vois, je vais te divulguer quelque chose : avant de venir aux Froides-Aigues pour ces vacances, Victor et moi on ne s'est pas gênés, et nos anatomies n'ont plus de secrets l'une pour l'autre. Seulement, on est bien conscient, lui comme moi, que ces fredaines sont sans importance, hors celle du plaisir qu'elles procurent et de l'amitié qu'elles resserrent. Et pourquoi sont-elles sans importance ? Parce qu'elle ne se survivront pas : on est tous hétéros, on ne rêve que de filles et non du copain d'à côté qui n'est qu'un exutoire. Mais le Wilfried ne l'entend pas de la même esgourde, il n'est pas au même diapason : pour lui, on est des opportunités à saisir, un moyen de s'adonner à ses penchants peccamineux tout en conservant des dehors irréprochables. Au surplus, je le soupçonne de haïr ce qu'il désire, un peu comme Hitler détestait les Juifs parce que probablement il avait des ascendances juives. Ce pandour aime qu'on lui succombe sur ordre et sans explication de texte. Ce qu'il espère, c'est, pardonne-moi d'être grossier, se dégorger le poireau à bon marché, quitte ensuite à nier qu'il ait eu la moindre part volontaire à l'infamie dans laquelle il aura trempé, contre son gré cela va de soi. En un mot, on ne peut être plus tartuffe.

Olivier avait écouté cette tirade avec une approbation qui en avalisait l'irréfutable logique. Ce qu'avait énoncé Romuald était d'une évidence désarmante et le tableau qu'il venait de crayonner du Wilfried s'aboutait tenon pour mortaise au personnage. Soudain, sa figure s'égaya d'un plissement de paupières malicieux :

– Voici ce qu'on va faire si tu es d'accord, dit-il : ce soir, dans la cabane, il y a fort à parier qu'on ceindra pas plus longtemps le cilice, lequel nous pèse un peu sur les reins, surtout à ceux comme moi dont la physiologie dédie une part de galanterie majoritaire à Ganymède. Prends place à côté de moi, Wilfried sera en face, il pourra tout deviner, à défaut de voir. Là, de deux choses l'une, ou il passe carrière, et alors on l'accule à ses derniers retranchements, c'est à dire qu'on dévoile d'abord l'étendue de sa mascarade, avant de lui faire cracher le morceau, dans les deux sens de l'expression ; ou il s'obstine à jouer les saintes Nitouche, et alors tu tiens un mobile pour l'éconduire si par la suite, il prétendait t'emberlificoter selon sa méthode ni vu ni connu. Que penses-tu de mon plan ?

Romuald opina. La perspective d'une galéjade nocturne l'amusait beaucoup, d'autant que rien dans sa complexion ne s'y opposait. Cependant, il était plus réservé sur son efficacité pédagogique :

– Il vaut mieux se bouger que de rien faire, dit-il, mais je suis sûr que, quoi qu'il advienne, il se pourlèche déjà les babines de la bonne aubaine de nous étriller auprès de son sérail de midinettes à neurones apoplectiques.

– Dans ce cas, je transmets la consigne aux autres, et si le Wilfried fait du foin, sois sans crainte, son compte est réglé.

Cette fois Romuald rit de bon cœur, ce qui ne l'empêcha pas de renchérir :

– Ce qui me passionne dans l'histoire, c'est la honte qui l'étouffera une fois sa bougrerie publiée en grande édition. Je parie qu'il nous reprochera de lui avoir forcé le poignet.

– L'avenir nous le dira, répondit Olivier ; en attendant, pas de barouf, on est ici pour s'éclater, Wilfried ou pas Wilfried.

Jamais on ne s'amusa comme ce jour-là : les assaillants, Loïc, Victor, Olivier et Arnold, eurent beau réitérer assaut sur assaut, rivaliser d'adresse et de pugnacité, aucun d'eux ne parvint à débarquer ne fût-ce qu'un orteil sur un territoire défendu avec acharnement par le *clan des lumières*. Une des offensives faillit même anticiper la fin des ébats en ce que le Radeau qui méduse, étourdiment hasardé à deux encablures de la Côte Pleureuse, ayant déjà eu toutes les peines du monde à doubler le débouquement occidental, avait été précipité vers la terre par un coup de vent reproduisant les mêmes causes et les mêmes conséquences que le malheureux incident de la veille. Or, sur cette côte, se campaient, fiers et intrépides, les frères Cooper, recrutés de Christophe. Une volée de boules puantes canonna les marins empêtrés de leur voile et impuissants à manier le timon. Loïc ne fut bientôt plus qu'un remugle vivant et, au milieu de la pestilence qu'il répandait, il dut s'humilier sous les fourches caudines de la reddition, la mort dans l'âme, en jurant comme un pestiféré qu'il était. Les trois autres se sauvèrent sous les huées et une nouvelle artillerie de boules. Heureusement pour eux, aucune n'atteignit sa cible. Loïc, épinglé pire qu'un détrousseur de grand chemin, fut nettoyé à distance, ramené au camp, on lui subtilisa son maillot, puis on l'attacha à un arbre, où il patienta des jours meilleurs.

Le règlement spécifiait qu'un joueur légitimement dénudé était supposé trop faible pour se servir de sa fronde. Il y a de ces symboles puissants. Samson avait sa chevelure, les heptètes leur *succingulum*.[82] Le maillot escamoté était hissé sur un mât, afin de saper le moral de l'adversaire.

Il était patent que les îliens avaient acquis un certain ascendant. Or, le propre d'une bonne stratégie étant précisément d'œuvrer sur les cendres chaudes de l'action précédente, Jonathan se décréta fondé à exploiter celle-ci en ourdissant une incursion sous-marine vers la barcasse. Toutes les batailles ont leurs fautes ; les plus grands capitaines n'en sont pas exempts. Jonathan, en qui revivait sans doute par atavisme Trafalgar, trancha qu'il suffisait de harceler pour vaincre. C'était mésestimer une armée que l'on croyait en déroute alors qu'elle rassemblait ses forces et s'endurcissait à la résistance. Ses trémoussements aquatiques éblouirent comme un éclair l'œil de lynx d'Olivier ; celui-ci plongea à son tour, mais du côté dérobé de l'îlot, de ce fait incognito.

[82] Mot latin pour pagne. Les chrétiens en ont fait christipannus.

Lorsque l'émule de Nelson ne fut plus qu'à quelques coudées de l'embarcation, il l'étreignit à brasse-corps, lui décrocha son maillot et le brandit victorieusement à la cantonade. Jonathan, plus piteux qu'un jésuite qui a manqué une conversion, s'en retourna les fesses à l'air, sévèrement jugé par ses affidés incrédules et dépités. Entre temps, le radeau s'était dégagé.

Dégagé mais non hors de péril : pendant la retraite vers la base, le franchissement de l'isthme, où la batture était presque à fleur d'eau, faillit bien dégénérer en catastrophe : les boules puantes accablaient impitoyablement le frêle esquif. Les trois marsouins, à plat ventre sur le pont, se déhanchaient à qui mieux-mieux pour parer les odieux projectiles. Une odeur innommable empesta le tillac, à peine dissipée par le suroît, lequel soufflait cinq ou six nœuds. Dans cette débandade, le radeau, privé de pilote, n'ayant donc pas redressé cap nord-est, unique voie de salut, fut à deux doigts de l'empalement sur un éperon rocheux fort aigu, ce qui aurait accouché d'une scène dans la meilleure tradition des péplums. Un coup audacieux de Victor rétablit la situation compromise : sous une pluie de stinking balls, protégé par ses frères d'armes, il réussit in extremis à ressaisir la barre et à virer de bord. Porté à pleine voile sur une mer libre, le Radeau du méduse s'éloigna vent en poupe ; on l'avait échappé belle.

Victor, Arnold et Olivier débarquèrent donc sur l'îlot. Ils y improvisèrent grand conseil de guerre, après avoir hissé le maillot de Jonathan à un arbre, afin de glorifier les annales de Gymnésie d'une inoubliable éphéméride. Notons que si la perte du maillot liait les mains de son propriétaire, rien ne lui interdisait de tenter sa reconquête. Le maillot guindé[83] en étendard, on débattit d'une brillante stratégie pour récupérer Loïc, attendu que là aussi, il n'était pas exclu qu'un prisonnier fût délivré par ses pairs. Ce fut alors que Victor arrondit la bouche en cul de poule, l'index planté dedans, façon de divulguer l'idée de génie qui avait germé dans sa cervelle :

---

[83] Guinder signifie aussi hausser, élever.

– On peut rien en sous-nombre, dit-il, on risque d'être repérés avant d'avoir eu le temps de dire ouf. Vous savez pas ce qu'on fait dans ces cas-là ? On remplace la force par la ruse. Moi, je propose ça : je nage assez bien, vous le savez, j'étais un des meilleurs au lycée. Aussi bien je peux me glisser jusqu'au marécage en respirant par le trou d'un tuyau de roseau. Vous, vous créez une diversion, quelque chose comme une attaque en règle un peu bête et qui n'a aucune chance d'aboutir. Ils en concluront que je suis à l'opposé, ces illusions-là prennent à tous les coups ; en réalité, j'aurai encerclé ces messieurs par l'isthme oriental, toujours avec mon tuyau de roseau. Je me faufile sur la côte pleureuse, je traverse le bois, je perce leurs lignes, forcément dégarnies, et je délivre Loïc. Qu'en pensez-vous ?

Le plan de Victor ne scintillait pas d'un éclat brillantissime, mais enfin comme pour lui il obéissait à une logique irréfutable, on lui accorda après délibération quelque fortune de succès. Il fut donc adopté et exécuté sans délai. Le garçon s'immergea en toute discrétion et, après avoir appliqué à sa bouche un tuyau de bon diamètre, s'insinua vers le large comme un castor. Olivier et Arnold observaient sa progression avec une certaine anxiété. A un moment, toutefois, ce dernier susurra à son camarade un mot inquiétant : *par ma barbe imberbe, sa trajectoire dérive vers le sud !* Les deux spectateurs vociférèrent *mezza voce* un *redresse, redresse !* qui, émis par des voix trop faibles, n'eut d'autres auditeurs que les naïades et les ondines. C'est que nageant sur le dos à cause du roseau, Victor était à des années-lumière de se mentionner qu'il se désaxait insensiblement mais irrémédiablement. Sur le rivage, deux frimousses épanouies, à demi dérobées par un dais de verdure, scrutaient une espèce de tube ambulant qui se ventrouillait vers eux avec force borborygmes aquatiques, pareil à une espèce de sous-marin en miniature.

– C'est foutu, dit Olivier : ils l'ont goniotć, et Victor ne pipe rien, mais alors rien du tout…

En effet, le dévoyé nautonier se jetait à bras ouverts dans la gueule du loup, avec un flegme candide. Il divaguait mais continuait à barboter, persuadé d'être invisible et à tous les coups bien malin.

– Tu parles d'une guigne ! fit Arnold, vise un peu, ils sont comme des pêcheurs qui vont attraper un gros espadon au filet !

On assista alors à un spectacle épique : trois silhouettes se coulèrent en silence dans l'onde, circonscrivirent le pauvre Victor, et avant qu'il eût ébauché un geste, il était ceinturé, déslipé, ligoté, sous les hourras de la foule et les regards navrés de ses deux compères.

Pour ces derniers, la confiscation d'un second des leurs esquissait une méchante face de capilotade ; désormais, les *attiques* étaient en nombre, et sans doute concoctaient-ils déjà un plan d'invasion de l'îlot. Que faire ? Comment changer la tempête en bonace ? Comment surtout conserver le radeau, attribut de la puissance maritime, par conséquent objet suprême de toutes les convoitises ?

– Restons calmes, dit Olivier, et buvons frais : il y a une petite aire moussue qui se prête admirablement à l'espionnage, on se tortille jusque là et on réfléchit.

– Et s'ils se radinent en force ?

– On se casse avec le radeau.

– Ils investiront notre fief...

– C'est toujours mieux que nos peaux, parce que je te dis pas ce qu'ils se frottent déjà les mains d'en faire, avec les stinking balls.

– Ok, conclut Arnold, de toute façon on n'a pas le choix.

La *petite aire moussue* était un berceau de jeunes genévriers et d'ormes qui poussaient sur l'étang un modeste promontoire fort abondant et charnu ; en rabrouant quelques feuillages, on s'y défrayait un excellent poste de guet, avec panorama idéal sur l'extérieur. Comme la niche était exiguë, Olivier s'allongea sur le ventre à même la mousse, délicieusement humide par les chaleurs qui sévissaient. Arnold s'agenouilla derrière lui, en équilibre sur la paume des mains, et tâchant de discerner quelque chose par-dessus la tête de son camarade.

Toutefois, sa posture n'était pas très commode et le fatiguait ; à cinq ou six reprises, il s'astreignit à en modifier les appuis, sans soulagement notable pour ses articulations, tendons et muscles de plus en plus tyrannisés. Aussi dut-il empiéter sur l'espace vital d'Olivier, en le priant de l'excuser du sans-gêne. Ce dernier répondit en gloussant :

– Comment peux-tu encore t'excuser d'une adhérence qui ne fait que reproduire toutes celles qui ont illustré nos rendez-vous nocturnes au bahut ?

Nul doute que si Olivier s'était abstenu de dégoiser pareille boutade, surtout avec une truculence qui lui conférait un accent de provocation, le jeu des envahisseurs n'aurait pas trébuché du pinacle de son innocence originelle dans les sapes des caecum où le diable se tenait en embuscade. Mais le vers était dans le fruit. Les démons affamés comme tigre à la diète réclamèrent leur pitance. Un feu embrasa la chair d'Arnold, ses dix-sept ans se rassasièrent du corps d'Olivier, ses narines humèrent le chaud parfum qui s'en évaporait en volutes irrésistibles. Un long frisson le galvanisa, un formidable fourmillement lui laboura les entrailles.

Ce qui le troublait n'était pas tant une nudité somme toute familière que ce qu'en suggérait l'agencement du maillot. Quoi de plus enivrant qu'un fin tissu mouillé sous lequel palpitaient les contours suggestifs de celui qui était l'archétype de la beauté et dont tous, au lycée, même les hétéros les plus irréductibles, s'étaient peu ou prou entichés ? Quant au contexte, il ne faisait que renchérir sur tant d'inclinations encourageantes. Une onde bienfaisante l'enveloppa d'un tourbillon de désir. Lentement, il se détira sur Olivier, entrecroisa ses bras sous ses aisselles, colla sa joue à sa nuque et lui murmura, sur le ton de la confidence exaltée :

– Mon petit Olivier, permets-moi d'interrompre un jeu plaisant pour un autre qui ne le sera pas moins.

Dire la réaction de celui qu'on sollicitait avec tant de franchise et de simplesse, c'est résumer la mentalité qui prévalait entre ces galopins depuis les premiers balbutiements de leurs fredaines. Non seulement Olivier agréa la soumission, mais encore il en fut si charmé qu'il s'assura d'abord qu'aucun intrus ne gâcherait la fête :

– Il ferait beau voir, dit-il, qu'ils nous prennent pendant que nous batifolons gaiement dans la luzerne.

– Prissent…

– Plait-il ?

– Je dis : prissent. Il ferait beau voir qu'ils nous prissent ; ça, c'est français.

– Arnold, ne sois pas si pédant, nous ne sommes déjà que trop pédés.

Mais Arnold n'était plus en humeur de controverse grammaticale sur la concordance des temps ; il avait débarrassé les deux anatomies de leur parure et tandis que ses baisers redoublaient d'ardeur, celui qui en était la consentante victime devinait que ce printemps gonflé de sève s'acheminait vers un prompt dénouement à travers un épilogue impétueux stimulé par une ardeur de même calibre. Arnold, le pressait, le comblait de caresses, l'étreignait avec une fougue exacerbée par la cotisation[84] pleine et entière de son complice.

Cinq minutes plus tard, l'épisode chalcidien paraphait son double épilogue dans un concert de soupirs à bourrer de complexes Giton besogné par Encolpe. S'ensuivit l'habituelle phase d'alanguissement qui, chez de tels drôles, s'illustrait de bons mots bien poivrés, avec promesse jurée de remettre incessamment un si savoureux ouvrage sur un si passionnant métier.

Tout à leurs gloses épicuriennes, ils n'avaient pas prêté oreille à un bruissement dans les feuillages ; le bruissement s'accrut, Arnold se détendit sur ses jarrets :

– Mince, balbutia-t-il, nous voilà beaux…

---

[84] Dans le sens : participation.

Il n'eut que le réflexe de saisir sa fronde, aussitôt imité de son compère : trois encolures se ruaient sur le duo de débauchés à moins de cinq mètres de distance, en vociférant des cris tarzanesques. Les frères arcadiens répliquèrent tant bien que mal : une boule faillit crever sur Jonathan, une autre rasa le chef de Romuald qui s'esquiva, talonné par William. Ce n'était que partie remise : l'instant d'après, le trio refaisait front et Arnold et Olivier, pressés par le nombre, refluèrent en hâte vers le Radeau qui méduse, par chance hors d'atteinte des ignobles boules. Ils y bondirent à la sauvette et cinglèrent dare-dare vers le large.

Les symétries de l'histoire sont d'impitoyables miroirs qui réfractent bien des philosophies à méditer. Hannibal à Capoue avait été le catalyseur de la victoire finale de Rome sur Carthage. Olivier et Arnold sur l'île n'en avaient pas croqué dans un fuit moins avarié : tout à coup, il avisèrent sur la berge une main qui agitait leurs maillots. Dans leur affolement, ils avaient négligé de renfiler ce triste témoignage de leur stupre. Ceux-ci devenaient légalement le butin de leurs nouveaux propriétaires et impliquaient, ainsi que nous l'avons vu, l'interdiction d'utiliser les armes de jet.

– Comme quoi, fit Olivier, l'amour est source de tous les maux, ici-bas.

Un malheur en entraînant un autre, Wilfried et Christophe, élargis par l'échéance des délais de captivité, réintégrèrent leurs rangs. Le radeau fut pourchassé par quatre nageurs plus véloces que des dauphins de compétition, dont deux, avec une dextérité terrible, le bombardaient d'un orage de pustules ludiques. Arnold et Olivier se démenaient, faisaient feu des quatre fers, mais en pure perte : acculés à une stricte défensive, ils n'eurent bientôt plus d'autre échelle que d'aller au sacrifice suprême ou d'accepter la capitulation. Ils optèrent pour l'héroïsme. La poursuite se prolongea une franche demi-heure autour de l'étang. Parfois, à la faveur d'une brise favorable, l'embarcation regagnait quelque vitesse. Seulement, dès qu'il s'agissait de virer de bord, elle cajolait au profit des nageurs.

Pour les deux esseulés, la seule chance de renverser la vapeur était de spéculer sur l'épuisement de l'ennemi. C'était sans compter avec une tactique que celui-ci avait peaufinée et qui prévoyait un ingénieux système de relais.

Le théâtre des hostilités se déplaça ainsi en pleine mer du sud. Brusquement, une rafale contraire fit brasser le Radeau qui méduse sous le vent. Conséquence, son erre diminua, puis s'annula, puis rétrograda, il fut circonvenu par une escouade de tritons humains comme une baleine au milieu d'un banc de requins. Conjointement à cet encerclement, deux artilleurs, bien campés sur la berge, organisaient un front d'attaque au sol. Le dénouement de la bataille fut homérique : Olivier et Arnold s'adressèrent un salut martial puis, pareils aux soldats de la garde à Waterloo, chargèrent sabre au clair dans une grêle de boules qui n'épargna pas un pouce carré de leurs carcasses. En quelques secondes, leur désastre était consommé, ils ne furent plus qu'un amas visqueux qui vaporisait une infection à vous polluer une province entière. On les ramena au camp en leur piquant les fesses avec des épines d'ajoncs et en répétant : *pouah ! qu'est ce qu'ils puent !* Il était quatre heures de l'après-midi.

Suites prévisibles

Quatre heures, c'est encore le zénith de la journée. A quatre heures, on a trois autres longues heures devant soi jusqu'au dîner, puis toute la soirée ; autant dire un siècle. Comment meubler ce siècle ?

Avant tout, il s'agissait de se nettoyer copieusement des infâmes produits d'outre-Manche qui avaient l'adhérence cutanée tenace ; puis, un bon goûter rassasia les furieux appétits qui criaient famine : chocolat, tartines, confitures, miel, tout y passa, la franche lippée eut des accents d'hommage aux quatre dieux que rencontra le voyageur du Rhin, le dieu Goulu, le dieu Glouton, le dieu Goinfre et le dieu Gouliaf.

Certains épidermes souffrant de nombreuses avaries, estafilades, ecchymoses, griffures et autres lésions et dommages mordicants, sans parler des cuissons du soleil, Olivier prodigua ses talents d'infirmier aux patients les plus meurtris. Olivier avait été coiffé du surnom d'Esculape. Esculape faisait pendant à moineau, son totem ordinaire qui, on s'en souvient peut-être, se justifiait de sa tignasse perpétuellement en broussaille, c'est à dire dédaignant souverainement l'ordre bourgeois du peigne.

Comme il achevait de soigner Victor, dont le dos foraminé n'était plus qu'une écumoire, il avisa Wilfried qui essayait d'atteindre son omoplate pareillement rabrouée par on ne savait quelles ronces et pointes d'ajoncs. Il va vers lui et propose ses services. L'autre de l'éconduire sèchement :

– Ça va ! je m'en sors tout seul.

– Excuse-moi, insista Olivier, mais il y a des endroits difficilement accessibles qu'il vaut mieux désinfecter, car…

– Ça va, je t'ai dit ! gronda Wilfried.

---

[85] Faire son poing dans sa poche, c'est contraindre sa colère.

Olivier respira à fond, fit son poing dans sa poche[85] et allait peut-être planter là le mauvais larron quand tout à coup, son regard divagua sur lui, puis, catalysé par on ne savait quelle morbide attrait, l'enveloppa tout entier. Il y avait dans ce regard du feu qui couvait et à quoi il ne manquait pas grand'chose, une étincelle, pour s'embraser. C'était, irradiée par cette formidable figure aristocratique, la sagacité d'une âme qui sonde une autre âme et qui l'espace de quelques secondes défronce les replis qui la dérobent, démasque les mensonges qui l'estompent et exhibe à nu les difformités qui l'enlaidissent.

Un mur de glace avait ankylosé les deux acteurs de la scène. Wilfried, décontenancé, tentait de surseoir à un embarras de plus en plus incommodant par toutes sortes de contorsions de raccroc et de palliatifs gestuels, mais Olivier pesait sur lui comme l'œil du jugement.

Quand un pied-plat est à sec d'arguments, il n'a plus qu'une porte de sortie, l'agressivité. Déboussolé par cette figure d'archange qui le fouillait littéralement, Wilfried s'écria avec une animosité presque artificielle, tant elle accusait une totale inaptitude à se dominer :

– Tu veux ma photo ?

Olivier, blême, fit un pas vers lui, riva encore plus profondément ses prunelles au fond des siennes et lui articula d'une voix sourde et lente :

– Wilfried, tu n'aurais jamais dû venir…

Ayant proféré cette sentence, il rejoignit ses camarades. Ceux-ci, trop éloignés et occupés à médicamenter leurs bobos, n'avaient pas été spectateurs de l'altercation. Olivier ne les en instruisit pas. Mais lorsque Wilfried s'agrégea au cercle, il dut se faire extrême violence pour ne pas lui infliger le blâme public qui lui chatouillait la langue et qui, de certitude absolue, se serait soldé par son expulsion illico. Allez démêler pourquoi il n'en fit rien. Qu'est-ce qui l'incita à désamorcer la bombe dont tout annonçait l'explosion ? Peut-être, mais ce n'est là qu'une hypothèse, peut-être s'était-il décerné mandat d'élucider les véritables intentions du personnage. Car Olivier était de plus en plus convaincu que la présence de Wilfried aux Froides-Aigues n'avait rien de fortuit. Obéissait-il à une consigne ? Etait-il le factotum d'une directive ? Si oui, laquelle, et prescrite par qui ? Par Hound ? Pourquoi ? Qu'espérait le maire d'un compte-rendu de vacances entre copains ? Publier un rapport autour de deux ou trois fredaines, certes attentatoires à la bonne moralité prônée par les monitoires de l'AFCR, mais tout de même de trop peu de poids pour justifier une enquête de procédure ou quelque autre démarche judiciaire ? Alors ? De quelle boutique le Wilfried était-il le balayeur, et à quelles fins ? Olivier résolut d'en avoir le cœur net. Ce type escamotait trop de zones d'ombre poussiéreuses pour ne pas conspirer quelque chose. En étudiant l'irrégularité de ses comportements, ses sautes d'humeur imprévisibles, sa conviction se renforçait qu'il y avait anguille sous roche. La veille, il était tout feu tout flamme, d'une humeur joviale, sympathique avec tout le monde, et voilà qu'en quelques heures, après avoir soufflé le chaud, il tempêtait le froid.

Le soir se profila sur Gymnésie, la nuit s'étendit peu à peu. Les garçons devisaient autour du brûlot où ils avait fait cuire leur dîner. Romuald et Victor, assis côte à côte, riaient sous cape de ce que Christophe, à demi endormi, tanguait entre les frères Cooper qui servaient de garde-fou à ses oscillations. Le sopor[86] de l'un menaçant de se communiquer par contagion à toute la troupe, Olivier pressa ses camarades de clore la veillée. Cinq minutes plus tard, chacun assurait ses quartiers nocturnes dans la cabane avec une allégresse de pensionnaires affranchis de la tutelle du surveillant général.

Un incident brisa net ce bel élan.

Le hasard de la distribution des couchages avait attribué à Wilfried, relégué en bout de rangée, Arnold pour voisin unique.

---

[86] Le sopor est un sommeil lourd et pesant.

Arnold, éclairons cette facette de son caractère, professait une philosophie qui lui interdisait d'attacher rien de sérieux aux conjonctures même les plus critiques. C'était un fataliste indolent de l'école *demain, il fera jour*, qui se gaussait splendidement des ridicules d'autrui, surtout des ridicules pleurnichards. L'ironie et le quolibet étaient les flèches dont il armait son arc toujours bandé. Il en usait, quitte parfois à en abuser. Quand il avait une cible à larder du genre *je suis malheureux, personne ne m'aime*, il s'y cramponnait et lui prouvait par A + B l'immaturité infantile de ses larmoiements, à grandes aspersions de lazzi plus ou moins raffinés. Il n'avait pas son pareil pour vous asticoter avec une douceur chattemite qui enduisait la cervelle d'une glue dans laquelle toute repartie se prenait les ailes. Il cultivait cette dérision qui flatte par antiphrase, hameçon d'une redoutable efficacité que le narcissisme gobe neuf fois sur dix. Personne comme lui n'excellait à faire rendre gorge aux simagrées de la fausse pudibonderie en flagrant délit d'épanchements égocentriques.

On ne sait par quel démon qui le titillait, Wilfried lui inspira la fantaisie d'exercer sa légendaire causticité. Subitement, il le toisa à brûle-pourpoint, coude replié, menton dans la paume de la main. L'autre, d'abord déconcerté, puis de plus en plus confus, lui grimaça un sourire contrit. Il ne fallait pas plus que ce tremplin pour qu'Arnold désopilât une logorrhée digne de la passion de Roméo, quoique fortement influencée par le théâtre de boulevard :

– Wilfried, harangua-t-il sur un ton un tiers goguenard, un tiers énamouré et un tiers patelin, comment veux-tu que je dorme tranquillement tandis qu'à mon flanc repose l'enveloppe charnelle la mieux galbée pour embraser les convoitises les plus torrides ? Wilfried, ô merveille qui s'ignore, quand ouvriras-tu tes bras aux bras impatients qui implorent la coopération la plus active à ce vertigineux orage qui doit nous incendier tous deux et nous noyer sous un déluge de voluptés au prix desquelles celles d'Olivier et de Christophe ne sont que crachin d'hiver ou bien goutte à goutte aride, au choix ?

Ayant dit cela, le Arnold ne fait ni une ni deux, il vous plaque résolument la main aux corbignolles du Wilfried.

Il est toujours loisible de présumer que dans l'intimité d'une cohabitation clandestine, celui-ci aurait peut-être transigé avec un chausse-pied propice à satisfaire sous le boisseau un appétit trop rarement assouvi.

Seulement, la scène avait eu des témoins. Pour Wilfried, il y allait de son honneur, de sa réputation et de son prestige, ces trois rameaux se nouant en un tronc commun, la vanité. Il se dégagea vivement, ne fit qu'un bond sur ses pieds, roula sa couverture sous le bras, marcha droit vers l'entrée, balança la couverture par-dessus bord et, avant de tirer ses grègues, fulmina cet épiphonème :

– Vous n'êtes vraiment qu'un tas de tarlouses !

Quelques secondes s'écoulèrent dans une ambiance de sauce qui tourne aigre. Olivier, Loïc et Christophe, qui fumaient tranquillement un cigare en avisant d'un œil ironique le drame de la vertu effarouchée, furent rejoints par Romuald, on ne peut plus narquois, et, avouons-le, pas mécontent du tout du bon débarras d'un imbécile :

– Il a bien fait de se barrer, dit ce dernier, il lui en aurait poussé de gros prurits spermeux sur le nez. Mais Arnold, entre nous, tu aurais pu te dispenser de ta plaisanterie de potache, c'était bon au lycée, ce genre de facétie ! A cause de toi, le Wilfried va consacrer la nuit à concocter sa petite fatwa contre nous…

– Il anathématisera tant qu'il voudra, répondit Arnold, il ne sera jamais qu'un abruti.

– Quel âne ! enchaîna Jonathan ; le pire, c'est qu'il est convaincu de nous duper, alors que, je l'ai vu, il triquait à mort...

– Nous duper ? intervint Romuald entre cuir et chair ; et si, justement, c'était ça, son plan ? Nous duper. Du moins, faire semblant ?

– Qu'est-ce que tu veux dire ? dit Loïc.

Romuald reprit, pensif et passablement sinistre :

– Et si les agissements du Wilfried n'étaient qu'une comédie…

– Comment ça ? fit Olivier, transi par l'analogie de cette remarque avec ses propres élucubrations encore toutes fraîches.

– Je ne sais pas… cette idée me hante le ciboulot depuis quelques jours : admettons qu'il ait eu besoin de se confirmer ses théories sur nous ; qu'il lui ait fallu de quoi alimenter sa diffamation auprès de quelqu'un qui les lui aurait… commanditées, en quelque sorte. Suivez-moi bien : il se radine chez Olivier sans y avoir été prié, il commence par faire la gueule dans son coin, puis sentant que ce n'est peut-être pas la meilleure technique pour inspirer la confiance nécessaire à ses projets, il change son fusil d'épaule. A quelle fin ? Uniquement pour provoquer la faute dont il a besoin. Arnold met les pieds dans le plat et fournit au Wilfried matière à son rapport circonstancié et circonstanciel. Un touche-pipi malencontreux et voilà le prétexte tout trouvé.

– Quel prétexte ? demanda Christophe.

– Celui de nous larguer en bonne et due forme, pardine ! L'affreux s'en retourne aux Froides-Aigues, boucle sa valise et court à toutes jambes se décharger de la grosse envie de nous débiner auprès de ses complices, en criant au viol. La suite, je vous la laisse à deviner…

– La suite, fit Olivier, c'est qu'il se sera donné le plaisir d'une connerie de plus en pure perte ; je vois dans tout ça beaucoup de gesticulations pour peu de résultat.

– Tu oublies ta position, insista Romuald ; tu crois si couillon de supposer que les manigances du Wilfried aient été complotées par la mère Touchapire ou par le maire, ou l'un de leurs émules ? Il suffit d'un témoignage de nos fariboles pour donner du grain à moudre à ceux qui ont une dent, une mâchoire même, contre toi. Imaginez un peu notre sycophante racontant qu'il a été convié à des vacances par ses copains d'internat, qu'ils ont voulu le forcer à faire des choses *contre nature*, et que dans cet exercice le plus assidu était celui que tout un canton a cloué au pilori des renégats ? Tu nous a bien raconté, Olivier, que dans l'affaire d'Hippolyte, beaucoup avaient laissé traîner l'hypothèse que tu avais participé à son viol ? Et bien, la déposition du Wilfried réchauffera le vieux plat, et vous pouvez être sûrs que les médisances titreront sur l'anecdote en faisant le rapport qui s'impose avec la première. Toi, Olivier, déjà grillé, tu seras désormais considéré ayant commis un délit, puisque l'homosexualité, pour employer le gros mot, en est de nouveau un depuis quelques années. Il ne reste plus qu'à te confronter avec ton dénonciateur qui y va d'une dose d'indignation supplémentaire, chialeries à la clef. Pour toi, c'est fini. Les Froides-Aigues, la liberté, terminées. C'est assez finaud, le procédé : puisqu'on ne peut pas le flinguer chez lui comme le comte, à cause de son avocat qui sait tout et qui peut tout déballer, on lui délègue le délateur de service, en l'occurrence Wilfried.

Il fit une pause, avant de reprendre :

– Tu vois, je te l'avais dit que l'attitude de ce sale mec ne me disait rien. Médite sur mon intuition, bonhomme…

Olivier avait un peu pâli ; la démonstration, quoique audacieuse, reposait sur des fondations qu'il avait lui-même échafaudées :

– Ce serait bien dans les cordes du personnage, dit-il ; néanmoins, il y a un moyen de lui couper la broche.

– Lequel ? demanda William.

– D'étouffer dans l'œuf ses machinations. Jamais je n'irai permettre à un sicaire aux gages de se payer ma tête ni celle d'aucun de vous. Désolé d'en arriver à ces extrémités, elles me répugnent, mais s'il prétend me gruger comme le suppose Romuald, je n'irai pas par quatre chemins, je lui pète la tronche.

C'en était assez de Wilfried : la conversation aurait sans doute langui si on n'avait parlé que de lui. Heureusement, les bons anciens élèves des pères mathurin avaient d'autres chats à fouetter que ce mistigri. Deux chenapans, langoureusement vautrés sur les lits du fond, arboraient les symptômes de préluder à l'un de ces libertinages qui ouvrent sous les pieds des pécheurs impénitents la trappe de l'Erèbe par où ils dégringoleront dans les derniers sous-sols de l'expiation éternelle. Pendant ce temps, à l'autre extrémité du matelas, Jonathan, à genoux, une pauvre fleur à la main, poussait le tendre et le passionné auprès de Loïc qui affectait de se pâmer en se renversant à demi en arrière. Hélas, tant de belles promesses élégiaques furent sapées sans vergogne par William et Victor qui, s'étant couchés, n'avaient pas pris garde que cette posture faisait un furieux appel d'air à Morphée. Un double ronflement s'évada bientôt de leurs poitrines en un long ostinato caverneux.

Les grands paradigmes, disait un sage, font toujours tache d'huile ; quelqu'un souffla la lanterne, le silence s'abattit sur la chambrée.

Silence, c'est aller un peu vite en besogne, car de discrets froissements et soupirs, çà et là, s'y entrelaçaient avec une langoureuse et docile persévérance.

Olivier, sur le point lui aussi de capituler, ajustait posture idoine à ses ambitions somnifères, lorsqu'un murmure se coulissa jusqu'à ses oreilles ; le murmure, c'était Christophe :

– Et Wilfried ? chuchota le garçon, il va rester dehors toute la nuit ?

– Que veux-tu qu'on y fasse ?

– Je sais, mais tu as dis que tu ne le laisserais pas s'en aller comme ça…

– Sois sans crainte, il ne s'en ira pas, il fait trop nuit et trop frais, monsieur est un douillet, il aime le confort. Je te parie qu'au réveil, on sera tout étonnés de le voir dans son lit comme si de rien n'était. Il n'est pas assez héroïque pour affronter la belle étoile, même en été…

Soudain, Christophe se glissa d'autorité dans le duvet de son camarade, et lui pinça le nez en susurrant :

– Au fait, petit lâcheur, on fait des infidélités à son meilleur copain, comme ça, avec le premier bellâtre venu ?

– Je vois, répliqua Olivier en étouffant de rire, que tu exiges expiation de mes torts sur-le-champ.

Ce qui s'accomplit n'étant qu'une nouvelle mouture de la péripétie évoquée dans le doux reproche de Christophe, comme l'introduction, le nœud et le dénouement ne différèrent en rien de son glorieux précédent, il nous paraît inutile autant que fastidieux de lui consacrer un paragraphe, lequel n'aurait même pas l'avantage de la variété, à deux ou trois détails près, par exemple l'adhésion, tardive mais fervente, de Romuald à la fête.

Fin d'un rêve

Cinq nouvelles journées s'égrenèrent, partagées entre les jeux, les veillées, les chants autour du feu, quelques baguenaudes, la charmante pagaille des couchers, l'hébétude naïve et joviale des petits matins où il semble que celui qui papillote le premier des paupières ait le pouvoir de transmettre aux autres la contagion du réveil. Pour couronnement à cette jubilation, le privilège de communier avec la nature ; pour apothéose, le bonheur inexprimable d'être ensemble.

Quant à Wilfried, il avait fait amende honorable, *et beaucoup davantage*. Racontons l'anecdote.

La nuit même de sa fâcherie, n'ayant pas trop, ainsi que l'avait présagé Olivier, le nez tourné aux intrépidités du trappeur solitaire, il avait réintégré dare-dare le douillet de sa couche, fût-elle avoisinée par le diable, non sans avoir dégoisé tout son saoul sur les sujétions des rapports humains. Wilfried n'était pas pétri dans une pâte à façonner les caractères trempés ; il était sujet à revirements. Une idée, en lui, flottait toujours plus ou moins au gré du vent qui balayait son esprit irrésolu. Il est fort probable que la fraîcheur et l'humidité l'avaient incité à concéder accommodement avec une passade somme toute un peu trop conséquente.[87] Le fait est qu'il renonça à son exil. Comme il se faufilait à tâtons dans son duvet, il heurta Arnold qui lui offrit de réparer sa bourde en lui certifiant qu'à l'avenir il lui ferait grâce de ses palpations. L'autre balbutia un remerciement du bout des dents en mâchonnant deux ou trois onomatopées à valeur de componction. Ce petit échange de politesses se solda par un serrement de main, à

[87] Rappelons que l'épithète conséquent ne signifie pas important, mais qui tire à conséquence.

défaut d'autre chose. Le lendemain, au chant du coq, les sept autres noceurs, que ce discret consensus diplomatique n'avait pas dérangés de leur léthargie, avisèrent le Wilfried ronflant comme un soudard comme si de rien n'avait été. Un mouvement général de gratitude se manifesta spontanément, tous félicitèrent le rénitent mutin, en vertu de l'axiome qui stipule qu'un traité de paix est toujours préférable aux conflits larvés. Wilfried réitéra ses regrets et parut ému de l'obligeance de ses camarades.

Dès lors, métamorphose radicale. Ce n'était plus le matamore pincé du lycée, ni le rabat-joie de la veille, mais un être doux et affable environné, on pourrait dire auréolé d'une vague rêverie dont il n'émergeait que pour sourire béatement. Il n'enfourcha plus le canasson de ses habituelles rodomontades. Son petit caprice ne se renouvela pas, à beaucoup près, et s'il déclina toute participation aux licences, du moins s'abstint-il de les chicaner. Il n'y avait pas jusqu'à Romuald qui, ébloui d'une telle réforme, ne rectifiât ses sentiments à son égard. L'égrillard jouvenceau, encouragé par Olivier, n'en demandait pas davantage : si Gymnésie devait être le ferment d'une réconciliation durable, il s'agissait de veiller que la soupe ne refroidît pas. La veille du retour, il ratifia pacte d'alliance en ne dédaignant pas une certaine promiscuité avec son ancien ennemi. L'intention était louable, sans doute, mais il y avait un ennui, c'est que l'autre, renchérissant sur cette libéralité, distribuait sa corpulence de telle manière qu'elle amenuisait sensiblement l'espace vital du chétif adolescent, façon logement japonais. Romuald s'en plaignit gentiment, c'est à dire sur le ton le plus civil. Le Wilfried de se confondre en excuses tout en alléguant qu'il *bougeait dans son sommeil*. Romuald lui fit une réponse à double compartiment, en parfaite adéquation avec le protocole en cours :

– Cela ne me gênerait pas, dit-il, avec quelqu'un que ça ne gênerait pas.

En cet instant, Wilfried bégaya :

– Tu sais, j'ai peut-être changé…

Romuald fit la sourde oreille, ne sachant ni que penser ni que faire, tiraillé entre le souhait d'être le facteur d'une mutation inespérée et l'invincible tiédeur que lui inspirait sa proximité.

Surmonter cette antipathie eût été un acte charitable. Mais Romuald ne parvenait pas à s'y déterminer. Malgré la saine philosophie à laquelle il s'arc-boutait, Wilfried le chiffonnait. L'initiative à laquelle il s'était prêté, plus politique que vraiment fraternelle, excluait tout contact physique : sentir son haleine, respirer son odeur, l'entendre remuer, grogner, rien ne lui était plus pénible. Wilfried était de ces êtres dont le pouvoir d'attraction, déjà faible à distance, cesse définitivement en deçà d'un certain périmètre. Il transpirait de lui une moiteur fadasse qui s'opposait à toute contiguïté.

Romuald essaya de se rendormir, mais le souffle de son voisin avait des bouffées, des intumescences qui le remplissaient d'anxiété. Il percevait notamment un bruit régulier, comme un bruissement qui s'amplifie, se déprime et s'accroît de nouveau à rhythme irrégulier. Romuald pria pour que l'événement dont la nature n'était que trop évidente lui épargnât la corvée de faire son billet.[88] Heureusement, l'autre se contenta de lui-même. Son exutoire expédié, il se désolidarisa d'une mitoyenneté désormais superflue. Romuald respira.

Le lendemain, ce dernier ne fit aucune allusion à ses déportements nocturnes et fut avec lui on ne peut plus courtois. Seulement il remarqua qu'il gueusait sa compagnie avec une certaine étroitesse. Ce zèle l'importuna.

Le séjour touchait à sa fin. Il est vrai qu'ayant été programmé pour une semaine, la cambuse sonnait creux. C'est toujours un crève-cœur que de clore une de ces parenthèses heureuses où s'est écrite une page ensoleillée de

[88] C'est à dire de partager les frais.

la jeunesse, à peine contrariée par quelques petits nuages, et encore, si vite dissipés. La veillée fut morne et chagrine, chacun mâchait et remâchait cette mélancolie crépusculaire qui annonce le dénouement du spectacle.

Ce fut alors qu'Olivier réclama la parole, en l'introduisant par un ricanement :

– Qu'est ce qui nous empêche de prolonger ? dit-il avec une ironique amabilité.

Si personne n'avait hasardé une telle motion, c'était pour une raison parfaitement honorable : chacun des vacanciers disposait d'un budget limité, et nul n'aurait commis l'indélicatesse de crocheter la bourse de son hôte sous prétexte qu'il était riche. L'intervention de Crésus alluma certes une flammèche d'espoir, mais la question de l'argent éteignit vite ce feu de paille. Il y eut accord parfait dans le refus, qu'Arnold résuma laconiquement :

– Etre défrayé, dit-il, a un autre nom, ça s'appelle profiter.

– Qui parle de défrayer ? répliqua Olivier, une semaine de bouffe, j'ai ça en stock, et croyez-moi, ça ne va pas me ruiner ! Vous faites bien des chichis ! D'ailleurs, je vous signale que vous êtes venus pour un séjour d'un mois ! Si votre cassette est dégarnie, si vous avez les poches blanches, qu'est-ce que ça fait ? Et puis, sachez tout de même que vous êtes mes hôtes. Or, le propre des hôtes, ce n'est pas de fouiller à l'escarcelle, mais d'être nourris, logés, amusés, distraits, et même autre chose pour ce qui nous concerne, où le pognon n'a pas pignon. Option étrangère aux agences de vacances traditionnelles. Soyez tranquilles, je sais à qui j'ai affaire. Il n'y a pas d'écornifleurs parmi vous. Et puis, l'argent, il vaut mieux le dépenser, des fois qu'il ne vaudrait plus un kopeck comme il y a fort à parier que ce sera le cas dans pas longtemps avec tous ces boursicoteurs qui falsifient les cours de ceci et de cela et qui finiront par foutre en l'air tout le système ; or, est-ce qu’on ne serait pas les rois des imbéciles si on jouait les serre-gousset autour des quelques misérables ducats que va coûter l'entretien de vos raffinés organismes ?

Le garçon avait, on le voit, l'art de dorer la pilule ; son petit discours excita un sursaut de gaieté inopiné et, finalement, plutôt bien salué. Cependant, sur le chapitre des clauses d'invitation, ses camarades ne s'en laissaient pas conter comme cela. Ils s'insurgèrent, cette fois par l'ambassade de Christophe :

– Si je te comprends bien, dit ce dernier, tu veux faire de nous des petits coqs en pâte à moindres frais. Tout bénéfice pour les uns et charge patronale pour l'autre. On sait tous ici que tu es fortuné ; on sait aussi que tu es tout le contraire d'un serre-gousset. Ce ne sont pas là des motifs suffisants pour courir la nappe.[89]

Olivier, goguenard, haussa les épaules :

– Courir la nappe ! Voilà bien une expression alambiquée d’intellectuel qui a trop fourré sa truffe dans les colifichets de romans : à t’entendre, on jurerait que je crache mon obole à une œuvre charitable.

– Caritative ! corrigea Arnold.

– Arnold, répondit langoureusement Olivier, ne tracasse pas le lobe de mon cerveau où est entreposée ma base de données lexicographique : *caritatif*, c’est bon pour les medias, comme *pédophile*. Le siècle regorge de ces néologismes boiteux. Quand il existe un mot précis pour désigner une chose, tu peux être sûr qu’il se trouve un aliboron pour en fabriquer un autre qui pue son socialement correct à plein nez. Je laisse *caritatif* à la bonté du monde, et je dis *charitable*, qui est le mot du Christ, lequel n'était pas bon, mais fraternel, différence énorme.

Cette petite digression sémantico-religieuse vidée, comme quelqu'un allait s'embringuer dans une nouvelle protestation, Olivier lui coupa l'herbe sous le pied :

---

[89] Courir la nappe est une vieille expression qui signifie chercher à se faire inviter par-ci par-là, vivre en parasite, en écornifleur.

– Si vous faites la fine gueule, je vous préviens que j'écris un pamphlet contre vous et que je l'envoie directement au proviseur du lycée, avec mission d'en adresser une copie à vos parents après avoir affiché l'original sous le préau. Je suis plein aux as ? Et alors ? Le picaillon, c'est comme le zizi, il n'est utile qu'en circulation active. Qu'il soit un moyen, non une fin, je ne vais pas vous le démontrer. Considérez donc qu'aujourd'hui la fin justifie les moyens, que l'intérêt général l'emporte sur le particulier, et ne me prenez plus la tête avec vos histoires de profiter et de courir la nappe. Tenez, pour apaiser vos scrupules, je suis prêt à vous faire une note de frais sous pli spécial à la place du pamphlet avec facilités de remboursement à taux préférentiel.

– *Votre petit esprit se mêle de railler*[90], gouailla Romuald.

– Mon petit esprit vous dit bien des choses, répondit Olivier, dont le vôtre devrait se faire une application urgente. Ce séjour nous plait ? Il ne tient qu'à nous de lui faire une rallonge. Désignons deux d'entre nous, c'est assez pour transporter des vivres. Ces deux-là pourraient partir demain à la fraîche, ils seraient revenus avant le soir, et nous voilà en selle pour une semaine de plus.

Examinée sous cet angle tout neuf, la déclaration était d'une éloquence à raviver les flammes mortes. Encore convenait-il d'accepter sans avoir l'air de céder de complaisance à un doux chantage :

– D'accord, fit Jonathan, nous condescendons à rester, mais sache que c'est uniquement pour l'amour de toi.

– C'est vrai, enchaîna Victor, pour l'amour de toi, n'ayons pas peur des mots.

– Tas d'hypocrites, fit Olivier, vous mourrez d'envie de vous laisser tenter.

– Enfin! reprit Victor, tu sais que ce sont les émoluments de la chorale qu'on va manger ?

---

[90] Il s'agit là d'une citation de Molière (Femmes savantes).

– Oh, oh ! fit Olivier avec une truculente jubilation, tu as mis le doigt où ça me chatouille, même si j'avais pas pensé à ça : quelle volupté de dilapider en compagnie de disciples de Sardanapale les sacro-saints appointements alloués par la vertu ! Victor, tu es un philosophe de l'école satanique, si elle existe ; on va dévorer trois mille euros consacrant une gloire qui a fini en eau de boudin. Je tiens mon prétexte en béton, et vous ne pouvez plus refuser de vous associer à cette ripaille d'un genre spécial, la *bigotophagie*.

Avec un pareil argument pour épiphonème, la transaction était homologuée, contresignée et paraphée ne varietur. Olivier eut l'élégance de pousser son bidet un peu plus loin sans s'avantager de la position inconfortable de ses camarades. Soudain, les garçons se jetèrent sur lui comme un seul homme. Ce fut à qui lui tirerait les cheveux, lui pincerait le nez, lui tordrait les doigts de pied. Toute la verve de l'internat se condensait dans ce torrent lâché de gratitude.

Il n'y avait plus qu'à élire les vivandiers. Olivier griffonna neuf prénoms sur autant de carrés de papier qu'il corna en papillotes. Romuald étant le plus jeune, c'est à lui qu'il incomba de tirer au sort. Ce n'est pas qu'il eût la main bien innocente, mais enfin au royaume des anges déchus, on n'a guère le choix de la sainteté. Il tripatouille donc dans le lot des papiers, en extrait un, le déplie et s'écrie avec une exultation puérile :

– Wouah! Je me suis désigné moi-même !

– Pourvu que le second ne soit pas Victor, s'esclaffa Christophe, parce qu'alors là, on n'est pas prêts de les revoir, ils vont se mignoter et se cajoler et se poupeliner tant et tant qu'on pourrait bien mourir de faim sans que ça interrompe leurs mamours.

Comme Romuald s'amusait à faire sauter en l'air les huit autres papiers, l'un d'eux lui échappa et tomba sur le sol. Il le ramassa en palabrant ce monologue :

– Ben voilà ! C'est la providence qui cause ; voyons un peu le godelureau que je vais devoir me coltiner.

Il déplia le billet et se figea comme s'il avait été pétrifié par la Méduse. Puis, sans transition, avec une effervescence à fleur de nerf, il s'écria :

– Ça alors, Wilfried !

Dans l'assistance, pas un mot. Un couperet avait sectionné les langues. L'enthousiasme fictif de Romuald, juché sur une tessiture dissonante, avait roucoulé un gargarisme trop contrefait pour ne pas engendrer un malaise. Or, le point d'orgue d'un malaise, c'est le silence qui le ponctue, et le silence ne se lézarde pas comme cela ; dégeler une atmosphère figée par une perception générale qui abonde dans le même sens, c'est un peu comme si vous prétendiez rebrousser le flux d'une rivière. Arnold se commit bien à la tâche, mais son intervention eut le gauche d'un constat à l'amiable échafaudé de bric et de broc :

– Bon, marmonna-t-il, ben ça fait plaisir. Moi, j'y vois un encouragement à la réconciliation entre eux deux.

– Ouais, ça doit être ça, approuva Jonathan.

– Et toi, renchérit Loïc en interrogeant Wilfried, qu'est-ce que t'en dis ?

Celui-ci prodigua une pantomime cou engoncé dans les épaules et lèvres pincées, avant de balbutier :

– C'est super… mais si ça t'embête, Romu, je peux céder ma place… On n'est pas encore copains comme cochons, et je ne voudrais pas…

– …c'est l'occasion ou jamais, interrompit Romuald.

Il s'assit à ses côtés et lui dit, cette fois sans manège :

– J'avoue que sur l'instant, ça m'a fait… comment dire ?... tout drôle, mais je suis sûr que je ne regretterai pas d'avoir été avec toi. Il faut un déclic, on n'a plus qu'à actionner le commutateur.

Le climat terne et empesé du début s'était insensiblement allégé. Il ne manquait plus que de brocher sur l'ouvrage par une péroraison appropriée. Wilfried augurant qu'elle lui appartenait, il proposa un toast au cognac :

– A notre réconciliation ! dit-il.

Il assaisonna aussitôt son interjection de ce corollaire :

– Vous avez devant vous un converti…

– Normal pour un ancien élève des jésuites, fit Jonathan.

– Eh là ! intervint Christophe, ta conversion n'est pas encore totale…

– Attends, interrompit Victor, laisse-lui le temps, il faut d'abord qu'il potasse le nouveau catéchisme.

– Qui de nous se dévouera pour l'initier ? fit Loïc.

– Pas moi, dit Arnold, j'aurais trop peur qu'il ne m'envoie de nouveau balader…

– Ça, c'était avant, fit William, mais ses principes réactualisés admettront aujourd'hui ce qu'ils désavouaient hier.

– Oh, oh, siffla Christophe, dans ce cas on doit s'attendre à une grosse, mais énorme apostasie…

Etc. Chacun y alla de sa fine plaisanterie, et le Wilfried, somme toute, digérait plutôt bien cette logorrhée, à telle enseigne qu'il se permit, chose inconcevable la veille, de hasarder une main serpentine sur la cuisse de Loïc. Celui-ci, qui avait toujours été son plus rude contempteur, se gratta le cuir chevelu, positivement éberlué :

– Par tous les diantres, dit-il, il y a quelque chose de magique à Gymnésie ; encore un peu et je croirais aux esprits bienveillants.

Olivier tranchait avec l'engouement de ses camarades. Tandis que les palabres virevoltaient de bouches en bouches, il n'avait eu de cesse de lorgner en biais le converti. Sa sagacité défronçait les plis et les replis d'une gouaille trop ostensiblement étançonné à un charisme de façade, et qui charriait dans son for intérieur de grosses houles d'appréhension. Sans se déceler, aussi assidu à sa perquisition que l'autre redoublait de loquacité, il s'était astreint à gratter son vernis avec la persévérance d'un linguiste qui déchiffre l'original sous les ratures d'un palimpseste.

Olivier avait noté que la verbosité du drôle s'entrecoupait de curieuses intermittences. Il caquetait au plus dru, puis il sombrait dans les spirales d'une contention qui en l'abstrayant de son entourage, suscitait bien des perplexités, comme quelqu'un qui extorquerait soigneusement tout développement à son bagout. Cette alternance d'extraversion et d'interruptions aussi brusques qu'impromptues n'avaient pas échappé à Loïc qui lui tapota le bras :

– Eh ! T'es avec nous ? lui assena-t-il obligeamment.

– Pardon, balbutia l'autre, mais…

Il se suspendit à une espèce de calcul, avant de questionner :

– On sera bien mercredi, demain ?

– Ouais, fit Arnold, mercredi 3 août ; pourquoi ?

– Disons que, pour moi, ce mercredi 3 août… ben, c'est un peu comme une nouvelle vie qui commence.

L'accent avec lequel il avait guillemeté ces paroles était celui de l'épicier qui a supputé le bilan de son commerce et qui se réjouit du solde créditeur. Il en filtrait une inflexion en demi-teinte, comme si ce qu'elle traduisait se frottait d'avance les mains.

Cette nuance infime, ce tout petit hiatus, inquiéta Olivier. Il avait beau estomper les aspérités trop aiguës d'un arbitrage peut-être outrancier, le bonhomme l'indisposait. Ce qui aiguisait son flair, c'était un trop-plein de réticences nerveusement colmatées par un luxe de procédés démonstratifs. Il s'efforçait de scruter ses maintiens compassés, l'emphase de sa faconde, jusqu'à ses rires osseux, avec la ferme résolution de déchirer cette carapace pour tâter ce qu'il y avait dessous. Il était presque certain, et le *presque* est peut-être superflu, que Wilfried, en bigarrant de tant de flegme une perspective de rabibochage avec Romuald, gommait précautionneusement ce qu'il lui importait de ne pas publier. Il était d'autant plus persuadé du bien-fondé de ses soupçons qu'une anomalie s'était greffée peu à peu sur le canevas comme pour lui en confirmer la trame. Cette anomalie, c'était ceci : Wilfried causait avec tous les heptètes, sauf avec lui. Pas une seule fois, il n'avait accordé audience à ses attitudes compellatives,[91] et quand par hasard Olivier haussait la voix pour lui arracher une réponse, ce dernier soit lui rétorquait à mi-marge, soit embrayait avec un tiers sur la première digression attrapée au vol. Cette opiniâtreté à se soustraire à une redoutable lorgnette braquée sur lui intensifia la suspicion d'Olivier et lui enjoignit d'attaquer bille en tête. Tout à coup, feignant la décontraction la plus désinvolte, il lui catapulta dans le blanc des yeux :

– Eh, tu nous ménages notre Romu, hein ! C'est le cadet, on doit être aux petits soins pour lui.

Wilfried, décontenancé, intercepta malgré lui le formidable éclair que dardait ce regard inexorable. Ce faisant, les deux regards se confondirent pendant deux ou trois secondes.

Bien plus tard, Olivier devait se remémorer cette scène du mardi 2 août 2039 en la commentant ainsi à Alexandre :

– J'ai été foudroyé, mon cœur s'est emballé, c'est comme si un magma avait incendié mon sang.

Du reste, choc émotionnel qui dégonfla aussitôt. Wilfried avait pivoté sur son axe et renouait conversation avec ses plus proches collègues. Mais Olivier chassa un insecte noir qui lui obstruait la vue. Il eut l'impression qu'une grosse araignée velue et hideuse tissait sa toile pour capturer le colibri. Or, qui était le colibri, sinon Romuald ?

Sans doute, dira-t-on, était-il de son devoir de saisir le taureau par les cornes, de ruer et de cabrer, de contrecarrer le couplage de Romuald et de Wilfried et d'enrayer, qui sait, la pente d'une fatalité dont il discernait tant d'arrière-plans nébuleux. Pourquoi y renonça-t-il ? Allez explorer les innombrables anfractuosités de la versatilité humaine.

[91] Compellatif : qui requiert, par un geste ou quelque autre moyen, l'attention de quelqu'un à qui on veut adresser la parole.

Olivier, après avoir violenté l'oracle qui était en lui, en mitigea aussitôt le verdict comme on minimise les conséquences d'une alerte rouge météo. Il se martela qu'il s'était peint le diable sur la muraille, que ses prétendues intuitions n'étaient autre chose qu'un délire amplifié par une animosité hors de saison, et qu'en chicanant la rédemption de Wilfried il lui minait son chemin de Damas. Il instruisit sa conscience d'une fin de non-recevoir au rôle de gâte-sauce qu'elle lui enjoignait. D'ailleurs, aurait-il été approuvé des autres heptètes ? Tous fêtaient le nouveau Wilfried avec un fatras de louanges dont ce dernier ne se privait pas de fleuronner sa couronne.

Ce soir-là, la veillée s'éternisa. On était si excités de reconduire le séjour à Gymnésie que l'insomnie fit salle comble. On ne sait plus qui fit glouglouter quelques flacons de Cognac, les derniers de la collection, Olivier distribua de gros cigares et la compagnie tonitrua à tue-tête un répertoire de chansons bien salaces qui, quoique indignes du petit conservatoire, n'en furent pas moins reprises en chœur avec un ensemble à faire pâlir de jalousie Mr David Willcoks, ancien et vénérable directeur du King's College Choir de Cambridge. Enfin, vers minuit, la fatigue terrassa des corps fourbus par une nouvelle et rude journée d'*envahisseurs*.

Romuald, qui avait pour voisin de droite Victor, aurait peut-être prié Wilfried de s'acoquiner à lui de l'autre bord, histoire d'homologuer leur traité de société, si les récentes éphémérides n'avaient atténué d'un bémol ce beau mouvement. Ce souvenir, on s'en souvient, s'attachait à une péripétie dont la trivialité entretenait allergie à une cohabitation trop resserrée. Travailler à diminuer cette répugnance, soit, Romuald y songeait. Il se déclarait même enclin à sucrer la moutarde, mais sous condition que la partie adverse ne s'engouffrât pas dans la brèche de la bonne aubaine. Ce modus vivendi stipulait une fois pour toutes le renoncement à cette manie par laquelle le lunatique godelureau subordonnait les désirs d'autrui aux siens propres, et qu'il méditât que si l'amitié, comme le génie, est une longue patience, les agréments de l'amitié logent à la même enseigne. Or, tout concourait à présumer que Wilfried, brûlant les étapes, lui quémanderait une privauté dont le rejet risquait fort d'envenimer des rapports à peine convalescents.

Il en était à ce stade de délibération avec soi-même, lorsqu'il se rappela qu'il avait négligé de déférer à la traditionnelle station émonctoire d'avant dodo. Le voilà donc qui s'esquive en catimini, car tout dans la cabane reposait du repos angélique des justes. Alors qu'il assurait la stabilité requise, il avise quelqu'un visiblement aussi démangé que lui de la vessie. D'ordinaire, deux pisseux acoquinés au beau milieu de la nuit pour une cause et une fin identiques, pissent de conserve en agrémentant leur pissage de quelques gaillardises. Le survenant était Olivier. Ce dernier, un doigt en travers des lèvres, déféra d'abord à sa propre vidange, puis entraîna son camarade à quelques coudées de la cabane :

– Ecoute, lui dit-il anxieusement mais sans ambages, fais gaffe, demain !

Romuald le gratifia d'une bourrade :

– Sois tranquille, notre vilain petit canard est en train de se changer en un joli cygne.

– Un cygne, c'est joli, d'accord, mais de loin ; trop près, ça donne des coups de bec.

– Tu vois, Olivier, reprit Romuald, c'est bizarre : il y a quelques jours on tenait des rôles exactement inversés. Aujourd'hui, c'est moi qui te demande de ne pas attiser les braises. Le Wilfried est sur la bonne voie, et toi tu sèmes des noises.

– La… bonne voie ? répliqua Olivier avec une terrible pointe d'ironie.

– Oui, moineau,[92] la bon-ne vo-ie. Je lui ai causé pendant qu'on picolait l'excellent cognac, jamais je ne l'avais vu si détendu, si cool. Il est tout transfiguré. De plus, il n'a pas cherché à me draguer….

Olivier, peu rasséréné par cette plaidoirie, à beaucoup près, s'immergea pour ainsi dire en Romuald avec une telle pénétration qu'en dépit de l'obscurité, celui-ci en fut ébranlé :

– Et s'il s'en prend à toi ? fit-il.

– Comment ça ?

– Romu, il pèse deux fois ton poids. De plus, je suis sûr, mais sûr qu'il fera tout pour te chaparder une complaisance.

– Dans ce cas, je le plaque aussi sec et je décarre icigo.

– S'il ne t'en empêche pas.

– Je suis plus rapide que lui.

– Mais il est plus fort que toi.

– Olivier, s'impatienta Romuald, tu vois trop les choses du mauvais œil.

– Peut-être, mais mieux vaut prévenir que guérir. Et ta réponse est une capucinade, excuse-moi de te le dire…

Il invita son compagnon à s'asseoir, puis continua :

– Je ne te tiendrais pas de tels propos si deux petits détails ne m'avaient alarmé.

– Quoi donc ?

– Primo, je l'ai sondé. Je ne suis pas voyant, je n'ai pas de boule de cristal, mais ce que j'ai ressenti quand ses billes se sont conjuguées à mes billes m'a fait froid dans le dos. Ensuite, son questionnement sur la date, ça ne t'a pas heurté ?

– Ben non, pourquoi ?

Olivier serra un bras de Romuald avec une effusion presque implorante :

– Ce mec n'est pas net : mercredi 3 août ! Il a dit ça comme quelqu'un qui a noirci son agenda pour ce jour-là.

– Olivier ! s'exclama l'autre, tu déconnes ! C'est ta vie solitaire qui te tape sur la citrouille, ou quoi ?

---

[92] Rappelons que moineau était l'un des sobriquets d'Olivier.

– Je n'en sais rien, Romu, je n'en sais rien, mais j'ai peur…

– Enfin, peur de quoi ? Que veux-tu qu'il me fasse ? Dans le pire des cas, il me bafouille son envie pressante de me mettre au nombre de ses mignons, mais voyant que ses avances sont des coups d'épée dans l'eau, il fera la gueule et peut-être même il se barrera en accusant la création entière de l'abandonner au triste sort du pauvre petit être incompris, et tout le tralala. Le seul drame, ce sera que je ne pourrai pas rapatrier toutes les victuailles sur mon seul dos, et qu'il faudra une autre aide.

Olivier avait écouté la tirade sans se départir d'une physionomie bien plus que soucieuse. Quand Romuald eut achevé, il soupira :

– Et si je te remplaçais ? fit-il.

– Tu veux… y aller à ma place ?

– Tu feins une indisposition, tu as mal au ventre ou aux couilles ou à ce que bon te chante et passez muscade !

– C'est du mensonge, Olivier, et j'ai horreur du mensonge.

– Je sais ça : sœur Simplice, dans les Misérables, a commis elle aussi son petit mensonge, pour la bonne cause.

Romuald réfléchit quelques secondes, puis :

– Ecoute, fit-il, la nuit porte conseil. Allons nous coucher, on verra demain. Tu étudies notre énergumène, tu le prospectes, tu l'auscultes sous toutes les coutures, et je m'en remets à son état des lieux.

– D'accord… Après tout, c'est toi le premier concerné.

Les deux garçons regagnèrent la cabane, tous deux pensifs, mais l'un peut-être plus que l'autre. Olivier louvoya jusqu'à sa place, tout au fond ; Romuald se faufila à la sienne, non loin de l'entrée.

Comme le dortoir interprétait d'une voix unanime la sérénade nocturne des roupilleurs, il allait se coulisser dans son duvet quand une petite chatouille lui fit guili-guili sur les joues. Une main chaleureuse, celle de Victor, l'attira bénignement par la nuque.

Victor n'était pas de ces complexions ursidées à qui l'on tirerait le canon à trois pas sans leur remuer un cil. Ses nuits étaient peuplées de mille agitations révolutionnaires, de combats épiques et de croisades contre les Euménides du capitalisme agioteur et de la valetaille des politiques. Le retour sous alcôve des deux garçons l'avait extrait des songes où il naviguait vent debout depuis une heure. Aussi, puisqu'on était sans gêne avec lui, il compta bien se venger avec usure :

– Tu as torpillé mes rêves, lui murmura-t-il à l'oreille, j'étais en train de faire un coup d'état et de menotter notre président de la République, rétablisseur de la peine de mort et qui heureusement a échoué dans sa tentative de rétablir aussi le franc.

– Mince, fit Romuald, nous voilà encombrés de son mufle de sanglier pour quelques années de plus, à cause de moi.

– J'exige que tu expies cette trahison.

– Ton prix sera le mien.

Victor fouilla sous le matelas, en sortit un objet ovoïde dont il flatta les narines de son camarade ; c'était un cigare.

– Ils ronquent tous, dit Victor, y compris ton nouvel amant ; pourquoi ne pas se payer une petite fantaisie ?

Tous deux allumèrent leurs bouffaris et en aspirèrent la fumée avec des soupirs quiets de PDG en hausse de bénéfices.

Entre Victor et Romuald était enracinée une amitié profonde, sincère et, cela a été dit, fort tumultueuse dans l'occasion, ces deux énergumènes brassant des idéaux foncièrement dissemblables. Cette amitié, on s'en doute, ne proscrivait pas quelques petites amabilités filoutées çà et là à la disette d'objets plus politiquement corrects, mais non sans une certaine tempérance, laquelle prouvait la normalité de leurs inclinations affectives. Chacun avait sa petite amie, élue parmi les filles les moins coincées, car pour rien au monde ils ne se seraient accommodés de pimbêches. Victor fréquentait une étudiante en médecine. Romuald, pour lui, s'était entiché d'une jeunette pimpante et sportive dont il était amoureux à son rhythme et qui lui plaisait surtout par sa petite bouille rieuse et l'exquise manière qu'elle avait de lui glousser : *d'accord, mon p'tit lutin*, quand il lui proposait des jeux de piste. Les deux copains se relataient volontiers par le menu leurs fredaines avec force minuties dont ils amortissaient les hyperboles sous les nécessités de l'étude de mœurs positive et impartiale.

Comme ils en avaient pour un bon quart d'heure à pomper leurs cigares, ils causèrent *sotto voce*. La causerie se pimenta d'une pincée de salaison assez émulatoire dont les bienfaisantes manifestations, d'abord sous chape, se tuméfièrent ensuite toute couverture rejetée. Or, les deux chenapans étaient nus et se jouxtaient. Il n'en fallait pas davantage pour que leur babil s'illustrât de la démonstration empirique qui pallie les insuffisances du verbe. Ils enrichirent même leur partition de ces harmonies audacieuses confiées à des instruments dont l'introduction à contre-emploi fait l'effroi des puristes classiques. Là-dessus, ils s'endormirent fort contents l'un de l'autre en se promettant bien de renouveler un si agréable dérivatif à la pénurie de soubrettes.

Le lendemain, au chant du coq, Wilfried détira ses membres, avisa Romuald à sa droite et lui secoua l'épaule le plus galamment du monde et avec moultes précautions :

– Tu te lèves ? fit-il en souriant, il faudrait être rentrés avant midi.

Un quart d'heure plus tard, les neuf locataires s'habillaient, déjeunaient et Romuald chuchotait à Olivier, déboussolé par la cordialité de celui que la veille il chamarrait des intentions les plus malavisées :

– Tu t'es gouré, petit moineau, sur toute la ligne.

– Tant mieux, fit l'autre en modulant d'une appogiature rassurée un optimisme en pleine résurrection.

Le soleil était déjà haut perché quand les deux ambassadeurs, harnachés de pied en cap, embarquèrent sur le radeau. Cependant, il avait quelque mal à percer une ouate de brouillard qui embéguinait Gymnésie d'un de ces linceuls qui sont mélancoliques le soir et gais le matin. Après avoir recueilli avec soin les ultimes recommandations d'usage, les missionnaires saluèrent leurs camarades, ce qui donna lieu à un déchirant concert d'adieux, version mélodrame vaudevillesque. Arnold avait troussé une ode et préludait à sa déclamation, mais Loïc lui cloua le bec, le temps que les voyageurs fussent assez éloignés pour ne pas endurer ses strophes. C'était la deuxième fois que son génie était bridé comme trompette bouchée. Le pauvre artiste se drapa dans la majesté de son honneur outragé.

Wilfried et Romuald avaient convenu de ne pas traîner. En deux heures, les deux tiers de la distance étaient avalés, performance appréciable. Le Promontoire franchi sans encombres et sa difficulté d'acrobatie enlevée de haut vol, on avançait sur Gymnode, à moins d'un quart de lieue du raccordement au chemin principal des Froides-Aigues. La fraîcheur et la brume du matin rapidement échevelées par la chaleur, les estafettes observèrent une pause, afin d'alléger le vêtement et de reconquérir quelques forces. Ils désanglèrent leurs sacs, s'affalèrent au pied d'un grand chêne et soufflèrent en s'essuyant le front.

– Quelle équipée ! fit Romuald : Gymnésie ça se mérite...

– Bah, répondit Wilfried, on a la santé.

Il ajouta, en faisant précéder sa phrase d'un reniflement nasillard :

– Mais je t'accorde le droit d'être fatigué, ce matin.

L'art d'émarger de drôlerie un fait équivoque n'est pas l'apanage de n'importe qui. Il lui faut ce liant qui malaxe les ingrédients d'une vraie rigolade. Wilfried était dépourvu de cette finesse. Son allusion avait la pesanteur acerbe d'un reproche mal enrobé. Romuald en éprouva un indéfinissable malaise. Il rétorqua, néanmoins :

– T'inquiète pas, je tiendrai le coup.

– Pas autant que moi, fit Wilfried, et pour cause.

– Quelle cause ?

– Disons que je n'ai pas autant de motifs que toi d'être fatigué…

Romuald aurait aimé faire l'impasse sur la réflexion, mais son vis-à-vis s'était enlaidi d'un rictus dont l'amertume ne reflétait que trop la frustration qui marnait dans cette conscience. Il essaya de surseoir en tournant la chose plaisamment :

– Et alors ? fit-il, une petite courtoisie avec son meilleur copain, je ne vois pas là de quoi faire le signe de croix.

Un soupir affligé amena cette répartie :

– Bien sûr, fit-il, mais c'est pas généreux de ta part.

– Qu'est-ce qui n'est pas généreux ?

L'autre s'affubla d'une contenance particulièrement ridicule, comme un confesseur qui tartinerait une piteuse morale de sacristie :

– Par exemple, dit-il, de se réconcilier avec quelqu'un pour lui infliger ensuite ses amours sous le nez.

– Quoi ? C'est ça qui te défrise ? Cette futilité ? Mais, Wilfried, ces balivernes n'ont aucune importance.

– Pour toi peut-être ; pour moi, elles en ont. L'ennui, c'est que personne n'ose se commettre avec moi... je veux dire, sérieusement, pas comme Arnold, qui s'est foutu de ma gueule.

Là, Romuald jaillit hors de ses gonds :

– Eh là ! dit-il, on récolte ce qu'on a planté, non ?

La riposte avait été instinctive. Trop, peut-être. Or, le style direct sur une âme embarrassée par ses propres paradoxes acquiert la force balistique d'une flèche décochée. Wilfried l'encaissa comme une insulte.

Cependant le vin était tiré, et quoique piquette, Romuald ne répugna pas à en ingurgiter au moins une gorgée :

– Par tous les diables, s'esclaffa-t-il, tu vas trop vite en besogne. Outre que Victor et moi on est amis depuis des lustres, ce qui autorise pas mal de libertés, il me semble que tu t'es d'abord présenté ici sous un éclairage qui faisait un peu d'ombre au nôtre, si je puis dire. A présent, tu en as assez de jouer les sacristains : très bien, je t'en félicite. Mais pourquoi me choisir moi pour témoin exclusif de ta mutation ? Les autres restent sur la touche ?

Comme Wilfried était aphone, ce qui ne lui était que trop coutumier, Romuald enchaîna :

– Remarque bien que tu as toutes les vacances pour carillonner tes nouveaux préceptes. La balle est dans ton camp.

Wilfried se pinça les lèvres et bougonna en ménageant un effet sarcastique :

– Je n'oserai jamais, tout le monde se foutrait de moi.

– Erreur ! C'est pas notre mentalité, et je peux t'assurer que nos copains accueilleront l'inédit avec l'approbation qu'il mérite. Mais au fait, pourquoi avoir attendu si longtemps ? Que craignais-tu ? Un viol collectif ?

Pendant que Romuald s'espaçait ainsi, tout en se domptant à paraître naturel, l'autre n'avait cessé de se rembrunir. Un inquiétant nuage l'empanachait comme des fumées d'un volcan. Le cadet n'en conjectura rien de bon.

Tout à coup, Wilfried débonda un sanglot plaintif :

– Tu sais pas pourquoi je t'ai dit tout çà ? bégaya-t-il d'une voix de crécelle.

– Non, mais je vais le savoir, répondit Romuald.

– Parce que je t'aime.

– Quoi ?

Ce *quoi* ? avait fusé de la gorge de Romuald avec une telle vivacité que Wilfried le reçut comme un verre d'eau en pleine figure. Il enserra ses tempes de ses paumes, un inexprimable frémissement lui balaya l'échine, ses joues s'empourprèrent. Cela aurait ému Romuald s'il n'avait été le foyer d'une telle oppression qu'il balança pendant quelques secondes à larguer là le drôle pour déguerpir en direction de l'étang.

Quelque chose, un excédent de pitié peut-être, le retint. Il ne s'en écria pas moins, en appropriant le pathétique à l'indignation :

– C'est trop fort, quand même ! pendant trois années tu nous as diffamés à qui mieux-mieux, tu es allé jusqu'à fomenter un parti prude contre ceux que tu qualifiais les *tafioles*, je te cite. T'arrêtais pas de jouer la comédie du vertueux et irréprochable petit garçon à sa maman qui a, lui, des goûts corrects, des pulsions correctes, des fantasmes corrects, une queue correcte, en un mot. Les autres et moi on était une pépinière de tantouses, je te cite encore, on ne valait même pas la corde pour nous pendre ; pendant trois longues années tu n'as jamais raté une occasion de clabauder aux quatre vents pour que tout le monde apprenne que dans l'internat il y avait d'un côté les bons élèves bien sages et de l'autre une légion de tapettes qui s'enculaient du matin au soir. Cette campagne de blanche colombe estampillée par ses signataires, le dossier bouclé, tu te pointes aux Froides-Aigues sans y être invité, ce qui dans le genre balourd tient le pompon ; on débat s'il faut te botter le cul ou prouver que la camaraderie a un sens, en passant l'éponge : finalement, on choisit la concorde. Mais il faut tout de même supporter ta lubie du mec qui bande à part. Enfin, soyons sympas, après avoir emmerdé tout le monde avec tes simagrées, après avoir eu avec Arnold le comportement du pauvre tit' n'enfant victime du vilain méchant pédo du coin, tout ça pour une main au calbut, tu te raisonnes enfin que ça n'abuse ni Pierre ni Jacques, ce qui suscite l'initiative d'une réconciliation avec moi. Pour fêter l'événement, on dort côte à côte et on va jusqu'à se réunir pour un boulot de confiance ! Tout ça promettait un bel avenir, et chacun se félicitait de l'éclosion du nouveau Wilfried. Et bien non ! De but en blanc, sans prévenir, tu me fais une déclaration d'amour ! Mon pauvre Wilfried, t'as rien pipé à la nature des relations entre ceux que tu traitais encore avant-hier de tous les noms d'oiseaux invertis : tous, tu entends, tous on a la fibre dédiée à Goton, et si tu as cru un instant que nos parenthèses n'était autre chose que des fariboles, si tu as pu t'imaginer que, peut-être Olivier et Christophe exceptés, on ne peuplait nos rêves que d'éphèbes et de ganymèdes, tu t'es fourré le doigt dans l'œil jusqu'au coude, pour ne pas aller plus loin dans l'itinéraire corporel. Tu veux que je te dise ? Dans un an, chacun sera au bras de sa petite copine, et vogue la galère !

Wilfried, livide, ne s'était pas departi d'une immobilité qui le solidifiait comme un bloc de granit. Romuald continua :

– D'ailleurs, ces petites copines, on les a tous ou presque, et on file avec elles soit le parfait amour soit un amour plus leste, mais en tous cas préférable à nos bagatelles d'adolescents. Je sais, je sais : Christophe et Olivier, c'est peut-être bien plus élaboré. Mais les autres, c'est avant tout de l'amitié, et ça ne sera jamais que ça. La preuve, on n'est pas restrictifs dans nos dévergondages, on admet tout le monde au cénacle et nul n'est jaloux, parce que cette sensualité demeure épidermique. Pourquoi pas ? Ça fait de mal à personne. Encore une fois, elle n'existe qu'à titre provisoire, elle est révocable à tout moment. A présent, assez discuté, on a du taf !

Romuald se leva et s'apprêta à rajuster son sac sur son dos. Wilfried ne bougea pas.

– Qu'est ce tu as ? fit le premier.

– Je t'aime, murmura Wilfried.

Cette fois, Romuald eut peur, viscéralement : l'autre le toisait avec la violence rentrée, sourde et monolithique du terroriste qui a déjà dégoupillé sa grenade. Son faciès rougeaud s'épatait de cet abrutissement propre aux cerveaux bornés qui se sont capitonnés dans une idée fixe. La difformité de ses traits trahissait l'égarement de la passion éconduite. Rien de plus dangereux que ce symptôme, ce sont les premières secousses l'éruption imminente.

Brutalement, Wilfried se jeta aux pieds de Romuald :

– Oh, Romuald, geignit-il avec une intonation suppliante, je t'aime, je t'aime d'un amour dont tu n'as pas idée...

Il se recroquevilla et d'une voix lamentable, ânonna :

– Romuald, tu peux me tirer vers le haut comme me précipiter vers le bas ; je t'en supplie, aide-moi. Par ce sacrifice, tu sauveras un dévoyé, tu épureras mon âme, tu me donneras la force de m'accepter, tu laveras mes taches. Je ne te souillerai pas, Romu, c'est toi qui me hisseras du vice à l'amour et de l'amour à la paix.

En disant cela, il s'était collé à ses jambes et les tenaillait avec une telle force que le pauvre Romuald, déséquilibré, en tomba à la renverse. Il hurla :

– Arrête ! Y en a marre de ces conneries !

Mais Wilfried n'écoutait plus : il s'était rehaussé le long de ses cuisses pour le ceinturer bientôt à brasse-corps. Romuald se débattait en vain contre un adversaire à la carrure de palefrenier qui l'étreignait en couinant des halètements voluptueux. Brusquement, les halètements cessèrent, un formidable rugissement s'y superposa, et tandis qu'une des mains pressait le visage de Romuald contre terre, l'autre se frayait un passage sous le short ; Romuald, emprisonné sous cet amas de chair, n'était plus qu'une bamboche désarticulée. Wilfried se cramponnait à lui comme une ventouse, avec d'écœurantes succions de lèvres et d'odieux trémoussements de son pubis contre le sien.

Un cri aigu jaillit de la gorge du plus jeune : quelque chose, pierre ou pointe ferrée, poignardait son omoplate droite comme une dague. La constriction qu'exerçait Wilfried n'arrangeait rien, la souffrance fut vite insupportable. Quant à ses tentatives de se libérer de cet étau, chacune d'elles l'étouffait davantage.

Alors, il comprit que son unique salut était de simuler reddition. Cette passivité décupla l'ardeur de Wilfried :

– Fais ce que tu veux, siffla Romuald d'un filet de voix presque indistincte, mais tu ne l'emporteras pas en paradis.

Pour toute repartie, Wilfried le garrotta avec une férocité inouïe, les yeux exorbités de cette fureur qui vomit sa haine en imprécations :

– Et alors ? hurla-t-il, qu'est ce que tu veux que çà me foute ? Je t'ai vu hier soir, oui je t'ai vu... Tu t'en es donné à cœur joie avec Victor, pas vrai ? Tu t'es bien régalé, de vos saloperies ? Pendant ce temps, je me morfondais, je pleurais de rage. Oui, de rage ! Parce que j'avais cru que ça y était, que tu voulais de moi ; alors quand je suis revenu dormir le soir où Arnold m'a peloté devant les autres, quand tu m'as fait de la place auprès de toi, j'ai pensé que tu étais un type bien et que grâce à toi j'allais recevoir moi aussi ma part de joie dans ce monde, est-ce que je n'y ai pas droit à la fin ? C'est pour ça que je me suis rapproché de toi ; c'est pour ça que je me suis branlé, tu l'as entendu ? Hein, que tu m'as entendu me branler ! Ça t'a pas donné envie de te branler avec moi ? Et puis hier soir, rebelote, je vous ai surpris tous les deux à vous tripoter, ça m'a fait un effet de volcan. J'étais si hors de moi que j'ai avancé ma main vers ton cul, mais je n'ai pas osé aller plus loin, je l'ai retirée. Tu entends ? Je n'ai pas osé ! Comme s'il y avait des gants à prendre avec les petites putes de ton espèce qui se font enfiler par tout le monde et qui débagoulent leur philosophie de sainte Nitouche quand on leur dit qu'on les aime. Ah, tu veux pas de moi ? Et bien, c'est ce qu'on va voir, ma salope, tu vas jouir, je te le promets, je vais te défoncer le fion comme hier Victor te l'a défoncé, tu vas t'en souvenir, du Wilfried, toute ta vie, de gré ou de force !

Tandis qu'il aboyait ainsi, il avait dépouillé précipitamment short et slip et fourrait son sexe tendu dans l'entrecuisses de Romuald. Celui-ci feignit consentement. Soudain, alors que Wilfried salivait de luxure, Romuald desserra ses jambes et imprima à ses reins une torsion en arrière qui le fit rouler tête-bêche sur le sentier. Avec une promptitude de gazelle, il s'affermit sur ses jarrets et leur imprima une décarade de sprinter.

Une violente douleur brisa net sa course : la lésion qui lui avait meurtri l'omoplate lui bloqua la respiration ; sa vue se brouilla, il s'affala sur ses genoux.

Un pas de charge gronda derrière lui. Mais Romuald était exténué, il n'eut pas la force de faire volte-face : ses pupilles se révulsèrent, sa bouche s'ouvrit démesurément, une écume visqueuse qui avait le goût du sang la lui remplit, il lui sembla que son crâne volait en éclats.

Début d'un cauchemar

Il était quatre heures de l'après-midi, les garçons séchaient d'impatience. Ils avaient calculé le délai moyen imparti à l'estafette selon une équation toute simple : trois heures pour boucler l'itinéraire de Gymnésie aux Froides-Aigues, une heure pour serrer les vivres et déjeuner, enfin trois heures pour le retour. En comptant large, c'est à dire en ajoutant une heure supplémentaire, les deux missionnés auraient déjà dû depuis belle lurette montrer le bout de leurs museaux.

Ce qui est insupportable dans une telle situation, c'est l'attente. L'attente est toujours impuissante, et c'est ce qui la rend si pénible. Qu'est-ce qui exacerbe plus les nerfs qu'un événement qui s'éternise et sur lequel on n'a aucune prise ? L'expression *tourner en bourrique* illustre à merveille le sang noir que l'on se fait pour quelqu'un qui n'arrive pas, les conjectures flottantes où l'on perd pied, les hypothèses mille fois ressassées et la séquelle des présomptions qui gravitent autour de ce leitmotiv à la fois banal et terrible : *qu'est-ce qui se passe ?* Les heures s'écoulent, l'anxiété s'accroît, effet de boule de neige, on se dit qu'un accident est possible, puis qu'il n'est plus possible mais probable, enfin qu'il a eu lieu, c'est sûr. Le pire, c'est que ces spéculations se croisent avec quelques propos censés rassurants mais qui ne font que redoubler les appréhensions.

Six heures, toujours pas de Wilfried et de Romuald. Olivier, qui bouillait comme marmite sous le feu, sonna le branle-bas :

– Faut se bouger, dit-il, il y a sûrement eu un pépin…

Au catalogue de ces pépins, deux avaient la plus grosse cote, l'accident, c'est à dire la blessure, ou bien l'erreur de parcours. Olivier admit l'une et rejeta l'autre :

– Des sentiers, dit-il, il n'y en a pas trente-six : c'est tout droit, puis à gauche.

Son tempérament offensif aidant, il rua dans les brancards :

– J'y vais, dit-il, mais je n'y vais pas seul, il me faut au moins deux d'entre vous avec moi.

Evidemment, tout le monde voulut en être. Olivier élut Christophe et Victor, le premier parce que son endurance et sa force physique avaient fait leurs preuves, et il était primordial de compter là-dessus pour transporter un éventuel éclopé, le second parce qu'étant l'ami de toujours de Romuald, battre la semelle à Gymnésie lui était tout simplement intolérable.

Jusqu'au Promontoire, tout alla bien. Le Promontoire enjambé, courte halte avant d'attaquer l'arête de la grande côte de Gymnode jusqu'à son croisement du chemin maître des Froides-Aigues.

– Bah ! plaisanta laborieusement Christophe, je vous parie qu'ils sont en train de prendre leurs aises. Tenez, voici ma version : ils ont d'abord rempli les sacs, puis, sur le retour, comme il fait chaud, ils se sont offerts une escapade à l'étang des sources, histoire de se rafraîchir. Après quoi ils ont fait les internes et se sont endormis à l'ombre de leur béatitude toute neuve. D'ailleurs, on s'en serait douté : le Wilfried vient juste de tourner casaque, et je parie qu'il l'a tournée jusqu'au bout, poussé à la roue par ce sybarite de Romuald.

Cette locution, *faire les internes*, égaya certes un peu les visages soucieux, mais sans solution de continuité.

– Allons, dit Olivier, faut rien dramatiser : l'obstacle majeur, c'était le Promontoire ; ils ne s'y sont pas cassé les jambes, donc ils sont sains et saufs.

Tout à coup, il s'arrêta net, se frappa le front, et déclara, avec cette soudaineté de l'écolier qui vient de résoudre un problème arithmétique :

– Stupide que je suis ! Je le tiens, le motif du retard ! Figurez-vous que j'ai complétement oublié de leur indiquer comment on accède à la réserve des vivres.

– Bah, mince alors... fit Victor.

L'accent avec lequel Victor avait prononcé *bah mince alors*, était inexprimable : c'était la crue de gratitude et de soulagement de l'assoiffé à qui on tend une outre.

– C'est ce qu'on appelle une belle bourde, dit Christophe.

– Tu peux le dire ! Quel imbécile... Les pauvres, ils doivent chercher partout la clef du gros cadenas, ou bien tordre toute la collection de fourchettes de la cuisine pour essayer de l'ouvrir.

– Raison de plus pour qu'on fouette cocher, dit Victor.

Les trois garçons débridèrent cadence, persuadés du bien-fondé d'une supputation somme toute logique. Comme c'est toujours le cas quand on s'est fait grand'peur, la tension relâchée congestionna une écume de bonne humeur qui s'ingéniait tant bien que mal à rétablir l'équilibre en contrebalançant l'inquiétude précédente. Victor, particulièrement, se reprochait d'avoir conçu des craintes superflues et improvisait l'éloge de son camarade :

– Ce Romuald, disait-il, quel garnement ! Jamais sérieux ; il prend tout par-dessus la guibole. On lui cause, il t'écoute, du moins il a l'air de t'écouter, en réalité il est à cent lieues de là, perdu dans ses rêveries. Tu peux toujours t'escrimer à lui enseigner la misère du monde, il voit tout de son œil insouciant. Après tout, c'est peut-être sa philosophie à lui qui est la bonne. Moi j'incendie, lui il réchauffe. Pour lui, il y aura forcément un temps où tout ne sera que plaisir, joie, exubérance et jeux de pistes à travers la forêt, où la terre sera peuplée de copains avec qui on rira du matin au soir et de gourgandines avec qui on gloussera du soir au matin. Car ce fieffé bougre a une narine pour respirer les parfums de Cythère, ne vous y trompez pas ; son poil et sa plume font bon ménage. Sacré Romuald !

En ce moment, une voix se superposa à celle de Victor, autant qu'une interjection peut couvrir un dithyrambe :

– Qu'est ce que c'est que çà ?

Christophe désignait quelque chose sur le sol et s'était accroupi pour l'examiner de plus près. Les deux autres firent cercle autour de lui et considérèrent ce qui monopolisait son attention. C'était un petit morceau de tissu déchiré de la même couleur orange que celle du maillot de Romuald. Sur cette étoffe, pas plus grande que la moitié d'un mouchoir, quatre ou cinq taches rouges dessinaient un pointillé.

– Mais c'est du sang…, balbutia Olivier.

Une pâleur de lividité marbra les joues de Victor.

– Qu'est ce qui s'est passé ici ? reprit Olivier, non moins cadavérique que son camarade.

– Eh là !... intervint Christophe avec énergie, pas d'affolement, il n'est pas rare de se taillader les mollets dans une forêt, par conséquent de pisser de l'hémoglobine ; je vous trouve bien défaitistes, tout d'un coup ! Et toi, Olivier, tu oublies un peu vite qu'à Gymnésie tu as passé une heure par jour à panser nos sanguinolents bobos, et personne n'a demandé l'extrême onction.

Et pour étayer cette explication, il exhiba ses propres cuisses éraflées et plus saignantes qu'un roast-beef fraîchement débité.

– Ouais ! fit Victor, il n'empêche, j'ai un sale pressentiment.

– On repart, dit Olivier, il faut en avoir le cœur net, et le plus tôt sera le mieux.

Une heure plus tard, ils bifurquaient à gauche sur la piste des Froides-Aigues, déboulaient les deux derniers kilomètres au pas de course dans et parvenaient à la maison, hors d'haleine.

Une mauvaise surprise les y attendait.

Suite du cauchemar

La mauvaise surprise, c'était ceci : pas âme qui vive ni à l'extérieur de la maison, ni à l'intérieur.

Victor, Christophe et Olivier épluchèrent les Brosses, les Trois-Chênes, l'Etang des Sources, dégringolèrent jusque dans la rivière au risque de se rompre les os, passèrent le Grand-Bois au crible, multiplièrent les courses et les contre-courses, tout cela sans cesser d'appeler à gorge déployée. En vain. Wilfried et Romuald s'étaient volatilisés. Comme il n'existait aucun autre itinéraire pour rallier Gymnésie, le mystère était complet.

Quand le gros jeu a échoué, on polit son ouvrage d'un rabot plus minutieux. La méthode se révéla immédiatement efficace, car deux facteurs nouveaux fournirent un filet d'eau à leur moulin : d'abord, la porte cochère entrebâillait : donc elle avait été ouverte, mais non refermée. Ensuite, à la cuisine, on s'était versé du café : des empreintes fraîches maculaient la table et le sol. L'ennui, c'était que ni Wilfried ni Romuald ne buvaient de café. Libre de supposer, à la rigueur, qu'à défaut d'avoir déniché le chocolat, leur boisson favorite, ils avaient fait exception à leur règle, mais la présomption ne se soutint que le temps de vérifier que le chocolat était parfaitement accessible dans un des placards.

– Quelqu'un s'est invité dans ma chartreuse, dit Olivier, et ce n'est ni Wilfried ni Romuald. Je ne dis pas qu'ils n'étaient pas présents, mais il est certain qu'il y avait un ou plusieurs tiers.

– Qui donc ? fit Victor, machinalement.

– Va savoir… Ces visiteurs sont entrés par l'accès principal, accompagnés de Wilfried ou de Romuald, ou des deux ensemble, puisque eux seuls savaient où j'avais dissimulé la clef.

– Mais, Olivier, je croyais que tu avais oublié de leur dire…

– Je parlais de la clef de la cambuse, non de celle de la maison : tout le monde m'a vu la planquer sous la Feuillée quand on est partis il y a huit jours…

– Par conséquent, on est sûr qu'ils sont bien arrivés jusqu'ici.

– C'est incontestable : des inconnus les y attendaient, ou se sont pointés par la suite. Ces inconnus ont bu du café. Pas de traces de bagarre ni de violence. Rien n'ayant été volé, je conclus qu'ils avaient d'autres projets. Lesquels ? C'est toute la question.

Il ajouta, dubitatif :

– Tout ça pue le coup monté.

Olivier était, nous l'avons dit, l'homme des décisions téméraires. Au désespoir de flairer une piste valable, il opta pour les grandes manœuvres :

– Christophe, dit-il, tu as assez de tripes pour retourner à Gymnésie ? Il va faire nuit dans deux heures, tu pourrais ne plus rien y voir. Mais il est important d'informer les autres.

Christophe n'hésita pas :

– J'y vais, dit-il.

– Attention, c'est risqué ; personne pour te secourir en cas d'incident. Il est neuf heures, il en faut deux pour atteindre le Promontoire ; et le franchir de nuit, c'est pas du gâteau.

– T'inquiète, j'ai des mœurs de trappeur…

– Dis leur de lever les tentes au chant du coq et de se magner ; pendant ce temps, Victor et moi on ratisse large.

Une minute plus tard, son sac garni de quelques provisions de bouche et de beaucoup d'eau, Christophe décarrait à petites foulées. Olivier et Victor réitérèrent aussitôt leurs investigations, mais sur nouveau chantier, c'est-à-dire en menuisant une stratégie rationnelle : Olivier tâcha de collecter les plus moindres indices de l'exploration systématique et méticuleuse des pièces de la maison. Victor procéda aux mêmes examens dehors. Il battit l'estrade jusqu'à la Roche Tarpéienne. Quand il fut de retour, Olivier l'interpella :

– J'ai découvert quelque chose, dit-il.

Si Victor avait caressé quelque espérance de cette actualité, la physionomie de son camarade émoussa incontinent toute velléité d'optimisme :

– Vas-y, fit-il, je m'attends à tout.

– Figure-toi, reprit Olivier, que le vélomoteur de Wilfried n'est plus là. Ça explique l'entrebâillement de la porte cochère.

– On aurait dû commencer par là : et celui de Romuald ?

– Il n'a pas bougé.

Victor accusa le choc, apparemment impassible. Soudain, il se mordit les lèvres, baissa la tête et s'accroupit lentement sur ses jarrets. Victor craquait, comme on dit ; il sanglota avec cette retenue qui refuse d'abdiquer la dignité, en endiguant le plus abondant des larmes.

Olivier était transi d'émotion. Son camarade, c'était Achille se désolant de la mort de Patrocle. La gorge nouée, il entoura d'un bras l'épaule du pauvre garçon et mêla silencieusement sa peine à la sienne. Victor se laissa faire.

Ils demeurèrent ainsi de longues minutes, imbibés de toutes sortes de songes funestes et ajustant de folles conjectures à une réalité de plus en plus tragique. Enfin, Olivier murmura :

– Viens, il ne faut pas rester ici, il fait nuit, la fraîcheur est traîtresse à cette altitude, tu vas attraper du mal et on a besoin de toutes nos ressources. La quête n'est pas finie. On prend une bonne douche, demain on sera en nombre, je connais le coin comme ma poche, pas un pouce au carré ne nous échappera.

Victor acquiesça sans piper mot, mais avec un geste de désenchantement. L'eau leur fit le plus grand bien. Au milieu de ces pénibles ablutions, ils se dévisageaient avec une incrédulité qui s'opiniâtrait à nier les à-pic de l'évidence. L'évidence, c'était qu'en quelques heures leur zénith avait basculé sur son axe et montrait l'envers hideux du décor. La toilette achevée, ils se forcèrent à dîner. Entre deux bouchées, Victor, glissant de l'accablement au fatalisme qui examine le bilan des dégâts comme les ruines d'une maison incendiée, proféra d'une voix désabusée :

– Si je te disais que le Wilfried m'a toujours débecté, tu me répondrais que c'est prophétiser après l'événement.

– Je ne te répondrais rien du tout, sinon en prophétisant moi-même à rebours : j'aurais dû foutre ce type dehors dès le premier jour.

Il se mitigea aussitôt :

– Pour peu qu'on n'incrimine pas un innocent, bien sûr...

– Eh oui ! souffla Victor, c'est bien le pire, incriminer quelqu'un à tort. Mais bon sang, il s'est bien barré avec sa bécane, le Wilfried ! S'il n'avait rien à se reprocher, il aurait griffonné un mot, quelque chose ; d'accord, d'accord, il n'est pas finaud, mais à ce point !

– On en saura plus dans quelques heures. Et puis, si entre temps il ne se passe rien de neuf, on prévient les gendarmes. Ils retrouveront Wilfried, et il faudra bien qu'il crache le morceau.

Victor, harassé de fatigue, le front sur ses genoux, sombrait dans cette prostration muette et pensive qui scrute les entrailles de l'enfer.

– Allons au salon, dit Olivier, il y a un grand canapé, ce sera plus confortable qu'ici.

La lassitude, l'émotion, les avaient brisés. Quelques minutes plus tard, un sommeil de plomb terrassait Victor.

Victor seulement.

Olivier, pour lui, était l'épicentre d'une stupeur qui s'accroissait d'autant plus que ce qu'elle récapitulait acquérait d'effrayantes proportions. Un éclair l'aveuglait avec la puissance d'une révélation, et cet éclair lui brûlait littéralement la rétine.

Sa mémoire impitoyable lui retraçait, à travers les négligences que nous commettons tous par étourderie ou par indifférence, un fait qui remontait à une semaine de là, presque anodin alors, aujourd'hui brillant d'un éclat sinistre. C'était le jour de l'arrivée chez lui de ses camarades, précédés de Wilfried. Or, si les heptètes lui avaient commenté en long et en large leurs difficultés à se véhiculer sur le bon rail pour rallier les Froides-Aigues, en dépit du plan précis que leur avait procuré leur hôte, jamais l'autre n'avait fait la plus légère allusion à cet écheveau topographique. C'est donc qu'il avait eu en main de quoi vaincre un obstacle qui n'en était pas un pour lui. A quelle source devait-il ce renseignement ? Qui, parmi ses connaissances, possédait une carte rigoureusement exacte d'un itinéraire ramifié en un réseau aussi anarchique de fausses pistes ? Le voile opaque derrière lequel se recroquevillait cette énigme dissimulait de terrifiantes arrière-scènes. Conjointement avec cette rétrospective, il songeait aux mises en garde réitérées de Romuald envers Wilfried, à leur antagonisme rabiboché à la hâte, à l'attitude de ce dernier, si imbue de cette contention à laquelle on s'astreint pour travestir ses authentiques desseins, et au revirement final du plus jeune entérinant une réconciliation dont jamais l'autre, c'était irréfragable à présent, n'avait fait son capital.

Olivier ne s'endormit pas, il somnola. La somnolence, c'est la claudication du sommeil.

Le jour pointait quand une trépidation pareille à une cavalcade de bisons les fit sursauter.

Ils avisèrent leurs camarades en foule qui déposaient leurs sacs dans le vestibule et pénétraient un à un au salon. Tous avaient la mine défaite et les trais tirés. Olivier consulta une pendule au mur ; la pendule indiquait sept heures.

– Vous n’avez pas traîné ! bredouilla-t-il d'une voix pâteuse.

En quelques mots, il les instruisit de ce que nous savons, et que les survenants avaient incomplètement recueilli du rapport de Christophe. Tandis qu'il parlait, les visages s'imprégnaient d'un désappointement qui sondait de calamiteuses perspectives. Le désenchantement culmina avec l'épisode du vélomoteur.

– Je ne vois rien d'autre à faire, dit Arnold, que d'appeler les flics. Ils harponneront le Wilfried et puisqu'il n'est ni fils de ministre ni membre du parti, ça va, on a une chance…

– Tu as raison, je vais les appeler par radio.

Deux heures plus tard, deux brigadiers de la gendarmerie de S..., inconnus d'Olivier, surgissaient en trombe, extrêmement agacés par les faux-fuyants d'un parcours hérissé d'innombrables chausse-trapes qui les avaient fourvoyés à cinq ou six reprises, et ceci malgré les spécifications rigoureuses du locataire. Olivier en eut des sueurs glacées : car si ces gens-là avaient dû affronter le labyrinthe, l'éventualité d'une concertation exclusive entre Wilfried et ses commanditaires s'accréditait d'elle-même. Pourquoi ce dernier détenait-il cette information à titre de confidentialité, et non les gendarmes ? Pourquoi ce passe-droit à lui, et à lui seul ? Quelle mission clandestine fondait ce privilège ?

Sur les déclarations des garçons, consultés séparément, s'ébauchèrent les premiers éléments d'une enquête. Bientôt, les deux brigadiers furent rejoints par une demi-douzaine de leurs collègues, dont un officier. On contacta les parents de Romuald et ceux de Wilfried. La matinée puis l'après-midi s'écoulèrent dans une morne ambiance de paperasses remuées à grandes gesticulations et de protocoles administratifs mal emmanchés.

Ces bizarreries auraient peut-être escroqué Olivier s'il n'y avait appliqué un microscope particulièrement aiguisé, son acuité. D'abord, redisons-le, pas un des gendarmes ne lui était familier. Or, on ne renouvelle pas comme cela l'effectif de toute une brigade, c'est une responsabilité qui incombe au ministère. Quelles manigances politiques entre Hound et le gouvernement, et par quelle médiation et à quelles fins, avaient été complotées pour effectuer des mutations aussi radicales dans un temps aussi court ? Ensuite, ces gendarmes tout neufs, justement : rien ne filtrait de leurs dispositions censées ressaisir rapidement Wilfried. Chaque fois que quelqu'un insistait sur la nécessité de confondre ce témoin capital, on lui répondait par un baragouin de digressions soigneusement empaquetées dans une rhétorique qu'on aurait dit fabriquée d'avance, comme si ce prénom, Wilfried, était frappé de motus. Olivier, de plus en plus dubitatif, alla droit au chef, un capitaine, et lui mentionna rondement le peu de pertinence qu'il y avait à éluder la proie et à s'attacher à l'ombre. L'autre l'envoya balader avec une agressivité sèche et obtuse. Ce fut au cours de ces échanges peu cordiaux qu'il estima à son aune le ressentiment dont il était la cible : il n'avait que trop fait retentir sa gloire dans le canton ; il avait sur les bras, nous employons ici l'expression même de l'officier, une histoire de meurtre et un scandale public. On en avait assez de l'ébullition qui consumait S... à cause d'un réprouvé, autre citation. C'est pourquoi on ne fut pas tendre avec lui : quand ce fut à son tour de s'asseoir sur la sellette, il fut acculé à une façon d'ultimatum qui vomissait des réquisitoires de tribunal de guerre :

– Si vos camarades n'avaient témoigné en votre faveur à l'unanimité, monsieur Lorenz, lui dit le capitaine, vous seriez déjà derrière les barreaux.

Olivier ne répliqua pas. Mais cette hostilité de la maréchaussée à son égard le fit frémir. Il entrevit soudain, en exergue des récriminations qu'on lui jetait à la face, une machinerie de théâtre dans les coulisses de laquelle se tramaient bien de sordides tripotages. Car enfin, deux ados qui s'éclipsent, il n'y avait rien là que de très banal et surtout pas de quoi mobiliser autant de manches galonnées que de surcroît on privait de l'indispensable boussole dont un autre, Wilfried, avait été pourvu. Et puis, la péripétie se circonscrivait à une petite société de neuf garçons en villégiature et l'on était à peu près convaincu qu'elle ne se compliquait pas de rapt avec rançon à l'appui, ou de quelque autre manège à faire les choux gras des médias. C'était surtout le contraste entre la simplicité de l'incident et le remue-ménage des autorités qui l'intriguait. Outre leur nombre, disproportionné, trop d'esquives pimentées par une surabondance de réactions dirigées uniquement contre un seul, lui Olivier, tout cela empestait le scénario mal ficelé. Lorsque les argousins s'en allèrent, ils n'avaient rien crayonné qu'un rapport à la diable expédié en quelques alinéas. Seulement, pour apposer tampons et signatures à ce procès-verbal, il avait fallu six heures.

Un terrible pressentiment oppressait le garçon.

En marge de la sécheresse comminatoire dont on s'était bardé à son encontre, il n'en démordait pas, la démarche exhalait un fort remugle de magouille. Comment ! La volatilisation de deux personnes se résolvait pour tout épilogue par un gribouillage sur un formulaire ! On affectait d'abord des recherches empressées, mais en s'arrangeant pour réduire l'opération à un projet purement théorique ; on tambourinait dix fois les mêmes questions, on dilapidait un temps précieux à s'appesantir sur des anecdotes secondaires et l'on oblitérait les points essentiels, comme l'enlèvement d'un des deux vélomoteurs ; enfin, lorsque Olivier soulignait ces incohérences, il se faisait rabrouer. De toutes les aberrations qui suintaient de l'attitude des gendarmes, cette animosité dilatoire n'était pas ce qui le chiffonnait le moins. Avec le recul qui rassemblait les fragments du puzzle déjà ébauché la veille, ses suspicions sur Wilfried ne faisaient que se confirmer ; celui-ci s'était trop ostensiblement réjoui d'accompagner Romuald, et surtout de l'accompagner ce mercredi 3 août, et non un autre jour ; sa spontanéité à décrocher le pompon, trop convulsive pour ne pas trahir la bonne aubaine, exhumait tout un système radiculaire de soubassements où se tissaient depuis le début des accointances occultes. Avec cela, son insolence à s'impatroniser aux Froides-Aigues, fallait-il encore n'y voir que le caprice d'un importun ? Ignorait-il ce qu'il risquait en violentant l'agrément de camarades dont la sympathie ne lui avait jamais été acquise ? Qu'est-ce qui l'avait incité à braver un désaveu couru d'avance ?

Cette triste journée n'aurait pas été complète sans le bouquet final qui lui assena le coup de grâce : ce fut Loïc qui rendit le verdict :

– Les vacances sont finies, dit-il.

Il ajouta, entre cuir et chair :

– Et bien finies...

– Autant rejoindre nos pénates, enchaîna Arnold.

Malheureusement, l'avis passa tout d'une voix. Loïc, les jumeaux, Arnold, annoncèrent leur départ. Pour Victor, après avoir balancé, il rallia le même étendard. Consolation, Christophe. De tous les heptètes, il fut l'unique soldat qui refusa de capituler :

– Je n'abandonne pas mon meilleur pote dans la mouise, dit-il.

Disons-le, il transpirait de cette défection une odeur rance de lâchage. Certes, le cœur n'y était plus, mais Olivier ne put s'empêcher de songer que de vrais amis auraient fait corps face à l'adversité en se serrant les coudes. Au lieu de cela, la grande loi sauve qui peut éteignait toute solidarité, et lui, Olivier, sur qui pesait une responsabilité morale écrasante, en dévorait seul les affres, avant peut-être d'avoir à en essuyer les séquelles.

De vagues promesses de se revoir dans des temps meilleurs n'ôtèrent rien au sentiment de désertion et à l'amertume qui endeuillaient l'âme du garçon. Quand tous eurent été avalés par le premier coude du sentier, quand les voix joyeuses qui avaient résonné pendant une semaine ne furent plus que l'écho lointain d'un passé révolu, Olivier, comprima la grosse boule qui lui obstruait la gorge. Le crépuscule qui étamait l'horizon s'amalgama à lui.

Une main lui étreignit l'épaule :

– Viens, on rentre, dit Christophe ; tout ça est pitoyable.

Ce soir-là, ils se couchèrent tôt, mais ce repos factice fut tout sauf un repos : c'est quand on a le plus besoin de s'abstraire des dures vicissitudes de l'existence que cet auxiliaire vous fait faux bond.

Dans la solitude de la grande chartreuse vide où ils buvaient jusqu'à la lie l'obsédant flux et reflux des souvenirs, Gymnésie se profilait à travers une de ces vapeurs troubles dont on ne démêle plus très bien si elles ont été réelles. Hier, pourtant, on riait, on chantait, il y avait du mirage dans l'évocation de neuf êtres batifolant sur un radeau, jouant à l'envahisseur, effeuillant un à un les pétales de cette joie de vivre qui est le trésor inaliénable de la jeunesse. Tout cela était englouti comme après un séisme, sous l'épaisseur d'un amas de décombres. Ce paradis où l'on avait mordu à pleines dents avec trop de gourmandise exigeait remboursement du trop perçu. Hélas, la grand'voile de la fraternité se déchirant au premier vent contraire n'attestait-elle pas l'omnipotence de la versatilité humaine ? Quelle folie que de bâtir des édifices d'idéal, de beauté et de lendemains idylliques, quand tout nous prêche qu'ils ne le seront jamais que sur du sable !

Pendant une dizaine de jours, les convocations policières ranimèrent le tison de la chicane, avec ce détestable parallélisme qui ramenait Olivier à l'époque des Bordiers. Lui qui s'était fait un ferme propos de rompre tout contact avec S… il dut s'y rendre une demi-douzaine de fois pour complément d'information. Nonobstant, il apprit de ces voyages que non seulement Romuald était toujours en cavale, mais que Wilfried s'était pareillement évanoui dans la nature. De là à avaliser le postulat d'une double fugue, il n'y avait que l'affirmation péremptoire d'une autorité ratifiant sans plus d'expertise la plus insensée des invraisemblances.

Le jeune homme n'adhéra évidemment pas une seconde à cette thèse, validée par le capitaine avec toute l'assurance d'un dossier bouclé. Lors de son dernier interrogatoire, comme ce dernier lui certifiait l'infaillibilité des conclusions officielles, Olivier ne se gêna pas pour lui dégorger son opinion :

– Si j'étais inspecteur de police, monsieur, dit-il, je me barderais d'un peu plus de perspicacité que vous ne faites. Par exemple, je me demanderais par quelle fantaisie deux garçons qui ne s'aiment pas, qui ne se sont jamais aimés, auraient réglé comme ça qu'ils enfourcheraient amoureusement un seul vélomoteur ; deux ennemis irréductibles associés comme par magie sur une même selle, il n'y aurait pas là-dedans comme un… paradoxe ?

Le capitaine lui maugréa que s'il se présumait plus malin que tout le monde, il n'avait qu'à faire l'école de police ; ce à quoi Olivier riposta, avec cette superbe aristocratique qui subjuguait tant son entourage :

– Donnez-moi les pleins pouvoirs dans cette aventure comme dans pas mal d'autres où Hound et sa racaille de fachos trempent depuis des années, et la moitié des habitants de cette commune couche ce soir même sur la paille de vos cachots républicains…

Ayant proféré cela, il tira sa révérence. Du reste, l'affaire fut classée.

Le père et la mère de Romuald assignèrent rendez-vous à Olivier aux Froides-Aigues. Romuald était leur fils unique et sa disparition les plongeait dans un abîme de désespoir. Olivier leur narra que ce qu'il savait, c'est à dire peu de choses. Il éluda les soupçons que lui inspiraient les méthodes de la gendarmerie, n'ayant aucune envie d'outrer la peine de ces pauvres gens. Il n'en recueillit pas moins de leur bouche que les parents de Wilfried se cloîtraient farouchement chez eux, prétextant que la douleur les contraignait à cette réclusion. Monsieur et madame T… s'en allèrent, effondrés, en emportant le vélomoteur.

Dans l'intervalle, Christophe avait lui aussi décampé. Le dernier étançon d'Olivier se disloqua avec celui qui avait été, sept années durant, son alter ego sur cette terre. En dépit de sa déception, il n'était que médiocrement étonné : l'épopée de Wilfried et de Romuald avait fait le tour du canton et pénétré à Recusset, le petit village où habitait Christophe. Soudée aux événements du printemps, c'était la goutte de trop. Il flottait au-dessus des Froides-Aigues un nuage de sédition délétère, et sous un régime despotique, le séditieux est le pestiféré par excellence. Son haleine offusque les narines de cette classe d'individus qui chargent si aisément du fardeau des infortunes les êtres dont le tort est d'y avoir été entraînés malgré eux.

Olivier n'avait pourtant pas épuisé la veine noire de son désastre. On croit avoir touché le fond : erreur, il y a encore une sape. Les enseignements explicites que la providence écrit à l'homme se révèlent toujours quand il ne s'y attend pas.

Un matin, alors qu'il se débarbouillait à la salle de bains du premier étage, il ouvrit l'un des tiroirs du meuble sanitaire où logeaient de petits ciseaux à couper les ongles. Tout de suite, il eut cette impression que nous avons tous peu ou prou lorsqu'un objet fait défaut dans un endroit où il a toujours été. Olivier fronça les sourcils, fourgonna dans le tiroir et soudain, dubitatif, articula *mezza voce* :

– Où est-elle ?

Ce que traduisait ce laconisme sibyllin se reliait à la visite de Clarisse au mois de juin. Celle-ci avait oublié une épingle à cheveux qu'elle utilisait autant par élégance que par commodité. Or, plus d'épingle. Jamais Olivier ne l'avait distraite du tiroir ; c'était pour lui la seule relique qu'il conservait d'une fille dont, ne le cachons pas, il n'était pas bien sûr de n'être pas un peu amoureux.

Qui avait subtilisé l'épingle ?

Qui ? Il n'y avait qu'un individu, et pas un autre, pour perpétrer un aussi misérable larcin. Olivier respira à fond et ne dompta qu'à demi le déferlement de dégoût qui le submergeait. Il éructa :

– Le salopard !

Il délibéra avec lui-même et, brusquement vociféra :

– J'ai tout pigé, tout concorde, tout se recoupe : il était là pour ça. Il lui fallait la preuve ! Et pourquoi ? Ben, c'est clair, pour la fournir à…

Il n'alla pas plus loin. Il visita les autres tiroirs, genre de réflexe qui persiste même quand l'irréfutable vous démontre l'inanité de vos gesticulations. Quand enfin la vérité eut balayé tout équivoque, il s'affala sur le canapé du salon et reconstitua pièce à pièce l'échafaudage démoniaque qui élucidait de A à Z le rôle de Wilfried au sein des heptètes :

– Dieu sait ce qui va se passer, dit-il, maintenant qu'on sait que Clarisse est venue ici la veille de se barrer de S… ! C'était donc pour étayer une hypothèse qu'il s'est invité. Si ça se trouve, il a raconté des tas de conneries sur moi à Romuald, et Romuald l'a cru. D'où sa fuite. Fuite, oui, mais où ? Avec lui ? Impossible. Alors, quoi ? Qu'en a-t-il fait ? Qu'est-ce qui s'est passé entre eux ? Où est Romuald ? Pas aux Froides-Aigues, en tous cas…

Il se trompait. En partie seulement, mais il se trompait. Comment Olivier aurait-il imaginé qu'il était aux antipodes d'un déroulement de contingences dont rien, pas le moindre indice, n'offrait de fil conducteur ?

En cet été maussade, il dressa un constat irrévocable, que le chapitre de son adolescence était clos. Sans son caractère foncièrement pugnace, il est probable qu'il se serait enseveli dans ce marais stagnant qu'on appelle déprime. Il eut la vaillance de regimber. Seulement, il arrêta une décision irrémissible, celle de vendre la propriété, de quitter des lieux peuplés de trop de simulacres et de faire ses adieux à des horizons que les hommes avaient souillés de leur bassesse et de leur méchanceté, comme pour le punir, lui Olivier, d'avoir nourri l'illusion d'y vivre heureux.

Songes d'automne

Vers la fin du mois d'octobre de cette même année, une silhouette vêtue d'un jogging gris à liserés rouges, coiffée d'un bonnet de laine beige, arpentait le sentier des Froides-Aigues en traînant derrière elle une carriole à deux roues couverte d'une bâche.

C'était Olivier.

Le garçon allait lentement, la carriole étant chargée à ras bord. Son visage avait la rougeur sanguine propre aux efforts de longue haleine. Tout en lui dégageait cette puissance naturelle, cette harmonie et cet équilibre qui coulent de source. Apparence trompeuse : on croit que c'est facile, que c'est à la portée du premier venu. Essayez donc d'en faire autant.

Qu'est-ce qui motivait un si insolite équipage ? D'abord, le goût du jeune homme pour l'activité physique : marcher de longues heures en tractant un fardeau, c'était là un plaisir. Suer, ahaner, solliciter ses muscles et sa volonté, Olivier aimait par-dessus tout ces gageures qu'il relevait avec un enthousiasme lacédémonien. La seconde raison dérivait des circonstances : depuis quatre mois, il vivait reclus, à l'écart de tous et de tout. S... lui ayant signifié son bannissement – ce qui, nous le savons, le chagrinait peu – il allait à R... pour ses emplettes, distant de plus de trente kilomètres. Un service de transport assurait la liaison entre cette ville et le chef-lieu du canton, M..., étape obligée. L'autocar s'arrêtait sur une route départementale à laquelle on accédait une demi-lieue après le débouché du chemin des Froides-Aigues. La carriole, pliable, était peu encombrante et acceptait la galerie intérieure du véhicule. Pour le retour, moyennant un supplément de prix, le chauffeur acceptait de la serrer avec sa cargaison dans la soute à bagages.

Qu'Olivier se fût abstrait du monde, ce n'est pas là une nouveauté.

A compter du jour où Christophe l'avait laissé choir, personne ne s'était plus présenté aux Froides-Aigues. Personne, cela veut dire ni Christophe ni aucun de ses anciens camarades. Abandon complet et, chose triste, probablement irrémédiable. Olivier ayant fait transférer son courrier de S... à une boîte postale de M..., il n'avait pas même reçu un mot. L'absence de ceux que vous aimez est une épreuve, leur silence est un gouffre.

Comment s'expliquent ces palinodies ? Elles ne s'expliquent pas. La seule réponse à la rigueur se résume en deux mots : parce que. *Parce que* est une locution qui admet toutes les conjectures commodes et tous les replis qu'on serait bien en peine de justifier. *Parce que*, c'est à la fois *je ne sais pas*, *je n'ai rien à dire*, ou, variante, *je m'en fiche*. Il y a, dans *parce que*, le premier louvoiement du reptile qui se dérobe. Après avoir articulé *parce que*, il est bon, la plupart du temps, de changer de sujet. *Parce que* implique une certaine inaptitude à regarder l'autre en face.

Pour Olivier, le choc avait été rude. Ces crève-cœur sont des mortifications. Il eut on ne sait trop comment le courage de faire front sans se plaindre et de vivre soutenu par cette dignité qui s'accommode d'une lésion, comme on supporte une maladie. Seulement, tant que la lésion n'est pas cicatrisée, elle fait mal.

Peu à peu néanmoins, la douleur avait diminué, l'angoisse qui oppressait le garçon s'était atténuée, et de ce poids qui s'allégeait était née une espèce de sérénité incompréhensible et consolante. Ce vulnéraire appliqué à ses blessures avait entamé un laborieux mais efficace processus de résurrection. Un jour, il s'était assis à son piano et avait joué le Rondo en la mineur de Mozart. Le lendemain, au réveil, il fut tout surpris d'éprouver le besoin d'avoir quelque chose de suivi à faire.

La vente des Froides-Aigues ayant séduit quelques clients amateurs de luxe érémitique, il préparait son déménagement.

Son déménagement ! Quitter les Froides-Aigues ! Quelle nouvelle croix sur ses épaules ! L'adolescent dévorait comme un pain de misère cette résolution qui lui déchirait les entrailles. Parfois, et nous indiquons ces convulsions d'une âme éplorée sans intention de sombrer dans le mélodrame facile, parfois il avait l'impression que la nature, autour de lui, le suppliait de ne pas s'en aller, que sa présence lui était vitale, que sans lui, sans l'amour qu'il vouait aux arbres, aux taillis, aux oiseaux, au ciel gris ou au ciel bleu, à la pluie, au vent, au soleil, tout périrait faute de nourriture. L'homme qui aime la Création la transcende et l'illumine, et la Création le sent et le lui rend.

C'était surtout la perspective de rompre avec tout cela qui tourmentait Olivier. Car pour ses copains, il leur avait volontiers pardonné leur défection. Seulement, à certaines heures du crépuscule, lorsque son regard appuyait mélancoliquement sur la ligne fuyante des grands chênes au-delà de l'occident, le souvenir de Gymnésie l'assiégeait d'une douloureuse tendresse où affleurait la nostalgie du paradis perdu. Alors, il reconstituait l'écheveau de cette obscure fatalité qui avait fermé en un jour, en un seul jour, le tome le plus heureux de sa jeunesse. Comment ! Ses amis, ses compagnons, ses frères, avaient froidement biffé, comme cela, d'un trait de plume qui les rendait caduques, nulles et non avenues, sept ans de vie commune ! Sept années de complicité, sept années les plus précieuses de l'existence soldées par une honteuse débandade et s'oblitérant comme si elles n'avaient jamais existé ! Quel miroir aux alouettes que l'âme humaine ! Que rien n'eût subsisté de la fraternité dont on avait chanté la gloire avec des accents héroïques, c'était à désespérer et du reste, les premiers jours, Olivier n'eut pas assez de larmes. Puis, comme nous l'avons dit, l'affliction s'émoussa, la nostalgie secréta son propre antidote et le temps cicatrisa peu à peu les plaies. Un matin, en faisant son ménage, il écouta de la musique. Ce fut l'aurore de sa renaissance. L'idée le caressa même de renoncer à son départ.

Embellie de courte durée : en examinant la question à la loupe, Olivier se persuada rapidement que ce terme était inévitable. Tout S... l'avait en exécration, et après le vol de l'épingle de Clarisse des représailles n'étaient pas exclues. Son nom répandait une odeur de scélératesse et de cynisme, deux vertus dont on s'était hâté de le chamarrer. Même dans les villages avoisinants, le diable de Papefigue n'aurait pas été plus hué. Anathème unanime, et comme souvent quand il est alimenté par les jugements de la haine, irréversible.

Olivier n'avait donc d'autre choix que de s'enquérir d'une autre résidence sous d'autres latitudes. Il fixa cette échéance au printemps prochain. En attendant, il se distrairait d'un ou deux voyages, histoire de s'habituer moralement à son exil.

En cette fin d'octobre où le jeune homme, attelé à sa charrette, regagnait ses pénates, le vent du nord avait fraîchi. L'après-midi se mourait doucement, la splendeur de la forêt frémissait sous une magnifique parure automnale et chatoyait des couleurs délicates qui bariolent les frondaisons d'un camaïeu d'ocres, de rouges et de bruns. L'arrière-saison avait été belle, le soleil persistait avec l'opiniâtreté d'un enfant qui rechigne à aller se coucher. Depuis juillet, il n'avait presque pas plu, à l'exception de quelques orages brefs et violents qui mouillent en surface, font quelques dégâts par-ci par-là et ressemblent aux colères des lâches : ça tonne, ça fulmine, ça fait beaucoup de bruit, après quoi ça se dissipe comme c'est venu et il n'en subsiste pour tout vestige que quelques gouttes qui pleurent d'une feuille à une autre.

Olivier, dont nous n'aurons pas oublié la passion météorologique, pressentit avec l'arrivée de Borée[93] le retrait de la montagne dans ses quartiers d'hiver. Le chemin s'augmentait à chaque pas d'un épais tapis de feuilles mortes.

---

[93] Le vent du nord.

D'âpres et capiteux parfums s'exhalaient des sous-bois comme des cassolettes d'épices. On entendait le taciturne brame du cerf dans les solitudes. Des vols d'oies sauvages dessinaient sur le ciel des chevrons en pointillés pareils à des embouts de flèches géantes.

A la Roche Tarpéienne, le garçon s'octroya un bref repos. Une demi-heure plus tard, il poussait la grille d'entrée. Les ombres du soir déroulaient au firmament un manteau bistre qui confondait dans un même suaire ce qui est en haut et ce qui est en bas. Sur le gravier des deux cours roulaient en crissant de petites branches arrachées aux platanes et aux châtaigniers. Olivier frissonna.

– Décidément, dit-il à voix haute, l'hiver n'est pas loin.

Il entreposa ses victuailles, se doucha, dîna, puis vola à son bureau, son courrier d'une semaine sous le bras. Parmi les lettres, une d'entre elles lui inspira un petit soupir résigné :

« Monsieur,

votre proposition m'a semblé intéressante. Le prix est raisonnable, compte tenu de l'éloignement et des difficultés d'intendance. Aussi je vous convie à nous voir prochainement pour une visite complète et, si nous faisons affaire, régler les détails de la vente.
Recevez, Monsieur, mes salutations distinguées ».

Olivier plia la lettre, et murmura :

– Cette fois, le vin est tiré.

Deux mois plus tard, majeur légal devant la loi, il satisfaisait à l'examen du permis de conduire après une formation accélérée, et se procurait une automobile d'occasion. Là-dessus, ayant été invité pour les fêtes de fin d'année par une amie qui habitait la Lorraine, il fit sa valise. Il eut soin d'apprêter la chaudière pour le retour, précaution toujours utile, ce qui l'obligea à n'utiliser pendant une demi semaine que les poêles d'appoint, afin de laisser refroidir le volumineux foyer de la machine. Puis, un matin de décembre, sous une bruine glacée, il barricada la maison, enchaîna la grille, cadenassa la barrière et s'élança à vau de route. Ce fut, pour lui, comme un essai d'adieu. Dans moins de cent jours, la transaction immobilière serait signée, il raturerait pour jamais un séjour qui aurait dû être un havre de quiétude, mais où avaient croulé tant d'infortunes.

Nous avons beau ériger la digue la plus robuste pour nous soustraire à notre destinée, il suffit d'une malfaçon et la houle la désagrège et l'emporte comme un vulgaire châssis de théâtre.

Livre 2 : Un hiver en montagne

Qui se ressemble s'assemble

L'hiver 2039-2040 fut un des plus effroyables de mémoire d'européen. Il fut si long et le thermomètre descendit si bas qu'il surclassa de loin tous les records statistiquement répertoriés, y compris ceux de 1956 et de 1985, deux années pourtant terribles. Aucune latitude du vieux continent n'échappa à la calamité, quoique avec de curieux paradoxes météorologiques : ainsi, les zones les plus touchées n'étaient pas les zones boréales, mais les régions médianes de l'Europe. Pour illustrer cette exception qui bafouait si excentriquement la règle, on saura qu'Oslo enregistra un minimum de –12 degrés, Stockholm –14°, Helsinki même à peine –17°, tandis qu'Athènes affichait –31°, Rome –33°, et Madrid –30°. Le froid le plus vif se concentrait à l'intérieur d'une figure géométrique ellipsoïdale non fermée vers l'est, véritable toboggan d'où croulait l'air glacial, et dont on tracera l'isotherme par une ligne reliant Varsovie, Hambourg, Londres, Bordeaux, Lisbonne, la Sicile, le Péloponnèse et Bucarest. Dans ce périmètre, les valeurs culminèrent, si l'on ose parler ainsi, jusqu'à moins cinquante. Vienne, Budapest, Munich, Prague, Paris, Bruxelles, Amsterdam, endurèrent un climat de Sibérie orientale. Mouthe, dans le Doubs, s'effondra sous les -60°.

Les séquelles économiques et sociales d'un tel fléau, pour nous limiter à l'Hexagone, dressaient l'épouvantail d'une catastrophe sans précédent. Pendant presque trois mois que s'éternisèrent les intempéries, on enterra plus de cent mille victimes, soit le quart du registre obituaire européen, lequel avoisina les quatre cent mille. Seules la peste au Moyen-âge et la grippe de 1919 avaient fait mieux. Encore le mot enterrer n'est-il qu'une macabre commodité de langage, car les sols étaient si gelés que le plus souvent il fallait incinérer les dépouilles. Le téléphone interrompu, les centrales électriques en rupture de fourniture, le réseau intégral des communications, routes, aéroports, voies ferroviaires, fluviales et maritimes, impraticable, tout commerce s'arrêta net, il n'y eut plus d'approvisionnement, par conséquent plus rien sur les étalages des supermarchés, encore moins de carburant aux pompes. Face au spectre d'une pénurie générale, la foule se comporta comme elle se comporte toujours en pareille circonstance, elle se rua sur le peu qui subsistait. Une vague de panique déferla avec la violence aveugle de ce qui n'obéit plus qu'à l'instinct, la loi du plus fort s'exerça dans la plénitude de sa sauvagerie : c'était à qui piétinerait l'autre pour un paquet de sucre ou une plaquette de beurre. Des enfants périrent déchirés au pied des rayons où ils tentaient d'attraper de quoi ne pas mourir de faim. Des femmes se gourmaient comme des harpies, des hommes se tabassaient à coups de ceinturon pour un sac de pommes de terre ; un torrent d'égoïsme écrasa sans pitié ce qui était trop faible pour résister. Strasbourg, qui a la particularité d'être circonscrite par une Cour des Miracles à enceinte continue, subit l'invasion de hordes déchaînées renouant avec les voies de faits dont la politique absolutiste les avait frustrées, et firent régner une terreur digne des Grandes Compagnie du XIVe siècle. Les autres métropoles n'étaient pas mieux loties. Les prix s'étant envolés sur les rares produits encore disponibles, ceux qui n'avaient pas de quoi payer n'eurent d'autre expédient que de forcer le passage aux caisses. Quant à la police, elle redoubla de zèle et ne se priva pas d'exécuter les ordres draconiens émanés de Matignon : sous égide de loi martiale, le couvre-feu fut décrété de dix-huit à six heures. Qui s'aventurait en dehors de ce créneau était fusillé sans plus de procès. Nous étions en France, en l'an de grâce 2040. L'extrême droite gouvernait le pays.

Signalons qu'en marge de toute adversité fleurit toujours une certaine caste d'individus mi-partie hyènes et vautours, inscrits au répertoire générique des charognards, et dont la terminologie oscille entre ces intitulés, aigrefins, escrocs, arrivistes, opportunistes, spéculateurs, agioteurs, etc. Ces créatures ont perfectionné le génie d'extraire bonne aubaine du malheur public. Elles y supputent à la deuxième décimale les combinaisons d'équations algébriques qui indexent l'opulence de leur patrimoine au prorata de ce qui souffre. Elles vont à la maraude dans le sillage de la misère ainsi qu'on détrousse des cadavres, la rentabilité boursière leur servant de sauf-conduit. Quelque chose comme Thénardier ayant ses accès au palais Brongniart. Ces coupe-jarret font leurs choux gras des choux maigres de leurs concitoyens. Une fois la bourrasque apaisée, ils s'alignent au garde-à-vous sous la bannière républicaine, adoptent des poses de torse de fier-à-bras et des cambrures de fanfarons, épicent leurs discours de rodomontades pamphlétaires contre le profit illégal et le marché noir, briguent les voix des électeurs, et sont élus.

Cela dit, soyons objectifs, il serait injuste de blâmer les outrances d'une pratique dont nos sociétés argentières ont fait leur credo. Celles-ci ont les maladies qu'elles méritent. Quand on s'est forgé pour ambition inamovible l'endoctrinement forcené des masses au Veau d'or du mercantilisme, quand on a adulé jusqu'à la vénération ce monstre extincteur de toute conscience, il ne faut pas s'étonner ensuite s'il dévore son maître. Son appétit n'est jamais que le choc en retour, comme qui dirait le remboursement d'un protêt. Il y a pour nous tous un créancier de nos actes comme de nos pensées qui un jour ou l'autre exige son dû.

Tandis que l'Europe agonisait, une oasis, juchée quelque part sur un haut plateau du Massif Central, jouissait d'une santé rebondie.

On trouve toujours au plus tumultueux de l'ouragan, un pot au noir où le vent est nul. Ce qui est autour se disloque, ce qui est dedans prospère. Ce refuge nous est familier, il se nomme les Froides-Aigues. Les Froides-Aigues étaient un havre de paix au milieu de la tourmente. Deux êtres nichaient là hors de la sphère des convulsions humaines, un garçon de quatorze ans et un garçon de dix-huit. Une nuit de janvier, le blizzard les avait confrontés l'un à l'autre. Dieu emprunte les logarithmes les plus inattendus pour accomplir ses desseins : si Olivier, faisant halte à la croisée des deux routes devant lesquelles il hésita, avait poursuivi tout droit au lieu d'obliquer à droite, l'histoire que raconte ce livre avortait à cette bifurcation. Sans cette conjonction de deux atomes égarés dans une tornade polaire, Olivier vendait la maison, s'en allait vivre ailleurs, et probablement Alexandre succombait-il d'épuisement ou était repris par les gendarmes. Un itinéraire pour un autre, et ce sont deux destinées qui basculent.

Les garçons vivaient donc comme rats en paille. Leurs réserves tant en bois qu'en comestibles étaient suffisantes pour soutenir quatre ou cinq mois de disette. On jugera ce privilège inéquitable. A tort. Il n'y a ni délit juridique ni délit moral à être prévoyant. C'est un réflexe un peu sommaire que d'exhaler sa bile sur ceux que l'infortune épargne, comme si leur propre ruine avait le don d'enrayer celle d'autrui. Olivier et Alexandre n'étaient pas plus coupables d'être gras et joufflus comme des chanoines parce qu'il mangeaient à leur faim en plein cataclysme, qu'un naufragé ne l'est d'aborder à un rivage tandis que ses compagnons se noient. Au surplus, leur isolement, qui les éloignaient du théâtre de la tragédie, les faisait ignorants de ce qui s'y jouait : certes, ils se doutaient bien qu'un hiver aussi rigoureux taillait bien de la besogne aux populations, mais ils étaient à cent lieues d'imaginer que le sinistre avait acquis les proportions d'un anéantissement quasi total des infrastructures de la nation.

Aux Froides-Aigues, les journées épousaient le déroulement linéaire d'un emploi du temps de bon aloi, afin de se soustraire à la facilité de la paresse ou à la morosité de l'ennui. A six heures et demie, Olivier se levait, préparait le petit déjeuner, chocolat chaud et tartines au miel et à la confiture, lisait une dizaine de pages d'un ouvrage en cours, puis réveillait Alexandre. A sept heures et demie, il se cloîtrait dans son bureau pour y travailler. Alexandre s'embastillait dans le sien pour y étudier. Le bureau d'Alexandre, si on veut le savoir, était la bibliothèque, aménagée dans le besoin de l'assiduité avec laquelle le nouveau potache des Froides-Aigues y consumait d'interminables matinées. Un peu avant treize heures, déjeuner, puis courte sieste, trente minutes au plus. Après la sieste, travaux ménagers. A sept heures, on dînait. A huit, la soirée commençait.

Détail important : à la chute du jour les volets étaient clos. Rien n'est plus indiscret à travers la pénombre qu'une silhouette derrière une vitre. Un espion à l'affût aurait remarqué qu'au lieu d'un résident, la maison en contenait deux. On objectera à cela que par les températures qui sévissaient, il y avait peu à craindre qu'une sentinelle ne fît le pied de grue dans un mètre de neige glacée. C'est mésestimer une précaution qui, toute superflue qu'elle était, offrait au moins l'avantage de rassurer. Et puis, on ne s'avise jamais de tout.

Tous les après-midi, les deux camarades sortaient. Le froid sec autorisait la pratique de la luge sur le sentier et les glissades sur l'étang des Sources. Il va sans dire que ces escapades s'entouraient de strictes préventions de sécurité : l'aîné allait d'abord en éclaireur et vérifiait si personne ne maraudait dans les parages ; hypothèse hautement improbable, mais là encore, circonspection c'est salut.

A l'occasion de ces séances récréatives, le plus jeune, qui avait déjà révélé sa nature studieuse, révéla aussi sa nature sportive. Sa vitalité surprenait Olivier : les rudes contraintes de la maison de correction avaient eu au moins cette heureuse descendance de le barder d'un irréductible dynamisme. Son application devant un texte à traduire ou un problème mathématique à résoudre le disputait d'égal diapason à sa vaillance devant une colline abrupte à escalader. Cet enfant qui n'avait pas quinze ans était cuirassé d'une volonté d'airain assortie à une indomptable opiniâtreté.

La paisible existence des deux reclus s'égayait d'un luxe d'agréments qui leur découvrait d'insolites affinités. Osons employer un mot dont il s'agit d'user avec mesure, rien ne s'y ajustant parfaitement sur cette terre, ils étaient heureux. Le péril attaché à la précarité de leur situation n'y faisait rien, ils y opposaient ce bouclier, l'optimisme. Dans cette carrière, Alexandre avait endossé le rôle de boute-en-train ; on subodorait en lui l'essor d'une floraison, quelque chose comme une mue en croissance rapide. Un petit détour sur cette complexion hors de norme n'est pas inutile.

Son séjour au CERMAD lui avait façonné une âpreté de mœurs assez rébarbative, mais, nous allons le voir, foncièrement épidermique et donc susceptible de prescription, surtout dans un contexte favorable. Quand on a essuyé à grandes bordées le plaisir de nuire, la volupté de faire le mal pour le mal, la lâcheté affectant des airs d'autorité souveraine, quand on a été aux premières loges de toutes les variétés de l'oppression qualifiée d'utilité publique, de deux choses l'une, ou l'on imite le modèle, ce qui fait courir le risque de le surpasser, ou bien on en extrait le vaccin. Alexandre avait incliné pour la méthode prophylactique ; il s'était inoculé la violence afin de s'en préserver. Il avait assisté, impuissant, à l'éviction par ostracisme de la jeunesse indésirable sous la férule d'un système tortionnaire. Il avait eu tout loisir d'observer puis d'analyser le mécanisme des bourreaux appointés par l'Etat, si prompts à vomir méchanceté gratuite et mesquinerie bête toutes les fois qu'ils se reposent sur la hiérarchie et le règlement du soin de s'absoudre de leurs excès de zèle.

Pendant neuf années, depuis la plus petite enfance, celle de la candeur, jusqu'à l'âge où les brimades, les humiliations, les brutalités, accumulent, agglomèrent et capitalisent les concrétions des rancunes tenaces, pendant neuf ans qu'avait duré son pénible calvaire, Alexandre, au lieu de se laisser contaminer par les haines que l'on nourrit et les vengeances que l'on médite, avait délibérément penché vers le pardon. Quel génie tutélaire avait semé en lui cette sagesse précoce ? On ne sait. Certaines âmes semblent s'incarner dans ce monde pour lui faire contrepoids. Les expériences mortifiantes du jeune garçon avaient distillé en lui goutte à goutte un attendrissement presque invincible. Il était résulté de cet unisson de l'intelligence et de la sensibilité une douceur imperméable à toute effraction du mal.

Tant de détroits ne l'avaient pas moins meurtri. Sous plus d'un aspect, les plaies de son ancienne condition saignaient encore pas mal ; d'où la nécessité de les cicatriser avant qu'elles s'infectent. En attendant, et quoiqu'il se domptât à dorer sa pilule,[94] il n'en portait pas moins sa croix. Cela se remarquait à de farouches inflexions du regard et surtout à l'immixtion brusque et imprévisible de longues intermittences pensives : sa prunelle se brouillait d'une espèce de voile vitreux, sa figure s'assombrissait, un nuage tragique l'absorbait comme s'il subissait une éclipse de lui-même. Quoique bref, le phénomène le bouleversait profondément. Une fois, Olivier, qui s'inquiétait de ces *crises*, lui demanda du bout des lèvres, délicatesse oblige, s'il était malade :

– Non, non, affirma l'adolescent, c'est rien ; c'est le passé qui défile ; par moments, ça revient sans crier gare…

Olivier n'insista pas. Il nota toutefois qu'avec le temps, ces manifestations avaient tendance à s'espacer.

– Bon signe, se dit-il, le drôle est sur la bonne voie.

---

[94] Donner un tour agréable à ce qui est, de soi, déplaisant, pénible.

Le *drôle*, pour sa part, se livrait à une passion de moins en moins prisée de nos jours, celle de la lecture. Et à quelle cadence ! Il ingurgitait les livres les uns après les autres à s'en écharpiller les méninges. Olivier feignit de s'alarmer de cette boulimie :

– Ta tête va éclater, lui dit-il,

– Je viens de me rendre compte, rétorqua Alexandre, que mon bulbe encéphalique perce la croûte.

– Je ne comprends pas bien ta croûte...

– Je m'explique : jusqu'ici, je lisais Blek le Roc, Signe de Piste, etc., tu connais le genre. Il y a quatre ou cinq jours, je flânais dans ta bibliothèque, comme ça, juste pour flâner. Je dois te dire d'abord que des bouquins, il y en a tellement que j'ai eu peur du nombre. Bon enfin, on se fait à tout, et je m'amuse à fureter parmi les milliers de volumes.

– Les centaines.

– Pardon ?

– Je dis, les centaines, pas les milliers ; on n'est pas au Louvre.

– Si tu veux. Donc je grimpe sur l'échelle, je farfouille, je parcours les rayons ; d'un coup, je tombe sur un titre bizarre, mais du genre bizarre qui accroche, tu vois ?… Satiricon. Je m'empare dudit Satiricon, je vole au bureau que tu as arrangé pour moi, avec tout plein de tiroirs et de classeurs et même un ordi, ça c'est vraiment chouette, et je me mets à lire.

– Hélas, fit Olivier, il y avait aussi *la Fleur des Saints*, mais tu as préféré un roman de perdition.

– Si c'est autant de perdition, qu'est-ce qu'il fait dans ta bibliothèque, ce Satiricon ?

– Il y fait, il y fait… ce qu'il doit y faire, de la garniture.

– Tant mieux ! J'aime ça, la garniture, d'ailleurs tous les enfants aiment ça. Tu penses qu'après avoir lu les péripéties de Giton, d'Encolpe et d'Ascylte, j'ai voulu en savoir plus, et j'ai pas été déçu. Tiens, je vais te réciter une jolie phrase que j'ai composée dans un moment de haute inspiration :

plus je bois à ces sources licencieuses de l'antiquité, plus j'ai soif. C'est bien dit, n'est-il pas ?

– Il est. Je me permets toutefois d'attirer ton attention sur les conséquences physiologiques souvent incontrôlables à quoi peut induire un goût trop désordonné pour ce genre de littérature.

A ce mot, un sourire entendu égaya la figure de l'adolescent :

– Et alors ? dit-il, j'ai pas passé de contrat avec Scipion...[95]

Il ajouta, après un silence malicieux :

– Ni toi non plus, à ce que j'ai pu examiner.

Olivier s'esbouffa d'un rire bien sonore :

– Eh bé ! se dit-il pour lui-même, la connivence avec ce jeune déluré va bon train.

---

[95] Scipion était célèbre en effet pour sa continence.

Les progrès de l'amitié

Comme les journées de janvier sont courtes, la promenade quotidienne ne se prolongeait guère au-delà de cinq heures. Cinq heures, en été c'est l'après- midi, en hiver c'est le crépuscule. Lorsqu'à la vesprée, comme dit notre si beau vieux langage, le soleil s'échancre sur l'horizon, lorsque ce prélude à la nuit habille la campagne d'une opacité trouble et estompe ses contours dans un à peu près de silhouettes endeuillées, une indicible tristesse ensevelit ce qui était encore, quelques minutes auparavant, lumière et blancheur.

Vers le milieu du mois, Olivier et Alexandre achevaient leur excursion, ainsi qu'à l'accoutumée ; celle-ci les avait menés du côté de l'étang des Sources, dûment gelé de quarante centimètres de glace. Ils avaient les joues rouges, l'œil brillant, et marchaient d'un pas énergique en shootant dans les congères. Ils s'étaient emmitouflés de gros bonnets à fourrure, de gants doublés de laine d'une épaisseur qui leur prêtait la mine d'appartenir à une expédition polaire, et chaussaient des après-ski.

Tout cet équipement était une libéralité d'Olivier. Car le jeune adolescent, respectant à la lettre les instructions de son aîné, avait brûlé sa garde-robe, depuis le manteau qu'il avait en arrivant, jusqu'à la dernière chaussette. Du coup Olivier s'était promu son fourrier attitré et pourvoyait aux devoirs de son office avec une irréprochable exactitude.

Cette location de braverie accusait bien par-ci par-là quelques manches trop longues, quelques caleçons un peu flottants et autres pantalons raccourcis à la diable, mais dans l'ensemble, et à condition de n'avoir pas l'œil du tailleur, le troc donnait assez bien le change.

Le sacrifice de l'infortuné trousseau d'Alexandre avait été expédié dans la chaudière, en grande cérémonie assaisonnée du protocole qui sied à la solennité d'un si grave événement. Ce fut une vraie douleur de voir se volatiliser tant de fripes chargées d'histoire. Cependant, à quelque chose malheur étant toujours plus ou moins bon, on en profita pour faire de savantes réflexions sur l'inanité des richesses terrestres, de la rivalité de Dieu et de Mammon, si cher aux témoins de Jéhovah, sans omettre un ou deux commentaires à propos du *pulvis es*.[96]

Ce jour là, en dépit du plaisir de leur excursion, toujours fort roborative, les deux garçons ne furent pas mécontents de rentrer. L'aquilon s'acharnait avec une hargne de vieille mégère non apprivoisée. Olivier avait relevé –27° :

– C'est exactement le climat de la plaine de l'Indiguirka, dit-il.

– C'est quoi cette plaine ? demanda Alexandre, extrêmement vexé d'ignorer ce point d'érudition géographique.

– Ça se niche entre le soixante-dixième et le soixante-cinquième degré de latitude nord, en Sibérie. Pour punir les méchants réfractaires au régime communiste, régime promoteur du paradis sur terre, on avait institué dans cette belle région des camps de prisonniers. Il paraît que les Soviétiques exécraient Hitler et sa cohorte de nazis. On se console que leur imitation ait rendu tant de points au modèle.

– Merde pour les communistes et leurs goulags ! Mais vivement l'été ; je me languis des tropiques. Je te promets de vivre à poil dès le printemps.

Quand on endure de pareilles froidures, le souci domestique numéro un, c'est le chauffage. Celui qui desservait la maison, nous en avons parlé, était d'une efficacité à déconcerter un québécois. Une triple alimentation journalière de la chaudière maintenait les radiateurs à bonne et égale température, surtout ceux du troisième étage, en bout de circuit. Malgré cela, il advenait que l'on n'eût pas plus de

[96] Pulvis es, et in pulverem reverteris : tu es poussière, et tu retourneras en poussière.

quinze degrés dans les mansardes exposées à l'est. On palliait alors la déficience calorique en sollicitant les petits poêles indépendants dont chacune de ces alcôves était pourvue.

Vers le seize de janvier, un incident, du reste prévisible, compliqua la tablature des deux anachorètes : l'axe directionnel de l'éolienne se bloqua. Le gel avait sans doute coagulé la graisse protectrice. Heureusement l'autre axe, celui des pales, mieux gainé, fonctionnait encore ; comme la roue s'était paralysé dans la direction du vent dominant, comme ce vent ne variait pas d'un degré, les garçons échappèrent à l'éclairage à la chandelle. Ils envisagèrent bien de réparer, mais l'exercice requérait une gymnastique périlleuse, se hisser jusqu'au sommet de l'édifice, c'est à dire à dix mètres de hauteur.

– Trop risqué, dit Olivier. Avec des gants, impossible d'être adroit, et sans gants, le métal arrache la peau des mains.

– Bah ! fit Alexandre, le redoux ne va pas tarder.

Olivier se hâta d'étrangler l'optimisme de son camarade :

– Tant que le vent ne variera pas, aucune amélioration à prévoir. De plus, la pression atmosphérique est désespérément élevée, entre 1040 et 1050 millibars. Conclusion, la pluie n'est pas pour demain. Et d'ailleurs, la pluie, ça ne serait pas de la pluie, mais de la neige…

Hélas, les prévisions du Mopsus[97] météorologique étaient avérées : une semaine s'écoula sans que l'hiver faiblît. Au contraire, il redoubla même d'ardeur. Une nuit, le mercure chuta à trente-cinq degrés sous zéro.

Quand elle est confrontée à ces excès, la forêt opère sur elle-même une impitoyable sélection naturelle. De sinistres craquements éclataient de proche en proche et se propageaient en écho à travers les futaies comme à l'intérieur d'une immense cathédrale. C'étaient des branches qui cassaient, des troncs qui se fendaient, parfois des arbres

---

[97] Mopsus était un fameux devin de l'Antiquité.

entiers qui se lézardaient et s'éventraient avec le fracas d'une foudre d'orage. Le sournois travail de sape de l'hiver renversait des monuments qu'on avait cru immortels tant ils paraissaient indestructibles. Au fond du ravin, le torrent pétrifié dessinait le long scintillement d'une traînée de bave d'un escargot géant.

Olivier nourrissait moins de craintes à l'égard du réseau d'adduction d'eau qu'envers l'éolienne : d'abord, les canalisations étaient enterrées à deux mètres et emmaillotées de laine de roche ; ensuite, c'étaient de vieilles tubulures épaisses au diamètre suffisamment large pour assurer une fluidité continue. Ainsi, en dépit du froid épouvantable qui perdurait, l'eau y circulait librement.

On dit que les anges veillent sur les âmes de ces êtres à deux pieds sans plumes que sont les créatures humaines. Celui qui avait mandat de tutelle d'Olivier et d'Alexandre peaufinait *mutatis mutandis* la consécration d'une de ces adhérences qui sont d'autant plus fulgurantes que leur incubation a été longue.

Les écueils de l'amitié

Depuis qu'il était aux Froides-Aigues, Alexandre n'avait cessé de se transformer. Se transformer, cela revient presque toujours à ceci, révoquer l'homme de composition et introniser l'homme authentique, congédier l'acteur en lui arrachant le masque qui le travestit et qui fatalement est voué à s'effilocher au fil du temps.

Un scélérat, un opportuniste, le premier pékin venu soucieux de ses intérêts, aurait plié ses projets aux contingences et se serait accommodé d'une duplicité qui ménageait la chèvre et le chou.

Seulement, Alexandre n'était ni un opportuniste, ni un scélérat. Et puis, le contact d'Olivier agissait sur lui comme un dissolvant. Du coup, il faisait peau neuve. Cette hygiène intérieure le soulageait, parce qu'elle lui débarbouillait un visage honnête et loyal, ce qui effaçait toute trace de fraude à l'égard d'un aîné lui-même exempt de tout alliage.

Pourtant, cette conversion avait été ballottée par bien des remous. Nous avons tous, dans nos exils, fussent-ils les plus hospitaliers, de ces évolutions transitives d'une attitude artificielle à son rejet progressif qui nous dénude vêtement après vêtement et qui s'illustre par l'adage *chassez le naturel, il revient au galop*. Alexandre avait-il jugé saumâtre de clopiner aux Froides-Aigues sur le pied gauche, et de se résorber en mutisme à la moindre question gênante ? Toujours est-il que son caractère ombrageux s'infléchit par degrés vers une paisible mélancolie. Ce qui transpirait de cette mélancolie était à la fois si poignant et si candidement puéril qu'Olivier ne savait trop s'il devait s'en émouvoir ou en s'en amuser. Comme tout changement fondamental se ramifie en une arborescence de petits changements annexes, sa verve, l'à propos de sa gouaille, la variété de raillerie passablement satirique dont son esprit pétillait, s'émoussaient aux angles. On aurait dit qu'un aspect entier de sa physionomie s'oblitérait et que la mue du jeune homme s'opérait sur la dépouille de l'enfant. Ces secondes pubertés sont les pubertés authentiques, étant celles de l'âme.

Olivier assistait à cette régénérescence, et tâchait d'y voir clair. De réflexion en réflexion, il avait inféré la théorie, qui valait ce qu'elle valait, que l'adolescent, en butte des années durant aux outrances d'un milieu coercitif, n'avait eu d'autre échelle que de se façonner une carapace. Ce contexte évanoui, ce qui lui faisait cortège s'évanouissait avec lui.

Le fait est qu'Alexandre souffrait d'une stérilité affective préoccupante quand on a quatorze ans. Maladie, soit dit par parenthèse, de plus en plus répandue dans nos sociétés où chacun, jusqu'aux pères et mères, s'aime volontiers en oubliant d'aimer les autres.

Or, cette affection, voilà que tout à coup quelqu'un la lui versait à grands flots. Contraste dont beaucoup se seraient effrayés en se recroquevillant dans un farouche repli sur soi. Le jeune garçon s'en grisa avec une fougue qui avertissait que cette ultime étape de sa mutation une fois entérinée, elle serait irréversible, qu'il brisait le nœud gordien et qu'il ne ferait plus volte-face. Quant à l'aîné, il avait eu tout loisir de disséquer cette psychologie juvénile et de méditer que quand on s'évade d'une maison de correction, c'est qu'on y est incité par de sérieux mobiles. Ceux qu'il discernait chez son protégé devaient bien emprunter quelques motivations à un impérieux besoin de chaleur humaine.

Il est certain que l'humeur enjouée et altruiste du maître de maison n'était pas étrangère à la métamorphose du cadet. Celui-ci s'était-il convaincu qu'avec un tel compagnon, dont la mentalité faisait un pied de nez magistral au conformisme, il était permis de se licencier ? Que l'amitié nimbée d'un nuage de tendresse ne dévalorisait en rien les vertus mâles dont on s'enorgueillit tant entre gens de même sexe ? S'était-il prêché qu'en débridant les épanchements dont son cœur était privé, il ne risquait pas d'essuyer les plâtres d'un jugement sentencieux ? Toujours est-il qu'il accepta la main tendue. Mieux, il se fondit dans une sorte de béatitude qui, si elle n'aplanissait pas toutes les voies, les débroussaillait chaque jour davantage.

Néanmoins, cette conciliation avec lui-même s'était frottée à quelques épines.

Il s'était dit, par exemple, qu'il n'avait pas assez de recul, que ce qu'il connaissait d'Olivier n'était que la surface, que cette surface, certes, était transparente, qu'aucune ride ne la troublait, mais que les eaux limpides précisément n'étant telles que par leur peu de profondeur, comment se cautionner que celles-ci ne trahissaient pas un être superficiel ? Son séjour à l'orphelinat lui avait enseigné à ne pas se fier aux devantures, fussent-elles magnifiques ; *surtout si elles sont magnifiques*, rectifiait-il. Cependant, la même école avait perfectionné en lui le talent de tâter la qualité du bois sous l'écorce, en y faisant quelques excisions. Or, la sève que secrétait son camarade était plutôt de bonne texture.

D'autres observations n'avaient pas tardé à lui démontrer le bien-fondé de ses préventions favorables.

Dès le début, l'adolescent avait été frappé de l'aplomb avec lequel cet éclectique gaillard avait dompté des conjonctures aussi ardues qu'un blizzard à vaincre, de soins secouristes à prodiguer et des vers à tirer du nez d'un godelureau en mal de confidences. On n'est pas à dix-huit ans tout à la fois athlète, stratège, médecin et physionomiste sans de solides qualités humaines. Mais tout cela aurait été encore peu de choses si la rondeur déroutante de son élocution, son regard rectiligne et cette expression de grandeur aristocratique qui véhiculait une horreur invincible du mensonge, ne s'étaient greffés un à un sur le bonhomme. Or, à tant d'insignes fleurons dont s'ornait sa couronne, il ne manquait que celui qui parachèverait l'ouvrage : cette touche finale fut la narration de ses huit premiers mois aux Froides-Aigues. En recueillant le récit de l'inconcevable odyssée qui avait émaillé la plus héroïque et la plus tourmentée des jeunesses, Alexandre acquit l'étrange conviction que sa rencontre avec ce rebelle hors la loi, ce pestiféré de la société, n'était pas fortuite. Surtout, il était de plus en plus persuadé que la Providence ne l'avait pas jeté dans d'indignes mains. Olivier l'avait instruit de ses frasques sans rien dérober des facettes, ô combien scandaleuses, de ses inclinations passionnelles, ni des audaces où elles l'avaient enhardi. Il n'était pas baroque de deviner, à travers les effets stylistiques impayables dont il avait broché son portrait sans rien en éluder, qu'il se moquait comme d'une guigne du froncement de sourcils des pieux rigoristes. Preuve : en se divulguant ainsi à cru, n'avait-il assumé l'énorme péril de ne récolter pour fruit de sa sincérité que la réprobation d'un auditeur placé soudain devant le hérissement d'une obstruction morale insurmontable ?

Comment après cela le cadet aurait-il fait fine bouche de se débarrasser lui aussi de ses propres oripeaux ? Devait-il rembourser de minauderies ce verbe d'une absolue franchise plein d'épithètes incendiaires ? Ceci était d'autant plus vrai qu'Olivier, libéral de confessions, se fichait bien d'être applaudi, à plus forte raison qu'on ralliât ses étendards. De là l'intime certitude d'Alexandre qu'il gravitait dans l'orbe d'une personnalité détergente et purgative dont le dynamisme décrassait les scories des âmes cadavéreuses, lessivait leurs concrétions les plus tenaces et curait leurs plus épaisses viscosités. Il flottait au-dessus de ce guérillero un ciel certes tempétueux, mais, de par cette agitation même constamment lavé de frais.

Certains engrenages une fois actionnés, le mécanisme s'emballe, plus moyen de l'interrompre.

Un matin, alors qu'Olivier secouait le langoureux garnement – car ce jeune spartiate succombait parfois à quelques petites paresses saisonnières – celui-ci clignota des paupières, distingua dans une gloire un sourire éblouissant qui se penchait sur lui, et fut aussitôt le foyer d'une joie si vive, si irréfléchie, qu'il tendit ses bras. Olivier, tout ébaubi, et plus enchanté encore, tendit les siens. Ce fut la première étreinte de ces deux orphelins. Dès lors, Alexandre, jusqu'ici rétif aux caresses, ne les rebuta plus et même les rechercha. Qu'étaient-ce que ces caresses ? Mille petites mignardises, une foison de nez que l'on pince, de chatouillis sur le ventre, de mordillements d'oreille, une girandole de pelotages qui consacrent, dans un enthousiasme réciproque, le véritable sens du mot dilection ; tout cela au milieu des cris volontairement exagérés et du théâtre mille fois réitéré des feintes querelles. Adorables ébats où la félicité se déborde en gratitude muette et la gratitude en pudiques extases. Celui qui n'a jamais éprouvé ce bonheur si simple et si riche est bien à plaindre.

Il n'est pas hors d'apparence que cette jubilation se serait suffi à elle-même si Olivier, d'ailleurs sans le moindre dessein, ne l'avait rehaussée d'élans lyriques au cours desquels il embrassait son *petit chenapan*, comme il disait, avec une ferveur parvenue peut-être à son pinacle. Or, une fois sur ce sommet-là, on n'en descend plus. Le cœur humain est ainsi fait que l'amour, quand il est authentique, y creuse malgré lui son système radiculaire. De son côté, le cadet se livrait avec si peu d'inconvénients aux gentillesses dont il était la victime consentante, qu'il agréait de bonne grâce la petite humiliation d'être traité comme un marmouset, couleuvre pourtant difficile à avaler quand on est à l'âge où il s'agit d'attester, que diable, qu'on est un homme.

A l'époque où prospérait cette naïve conjonction de deux sensibilités en pleine effervescence, ni l'un ni l'autre ne s'était méfié de ce que leurs effusions débroussaillaient un chemin praticable à bien des égarements. Emerveillés d'une amitié exaltante, ils ignoraient que leurs transports toléraient parfois de ces amplitudes où le cœur devient trop exigu pour les contenir toutes.

Un soir, dans leur chambre, ils chahutaient de plus belle, histoire de délier les dernières résistances du sommeil. Tout à coup, la lampe s'éteignit sans préambule.

Olivier vociféra le mot de Cambronne, vola à la salle de l'énergie, inquiet de l'éolienne, sûrement responsable de la panne, et constata un dysfonctionnement de l'alternateur. Heureusement, en surplus des poêles à bois, chaque chambre était pourvue d'un lot de bougies qu'on utilisait quelquefois par coquetterie, *pour chamarrer de mystère l'atmosphère du coucher*. L'aîné, avant de s'esquiver, en avait allumé une et l'avait fichée dans la pointe d'une petite crédence murale ouvrée et ciselée en feuille d'acanthe. Puis il fila pour examiner l'alternateur. Les arcanes de l'appareil ne lui étant d'aucune énigme, il eut tôt fait de détecter la panne qu'il répara sur-le-champ.

Un quart d'heure plus tard, il était de retour. Là, surprise en deux tableaux : le premier, c'est qu'Alexandre dormait à poings fermés ; le second, qu'il dormait dans son lit à lui Olivier. Ce dernier monologua, avec une compassion débonnaire :

– Et bien, il ne manque pas d'air, le sacripant !

Il ajouta aussitôt :

– Bof, un lit ou un autre...

Avant de se réfugier sous les draps de la seule couche vacante, il s'assura que le jeune garçon était bien au chaud, que les couvertures ne tomberaient pas pendant la nuit, etc., délicates sollicitudes d'un grand qui ne les multiplie jamais assez pour le confort de son benjamin. Puis il s'allongea, en riant encore de la bonne blague, si toutefois c'en était une. Car ce n'est pas une fable qu'à quatorze ans on en écraserait volontiers sur un tas de pierres, et l'hypothèse qu'Alexandre, après avoir voulu lui monter une farce, eût été terrassé par l'effraction inopinée de Morphée, n'avait rien de saugrenu.

Pour ce qui était du terrassement, Olivier avait lui aussi sa ration : à peine les yeux clos, il décolla des Froides-Aigues pour on ne sait quelles contrées où ni Touchapire ni Hound n'avaient résidence.

Au beau milieu de la nuit, il se réveilla, avec l'impression que son espace vital s'était rétréci ; il modifia sa posture et heurta quelque chose. Ce quelque chose était quelqu'un. Ce quelqu'un, c'était Alexandre.

Olivier ne s'était rendu compte de rien. Circonstance aggravante, un des bras de ce voisin inattendu reposait négligemment sur sa poitrine. Or, si Alexandre avait enfilé un pantalon de pyjama, Olivier dormait nu, selon l'usage de l'internat. Cette impitoyable réalité, sa nudité côtoyant la semi-nudité d'Alexandre, comment traduire ce qu'elle charriait en lui d'émotion et de bouleversement ? L'émotion ruisselait d'Alexandre enfant, le bouleversement suintait d'Alexandre adolescent. Il émanait du jeune garçon une haleine mixte d'amour idéal et d'amour délétère ; ces effluves se combinaient, se dissociaient, s'incorporaient les unes aux autres, puis se désunissaient dans un formidable maelstrom. Olivier était le Tantale d'un transissement qu'il ne maîtrisait pas, et qui, chose innommable, exécutait une manœuvre d'approche sur l'innocence, et s'entortillait à elle comme un serpent autour d'une proie. Il n'osait remuer, il respirait bouche béante. Jamais la perspective de commettre une infamie ne l'avait torturé comme en ce moment où l'ange et le démon s'épuisaient dans un combat d'une phénoménale violence.

Jusqu'ici Olivier avait bataillé sans témoin. Tout à coup, Alexandre bougea, son souffle chaud coula le long de la joue de l'aîné. Un chuchotement lui gringotta ces paroles :

– Tu es éveillé ?

– Oui, bégaya Olivier du bout des dents.

– Tu es choqué que je sois venu avec toi ?

Ici, l'aîné essaya de collecter un peu de sang-froid :

– Ce n'est pas la première fois que je dors avec quelqu'un, dit-il.

– Moi non plus. Mais toi, c'est différent...

Alexandre, au grand soulagement de son compagnon, avait un peu relâché sa pression. Un point d'orgue succéda à ce bref dialogue, on ne percevait plus que le ronronnement du feu dans le poêle.

Olivier s'efforça de présumer que son jeune ami s'était rendormi. Une jambe lentement entrelacée à la sienne rameuta ses craintes.

Chez un être à la probité virginale, les harcèlements de la tentation sont des vents contraires qui disséminent des odeurs tour à tour infectes et exquises. On est épouvanté par ce qui est peut-être sublime. L'affrontement de l'ange noir et de l'ange blanc est un tourbillon où la conscience s'ensevelit et étouffe. Olivier ondoyait entre deux courants opposés, l'un brûlant comme la braise, l'autre glacé comme le crime, et ce contraste obstiné aboutissait à ceci, Alexandre dans la fraîcheur de ses quatorze ans, l'incarnation de la beauté, le jeune frère, certes, mais compliqué de Ganymède, le jouvenceau, candide à coup sûr, mais dont la candeur revendiquait sa part de volupté, une transaction entre l'amour céleste et l'amour terrestre, ici l'enfant ingénu, là le garçon de chair, celui-ci ayant dans le regard une myriade d'étoiles, celui-là vaporisant d'enivrants arômes.

Tout en se désolant, Olivier s'évertuait à ordonner le peu de discernement qui ne l'avait pas fui et qui le forait comme une vrille. De ce puits sans fond surgissaient des processions de créatures malsaines. Les unes lui articulaient : *tu redoutes ce que tu espères !* D'autres renchérissaient : *où est le véritable amour, y a-t-il du mal ?* L'une d'elles, la plus terrifiante, lui psalmodiait d'une voix onctueuse : *ne te refuse pas ; ce qui doit être sera…*

La minute d'après, ces faciès se tordaient, ricanaient et de ce ricanement jaillissaient des éclairs, et ces éclairs enveloppaient Alexandre d'une lueur sinistre sur laquelle se profilait un visage nimbé d'aurore qui pleurait en se lamentant avec des accents pathétiques : *c'est cela, dévoie un jeune garçon, fais-en ton mignon, traite-le comme tu as traité tes amis de l'internat, vautre-toi dans les mêmes débauches avec lui et après il sera toujours temps d'invoquer le pur amour…*

Plus cette voix déchirait Olivier, plus celle qui la frondait tonnait des imprécations qui n'étaient rien de moins qu'une accusation de pusillanimité. Comment ? Sur quelles considérations tremblotait-il le reniement de ses principes ? Cette liberté dont il s'était tressé un diadème de gloire, il irait l'acoquiner avec une fin de non-recevoir qui lui infligerait son plus misérable démenti ? Pour avoir étendu son droit d'aînesse à une fonction de moraliste, certes louable mais falsifiée, il prononcerait une abjuration aussi facilement qu'un électeur vote indifféremment à droite ou à gauche ? Et puis, bon sang ! était-il l'instigateur de la fantaisie d'Alexandre ? N'était-ce pas le cadet qui lui tendait la perche ? S'il la rebutait, s'il se défilait, de quelle annotation son compagnon émargerait-il une telle versatilité ? N'y verrait-il pas la capucinade d'un poltron théorisant des leçons du haut de sa chaire de philosophe, mais trop couard pour les appliquer ? Lui qui avait guerroyé contre le bigotisme, voilà qu'il s'en pommadait en guise de sauve-qui-peut, qu'il pactisait avec l'ennemi d'hier et que, dernier degré de la forfaiture, l'emblème postiche dont il armoriait son écusson se révélerait ce qu'il était vraiment, le subterfuge d'un pleutre se flattant par cette entourloupe de gagner une apparence à un simulacre. Quelle dérision ! N'avait-il pas eu toute latitude d'estimer la maturité de l'adolescent ? Les confessions qu'il lui avait faites n'avaient-elles pas été relayées par des confessions de même calibre ? La similitude de leurs expériences ne ratifiait-elle pas strict paréage[98] entre eux ?

Oliver était pareil à un oiseau blessé qui bat de l'aile au-dessus d'un gouffre vertigineux : ici, un acte aux conséquences incalculables, capable aussi bien de précipiter que d'éblouir ; là, une palinodie qui le drapait d'une chasuble de cette même pruderie qu'il avait tant clouée au pilori et qui se montrerait désormais sous son véritable jour, un décor d'opérette, la mise en scène d'un savant hâbleur emmargouillé dans une crapaudière de paradoxes.

---

98 Le paréage était jadis l'égalité de droit et de possession que deux seigneurs avaient par indivis d'une même terre.

Ce qui vient d'être dit, Olivier l'avait vécu en une seconde. Ces raccourcis sont des électrochocs. Il priait à la fois pour qu'Alexandre quittât son lit et pour qu'il y demeurât.

En cet instant, la délicieuse musique d'un timbre doux et caressant comme une brise d'été lui susurra :

– Tu crois pas qu'on est sur la même longueur d'onde ? Qu'est-ce que qui nous retient ? C'est pour moi que tu as peur, ou pour toi ? On se damnerait à tous les diables si on cédait à nos pulsions ? Tu as beau te fouetter de scrupules parce que tu es l'aîné et que tu ne veux pas me dépraver, ça fait presque deux mois qu'on se reluque, sous la douche, quand on se lève, quand on se couche ! Soyons réglos, Olivier, on a tous les deux une colonie d'abeilles qui nous démangent sous le caleçon, et c'est pas en se refoulant qu'on réglera le problème. Tiens, l'autre jour, je vais te faire une confession, quand tu m'as raconté tes soirées à Gymnésie, la scène avec Arnold et celle avec Christophe et Romuald, j'écoutais et j'imaginais… bah, plein de choses, des fantasmes comme on dit. Tu vois ? J'ai que quatorze ans, d'accord, mais je suis mûr pour ça : à la maison de correction avec mon copain Joseph on n'a pas fait tant de chichis, tu peux me croire. Tes hésitations, c'est bien, elles te font honneur, mais maintenant que je t'ai tout dit, laisse-les s'en aller…

Une ou deux secondes s'écoulèrent. Alexandre avait enfoui sa tête sur la poitrine de son camarade.

Soudain, Olivier pressa le corps palpitant de l'adolescent tandis que ses lèvres frémissantes cueillaient sur ses lèvres un de ces baisers qui scellent, sans paroles ni superflu, ce qui est plus que le plus accompli des serments d'amour, la fusion de deux corps en un unique éclair qui les transcende.

Lendemains qui chantent

Tels les faits se sont déroulés, tels ils sont relatés. La pensée correcte, la fameuse pensée unique, en mâchera bien du dépit et du scandale, tant pis pour elle. Cette pensée, qui a des prétentions écologiques sur les âmes, m'a toujours paru leur vouloir plutôt Seveso que La Belle Verte. Les concepts qu'elle véhicule trafiquent de secrètes affinités organiques avec ces filaments que le soleil moire entre deux herbes. Il y a même quelque chose d'artiste dans ces escarboucles qui ont l'air de cheveux d'anges. Touchez cela du doigt, c'est gluant, c'est baveux, et l'on entend le crapaud coasser non loin dans le marais.

Edulcorer les réalités dérangeantes, étendre de tisane les vérités crues, on appelle cela de la décence. Le mot décence, dans certaines bouches, postillonne. Il va même parfois jusqu'à emprunter ses déjections à la vomissure. On y devine la lèvre ordurière de Messaline refardée Philaminte. D'ailleurs, qui dit lèvres pincées dit cuisses serrées. La bigoterie a pour fonds de commerce un troc de vieilles culottes sales dont elle s'est taillée des voilettes. Quant à son militantisme, dans certaines mains une Bible brandie à bout de bras en plein Parlement fait l'effet d'un *Mein Kampf.*

Revenons à Olivier et à Alexandre.

Au matin, l'aîné s'éveilla le premier.

Sa réaction instantanée fut qu'il nageait en plein mirage, que les transitions du rêve à la réalité sont prodigues d'illusions d'optique et que l'imagination en gésine s'invente des paradis comme la soif fait miroiter des lacs en plein désert.

Seulement, Alexandre était là, à ses côtés, paisible, épanoui et tendrement offert comme une urne. Olivier eut un mouvement d'humeur. Il y avait dans son geste du *vade retro*.

En ce moment, l'adolescent remua, son visage se dégagea de l'oreiller et obliqua vers son camarade des yeux étincelant d'un lumineux rayon de printemps.

On est oppressé, un sourire balaie tout. Cette aurore de quatorze ans chassa les nuées qui obscurcissaient le cœur de l'aîné et épancha dans la chambre un bouquet d'avril à qui les pâles lueurs de l'aube prêtaient la splendeur d'une renaissance. Le jeune homme, ému de cette émotion timide qui appréhende la joie qu'elle éprouve, caressa d'un doigt les lèvres vermeilles de l'adorable enfant, et lui chanta, car la parole chante parfois, ces mots si simples dans leur banalité et qui sont toujours un chef-d'œuvre :

– Je t'aime.

Alexandre soupira, ses paupières frémirent, une petite rosée humide les embua, sa main attrapa la main d'Olivier et la serra avec une inexprimable ferveur.

On ne congédie pas comme cela son tempérament foncier. Les deux jeunes gens, éperdus de ravissement, n'étaient pourtant pas de ces céladons langoureux à qui l'excès de félicité dicte sa tyrannie. Amoureux, certes, et au-delà des épithètes les plus fastueuses, mais bien résolus à fortifier cet amour de la virilité qui est son garde-fou contre la mièvrerie.

Ce post-scriptum on pourrait dire à leur *contrat synallagmatique* inspira au cadet une question passablement surabondante, mais que justifiait peut-être la persistance d'un sédiment résiduel de scrupules. Car ce monstre-là ne se garrotte pas aussi aisément ; il a des velléités de reconquête de son pouvoir déchu. Allez effacer deux mille ans de sornettes burinées par les scribes de Dieu dans un livre que personne de lit plus,[99] mais que l'on respecte par atavisme ! Donc, Alexandre demanda :

– Tu regrettes ?

– Quoi donc ?

– Ce qu'on a fait hier soir...

---

[99] Le Lévitique, où sont consignées les lois de Moïse.

– On regrette ce qui est contraire à ses inclinations. Ce n'est pas le cas, je présume ?

– Tu l'as dit...

– Et toi, tu regrettes ?

– Moi, je t'aime.

Alexandre renchérit, transi d'émotion :

– Je t'aime, et je suis aux anges.

Olivier étreignit son camarade ; ce n'était jamais que la énième fois :

– Je te dirais bien, enchaîna-t-il, que l'ange c'est toi, mais ce genre de compliments sent son mauvais roman.

– Tu as raison, fit Alexandre, notre... notre...

– Entente cordiale, précisa Olivier en riant.

– Si tu veux ; donc, notre entente cordiale ne doit pas souffrir les flatteries fadasses. On est avant tout des garçons.

– Et entre garçons comme nous, ainsi qu'au royaume de France, il y a une prérogative commune, ne pas tomber en quenouille.

– Çà, c'est une réflexion digne d'un misogyne ! Je la trouve sévère, venant d'un hérétique qui a séduit et dépucelé une fille de prude !

– La misogynie est une vieille coutume mâle.

Alexandre s'écarta et adopta pose à distance qui mûrissait une réflexion de longue haleine :

– Je me suis toujours demandé, dit-il, comment deux créatures de même sexe peuvent ressentir si viscéralement une attirance prévue pour les sexes opposés.

Olivier prodigua une divagation du bras digne de ce philosophe qui, à force d'avoir sué et pâli pendant des lustres sur des tonnes de livres, s'aperçut un jour qu'il était plus ignorant que ses élèves :

– On ne sait pas grand'chose, répondit-il, du principe originel qui nous a façonnés tels que nous sommes et qui fait qu'on est sur la Terre avec tant d'intelligence, tel physique, qu'on est né dans tel pays, qu'on aura de la chance ou de la malchance, qu'on sera honnête ou un gros bandit, et même qu'on mourra jeune ou vieux, etc.. Tout ça c'est la bouteille à l'encre par excellence. Personne n'y comprend rien, sans doute parce que personne n'a à le comprendre, ou bien parce qu'on est trop au cœur de la mêlée pour avoir une vue panoramique des causes et des conséquences. Des garçons de notre acabit, il y en a à profusion. Seulement, cela ne se dit pas, cela ne se voit pas, sauf pendant la Gay Pride. L'homme, soucieux de bénir les chaînes qu'il s'est forgé, s'accroche à son conformisme comme le rémora au requin ; or, le plus de conformisme possible, c'est le moins de tempête dans la cervelle, c'est le refus de la vague qui éclabousse, du vent qui gonfle la voile et incite à naviguer vers d'autres horizons, c'est le triomphe du bon petit étang sans une ride sur l'océan tumultueux, du rachitisme souffreteux sur les hautes tailles en bonne santé, de la pétrification sur le dynamisme constamment régénérateur de la vie, et des pseudo vérités fabriquées de toutes pièces sur l'authentique qui est la perle, le diamant, en un mot la quête du Graal.

– Quelle verve ! s'exclama Alexandre.

Olivier attrapa l'adolescent sous les bras, l'allongea dos en travers de sa poitrine et, en émaillant son discours de petits baisers furtifs dans le cou, continua :

– Je suis de plus en plus persuadé que notre monde bégaie ses derniers hoquets d'agonie. Je ne sais pas… trop de coïncidences finissent par mettre la puce à l'oreille interne. J'ai la conviction profonde qu'on est sur le seuil d'une transformation radicale, genre *vous l'avez voulu, vous l'aurez*, ce qui est peut-être la métaphore directe du *peu d'élus* des évangiles.

Il renchérit, avec un soupçon de résignation désabusée :

– C'en est assez de cette civilisation de culs bénis spoliateurs. A force de creuser des abîmes d'iniquité, de mensonges, de bêtise et de toutes les vertus qui décorent nos sociétés sans dieu ni diable, on a réussi à délier ce qui se trouvait au fond du trou, on a dérangé la bête qui sommeillait dans son antre ; elle a longtemps rugi ; en ce moment elle pointe le nez dehors.

– *C'est avoir de bons yeux que de voir tout cela*, fit Alexandre, fier de faire une citation des Femmes Savantes, qu'il venait juste d'achever.

– Tu vois, Alexandre, insista l'aîné, un exemple : si on nous surprenait, en ce moment, tels que nous sommes, tout nus l'un contre l'autre, et bien, sans préjudice du délit de recel de mineur, ce serait pour moi la prison et pour toi le retour à la case départ de la maison de correction. Car dans l'esprit malade des législateurs qui ont codifié l'amour et la sexualité, il n'y a de légitimité que pour ce qui est susceptible de les conserver dans leur formol, bien étiquetés, prêts à l'emploi, et dates de péremption en exergue. Avec tous ces immondices accumulés, on vient te parler de démocratie, de droits de l'homme, ripopée indigeste du pire charlatanisme qu'ait dévoré cette malheureuse planète. Démocratie, laisse-moi rire ! Ce mot m'a toujours fait hurler. La démocratie n'est qu'un haillon dont on habille une nouvelle mouture du totalitarisme, celui du pognon. Seulement, les haillons ont un gros vice de fabrication, ils dissimulent mal le les humeurs scorbutiques qui sont dessous.

– T'inquiète pas, fit Alexandre, comme disait l'autre, il vaut mieux mourir que vivre esclave. Autre citation que j'ai apprise dans tes livres.

– Tout juste ; cela posé, sur le chapitre des mœurs, il y a une façon de se décréter absous, c'est de remonter loin dans l'histoire.

– Qu'est-ce que tu veux dire ?

– Que notre belle sacro-sainte[100] n'a pas toujours eu le visage que lui peinturlurent les ouailles de la Touchapire et du Paulimane…

[100] Métaphore pour Eglise. C'est Voltaire qui inventa ce mot.

– Eh ! j'ai étudié à peu près la matière, au CERMAD, dans deux ou trois manuels assez rares dont je m'étais emparé ni vu ni connu.

– Tu as bien fait...

– Ça m'a donné l'occasion d'en apprendre, et des sacrément salées ; mais je suis sûr que tu en connais de plus succulentes pour le gustatif. Vas-y, ça m'intéresse…

– Je n'ai pas les détails en tête, c'est un vrai roman-fleuve, mais puisqu'on en est à l'étude des mœurs à travers les âges, je te propose un divertissement pédagogique : levons-nous, déjeunons et allons à mon bureau. Le temps de collecter certains fichiers où j'ai rassemblé le produit de mes élucubrations, et on se commente l'étude.

– D'accord, fit Alexandre avec espièglerie, mais avant, pas de faux-fuyants entre nous : vu que les deux baguettes de sourcier sont au beau fixe, il ne s'agit pas de brider leurs légitimes aspirations.

– Et comment…

– D'autant que se refouler en mortifications, c'est un terrain d'élection pour le cancer.

Une demi-heure plus tard, leurs ablutions expédiées, une bonne collation avalée, les deux chenapans, en dépit d'un brin de lassitude redevable à certaine activité fort déconseillée au réveil si l'on veut avoir une saine et sainte journée, s'installaient autour du bureau d'Olivier. Celui-ci engagea les débats :

– Je lis, dit-il, que les lois ecclésiastiques sur l'homosexualité des prêtres étaient si peu sévères, au VIIIe siècle, que le pénitentiel de Grégoire III édictait une peine d'un an de pénitence pour un acte contre nature, tandis qu'il en infligeait trois au père qui s'était rendu coupable d'un acte de chasse.

– Voilà qui réconforte, fit Alexandre; il se trouve quand même de bonnes têtes pour qui tuer est un acte plus grave que se donner de menus plaisirs en bonne compagnie. Je te propose d'enseigner ce détail au Paulimane et à la

Touchapire, à coup sûr il leur en poussera un gros phlegmon là où je pense.

– Ajoute une copie à l'adresse du pauvre en esprit Saint-Josse, petit-fils de Saint-Josse et digne émule de son grand-papa, patron des porte-flingues.

– Béni soit-il alors, relaya le jeune garçon, car le royaume des cieux lui appartient. Mais ici, regarde, je découvre qu'au concile de Latran en 1123, concile qui a entériné le célibat des prêtres, il y avait tant d'unions en cours parmi ces bons pasteurs qu'avant d'appliquer le décret il a fallu les engager à les dissoudre un à un...

– Ça fait rêver… Mais sais-tu que la tolérance de la première Eglise en matière de mœurs allait bien plus loin que la mansuétude pour le péché de chair ? Par exemple, page trois, le pénitentiel de l'irlandais Cummean Fota, au VIIe siècle, prévoyait des pénitences, mais quelles pénitences ! Moins de cent jours pour un baiser simple, un baiser licencieux, un baiser avec émission séminale entre un garçon de moins de vingt ans et un homme de plus de vingt ans, cent jours tout juste pour un *coït interfémoral* – des locutions comme ça, ça ne n'invente pas ! – entre deux jeunes gens, vingt à trente jours en cas d'hommage mutuel et interactif à Onan. Mais le plus incroyable, c'est que toutes ces activités étaient tolérées les jours de fêtes ; elles devenaient alors des récréations.

– Quelle époque !

– Je continue : l'amour des garçons faisait rage parmi la prélature. Tiens, à la page quatre, il est dit qu'un évêque d'Orléans, Jean, se faisait appeler *Flora* par ses jeunes galants, et que le soir, dans les rues de la ville, des adolescents prostitués chantaient ses louanges à qui mieux-mieux. Puisqu'on n'est jamais si bien servi que par l'exemple qui vient de haut, il apparaît un peu plus loin, c'est au chapitre deux, que les papes ne dérogeaient pas à la règle : au treizième siècle, Boniface VIII, au quinzième Sixte IV, étaient reconnus des pédérastes notoires. Une anecdote assez piquante se rapporte à ce dernier : un jour, une délégation de cardinaux lui remit une requête pour obtenir, je te le donne en mille, l'autorisation de commettre l'acte suprême sur leurs mignons, trois fois l'an. Que crois-tu qu'il arriva ?

– Ce fut le pape qui signa ?

– Tout juste ; il prit même la peine d'apposer ce codicille au bas de la requête : *soit fait ainsi qu'il est requis.*

– On rêve…

– Dans les monastères, là je cite de mémoire, lesquels étaient contigus aux écoles, régnait une débauche telle qu'elle effrayait même ceux qui y participaient. Ces réunions de moines et de jeunes garçons avaient lieu en public, sans détours, à la vue de tous.

– Carrément des films X en direct…

– Ces pratiques ne souffraient pas la moindre clandestinité ; tout le monde était au fait des licences qui se commettaient un peu partout et si Ronsard et Rabelais en ont fait leurs gorges chaudes, Agrippa d'Aubigné s'en est offusqué.

– Il y avait de quoi, tout de même !

– Heureusement, et je reprends la lecture, la Réforme Catholique met bientôt bon ordre dans la pétaudière et entérine son volte-face avec le concile de Trente en 1545. Ce qui est amusant, c'est que les catholiques, dans cette affaire, ont été aidés d'une manière imprévue, par qui, à ton avis ?

– Par les protestants, c'est sûr…

– Exactement : Martin Luther, l'ennemi irréconciliable de Rome, lui a mis la planche sous les oignons et a aidé à la manœuvre. C'est d'ailleurs le prétexte qu'il invoque pour se désolidariser de la tutelle pontificale et faire bande à part.

– Façon de parler, je suppose...

– Hélas pour les bonnes âmes alléchées par le spectacle de l'enfer cuisant un à un les sodomites et leurs apologistes, la sauce n'a pas pris, témoin le poème que l'on doit au nonce apostolique de Venise, Giovanni Della Casa : *de laudibus sodomiae et pederastae*.

– Ça, c'est du titre…

– Aujourd'hui, on est bien embarrassé ; les questions relatives à la longue époque de tolérance sur le chapitre des mœurs ne sont pas abordées en détail. On serait bien fâché de confesser dans les positions actuelles une terrible preuve de l'incapacité à concilier la prétendue liberté de chacun de disposer de son corps avec le jansénisme de principe qui gouverne la casuistique. On a donc choisi la voie d'une morale rafistolée de bric et de broc et qui ne repose sur rien, surtout pas sur un diagnostic médical. Tiens, regarde, page douze : dans la *Déclaration sur certaines questions sexuelles*, promulguée par la Sacrée Congrégation pour la Doctrine de la Foi, le 29 décembre 1975, on trouve ces lignes incroyables, totalement en dysharmonie avec toute une génération de jeunes qui aspirent à la liberté : *quelle que soit la force de certains arguments de nature biologique ou philosophique, qui ont parfois été utilisés par des théologiens, en fait le Magistère de l'Eglise et le sens moral des fidèles ont l'un et l'autre déclaré sans hésitation que la masturbation est un acte intrinsèquement et gravement désordonné*.

– Et voilà ! s'exclama Alexandre, la création est mal foutue : si j'avais eu accès plus tôt à ce texte, je me faisais eunuque et hop ! je courais à mon salut. A présent, c'est râpé...

– Il n'est jamais trop tard pour faire amende honorable, c'est une question de volonté.

– Il faudrait commencer par renoncer aux postures diaboliques qu'ont adoptées cette nuit et ce matin nos personnes physiques, si peu en accord avec la Déclaration machin…

– Pour moi, la posture, j'ai plutôt une furieuse envie de renouer avec elle…

– C'est Satan qui parle en toi, mais soyons indulgents ; d'ailleurs il faudrait avoir autant d'indulgence pour la Déclaration truc que pour nous : ils ont touché en plein dans le mille de la connerie, nos curés modernes !

– Tu l'as dit : aucune argumentation, aucun fondement ! L'Eglise se comporte comme un bélier qui s'essoufflerait à enfoncer un gros portail. Ça fait bien quelques dégâts çà et là, mais le portail est solide.

– C'est oublier les milliers de Touchapires qui inondent la planète

– Laisse-les inonder ! Quand le flot se retirera, et il se retirera un jour ou l'autre, on ramassera les coquillages et on en fera une salade de fruits de mer.

– Sauf s'ils sont contaminés façon Tchernobyl ; le Tchernobyl de la foi, c'est le Vatican, et le réacteur fautif la banque Ambrosiano.

– Bon sang ! Pour un gamin, on dirait une encyclopédie…

– Je te l'ai dit, j'ai humé la bibliothèque de mon internat à moi. C'est à peu près tout ce qu'on nous laissait faire quand on nous avait bien tapé dessus. Ah, au fait, il y avait un aumônier, il s'amusait à nous palper.

– Tu as été palpé ?

– J'ai échappé à la palpation : je lui ai pissé sur les mains, ça m'a valu huit jours de cachot à poil sur la pierre nue et une broncho-pneumonie pour rafraîchissement. Tiens, je t'invite à un jeu amusant : tu reprends l'immortelle littérature de la Déclaration chose dans son entier, mais tu remplaces certains mots par d'autres. Ecoute ce que ça donne : *quelle que soit la force de certains arguments de nature économique qui ont parfois été utilisés par des politiques véreux, en fait le Magistère de Matignon et l'instinct grégaire des votants ne conviendront jamais que le fait de posséder des millions dans un paradis fiscal est un acte intrinsèquement et gravement désordonné*.

– Avec une pareille mentalité, pas étonnant que tu aies été envoyé en maison de correction !

– Je ne te le fais pas dire…

– Ces pauvres gens sont si à côté de leurs pompes, reprit Olivier, ils se mentent tant à eux-mêmes qu'ils n'ont évidemment pas tenu le moindre compte des résultats d'un sondage effectué auprès de la jeunesse, à laquelle on posait la question suivante: est-ce que, pour vous, la branlette est un péché ? Sur 9977 interrogés, 2% des filles et 12% des garçons ont répondu par l'affirmative. La proportion parle d'elle-même.

– Ça met en relief, reprit Alexandre, que les garçons sont moins sincères que les filles. Ça ne me surprend pas : les filles se vantent rarement, mais elles sont infiniment moins coincées. Leçon à méditer…

– Exact : nos douze pour cent de petits mâles en ont été pour leur frayeur d'avouer qu'ils se tripotaient la nouille.

– En tous cas, deux ou douze pour cent, voilà l'International Bigot's Association and Co sur le flanc.

– Peut-être, fit Olivier, mais ce sont eux qui tiennent les rênes et ils ne les lâchent pas.

– Grâce à la stupidité du plus grand nombre.

– Et à la connivence de certains medias.

– Les medias, en général, c'est le plus grand nombre, avec un micro devant la bouche.

– Alexandre, avec des citations de cette puissance, la postérité t'érigera un mausolée.

– Je le mérite.

– Note bien que dans cette soupe de bondieuseries pleurnichardes délayées à la sauce missel, il y a quelques voix pour faire un peu discordance avec le diapason officiel. Une poignée de théologiens, protestants et catholiques mêlés, fait progresser la réflexion et jette le chat aux jambes des inconditionnels de la génuflexion. L'abbé Marc Oraison – quel nom, pour un prêtre ! – a écrit en 1975 : *il est d'abord indispensable de souligner que le fait d'être homosexuel n'est pas d'ordre moral. Ce n'est ni un péché ni une faute ni un vice : c'est un fait. Le sujet qui a des tendances homosexuelles n'a pas choisi de les avoir, et il serait à la fois stupide et injuste de le lui reprocher. C'est une donnée dans laquelle il n'est pour rien et avec laquelle il va falloir qu'il s'arrange, d'une manière ou d'une autre.* Je ne te dis rien de monseigneur Gaillot, lequel avait défrayé la chronique en son temps en déclarant : *les homosexuels nous précèdent dans le royaume de Dieu.*

– Il avait dit çà, ce brave homme ?

– Comme je te le dis...

– Quel héros !

– Evidemment, monseigneur Gaillot a eu sur le dos la fourmilière des grenouilles de bénitier et des charançons de lutrin.

– Ben voyons !

– On l'a décrété nocif à la société catholique bien pensante.

– Pardine !

– On a cousu à sa chasuble les emblèmes de Belzébuth, queues et cornes fourchues.

– Tout honneur pour lui !

– Il s'en est moqué comme d'une guigne.

– Je parie qu'on ne le canonisera jamais, à la différence de Pie IX qui avait une guillotine sous sa fenêtre.

– Monseigneur Gaillot avait un tort, il aimait son prochain.

– C'est plus qu'un tort, une perversion.

– L'Eglise, elle, aime d'abord l'Eglise.

– Anthropophagie qui lui sera fatale.

– Qui l'est déjà : tu n’as jamais observé à quel point les positions les plus dures en matière de moralité annoncent l'imminence de l'effondrement de la moralité ?

– C'est le syndrome du chant du cygne, s'écria Alexandre : on se cramponne aux dernières branches. Mais les branches, ça casse.

– Tout s'écroule, rien ne demeure…
– En grec, ça sonne bien.
– Je sais, mais je ne veux pas être pédant.
– On est entre nous, on peut se permettre.
– Pour ce qui est de la permissivité, allons-y sans entraves, le mieux est encore à venir…

Tandis qu'ils devisaient ainsi, à un moment la robe de chambre d'Alexandre se dégrafa et dénuda le haut de son torse.

Cet incident alluma la perplexité d'Olivier :

– Par tous les visons d'Auvergne, dit-il, tu ne remarques rien ?
– Quoi donc ? fit Alexandre.
– On est quasiment à poil et on n’a pas froid.
– Tiens, mais c'est vrai, çà !

L'aîné vola à la fenêtre, l'ouvrit et dit :

– Ecoute : qu'est ce que tu entends ?
– Un clapotis, répondit l'adolescent.
– Et qu'est-ce qui responsable de ce clapotis, d'après toi ?
– Est-ce que je sais ?…

A peine avait-il prononcé ces paroles qu'il bondit à son tour aux côtés de son camarade, les mains sur le plat-bord de la fenêtre.

– Quel idiot ! s'écria-t-il, mais c'est bien sûr !

Sous leurs yeux, la neige était en train de fondre.

Le redoux tant espéré depuis des semaines s'était glissé furtivement, pendant la nuit, sur les Froides-Aigues, en faisant patte de velours.

– Enfin ! soupira Alexandre.
– Hélas ! répondit Olivier.

L'adolescent dévisagea son aîné avec embarras :

– Excuse-moi, dit-il, j'avais fini par oublier.

Lendemains qui déchantent

Le redoux n'était qu'un leurre.

Il advient parfois que dans le cours d'un épisode hivernal particulièrement sévère se glisse un intervalle plus clément. Le thermomètre fait un bond spectaculaire en quelques heures. On se dit alors que la masse d'air glacial rétrograde vers l'est, que les rigueurs ont du plomb dans l'aile, que le vent d'ouest est en pleine reconquête de son fief et qu'il va charrier une douceur océane annonciatrice du printemps prochain.

Olivier était sceptique et ne le dissimula pas :

– Ces répits sont fréquents, dit-il, l'hiver a des fausses mansuétudes, il ressemble au bourreau qui desserre l'étreinte pour torturer plus consciencieusement la minute d'après. Ne t'y fie pas : dans moins de deux jours, on sera de nouveau au diapason de Iakoutsk.

Il ajouta, après une brève mais intense réflexion :

– Je crains même que le pire ne soit encore devant nous. D'ailleurs, il y a un précédent historique, en 1709 pendant la guerre de succession d'Espagne.

Il dérangea un livre de sa bibliothèque, le quatrième tome des mémoires du duc de Saint-Simon, éditions Jules Tallandier, 1980, le feuilleta quelques secondes et lut à voix haute :

Le froid prit subitement la veille des Rois, et fut près de deux mois au-delà de tout souvenir. En quatre jours, la Seine et toutes les autres rivières furent prises, et, ce qu'on n'avait jamais vu, la mer gela à porter le long des côtes. Les curieux observateurs prétendirent qu'il alla au degré où il se fait sentir au-delà de la Suède et du Danemark. Ce qui perdit tout, et qui fit une année de famine en tout genre de production de la terre, c'est qu'il dégela parfaitement sept ou huit jours, et que la gelée reprit subitement, aussi rudement qu'elle avait été : elle dura moins, mais jusqu'aux arbres fruitiers, tout demeura gelé.

– En attendant ce pire, fit Alexandre, faut se remuer : ça me démange le long des guiboles.

– Bon ! fit Olivier, on pousse une pointe jusqu'à la barrière, histoire de se rafraîchir le sang.

Moins d'une demi-heure plus tard, tous deux se lançaient sur le sentier où quelques semaines plus tôt, on s'en souvient, le plus jeune s'était effondré, vaincu par l'épuisement.

A mesure qu'ils avançaient, la neige, ramollie par la hausse brutale de la température, diminuait d'épaisseur. Le couvert de la forêt avait admirablement joué son rôle d'écran et les garçons foulaient une couche qui leur débordait à peine sur les chevilles. Cependant, ils furent rapidement confrontés à la brièveté de leur condition physique : à mi-distance, ils avaient les jambes si flageolantes, le souffle si ténu, qu'ils balancèrent s'ils n'allaient pas battre promptement en retraite :

– Voilà le solde de six semaines d'hibernation, dit Olivier. L'hiver est l'auxiliaire des paresseux. On a beau sortir tous les après-midi, le rayon d'action de nos récréations ne va pas bien loin.

– Pas de défaitisme : aux beaux jours, on se refera une santé !

Olivier sourit, le cœur battant : le gracieux pastoureau, avec le feu de son âge, ne venait-il pas de prononcer tout bonnement ses vœux de clôture ? Evidemment, Olivier se garda bien de lui ouvrir la bouche là-dessus. Nous avons tous de ces superstitions qui répugnent à rappeler à autrui ce que nous souhaitons qu'il oublie.

Ils croisèrent bientôt ce jalon de la Crête où, un beau jour de mai, Olivier avait espionné quatre garçons, les fameux huttiers, obliquant vers leur tragique bivouac. Selon sa vocation onomastique, il l'avait affublé d'un nom, le *défilé des huttiers*. Le chemin décrivait là un angle particulièrement aigu au-delà duquel il s'incurvait à cent vingt degrés.

C'est précisément dans ce lieu profus de sombres souvenirs qu'éclata un grave incident. Il est sinon impossible du moins improbable de mesurer les répercussions à plus ou moins long terme de telle ou telle péripétie apparemment fortuite. Il suffit d'un caillou dans le rouage pour que la machine s'enraye, mais d'un caillou placé, si l'on peut dire, sur la bonne dent de la crémaillère.

Racontons le fait.

Depuis quelques minutes, Alexandre se trémoussait dans le plus pur style de quelqu'un qui est démangé des vers. La raison était qu'un besoin urgent le pressait, et ce besoin-là, le froid a tôt fait de lui conférer un caractère de priorité absolue. Comme décidément il n'y avait pas moyen de surseoir, il entreprit de se dégrafer, ce qui, sous un harnachement plantureux, requiert longueur et patience de temps et menace parfois précipitation. Or, il advint qu'Olivier, avisant ce spectacle, fut inspiré d'une envie analogue : tant les grands exemples sont contagieux ! Les deux pisseux s'alignèrent donc posément face à un rocher et charmèrent ces instants de détente bien méritée en improvisant des plaisanteries, du reste de très bon goût, sur les différents degrés de congélation des liquides. Car rien ne pique l'esprit comme une activité émonctoire ; témoin saint Pacôme qui, récitant ses oraisons sur sa chaise percée, disait au diable : *mon ami, ce qui va en haut est pour Dieu, ce qui va en bas est pour toi.*

En ce moment, une détonation toute proche retentit avec le fracas d'un impact de foudre.

Dire qu'Olivier et Alexandre sursautèrent est un euphémisme. Dire que l'aîné monopolisa immédiatement l'intégralité des ressources de son flegme, c'est résumer une des vertus majeures de ce tempérament constamment hors du fourreau : il croisa un doigt en travers de sa bouche et somma gestuellement son compagnon de se rencogner au creux d'une anfractuosité de la Crête. Puis il s'adossa aux rochers, coulissa jusqu'à l'extrémité de la courbe et hasarda une prunelle là où avait claqué la pétarade. Car, aucun doute, ladite pétarade était celle d'une arme à feu.

Sa manœuvre était facilitée par la brusque invasion d'une de ces brumes caractéristiques des fins d'après-midi d'hiver qui noient tout sous une estompe blanchâtre et sont d'ailleurs un des pires pièges de la montagne. Olivier s'était cloué aux aguets, narines frémissantes. Un crissement tout proche de pas sur la neige l'avertit de la proximité de l'individu responsable du barouf. D'un mouvement discret du bras, il réitéra à son camarade l'injonction de ne pas se montrer. Ayant dit cela, il marcha droit à l'intrus.

De sa cachette, voici comment Alexandre perçut *acoustiquement* le dialogue qui occupa la scène, invisible pour lui : d'abord la voix d'Olivier résonna, claire, irritée, à laquelle répliqua une autre voix, aigre et modulée d'un fort accent du sud-ouest. Cette dernière voix s'amplifia, comme quelqu'un qui menace. Puis elle cessa net, un bruit mat et percutant y succéda, aussitôt ponctué d'un jurement étouffé. Deux ou trois secondes plus tard, Olivier, cramoisi, l'œil flamboyant, accourait et hâtait le retour aux Froides-Aigues.

Quand les deux garçons eurent doublé la première inflexion du sentier, l'aîné relata les détails de l'algarade : la déflagration était imputable à un chasseur, un certain Canulle. Le lecteur a peut-être encore quelque souvenir subsistant de ce Canulle ; c'était lui qui pendant le repas de clôture de la chorale, avait eu un mot malheureux, quoique plus bête que méchant, en ranimant par anecdote l'affaire de l'assassinat du jeune Hippolyte.

– Qu'est-ce qui s'est passé exactement ? demanda Alexandre, inquiet. Olivier se mordit les lèvres et répondit :

– Je lui ai collé un gnon en pleine poire.

Pour une nouvelle, c'était une nouvelle ! L'adolescent écarquilla de grands yeux plein d'étonnement, mais où pétillait une admiration ravie :

– Toi ? Toi, le pacifique, toi le gentil, voilà que tu nous la fait façon hooligan ! Décidément, on ne compte plus tes talents !

– Que veux-tu, répondit Olivier, quand on a les chasseurs dans le nez et qu'on en rencontre un des pires spécimens qui braconne, on ne se maîtrise plus.

– Tu n'aimes pas la chasse ?

– Il n'y a qu'une discipline pour laquelle j'ai encore plus d'adoration, c'est la tauromachie.

– Tu as tort : c'est très noble de trucider des taureaux. J'ai entendu dire qu'il y a des femmes maintenant qui tortillent du croupion dans les arènes avec leur muleta ; s'il n'y a pas de raison que les taureaux soient sexistes, je ne vois pas pourquoi les faisans et les chevreuils le seraient.

– Par tous les morpions de Lucifer ! s'exclama Olivier, on appelle la chasse un sport, et on appelle la tauromachie un art ! Sport, art, ces divertissements sanguinaires tout juste bons à assouvir le besoin de cadavres et le goût de sang dont certains hommes sont frustrés et qu'ils doivent à je ne sais quel hérédité morbide ? Bah ! j'ai tort de m'emporter, tout ça c'est logique, vu le niveau moyen de la civilisation. Ce qui est moins logique, c'est la présence ici d'un chasseur. Celui-là ne se plaindra pas de la chiquenaude, il chassait deux fois hors la loi.

– Ah oui ?

– Primo, pendant les périodes de grands froids, la chasse est interdite, attendu que les animaux, frigorifiés et affamés, sont une proie trop facile. Le Canulle se fiche des règlements comme des animaux ; tout ce qui lui importe, c'est de plomber, vocabulaire cher aux croquants de sa sorte. Secundo, les Froides-Aigues sont tenues en garenne, c'est à dire qu'elles sont frappées d'une interdiction générale de chasse.

– Décidément, tu as l'air de lui vouer un amour inconditionnel, à ce Canulle !

– Ce misérable reliquat de l'arrivisme est de ceux qui ont saisi toutes les bonnes aubaines, de préférence en écrasant ce qui leur résiste. Lui, c'est le parfait prolo, sans un bémol à la clef : intelligence rudimentaire, égoïsme hermétique ; avec çà, chasseur ! Couronnement naturel : tout imbécile finit un jour par tirer au fusil. Le fusil, c'est le prolongement de la bite, on se sent d'autant plus homme qu'on a le sentiment de droit de vie ou de mort sur ce qui est sans défense.

Ce jour-là, Olivier délaya sa colère en mauvaise humeur, et elle ne traduisait pas moins l'agacement d'avoir eu maille à partir avec un braconnier, que le danger que lui et Alexandre avaient encouru de divulguer à cet importun la présence du plus jeune.

Ce que ni l'un ni l'autre n'avait prévu, c'était ceci : Canulle, sa gourmade encaissée, avait eu la réaction typique des lâches qui ruent et cabrent contre l'adversaire une fois l'adversaire hors d'atteinte. Les roquets ont de ces hargnes-là, de loin. Si on fronce le sourcil, ils déguerpissent en jappant. Le Canulle s'improvisa donc sa petite comédie de l'intrépide sur un théâtre dont il n'était plus que l'unique acteur, et en profita pour lâcher une bordée d'injures au fantôme d'Olivier, histoire de se prouver qu'il était un homme, que diable, puisqu'il était chasseur. Sa gasconnade le mena là où les deux garçons s'étaient soulagés. La fureur n'éteint pas toujours la sagacité. Le Canulle, promenant machinalement sur la neige qui tapissait le sol son regard de myope à travers sa paire de grosses lunettes, y considéra plusieurs empreintes de chaussures. Son œil torve se fixa sur cette étrangeté, sa cervelle calcula l'équation qui en résultait. Il s'opéra dans cette intelligence essentiellement programmée pour additionner les bénéfices, un rapport de cause à effet dont les différentes phases s'écrivirent pour ainsi parler en toutes lettres sur sa physionomie : d'abord l'incrédulité, ensuite l'étonnement, enfin quelque chose qui était de la joie, mais de la joie fielleuse. Quand cet acide eût bien infiltré sa moelle, un hideux sourire déforma sa face de portefaix. Les mains sur les hanches, avec la satisfaction de Iago subtilisant le mouchoir de Desdémone, il vociféra aux échos : *tiens, tiens ! Il n'est donc pas seul, cet écolo de mes deux…*

Une face de carême

Monsieur Canulle était un homme *de basse mine*, comme dirait Saint-Simon, rond, court, lourd, envieux avec dédain, humide de la tendance mi-partie chassieuse et poisseuse, ce qui est l'humidité crasse, affichant sans vergogne les attributs du plébéien parvenu, la couperose et l'embonpoint. Il devait la couperose à l'abus du vin et l'embonpoint à l'abus du confit d'oie, deux ingrédients qui entrent dans la recette du pied-plat. Cette alcoolémie jointe à une goinfrerie de viandard lui avait équarri une face *vultueuse*, vieux mot qui traduit à la fois une bouffissure vermeille à l'excès, des joues et des lèvres gonflées, un teint enluminé et des yeux saillants au blanc injecté de sang.

Monsieur Canulle arborait en outre une calvitie intégrale, probablement précoce, qu'un réseau de veines sillonnaient au hasard d'un relief inégal de cratères et de bosses. Il chaussait de grosses lunettes à verre épais et à monture d'écaille, dont Despréaux eût fait volontiers un distique.[101]

Sa figure, étudiée par un physionomiste de l'école indulgente, c'est à dire philanthropique, aurait peut-être reflété quelque chose de paternellement débonnaire, sans une invincible chape de fatigue où dominait la fatuité abrutie caractéristique des mécréants vulgaires. Par un de ces bizarres arrangements de la nature qui complète en croquade informe ce qu'elle a commencé en ébauche maladroite, ses membres se singularisaient par la brièveté boudinée que l'on observe chez certains animaux comme l'émeu ou l'autruche.

---

[101] Allusion à la satire de Boileau, v. 138 à 140 ;

On a porté partout des verres à la ronde,
Où les doigts des laquais, dans la crasse tracés,
Témoignaient par écrit qu'on les avait rincés.

Défaut qui avait ceci de dramatique qu'il doublait le masque de la stupidité de la panoplie du ridicule.

Avec cela, la lèvre inférieure proéminente et lippue, signe d'égoïsme, les yeux à fleur de tête, signe d'hébétude, le front étroit, l'oreille éléphantesque, le cou squameux et goussaut, c'est à dire engoncé dans des épaules disproportionnées, l'encolure idéale d'un phacochère domestique. Quand il parlait, c'était d'une voix acidulée, sorte de glapissement monotone aux appogiatures *falsetto*[102] qui aggravait la tragique pitrerie du myrmidon.

Monsieur Canulle régnait en potentat sur deux empires, sa famille et son entreprise.

Chef de l'une, il était le maître de l'autre.

Il dirigeait d'une main de fer un établissement de messagerie routière qui acheminait des colis aux particuliers et aux commerçants de la région. Le parc automobile de cette entreprise totalisait en tout et pour tout deux fourgons de modèle ancien, si disloqués, si bringuebalants, qu'ils étaient tout juste bons pour la casse. Jamais un contrôle technique, ce dont Canulle se fichait pas mal pour avoir graissé le marteau à qui de droit ; aussi, gendarmes et policiers, dûment avertis, fermaient complaisamment les yeux sur le délabrement de cette quincaillerie ambulante. Monsieur Canulle cultivant la malignité des croquants de son lignage, la décrépitude de son outil de travail lui était utile en ce qu'elle travestissait d'une guenille souffreteuse la santé en réalité florissante de ses affaires. Cette mascarade lui permettait d'inspirer la pitié tout en brassant de substantiels bénéfices. Les sociétés lucratives foisonnent de ces indigents en trompe-l'œil dont les haillons volontaires attendrissent. La ruse ne courait pas seulement au change, elle justifiait aussi le salaire de ses employés, étique.

Il possédait à titre personnel une résidence principale estimée à deux cent cinquante mille euros, et une résidence

[102] En fausset ; terme italien de musique.

secondaire au pays basque d'une valeur de trois cent mille. *Pour les vieux jours*, disait-il.

On le voit, il avait fait son beurre. Comme pas mal d'arrivistes ici-bas, il excellait dans l'art d'extraire pension des bonnes aubaines et d'exploiter hardiment les savoureuses opportunités. Les temps de chômage, les temps de misère, font fleurir partout les Canulles. L'âge de fer que nous endurons, où l'esclavagisme patronal reçoit le mot d'ordre de la mystification et de l'improbité politiques, redore à sa façon, au-delà des décennies de luttes ouvrières, l'antique blason du régime des privilèges. Un patron est un dictateur. Il écorche ses administrés comme autrefois un seigneur de fief tyrannisait ses serfs.

Les vertus de Canulle ne se bornaient pas à la gestion de ses biens et à la spécificité de sa philanthropie. Il importe d'appuyer sur le trait prépondérant de ce pur produit du crétinisme prospère, lequel achevait de le consacrer respectable parmi ses pairs, sa qualité de chasseur.

Le dimanche, pendant la saison, parfois hors saison, nous venons d'en être témoins, monsieur Canulle se levait vers les six heures, recevait en bonne compagnie quelques bélîtres de même acabit que lui, garnissait sa besace de l'indispensable viatique, et tous ensemble allaient se poster sur un chemin de forêt, en salivant d'avance le chevreuil prié de pointer son museau ou le faisan sommé de s'envoler. Notez bien la technique utilisée par Canulle et ses compères, technique dite *attentiste* : d'autres amateurs de gibier, aux jambes un peu plus trépidantes, arpentent champs et forêts la franche journée et s'en retournent au logis le soir, souvent bredouilles, mais pleins de la saine fatigue de s'être dépensés. Cette chasse-là, qui force le gibier, n'a rien de choquant, en ce que le chasseur compense sa supériorité logistique par la manifestation ostensible de sa présence. Ainsi équilibre-t-il les chances de l'animal de lui échapper. Canulle et son escorte n'étaient pas de cette trempe ; leur déchéance physique ne stipulait pas d'autre stratégie que l'affût. L'affût étant susceptible de s'éterniser, il convenait d'en égayer l'ennui. Tout était donc prévu, et le remplissage de cette oisiveté circonstancielle s'exécutait à coup de bouteilles, de saucisses et de lard grillé sur des barbecues. Ajoutez à cela la sieste digestive obligatoire, et vous aurez un spécimen des journées de chasse de Canulle et de son collège cynégétique.

Soit dit en passant, cette stratégie a son école dont une branche a poussé quelques rameaux originaux. Il existe, du côté du bassin d'Arcachon, dans la petite commune du Teich, un parc ornithologique où niche une variété d'oiseaux de toutes espèces, entre autres de magnifiques cigognes. Ce parc, géographiquement parlant, est délimité, au nord par sa frontière naturelle, le bassin proprement dit, à l'ouest à l'est et au sud par sa frontière artificielle, le cadastre. Les oiseaux, sentant d'intuition la première, ignorent comme de raison la seconde. Il n'est donc pas rare qu'ils s'évadent du cadre de leur résidence et l'on aperçoit parfois, volant au-dessus les maisons et distrayant les joueurs de tennis, d'insolites et gracieuses silhouettes, compagnes familières des habitants du cru. Pas un teichois qui ne soit heureux de vivre à deux pas d'un des sites naturels les plus beaux d'Europe. Pendant la période de chasse, de septembre à février, les chasseurs se campent à la périphérie de cet enclos et vous abattent sans vergogne hérons cendrés, grues, cormorans, pélicans, canards, ibis roses, pluviers, et le reste. Ceci en toute illégalité, mais qu'est-ce que l'illégalité quand on se recrute de deux millions et demi d'adeptes ? Car sanctionner un chasseur, aujourd'hui en France, c'est provoquer une cohue gesticulante et braillarde de dix mille gens d'esprit qui défileront le long des rues d'Amiens ou de Toulouse en agitant des banderoles sur lesquelles quelque poète au talent méconnu aura barbouillé la diatribe favorite des adorateurs de saint Hubert contre leur ennemie déclarée :

Bardot, montre-nous ton cul, Bardot, montre-nous tes fesses.

Ils auraient tort de se gêner. N'ont-ils pas eu pour échanson monsieur Jospin, lequel s'était hâté de légitimer le droit de massacre en apposant sur leur coterie, *chasse, nature, pêche et tradition*, le paraphe de son contrat d'alliance politique ? C'est que les clients sont rares, il s'agit de les ménager : deux millions d'électeurs potentiels, cela mérite bien quelques gracieusetés, et tant pis pour les animaux. Beautés de la politique clientéliste.

Canulle avait dans sa vie un souvenir terrible. Vingt ans plus tôt, à une époque où il lui était encore praticable de marcher cent mètres sans s'asphyxier, l'histoire se déroulait pendant une battue au renard, lui et une demi-douzaine de ses condisciples avaient avisé quelque chose qui bougeait dans un buisson. Un renard, évidemment. Les sept héros mettent en joue le buisson comme un peloton d'exécution et n'y laissent pas une feuille. Puis ils s'approchent en se tapant sur l'épaule et en s'applaudissant de leur prouesse ; car quand on est de cette classe-là de chasseurs, un faisan ou un chevreuil converti en un amas de chair sanguinolente, cela vous flatte les entrailles bien mieux qu'une nuit d'amour avec Cindy Crawford. Le renard était un enfant de dix ans, qui s'était réfugié là pour jouer. De l'enfant, il restait à peu près une bouillie. Les chasseurs furent déférés au parquet. Verdict du tribunal : deux ans de prison avec sursis. Il paraît qu'il existe, en France, une justice, la même pour tous, égalitaire, fraternelle, et point du tout soumise aux influences des lobbies ni aux pressions politiques qui balayent leur boutique.

Canulle avait donc remarqué qu'Olivier n'était pas seul.

Il s'empressa de colporter la nouvelle.

Hiems [103]

L'hiver perdurait et perdurait encore, et n'en finissait pas. Février, mars, et toujours la même ambiance uniforme d'un décor en noir et blanc balayé par une noria de bourrasques polaires. Ce qui était particulièrement éprouvant, c'étaient les faux espoirs qu'entretenait l'alternance quasi métronomique de brèves périodes de radoucissement et de longs épisodes sibériens. Le baromètre baissait, on s'exclamait : *voilà le redoux !* et les pressions s'élevaient de nouveau inexorablement. Pire, ces intervalles censés plus cléments n'étaient d'aucun répit, la neige et le vent relayant le froid. Trois ou quatre blizzards se succédèrent ainsi en deux mois.

Cet hiver atroce atteignit son paroxysme dans la nuit du 27 au 28 février : la station météorologique de Limoges enregistra -48°. Aux Froides-Aigues, le record absolu plongea sous les cinquante. La maison étant chauffée de longue date, on n'en souffrit que médiocrement : le bois abondait, les vivres abondaient, Olivier et Alexandre se dispensaient la tâche d'alimenter de nuit comme de jour la chaudière poussée à plein régime. Ce furent les seules contraintes auxquelles ils eurent à se plier.

Cependant, ainsi que l'avait craint Olivier, l'éolienne ne résista pas. Son axe de rotation était déjà hors service, ce fut bientôt l'axe des pales qui se grippa.

– Diable, dit Alexandre, te voilà privé d'ordinateur ! Autant te pendre à la première poutre...

On n'en était pas moins en libre pratique de ressources avec l'éclairage. Au soir de la panne, Olivier décacheta un gros carton et en extirpa six magnifiques lampes à pétrole qui vous inondèrent les pièces d'une lumière plus drue qu'un soleil d'été :

---

[103] Hiver, en latin.

– Tiens, dit-il, encore un effet de mon légendaire talent de prévoyant, et il y a de la réserve de combustible…

Toutefois, il fit si froid pendant la dernière semaine de février qu'en dépit des radiateurs brûlants, la chaleur ne se maintenait plus au-delà de dix ou douze degrés. Les deux locataires transportèrent leurs quartiers au troisième étage : grâce aux petits poêles qui garnissaient chaque mansarde, ils vécurent là un peu plus confortablement.

Hors ces légers inconvénients, négligeables dans un contexte aussi calamiteux, ils se soutenaient sans essuyer d'incommodités majeures. Ils consacraient l'essentiel des après-midi à casser du bois au rez-de-chaussée. Ce rez-de-chaussée était sans doute le séjour le plus agréable. La chaudière y accroissait la température jusqu'à vingt-quatre degrés à proximité, ce qui, le corps s'étant habitué au froid, en faisait une véritable étuve. Quant aux canalisations, une circulation d'eau permanente les garantissait du gel.

Vers la fin de mars, un énième redoux lança une nouvelle offensive, celle-ci plus pugnace que les précédentes. Il neigea à gros flocons, puis la neige se tourna en pluie. Le vent, qui n'avait pratiquement pas varié de trois mois, vira au sud-ouest. Le thermomètre se catapulta à treize degrés. Treize degrés ! Calculez l'énormité du gradient thermique en seulement vingt-quatre heures…

Le bouleversement était intégral. Ces contrastes sont d'une violence qu'il est difficile de se représenter si on n'y a pas été physiquement aux premières loges. Des troncs de résineux et de chênes explosaient sous la pression interne de la glace. Un déluge de Deucalion dégringola d'un ciel saturé d'une gigantesque épaisseur de nuages anthracite, en forant les couches superficielles des terrains et en y soulevant des torrents de boue qui dévalaient les pentes et embarquait des tonnes de sédiments. Comme le sous-sol était gelé, ce lavage, on dit *lessivage* en langage technique, arasa les surfaces, pelant à nu des hectares de collines mal protégées. Labour qui s'assimilait à un gigantesque scalp. La nature qui avait d'abord frigorifié changeait de registre et liquéfiait. De cyclopéens blocs de terre et de roches étaient décollés et précipités au fond de dépressions après avoir broyé des arbres par centaines. Il n'est pas excessif d'affirmer que beaucoup de topographies en furent modifiées : là où il y avait une gorge, un amas détritique l'avait comblée ; là où se dressait un surplomb, plus de surplomb mais une espèce d'escarpement miné comme par une pelle géante. Des cours d'eaux déjetés heurtaient des obstacles imprévus et modelaient des cuvettes de rétention qui improvisaient de véritables petits étangs. Des maisons étaient emportées comme barques sur la mer par d'inimaginables lames de fange noire et visqueuse qui submergeaient tout dans un épouvantable décor d'apocalypse. On ne comptait plus les ponts écroulés, les édifices effondrés, les quartiers entiers démolis. En ville, le fléau hivernal apposa avec ce trop brutal dégel le sceau de son dénouement de plus de trois mois de misère : la faim, la maladie, les privations, la saleté, la mort par engloutissement rivalisant avec la mort par ankylose, aucun secours, les cités exposées à la barbarie de bandes plus ou moins organisées qui dévalisaient pillaient, tuaient, violaient ; des centaines d'enfants, de femmes et de vieillards mourant chaque jour, l'anéantissement du peu qui subsistait des structures sociales et économiques, l'ensevelissement sous un moyen-âge réinventé en pleine civilisation technologique, voilà ce que fut la fin du premier trimestre de l'année 2040.

Dans cette débâcle générale aux accents d'agonie, Olivier et Alexandre eurent quelques chats à fouetter. Leur premier soin avait été de réparer l'éolienne, ce qui n'était praticable qu'entre deux coups de vent et au prix de difficultés telles qu'elle les tint longtemps en échec et qu'ils furent même à deux doigts de renoncer. Heureusement, la synergie de leurs volontés étaient de celles qui guerroient jusqu'à la victoire finale. Avec une patience, une persévérance et un courage admirables, encordés en rappel derrière les pales et sans cesse menacés par le rétablissement de leur brusque pivot qui les aurait tout simplement décapités, ils réussirent à lubrifier les deux axes indispensables au fonctionnement de l'appareil. Celui-ci, progressivement, après avoir grincé de toute la tessiture de son armature métallique, usant de sa propre force de rotation pour pulvériser les blocs de glace qui entravaient les crémaillères et leur substituer la graisse fraîchement injectée, rompit peu à peu l'ankylose du mécanisme. Les deux garçons, exténués autant par la complication de la tâche que par le danger de mort qu'ils encouraient, se versèrent ce soir-là un double cognac qui les expédia au plumard vite fait bien fait.

Le cas de l'éolienne résolu, ce fut au tour des batteries. La plupart d'entre elles étaient hors d'usage. Là encore, le flair précautionneux d'Olivier sauva la situation. Le garçon en exhuma de toutes neuves encore empaquetées dans leur conditionnement d'origine.

Une semaine fut ainsi consacrée à remédier aux dommages qu'avait engendrés l'hiver le plus catastrophique de l'histoire européenne.

Et puis, les trombes d'eau diminuèrent d'intensité. Dès lors, tout s'accéléra comme par cascade, les vents mollirent, la pluie s'arrêta. Un matin, le soleil perça, une volée de mésanges pointèrent le bout du bec. Ce fut le chant de lyre du printemps : les premiers ramages de la forêt vocalisèrent trilles et arpèges au-dessus de ce qui avait été une antichambre de l'enfer antarctique. Pour les locataires, cette symphonie de couleurs et de gazouillis, c'était bien plus que l'hymne au renouveau, bien plus qu'un prélude à leur renaissance, un énorme soupir de soulagement après trois mois de claustration.

Il était temps.

Le rhythme de vie qu'ils enduraient avait excédé les organismes. Ils étaient maigres, pâles, sans énergie, un dentiste dirait *dévitalisés*. L'insomnie, conséquence des factions nocturnes à la chaudière, avait buriné autour de leurs yeux de vilaines cernes rouges. Une fois, après le déjeuner, alors qu'ils allaient sombrer dans une de ces siestes profondes qui s'imposaient de nécessité, Olivier s'esclaffa :

– Et dire qu'au début, tu voulais t'enfuir comme un voleur !

– Si j'étais parti, fit le jeune garçon, c'est simple, je serais mort.

Sur ces bonnes paroles, ils s'endormirent. Quand ils s'éveillèrent, une heure plus tard, Alexandre, en bâillant comme un lionceau, fit une remarque ex abrupto :

– Au fait ! et la voiture ?

Olivier le dévisagea, tout bête, et répondit :

– Tiens, c'est vrai !

Il ajouta, après un silence :

– Je l'avais complètement oubliée, celle-là.

Conséquences d'une plainte pour vol

Depuis la fameuse nuit où la voiture avait été victime de la plus idiote des pannes, la panne sèche, Olivier non plus qu'Alexandre n'y avait seulement songé. Amnésie surprenante, sans doute, mais qui s'explique.

Olivier entretenait avec l'automobile des rapports strictement fonctionnels. Hors son caractère d'objet utilitaire, elle lui était aussi indifférente que le manuel des Castors Juniors à un boursicoteur. Si une fois le permis de conduire en poche il s'était hâté de s'en procurer une, c'était par nécessité, rien de plus. Sa rencontre avec Alexandre, le profond bouleversement que cet événement introduisait dans son existence, avait relégué aux oubliettes le malheureux véhicule, pourtant fort héroïque, on s'en souvient.

C'est donc logiquement que celui-ci s'était éclipsé de ses préoccupations, comme du reste de celles de son jeune compagnon. Confrontés tous deux à un contexte qui écrasait tout du poids de sa gravité, il s'était totalement oblitéré de leur mémoire. Olivier eut presque envie d'en rire :

– Il faut quand même que je…

Après *je*, plus rien, la phrase s'étrangla sur ses lèvres : Alexandre et lui se dévisagèrent fixement avec cette inflexion qui dessinait entre eux un gros point d'interrogation en partage.

Ce que traduisait ce point d'interrogation, le lecteur l'aura suppléé, c'était leur promenade, au cours du faux redoux, sanctionnée par l'altercation avec le chasseur Canulle. Or, sur l'itinéraire de cette promenade, pas le moindre reflet de la carrosserie d'une quelconque voiture.

– Pute vierge ! fit Olivier, on ne me l'aurait pas chouravée, des fois ?

– Ça m'en a tout l'air, fit Alexandre.

– Dans ce cas, il faut que je porte plainte.

– Pardine !

– Fait chier, la plainte doit être enregistrée à S… et non ailleurs.

– Dure épreuve, je compatis…

– Si on retrouvait la bagnole sans que j'aie porté plainte, on se dirait : voilà quelqu'un qui perd sa voiture et qui ne porte pas plainte. Bizarre…

– Et le bizarre est à l'ordinaire ce que le mieux est au bien, son ennemi.

– Par conséquent, le plus sage est que je déclare le vol au plus tôt.

– C'est quand, le plus tôt ?

– Demain matin : toi, tu m'attendras sagement et surtout sans montrer le bout de ton museau : pour l'administration, pour la police, pour la terre entière, pour la galaxie, tu n'existes plus. Alexandre Jung est un fantôme évanoui dans l'azur.

– Ça me va, je me suis toujours senti un peu ectoplasme.

– Tu connais nos conventions : n'en néglige aucune.

– Sois tranquille.

– A la moindre alerte, réfugie-toi où tu sais.

– Tu peux me faire confiance.

– Bien ; j'en ai pour une petite matinée.

– Toute petite, alors, parce que, tu vois, je vais me faire un sang d'encre.

Le lendemain, au chant du coq, Olivier partit. C'était la première fois qu'il se séparait de son camarade. Un insidieux sentiment de désertion lui nouait les entrailles. On a vécu plus de trois mois ensemble, on a tissé les mailles des affinités, puis des complicités, puis des connivences, on a franchi main dans la main le redoutable écueil de la passion révélée et accomplie, on s'est agrégé l'un à l'autre d'âme et de corps, on est un en deux, unis par l'amitié, unis par l'amour, par cet enthousiasme magnifique et irrépressible qui accorde deux êtres solitaires au diapason de la plus idéale dilection ; on a au-dessus de soi le ciel, l'avenir, la jeunesse, face à soi l'univers hostile, on est prêt à relever toutes les gageures, à accepter tous les combats, on est animé d'une bravoure inclémente aux découragements et intraitable au pessimisme. Tout à coup, il faut distendre le fil, avec au fond de soi la sourde angoisse de l'imprévu qui le sectionnera peut-être à jamais.

Mille tourments, chemin faisant, assiégeaient Olivier. Et si Alexandre cédait à la panique, s'il sombrait dans une grosse déprime à cause d'une solitude à laquelle il n'était plus habitué ? Et si quelqu'un, un sycophante à la solde de Hound fourrait son mufle aux alentours de la maison pour en espionner les allées et venues ? Rien de fondé, objectera-t-on, dans ce déluge d'appréhensions. Facile à dire : s'alarmer pour un rien est la déclinaison d'un cœur épris, et l'anxiété, comme qui dirait une verrue greffée sur le bonheur. On a beau s'en défendre, lequel d'entre nous, en abandonnant ne fût-ce que peu de temps, un frère, un fils, une fille, n'a pas eu à combattre l'invasion des monstres qui obsèdent la cervelle ? Cœur aimant, c'est cœur inquiet.

En abordant aux faubourgs de S..., Olivier était convaincu que le terrible hiver avait dû meurtrir la commune de quelques contusions, plaies et autres blessures plus ou moins saignantes. On ne s'extrait pas indemne de trois mois d'un froid antarctique couronnés par des inondations à faire concurrence à celles du Bangladesh.

Il pénétra dans une bourgade tranquille, calme, sans un bris de glace à la devanture, bien replète comme après un bon gros rôt, merveilleusement à l'aise dans son confort douillet de bourgeois, ayant la mine tout au plus de se réveiller d'une sieste. Peu de monde dans les rues, certes, mais aucun des stigmates d'une quelconque lésion. Presque pas de circulation automobile, sans doute, mais cette défection se justifiait par les difficultés d'approvisionnement en carburant. *Du coup*, se dit Olivier, *porter plainte pour un vol de voiture, il y a de quoi se marrer !*

Le garçon appuya vers la gendarmerie, en louvoyant deux ou trois détours discrets. Il y fut accueilli par une face blême et renfrognée qui le toisa avec une maussaderie bourrue.

Olivier reconnut l'un des gendarmes de l'escadron dépêché aux Froides-Aigues à l'époque de la disparition de Wilfried et de Romuald.

L'individu avait le front bas, l'œil sombre et la lèvre contrariée. L'administration est partout recrutée de ces opiniâtretés boudeuses qui, dès que vous vous adressez à elles, enfouissent la tête dans le dossier qu'elles ont ou qu'elles n'ont pas devant elles. Néanmoins, on a beau bougonner sa morosité, on n'en est pas moins tributaire des sujétions inhérentes à la charge qui vous incombe ; le gendarme grommela ce mot lapidaire :

– C'est à quel sujet ?

Olivier lui fit part de la disparition de son véhicule. Il narra l'aventure en la censurant de ce qui ne devait pas y figurer.

– Aucune chance, dit l'argousin avec un laconisme bref et sec.

– Je m'en doute, répondit Olivier ; ce n'est que pour me mettre en règle avec les assurances.

L’agent lui présenta un formulaire, Olivier le compléta, le signa, remercia et se disposa à s'en aller.

En ce moment, la porte principale s'ouvrit énergiquement, un homme entra.

Il entra avec cette assurance souveraine, froide et impassible, qui fait dire de quelqu'un qu'il est chez lui.

C'était un personnage d'une quarantaine d'années, de moyenne taille, vêtu d'une gabardine beige et coiffé d'un chapeau à la Borsalino, mode qui refleurissait alors.

Sa survenue avait mobilisé le zèle du gendarme. Celui-ci se leva et le salua avec une obséquiosité où la déférence et la crainte se chevauchaient, bien en embarras l'une de l'autre.

Olivier se contenta d'un bonjour de routine. Comme il allait prendre congé, l'homme l'arrêta, ni vraiment courtois, ni franchement désagréable :

– Je vous prie de rester, dit-il.

Olivier le fixa à brûle-pourpoint et répliqua :

– A quel titre ?

L'homme accrocha son chapeau, sa gabardine et une longue écharpe à une patère, pinça de l'index et du majeur une carte dans la poche poitrine de son gilet et l'exhiba. C'était une carte d'inspecteur de police.

Nous l'avons dit ailleurs, le relief extérieur de certaines gens est le miroir de leur âme. Tout, dans l'allure de celui-ci, transpirait la circonspection : visage émacié, expression fauve, prunelles glacées et dures aggravées d'un zeste de duplicité où l'on subodorait la ruse de la fouine de mèche avec la perspicacité du rapace.

L'homme observait Olivier d'une façon à la fois courbe et insistante, méthode commune aux policiers et aux confesseurs. Les uns flairent le crime, les autres le péché, tous deux le coupable. Son regard avait la flexuosité de celui pour qui un citoyen, le premier venu, est un malfaiteur qui s'ignore. Sa physionomie accusait cet aspect où le cauteleux s'amalgame à l'habile, l'habile à l'impitoyable et, nuance redoutable, l'impitoyable à cet assaisonnement de perversité que l'on dissimule dans sa manche comme un atout décisif. De longues mains osseuses, presque décharnées, achevaient de lui tailler la coupe d'un limier doué d'une inépuisable sagacité. Il avait une verrue sur la joue droite.

Cet homme s'appelait Janos.[104] Pourquoi était-il à S... ? Qu'est-ce qui motivait la délégation d'un inspecteur de police dans une gendarmerie reculée d'un canton obscur ? Tout de suite, s'il n'est pas déplacé d'employer une telle image, Olivier régla au bon azimut les antennes de ce récepteur qu'était son instinct. Quelque chose lui souffla que

[104] Prononcer "Yanosse", ce nom étant d'origine hongroise.

ce Janos n'augurait rien de bon. Il se fit cette réflexion, fulgurante comme toutes les réflexions aiguillonnées par le sixième sens, que le fait était trop exceptionnel pour qu'il n'y eût pas anguille sous roche. Il suintait de cette incohérence une vague odeur d'urgence critique, mais confidentielle, comme obéissant à une consigne de non divulgation.

A l'injonction de Janos, Olivier avait obtempéré, mais de mauvaise grâce et sans dissimuler un léger agacement. On le sait pour l'avoir constaté en une autre occasion, l'autoritarisme abusif agitait en lui les molécules de l'insurrection. Pour ce garçon élevé dans le strict respect d'autrui, les droits afférents à l'expérience, à l'âge mûr, à une fonction officielle, ne se disculpaient que sous condition de l'intégrité et de la compétence de leurs titulaires. Les prérogatives outrées en hégémonies seigneuriales, les suzerainetés complaisantes à elles-mêmes avaient tôt fait de lui échauffer la bile. Comme le bonhomme n'avait pas répondu à son *à quel titre*, il l'interpella assez vertement :

– Que voulez-vous ?

Janos ébaucha un rictus : il était patent que la réaction trop brusque du garçon chatouillait sa superbe. D'habitude c'était lui qui faisait les questions et il avait en horreur les renversements de hiérarchie. Pourtant, il épongea l'affront. Je dis affront, car pour lui c'en était un, surtout de la part d'un gamin.

Chez les êtres imbus de leur supériorité, mais éminemment intelligents, il existe à l'état latent une faculté de détection qui admet comme une arme à effet sursitaire le renoncement provisoire à toute prérogative. Un paltoquet qui renâcle, il suffit d'un froncement de sourcil et l'affaire est réglée. Janos jugea sur-le-champ que son vis à vis n'était pas de ceux à qui l'on marche sur les pieds, fût-on inspecteur. Il lut cela clairement à travers les attributs d'Olivier. C'est pourquoi il transigea. Il enveloppa le garçon d'une grande simarre d'affabilité paternaliste et dit lentement :

– Ainsi on vous a volé votre voiture…

– Précisément, monsieur, fit Olivier le plus civilement du monde.

L'inspecteur se gratta le menton et reprit, d'une voix calculée :

– Ennuyeux...

En même temps qu'il marmonnait cette épithète, il introduisit une pièce dans une machine à café , s'empara d'un gobelet, but une gorgée et soudain, un doigt en travers de sa bouche :

– On la retrouvera, affirma-t-il.

Cette interjection, pérorée mécaniquement, parut à Olivier hors de propos, un peu comme du remplissage. Tout à coup, le policier renchérit :

– Ce que je cherche, je le trouve toujours.

En cette minute, une pensée, unique et impérieuse, absorbait Olivier. Cette pensée amplifiait celle qui l'avait assailli à l'identité révélée de l'homme et qui, d'abord imputée à quelque événement local, se concentrait à présent sur un foyer plus précis : par quelle fantaisie un officier du rang de Janos s'intéressait-il à un fait divers aussi anodin qu'un vol de voiture ? L'espace d'une seconde, il fut tenté de ratisser large sur ce terrain en dédaignant les conseils de la plus élémentaire vigilance. Il se ravisa juste à temps. Etant déséquilibré, il lui était impératif d'abord de se stabiliser sur ses étriers. Ce Janos l'induisait à une perplexité de plus en plus aiguë : si mystification il y avait, il n'en discernait pas la trame. Néanmoins, par degrés, ses impressions initiales se consolidèrent, il entrevit en arrière de ce profil artificieux une ombre suspecte et acquit la conviction que le décousu de ses propos trahissait un subterfuge de discours à double compartiment.

Pendant que le cerveau du garçon travaillait à percer cet isthme, Janos examinait le formulaire de plainte que le gendarme avait dactylographié. Par intervalles, il dardait sur Olivier des œillades remblayées de cette défiance qui hésite encore à jouer franc jeu. Puis il s'empara du document, se campa dans un fauteuil derrière un bureau sur lequel était une plaque de cuivre à son nom, et invita Olivier à s'asseoir en face de lui. Celui-ci s'exécuta.

– Vous vous appelez donc… Olivier Lorenz, dit-t-il.

– En effet, monsieur, répondit le jeune homme.

– Et, poursuivit Janos, vous habitez le lieu-dit...

– Les Froides-Aigues, suppléa Olivier.

– C'est ça…, murmura l'inspecteur, les Froides-Aigues.

Il épela ces mots, Froides-Aigues, en détachant les syllabes une à une, y compris le *es* de *Froides*, comme s'il énonçait une dictée.

– Et où se trouvent ces… Froides-Aigues ? insista-t-il.

Olivier recula sa chaise, avança trois pas vers une carte régionale d'état-major placardée à un mur, désigna du doigt un endroit précis et dit :

– Ici.

L'inspecteur n'avait pas bougé ; il semblait enfoncé dans un recueillement méditatif. Olivier se rassit. Soudainement, après un court silence, il réattaqua :

– Et… c'est très reculé, ces Froides-Aigues, n'est ce pas ?

– On ne peut plus, fit Olivier.

– Et... vous y vivez seul, forcément ?...

Ici, Olivier débusqua deux défauts dans l'armure de l'inspecteur. D'abord, sa manie de commencer ses phrases par *et*, ce qui s'appelle une anaphore ; ensuite, marotte sans doute héritée de sa profession, une tendance à inclure les réponses dans les questions. Il sourit, et dit :

– Seul, pire qu'un anachorète.

– Jamais une visite ?

Olivier ébaucha un demi-rire tout à fait déférent :

– Pardonnez-moi, mais vivre seul ne signifie pas vivre en sauvage. Bien sûr que j'ai des visites ! Vous oubliez mon âge, monsieur : à dix-huit ans, on n'a pas encore les mœurs d'un barbon.

– Bien entendu, dit Janos, ça tombe sous le sens.

Il se rejeta sur son fauteuil, considéra à distance la fiche de plainte, et tout à coup, articula, avec une sorte de flegme mordant :

– Et en ce moment, vous avez quelqu'un chez vous ?

– L'hiver a refroidi les héroïsmes, répondit Olivier, et il en faut pour rallier mes pénates.

Le garçon avait riposté avec cette égalité dans le phrasé qui se dégorge d'une seule haleine, sans marquer la césure de la respiration à la virgule.

Au fond de lui, il était désarçonné. Quelque effort auquel il s'astreignît pour raffermir son sang froid, il n'empêcha pas le trouble le plus violent d'altérer ses traits. L'inspecteur s'en aperçut. Il lui en naquit un imperceptible frémissement de prédateur ayant reniflé sa proie. Or, quand on hume des brisées fraîches, on ne les lâche plus. C'est ce que fit l'officier ; il resserra l'étau :

– Racontez-moi un peu, dit-il, les circonstances de l'abandon de votre voiture.

Olivier pâlit. Par quel extraordinaire était-il au fait de ce détail ? Seul le gendarme, à qui il avait narré une version estropiée de l'épopée, en était instruit et cela depuis moins d'un quart d'heure. Le formidable redoublement de contention sur lui-même que le garçon s'infligea pour ne pas céder à la panique fut de ceux qu'on ne renouvelle pas deux fois. Il répondit :

– Je me suis fait surprendre au cours d'un blizzard, exactement celui du quatre au cinq janvier.

Il ajouta, derechef :

– Mais ce n'est pas la tempête qui a provoqué l'incident.

– Ah non ? Quoi alors ?

– L'étourderie : je n'avais plus d'essence.

L'inspecteur alluma un cigare et enchaîna :

– Dans la nuit du quatre au cinq janvier... Vous avez la mémoire des grands événements.

– Ce genre de péripétie y colle, à la mémoire, je vous le garantis…

– Et lorsque vous avez affronté ce blizzard, vous étiez seul, évidemment !

– Oui et non, fit Olivier.

L'inspecteur eut un dressement de daim aux abois :

– Oui et non ?

– Dans une adversité telle que celle-ci, on invoque son bon ange. Voilà pourquoi je vous dis oui et non.

– Votre bon ange..., ironisa Janos. Vous croyez aux anges ?

A ce stade de ce qui n'était plus un questionnaire, mais un véritable interrogatoire, Olivier éprouva le besoin de secouer le joug qui le contraignait de se surveiller constamment afin de ne pas lézarder sa défense. C'est pourquoi il opta pour la technique de la digression censée dissiper l'atmosphère irrespirable du bras de fer où l'avait engagé Janos :

– Me permettez-vous d'avoir un café ? dit-il ; les longues stations immobiles m'engourdissent un peu.

L'inspecteur fit couler un café et le tendit au garçon :

– Façon élégante de me signaler mon inconvenance, dit-il, vous avez de la finesse, jeune homme...

– Et aussi un long chemin pour rentrer chez moi, répondit Olivier avec une sérénité reconquise qui le soulagea. Puis-je vous demander pourquoi je suis sur la sellette ? Ai-je commis un crime ? Est-ce que le malheureux épisode des Bordiers, dont vous savez sûrement les détails, est en train de resurgir ? Par exemple, à la faveur d'un scoop de dernière minute ? Ne serait-ce pas plutôt la disparition de mes deux camarades, l'été passé, qui aurait réalimenté l'enquête officielle ?

Ses yeux brillants le nimbaient d'une aura qui oscillait entre la causticité que l'on tempère et la dignité avec laquelle on s'efforce de l'accentuer :

– Autre hypothèse, reprit-il, un petit croc en jambes de l'AFCR. Vous savez ce qu'est l'AFCR, monsieur l'inspecteur, c'est cet attirail de gens respectables qui fait profession de dévotion, qui récite des litanies à longueur d'année, un genou à terre, parfois les deux, qui se réunit pour chanter, avec talent d'ailleurs, un bon répertoire bien comme il faut de musique sacrée à laquelle j'ai eu l'honneur de fournir ma quote-part. Il y a juste un ennui, c'est que le presbytère de cet aréopage dérobe une annexe aux activités de propagande et de coups de poing en vogue sous notre régime discrétionnaire.

En arrosant le policier de cette éloquence drue, le garçon empiétait sur ses plates-bandes et l'acculait à l'obligation de trancher dans le net du sujet, procédé visiblement peu coutumier au personnage.

Celui-ci avait encaissé la philippique sans sourciller. Un rictus qui prétendait peut-être à la bonhomie, en réalité effrayant, lui esquissait la silhouette d'un vautour. Il allait dire quelque chose, lorsque Olivier l'apostropha en ces termes :

– Monsieur l'inspecteur, puis-je vous être encore utile ?

Le policier ralluma son cigare, secoua sa manche et dit d'une manière sinistrement désinvolte :

– Non, vous pouvez partir.

Olivier se leva, salua l'assistance, et se dirigea vers la porte. Comme il actionnait la poignée, le timbre de Janos le cingla avec la rigidité d'une lame de guillotine :

– Alexandre Jung, ce nom vous dit quelque chose ?

– Jamais entendu parler, dit Olivier.

– Tant pis, soupira l'inspecteur, avant d'embrayer aussitôt :

– A toutes fins utiles, ce Jung, nous le recherchons ; si vous le rencontrez, méfiez-vous, il est dangereux.

Le garçon opina du chef sans piper mot. Cinq minutes plus tard, la bourgade n'était plus derrière lui qu'une opacité estompée dans une ouate brumeuse.

Questions

Olivier allongea le pas. Il avait avalé les vingt-cinq kilomètres de l'aller en cinq heures, quatre lui suffirent pour le retour. Une fois à la barrière, il l'assujettit à la grosse chaîne et la condamna au cadenas. Puis il piqua vers la maison à cadence de marche commando.

Entre S... et l'orée de la forêt, il s'était arrangé pour éviter de croiser quiconque. Il avait l'allure fauve d'une bête traquée. Son imagination lui créait partout des espions, derrière les pâtés de maison, aux angles des ruelles, puis, quand il eut quitté la ville, jusqu'aux creux des taillis et des rochers. Il pesait bien ce qu'il y avait d'outré dans cette frénésie hallucinatoire, mais il ne fit rien pour l'atténuer. Olivier avait accoutumé en toute circonstance à gonfler le péril afin de mieux le circonvenir. En matière de prudence, il ne craignait pas l'excédent. Face à une menace potentielle, il agissait comme si les chiens étaient déjà à ses trousses. Cette habitude de surestimer l'adversaire lui avait permis, on s'en souvient, d'échapper aux frères Guglieux et à leurs acolytes, quelques mois plus tôt.

Tant de précautions ne visaient évidemment qu'à un but, parer une éventuelle filature.

Comme il doublait le *défilé des huttiers*, il réfléchit qu'il venait peut-être de commettre une faute : en barricadant le chemin, n'accréditait-il pas le soupçon ? Ne donnait-il à flairer au tigre ? Ce luxe de préventions n'était-il pas de nature à exciter une défiance qu'il supposait plus ou moins nourrie chez l'inspecteur ?

Olivier hésita. Il n'avait pas fait une demi-lieue sur le sentier, il était toujours temps de tourner bride.

Un nouveau dilemme, symétrie inversée du premier, lui compliqua la tablature.

Faciliter l'accès aux Froides-Aigues, c'était risquer d'être rattrapé par une automobile qui surgirait sur ses talons. Quel parti était préférable, de ravitailler la perspicacité de l'ennemi ou de se ménager une retraite immédiate propice à l'élaboration d'une stratégie défensive ? Dans la hiérarchie des actions urgentes à diligenter, lui était-il loisible de s'en reposer, même pour une part infime, sur le hasard ?

Il fonça droit devant lui.

Il fonça, et aussitôt la vérité qu'il avait encore refusé d'affronter, en la dérivant vers un souci exutoire, se condensa, l'absorba et le pénétra avec une violence telle qu'il en eut un étourdissement. Cette vérité lui assenait ceci : Janos était à S… pour Alexandre et exclusivement pour lui. Ces deux êtres, l'un furetant, l'autre se terrant, avaient partie liée.

Mais il y avait pire.

Certaines énigmes ont ceci de terrible que plus on s'acharne à les déchiffrer, plus elles se dérobent. Celle où tâtonnait Olivier replaçait dans son contexte une évidence claire comme le jour : Alexandre n'avait pas une seule fois consenti de lui-même à narrer par le menu les circonstances détaillées de son évasion. Tout ce qui avait filtré de sa bouche n'allait pas au-delà d'un résumé grosso modo de l'aventure entreprise le soir du quatre janvier, et de quelques anecdotes antérieures relatives à une poignée de frasques entre pensionnaires. Mais pour l'évasion en elle-même, rien. Chaque fois qu'il l'avait exhorté à se licencier là-dessus, le cadet avait eu soin d'éluder par un haussement d'épaules émargé d'un commentaire laconique qui feignait d'en minimiser l'importance. S'il n'avait pas menti motu proprio, Olivier était sûr à présent qu'il avait menti par omission.

Le jeune homme dut ralentir ; un tison lui incendiait les joues. En écho à cette fièvre bourdonnaient comme un ostinato les terrifiantes paroles de l'inspecteur : *si vous le rencontrez, méfiez-vous, il est dangereux*.

Qu'avait donc fait cet enfant ? Pourquoi et en quoi était-il dangereux ? Fallait-il attribuer à ce mot son acception directe ou lui subroger la tactique d'un policier dramatisant délibérément un fait de second ordre ? Olivier avait beau scruter la question sous toutes ses facettes, elle aboutissait invariablement à cette autre question : comment expliquer l'énorme disproportion entre un incident aussi banal qu'une fugue d'adolescent et l'appareil déployé autour du fugueur ?

Quand une coïncidence développe les doutes les plus persistants, c'est qu'elle n'en est plus une. A mesure que la distance à la maison diminuait, le flux de pensées qui torturait le garçon convergeait vers un épicentre de plus en plus ténébreux : que lui dissimulait Alexandre ? Quels funestes événements avaient envenimé sa fuite ? Cette fuite, qu'est-ce qui l'avait provoquée ? Et d'abord, était-ce vraiment d'une maison de correction qu'il s'était évadé ? Quelle épaisseur de mystère environnait sa péripétie ? Depuis deux ou trois heures, son visage naguère radieux s'éclipsait sous un masque rébarbatif de cachotterie. Or, le chien d'aveugle de la cachotterie, c'est la duplicité. Pourquoi ne lui avait-il pas tout dit ? On ne se tait pas quand on aime. L'amour, c'est la confiance, c'est l'estime, ce sont deux urnes qui s'épanchent l'une dans l'autre, jusqu'à la dernière goutte. Alexandre n'avait pas entièrement vidé la sienne ; il escamotait des sapes où était enfoui, quoi ? A ce quoi, Olivier avait l'impression que le que le sol s'entr'ouvrait sous ses pieds.

Plus ces incertitudes le pilaient, plus il nageait à contre-courant dans un océan de paradoxes et de faux syllogismes. Chose triste, la suspicion de l'inspecteur à son égard ricochait de lui, Olivier, sur Alexandre. Il était le chaînon intermédiaire d'un scénario où un policier et un adolescent occupaient sur l'échiquier des positions extrêmes, le jouet d'une intrigue dont ces protagonistes maniaient les ficelles à son insu. Une affreuse présomption lui martelait le crâne : et si Alexandre était bel et bien dangereux ? Or, pourquoi est-on dangereux ? Pardine, parce qu'on est un criminel ! A ce mot, *criminel*, Olivier sentait une sueur glacée lui dégouliner entre les omoplates.

Il avala les derniers kilomètres, éperdu, hagard, l'œil vitreux et la poitrine oppressée d'un sinistre pressentiment. Il était si épuisé qu'il dut multiplier les haltes pour reconquérir un souffle de plus en plus défaillant. Enfin, la maison se profila, il s'y traîna, plus mort que vif.

Alexandre l'y attendait en se rongeant les ongles.

Je n'abandonnerai pas mon compagnon dans la bataille

Olivier était tellement méconnaissable que l'adolescent eut un mouvement de recul :

– Mon Dieu ! s'écria-t-il, tu as l'air d'un spectre !

Olivier s'assit sur un fauteuil, si c'est s'asseoir que s'affaler, et gronda entre ses dents :

– Le spectre, je l'ai vu en chair et en os...

– Qu'est-ce que tu veux dire ?

Le jeune homme inhala un grand bol d'oxygène avant de relater dans le détail ce que nous avons décrit, l'arrivée à la gendarmerie, la survenue de l'inspecteur et l'inquiétant interrogatoire qui s'en était ensuivi. A mesure qu'il parlait, la mine d'Alexandre s'allongeait, son regard se brouillait, sa physionomie se rembrunissait d'une expression tragique.

Ce changement à vue, cette impossibilité de déguiser les sentiments qui se peignaient sur sa figure malgré lui, qu'était-ce pour Olivier sinon la confirmation de ce qu'il subodorait depuis quatre heures ? Quand il eut achevé, quand le silence succéda à la lourde monotonie d'un récit qui avait le ton d'un prône, il toisa son camarade à peu près du même air que Corydon démontrant sa trahison à Alexis. Alexandre ne broncha pas.

Quelques secondes languirent dans un mutisme épais comme une montagne d'eau. Soudain, l'aîné prononça ces paroles, de toute la force poignante dont vibrent les émotions authentiques :

– Alexandre, on ne trafique ni de l'amitié, ni de l'amour ; nous ne pouvons vivre ensemble que dans la vérité, la droiture et une confiance absolue l'un en l'autre. Ces trois grâces naviguent de conserve. Si l'une fait naufrage, les deux autres coulent avec elle.

L'adolescent opina en se mordant les lèvres, avec ce fatalisme résigné que résumeraient ces trois mots : *et bien, soit !* Il se carra auprès d'Olivier et se recueillit presque religieusement. Ses beaux traits étaient tirés, tout en lui respirait la répugnance d'avoir à exhumer une mémoire qu'il aurait volontiers enseveli à jamais dans les sapes de l'oubli.

Ce fut d'une voix éteinte qu'il murmura :

– D'abord, je te dois des excuses ; en restant ici, je fais de toi mon complice.

– Ça recommence ! s'exclama Olivier.

– Ne proteste pas, c'est plus grave que tu n'imagines...

Il fixa sa prunelle dans celle de son camarade et articula, sur un ton qu'aucune langue n'est capable de rendre, cette simple phrase :

– Olivier, j'ai tué un homme.

L'aîné ne remua pas, aucune ride ne perturba le calme impavide de son front. Il se contenta de répondre :

– Ah, bon...

Seulement, en arrière de l'inflexion qui, pour employer un terme musical, faisait une appoggiature sur ce *ah, bon…*, il y avait une descente aux enfer.

– J'ai tué un homme, répéta le garçon, parce qu'il voulait me violer.

Quand tout chavire sous la violence d'un ouragan, le moindre espoir, le moindre rayon est une branche de salut à laquelle on se cramponne. La révélation de cette circonstance évidemment atténuante ruissela en Olivier comme un courant d'air frais dans une fournaise :

– Et qui as-tu… tué ?

Alexandre rehaussa lentement son visage vers son compagnon ; ce visage n'en était plus un, mais une effigie de la terreur. Il bredouilla, en ponctuant ses mots de hoquets convulsifs :

– Je vais tout te raconter ; attends-toi au pire…

Olivier ne sourcilla pas ; il se contenta d'acquiescer. Soudain, Alexandre bondit sur ses jambes et s'écria, galvanisé par une véhémence à fleur de peau qu'il ne domptait plus :

– Quand je me suis barré, la tempête menaçait. Je ne savais plus où j'étais, je craignais d'être rattrapé avant d'avoir fait un kilomètre, j'étais comme fou. T'as pas idée de ce que c'est de s'évader d'une maison de correction, surtout quand on a quatorze ans, c'est de la trouille qui te tord les tripes à chaque seconde. Et puis on est seul, perdu, sans secours, le monde est contre toi, la terre entière est à tes trousses, et si on te prend tu seras fouetté, battu, enfermé dans une geôle, privé de nourriture pendant des jours, après quoi envoyé devant un tribunal et condamné, cette fois à la vraie prison.

L'adolescent s'interrompit, haletant, puis poursuivit, de plus en plus excité :

– A un moment, j'en avais assez, j'ai voulu faire demi-tour et me rendre. Eh, oui... la frousse, ça te dévore tant qu'elle finit par pomper le courage jusqu'à la moelle. Les flocons tombaient dru, y avait un vent terrible, je me suis retenu pour ne pas chialer. J'étais catastrophé, j'en pouvais plus ; je n'osais pas m'arrêter, je n'osais pas marcher, j'avais peur de tout, j'aurais eu peur de mon ombre s'il avait fait jour.

Olivier, bloc de granit, écoutait le timbre rauque de son jeune ami s'amplifier en chant d'épopée.

– Tout à coup, j'ai aperçu les phares d'une automobile. Sur la petite route où j'étais, il ne circule pas grand monde après minuit, surtout par mauvais temps. Je ne sais pas quelle mouche m'a piqué, j'ai fait un signe à la voiture, elle s'est arrêtée. Le conducteur a ouvert la portière et il m'a sourit. Jusqu'ici, tout va bien. Moi, j'invente une histoire de parents retardés par une panne de voiture. Le type a l'air de le croire. Comme j'étais tout poudreux de neige, il m'invite à me débarrasser, ce que je fais. Ah, j'ai oublié de te dire quelle trombine il avait : c'était pas une trombine, comment on dit ?… un mufle, voilà, un mufle de sanglier, avec des petits yeux pervers. Cinquante ans, à peu près. Ton Hound, dont tu m'as fait le portrait, doit lui ressembler. Ce qui m'étonnait un peu, c'était qu'il ne me posait pas de questions sur ma famille, ni si j'étais un bon élève, etc…, pas même sur ma destination. Il était juste intéressé par mes goûts. Il me demande si j'ai une petite copine. Je lui réponds que non, ça le fait rire, et il ironise que puisque j'avais pas de copine, je me servais de ma main droite. D'abord, j'ai fais semblant de ne pas piger. Mais il a insisté. Et puis, il a poussé le chauffage à fond, *pour être à l'aise*, qu'il disait. Etre à l'aise, tu parles ! j'ai vite compris, il voulait que je me déshabille. J'ai prétexté je sais plus quoi, il l'a mal pris, son ton est devenu un peu plus sec et j'ai dû faire comme il voulait. Après, il m'a demandé quel âge j'avais. Je lui ai répondu quatorze ans, il s'est mis à ricaner tout en faisant des allusions sur les branlettes à quatorze ans. J'étais gêné, mais pas tellement de parler de branlette, surtout parce que je le voyais venir avec ses gros sabots.

Alexandre se rassit. Son effervescence avait brutalement crevé comme une baudruche. Ce fut d'un timbre presque neutre qu'il enchaîna :

– C'est après que ça a commencé : il a mis sa main sur ma cuisse. Je lui ai dit d'arrêter, il m'a répondu que c'était le prix de sa course et qu'il voulait être payé rubis sur l'ongle. Je me suis défendu, tu penses bien, mais il m'a menacé de me jeter dehors : *tant mieux*, que je lui dis, *j'aime encore mieux la neige qu'un gros cochon !* Alors là il s'est foutu en rogne et il m'a envoyé une baffe en pleine poire. Puis après, il a accéléré pour faire halte brusquement quelques mètres plus loin. Avant que j'aie eu le temps de déguerpir, ce que je n'aurais pu faire sans renoncer à mon sac qui était sur la banquette arrière, il s'est jeté sur moi et a voulu me palper, m'embrasser, et tout et tout. Il était collé à moi comme une sangsue, et moi complétement écrasé par sa masse. Il a continué en se dégrafant et en tentant de me soulever les jambes. Il me faisait mal ; et fort comme un bœuf, avec ça ! En quelques secondes, à bas le froc. J'étouffais, les guiboles recroquevillées, le corps plaqué contre le siège, un mastodonte sur moi. A force de subir sa pression, j'avais la poitrine douloureuse, à cause d'un objet dur qu'il y avait dans la poche intérieure de sa veste. Comme j'étais coincé pire qu'une enclume sous un marteau, je savais plus où mettre mes bras. C'est là que j'ai effleuré le dedans de la veste. L'objet dur, c'était un pistolet, ni plus ni moins. Punaise, je me suis vu perdu, c'était fini pour moi : dans ma tête, le type ne pouvait être qu'un caïd du milieu ou un proxénète, enfin un mec dans le genre. Un caïd, ça n'a pas beaucoup de patience avec les petits drôles, et lui, c'était sûr, il allait me violer puis me loger une balle. Je savais plus quoi faire, j'étais ahuri par la situation. Ce qui s'est passé après, c'est le cauchemar... j'ai paniqué en pensant qu'il me flinguerait ; alors j'ai saisi l'arme. Lui s'est rendu compte de rien, il était tout obnubilé à essayer de jouir de moi. Au moment où il me déslipait, j'ai appuyé au hasard sur la détente. Je n'étais sûr de rien, ni de la direction de la balle, ni du fait qu'il pouvait bien y avoir un cran de sécurité, après tout.

Alexandre secoua un long frisson :

– Il n'y avait pas de cran de sécurité, bégaya-t-il, le coup est parti, le mec s'est affaissé encore plus sur moi, heureusement dans un sens qui m'a évité les vomissures de sang. Le pire, c'est qu'il bougeait encore et qu'il était si lourd que je pouvais plus me dégager. J'ai essayé de basculer le siège, pas moyen ; j'ai essayé d'ouvrir la vitre, impossible d'accéder aux boutons de commande. J'étais à bout de forces, je voyais trente-six chandelles, j'avais envie de dégueuler. Tout à coup, il a eu des convulsions. Alors là, c'est l'horreur : j'ai saisi le revolver à pleines mains, et cette fois j'ai tiré en hurlant je sais plus à combien de reprises, et puis je l'ai repoussé, il s'est renversé sur le siège du conducteur, après j'ai réussi à me libérer, à remettre mon futal et à me casser. J'ai même eu le réflexe d'attraper mon sac.

Olivier était une statue de sel :

– Et ensuite ? bafouilla-t-il.

Alexandre s'essuya les paupières d'un revers de manche :

– Ensuite, c'est le bouquet final ; en prenant l'arme, j'avais dérangé une carte en plastique qui était dans la même poche intérieure. Elle s'est fichue dans mon blouson, je sais pas comment, et je l'ai entraînée avec moi à l'extérieur de la voiture, peut-être au moment où je m'était emparé de mon sac. Elle était sous le halo des projecteurs et c'est ça qui m'y a fait faire attention. Il y avait la photo du type dessus.

– Sa photo ?

– Ouais…

– C'était sa carte d'identité, alors ?

– C'est ce que je me suis dit. Mais y avait quelque chose qui clochait. Une carte d'identité, c'est petit ; celle-là était d'un format plus grand.

– Qu'est-ce que c'était ?

Alexandre plongea ses prunelles au fond de celles de son camarade. Jamais Olivier ne devait oublier le gouffre que sondait ce regard. Ce fut avec une pesanteur sépulcrale qu'il dit :

– Tu as déjà vu une carte d'identité avec un liseré bleu, blanc et rouge dans le coin supérieur gauche ?

L'étau qui comprimait les poumons de l'aîné l'asphyxiait, positivement. Tout autour de lui dansait la gigue. Alexandre continua, laconique :

– La carte, c'était celle d'un commissaire de police.

L'aîné encaissa ces mots : *un commissaire de police*, et se dit d'abord, comme ça, que son compagnon plaisantait. Il avisa le plafond, les murs, se leva et bredouilla bêtement en se grattant le cuir chevelu :

– Un flic ! Tu as buté un flic…

La modulation avec laquelle cette apostrophe avait été formulée, c'était l'ahurissement où la réflexion s'emboutit comme une voiture contre un arbre.

Tout à coup, il s'agenouilla devant Alexandre qui s'était rassis dans le divan et agrippa ses épaules :

– Alexandre, s'exclama-t-il, il faut rallier nos idées.

– Je t'en prie, fais comme chez toi.

Olivier éluda la dérision morbide de la répartie :

– Cette fois, fit-il, on est dans de beaux draps ; un officier de police, c'est rien de moins que la peine de mort.

– Je sais, bredouilla Alexandre en s'étranglant.

– Ça change rien, reprit Olivier, on en est toujours au même point, te cacher.

Cette assertion, scandée d'un ineffable accent de persuasion mâle, piqua le jeune garçon avec le vif d'un dard de frelon : il se bouscula du divan, fit un pas dans la pièce et, les mains derrière le dos, y déambula de long en large, comme Napoléon à Tilsitt. Tout en lui n'était plus qu'écume bouillonnante. On aurait dit un volcan en éruption :

– Me cacher ? vociféra-t-il, ah oui ? Mais, Olivier, le couperet de la guillotine est déjà sur nos nuques. La guil-lo-ti-ne ! tu comprends ce que ça veut dire ? Par tous les butors du Montana, est-ce que tu vis toujours ainsi, sur un nuage, à contempler les anges ? Les flics t'en feront descendre, de ton nuage, tu peux me croire ! Essaie donc d'imaginer le long processus qui nous attend toi et moi, arrestation, interrogatoire, passage à tabac, privations, réclusion *préventive* comme ils disent, et les mauvais traitements, et les humiliations, et le procès ! Interminable, le procès ! Et puis pour la défense, à quoi on aura droit ? A un apprenti avoué qui n'a même pas son CAP, un avocaillon prosterné devant le juge et qui sera juste intéressé à abonder dans le sens de l'accusation, pour ne pas se compromettre. J'ai appris tout ça en maison de correction : tu sais, la justice, dans ce pays, c'est à se chier dessus…

Alexandre dut suspendre son oraison. Il faisait face à son camarade, dans cette posture qui est une offrande de douleur. Ce n'était plus un enfant de quatorze ans, c'était Prométhée enchaîné :

– Maintenant, écoute, poursuivit-il : un jour, longtemps après qu'on aura croupi entre quatre murs, après des mois, des années peut-être, après la cellule spéciale, après les nuits sans sommeil peuplées de la même angoisse que j'ai eue, moi, au CERMAD pratiquement sans relâche ; un jour, ça se passera au matin, à l'aube, tu sais à cette heure où on est si crevé qu'on finit quand même par s'endormir, il y aura, devant ta cellule, une petite foule silencieuse et feutrée. C'est comme ça que ça se passe : les bourreaux, c'est toujours discret, tu les entends pas venir. Cette foule, elle sera composée de procureurs, de juges, de flics et autres individus de même acabit. Tout à coup, il y en a deux dans cette foule qui se jetteront sur toi. Ah oui, il y aura aussi un prêtre, c'est la tradition, sans oublier le directeur de la prison qui t'aura mené la vie dure, et qui en ce moment s'excusera qu'il ne faisait que son devoir. Tout ce beau monde affichera la gueule de circonstance, il se chuchoteront des trucs à voix basse entre eux, il paraît qu'il se donnent des détails sur la suite du programme. Après, on te coupe les tifs, le prêtre récite une prière, et puis on te donne un petit verre de gnole à boire, une clope à fumer, on te demande si tu désires écrire à quelqu'un, comme s'il était humainement possible de tenir un stylo quand les doigts tremblent autant que le reste ; encore quelques secondes, et voilà le début du calvaire final, on te fait avancer dans le couloir dont on voudrait qu'il n'ait jamais de fin ; au bout, il y a un échafaudage sur pilotis, un truc sombre et haut, cette invention géniale, la fierté de la nation. Tiens, devinette ! Si on est deux, qui gravira l'échelle avant l'autre ? Qui sera le premier allongé sur la bascule ? Qui de toi ou de moi entendra le choc sourd d'une caboche rouler dans le panier à sciures ?

Par degrés imperceptibles, la physionomie d'Olivier s'était métamorphosée. Il s'y était opéré une transition vers une espèce de plénitude en totale dysharmonie avec l'atmosphère dramatique qu'avait engendrée la relation d'Alexandre. Quand cette plénitude l'eut absorbé tout entier, il serra son compagnon contre son sein :

– Alexandre, dit-il avec extase, je t'aime.

Ce dernier, désarçonné, enfonça les paumes de ses mains dans ses paupières et poussa un geignement qui accoucha de cette bribe de phrase : *moi aussi, Ol... ; Ol*..., ce fut tout ce ses lèvres psalmodièrent, ... *livier* y mourut. Alors, il s'abattit à genoux, sa tête touchant presque le sol. Pour la première fois depuis qu'il était aux Froides-Aigues, cet enfant qui avait affronté d'innombrables adversités, qui avait bravé les plus âpres bourrasques, vaincu les escarpements les plus hérissés, ce cœur pétri d'une argile indomptable, cette volonté qui s'était bâtie une inflexibilité à ne jamais admettre cette faiblesse, les larmes, cet adolescent d'une précocité parfois effrayante, pleura. Il pleura à gros sanglots. Par instants, il balbutiait d'inintelligibles onomatopées, noyées qu'elles étaient dans le raz-de-marée des suffocations.

Pendant de longues minutes, les deux garçons demeurèrent ainsi, vibrants, éperdus et aphones. Olivier pressait son cadet dans ses bras avec une effusion inexprimable. Il n'était pas apitoyé, il n'était pas bouleversé, il était en Alexandre et Alexandre était en lui. Ce mot résume tout.

Enfin, la respiration haletante de l'adolescent s'apaisa et se fit plus régulière. Sa joue mouillée blottie au creux du cou d'Olivier, tandis que son âme meurtrie s'imbibait de tous les baumes de tendresse qui lui étaient prodigués, ces paroles tintèrent à son oreille comme un hymne angélique :

– Alexandre, désormais nos destins sont liés...

Celui-ci sourit tristement. L'aîné ne vit pas le sourire, mais il le sentit.

– Vivre sans toi, fit-il, c'est inconcevable. Vivre en te sachant exposé à toutes les vicissitudes, tandis que moi je resterais là à broyer du noir, dévoré de la hantise de ta capture, de ta mort peut-être… La guillotine ? Cette maudite machine ne nous aura jamais. Jamais, tu entends ? On est en vie, pour longtemps, ici aux Froides-Aigues ! Notre avenir n'est pas ailleurs. Nos volontés ne nous appartiennent plus : tu ne vois pas que tout se combine pour que tu restes ? Les méandres de ce labyrinthe sont bien mystérieux ; c'est un livre scellé, mais des fois c'est comme si on m'en épelait quelques extraits. Le sens profond de tout cela est insaisissable, et alors ? Etre timorés devant la chose à accomplir, sous prétexte qu'on ne sait rien de la chose, c'est bon pour les gens de S... De l'audace, encore de l'audace ! Je plagie à bon escient. Battre l'estrade de soi-même, c'est le secret de tous ceux qui vivent et ne se contentent pas d'exister. Jamais plus en arrière ! Le passé est mort, il a ce qu'il mérite ; d'ailleurs, *passé mort*, c'est un pléonasme. Une nouvelle carrière est devant nous, mon petit copain. Qui sait s'il ne nous est pas imparti de poser la première pierre de je ne sais quel édifice encore jamais érigé ? Tu juges ça présomptueux ? Soyons lucides, examinons le chemin que nous avons parcouru toi et moi : cet amoncellement de prétendues coïncidences, c'est tout ce que tu veux sauf des coïncidences. Regardons les choses en face, mais avec notre troisième œil : c'est cet œil-là qui forcera le sphinx à cracher son énigme.

Olivier fixait à présent le jeune garçon dans le blanc des yeux. Les siens scintillaient :

– Maintenant, s'emporta-t-il avec enthousiasme, une lutte est engagée. Nous avons contre nous la société, moi la vindicte publique, toi la vindicte pénale. Nous sommes les pestiférés du monde, les indésirables de la civilisation. Ah, il te croit ici, le Janos ? Alors chargeons-nous de lui démontrer qu'il se trompe. Commençons par mettre toutes les chances de notre côté et aucune du sien.

Ayant apostrophé cela, il planta Alexandre, tout stupéfait, et revint quelques minutes plus tard avec un matériel complet de coiffeur :

– On va couper ces belles boucles châtain, tonitrua-t-il, ensuite on les brûlera. D'ailleurs, on aurait dû le faire depuis longtemps. Ce scalp qui fait pendant à celui de tes fringues sonne le glas des espérances policières en matière d'investigation à domicile. Pas une trace, c'est grâce aux habits de substitution que tu portes. Plus un poil, c'est pour bientôt.

L'énergie d'Olivier était si communicative qu'elle déferla aussitôt sur Alexandre avec la puissance d'une trombe. Celui-ci se dévêtit nu, afin qu'aucun cheveu n'accrochât à la moindre fibre de ses vêtements. Puis Olivier étala sur le sol un grand drap condamné à disparaître avec la tignasse dans la gueule de la chaudière. Quelques semaines plus tôt, son trousseau avait subi le même sort.

Ce fut tout de même un terrible crève-cœur que cette magnifique crinière tombant par mèches sur le linge comme des feuilles d'automne ; sur le crâne, il n'y parut pas d'abord, mais quand le blanc se dégagea des inexorables coups de ciseaux, Alexandre écarquilla vers son ami des pupilles navrées qui auraient ému même le plus blasé des bourreaux. Olivier fut intraitable : il rasa jusqu'au dernier millimètre ; il ne subsista de cette tonte qu'une boule de billard lisse comme un marbre.

– Tu es bien cruel avec moi, dit Alexandre.

– La cruauté, chez moi, est viscérale, il faudra t'y faire.

– Je te rappelle que la boule à zéro des ados, dans les anciennes lois d'Angleterre, était une marque de servilité.

– Tu en sais, des choses ! A peine pubère, et déjà tant d'érudition !

– J'ai lu ça dans *l'Homme qui rit*.

Le jeune homme pelota la dépouille capillaire dans le drap, en fit un paquet, descendit au rez-de-chaussée, manipula le clapet de la chaudière et balança le tout à l'intérieur.

Le pauvre garçon, chauve comme il était, faisait pitié à voir. Il avait exactement la dégaine d'un des pensionnaires des collèges publics du dix-neuvième siècle que l'on tonsurait par souci de prophylaxie pédiculaire.

– Avec une casaque jaune et des fers aux pieds, railla Olivier, tu ferais un vrai petit bagnard.

Etat d'alerte

Ce qui, pour tout le monde, était une bénédiction, le retour du beau temps, Olivier et Alexandre l'appréhendaient avec cette anxiété du patineur sous les pieds de qui la couche de glace s'amincit inexorablement. L'époque de la nature consolidant les Froides-Aigues en oppidum, de l'hiver protecteur, de la forteresse inexpugnable, était bel et bien révolue. Derrière ces futaies, hier impénétrables, des myriades d'yeux les scrutaient, silencieux et menaçants, avant-garde d'une formidable armée tapie dans la pénombre et prête à fondre sur eux.

Pendant les grands froids, les activités de plein air s'étaient déroulées à peu de risques. Le printemps raturait cette caution. Ils eurent la pénible sensation d'obéir à un ordre tacite d'assignation à résidence. Comment affirmer que d'une minute à l'autre, quelqu'un ne surgirait sans crier gare, avec la brusquerie d'un chasseur débusquant un chevreuil ? Perspective glaçante.

Quand une préoccupation vire à la monomanie, un seul traitement efficace, la subjuguer, c'est-à-dire la plier à l'initiative agissante. Olivier, qui ne tolérait pas les tyrannies des circonstances, s'y attela sans tarder. Le lendemain même de la tonte du désormais *impollu* Alexandre, il lui déclara :

– Si on se cloître, ça nous tapera vite sur les nerfs. Le mieux est encore d'aller sur le Sillon pour nos escapades quotidiennes. Le Sillon est une artère clandestine ; personne ne le connaît, pas même mes anciens copains de l'internat. Un jour, j'ai voulu les y mener. Le Wilfried était là, mon sixième sens m'a tinté à l'oreille, je me suis abstenu.

– Mais, répondit l'adolescent, les gendarmes y ont été, sur ton Sillon ; tu oublies l'enquête des Bordiers ?

– Très juste, reprit Olivier ; seulement, ils n'en ont foulé qu'un court segment et surtout ce n'étaient pas les mêmes gendarmes.

– Pas les mêmes ?

– Rappelle-toi, je t'ai raconté : quand je les ai appelés par radio après la disparition de Wilfried et de Romuald, ce n'était plus les mêmes que ceux à qui j'avais témoigné du meurtre d'Hippolyte. J'ignore ce qui se trame dans cette maudite commune, mais le fait est que du jour au lendemain il y a eu des mutations complètes de personnel en peu de temps… Du coup, voilà le Sillon rendu à sa primitive virginité.

Olivier n'avait pourtant pas extrait tous les lapins de son chapeau. Soudain, sa physionomie s'épiça d'un air madré ; avec la satisfaction du capitaine qui applaudit à une manœuvre décisive de ses troupes, il pérora :

– Il y a une chose à quoi aucun Janos du monde ne songe...

Ayant articulé ces paroles sibyllines, il entraîna Alexandre à l'atelier, fourgonna au plus fouillis d'un innommable bric-à-brac de vieux cartons, de caisses et d'autres objets hétéroclites, et en arracha une espèce de trousse métallique grande comme une valise.

– Qu'est-ce que c'est ? fit Alexandre.

– Tu vas le savoir, petite boule, repartit Olivier, en ouvrant la caisse.

Petite boule était le sobriquet dont l'aîné avait affublé son camarade, à cause de son crâne plus lisse et luisant qu'une boule de suif. Alexandre supportait *petite boule* avec une philosophie stoïque.

A l'automne dernier, craignant une opération punitive de l'AFCR à son encontre, Olivier s'était procuré un kit électronique. Ce kit, dont soit dit en passant il se s'était pas servi, pour des raisons inutiles à développer ici, était un matériel tel qu'on en utilise dans certains établissements publics ou privés pour prévenir les effractions, éventuellement pour jouir de la volupté d'espionner autrui. Il se composait d'un émetteur-récepteur à haute fréquence, l'émetteur transmettant des impulsions électromagnétiques à un récepteur éloigné de moins de dix kilomètres. Il suffisait de fixer l'appareil quelque part sur le bord du chemin, à hauteur de poitrine d'homme ; si quelqu'un ou quelque chose coupait le rayon, le récepteur faisait retentir un signal sonore continu.

Le kit plut beaucoup à Alexandre :

– Reste à savoir si ça marche, dit-il.

Un essai fut aussitôt expédié, parfaitement concluant :

– Voilà une parade dont le Janos ne se doute pas, dit Olivier.

Il ajouta :

– On peut toujours finasser en supposant que l'argousin ne manquera pas de se pointer pendant qu'on sera sortis, que par conséquent c'est superflu d'installer des matériels compliqués, etc., toutes sortes d'arguments familiers des criticaillons au petit pied. Je répondrai ceci : qui ne risque rien n'a rien, et qui vit sans oser n'est pas digne de vivre.[105]

– Bien parlé, fit Alexandre, j'adore les citations, même adaptées.

Ne nous y trompons pas : l'optimisme des deux camarades avait beau s'épancher à grand renfort d'interjections téméraires et de résolutions énergiques, il déguisait mal la terrible angoisse qui les consumait. Rien n'est plus usant que d'être en perfusion du hasard. Ignorer quand et comment la foudre frappera, compter chaque jour de liberté comme celui qui sera peut-être le dernier, il faut avoir des nerfs d'acier pour endurer la tension nerveuse qu'alimentent ces incessantes fluctuations de l'incertitude. Un événement en suspens au-dessus de votre tête s'encombre de linéaments qui flottent et ondulent sur un fond de décor en perpétuelle escamotage. Tout, autour d'eux, leur était suspect, un buisson qui frissonnait, les oiseaux qui piaillaient dans les arbres ; le silence même était louche. Les obscurités de la forêt avaient des allures de silhouettes en

---

[105] Paraphrase du début du Don Juan de Molière. Et qui vit sans tabac n'est pas digne de vivre.

sentinelles, le chemin bruissait de chuchotis entrecoupés de ricanements. Le soir surtout, quand les contours de la nature s'estompaient, ils distinguaient d'étranges rôdeurs à l'affût ; ce n'étaient que des chevreuils. Il n'y avait pas jusqu'à l'intérieur de la maison qui ne recelât son lot d'ectoplasmes ayant l'aspect de soudards à la solde de Janos.

La vérité est qu'ils dévoraient une véritable psychose. Or, le stade juste au-dessus de la psychose, c'est la paranoïa.

Aussi, quand l'émetteur-récepteur fut *implémenté* comme on dit, mot adopté en français depuis 2007, ils respirèrent un peu. Un simulacre de soulagement détendit l'atmosphère. Répit, on va le voir, de courte durée.

Une nuit, vers les quatre heures, l'alarme éclata comme une sirène de pompiers. Alexandre, en sursaut d'un réveil brutal, s'habilla en hâte pour voler à la crypte, avec le sentiment d'inaugurer sa tombe. Olivier subodorant une fausse alerte, étouffa dans l'œuf cette velléité de sauve-qui-peut. Le jeune garçon, bagage au pied, ne s'en figea pas moins sur le qui vive, prêt à détaler. Une heure plus tard, l'aîné lui annonçait bénignement qu'il n'y avait pas plus de policiers ou de gendarmes sur le sentier que d'esturgeons dans l'étang des Sources.

Nouveau ramdam à sept heures, puis à huit, puis à dix. Le fait est qu'à chaque fois qu'un animal interceptait l'objectif, le mécanisme s'activait. Le moindre passereau voletant innocemment d'une branche à une autre provoquait, deux kilomètres plus haut, un branle bas de combat.

Il fallut faire une croix sur l'électronique.

Cependant, comment suppléer sa défaillance ?

– Il n'y a qu'une solution, dit Olivier : se lever tôt et veiller au grain. Je suis d'avis que la tranche horaire la plus critique s'espace entre le début de la matinée et le milieu de l'après-midi. Ce sont les heures de bureau ; un flic est un fonctionnaire, il a beau faire, même dans les conjonctures exceptionnelles, il n'échappe pas à une certaine routine.

– Dieu t'entende ! fit Alexandre.

Une semaine s'égrena dans ce modus vivendi qui ne satisfaisait personne. Tous les jours, vers les quatre heures de l'après-midi, les deux camarades se coltinaient l'aller-retour par le Sillon jusqu'à la barrière. Quinze kilomètres dont un bon tiers au pas de gymnastique. Si à quelque chose malheur est toujours bon, cet exercice régulier contribuait à leur rafraîchir le sang. Ils tirèrent bien un peu la langue au début, mais à d'intrépides coursiers la santé s'améliore vite et ils ne concédèrent pas long délai à se fortifier d'une robustesse toute neuve d'hommes des bois.

L'intermède de la douche était particulièrement goûté. On est tout suant, tout haletant, tout maculé de terre, la peau griffée, le visage barbouillé, les genoux crotteux, le nez morveux ; tout à coup, l'eau coule sur les plaies, la chaleur s'insinue dans votre corps, c'est comme une régénération.

A force de croquer le marmot en vain, l'hypothèse que Janos avait renoncé effleura les esprits, puis y creusa son trou. Ecueil des défenses relâchées : un ennemi qui ne se manifeste pas, c'est un ennemi qu'on néglige.

– Attention, prévint Olivier, on aurait tort de s'endormir ! Notre vigilance se ramollit sous un prétexte un peu faible. Je ne vois pas pourquoi le Janos abandonnerait.

Il ajouta, pensif :

– C'est un coriace, celui-là…

– Il a peut-être reniflé une fausse piste, dit Alexandre...

– Il est trop limier pour se fourvoyer longtemps, et tôt ou tard il rappliquera ici. A nous de ne pas nous laisser surprendre.

Le soir, les volets étaient clos. Quant aux vêtements, on les faisait sécher dans un sèche-linge. Ainsi, pas de frusques apparentes sur des fils.

Par acquit de conscience, Olivier eut tout de même à cœur de vérifier si quelque véhicule ne circulait pas en catimini, à la brune par exemple, en déléguant son sycophante le long du chemin. C'est pourquoi il répandit du sable fin sur le sentier entre la barrière et les Froides-Aigues, en une demi-douzaine d'endroits scrupuleusement échelonnés. Aucune trace de pneu ne confirma ses soupçons : le sable conserva son homogénéité comme la grève d'une plage déserte.

– Je finirai par me river dans le ciboulot, dit-il, que notre Vidocq fouette d'autres chats. Ce qui est étonnant, c'est que s'il est venu pour toi, il emploie bien mal son temps.

Ces contingences équivoques et exaspérantes s'éternisant, Olivier et Alexandre ne savaient plus trop sur quel pied danser et tournaient en bourriques. Pourquoi l'inspecteur tardait-il à effectuer une instruction si indispensable aux besoins de son enquête ? On aurait payé cher pour l'apprendre. Tous les soirs, au coucher, les deux garçons énuméraient les motifs les plus vraisemblables :

– Et si ton affaire, dit Olivier, était liée de près ou de loin à une autre, qu'il faut vider d'abord ? Ce commissaire que tu as flingué n'en était peut-être pas à son premier viol.

– Mille putois ! Qu'il vienne une bonne fois pour toutes, le Janos, et qu'on n'en parle plus ! Satané flic ! Je me demande ce qu'il a dans la tronche…

– Te coincer, répondit Olivier, et uniquement te coincer. Tu peux me croire, j'ai analysé le pékin, il n'est pas d'une étoffe à se tenir quitte à si bon marché.

Le dialogue se prolongea encore quelques minutes, ponctué de cet attirail de soupirs que l'impatience filtre par percolation sur les caractères même les mieux trempés. Par intervalles, Olivier rompait le sérieux du dialogue en se moquant de la calvitie de son jeune ami. Il lui caressait gentiment le cuir non chevelu, plus poli qu'un marbre. Invariablement, par ce magnétisme qu'exerce l'affection profonde sur deux âmes à l'unisson, ces feintes chamailleries culminaient en une tendre étreinte comblée de tous les bonheurs que versait l'incomparable joie d'être ensemble.

Un matin, ils travaillaient ou lisaient, selon leur louable vocation, Alexandre dans la bibliothèque reconvertie bureau, ainsi qu'on l'a déjà dit, Olivier dans la cuisine, poste de guet idéal sur l'orée du chemin. Il advint que le plus jeune s'évada du haut du roman où errait son imagination pour s'offrir une tasse de chocolat. Tous deux appréciaient ces pauses, du reste assez brèves, une dizaine de minutes tout au plus, qui les délassaient sans les déconcentrer. La fenêtre de la cuisine était ouverte, un air vivifiant d'avril embaumait la pièce, poussé par un de ces vents ménétriers du premier printemps qui sont les porte-flambeaux de l'été. Dehors, le soleil était magnifique ; des nuées de mésanges, de chardonnerets, de bergeronnettes babillaient à en perdre haleine, pupitres de la grande symphonie pastorale de la saison régénératrice, à quoi même le moins mélomane d'entre nous succombe volontiers.

Alexandre était vêtu de la robe de chambre dans laquelle son compagnon l'avait enveloppé à l'issue de leur escapade hivernale, plus de trois mois auparavant. Depuis, il ne l'avait pas quittée, non par amour des souvenirs ineffaçables, mais parce qu'elle lui allait et qu'il y avait chaud. C'était une douillette en velours de satin cramoisi avec des franges de tweed noires et une large ceinture toute ouvragée de motifs symboliques à faire pâlir d'envie un judoka. Olivier, constatant que l'adolescent ne s'était pas habillé, fronça les sourcils :

– Çà, mon pote, fit-il, c'est un coup à nous retrouver marron devant le Janos sans avoir eu le temps de dire ouf !

– Bof, répondit Alexandre, ce serait bien le diable si…

En cet instant, un crissement strident, à l'extérieur juste devant la grille, brisa net l'essor de son éloquence. D'un geste autoritaire, Olivier ordonna à l'imprudent de s'accroupir. Celui-ci avait à peine obtempéré qu'une injonction laconique, sifflée entre les lèvres, transperça ses tympans comme un trait de foudre :

– File ! Vite !

FIN DU TOME 1

Table des matières

www.ingramcontent.com/pod-product-compliance
Lightning Source LLC
LaVergne TN
LVHW020516100826
845148LV00010B/1247

* 9 7 8 1 7 7 0 7 6 6 0 0 6 *